1

HIMMELSTALER

Ivy erwachte, räkelte sich und öffnete die Augen. Draußen begann es gerade erst zu dämmern. Die Sonne hatte noch nicht gewagt, ihr dickes rundes Gesicht zu zeigen, weil die Dunkelheit sie nervös machte. Aber bald würde sie sich durchringen, sich zu erheben. Ivy schaute den Wandteppich mit seinem sich ständig ändernden Bild von Xanth an. Sie sah ihn immer wieder gern an – mal mehr, mal weniger. Mehr, wenn es draußen regnete, weil es drinnen im Trockenen schöner war, und weniger, wenn Zara Zombie die Treppen wachste und der Geruch des Wachses einem kaum noch Luft zum Atmen ließ. Mehr, wenn Wachs schwand, und weniger, wenn Wachs wuchs, wie sie es auszudrücken pflegte. Es war ihr privater Scherz mit Dolph, was die Erwachsenen nicht verstanden. Erwachsene begriffen so etwas nie, konnten dies vielleicht auch gar nicht. Jedenfalls bohnerte Zora heute, und der Geruch stieg einem langsam in die Nase. Ivy blieben nur wenige Minuten, um einen Vorwand zu finden, weit weg zu kommen. Am besten für einige Tage, bis sich der Geruch des Bohnerwachses verflüchtigt hatte. Aber ihr gingen langsam die

Vorwände aus; was blieb ihr da noch übrig? Sie sprang so plötzlich aus dem Bett, daß sie das Ungeheuer Grabraham darunter erschreckte. Sie hörte sein empörtes Tuten, als er sich verkroch. Er war ein junges Ungeheuer, ein Ersatz für Snorty, der schon vor langer Zeit verschwunden war. Grabraham neigte zu Schreckhaftigkeit. Außerdem kam Ivy in das Alter, wo man normalerweise aufhörte, an Bettungeheuer zu glauben, und das machte es besonders schlimm. Mit achtzehn würde sie wohl endgültig aufhören, daran zu glauben, und dann würde das arme Ding verschwinden. Grabby machte diese Vorstellung sehr zu schaffen, was Ivy leid tat, doch es gab keine Alternative. Sie konnte nicht verhindern, daß sie älter wurde.

Barfuß lief sie ins nächste Zimmer, wo Prinzessin Nada schlief. Nada war vor drei Jahren eingezogen, Dolph hatte sie mit nach Hause gebracht. Nada und Ivy waren dicke Freunde geworden, da beide gleich alt, von gleichem Rang und ähnlich hübsch waren. Nada war nur halbmenschlich, aber sie behielt aus Höflichkeit ihre menschliche Form bei, wenn sie sich in Schloß Roogna aufhielt. Prinzessinnen mußten lernen, höflich zu sein, weil Prinzen es ganz bestimmt nicht waren.

»Nada!« rief Ivy. »Ich brauche ganz schnell einen Vorwand.«

Nada richtete sich im Bett auf und zog die Nase kraus. »Ich weiß, ich rieche es auch. Ich werde dich begleiten.«

»Natürlich! Aber wohin?«

Nada konzentrierte sich. »Haben wir schon den Spiegel gefragt?«

»Den Zauberspiegel haben wir doch gar nicht mehr!« erinnerte Ivy sie. »Com-Puter hat ihn letztes Jahr bekommen und wollte ihn nicht mehr zurückgeben!«

»Ja. Darum ...«

»Darum müssen wir losgehen und ihn uns einfach wieder holen!« ergänzte Ivy. »Weil ich ihn brauche, wenn ich den Himmelstaler benutze!«

»Genau. Außer ...«

BASTEI
LÜBBE

Taschenbücher von PIERS ANTHONY
im BASTEI-LÜBBE-Programm

Die Sage vom magischen Land Xanth
20053 Chamäleon-Zauber
20059 Zauber-Suche
20061 Zauber-Schloß
20065 Zentauren-Fahrt
20069 Elfen-Jagd
20071 Nacht-Mähre
20077 Drachen-Mädchen
20094 Ritter-Geist
20106 Turm-Fräulein
20120 Helden-Maus
20139 Himmels-Taler
20154 Welten-Reise
20177 Mond-Elfe

Die Inkarnation der Unsterblichkeit
22098 Reiter auf dem schwarzen Pferd
22104 Der Sand der Zeit
24102 Des Schicksals dünner Faden
24114 Das Schwert in meiner Hand
24119 Sing ein Lied für Satan

Die Titanen-Trilogie
24084 Zeit der Kämpfer

23119 Die Macht der Mantas

PIERS ANTHONY

WELTEN-REISE

Die Saga vom magischen Land Xanth

Ins Deutsche übertragen von
Ralph Tegtmeier

Mit Illustrationen von
Johann Peterka

BASTEI
LÜBBE

BASTEI-LÜBBE-TASCHENBUCH
Fantasy
Band 20154

Erste Auflage: April 1991
Zweite Auflage: Juni 1992

Deutsche Lizenzausgabe 1991
Bastei-Verlag Gustav H. Lübbe GmbH & Co., Bergisch Gladbach
Originaltitel: Man from Mundania
Lektorat: Martina Sahler/Reinhard Rohn
Titelillustration: Vicente Segrelles
Umschlaggestaltung: Quadro-Grafik, Bensberg
Satz: Fotosatz Schell, Bad Iburg
Druck und Verarbeitung:
Brodard & Taupin, La Flèche, Frankreich
Printed in France
ISBN 3 - 404 - 20154 - X

Der Preis dieses Bandes versteht sich einschließlich
der gesetzlichen Mehrwertsteuer.

»Ich weiß. Außer ... Com-Puter wird ihn uns nicht kampflos überlassen, und du weißt doch, er kämpft mit schmutzigen Tricks. Aber es ist immer noch eine perfekte Entschuldigung, wenn wir nur einen Weg hinaus finden können.«

»Vielleicht hat Electra ...«

»Das ist richtig! Sie könnte Puter so erschrecken, daß er den Zauberspiegel herausrückt.«

Electra erschien in der Tür. »Hat jemand meinen Namen genannt?« fragte sie schläfrig. Sie war ein sommersprossiges Kind, dessen Haar sich ein wenig kräuselte. Ihre Augen hatten die Farbe des Erstaunens, und Lachfalten umrahmten ihre Knopfnase. Keiner würde bei ihrem Anblick an eine tragische Liebesgeschichte denken.

»Zora bohnert die Treppen! Hilf uns, den Zauberspiegel von Com-Puter zu holen!«

»Ach, das habe ich gerochen! Laßt mir eine Minute zum Anziehen!«

Es gab eine Balgerei, als die drei sich ordentliche Kleidung anzogen. Dann waren sie fertig: Die beiden Prinzessinnen trugen Kleider und warfen Electra in ihren Regenbogenjeans neidische Blicke zu. Sie war von einfachem Stand und konnte es sich erlauben, praktische Kleider zu tragen.

Schnell durchquerten sie die Halle bis zum hinteren Treppenhaus und achteten sorgsam darauf, nicht auf das Bohnerwachs zu treten. Unglücklicherweise führte sie das jedoch an Dolphs Zimmer vorbei. Er hatte so scharfe Ohren wie ein Werwolf, vielleicht, weil er zum Schlafen im allgemeinen die Gestalt eines Wolfes annahm. Seine Tür flog mit einem Knall auf. »He, wo geht ihr hin?« rief er. »Macht ihr euch wieder mal davon?«

Nada und Electra schwiegen: Nada deshalb, weil sie seine Gefühle nicht verletzen wollte, und Electra, weil sie in ihn verliebt war. Beide waren natürlich mit ihm verlobt, obwohl er erst zwölf war. Gleich würde Electra ihn einladen mitzukommen, weil sie ihm immer nahe sein wollte.

Um das zu verhindern, mischte sich Ivy ein. »Wir brechen auf, um den Zauberspiegel von Com-Puter zu holen, weil ich ihn brauche, wenn ich den Himmelstaler benutzen will«, sagte sie. »Dann können wir herausfinden, wo sich der gute Magier Humfrey befindet, und deine Suche schließlich vollenden.«

»Aber Mutter läßt euch nicht ...« begann er vernünftig.

»Deshalb mußt du uns Deckung geben!« schloß Ivy. »Tschüs!«

Er schien noch Zweifel zu haben. Aber Nada trat vor und hauchte ihm einen Kuß auf seine Wange. »Oh, sicher«, sagte er. Natürlich war er wie Wachs in ihren Händen, obwohl er wußte, daß sie ihn nicht liebte. Er nahm seine Zombiegestalt an und ging den Weg zurück, den sie gekommen waren. Zombies störten sich nicht am Geruch von Bohnerwachs, und daher konnte er die Treppe trotz Zoras Untat überwinden.

Sie setzten ihre Flucht fort, bis sie meinten, vom Schloß weit genug entfernt zu sein. Was immer Dolph unternommen hatte, mußte gereicht haben, denn niemand versuchte, sie aufzuhalten. Ivy pfiff nach Stanley, und im nächsten Augenblick schwang sich der Drache um das Schloß und begleitete sie. Er war jetzt fast ausgewachsen und würde bald zur Spalte aufbrechen müssen, denn seine Aufgabe war es zu wachen. Ivy würde traurig sein, wenn er sie verließ, aber sie wußte, daß es bei ihr selbst genau das gleiche war: mit dem Alter wachsen die Aufgaben. Bis dahin aber war er der perfekte Beschützer. Sie hatten keine Angst vor wilden Ungeheuern, solange sie sich in Begleitung dieses zahmen befanden.

Während sie den Obstgarten durchquerten, griffen sie sich einige Früchte, die sie noch im Laufen aßen. Dann erreichten sie den Hauptpfad, der nach Norden führte. Immer wieder schaffte es Com-Puter, eine Um-Leitung zu errichten, woraufhin König Dor jemanden losschicken mußte, der diese wieder verschloß, weil sie ein öffentliches Ärgernis darstellte. Zufällig wußte Ivy, daß zur Zeit eine Um-Leitung existierte, und diesmal wollten sie diese benutzen. Es war der einfachste Weg, die böse Maschine zu erreichen.

Sie bogen in die Um-Leitung ein. Jetzt konnten sich sich entspannen.

Zur Nacht lagerten sie nahe eines holprigen Spielfeldes, auf dem die Bullen und Bären vor- und zurückstürmten. Grundy Golem hatte es damals auf der Suche nach seinem verschwundenen Hausdrachen entdeckt. Allgemein nannte man es ›die Börse‹, auf der die Bullen und Bären das Handelsgut darstellten. Beinahe täglich nahmen diese dummen Tiere ihre nutzlose Tätigkeit auf und reagierten dabei so übertrieben auf bedeutungslose Ereignisse, während sie die wichtigen ignorierten. Es gab viele seltsame Dinge in Xanth, aber dieses Geschäft blieb selbst den Verrücktesten unverständlich. Was faszinierte diese Bullen und Bären so an dieser Börse?

Stanley stampfte in die dichteste Wildnis davon, um sich einen Bissen Essen zu besorgen, während die drei Mädchen einen Pastetenbaum nahe des Pfades abernteten. Es war nicht gerade ein großer Baum, aber Ivy nutzte ihr Talent, um ihn so zu verstärken, daß die Pasteten appetitlich dampften.

Beim Essen unterhielten sie sich, denn es machte stets Spaß, sich zu unterhalten, wenn die Erwachsenen nicht zuhören konnten. Unwillkürlich kamen sie dabei auf das Thema Liebesgeschichten, weil dies das Spannendste war, was junge Mädchen erleben konnten.

»Wann wirst du einen Jungen finden, Ivy?« wollte Nada wissen. »Ich meine, du bist schon eine ganze Weile siebzehn. Als deine Mutter in diesem Alter war, hatte sie deinen Vater schon längst an Land gezogen und eingewickelt.«

»Und als mein kleiner Bruder neun war, hatte er sich bereits zwei Verlobte geangelt«, stimmte Ivy zu. »Ich gebe ja zu, daß ich zurückgeblieben bin.«

Nada und Electra lächelten bedauernd. Nada war vierzehn gewesen, als der junge Prinz Dolph ihren Vater, den König von Naga, um Hilfe gebeten hatte, und da auch die Naga ein Bündnis mit den Menschen brauchten, hatte sich der König bereiterklärt zu helfen, wenn Dolph seine Tochter heiratete. Nada mußte damals vorgeben, daß sie ebenso alt wie der neunjährige Dolph war, wohl wissend, daß ihr wahres Alter ihn völlig aus der Fassung bringen würde. Es war natürlich zunächst nur ein Verlöbnis, und sie mußten warten, bis Dolph alt genug für die wirkliche Hochzeit sein würde. Aber inzwischen galt das Bündnis, und Nada war mit Dolph gegangen, während ihr Volk verschiedene Dinge aus dem Arsenal des Schlosses Roogna erhielt, um die eindringenden Kobolde zu bekämpfen. Offenbar gab es in Xanth mehr Kobolde als früher. Niemand wußte genau warum, aber es führte zu Schwierigkeiten.

Später hatte der Himmelstaler Electra zu Dolph gebracht. Sie hatte nur die Wahl, ihn entweder zu heiraten oder zu sterben, und so erklärte sich Dolph ebenfalls zu einer Verlobung mit ihr bereit. Das war ungefähr zu der Zeit geschehen, als Dolph entdeckte, daß Nada fünf Jahre älter war als er, und so fiel ihm diese Entscheidung ziemlich leicht. Aber schließlich erkannte er, daß er Nada liebte, weshalb es auch bei diesem Verlöbnis geblieben war.

So war die verzwickte Lage: alle wußten, daß Dolph zwischen den beiden Mädchen zu wählen hatte, bevor er überhaupt in das entsprechende Alter kam. Wenn er Nada wählte, würde er gegenüber dem Volk der Naga sein Wort einlösen, denn als Prinz war er an sein gegebenes Wort gebunden. Dann jedoch würde Electra sterben, was keiner von ihnen wollte.

Drei Jahre waren vergangen, in denen Electra ihr Talent eingesetzt hatte, den Himmeltaler aufzuladen. Rasch wurden die drei Mädchen zu den besten Freundinnen, weswegen sie die Situation so akzeptierten wie sie war: ungelöst. Electra liebte Dolph, und Dolph liebte Nada. Nada liebte Dolph nicht, und Dolph liebte Electra nicht. Wie war diese verworrene Lage zu klären? Niemand wußte es, aber sie blieb ein bevorzugtes Thema für Mutmaßungen. Glücklicherweise würde es noch mehrere Jahre dauern, ehe Dolph ins richtige Alter kam. Daher war die Sache noch nicht so dringend.

»Hast du denn noch nie einen Jungen kennengelernt?« fragte Electra. Sie war vor mehr als achthundert Jahren geboren worden – es waren wohl sogar eher neunhundert – und hatte während all dieser Jahrhunderte geschlafen, bis Dolph sie wachgeküßt hatte. Daher war ihr physisches Alter fünfzehn, sie sah jedoch aus, als wäre sie gerade erst zwölf. Tatsächlich war sie bei all den Dingen, die zählten, noch ein Kind, außer was den Zauberspruch betraf, der sie in Dolph verliebt gemacht hatte. Aber gerade wegen dieses Zauberspruchs verstand sie etwas von der Liebe und verfügte über eine lebhafte Neugier auf diesem Gebiet.

»Doch, das habe ich«, sagte Ivy, als sie sich erinnerte. »Ich kannte einmal Hugo, den Sohn des Guten Magiers. Er war fünf Jahre älter als ich.«

»Richtig herum!« sagte Nada. Sie alle wußten, daß ein Junge ein Mädchen lieben konnte, das fünf Jahre jünger war, aber ein Mädchen konnte keinen fünf Jahre jüngeren Jungen lieben. Genau dies war Nadas Not, denn sie konnte zwar Dolph heiraten, wenn die Zeit gekommen war, konnte ihn aber niemals lieben.

»Oh«, sagte Electra verstehend. »Und als dann der Gute Magier verschwunden war, verschwand auch sein Sohn.«

»Ja. Hugo war nichts Besonderes, aber er war nett und konnte Früchte zaubern. Leider zauberte er für gewöhnlich nur verfaulte Früchte.«

»Verfaulte Früchte!« rief Electra lachend. Sie pickte eine Kirsche aus ihrer Pastete und warf sie nach Ivy. »Hier kannst du auch verfaulte Früchte haben!«

»Ach, so ist das also!« schrie Ivy in gespieltem Zorn. Sie riß ein Stückchen Pfirsich aus ihrer Pastete und warf sie nach Electra. »Du kannst selber etwas von meiner Pastete haben!« Aber Electra duckte sich in kindlicher Pfiffigkeit, so daß das Stück Nada traf.

»Oho!« sagte Nada, die gerade eine Zitronenschaumpastete aß. Da es keine Zitronenstückchen zum Werfen gab, warf sie statt dessen mit Schaum.

Sofort waren sie in ihrem absoluten Lieblingssport vertieft: eine Tortenschlacht. Aus irgendeinem unerfindlichen Grund wurde dies im Schloß nicht gerade gerne gesehen, und so war dies nun eine Gelegenheit, die man auf keinen Fall versäumen durfte. Als Stanley zurückkehrte, waren alle drei von oben bis unten völlig bekleckert. Der Drache bot ihnen an, sie sauberzulecken, aber schon das erste Lekken löste bei Electra solche Kitzelschauer aus, daß sie alle in haltloses Gelächter ausbrachen.

Glücklicherweise gab es in der Nähe eine heiße Quelle. Die drei sprangen hinein und fingen sofort mit lautem Gekreische eine wilde Wasserschlacht an. Währenddessen umkreiste sie Stanley, um sie mit seinem Dampf trocken zu blasen. Wenn er nicht gewesen wäre, hätten die vielversprechenden Geräusche der kreischenden Nymphen sämtliche Wegelagerer der gesamten Gegend herbeigelockt.

Es machte Spaß, ein Mädchen zu sein.

Zur Nacht kampierten sie in einem Kissennest innerhalb des Kreises, den Stanley bildete, der sich um sie herumringelte und den eigenen Schwanz im Maul hielt. Ivy hatte ihm die Geschichte von Uroborus erzählt, der riesigen Schlange, die sich um die Welt Mundania wand (die allem Anschein nach rund war) und sich in ihren eigenen Schwanz biß. Stanley gefiel dieses Bild, weswegen er nun selbst stets auf diese Weise schlief. Er war zwar lang, aber doch nicht so lang, daß er hoffen konnte, die Welt zu umschließen. Am nächsten Morgen brachen sie früh auf.

Wenn sie keine Lust mehr hatten zu laufen, ritten sie abwechselnd auf Stanley. Es war eine besondere Kunst, sich oben zu halten, während er davonstampfte. Aber sie hatten ja Zeit, es zu üben. Der Reiter sackte bei jedem Schritt nach unten, wurde dann wieder hochgehoben, um im nächsten Moment erneut hinunterzufallen. Iieeh! Electra machte es besonders viel Spaß, denn sie hatte keine Hemmungen, sich ihren kindlichen Einfällen hinzugeben. Ivy und Nada hingegen waren reifer (und trugen Kleider) und mußten daher so tun, als sei das alles wirklich nicht so außergewöhnlich.

Als sie sich Com-Puters Höhle näherten, machten sie halt, um sich zu beraten.

»Ob wir versuchen sollten, unsere Identität vor ihm zu verbergen?« fragte Ivy. In Wirklichkeit war Com-Puter ein ›Es‹, aber es war leichter, das Böse männlich zu umschreiben, deshalb nannten sie es ›er‹.

»Er läßt sich so nicht täuschen«, entgegnete Nada. »Er wird wissen, daß wir nicht hergekommen sind, nur um zu kichern.«

»Aber vielleicht können wir unsere Fähigkeiten verbergen ...«

Nada zuckte mit den Schultern. »Wir können es versuchen. Aber ich glaube nicht, daß es funktionieren wird. Er wird sicher über Ivy Bescheid wissen.«

»Wenn er nicht gerade zu vertrauensselig ist und deshalb nicht mitkriegt, daß ...« Ivy blinzelte Electra bedeutungsvoll an.

Nada nickte. »Wenn ich meine Gestalt ändere und zu fliehen versuche, um ihn abzulenken ...«

Jetzt nickte Electra. »Genauso machen wir es.«

»Alles andere ist Bluff«, sagte Ivy. »Vielleicht können wir es ohne Gewalt durchführen.«

»Vielleicht«, stimmte Nada zu, die weniger zuversichtlich zu sein schien.

»Stanley, du versteckst dich im Dschungel«, befahl Ivy. »Wenn der unsichtbare Riese vorbei ist, folgst du uns heimlich. Laß dich aber nicht sehen. Die Maschine da drin ist gemein, und möglicherweise müssen wir gerettet werden, wenn die Sache schiefgeht.«

Stanley nickte. Er war nur ein Drache, aber in Ivys Gegenwart wurde seine Kühnheit und Intelligenz verstärkt, und er verstand das Mädchen vollkommen. Er verschwand stampfend und rutschte in das Unterholz neben dem Pfad. Einen Augenblick später war sein sehniger grüner Körper in dem Laubwerk nicht mehr zu erkennen. Er würde aufpassen.

Sie schauten zu und plauderten unbefangen, wie es die Art der Mädchen ist, die so tun, als hätten sie nichts Besonderes im Sinn.

Der Boden bebte. »Da kommt der unsichtbare Riese, wie aufs Stichwort«, bemerkte Ivy. »Macht euch fertig zum Spuken.«

Erneut bebte der Boden. Sie hielten inne und schauten sich unruhig um. »Was ist das?« schrie Electra, deren Haare sich leicht aufbauschten. Sie war sehr gut im Spuken.

Eine erneute Erschütterung folgte. »Es ist der unsichtbare Riese!« stieß Ivy in scheinbarem Schrecken hervor.

»*Iiiiih*!« schrien Nada und Electra wie aus einem Munde.

»Lauft!« rief Ivy.

Die drei stürzten direkt auf die Höhle zu. So hatte es Com-Puter eingerichtet: Zuerst gerieten die Reisenden auf die Um-Leitung, dann wurden sie vom unsichtbaren Riesen zusammengetrieben, bis sie Zuflucht in der Höhle suchten – wo sie von Com-Puter eingefangen wurden. Diesmal gingen sie jedoch freiwillig hinein.

Gerade bevor der Riese mit seiner langsamen Bewegung in Sicht kam (sozusagen), erreichten sie die Höhle und sprangen. Drinnen war es dunkel, aber nach einem Augenblick konnten sie tief im Inneren ein Licht erkennen, auf das sie selbstverständlich zugingen. Bald gelangten sie in Com-Puters Hauptkammer.

Da war er: eine seltsame Ansammlung von Drähten und bunten Metallen, mit einem großen gläsernen Schirm, der sich in der Mitte erhob. Auf dem Schirm erschienen mit Licht geschriebene Worte:

WILLKOMMEN, MÄDCHEN.

Die drei kicherten unsicher. Ivy steckte ihren Finger in den Mund, als ob sie nervös wäre, und das war sie – ohne Übertreibung – tatsächlich. »Was ist das?« fragte sie und blickte auf den Schirm.

ICH BIN COM-PUTER, DEIN GASTGEBER, stand auf dem Schirm. WELCHEM UMSTAND HABE ICH DIE EHRE DIESES BESUCHES ZU VERDANKEN, PRINZESSIN IVY?

Soviel zur Geheimhaltung! Ivy entschloß sich, gleich mit der Sache herauszurücken. »Ich bin wegen des Zauberspiegels gekommen, den du von Schloß Roogna gestohlen hast.«

ICH HABE KEINEN SPIEGEL GESTOHLEN! druckte der Schirm wütend. ICH HABE IHN GEWONNEN.

»Du hast ihn gestohlen!« gab Ivy zurück. »Und ich möchte ihn wiederhaben!«

HABE ICH NICHT! erwiderte der Schirm.

»Hast du doch!«

HABE ICH NICHT.

Ivy erkannte, daß Com-Puter mit seiner technologischen Überzeugung dieses Argument ewig wiederholen konnte. Maschinen waren wie Golems: Es machte ihnen überhaupt nichts aus, Dinge endlos zu wiederholen. Ivy, die gerade eben erwachsen wurde, konnte sich nicht länger mit so etwas zufriedengeben; es war einfach unwürdig.

»Du hast hier einen Reisenden angelockt, der den Spiegel mit Erlaubnis meines Vaters benutzt hat, und du hast ihn nur wieder gehen lassen, weil er den Spiegel zurückließ«, sagte Ivy tapfer.

KORREKT. ICH SPIELTE MIT IHM UND GEWANN. DER SPIEGEL GEHÖRT MIR.

»Der Spiegel gehört dir *nicht*!« fauchte sie. »Er konnte ihn nicht weggeben, weil er ihm nicht gehörte! Er hatte ihn ausgeliehen, und er wollte ihn nach Beendigung seines Auftrags zurückgeben. Also hast du ihn gestohlen und mußt ihn wieder zurückgeben.«

ICH HABE IHN GEWONNEN, ICH MUSS IHN NICHT WIEDER ZURÜCKGEBEN.

»Doch, du mußt!« entgegnete Ivy. »Sonst ...«

SONST WAS?

»Sonst wird mein Vater, König Dor, etwas tun.«

DEIN VATER WEISS GAR NICHT, DASS DU HIER BIST.

Diese Maschine war einfach zu schlau! »Gut, dann werde ich eben etwas tun müssen.«

WAS TUN?

»Entweder du gibst mir den Spiegel, oder ich nehme ihn mir.«

ABER EINE PRINZESSIN IST DOCH KEIN DIEB.

»Dann mache ich eben eine Ausnahme.«

DANN MUSS ICH DICH GEFANGENNEHMEN.

Ivy produzierte einen hochmütigen Blick. »Drohst du mir, du Klapperkasten?«

JA.

Soviel zum Bluffen! »Das bedeutet Krieg!«

DAS WAR ES IMMER.

»Also Krieg«, sagte sie kühn. »Wo hast du den Spiegel?«

WARUM WILLST DU IHN HABEN?

»Warum sollte ich dir das erzählen?«

WARUM SOLLTE ICH DIR ERZÄHLEN, WO ER IST?

Oh. »Du meinst, du sagst mir, wo er ist, wenn ich dir sage, warum ich ihn will?«

NATÜRLICH.

»Ich muß ihn mitnehmen, wenn ich den Himmelstaler benutze.«

Der Schirm blinkte. Diese Nachricht hatte die Maschine offensichtlich überrascht. Dann erschienen die Worte: DER SPIEGEL IST IM SCHRANK BEIM HINTERAUSGANG.

Ivy warf einen Blick zum hinteren Ende der Höhle. Dort war ein Schrank. Sie wußte, daß die Maschine nicht lügen, wohl aber nur einen Teil der Wahrheit sagen konnte. »Ist der Schrank verschlossen?«

NEIN.

»Es muß irgendeinen Grund geben, warum ich ihn nicht kriegen kann, selbst wenn ich dich schlage.«

ES GIBT KEINEN GRUND.

»Das glaube ich nicht!«

GEH ZUM SCHRANK. NIMM DEN SPIEGEL.

»Du gibst ihn mir?« fragte sie ungläubig.

NEIN. ICH BEKUNDE NUR MEINE ZUVERSICHT. DU KANNST DEN SPIEGEL BEHALTEN. ES SPIELT KEINE ROLLE, DENN WENN ICH DICH GEFANGENNEHME, BLEIBT DER SPIEGEL AUCH GEFANGEN.

Ivy ging zum Schrank. Sie öffnete seine oberste Schublade. Da lag der Zauberspiegel tatsächlich! Sie ergriff ihn.

»Vielleicht ist es der falsche Spiegel!« rief Nada aus. »Vielleicht sieht er nur so aus wie der, den du haben möchtest.«

PROBIER IHN AUS, druckte die Maschine unerschütterlich.

»Zeig mir meinen Bruder«, befahl Ivy dem Spiegel.

Prinz Dolph erschien im Spiegel. Er saß sehr ruhig da. Das war verdächtig.

»Zeig mir das größere Umfeld«, sagte sie.

Das Bild von Dolph schrumpfte, als sich der Ausschnitt der Szene vergrößerte. Nun zeigte das Bild einen Jungen, der auf Ivys Bett saß und sich den verzauberten Wandteppich ansah.

»Dieses kleine Stinktier!« rief Ivy aus. »Er hat sich in mein Zimmer geschlichen, um sich den Wandteppich anzusehen!«

»Die Figuren«, sagte Nada. »Er mag sie eben.«

Ivy nickte. »Beinahe so, wie er dich mag«, stimmte sie zu.

Der Spiegel war also echt. »Gut, Puter«, sagte Ivy. »Jetzt geht es los. Ich gehe hier raus ... mit dem Spiegel.«

Sie näherte sich dem Ausgang der Höhle.

PRINZESSIN IVY ÄNDERT IHRE MEINUNG, druckte der Schirm.

»Gut, vielleicht auch ohne den Spiegel«, sagte sie.

»Ivy!« rief Nada. »Laß ihn das Drehbuch nicht neu schreiben!«

Ivy starrte den Schirm an. »So machst du das also, Puter!« sagte sie ernst. »Gut, es wird nicht funktionieren! Ich werde meine Meinung *nicht* ändern!« Sie ging weiter.

PRINZESSIN IVY SIEHT EINE GROSSE HAARIGE SPINNE AUF DEM FUSSBODEN.

Da war die Spinne, direkt vor ihr. »*Iiiih*!« kreischte sie voller Schrecken.

»Laß dich davon nicht unterkriegen!« rief Nada. »Es ist eine Illusion!«

»Aber es ist eine große haarige Ilusion!« erwiderte Ivy.

»Lauf einfach durch!«

Ivy erkannte, daß sie genau das tun mußte. Sie machte einen unsicheren Schritt auf die Spinne zu.

Die Spinne richtete sich auf sechs ihrer haarigen Beine auf und zischte. Erneut von Furcht erfüllt, sprang Ivy zurück.

»Das ist lächerlich«, sagte Nada. »Ich werde mich um die Spinne kümmern.« Denn die Naga hatten keine Angst vor Spinnen, sie aßen sie sogar.

NADA BEGEGNET IHREM SCHLIMMSTEN SCHREKKEN, druckte der Schirm.

Die Spinne verwandelte sich in einen mannshohen Kuchenberg, der mit Eis und Schokoladencreme überzogen und von Schlagsahne gekrönt war.

»Oh, uäh!« würgte Nada und wich zurück.

»Du haßt *Kuchen*?« fragte Electra erstaunt.

»Als ich mit Dolph reiste, kamen wir zu einer Insel ... einer der Schlüssel ... die aus Kuchen und Eis und so was bestand. Wir aßen, bis uns schlecht wurde. Seitdem kann ich dieses Zeug nicht mehr ausstehen. Mein Magen dreht sich schon bei der bloßen Erwähnung um!«

»Nun, *meiner* nicht!« sagte Electra. »Laß mich mal ran!«

ELECTRA BEGEGNET IHREM SCHLIMMSTEN SCHRECKEN.

Der Kuchen nahm die Form eines offenen Sarges an. Sein

Inneres war mit Plüsch ausgelegt und enthielt eine Bettdecke und ein Kopfkissen. Es sah recht bequem aus.

Electras Augen wurden rund vor Schrecken. »Nein, nein! Ich will mich darin nicht schlafenlegen!« schrie sie und wich zurück. Sie hatte nämlich tausend Jahre lang (minus der Zeit für gute Führung) als Opfer eines Fluchs von Zauberer Murphy in genau so einem Sarg geschlafen. Wenn sie jemals dorthin zurückginge, würde sie den Rest der Strafe abschlafen und dann im Schlaf sterben. Sie sprang zurück, bis sie beinahe gegen den großen Schirm prallte.

Genau da wollte Ivy sie haben. »Ich denke, wir haben nun genug davon«, sagte sie bestimmt. »Ich werde es diesmal nicht zulassen, daß mich die haarige Spinne stoppt! Nada ...«

»Gut so.« Nada veränderte plötzlich ihre Gestalt und wurde zu einer Schlange. Wenn die Spinne wieder erscheinen sollte, dann würde sie sie packen.

NADA BEGEGNET ... begann der Schirm.

Aber an dieser Stelle schlug Electra auf das vereinbarte Signal hin von oben auf den Schirm und schickte einen gewaltigen Stromstoß hinein. Das war natürlich ihr Talent, das sich in der richtigen Situation als durchschlagend erwies.

Der Schirm flackerte. SCHREIBFEHLER! blinkte es auf. Jetzt rasten unverständliche Symbole darüber. Dann wieder Worte: UNTERBRECHUNG AUS! Dann nichts mehr, er erlosch vollständig.

»Los, laß uns schnell abhauen, bevor er sich wieder erholt!« rief Ivy. Sie rannte durch die Höhle. Nichts stellte sich ihr in den Weg. Die Illusionen waren verschwunden. Elekctras Schock hatte Com-Puter in Verwirrung gestürzt, und er mußte all seine Schaltkreise wieder in Ordnung bringen, bevor er wieder anfangen konnte, die Wirklichkeit zu ändern. Sie rannten hinaus, wobei Nada wieder zu ihrer menschlichen Form zurückkehrte. Im Eingangstunnel stand Stanley und dampfte. Wäre ihr elektrischer Zauberplan fehlgeschlagen, hätte der Drache einen Strahl heißer

Luft gegen den Schirm ausgestoßen, und damit wäre die Sache wohl erledigt gewesen. Sie waren durchaus vorbereitet hineingegangen.

Sie stürzten hinaus ans Tageslicht, während Stanley ihren Rücken deckte. Sollte sich Com-Puter zu rasch erholen und Hindernisse schreiben, würde der Drache seinen Dampf doch noch einsetzen.

Der Tag blieb klar, doch herrschte jetzt ein fürchterlicher Gestank, als ob hundert fette Männer auf einmal schwitzen würden.

Electra bewegte sich leichtfüßig wie ein Kind. Sie übernahm die Führung und hielt plötzlich inne. »*Uff!*« stöhnte sie und setzte sich keuchend hin.

Ivy kam als nächste. »'lectra! Was ist los?«

Electra, die immer noch nach Luft schnappte, zeigte nach vorne. Aber dort war nichts.

»Der Geruch muß ihr die Luft genommen haben«, sagte Nada, die aufschloß. »Ist in der Nähe eine Sphinx gestorben?«

Ivy schritt nach vorne – und knallte gegen eine unsichtbare Säule.

Dann hörte man von oben: »A-uuh-ga?«

»Der unsichtbare Riese!« schrie Ivy. »Er steht hier!«

»Weil er nicht weiß, was er tun soll, jetzt, wo Com-Puter flackert«, sagte Nada. »Aber wir können ihm helfen.« Sie legte den Kopf zurück. »He, Riese!« rief sie. »Geh und wasch dich!«

»Waaaschen?« schallte die gewaltige Stimme zurück.

»Spring in den See!« rief Ivy hilfsbereit.

Die monströsen unsichtbaren Beine bewegten sich. Die Erde bebte bei jedem Tritt. Im nächsten Moment wurde eine Baumgruppe plattgewalzt. Dann noch eine in der Form eines ungeheuren Fußabdrucks. Dann hörte man ein wahrhaft phänomenales Plantschen im nahe gelegenen See.

»Bewegt euch … bevor alles überflutet wird!« schrie Ivy, während sie Electra auf die Füße half.

Sie liefen weiter den Weg entlang – und tatsächlich kam

ein Sturzbach herangeschossen, und die Tropfen klatschten auf sie herunter, als ob es regnen würde.

Stanley stampfte hinter ihnen her und holte sie ein.

Sie waren entkommen – Ivy hatte den Spiegel!

Natürlich wurde ihnen bei der Rückkehr die Rechnung für ihre Aktion präsentiert, daran hatte sich Ivy jedoch schon längst gewöhnt. Sie war in ihrem Leben immer wieder in Schwierigkeiten geraten. Doch sie hatte den Zauberspiegel zurückgeholt, was bei weitem ausreichte, die scharfe Zunge ihrer Mutter im Zaum zu halten. Jedenfalls hatte Dolph ihr kleines Abenteuer auf dem Wandteppich beobachtet und hätte King Dor benachrichtigt, wenn die Sache wirklich brenzlig geworden wäre.

Dennoch gab es da etwas, was Ivy störte. Es kam ihr vor, als sei ihre Flucht zu einfach gewesen. Die nachträgliche nüchterne Überlegung brachte die Erkenntnis, daß Com-Puter von Electras Fähigkeit gewußt hatte, und sich dagegen hätte schützen können. Warum hatte er das nicht getan? War er gerade diesmal unvorsichtig gewesen? Zunächst hatte es so ausgesehen, aber im Rückblick war dies weniger wahrscheinlich. Es schien beinahe so, als wollte ihnen die Maschine den Spiegel sogar zurückgeben. Aber das machte keinen Sinn. Com-Puter machte niemals etwas freiwillig für irgend jemanden, es sei denn, es gab dabei reichlich mehr zu gewinnen als zu verlieren. Was konnte er gewinnen, wenn er den wertvollen Spiegel aufgab?

Gut, die Tat war vollbracht, und sie hatte den Spiegel. Nun traute sie es sich zu, den Himmeltaler zu benutzen. Denn jetzt, da Electra ihn aufgeladen hatte, war der Taler zum Gebrauch bereit. Sie hatten immer schon gewußt, daß er zur Vollendung der Suche, die Dolph begonnen hatte, gebraucht werden würde. Es galt, den Guten Magier Humfrey zu finden, der vor sieben Jahren mit seiner Familie verschwunden war und sein Schloß leer zurückgelassen hatte.

Er *mußte* einfach gefunden werden, weil sich die unbeantworteten Fragen täglich vermehrten. Xanth brauchte ihn!

Prinz Dolph konnte den Taler nicht benutzen. Davon waren auch ihre Eltern überzeugt gewesen, denn da Prinz Dolph mit zwei Mädchen zugleich verlobt war, mußte er bleiben und sich zwischen den beiden entscheiden. Das eine Verlöbnis mußte er auflösen, um die andere zu heiraten, sobald er in das entsprechende Alter kam. Bis er dieses Durcheinander bereinigt hatte (Königin Irene nannte es freundlich umschrieben eine ›Situation‹, aber es war tatsächlich ein Durcheinander, was jeder wußte), würde er nirgendwo hingehen.

Und so schickte sich Ivy an, den Taler zu benutzen. Seine Magie bestand darin, daß er den, der ihn anrief, wohin auch immer oder zu was auch immer oder wann auch immer oder zu wem auch immer brachte, je nachdem, was der Benutzer am nötigsten brauchte. Er war durchaus nicht sicher, daß der gute Magier Humfrey Ivy am nötigsten brauchte, aber seine Botschaft an Dolph hatte den Himmelstaler genannt. Wenn nun der Gute Magier gedacht hatte, daß es ihm helfen würde, dann würde es daß auch sicherlich tun, da Humfrey der Magier der Information war und daher alles wußte. Deshalb nahm Ivy an, Humfrey finden zu können, wo immer er auch sein mochte. Sie hielt sich für diese Aufgabe für geeignet. Doch Magie wirkt auf ihre ganz spezielle Weise.

Dennoch war sie sich tief im Innern nicht ganz sicher. Unter anderem gab es da den Fluch des Magiers Murphy, der vor acht- oder neunhundert Jahren gelebt hatte und dessen besondere Fähigkeit darin bestand, all das schiefgehen zu lassen, was schiefgehen konnte. Er hatte zu Electras Zeiten das Volk verflucht, und eine Folge davon war, daß Electra in dem Bann gefangen blieb, und Dolph wurde davon betroffen, indem er nun mit zwei statt mit einem Mädchen verlobt war. Achthundert Jahre, und Murphys Fluch war mächtig gewesen! Wie konnte sie also sicher sein, daß er nicht immer noch funktionierte? Würde er ihre

Mission durcheinanderbringen und die Sache noch schlimmer machen, als sie es ohnehin schon war, indem er sie ebenso verschwinden ließ wie den Guten Magier?

Die Antwort lautete, daß sie *nicht* sicher sein konnte. Vielleicht hatte der Magier Humpfrey es am besten gewußt – aber vielleicht hatte er diesen uralten Fluch vergessen. Es gab nur eine Möglichkeit, das sicher herauszufinden – und das machte sie nervös.

Aber sie äußerte diese Zweifel niemals gegenüber einem anderen, weil dies den Anschein erwecken könnte, daß sie ihre Vereinbarung, den Himmelstaler zu benutzen, brechen wolle. Das würde sie mit Sicherheit nicht tun. Der Gute Magier mußte gefunden werden. Dolph hatte seinen Teil getan, und nun war sie an der Reihe.

Bald darauf war es soweit. Der Himmelstaler war voll aufgeladen und bereit. So sagte es Electra, und Electra mußte es wissen; darin war sie von der Zauberin Tapis ausgebildet worden, die den großen historischen Wandteppich gewebt hatte, der jetzt in Ivys Zimmer hing. Tatsächlich hatte der erste Taler, den sie angefertigt hatte, wunderbar funktioniert, indem er Electra selbst hierher in die Gegenwart gebracht hatte, gerade als sie einen neuen Himmelstaler brauchten.

Ivy hatte diese früheren Geschehnisse mehr als einmal auf dem Wandteppich beobachtet, und sie konnte alles bestätigen, was Electra erzählt hatte. Sie schaute so gerne den Geschichten des Wandteppichs zu, nicht, weil sie dem Mädchen mißtraute, sondern weil sie unersättlich neugierig auf die Abenteuer, Liebesgeschichten und Tragödien der alten Zeit war. Sicherlich fehlte ihrem eigenen Leben jede Spur solcher Dinge, denn hier auf Schloß Roogna war es sicher und langweilig. Das war wahrscheinlich ein weiterer Grund dafür, warum sie diese Suche nach den Dingen, die sie vermißte, antreten wollte. Und sie wollte gehen, trotz ihrer geheimen Befürchtungen.

Aber wohin würde sie der Taler bringen? Auf den Gipfel des berühmten Berges Sauseschnell, auf dem sich die geflügelten Ungeheuer versammelten? Zum Grund des tiefsten Meeres, wo das Meervolk lebte? Ins Herz des wildesten Dschungels, wo Dinge in Fäulnis bebten, die so widerlich waren, daß man gar nicht an sie denken mochte? Wo war denn nur der Gute Magier? Das war das Geheimnis dieses Zeitalters, und sie konnte kaum erwarten, es zu enträtseln.

Ivy sagte all ihren Freunden und ihrer Familie Lebewohl. Ihr Vater schaute unbehaglich drein, und ihre Mutter versuchte, die Tränen zurückzuhalten. Alle wußten, daß Ivy nicht in ernsthafte Gefahr geraten würde. Sie hatten dies mit zufälliger Magie nachgeprüft, vielleicht auch deshalb, weil sie geheime Zweifel ähnlich denen Ivys hegten. Aber sie hatten nicht herausfinden können, wohin sie gehen oder wie lange sie wegbleiben würde. Das einzige, was sie herausfanden, war, daß Ivy zurückkehren würde.

Ivy verabschiedete sich von ihrem Bruder Dolph und von dessen beiden Verlobten Nada und Electra. Sicherlich würde sie rechtzeitig zurück sein, um die Auflösung dieses Dreiecksverhältnisses mitzuerleben! Nada umarmte sie schwesterlich, und dann gab ihr Electra den aufgeladenen Himmelstaler. Ivy lächelte mit einer Zuversicht, von der sie wünschte, daß sie echt wäre.

Aber sie hatte noch einen Abschied vor sich: Sie ging hinaus und umarmte Stanley Dampfdrache ein letztes Mal. »Ich glaube, es ist Zeit für dich, die Spalte aufzusuchen«, sagte sie unter Tränen. »Du bist jetzt ein großer Drache, und ich kann dich nicht für immer behalten. Aber ich werde dich besuchen, wenn ich meine Angelegenheit beendet habe.« Stanley leckte vorsichtig ihr Gesicht, nachdem sie die Weichheit seiner Zunge verstärkt hatte.

Sie nahm den Taler und hielt ihn vor sich. Er ähnelte einem großen Pfennigstück und strahlte hell, seine kupferne Oberfläche war erfüllt von der Magie seiner Natur. Alles, was sie nun noch tun mußte, war, ihn anzurufen.

Sie erschauerte, als sie sich noch einmal an Murpheys

Fluch erinnerte. Aber der konnte keine wirkliche Macht mehr haben. Schließlich war der Böse Magier seit der Zeit des Königs Roogna für immer in den Vorratsteich der Hirnkoralle verbannt worden. Wie konnte dieser Fluch, der der Zauberin Tapis galt, jetzt Ivy treffen?

Ivy unterdrückte diese dummen Gedanken. »Ich rufe dich an, Himmelstaler«, sagte sie bestimmt.

Dann geschah es.

2 MUNDANIA

Grey erwachte und schaute auf den Computer. Plötzlich schaltete der sich ein – der Computer sich selbst!

Nein, das war verrückt, eine Maschine konnte so etwas von sich aus nicht tun.

Nun ja, offensichtlich konnte sie es doch, aber dies war eine so unmögliche Geschichte, daß sie nicht sein durfte. Grey hatte den Computer aus gebrauchten Komponenten zusammengebastelt, und sein Freund verstand so viel von den Geheimnissen eines Computers, daß er ihn zum Laufen gebracht hatte. Er wußte, daß es kein Kunstwerk geworden war, aber er mußte sich auch mal um seine Schularbeiten kümmern. Manchmal noch erschienen so seltsame Botschaften auf dem Schirm wie: INCOMPATIBLE OPERATING SYSTEM ODER NONSTANDARD PERIPHERALS. Was gab es sonst Neues? Kürzlich hatte sein Freund etwas, daß CP/DOS genannt wurde, installiert, von dem alle anderen sagten, daß es unmöglich wäre. Er hatte ein Directory User 99 eingerichtet, das die meiste Zeit sogar funktionierte. Deshalb blieb er dabei, und gewöhnlich kamen seine Arbeiten genauso wieder heraus, wie er sie eingetippt hatte, nämlich mittelmäßig. Das war alles, was der Computer tat oder tun konnte.

Dann überlegte er weiter und wurde unsicher. Denn hier schien es einen Zusammenhang zu geben. Es hatte mit diesem Programm angefangen und dem leeren Apartment und ...

Grey setzte sich auf und stürzte den Kopf in die Hände. Er war sich sicher, daß er eine Lösung finden könnte, wenn er nur daran arbeiten würde. Aber seit der Verabredung mit Salmonella fühlte er sich so schwach und krank, daß sogar das Nachdenken zu anstrengend war. Noch glaubte er, daß er kurz davor war, eine Erklärung zu finden, wenn er es nur schaffte, bevor die Erinnerung entfloh.

Grey war in das Stadtapartment gezogen, weil seine Familie es sich nicht leisten konnte, ihn im College unterzubringen. Das städtische College war nämlich verpflichtet, alle qualifizierten Ortsansässigen aufzunehmen. Deshalb war sein Unterricht, durch Steuern subventioniert, billig. Weil Grey diese preiswerte Wohnung gemietet hatte und meistens von Dosenbohnen lebte, konnte er sich gerade so durchschlagen. Er war kein hervorragender Student und hatte auch keine Vorstellung davon, auf was er sich spezialisieren würde, sollte er jemals soweit kommen. Sein Vater hatte ihn ermahnt, wo er nun mal in dieser städtischen Welt steckte, daß niemand anderer es ihm abnehmen würde, wenn er es nicht selbst schaffte, etwas aus sich zu machen. Da nun die Collegeausbildung der übliche Weg war, etwas aus sich zu machen, hatte er sie begonnen, und jetzt versuchte er, sie auch zu beenden.

Er hatte gedacht, das Leben wäre stumpfsinnig. Aber nun, da er Englisch für Anfänger belegt hatte, wurde ihm klar, daß er die Angelegenheit völlig unterschätzt hatte. Er erhielt eine erstklassige Ausbildung darin, wie tödlich stumpfsinnig Ausbildung sein konnte. Seine Zensur rutschte langsam von C+ auf C und von da auf C−. Und sie wies weiter nach Süden, wenn ihm auch noch der Rest seines Aufnahmevermögens aus den Fingern glitt.

Dann hatte er das Programm von Vaporware Limited bekommen. Er war beeindruckt gewesen: »Probleme in der Schule? Laß dein Leben durch Wurm beseelen! Wir versprechen alles!« Und das taten sie auch. Sie versprachen, seine Zensuren und sein Privatleben auf einen Schlag zu verbessern. Dies interessierte ihn sehr, denn wenn es etwas gab, was noch mieser war als seine Zensuren, dann war es sein Privatleben. Das Problem war, daß nicht nur Greys intellektuelle Fähigkeiten durchschnittlich waren, sondern daß er auch körperlich völlig unscheinbar war. In seiner Fahrerlaubnis stand unter Haarfarbe: ›vorhanden‹, und unter Augen: ›neutral‹. Er tat sich in keiner Sportart hervor und war auch sonst nicht der Schlagfertigste. Folglich war er für die Mädchen so gut wie unsichtbar.

Er wußte, daß es verrückt war ... aber manchmal kam er eben im Leben nicht besonders gut klar, deshalb versetzte er seine Uhr und überwies das Geld für das Programm. Als dann das Geld mit Sicherheit aus dem Fenster geschmissen war, erzählte ihm ein Mitschüler, was der Begriff ›Vaporware‹ eigentlich bedeutete: Computerprogramme, die angekündigt, aber niemals ausgeliefert wurden. Wieder mal war er hreingelegt worden. Wie schon so oft.

Dann war das Programm doch geliefert worden. Obwohl er den Verdacht hatte, daß es nur eine leere Diskette wäre, hatte er sie in sein Floppy-Disk-Laufwerk geschoben, um das Directory zu lesen. Aber plötzlich lud sich das Ding selbst auf seine abgeschaltete Festplatte. Dann erwachte der Bildschirm zum Leben:

SEI GEGRÜSST, MEISTER.

»Oh, gleichfalls. Was ...?«

ICH BIN DER WURM, GESCHICKT VON JEMANDEM, DER EIN INTERESSE AN DIR HAT. ICH HABE DEINEN COMPUTER VERHEXT. ICH BIN HIER, UM DEINE BEDÜRFNISSE ZU ERFÜLLEN. BITTE MICH UM IRGEND ETWAS.

Was *war* das? Keines von seinen anderen Programmen

arbeitete auf diese Weise. »Ähm, in deiner Anzeige versprachst du alles und auch, mein Leben zu beleben.«

RICHTIG. NENNE DEN ASPEKT DEINES LEBENS, DEN DU VERBESSERT HABEN MÖCHTEST.

Er hatte nicht einmal seine Bemerkung eingetippt! Es war, als wenn das Ding ihn gehört hätte! »Äh, mein Privatleben. Ich meine, kein Mädchen ...«

WELCHES MÄDCHEN WÜNSCHST DU?

Erstaunlich! Er antwortete tatsächlich auf seine gesprochenen Worte! »Das ist ja das Problem, ich kenne kein Mädchen ...«

WÄHLE AUS DER LISTE: AGENDA, ALIMENTA, ANOREXIA, BEZOAR, BULIMIA, CONCEPTIONA ...

»Agenda!« rief Grey, da er erkannte, daß die Maschine auf ewig mit ihrer Liste fortfahren würde. Wieso sollte er auch aus einem Namen etwas schließen können? Deshalb konnte er auch den erstbesten nehmen, um den Bluff des seltsamen Programms zu testen.

GEH ZUM APARTMENT AUF DER ANDEREN SEITE DES FLURES.

»Aber das Apartment ist doch leer!« protestierte Grey. »Seit langer Zeit hat es niemand mehr gemietet!«

Auf dem Bildschirm entstanden kleine Wellen, einem Schulterzucken ähnlich. MAN KANN AUCH EIN PFERD ZUM WASSER FÜHREN, war da zu sehen.

»Paß auf, ich zeig es dir!« rief Grey. »Weil es leer ist, ist es nicht einmal verschlossen.« Er verließ seine Wohnung, überquerte den Flur und öffnete die gegenüberliegende Tür.

Gleich vorne im Apartment stand ein Mädchen. Sie war sehr hübsch. Ihre braunen Haare waren mit einem zierlichen Band zurückgebunden, und auch sonst schien alles am rechten Platz zu sein. »Oh, sind Sie der Hausmeister?« fragte sie. »Die Heizung scheint nicht zu ...«

Grey schluckte seine Überraschung herunter. Er hatte keine Ahnung davon gehabt, daß jemand Neues eingezogen war. »Oh, es gibt einen Schalter an der Rückseite ... ich zeige es Ihnen ... ich bin nicht der Hausmeister, nur der Nachbar von gegenüber. Ich meine ...« Er bezwang seine Verwirrung, ging zur Heizung und drückte den Knopf. »Nun wird sie funktionieren. So soll nur verhindert werden, daß sie aus Versehen angeschaltet wird.«

»Oh, vielen Dank!« rief das Mädchen freudig aus. »Sie sind so hilfsbereit! Wie heißen Sie?«

»Äh, Grey. Grey Murphy. Ich ... ich gehe zum städtischen College und ...«

»Oh, wie nett! Ich gehe auch dorthin. Ich heiße Agenda.«

Er glotzte sie an. »Agenda?«

»Agenda Andrews. Wie nett, hier so schnell einen Freund zu finden!«

»Einen Freund?« Er war noch immer durch die Übereinstimmung der Namen verwirrt, hatte er doch nur diesen einen aus der Liste des Wurms gewählt!

»Oder bist du das nicht?« fragte sie, auf nette Weise beunruhigt.

»Oh, äh, natürlich! Der freundlichste von allen! Ich wollte nur ...«

»Wollen wir nicht zusammen Essen gehen? Ich bin sicher, du kennst die besten Lokale am Platz.«

Ein anderer Abgrund tat sich auf. »Äh, sicher, aber ...«

»Natürlich mit getrennter Rechnung. Ich würde nicht wagen, mich aufzudrängen ...«

Es blieb peinlich. Er war pleite, bis sein nächster wöchentlicher Scheck von zu Hause kam. »Ich, äh ...«

»Andererseits, laß uns doch zu Hause essen«, schlug sie lächelnd vor. »Zufällig habe ich etwas vorrätig.«

»Oh, ich habe noch eine halbe Dose Bohnen ...«

»Nicht nötig.« Sie machte sich emsig über das Küchenbord her, welches sie anscheinend gerade aufgefüllt hatte. »Was möchtest du? Ich habe Auberginen, Brot, Corned beef, Dauerwurst, Erbsen, Fisch ...«

»Oh, Brot und Corned beef wäre toll.« Sie hatte ihr Regal nach dem Alphabet geordnet.

So geschah es, daß sie ein schönes Mahl aus Corned-beef-Broten zu sich nahmen. Bevor er es merkte, hatte er eine Freundin, und diese hatte sofort sein gesamtes Leben umgekrempelt. Für ein paar Tage war dies ja großartig, aber dann ging es ihm auf die Nerven. Agenda orientierte sich in allen Dingen nach Zahlen oder noch eher nach dem Alphabet. Grey jedoch war eher einer von den unordentlichen jungen Männern. Er mochte es nicht, wenn es in seinem Leben nach Plan und Uhrzeit ging.

Außerdem war offensichtlich, daß Agendas Vorkehrungen eine bestimmte Entwicklung nahmen. Zuerst hatten sie beide nur ein ungezwungenes Essen. Dann hatten sie eines von der förmlicheren Sorte. Danach hatten sie eine Verabredung: ein drittklassiger Film, bei dem sie Händchen hielten. Beim nächsten Mal küßten sie sich. Und dann legte sie einen Termin für ihn fest, wann er ihre Eltern kennenlernen sollte.

Er erkannte, daß er sich in einer gut organisierten Tretmühle mit Ausrichtung auf Heirat und einem völlig durchschnittlichen Leben befand. Er mochte Agenda, aber er war nicht bereit, eine derartige Verpflichtung einzugehen. Er versuchte die Bahnen des Alltagslebens zu verlassen, und das würde mit ihr unmöglich sein.

»Verdammt!« murrte er leise vor sich hin.

HAST DU EIN PROBLEM? erkundigte sich der Computer auf dem Schirm. Das Gerät war nun immer eingeschaltet. Als er es, nachdem er das Wurmprogramm installiert hatte, abschalten wollte, hatte der Computer derart logisch protestiert, daß er schließlich nachgab und ihn anließ. Wie es schien, war Grey auch in punkto Mutterwitz wohl kaum mehr als durchschnittlich.

»Nun ja«, gestand er. »Jetzt habe ich diese Freundin, und sie ist nett, aber sie ist so überordentlich, daß ich es nicht aushalten kann. Und nun ...«

MÖCHTEST DU EIN ANDERES MÄDCHEN?

»Nun ja, ich trau mich kaum, es zu sagen, aber ...«

WÄHLE: ALIMENTA, ANOREXIA, BEZOAR, BULIMIA, CATHARSIA, CONCEPTIONA ...

»Anorexia!« unterbrach er. Er wußte Besseres, als sich mit einem Mädchen einzulassen, das Alimenta hieß! Natürlich konnte es sein, daß der Name überhaupt nichts bedeutete, aber warum ein Risiko eingehen? Anorexia dagegen klang wie ein guter Name.

GEH ZUM GEGENÜBERLIEGENDEN APARTMENT DURCH DEN FLUR.

»Aber dort lebt doch Agenda!« protestierte er. »Ich weiß, wenn ich dort hingehe, so wird sie alle Dinge so organisieren, daß ich niemals entkomme.«

MAN KANN AUCH EIN PFERD ZUM WASSER FÜHREN.

Grey seufzte. Er mußte es der Maschine beweisen.

Er öffnete die Tür und überquerte den Flur und klopfte.

Die Tür öffnete sich, und vor ihm stand ein fremdes, dünnes Mädchen.

»Oh ....« sagte Grey verwundert.

»Du denkst doch nicht auch, daß ich zu fett bin, oder?« erkundigte sich das Mädchen besorgt. »Ich bin auf Diät, aber ...«

»Ähm, nein, du siehst gut aus! Aber ich dachte, Agenda ...«

»Sie ist heute morgen ausgezogen. Sie murmelte, hier wäre es viel zu unordentlich, oder so was ähnliches. Ich bin Anorexia Nervosa.«

Diesen Morgen ausgezogen? Das hatte er nicht erwartet! Was für ein Zufall! »Ich bin Grey. Oh, stehst du auch so auf Ordnung?«

»O nein, ich bin sehr unordentlich! Überhaupt keine Disziplin. Ständig werde ich fetter. Meinst du nicht auch ...«

Grey sah sie gründlich an. Sie war dünn wie eine Bohnenstange. »Wenn du noch dünner wärst, würdest du aussehen wie ein Junge«, sagte er.

Sie lachte nervös. »Oh, das sagst du nur so! Ich bin so fett, und ich hasse es! Ich dachte, wenn ich alleine lebe, könnte ich abnehmen und gut aussehen.«

Wie sich herausstellte, war dies keine so harmlose Angelegenheit. Anorexia glaubte wirklich, daß sie fett wäre, und sie war ständig auf Diät, um dünner zu werden. Es war ihm unangenehm, mit ihr zu essen, weil sie kaum einen Bissen von ihrem Teller zu sich nahm. Sie ließ das meiste liegen, obwohl sie so aussah, als wenn sie hungern würde. Er versuchte, sie zu überzeugen, daß sie dünn genug wäre, aber sie *wollte* es einfach nicht glauben.

»Ich fürchte, daß sie jeden Moment vor Hunger zusammenklappen kann!« rief Grey in die Einsamkeit seines Zimmers. »Dann werden sie denken, daß ich irgendwie dafür verantwortlich bin.«

MÖCHTEST DU EIN ANDERES MÄDCHEN?

»Ich glaube schon.«

WÄHLE: ALIMENTA, BEZOAR, BULIMIA, CARTHARSIA, CHLAMYDIA, CONCEPTIONA ...

»Nein, nein, warte!« rief Grey. Wegen seiner Assoziation zu Anorexia hatte er in der Zwischenzeit eine Menge Nachforschungen angestellt und deshalb konnte er sich vorstellen, was er von einer Bulimia, Bezoar, Conceptiona oder Catharsia zu erwarten hatte.

DYSLEXIA, EMETIC, EMPHYSEMA, ENIGMA, EUPHORIA ...

»Dyslexia!« rief er, weil er erkannte, daß der Computer nicht eher aufhören würde, bevor er nicht seine Wahl getroffen hatte.

GEH ZUM ...

»Ich weiß!« Er öffnete die Tür, überquerte den Flur und klopfte.

Selbstverständlich war da ein neues Mädchen. Sie war eine blauäugige Blondine und sah weder fett noch dünn aus. »Oh, du mußt der nette junge Mann von gegenüber sein!« rief sie aus. »Anorexia erzählte mir ...«

»Ähm ja. Äh, du hast doch nicht irgendeinen Tick bezogen auf das Essen, oder?«

Sie blinzelte in gespielter Überraschung. »Warum nicht, sollte ich?«

Dyslexia schien das perfekte Mädchen zu sein. Dann entdeckte er, daß sie nicht lesen konnte. Irgend etwas stimmte nicht mit ihren Augen oder ihrem Gehirn. Deshalb sah sie die Dinge rückwärts oder verkehrtherum. Sie hatte sich mit List durch die Schulklassen gemogelt, denn sie war nicht dumm und hatte darüber hinaus noch hübsche Beine. Aber er hatte eine ganze Menge Arbeit mit ihr, wenn sie die Hausaufgaben durchgingen. Er mußte ihr den Text vorlesen und ihre seltsamen Schreibfehler korrigieren. Dies wurde schnell ermüdend.

HAST DU EIN PROBLEM?

Auf dem Schirn erschien die Liste der Namen. Grey hütete sich davor, Namen wie Emetic oder Euthanasia auszuwählen, und war sich bei Enigma unsicher. Deshalb wählte er Euphoria.

Euphoria war üppig. Ihr schwarzes Haar lockte sich um ihren Ausschnitt, als wenn es lebendig wäre. Ihr Blick war hypnotisch. Auch sie war extrem freundlich. Aber bald entdeckte er, was mit ihr los war. »Äh, aber ich will mit der Drogenszene nichts zu tun haben!« protestierte er.

»Versuch es, du wirst es mögen«, bedrängte sie ihn und bot ihm eine Zigarette von fremdartiger Gestalt an. »Dieser Stoff wird dich zum Mond und zu den Sternen katapultieren, und du wirst für Ewigkeiten schweben!«

Das war genau das, wovor er Angst hatte. Er floh.

DU HAST EIN PROBLEM?

Er versuchte es nochmals. Überging Melanoma, Miasma, Tremure und Polyploidy zugunsten eines Namens, der sicher klang: Salmonella. Es stellte sich heraus, daß dies ein Fehler war. Sal war eine großartige Köchin, aber ihr Essen bekam ihm nicht.

Nun, da er schwach und umnebelt aufwachte, hatte er es endlich begriffen: »Wurm, das machst du absichtlich! Du bietest mir nur trügerische Mädchen an!«

ICH BIN NICHT DER WURM, DAS WAR NUR DAS INSTALLATIONSPROGRAMM.

»Du wechselst das Thema! Wer bist du dann?«

ICH BIN EINE SENDUNG VON …

»Schon gut! Dann nenne ich dich eben Sendung! Warum findest du nur Mädchen für mich, die Probleme machen?«

WIE KANNST DU SO ETWAS SAGEN?

»Bei jeder von ihnen stimmte irgend etwas nicht! Wenn du es nicht besser kannst, will ich keine mehr! Ich bekam nur eine Menge Herzschmerz durch sie, und meine Noten sackten auf D+! Laß uns die Mädchen aufgeben und uns nur noch auf die Schule konzentrieren!«

VERSUCH NOCH EIN MÄDCHEN.

»Nein! Von Frauen bin ich kuriert! Ich möchte gute Zensuren haben und es zu etwas bringen im Leben!«

VERSUCH NOCH EIN MÄDCHEN.

Nun verhielt es sich aber so, daß er mit dem Computer nicht argumentieren konnte, denn dieser wiederholte sich ständig. »Einverstanden – noch ein weiteres Mädchen. Und wenn das wieder ein Reinfall wird, besinnen wir uns auf die Noten.«

WÄHLE ...

»Nein, mach das nicht! Alle diese Namen sind Rattenfängerei! Der Name ist mir egal! Finde mir einfach ein gutes Mädchen, jemand, mit dem ich es aushalte und ...«

EINVERSTANDEN.

»Keine Tricks! Jetzt gleich, oder das Geschäft ist geplatzt. Nur das geringste Kleingeschriebene, und ich lasse sie sausen! Hast du das begriffen, Wurm – ich meine Sendung?«

GEH ZUM GEGENÜBERLIEGENDEN APARTMENT AUF DEM FLUR.

»In Ordnung! Einmal noch!« Denn letztlich suchte er immer noch ein Mädchen, ohne das er nur noch seine Hausaufgaben gehabt hätte, wodurch sein Leben nur eine halbe Sache gewesen wäre. Mürrisch und immer noch in seinem zerknitterten Pyjama sah er auf der vergilbten Uhr im Flur, daß es schon Mittag war. Er klopfte an die Apartmenttür.

Die Tür sprang einen Spalt auf, und ein Auge mit blauer Iris spähte heraus. »Du bist doch kein Ungeheuer, oder?« erkundigte sie sich.

Grey mußte lächeln. »Nun, ich fühle mich im Moment wie eines, aber soweit ich weiß, ist dies vorübergehend. Wer bist du denn?«

Sie öffnete die Tür etwas weiter und vergewisserte sich: »Oh, gut, wirklich ein Mensch! Ich hatte befürchtet, daß es in diesem Horrorhaus noch viel schlimmer wäre. Mein Name ist Ivy.«

»Und ich heiße Grey. Bist du ein ganz normales Mädchen?«

Nun mußte sie lachen. »Natürlich nicht! Ich bin eine Prinzessin!«

Schön, sie hatte Sinn für Humor! Trotz seiner vorherigen Absichten mochte er sie. Vielleicht spielte Sendung diesmal fair.

Ivy bat ihn herein, und sie unterhielten sich. Sie schien genauso begierig zu sein, etwas über ihn und seine Situation zu erfahren, wie er es bei ihr war. Bald schon erzählte er ihr von seinem langweiligen Leben, welches aber weniger trübe schien, sobald sie ihm zuhörte. Ivy war ein attraktives Mädchen und ungefähr ein Jahr jünger als er. Ihre Augen waren blau, und sie hatte helles Haar, das manchmal in einer grünlichen Tönung schimmerte.

Offensichtlich reflektierte es jede Farbe aus der Umgebung. Zuerst war Ivy ängstlich gewesen, doch nun entspannte sie sich. Und es machte Spaß, in ihrer Nähe zu sein!

Aber es gab einige seltsame Dinge an ihr: Zum einen schien sie völlig unvertraut mit der Stadt und sogar mit diesem Land, vielleicht sogar mit dieser Welt zu sein. Er mußte ihr zeigen, wie die Heizung funktionierte und wie man eine Dose Pfirsiche öffnete. »Was für eine lustige Magie!« rief sie aus, als sie dem elektrischen Dosenöffner zusah.

Sie schien tatsächlich an Zauberei zu glauben. Sie behauptete, aus einem magischen Land mit den Namen Xanth – buchstabiert mit ›th‹ am Ende – zu kommen. Dort sei sie eine Prinzessin. Törtchen würden auf den Bäumen wachsen, wie es auch die Schuhe und Kissen täten. Ungeheuer würden durch den Urwald streifen, und sie hätte sogar einen Drachen namens Stanley Dampfdrache als Haustier.

Offensichtlich litt sie unter Einbildungen. Sendung hatte ihn wieder hereingelegt. Aber als er sich dessen sicher war, war es zu spät: er mochte Ivy viel zu sehr, um sie zu verlassen. Abgesehen von ihrer Traumwelt war sie ein großartiges Mädchen. Da ihre Illusionen harmlos waren, entschied er sich, sie zu tolerieren.

Aber dabei gab es einige Hindernisse. Eines tauchte auf, als sie erkannte, daß er sie bei der Schilderung seiner Situation nicht aufgezogen hatte. Ihr Gesicht verdüsterte sich vor Schreck. »Du meinst, dies ist keine Erscheinung im Kürbis? Dies ist wirklich *Mundania*?«

Was war das für eine seltsame Art, sich auszudrücken! »Das ist richtig: Mundania, keinerlei Magie.«

»Oh, es ist schlimmer, als ich es mir jemals erträumt hätte!« rief sie erschrocken aus. »Ödes Mundania!«

Das sah sie schon richtig! Sein Leben war fast so öde, wie es überhaupt sein konnte – bis Ivy aufgetaucht war. »Aber was tust du hier, wenn du nicht weißt, wie du hergekommen bist?« fragte er. Um das Einvernehmen zu wahren, stritt er sich nicht mit ihr über ihre Xanth-Einbildungen. Vielleicht würde er herausfinden, wo sie wirklich herkam. Die Wahrheit war, daß er ihr Traumreich lieber mochte als die Welt, in der er lebte. Es hatte eine ganze besondere Art von Anziehungskraft. Törtchen, die auf Bäumen wuchsen – das klang natürlich besser als Dosenbohnen!

»Ich benutze den Himmelstaler«, erklärte sie ihm. Sie zeigte ihm einen gewöhnlichen altertümlichen Taler, den sie an einer Kette um den Hals trug. »Er sollte mich dorthin bringen, wo ich am meisten gebraucht werde, und das ist dort, wohin der Gute Magier verschwunden ist. Aber der Fluch muß ... o nein!«

»Du meinst, der Taler hätte dich dort hingebracht, aber durch einen Fluch wurdest du fehlgeleitet? Deswegen bist du hier steckengeblieben, wo du eigentlich gar nicht sein wolltest?«

»Ja«, sagte sie den Tränen nahe. »Oh, wie kann ich hier nur wieder herauskommen? *Es gibt keine Magie in Mundania*!«

»Das ist sicher«, bekräftigte er. Jedoch wollte er ihr helfen, in ihr magisches Land zurückzukehren, obwohl er wußte, daß dieses nicht real war. Ihr Glaube war so fest, so ergreifend!

»Oh, Grey. Du mußt mir helfen, zurück nach Xanth zu kommen!« flehte sie aufgeregt.

Was sollte er da noch sagen? »Ich werde tun, was ich kann.«

Sie schlang die Arme um seinen Hals und gab ihm einen Kuß. Was war sie für ein impulsives Mädchen! Er wußte, daß sie an einer starken Einbildung litt und daß die Behörden sie früher oder später aufgreifen und in die Anstalt zurückbringen würden, aus der sie geflohen war. Das machte das Dilemma nur noch schlimmer.

Grey tat alles, was er konnte. Er nahm Ivy mit zur Collegebibliothek und schlug unter Xanth nach. Es stellte sich heraus, daß es sich um die Vorsilbe ›Xantho‹ handelte, was soviel wie ›Gelb‹ bedeutete und mit den verschiedensten Begriffen verknüpft war. Aber Ivy sagte, es sei nicht das, was sie suchten. Die Bibliothek war ein Reinfall.

Auf dem Rückweg zu seinem Apartmenthaus erspähte Ivy etwas in einem Schaufenster. »Das ist Xanth!« rief sie erfreut und zeigte mit dem Finger darauf.

Grey suchte in der Auslage. Da lag nur ein Taschenbuch, auf dem ein Stern ankündigte: »Ein neuer Xanthroman!« Dachte Ivy etwa, daß sie aus diesem Buch stamme?

»Da ist ja Chex!« fuhr sie fort.

»Chex?«

»Die geflügelte Zentaurin. Sie war zwar vier Jahre jünger als ich, aber sie erscheint tatsächlich älter, weil einer ihrer

Vorfahren Xap Flügelroß war und die Ungeheuer schneller heranreifen als Menschen. Deshalb wurde sie um die Hälfte schneller erwachsen als ich. Sie ist bereits verheiratet und hat ein Fohlen mit Namen Che. Und da ist ja Wülli Wühlmaus, der das ›S‹ nicht aussprechen kann, aber von uns denkt, daß wir es falsch machen. Und ...«

»Dieses Buch – beschreibt es wirklich, wo du glaubst herzukommen?« fragte er unglaubwürdig.

Sie sah ihn erstaunt an. »Wo ich *glaube* herzukommen?«

»Dieses Buch – es ist Fantasy!«

»Natürlich! Glaubst du mir etwa nicht?«

Verdammt! Nun saß er in der Falle! Warum hatte er dieses Thema nicht vermieden? »Ich glaube, ... daß du glaubst, von dort gekommen zu sein«, sagte er vorsichtig.

»Ich *bin* aus Xanth!« gab sie zurück. »Schau in das Buch! Ich komme darin vor, das weiß ich!« Aber dabei war sie den Tränen gefährlich nahe.

Grey schwankte. Sollte er das Buch kaufen und nachschauen? Aber wenn sie darin vorkam, was würde das beweisen? Doch nur einfach, daß sie das Buch gelesen und zum Kern ihrer Einbildung gemacht hatte. Außerdem war er immer noch pleite.

»Oh, ich bin sicher, daß du recht hast«, sagte er. »Ich brauche nicht in dem Buch nachzusehen.«

Das war eine Halbwahrheit, aber es besänftigte sie. Sie setzten ihren Rückweg zum Apartmenthaus fort.

In Greys Kopf überschlugen sich die Gedanken. Nun wußte er, woher Ivy zu kommen glaubte, aber er wußte nicht, ob er beruhigt oder alarmiert sein sollte. Es war kein Land, das sie selbst erfunden hatte; aber war das besser als ein Land, das sich irgend jemand anderes ausgedacht hatte? Die Einbildung blieb dieselbe. Jedoch bot das Buch die Möglichkeit zu einigen Einblicken in ihre Vorstellungswelt. Wenn er es kaufen und lesen würde, würde er sie vielleicht besser verstehen.

Er wünschte sich jedoch, daß sie besser zwischen Fantasy und Realität unterscheiden könnte. Ansonsten war sie so ein nettes Mädchen, sogar ein perfektes Mädchen. Und er könnte sie wirklich gut leiden, wenn nur nicht ...

Könnte sie gut leiden? Er tat es bereits! Das machte es nur noch schlimmer.

Im Hausflur blieb sie plötzlich stehen. »Dies *kann nicht* Mundania sein!« behauptete sie entschieden.

»Warum denn das nicht?«

»Weil wir uns gegenseitig verstehen!« sagte sie aufgeregt. »Wir sprechen dieselbe Sprache!«

»Nun gut, sicher, aber ...«

»Mundanier sprechen Kauderwelsch! Man kann sie überhaupt nicht verstehen, außer man hat Magie, um sie in die richtige Sprache zu übersetzen. Aber du bist ausgezeichnet zu verstehen!«

»Das hoffe ich doch.« War das der Anfang für einen Durchbruch? Begann sie die Realität zu akzeptieren? »Welche Sprache sprechen sie in Xanth?«

»Nun ja, es ist *die* Sprache. Ich meine die menschliche Sprache. Alle menschlichen Wesen sprechen sie, genauso wie alle Drachen drachonesisch und alle Bäume baumesianisch sprechen. Grundy Golem kann jeden von ihnen verstehen, ebenso mein kleiner Bruder Dolph, falls er einmal auch so einer wird. Aber der Rest von uns kann es nicht, weil unsere Talente verschieden sind. Nicht daß das gewöhnlich viel ausmacht, weil all die Teilrassen auch wie Menschen sprechen, wie zum Beispiel die Zentauren, Harpien und Naga. Und das sind die, mit denen wir es meistens zu tun haben. Aber die Mundanier sind irgendwie verrückt. Sie sprechen alle verschiedene Sprachen und können sich die meiste Zeit sogar nicht mal untereinander verstehen. Es ist so, als ob jede Gruppe von ihnen eine andere Rasse von Tieren wäre. Nur in Xanth spricht man die menschliche Sprache. Deshalb muß dies ein Teil von Xanth sein. Du hättest mich beinahe reingelegt!«

Sie war also nicht auf dem Weg der Besserung. Im Gegenteil – es wurde noch schlimmer mir ihr. Aber weil er sie mochte und auch wußte, wie empfindlich sie auf Kritik reagierte, sprach er vorsichtig mit ihr. »Woher weißt du, daß du nicht mundanisch sprichst? Ich meine, daß dies vielleicht Mundania ist und du unsere Sprache sprechen kannst, wenn du es wirklich willst?«

Ivy dachte nach und schüttelte schließlich den Kopf. »Nein, das ist unmöglich. Ich bin niemals in Mundania gewesen. Also hatte ich nie die Möglichkeit, diese Sprache zu lernen. Deshalb muß dies ein Teil von Xanth sein. Was für eine Erleichterung!«

»Aber wenn dies Xanth ist, dann ist alles, was ich jemals erlebt habe, Einbildung!« erwiderte Grey in der Hoffnung, ihr damit etwas Problembewußtsein zu vermitteln.

»Ich weiß«, sagte sie voller Sympathie. »Du bist so ein netter Mann. Ich mag überhaupt nicht, daß es so ist, aber du wirst eines Tages der Wahrheit ins Auge sehen müssen. Ich werde mein Bestes tun, um dir dabei zu helfen.«

Grey wollte etwas sagen, schloß aber wieder verdutzt seinen Mund. Sie hatte die Situation umgekehrt! Wie sollte er jemals zu ihr durchdringen?

»Laß mich darüber nachdenken«, sagte sie. »Zuerst werde ich einen Weg herausfinden, wie ich dich überzeugen kann. Dann können wir den Guten Magier suchen, der sich hier in der Nähe aufhalten muß. Dann können wir ihn nach Hause begleiten, und die Suche wird endlich beendet sein.«

Sie hoffte, *ihn* zu überzeugen! Vielleicht war das am besten so, denn wenn sie erkannte, daß sie ihn nicht überzeugen konnte, war er vielleicht in der Lage, sie zu überzeugen.

Die nächsten paar Tage brachten keine Entscheidung. Als Greys Scheck kam, zahlte er seine Miete, besorgte noch einige Dosen Bohnen und kaufte entgegen besserer Einsicht eine Ausgabe des Xanthromans, auf dessen Fortsetzung sie ihn hingewiesen hatte. Er blieb lange auf, um den

Roman zu lesen, obwohl er wußte, daß er eigentlich seine Hausaufgaben erledigen oder schlafen sollte.

Es handelte sich um eine Geschichte von drei verschiedenen Reisenden, welche versuchten, das Tal der Dämonen zu durchreiten. Tatsächlich war Ivy dabei – aber sie war nur zehn Jahre alt. Deshalb konnte sie kaum das junge Mädchen sein. Er blickte auf die Fortsetzung, in der Ivy bereits vierzehn Jahre zählte. Wenn dieses rund drei Jahre später spielte, dann *konnte* sie die gleiche sein! Dies war die Geschichte ihres kleinen Bruders auf der Suche nach dem Guten Magier. Aber zuerst mußte er den ersten Roman zu Ende lesen.

Er schlief über dem Buch ein und träumte von Xanth. Er war hungrig ... und anstatt eine Dose Bohnen zu öffnen, pflückte er eine frische Torte. Auf einmal mochte er Xanth sehr gerne, zumal er den Bohnen schon seit langem überdrüssig war.

Er erwachte und fragte sich, ob es nicht schön wäre, wenn es wirklich so ein magisches Land geben würde! Nie mehr Bohnen, kein Englisch für Anfänger und keine billigen Apartments mehr! Einfach Wärme, Spaß und Törtchen gratis! Und Ivy!

Sein Blick fiel auf den Computerschirm. Das Gerät war eingeschaltet, aber der Schirm blieb dunkel. Er verdunkelte sich nämlich selbständig, wenn man eine halbe Stunde nicht mit ihm arbeitete, um nicht auszubleichen. Aus einem Impuls heraus erhob er sich und ging zum Computer. »Existiert Xanth?« fragte er.

Der Schirm wurde hell. ICH DACHTE, DU WÜRDEST NIEMALS FRAGEN! JA.

»Ich meine, als ein richtiger Ort, nicht nur als etwas in einem Fantasyroman?«

DAS HÄNGT DAVON AB.

Das war interessant! »Hängt von was ab?«

OB DU ES GLAUBST.

»Oh, du meinst, es existiert für Ivy und nicht für mich, weil sie daran glaubt und ich nicht?«

JA.

Grey seufzte. »Dann existiert alles, woran jemand glaubt, für diese Person? Das ist keine große Hilfe!«

HART, WAS?

»Willst du mich auf den Arm nehmen, du blöde Maschine? Ich sollte dich abschalten!«

TU DAS NICHT, erschien schnell auf dem Schirm.

Aber Grey, immer noch verstimmt, langte nach dem Ausschaltknopf.

ES WIRD DIR LEID ...

Kaum hatte er seine Bewegung vollendet, wurde der Schirm dunkel. Nun war es getan. Es war ja wirklich dumm von ihm gewesen, den Schirm so lange anzulassen.

Er ging zu seinem Bett zurück und schlief fast auf der Stelle ein. Diesmal träumte er von Ivy, welche er entgegen aller Logik tatsächlich sehr gerne mochte.

Am nächsten Morgen stand er auf, zog sich an und ging hinüber, um an Ivys Tür zu klopfen. Sie hatten das Frühstück und auch andere Mahlzeiten oft gemeinsam eingenommen, einfach weil sie so gut miteinander auskamen. Offensichtlich hatte das erste Mädchen Agenda eine ganze Menge Nahrungsmittel auf dem Bord stehenlassen. Und Ivy verwendete, was davon übriggeblieben war. Was immer es war, es war besser als Bohnen!

Ivy öffnete die Tür, lächelte ihn an und bat ihn mit einer Geste hereinzukommen. Ihr Haar war in Unordnung, aber sie schien ihm hübscher als jemals zuvor. Weder war sie üppig in der Art von Euphoria, noch mager wie Anorexia. Nach seinem Geschmack war sie genau richtig.

»Oh, ich habe gestern abend das Buch über Xanth gelesen«, begann er, während er eintrat. »Es ...«

Er brach ab, weil sie ihn anstarrte. »Kuh wischt blauchen Elch!« rief sie aus.

»Was?«

»Ikanni United States mals precken!«

Grey schnappte nach Luft. War sie nun endgültig übergeschnappt? Oder war es ein Scherz? »Äh …«

Sie sah ihn an, während sie zu verstehen begann. »Rhein garni stummer Öre?«

»Ich kann dich auch nicht verstehen«, stimmte er zu. Dann folgerte er im nächsten Schritt: *In gewisser Weise hatte er sie verstanden*!

»Mafia dassit Montag error!« rief sie.

Grey schüttelte den Kopf. Sie hatte ihn wiederum nicht verstanden.

»Schabe buttrige Kekse unstabil Sahne vierzehn?« fragte sie.

»Ich weiß nicht, ich weiß es einfach nicht! Etwas ist geschehen, und plötzlich verstehen wir uns nicht mehr. Es ist fast so, als wenn ein Übersetzer ausgeschaltet worden wäre …«

Er machte einen weiteren Gedankensprung. Ausgeschaltet? Könnte sein Computer irgend etwas damit zu tun haben?

»Entschuldige«, sagte er und eilte zurück in sein Zimmer. Er stellte den Computer an, der ein paar Sekunden brauchte, um warm zu werden; dann erhellte sich der Schirm.

… TUN erschien dort. Er erinnerte sich, daß der Computer ihm gerade mitteilen wollte, daß es ihm noch leid tun würde. »Stammte dieser Unfug von dir, Sendung?« fragte er.

ICH RIET DIR, MICH NICHT ABZUSCHALTEN. DER UNFUG STAMMTE VON DIR.

»Das ist Com-Puter!« rief Ivy von der Tür herein.

»Du kennst diese Maschine?« fragte Grey und: »Du sprichst wieder in meiner Sprache!«

»Und du sprichst nicht mehr Kauderwelsch!« stimmte sie zu. »Ich kann dich wieder verstehen!«

»Was hat das mit dem Computer auf sich?« fragte er. »Kennst du dich mit Computern aus?«

»Com-Puter ist eine Maschine, die das Böse duldet«,

erwiderte sie. »Er schreibt die Realität um, wie es ihm paßt. Wenn du dich in seinen Klauen befindest ...«

»Ich befinde mich in niemandes Klauen!« Dann überlegte er noch einmal. Diese Reihe von Mädchen, die mit Agenda begann und mit Ivy aufhörte – das Sendung-Programm war dafür verantwortlich! Wenn er es ausschaltete, konnte er sich nicht länger mit Ivy unterhalten. Offensichtlich gab es da eine Verbindung. »Wir sollten darüber reden«, schlug er vor.

»Ja«, stimmte sie schnell zu. »Aber nicht hier!«

»Nicht, solange dieses Ding zuhört!« sagte er. Er streckte die Hand aus, um die Maschine abzuschalten, zögerte dann aber. Sie konnten nicht miteinander sprechen, solange sie kauderwelsch sprachen!

Deshalb ließ er den Computer an. Offensichtlich war dieses Apartment noch innerhalb der Reichweite der Maschine, denn ihre Übersetzung funktionierte hier. Aber vielleicht konnte sie nicht heraushören, über was sie sprachen.

»Nun bin ich mir nicht mehr sicher, wo wir sind«, meinte Ivy. »Wenn dies Mundania ist, sollten wir uns einerseits nicht verstehen können, was ja auch für einen Moment geschah, aber andererseits funktioniert Magie in Mundania ebensowenig, und man benötigt Magie, um Mundanier verständlich sprechen zu lassen. Wenn es also Magie gibt ...«

»Ich habe da dieses merkwürdige Programm«, sagte Grey. »Es spricht mit mir, ohne daß ich etwas eintippen muß – doch egal, ich glaube nicht, daß es Magie ist, aber ....«

»Programm?«

»Es ist ein Satz von Befehlen für den Computer. Es wird ›Sendung‹ genannt, und es ... nun ja, der Computer ist seitdem nicht mehr derselbe. Er tut Dinge, die er vorher nie getan hat oder tun konnte, und er scheint irgendwie zu leben. Er ... ich, äh, wollte so gerne eine Freundin haben, und ...«

»Und er brachte mich?« fragte sie.

Für einen Moment fürchtete er, daß sie beleidigt wäre, aber dann lächelte sie. »Er brachte dich«, stimmte er zu.

»Aber es war der Himmelstaler, der mich hierher brachte.«

»Vielleicht wußte der Computer, daß du kommst.«

»Kann sein. Aber Com-Puter zögert nicht, die Ereignisse nach seinem Vorteil umzuformen. Bist du sicher, daß der Gute Magier nicht hier ist?«

»Dies ist Mundania! Hier gibt es keine Magier!« Aber dann erinnerte er sich an Sendung und wurde unsicher.

»Humfrey könnte hier sein, aber dann könnte er nicht zaubern. Er würde wie ein kleiner, gnomhafter alter Mann aussehen. Seine Frau wäre groß und ...« Sie vollführte Bewegungen mit ihren Händen.

»So wie ein Standbild?«

»Und ihr Sohn Hugo, mein Freund ...«

Grey lief ein Schauer über den Rücken. Nicht sehr angenehm. »Dein Freund?«

»Von Kindheit an. Wir waren gute Kameraden. Aber wir wuchsen bereits getrennt auf, und in den letzten sieben Jahren habe ich ihn natürlich überhaupt nicht gesehen. Aber ich bin sicher, keiner von ihnen wäre glücklich, wenn sie sich hier in Mundania befänden. Wenn sie also hier sind ...«

»Solche Leute habe ich nicht gesehen. Aber natürlich kenne ich nicht viele Menschen in dieser Stadt.«

»Entweder sind sie hier, dann hat mich der Himmelstaler hergebracht, und die Magie funktioniert, oder aber sie sind nicht hier, und Murphys Fluch schickte mich woanders hin, und ich sitze jetzt in der Patsche.«

»Was für eine Art von Fluch?«

»Der Magier Murphy beschwor vor langer Zeit einen Fluch, und wir wissen nicht, ob er immer noch wirkt. Wenn er dies tut, könnte er mich zu einem falschen Ort geschickt haben. Und dieses könnte Mundania sein.«

»Mein Name ist Murphy«, sagte Grey. »Mein Vater ist Major Murphy, und ich bin Grey Murphy.«

Sie sah ihn mit seltsamer Intensität an. Dann schüttelte sie den Kopf. »Nein, das kann nicht sein. Der Magier Murphy lebte beinahe vor neunhundert Jahren.«

»Vielleicht brachte dich Murphys Fluch zum nächst erreichbaren Murphy«, sagte er spaßeshalber.

Aber sie nahm es ernst. »Ja, das könnte sein. Es könnte der letzte Schnaufer des Fluchs sein. So ist es also kein Zufall, aber ich bin andererseits auch nicht da, wo ich hingehen wollte. Ich sollte dahin gehen, wo ich am meisten gebraucht werde.«

»Ich dachte, deine Aufgabe wäre, dorthin zu gehen, wo der Gute Magier ist.«

»Ja. Wir nahmen wegen seiner Botschaft an, daß dies der Ort sei, wo ich am meisten gebraucht werde.«

»Der Skelettschlüssel zum Himmelstaler«, sagte Grey.

Ivy sprang auf. »Wie konntest du das wissen?«

»Ich, äh, habe das Buch. In ihm heißt es ...«

»Oh, natürlich. Die Muse wacht über sie, aber irgend jemand schmuggelt sie immer wieder hinaus nach Mundania. Es ist ein schlimmes Geschäft, aber scheinbar kann man das Leck nicht abdichten. Wie auch immer, Dolph fand den Skelettschlüssel, der sich als Grazis Knöchelchen herausstellte ...«

»Wer?«

»Ich dachte, du hast das Buch gelesen?«

»Ich vermute, nicht bis zum Ende. Ich bin eingeschlafen. Aber ich erfuhr, wie der Gute Magier verschwand.«

»Grazi ist ein herumlaufendes Skelett. Sie ist sehr nett.«

»Oh, wie Mark Knochen.«

»Ja. Deshalb war sie der Skelettschlüssel. Und sie half, den Himmelstaler zu erlangen. Deshalb schien es ganz natürlich, daß der Gute Magier auf diese Weise bewirken wollte, daß wir ihn finden. Aber wenn mich der Fluch zu einem Murphy anstatt zu Humfrey abgelenkt hat ...«

»Vielleicht hat der Himmelstaler doch richtig funktioniert, nur daß der Gute Magier nicht derjenige war, der dich am meisten brauchte.«

Sie machte große Augen. »Was?«

Grey schluckte. »Ich, äh, brauchte wirklich jemanden wie dich ...« stammelte er verlegen.

»Aber du glaubst doch nicht an Magie!«

»Ich wünschte, ich täte es!« erwiderte er ernsthaft. »Ich wünschte ... ich wünschte, ich könnte an alles glauben, an was auch du glaubst, denn so könnte ich immer dort sein, wo du bist, und ...« Er konnte nicht fortfahren und wußte, daß er sich noch mehr als sonst wie ein Idiot benahm.

»Du brauchst mich«, sagte Ivy sinnend.

»Ich schätze, ich gehe jetzt besser.«

»Du glaubst nicht an Xanth, und so glaubst du auch nicht, daß ich eine Prinzessin bin oder daß ich irgendeine Magie besitze«, sagte sie.

»Aber ich glaube an dich!« rief er verzweifelt aus.

Sie blickte ihn mit einem Ausdruck, den er an ihr noch nicht kannte, abschätzend an. »So macht es also keinen Unterschied für dich, ob ich königlich bin oder gemein und ob ich über Magie verfüge oder nicht.«

»Ich wünschte, ich verstände es! O Ivy, ich denke, du bist solch ein wunderbares Mädchen, wenn es nur nicht diese ... diese ...«

»Einbildung«, vollendete sie.

»Das habe ich nicht gesagt!«

»Aber es ist wahr.«

Das konnte er nicht leugnen. Äußerst verlegen zog er sich in sein Zimmer zurück. Wenn er nur einen Weg finden könnte, seine Gefühle auszudrücken, ohne ins Fettnäpfchen zu treten!

Der Computerschirm leuchtete auf, als er eintrat.

HAST DU EIN PROBLEM?

»Halt dich da raus!« schnauzte er ihn an und schlug wütend auf den Ausknopf. Da er unfähig war, sich auf irgend etwas anderes zu konzentrieren, setzte er sich auf sein Bett und griff nach dem Roman.

3

ZEICHEN

Ivy saß da und dachte eine Weile nach. Sie war so sicher gewesen, daß auch dies hier ein Teil von Xanth darstellte. Vielleicht eine Erscheinung im Kürbis mit Grey als Komplizen der Irreführung. Die einzige Frage, die sich ihr stellte, war, ob Grey dies wußte oder nicht. Er erschien ihr so liebenswürdig, aber natürlich konnte auch dies ein Teil der Aufgabe sein. Sie hatte herausbekommen, wo sie sich befand, so daß sie den Guten Magier erreichen konnte. Doch wenn dieser Platz so abgelegen war, daß sogar Humfrey, der sonst alles wußte, den Weg nicht herausfand, dann würde es mit Sicherheit auch für sie nicht einfach sein. Da sie wußte, daß nichts so war, wie es erschien, nahm sie sich vor, alles zu hinterfragen. Etwas wollte sie glauben machen, daß dies Mundania sei, aber die Geschichte mit der Sprache hatte sie davon abgebracht. Sie hatte erkannt, daß es in Wirklichkeit Xanth war.

Plötzlich hatten Grey und sie verschiedene Sprachen gesprochen. War dies ein weiterer Trick, sie zu täuschen, indem ihrer anfänglichen Verwirrung neue Nahrung gegeben wurde? Grey hatte auf sie wahrlich verwirrt gewirkt –

also nochmals, wenn er benutzt worden war, eine bestimmte Rolle zu spielen, dann könnte er wirklich geglaubt haben, daß dies Mundania war. Daher hatte sie ihn getestet, indem sie ihr Talent eingesetzt hatte, um seine Möglichkeiten zu verstärken, so daß er sich dessen, was immer er war, mehr bewußt werden und seine wahre Natur zeigen würde. Aber er zeigte keinerlei Wirkung. Tatsächlich schien ihre Magie hier unwirksam zu sein. Selbst ihr magischer Spiegel funktionierte nicht mehr. Er zeigte lediglich ihr Spiegelbild, wobei ihr Haar so bleich schien, daß niemand vermuten würde, daß es eine grüne Färbung besaß. Abgesehen von der Sprache wäre es ein leichtes gewesen zu glauben, daß dies Mundania war.

Dann hatte sie Com-Puter gesehen. Plötzlich fügten sich die Dinge ineinander. Offensichtlich konnte Puter nicht in Mundania operieren, da nur Magie ihn antrieb. Das seltsamste jedoch war die Tatsache, daß Grey dennoch in der Lage war, Puter auszuschalten. Dies bedeutete, daß Grey Kontrolle über Puter hatte; ein Unterschied, der sie stutzig machte.

Dann erfuhr sie, wie Grey dies sah – er hatte eine magische Diskette eingelegt, um Puter zu beleben –, und überlegte, ob dies vielleicht doch Mundania sein könnte. Immerhin gab es einige magische Bits, wie zum Beispiel Regenbogen, die in Mundania operierten, und der Zentaur Arnolde war imstande gewesen, einen magischen Durchgang nach Mundania zu verlegen. Vielleicht war die Diskette vom Com-Puter aus Xanth gekommen und veranlaßte nun die mundanische Maschine, magisch zu operieren. Diese hatte ihre Magie dazu benutzt, es Ivy zu ermöglichen, verständliches Mundanisch zu sprechen und zu verstehen. Als die Maschine abrupt abgeschaltet worden war, hörte all dieses auf, und die volle Realität des düsteren Mundania manifestierte sich.

Diese Erklärung schien mehr Sinn zu machen als alle anderen. Grey hatte sich jedoch nicht im mindesten verändert, als die Maschine ausgeschaltet wurde. Er war wohl von ihr unabhängig, schien jedoch genauso verwirrt zu sein, wie Ivy es gewesen war. Vielleicht war es lächerlich, aber sie glaubte, daß Grey das war, was er zu sein schien: ein netter junger Mann.

Aber es hatte in Xanth eine Unzahl netter Männer gegeben – nicht alle von ihnen waren jung –, die sich ihr gegenüber aufgespielt hatten. Sie wußte warum: weil sie eine Prinzessin war. Jedermann würde gerne eine Prinzessin heiraten, selbst wenn sie niemals Aussicht hätte, Königin von Xanth zu werden. Daher hatte sie noch niemandem ihr Vertrauen geschenkt. Sie hatte immer – vielleicht törichterweise – gewollt, nur um ihrer selbst willen geliebt zu werden, und nicht ihrer Position, ihrer Hexenmagie oder der Macht ihres Vaters wegen. Dadurch war ihr romantisches Leben kärglich, ganz im Gegensatz zu dem ihres kleinen Bruders. Sie mochte Nada so gerne, daß sie mehr als nur eine abfällige Meinung für Nadas großen Bruder Naldo übrig hatte, der mit Sicherheit eine gute Figur als Prinz abgab. Aber wenn Dolph Nada heiraten würde, sobald er in das Alter käme, wäre es für sie aus verständlichen Gründen nicht mehr zweckmäßig, Nadas Bruder zu heiraten.

Sie erkannte auf einmal, daß Grey sie tatsächlich um ihrer selbst willen mochte, da er dachte, daß ihre Magie und ihre Position als Prinzessin Teil einer Täuschung gewesen waren. So gesehen zählte in Greys Einschätzung alles, was sie ihm über sich erzählt hatte, gegen sie. Dennoch mochte er sie offensichtlich sehr gerne. Ihre Mutter, Irene, hatte sie schon seit langer Zeit über die Anzeichen männlichen Interesses und deren Falschheit belehrt. Ihre Mutter traute tatsächlich keinem Mann gänzlich; ihr Grundsatz war ›Laß niemals einen Mann die Oberhand gewinnen – man weiß nie, wo er sie hintun könnte‹. Ivy hatte dies gewußt, seit sie zwei Jahre alt gewesen war und es niemals vergessen. Aber der arme Grey hatte offensichtlich keinen Begriff von Oberhand, denn er konnte einem Mädchen nichts sagen, ohne irgendwie zu stammeln. Das war eine seiner reizenden Qualitäten.

Grey hatte jedoch einen verwirrenden Rückzug eingeschlagen, und Ivy mußte nun entscheiden, was zu tun war. Wenn dies hier wirklich Mundania war, ein Ort ohne Magie, abgesehen der Hilfe durch Com-Puter, und der gute Magier sich nicht hier aufhielt, dann würde sie sich selbst aus dem widerwärtigen Durcheinander herauswinden müssen, den der Fluch des Magiers Murphy verursacht hatte. Stell dir das vor: Du wirst zu einem Murphy geschickt anstelle zu Humfrey. Als erstes wird sie mit dem Himmelstaler einen Weg zurück nach Xanth finden müssen, so daß Electra ihn erneut laden und sie wieder die Suche nach Humfrey fortsetzen könnte, diesmal jedoch ohne den Fluch. Aber wie wäre dies zu schaffen?

Sie kannte die Antwort: Dolph erzählte ihr einmal von einem geheimen Weg nach Xanth, der die gewöhnliche Barriere umging. Er verlief durch den Kürbis, der auf der Zentraurinsel oder deren mundanischen Entsprechung lag. Sie brauchte lediglich dorthin zu gelangen und den Kürbis zu durchschreiten. Aber wie konnte sie einen Weg durch Mundania finden, wenn sie nicht einmal die Sprache sprechen konnte? Es war nicht zu bestreiten, sobald sie die Umgebung des örtlichen Com-Puter verließ, würde sie wieder nur Kauderwelsch verstehen. Des weiteren besaß sie kein mundanisches Geld, was aber notwendig war, da die Dinge hier nicht auf den Bäumen wuchsen. Nun gut, sie hatte den Taler, den konnte, nein, den würde sie niemals als so etwas wie Geld verwenden! Dies bedeutete: Sie war auf Hilfe angewiesen. Doch wer? Grey! Wenn sie sich doch sicher sein könnte, daß sie ihm trauen konnte! Na gut, sie könnte ihn ja auf jeden Fall einmal darum bitten.

Sie stellte sich vor einen Spiegel, um Rock und Bluse zurechtzuzupfen. Die mundanische Kleidung war bei weitem nicht so gut wie die aus Xanth, denn sie scheuerte auf ihrer Haut und war dazu auch noch abgetragen. Dennoch müßte sie ihren Zweck erfüllen können. Ivy war froh darüber, daß Agenda wenigstens in etwa ihre Größe gehabt hatte!

Sie schritt zur Tür, trat hinaus und wandte sich ein bißchen zögerlich in Richtung Greys Apartment. Sie klopfte an. Einen Moment später öffnete sich die Tür.

»Grey, ich muß dich etwas fragen ...« begann sie.

»Xbju-xf'sfjoup hjccfsjti bhbjo!«, brach es aus ihm hervor, während er sich von ihr abwendete.

Oh. Er hatte offenbar Puter wieder ausgeschaltet. Er würde ihn wieder einschalten müssen, bevor sie miteinander sprechen konnten.

Als sie sich dessen bewußt wurde, faßte sie einen Entschluß. »Warte!« sagte sie und ergriff seinen Arm. Denn es gab etwas, was sie machen wollte, ohne daß Puter sie dabei beobachten konnte.

Er hielt inne. »Xibu?« fragte er.

Sie lächelte, drehte ihn leicht herum, damit er ihr direkt ins Gesicht blicken konnte. Dann lehnte sie sich vorwärts und küßte ihn sanft.

Sie zog sich zurück. Er stand noch immer wie angewurzelt da. »Zpv'sf opu nbe bu nf?« fragte er verwundert.

»Grey, es ist alles in Orndung«, flüsterte sie lächelnd. Dann zeigte sie auf Puter.

Verwirrt ging er zu der Maschine und betätigte den Knopf, der Puter neues Leben einhauchen würde. Einen Augenblick später erwachte der Bildschirm.

WENN DU AUF DIESE DUMMHEIT BESTEHST, erschien auf dem Bildschirm.

»Nun, du hast es mir nicht leicht gemacht«, erwiderte Grey. »Aber jetzt muß ich mit Ivy sprechen.«

SELBSTVERSTÄNDLICH.

Grey wollte mit Ivy in ihr Apartment gehen, aber sie hob abwehrend die Hand. »Es ist in Ordnung, wenn Puter zuhört«, sagte sie. »Ich habe sowieso gleich mit ihm zu sprechen.«

NATÜRLICH, antwortete der Bildschirm selbstzufrieden.

Sie sah Grey an. »Ich glaube, daß ich in Mundania bin«, fuhr sie fort. »Ich muß nach Xanth zurückkehren. Wirst du mir helfen?«

»Aber …«

»Aber du glaubst nicht an Xanth«, sagte sie. »Doch würdest du daran glauben, wenn ich dir Xanth zeige?«

»Ich …«

»Du siehst, ich scheine zu wissen, wie man dorthin gelangt, aber ich brauche Hilfe. Du könntest, wenn du mitkommst, mit den Leuten sprechen, denn ich kann nicht …«

»Oh, aber selbstverständlich«, stimmte er zu.

Sie schaute auf den Bildschirm. »Com-Puter, du wußtest, daß ich kommen würde, nicht wahr?«

JA.

»Und du weißt, von woher ich komme.«

JA.

»Wirst du Grey berichten, von woher ich komme?«

JA.

»Ach. Das mußt du mir aber *erzählen*«, platzte Grey hervor. »Das könnte dann die wahre Geschichte an den Tag bringen.«

»Erzähle es ihm«, forderte sie.

PRINZESSIN IVY KOMMT VON XANTH.

Grey erstarrte. »Das sagst *du*? Aber wie kann eine Maschine an Phantasie glauben?«

WEIL ES WAHR IST.

»Du siehst, daß wir ihn schon längst hätten fragen können«, sagte Ivy. »Puter, warum bin ich hier?«

GREY BRAUCHT DICH AM MEISTEN.

»Aber was ist mit dem Guten Magier Humfrey?«

ICH WEISS NICHTS ÜBER IHN.

Also war es der Fluch! Sie war nicht zu Humfrey geschickt worden, sondern zu den Mundaniern, von denen wohl die meisten ihre Unterstützung brauchten. Aber es gab noch ein Rätsel. »Puter, warum bist *du* hier?«

UM DEINE BEGEGNUNG ZU ERLEICHTERN.

»Aber du kümmerst dich doch kein Stück um mich!« protestierte sie.

UNZULÄSSIGES STATEMENT.

Also wollte Puter nicht mehr erzählen. Davon war sie nicht überrascht. Sie war froh, daß er immerhin soweit mit ihr kooperiert hatte.

Sie wendete sich wieder Grey zu. »Wenn du mir hilfst, werde ich dir Xanth zeigen«, sagte sie.

Grey war noch immer sichtlich verwirrt durch Puters Bestätigung ihrer Herkunft. Er konnte es einfach nicht glauben, doch gleichzeitig hatte er noch mehr Schwierigkeiten, es nicht zu glauben. Das war schon ein gewisser Fortschritt. »Ich werde ... äh ... dir helfen, wenn ich kann.«

»Du wirst mich zum Namenlosen Schlüssel führen müssen.«

»Zu was?«

EIN SCHLÜSSEL SÜDLICH VON FLORIDA, sagte der Bildschirm helfend.

»Aber das ist weit entfernt von hier! Wie ...«

PER ANHALTER.

»Aber meine Kurse! Ich kann nicht überspringen ...«

WÄHLE: IVY ODER ENGLISCH FÜR ANFÄNGER.

Grey war verblüfft. »Also, wenn du das so siehst ...«

DU WIRST ZEITWEISE KEINE NEIGUNG FÜR GELEHRSAMKEIT HABEN.

Grey wurde mißtrauisch. »Du handelst, als wolltest du, daß ich gehe!«

JA. DANN WIRD MEIN AUFTRAG ERFÜLLT SEIN.

Ivy wurde jetzt mißtrauisch. »Wie lautet dein Auftrag?«

GREY MURPHY NACH XANTH ZU BRINGEN.

Grey schüttelte den Kopf. »Das glaube ich nicht!«

DEIN GLAUBE IST UNWICHTIG. SCHALTE MICH AUS, WENN IHR AUFBRECHT.

»Das ist total verrückt«, schrie Grey. »Mein Computer will von mir, daß ich mich in eine Täuschung begebe!«

»Du verstehst«, erinnerte ihn Ivy, »wir werden nicht in der Lage sein, miteinander verständlich zu reden, solange wir nicht in Xanth sind. In Mundania werde ich meinen Mund zu halten haben.«

»Aber wir können nicht einfach so losgehen! Mein Vater ...«

»Sieh es mal von dieser Seite«, erwiderte Ivy. »Wenn wir Xanth nicht finden, kannst du in ein paar Tagen wieder hierher zurückkehren. Puter kann dir dann durch all deine Kurse helfen, so daß dein Vater von all dem nichts mitbekommen und Puter nicht für immer ausschalten wird. Sollten wir aber Xanth finden ...«

Grey bekam langsam wieder einen klaren Kopf. »Laß uns völlig unbegründet annehmen, daß wir dieses Xanth finden und dorthin gehen ... Wo werde ich da bleiben? Wieder alleine und weit weg von zu Hause. Wenn ich dann nach Hause komme, wird ein Haufen Schwierigkeiten auf mich warten!«

»Wenn du mit mir kommst, bist in Xanth willkommen«, sagte Ivy. »Ich dachte, das hättest du vestanden. Nur dachte ich bisher, daß du nicht mit willst.«

»Ich ... ach ... wenn du dorthin gehst, dann will ich auch dorthin gehen. Selbst wenn es verrückt ist.«

Ivy lächelte. »Du wirst es mögen ... selbst wenn es verrückt ist.«

Grey zuckte mit den Achseln und gab sich geschlagen. »Wann werden wir aufbrechen?«

»Jetzt«, brachte Ivy strahlend hervor.

»Jetzt? Aber ...«

JETZT, sagte der Bildschirm.

Grey versuchte, einen weiteren Protest anzubringen, aber Ivy lächelte ihn nur an, und er schmolz dahin. Sie hatte gesehen, wie Nada auf dieselbe Weise Dolph überrumpelt hatte; es war schön zu wissen, daß solche Magie auch in Mundania funktionierte.

»Jetzt«, stimmte Grey zaghaft zu.

Sie blieben nur noch so lange, bis sie genügend Kleidung und Essen zusammengepackt hatten. Leider wuchs im öden Mundania keins von beiden auf Bäumen. Dann legten sie los.

Das Reisen per Anhalter erwies sich als eine spezielle Art der Magie: Eine Person streckte einen Daumen nach oben, und dies veranlaßte die sich bewegenden Objekte, Autos genannt, anzuhalten. Zumindestens einige von ihnen. Autos erwiesen sich als von innen hohl, mit komfortablen Sitzen und Gurten, welche im Falle eines Aufpralls die Insassen zurückhielten. Jedes Auto brauchte mindestens eine Person, die es fuhr, und es schien sich mehr oder weniger dorthin zu bewegen, wohin die Person es wollte. Aber es gab da Hindernisse: Leuchtende Lichter hingen über den Autowegen und blitzten in dem Moment, wo sich irgendein Auto näherte, strahlend rot auf. Dann murmelte der Fahrer irgend etwas in sich hinein, welches sich selbst im Kauderwelsch noch scheußlich anhörte, und ärgerte sich noch für eine halbe Minute, bevor das Licht seine Farbe änderte und grün aufleuchtete. Dann startete der Fahrer, wobei die runden Füße seines Autos häufig aufquietschten, nur um dann auf die gleiche Weise vom nächsten roten Licht eingefangen zu werden. Ivy wünschte, daß sie den Zweck dieser Magie verstehen könnte. Sie könnte versuchen, dieses zu erfahren. Doch nahm sie an, daß eine solche Bemühung nicht viel Sinn machen würde, selbst wenn sie in der Lage gewesen wäre, den Dialekt zu verstehen.

Einige Autofahrten später brach die Nacht in Mundania genauso wie in Xanth herein. Offensichtlich scheute die Sonne auch hier die Dunkelheit, denn sie war nirgends mehr zu sehen, als die Nacht sie umschloß. Sie unterbrachen das Trampen, aßen einige Bohnen aus Greys Konserven und suchten dann nach einem Platz, an dem sie die Nacht verbringen konnten.

Grey war noch immer ein wenig verwirrt, weswegen Ivy die Führung übernahm. Sie waren am Rand einer großen

Ortschaft, Stadt genannt, wie sie sich erinnerte. Sicherlich gab es dort eine Scheune. »Cvu xf dbo'u kvtu ...« protestierte Grey und fiel langsam zurück. Also küßte sie ihn wieder und führte ihn an der Hand zur Rückwand der Scheune, wo sie eine Tür fand. Drinnen war ein Dachboden voller Heu, gerade so, wie sie es erwartet hatte.

Aber anstatt das Heu unberührt, flockig und locker zu lassen, hatten die idiotischen Mundanier es irgendwie in Würfelform zusammengepreßt. Deswegen war es überall hart und holprig. Es gelang ihnen dennoch, einige Handvoll loses Heu zusammenzukratzen und ein einigermaßen benutzbares Bett herzurichten. Ivy wies Grey an, sich hinzulegen, legte sich neben ihn und breitete ihre Jacken mit noch mehr Heu wie Decken über sie. Es war gemütlich genug.

Seite an Seite schliefen sie ein.

Am nächsten Tag standen sie auf, klopften sich das Heu von Haar und Kleidern. Dann schlichen sie sich vorsichtig aus der Scheune. Ivy war hungrig und wußte, daß auch Grey es war. Sie war sich jedoch darüber im klaren, daß es besser war, früher aufzubrechen, als sich wegen ein paar Bohnen noch weiter aufzuhalten. Was für eine Erleichterung würde es sein, wieder in Xanth zu sein, wo gutes Essen leicht zu beschaffen war.

Die Autos rasten vorbei ohne zu stoppen, ungeachtet der Magie der Daumen. Offensichtlich war in Mundania selbst dieser begrenzte Zauber nicht zuverlässig. Grey murmelte etwas Unverständliches, aber sie verstand das Wesentliche: Die Leute in den magischen Fahrzeugen waren alle in solch einer Eile, daß niemand anhalten konnte, um irgend jemand anderem einen Gefallen zu tun. Dies schien typisch für dieses stumpfsinnige Land zu sein.

Dann fuhr ein schöner blauer Wagen langsam heran.

»Ppqt«, sagte Greys, scheinbar mehr verärgert als erfreut. Er versuchte, von der Straße zurückzuweichen, aber der blaue Wagen näherte sich weiter, bis er neben ihnen anhielt.

Im Wageninnern befanden sich zwei in Blau gekleidete Personen mit flachen Mützen und glänzenden Kupferknöpfen auf ihren Jacken. Ivy erkannte diesen Typ. Dämonen! Sie hatte sie auf dem Wandteppich gesehen. Diese gehörten zu der Art, die als Gemeiner Blauer Plattfüßler bekannt waren, dessen Hauptbeschäftigung darin bestand, sich Reisenden zu widmen. Kein Wunder, daß Grey alarmiert war.

Aber es war zu spät. Der Plattfüßler an der rechten Seite winkte ihnen zu. Ivy fiel etwas Besseres ein, als der Versuch davonzulaufen. Dadurch konnten die Dämonen immer wieder Leute des normalen Volkes einfangen, es sei denn, es gab eine starke Gegenmagie. Jedoch wußte sie darüber hinaus, daß die Blauen Dämonen mit ihrem Getrieze für gewöhnlich harmlos waren. Dämonen mochten es, Menschen seltsame Bewegungen machen zu lassen, sie leicht am ganzen Körper zu schlagen und ihnen unangenehme Fragen zu stellen. Doch nachdem sie ihren Spaß gehabt hatten, gingen sie für gewöhnlich zu anderen Dingen über.

»Xifsf zpv ljet hpjoh? Epo'u zupx ju't jmnfhbn up ijudiijlf? Mfu't tff vpvs JE«, sagte der Plattfüßler mürrisch.

Grey versuchte im gleichen Kauderwelsch, irgend etwas zu erklären, aber natürlich reagierten die Dämonen darauf überhaupt nicht. Das taten sie niemals. Sie ließen ihn seine Brieftasche herausziehen, welche eine kleine flache Mappe war, die verschiedendste Karten und dies eigenartige mundanische ›Geld‹ enthielt, von dem Grey ein wenig bei sich hatte. Sie überprüften seine Karten, und der ihm nahestehende Plattfüßler blicke ihn nach bester dämonischer Art an. Offenbar hatte Grey die Überprüfung bestanden.

»Cvu uif hjsm-tif npplt voefsbhf. Jbwf up difdl ifs upp.«

Der Plattfüßler wandte sich zu Ivy und streckte seine fette Hand, mit der Handfläche nach oben, aus. O nein – würde er jetzt in seiner Routine dazu übergehen, sie zu schlagen? Selbst wenn dies unangenehm genug war, würde sie sich deswegen keine wirklichen Sorgen machen.

Grey drehte sich zu ihr um und hielt die Brieftasche hoch, die der Plattfüßler ihm zurückgegeben hatte. Plötzlich erkannte sie, daß der Dämon *ihre* Brieftasche sehen wollte. Natürlich hatte sie als Prinzessin von Xanth keine. Sie hatte beobachtet, daß die Brieftaschen der meisten mundanischen Frauen viel größer waren als die der Männer und die unmöglichen Dinge enthielten, aber selbst hatte sie keine dabei. »Ich habe keine«, erklärte sie.

Die Augen des Dämon weiteten sich, und Ivy bemerkte ihren Fehler. Sie hatte mit Grey abgemacht, zu schweigen und ihm das Sprechen zu überlassen, weil das, was sie sagte, für die Mundanier leicht entstellt klang. Sie hatten schriftliche Notizen miteinander ausgetauscht, nachdem sie der Entstellung nicht mehr Herr werden konnten und anschließend darüber gelacht. Wenn sie mit ihm sprach ›Du sprichst kauderwelsch‹ hatte er gehört ›Kuh wischt blauen Elch‹, und wenn sie fragte ›Du kannst mich auch nicht verstehen?‹ kam heraus ›Truthahn in Rauch gesehen‹. Aber am schlimmsten war es gewesen, als sie im Verlaufe ihrer Erzählung einmal sagte ›Ich habe Kutter voll Krebsen und vielen Fahnen hier gesehen‹ und er so etwas gehört hatte wie ›Schabe butterig Kekse unstabil Sahne vierzehn‹. Als sie das aufklärten, hatte sie seinen kleinen Kühlschrank leergeplündert – einen Kasten, der magisch kalt von innen war – und Kekse und Butter gefunden. Mit Sicherheit waren es fünf Stück von ihnen gewesen, welche in vierzehn Teile auseinanderbrachen (unstabil), als sie versuchte, die harte Butter draufzuschmieren. Sie hatten gelacht und gelacht. Und das war das Geheimnis ihrer Beziehung: Sie konnten über dieselben Dinge lachen. Sie hatte diese Erfahrung noch niemals zuvor mit einem anderen Mann gemacht, sondern nur mit Nada und Electra.

Aber nun starrte der Dämon sie mit einem verärgerten Erstaunen an – Dämonen beherrschten solche Gesten ausgezeichnet –, und sie wußte, daß sie sich in Schwierigkeiten befand. Wie konnte sie erklären, daß sei von Xanth kam, wenn der Plattfüßler nicht an Xanth glaubte? Grey hatte sie gewarnt, daß man sie für verrückt halten würde.

Was konnte sie tun? Sie schloß ihren Mund und spreizte ihre Hände. Sie hatte ihnen nichts zu zeigen.

»Uibu epft ju: tif't b svobxbz!« sagte der Plattfüßler. Seine Tür schwang auf, und er hiefte seine schwerfällige Masse heraus. »Dpnf pr-sf'sf ublijoh zpv jo!« brüllte er und grabschte nach Ivys Arm.

Sie schaute schutzsuchend nach Grey hinüber, aber er blickte nur hilflos zurück. Sie verstand das Problem: Es war unmöglich, vor Dämonen zu fliehen, deswegen war es notwendig, mit ihnen auszukommen. Vielleicht würde alles in Ordnung gehen.

Sie wurden beide auf die Rückbank des Wagens der Plattfüßler verfrachtet, welcher dann mit hohem Tempo die Straße entlangfuhr. Grey hielt Ivys Hand. Bald darauf erreichten sie die Residenz der Dämonen, wo es von männlichen und weiblichen Plattfüßlern nur so wimmelte, und außerdem gab es viele von diesen ungestümen blauen Wagen mit blinkenden Lichtern auf ihren Dächern. Was für ein furchterregender Ort!

Hier gab es noch mehr Gerede, bis schließlich eine matronenhafte Dämonin Ivy am Arm nahm. Ivy hängte sich zurück, da sie nicht von Grey getrennt werden wollte, aber dieser machte eine Geste, daß sie mit der Dämonin gehen sollte.

Die Matrone führte sie zu einer kleinen Kammer, in der Stühle und Tisch standen. Dann sprach sie in einem fragenden Ton Kauderwelsch. Ivy spreizte ihre Hände, wissend, daß dies besser war als zu sprechen.

Dann zog die Matrone Bilder hervor: Männer, Frauen, Kinder, Tisch, Stuhl, Auto – eine komplette Sammlung. Sie zeigte auf das Bild eines Mannes und legte dann ihre Hand auf ihre Stirn, beinahe den Haaransatz berührend. Dann streckte sie die Finger ihrer Hand und sie führte sie, Handfläche nach unten, von der Stirn weg. »Nbo«, sagte sie bestimmend.

Worauf wollte sie hinaus? Ivy hielt ihren Mund verschlossen.

Die Matrone zeigte auf das Bild einer Frau. Sie machte eine Faust mit nach oben zeigenden Daumen, öffnete dann ihre Hand, wie sie es zuvor getan hatte, und führte die Hand bis auf die Höhe ihrer Wange. »Xpnbo.«

Ivy beobachtete und sagte nichts.

Die Frau zeigte auf sich selbst und wiederholte die zweite Geste noch einmal. Dann zeigte sie auf Ivy und machte es noch einmal.

Plötzlich verstand Ivy. Dies Geste kennzeichnete eine Frau! Sie hob ihre eigene Hand, Daumen nach oben, öffnete dann diese und imitierte die Geste.

Die Matrone lächelte. Sie zeigte auf das Bild des Mannes.

Ivy machte prompt die entsprechende Geste.

»Wfsz hppe!« brachte die Matronin erfreut hervor.

Die Bedeutung dessen ging nicht spurlos an Ivy vorbei. Dies war ein Weg, sich zu verständigen, der die gesprochene Sprache umging. Damit konnte sie mit den Mundaniern sprechen! Obgleich sie hoffte, nicht länger in Mundania zu bleiben, erkannte sie, daß ihre Unfähigkeit, deren spezifische Sprache zu sprechen, sie daran hindern könnte, von Mundania zu fliehen, weil die Mundanier annehmen würden, daß sie verrückt war. Es war notwendig, die Mundanier davon zu überzeugen, daß sie eine normale Person war – und hier bot sich eine Chance.

Sie vertiefte sich in die Lektion der Zeichensprache. Sie sagte sich selbst, daß sie in dieser Art von Dingen sehr gerissen sei, und deswegen wirkte, obwohl ihre Magie hier nicht sehr gut funktionierte, die Kraft ihres Talents der Verstärkung von selbst. Schnell meisterte sie die Zeichen für ›Mann‹, ›Frau‹, ›Mädchen‹ (lediglich eine kleinere ›Frau‹) und erschloß sich allgemeinere Begriffe wie zum Beispiel den für irgendwo hingehen: die beiden Zeigefinger rotieren umeinander, vergleichbar mit einem sich nach vorne bewegenden Rad. Die Matrone war entzückt und erfreut; es schien, daß sie niemals zuvor einen so begabten Schüler gehabt hatte.

Es klopfte an dem Türrahmen, und ein Plattfüßler trat herein. Die Matrone schreckte auf, schaute auf ihr Handgelenk, an dem sich ein komisches Armband befand. Das Ornament bestand aus einer runden flachen Oberfläche wie die einer Sonnenuhr mit zwei kleinen Linien, deren Position sich magisch veränderte. Sie veränderten sich niemals, solange Ivy draufschaute, aber sie waren immer verändert, wenn Ivy weg- und dann wieder zu ihnen hinschaute. Dann sprach die Matrone hastig zum Plattfüßler, der dann wegging.

Die Matrone schaute Ivy ins Gesicht, machte eine Geste und führte eine Geste zu ihrem Mund mehrere Male aus, so als ob sie etwas in ihn hineinstecken wollte. Ivy war perplex. Was hatte dies zu bedeuten? Zuviel Gerede? Aber anstatt sich damit auseinanderzusetzen, stellte Ivy Überlegungen zum Armband an.

Die Matrone tippte mehrere Male auf den Rücken ihres Handgelenks, machte dann eine komische Faust und kreiste mit ihr über der anderen glatten Handfläche. Ivy schüttelte ihren Kopf; sie konnte darin keinen Sinn erkennen. Die Matrone öffnete ihr Bilderbuch und zeigte darin auf ein ähnliches Armband mit dem Wort ›xbudi‹ darunter. Offensichtlich ein besonderes Dekorationsstück.

Dann erschien der Plattfüßler wieder mit einem Päckchen. Die Matrone nahm und öffnete es. Darin befanden sich verschiedene Sandwiches und zwei von diesen komischen mundanischen Papierschachteln mit Milch.

Ivy zog blitzschnell die Verbindung zu den merkwürdigen Handzeichen der Matrone. Das war Essen! Die Matrone brauchte daher nicht das Hand-zu-Mund-Zeichen zu wiederholen, denn es war offensichtlich, daß es ›essen‹ bedeutete. Ivy war ziemlich ausgehungert. Es war mehr Zeit verstrichen, als sie bemerkt hatte, und sie hatte noch kein Frühstück gehabt. Jetzt war es schon gegen Mittag.

Die Matrone gab Ivy zwei Sandwiches und eine Milchschachtel. Den Rest nahm die Matrone selbst. Ivy schnappte schnell die Begriffe für ›Eiersalatsandwich‹ und ›Milch‹ auf – das letztere war äußerst seltsam, weil es das getrennte Zusammendrücken beider Hände beinhaltete, so als ob man an kurzen Bändern ziehen würde, anstatt des offensichtlichen Pflückens einer Milchkrautschote – und aß eifrig, während die Lektion weiterging.

Nun wurde es schwerer: die Matrone fragte sie und benutzte dabei die Zeichen, die sie eingeführt hatte. *Wohin wollte Ivy gehen*?

Ooops! Ivy verstand die Frage gut, doch wie konnte sie antworten. Sagte sie ›Xanth‹, würde sie für verrückt gehalten werden. Aber dann fand sie einen Ausweg.

Ivy ist auf *dem Heimweg*. Dabei war das Zeichen für ›Heim‹ dasselbe wie das für ›Essen‹ und ›Schlafen‹, weil Heim dort war, wo eine Person gewöhnlich aß und schlief. Xanth war in der Tat das Heim für Ivy!

Die Matrone nickte. *Wer ist der Mann*?

Sie meinte Grey. Das war einfach. *Freund*. Die Zeichen bestanden im Verharken ihres rechten Zeigefingers mit dem linken Zeigefinger, wobei sie dann den linken über den rechten führte und so ein doppelte Verknüpfung machte.

Der Rest war verhältnismäßig einfach. Es schien, daß die Plattfüßler sich nicht nur darum Gedanken machten, ob Ivy verrückt war, sondern sie zogen auch in Erwägung, daß Grey sie mißhandelt haben könnte oder daß beide von zu Hause weggelaufen waren. Ivy hatte der Matrone bereits gezeigt, daß, abgesehen von ihrer Sprache, mit ihrem Geisteszustand alles in Ordnung sei, und versicherte nun, daß Grey ihr geholfen habe, nach Hause zurückzukehren. Sie war sich auch darüber im klaren, daß die Dämonen Grey ähnliche Fragen gestellt haben würden, wobei sie bei ihm nicht auf die Handzeichen angewiesen waren. Er wird wohl gerissen genug gewesen sein, um jegliche Details über Xanth zu vermeiden. Die Dämonen versuchten nur, auf ihre Art zu helfen.

Befriedigt brachte die Matrone Ivy zurück zur Hauptkammer und sprach in einem wasserfallartigen Kauderwelsch zu dem diensthabenden Dämon. Der Dämon machte eine ›Ich gebe es auf‹-Geste und schwankte zum hinteren Teil des Raums.

Grey erschien. Ivy rannte ihm entgegen und warf sich in seine Arme, wobei sie ihn eng umschlang. Was für eine Erleichterung, endlich wieder bei ihm zu sein, nachdem sie durch die Dämonen gefangengenommen wurden.

Die Dämonen erlaubten ihnen zu gehen. Tatsächlich arrangierten sie für Ivy und Grey sogar eine Fahrt in einem großen Fahrzeug, das ungefähr fünfzig Personen in zwei Doppelsitzreihen aufnehmen konnte. Während sie auf diesen Doppelsitzler noch warteten, drehte sich Ivy, als sie plötzlich noch einen Einfall hatte, zur Matrone um und machte jene Zeichen, mit denen sie nach dem Bilderbuch der Zeichen fragte. Dies war eine weitere Möglichkeit, um sich in Mundania mit Grey zu unterhalten! Die Matrone, die bemerkenswert schön für eine Dämonin war, gab ihr das Buch mit einem Lächeln.

Das große Fahrzeug kam, sie stiegen hinein und fanden zwei freie Plätze im hinteren Teil, die nebeneinander lagen. Dann öffnete Ivy das Bilderbuch und begann Grey, die Zeichen zu lehren.

Der ›Bus‹, es stellte sich heraus, daß er so genannt wurde, fuhr nicht direkt zum Namenlosen Schlüssel, sondern in der verwirrenden mundanischen Art fuhr er statt dessen zu einer großen Stadt, wo sie aussteigen und sich einen anderen Bus suchen mußten. Da der andere Bus bisher noch nicht angekommen war, warteten sie mehrere Stunden in einem großen überfüllten Gebäude. Dort war alles einfach und übersichtlich geordnet. Es gab Toiletten nach mundanischer Art – getrennt nach Frauen und Männern –

und Plätze, an denen Grey weitere Sandwiches besorgen konnte. Sie verwendeten die gewonne Zeit zum Üben der Zeichensprache. Grey hatte ihre Nützlichkeit beinahe so schnell wie sie erkannt, denn wenn sie alle diese Zeichen lernten, dann benötigten sie Com-Puter nicht mehr, um sich das mundanische Kauderwelsch verständlich zu machen.

Ein mundanischer Mann sah sie üben und näherte sich ihnen. Verlegen unterbrach Grey seine Übungen, doch der Mann überraschte sie dadurch, daß er die Zeichen selber benutzte. *Bist du taub*? erkundigte er sich, indem er seine Ohren und seinen Mund berührte.

Nein, signalisierte Ivy. Jetzt erst erkannte sie: *Dieser Mann beherrschte die Zeichensprache*!

Es stellte sich heraus, daß der Mann taub war und eine langjährige Erfahrung im Umgang mit Zeichen hatte und mit etwas, das man Lippenlesen nannte. Dadurch konnte er die von anderen Menschen gesprochenen Worte verstehen, ohne sie zu hören. Er wartete auf den gleichen Bus wie sie und hatte angenommen, daß sie ebenso wie er taub wären. Sein Name war Henry. Er war froh, mit ihnen die Zeichensprache üben zu können, da auch in Mundania nur wenige dieser Art des Sprechens beherrschten. Er konnte diese mit einer überraschenden Finesse derart geschwind ausführen, daß es ihnen unmöglich war zu folgen. Aber er versicherte ihnen, daß sie mit zunehmender Übung imstande sein würden, sich genauso wie er zu verständigen, so daß es der herkömmlichen Sprache beinahe gleich käme.

Ihr Bus verspätete sich, was sie aber kaum bemerkten. Sie setzten ihre Übungen unentwegt fort, ihre Dialoge wurden zunehmend geübter, doch erreichten sie nicht annähernd den Stand von Henrys Meisterschaft. Als der Bus kam, nahmen sie beide an Henrys Seite Platz, so daß sie mit ihren Übungen weitermachen konnten.

Dann hatte ihr Bus eine Panne. Sie mußten für weitere drei Stunden auf einen ›Ersatzbus‹ warten, um ihre Reise zu beenden. Es machte ihnen nichts aus. Die anderen Fahrgäste, gereizt durch die Verspätung, schlossen sich allmählich an, und so wurde Henry zum Lehrer einer Klasse. Für einige war es offensichtlich ein lustiges Spiel, lediglich Zeichen anstellte von Kauderwelsch zu verwenden. Einige Kinder jedoch nahmen es begeistert und mit großen Geschick auf.

Als der neue Bus eintraf, stiegen alle um und setzten ihre Reise fort. Die meisten der Mundanier verloren das Interesse an diesem Zeichenspiel, doch eine kleine Anzahl verblieb dabei. Zum ersten Male war Ivy in der Lage, in einer begrenzten Art und Weise direkt mit Mundaniern zu sprechen. Sie erwiesen sich als Leute, die Ivy und Grey sehr ähnlich waren. Sie waren entweder unterwegs, um Freunde oder ihre Familie zu besuchen, oder auf dem Weg zu einer neuen Arbeit, manche sogar einfach nur aus Spaß.

Die Nacht brach an, und schließlich kehrten sie zurück zu ihren gepolsterten Stühlen, in denen sie sich ausruhten. Die Sitze waren so weich und Ivy so müde, daß sie einschlief. Es war ein langer Tag gewesen – aber ein guter Tag. Sie war so froh darüber, daß die Plattfüßler sie aufgegriffen hatten; hatte sie doch viel mehr gewonnen als verloren, wenn sie überhaupt etwas verloren hatte. Diese Zeichensprache – sie machte Mundania wesentlich weniger beängstigend, und sie brauchte Mundania bei weitem nicht mehr in solch einer großen Eile zu verlassen. Selbstverständlich bemerkte sie, daß nur wenige Mundanier die Zeichensprache benutzten. Trotzdem war es eine großartige Entdeckung.

Schließlich kamen sie zur letzten großen Stadt, die vor dem Namenlosen Schlüssel lag. Hier mußten sie wieder einmal den Bus wechseln. Sie sagten ihren neugefundenen Freunden Lebewohl und begaben sich zum Warteraum, in dem sie auf Bänken bis zum nächsten Morgen schliefen. Dies war vergleichbar mit einem Marsch durch den Dschungel in Xanth: Es hatte seine Unbequemlichkeiten, aber es war nicht wirklich schlimm, wenn man sich daran gewöhnt hatte.

Am Morgen fuhren sie mit einem kleinen Bus runter zu etwas, das in Xanth die Zentaureninsel gewesen wäre. Hier in Mundania war jedoch alles viel verwirrender. Es gab hier wohl ungefähr Quintillionen von Inselchen. Sie stiegen in der Nähe des Namenlosen Schlüssels aus und wanderten in das Gebiet, welches Dolph beschrieben hatte. Obwohl die Insel klein war, stellte sich heraus, daß es sich um eine beträchtliche Strecke handelte.

Nach einer gewissen Zeit kamen sie zu einem verzierten Tor. *Dies ist es*! signalisierte Ivy. *Hier war mein* Bruder!

Greys Gesicht war ausdruckslos. Sie wußte, daß er noch immer nicht an die Existenz von Xanth glaubte und demgegenüber vorsichtig war, was ihnen hier begegnen könnte. Aber schließlich hatte er zugestimmt, sie hierher zu bringen. Ihr gefiel seine Beharrlichkeit. Grey war kein leichtgläubiger Mensch, aber er war anständig.

Wir müssen hineingehen, signalisierte sie. *Der Schlüsselwächter ist dort*.

Grey schritt zu einem Kasten, der neben dem Tor aufgebaut war, und drückte einen Knopf. Offensichtlich war dies eine magische Klingel. Eine Kauderwelsch sprechende Stimme ertönte aus dem Nichts. Grey antwortete.

Erzähle ihm, wer ich bin, signalisierte Ivy.

Grey zögerte. *Sicher*? signalisierte er zurück. Tatsächlich benutzte er das Zeichen für ›Zustimmung‹, indem er seine Stirn berührte und seine beiden Zeigefinger in einer Linie zusammenführte, denn er kannte das richtige Zeichen nicht, aber sie verstand es gut genug.

Ja. Prinzessin Ivy von Xanth. Da es für Xanth kein Zeichen gab, benutzte sie das für ›Heim‹. Tatsächlich signalisierte sie also ›Prinz begleitet mich heim‹. Einige Kompromisse waren notwendig, bis sich ihr Vokabular von Zeichen vergrößert hatte.

Grey zog eine Grimasse, sprach aber dann dennoch in den Kasten.

Der Kasten schwieg abrupt. Sie warteten nervös, wohl wissend, daß Greys letzte Aussage eine Wirkung erzielt hatte – doch welcher Art?

Dann erklangen die Worte erneut. »Wenn du aus Xanth stammst, dann spreche jetzt.«

Ivy sprang. Sie verstand! Com-Puter mußte hier sein!

»Ich bin die Prinzessin Ivy von Xanth«, sagte sie deutlich. »Mein Bruder Dolph ist vor drei Jahren hier gewesen. Er war damals neun Jahre alt. Ihr habt ihm geholfen; nun müßt ihr mir helfen.«

Es kam zu einer Pause. »Mit wem war Prinz Dolph zusammen?«

»Er kam mit Nada Naga, seiner Verlobten. Sie ist so alt wie ich.«

Eine weitere Pause folgte. »Beschreibe Nada.«

Ivy erinnerte sich. »Oh ... sie erschien in der Form einer Schlange, da sie hier ihre natürliche Form nicht aufrechterhalten konnte.«

Dann schwang das Tor nach innen auf. »Tretet ein, Prinzessin Ivy.«

Sie schritten hinein, Grey mit starrem Blick. Es war offensichtlich, daß er niemals erwartet hätte, daß dies funktionieren würde.

Der Schlüsselwächter kam den Weg herunter, um sie zu treffen, wobei er etwas in seiner einen Hand hielt. Er war ein großer fetter alter Mann, gerade so, wie Dolph ihn beschrieben hatte, nur noch extremer. Er sprach Kauderwelsch. Doch dann kamen aus seinen Händen plötzlich Worte für Ivy: »Was machst du hier in Mundania, Prinzessin Ivy?« Offensichtlich besaß er eine Schachel, die beide Sprachen sprechen konnte.

»Der Himmelstaler schickte mich, aber es war ein Fehler.«

»Ah, also hat Prinz Dolph den Himmelstaler gefunden!« stieß die Schachtel nach einer Weile Kauderwelsch hervor, welches Grey offenbar verstand. Nach alledem schien das Kauderwelsch offenbar nicht dasselbe zu sein, welches

Com-Puter benutzte. Die Schachtel war ein Golem, der die mundanische Sprache von dem Mann übersetzte. Das war eine Erleichterung, da Ivy Com-Puter nicht traute. »Aber warum benutzte er ihn nicht für sich selbst?«

»Er ist gebunden, bis er sich entschieden hat, welches Mädchen er heiraten wird«, erwiderte Ivy. »So benutzte ich den Taler statt dessen. Es muß jedoch der Fluch des Magiers Murphy störend dazwischengekommen sein, da ich zu Grey Murphy in Mundania gesendet wurde.«

Sie betraten das Haus des Wächters, das sehr schön war. Die Fußböden waren mir Teppichen ausgelegt, und die Fenster zeigten hinaus auf die Schlüsselinsel. »Mein Verständnis von solcher Magie ist begrenzt«, sagte der Wächter. »Doch ich bezweifle, daß ein achthundert Jahre alter Fluch solch eine weitreichende Wirkung erzielen könnte. Mit Sicherheit würde er nicht den Mundanier Murphy mit dem Magier Murphy verwechseln oder den Himmelstaler dazu veranlassen, völlig durcheinanderzugeraten. Es muß eine bessere Erklärung für das geben, was geschah.«

Ivy erinnerte sich, daß Dolph die gewundene Art beschrieben hatte, mit der sich der Schlüsselwächter auszudrücken pflegte. Sie fand sich damit ab. »Egal, ich muß nach Xanth zurückkehren, so daß wir es noch einmal versuchen können, und ich habe Grey versprochen, ihm Xanth zu zeigen. Sie müssen wissen, daß er nicht an Magie glaubt.«

»Du hast einem Mundanier von Xanth erzählt?« fragte der Wächter erschrocken.

»Es geht in Ordnung. Er glaubt es nicht.«

»Er wird, wenn du es ihm zeigst!«

»Aber ich muß es ihm zeigen! Ich möchte nicht, daß er glaubt, ich sei verrückt.«

Grey sprach Kauderwelsch. Nach einem Moment übersetzte die Golemschachtel. »Ihr müßt wissen, daß ich allem zuhöre! Ich höre, daß ihr beide eine fremde Sprache beherrscht, aber ihr habt mir noch keinerlei Magie gezeigt.«

»Ein Skeptiker«, sagte der Wächter. »Das ist gut. Wenn er jetzt nach Hause zurückkehrt, sollte es keine Probleme geben.«

»Nein!« erwiderte Ivy scharf. »Ich will, daß er Xanth kennenlernt.«

Der Wächter starrte sie ein. »Du weißt, daß Xanth kein Platz für Mundanier ist. Er würde vom erstbesten Drachen gefressen werden, dem er begegnete.«

»Ich werde ihn beschützen«, sagte Ivy. »Ich kenne mich in Xanth aus. Egal, ich besitze den magischen Spiegel und kann damit direkt in Verbindung mit Schloß Roogna treten.«

»Du beabsichtigst, ihn den ganzen weiten Weg nach Schloß Roogna mitzunehmen?«

»Selbstverständlich! Treffen kann er dann ...«

»Warum?«

Das verwirrte sie. »Warum?«

»Warum willst du einen Mann von Mundania mit deiner Familie zusammenbringen?«

»Also, wenn ich ... er ... ich meine.« Irritiert suchte sie nach einem Halt.

»Weil du ihn magst?« fragte Wächter.

»Tja ...«

»Hast du irgendeine Idee, wie deine Leute ragieren könnten, wenn ...«

Grey sah perplex aus. »Worüber sprecht ihr beide eigentlich? Selbst in der Übersetzung hört es sich wie Unsinn an!«

Ivy fand sich in einem Strudel der Unentschlossenheit wieder. Der Wächter hatte ihre tatsächlichen Absichten durchschaut, von denen sie nicht einmal etwas geahnt hatte. Sie wußte sehr gut, wovon er sprach. Er hatte recht. Es wäre wohl besser, wenn sie Grey jetzt sofort zu seinem College zurückschickte.

Sie sah Grey an. Sie konnte seine Erscheinung und seine Fähigkeiten überhaupt nicht einschätzen. Er war ein netter Mensch – doch Mundania war kein guter Platz für nette Leute. Er würde zu dem zurückkehren, was er ENGLISCH

FÜR ANFÄNGER nannte, und es würde sein Leben langsam in den Dreck ziehen.

»Und wenn du ihn mitnimmst und er von Xanth mit all der Magie erfährt, wird es mir nicht möglich sein, ihn nochmals durch dieses Portal passieren zu lassen«, warnte der Wächter sie. »Wir können es nicht glauben …«

»Ich weiß«, erwiderte Ivy. »Dennoch …«

»Du bist eine Prinzessin. Du kannst tun und lassen, was du willst«, sagte der Wächter ernst. »Aber du bist jung und ungestüm und könntest andern unvorhersehbaren Schaden zufügen.«

»Ich weiß«, wiederholte Ivy kaum hörbar.

Der Wächter schüttelte seinen Kopf grimmig. »Ich will mit der Sache nichts mehr zu tun haben.«

»Was geht hier eigentlich vor?« fragte Grey über die Golemschachtel nach.

Ivy atmete tief durch. »Grey, ich … ich mag dich, du hast mir sehr geholfen, und ich versprach, dir Xanth zu zeigen. Aber …«

Er blickte sie verständnisvoll an. »Aber natürlich kannst du es nicht, da es gar nicht existiert. Schau Ivy, warum willst du nicht mit mir zurückkommen, und …«

Das war es. »Und ich *werde* dir Xanth zeigen!« beschloß sie. »Also, wenn du einmal in Xanth bist, kann es sein, daß dir nicht erlaubt wird, es zu verlassen. Deswegen muß ich dich wirklich warnen …«

Grey schüttelte seinen Kopf geduldig. »Laß uns mal der Verständigung wegen annehmen, daß Xanth existiert und du mich dort hinbringst und ich nicht mehr zurückkehren kann. Was erwartet mich deiner Meinung nach in Mundania?«

»ENGLISCH FÜR ANFÄNGER«, antwortete sie mit einem Lächeln.

»Richtig. Ein Schicksal, kaum besser als der Tod. Also zeige mir dein Xanth. Ich nehme meine Chancen wahr. Möglicherweise könnte es ganz angenehm sein in einem Land, in dem Pasteten auf Bäumen wachsen und Magie funktioniert.« Er grinste. »Und schon wieder beginne ich, töricht zu handeln. Die Wahrheit ist, daß ich mit dir zusammen sein möchte, Ivy. Mir ist es ganz gleich, wohin du gehst, solange ich nur an deiner Seite sein kann.«

Ohne Zweifel mochte er sie so, wie sie ihn mochte. Doch hatte er keine Vorstellung von dem, worum er bat, und sie handelte falsch, wenn sie ihn mit nach Xanth nahm. Wahrscheinlich sollte sie ihn doch lieber zurück in sein langweiliges Haus schicken. Aber sie wußte, daß sie das nicht tun würde.

»Schicke uns hindurch, Wächter«, sagte sie. »Uns beide.«

Der Wächter nickte, er hatte dies erwartet. »Ich muß dich warnen, denn die Route verläuft nicht direkt. Du mußt durch den Kürbis hindurchreisen. Und das ist für jede Person unterschiedlich. Der Nachthengst wird dich zwar erkennen, weswegen du selbst auch keinen Schaden erleiden wirst. Aber er hat es nicht gerne, wenn Mundanier unbefugt in den Kürbis eindringen. Daher wird er keinem von euch beiden helfen. Du wirst dir deinen eigenen Weg hindurchsuchen müssen, und das kann sich als eine schwierige Aufgabe erweisen.«

»Ich war schon vorher einmal im Kürbis«, sagte Ivy.

»Aber noch niemals mit einem mundanischen Begleiter.«

Sie wußte, daß dies das ganze Bild veränderte. Aber sie hatte sich festgelegt. »Wir machen es so oder so. Bring uns also zu dem Kürbis.«

Der Wächter betrachtete sie prüfend. »Wie du wünschst, Prinzessin.«

4

BERG

Grey und Ivy folgten dem fetten Mann hinaus in den hinteren Teil des Gartens. Dieser war ein vollständig abgeschirmter, exotischer Dschungel mit lieblichen Seitenwegen und, den Geräuschen nach, sogar mit einem rinnenden Bach im Hintergrund. Dann kamen sie zu einem monströsen, wassermelonenartigen Ding, mit einem Stengel an der einen und einem Loch an der anderen Seite. Dies war offensichtlich der ›Kürbis‹, den sie als Straße nach Xanth erwähnt hatten. Grey war sich sicher, daß sich in diesem Kürbis nichts anderes als Fruchtfleisch und Kerne befanden.

Ivy wandte ihm ihr Gesicht zu und machte Handzeichen. *Sprachlose Verständigung.*

Gab es dort drinnen eine weitere Übersetzungsbox? Warum nicht?

Halt meine Hand, setzte sie fort.

Gerne! Er nahm ihre Hand. Ivy kletterte in das Loch, und er folgte ihr unmittelbar.

Plötzlich standen sie in einer Höhle, die größer erschien als der Kürbis selbst. Oh – der Kürbis war lediglich ein verborgener Eingang zu dieser neuen Kammer. Raffiniert!

»Dies ist bloß eine Erscheinung von Xanth«, sagte Ivy. »Ich glaube, ich war schon einmal hier.«

»Du dachtest, du wärest in einem großen Kürbis«, stimmte er ihr zu. Dann begriff er, daß die Sprachbarriere nicht mehr bestand. Sie konnten wieder direkt miteinander reden, ohne auf den Übersetzungscomputer angewiesen zu sein. Dies war eine erhebliche Verbesserung.

»Jetzt, wo wir über die Schwelle getreten sind, brauchen wir uns nicht mehr bei den Händen zu halten«, setzte sie fort. »Doch bleibe immer dicht bei mir, Grey, weil die Welt des Kübis nicht so wie das gewöhnliche Xanth ist. Die Kürbiswelt hat wirklich sonderbare Regeln, und sie kann jemanden einen ordentlichen Schrecken einjagen.«

»Schrecken einjagen? Wie die Geisterbahn in einem Vergnügungspark? Darüber mache ich mir keine Sorgen.«

»Der Kürbis ist dort, wo die schlechten Träume gemacht werden«, sagte sie. »Die Nachtmahre bringen dann die Träume zu jedem Schläfer, der sie verdient. Hier ist nichts wirklich real, aber beinahe jeder kann erschreckt werden.«

Nicht wirklich real ... kam sie wieder zur Vernunft und gestand, daß Xanth nichts weiter als eine Einbildung, daß sie nicht wirklich eine Prinzessin in einem magischen Land war, sondern nur ein Mädchen, das gerne träumte? »Danke für die Warnung«, sagte er.

»Der Kürbis stellt sich auf jede Person, die dort eintritt, ein, auch wenn es gewöhnlicherweise nur Erscheinungen sind«, fuhr sie fort. »Deswegen ging ich als erste hinein, weil meine Anwesenheit die Erscheinung festhalten sollte. Bis dahin mußtest du mit mir im physischen Kontakt stehen, ansonsten hätte er dich in eine andere Traumsequenz versetzt, und wir wären nie wieder zusammengekommen.«

»Das wäre aber sehr schlecht gewesen«, stimmte er zu. Es schien so viel Sinn zu machen, was sie sagte! Sie hatte diese hübsche Träumerei tatsächlich vollständig durchdacht. Selbstverständlich war ihre Einbildung auf den Geschichten von Xanth aufgebaut, die sie sehr viel sorgfältiger als er gelesen haben mußte. Nun wünschte er, daß er die Kapitel nicht so überflogen hätte.

»Erinnere dich vor allem daran: Hier kann uns nichts wirklich schaden, solange wir uns an den richtigen Pfad halten und nicht herumirren. Aber wir können erschreckt werden, bevor wir hindurchgekommen sind.«

Grey erinnerte sich an eine Szene aus Xanth: Eine Reisegruppe hatte eine qualvolle Reise entlang des Verlorenen Pfades gemacht. Alle möglichen Wortspielereien waren im Überfluß vorhanden, und Prinz Dolph ging in einem modernen Flughafen verloren – das war die sogenannte harmlose Xanth-Idee von Schrecken. Wenn auch dieses Horrorhaus damit ausgestattet war, war er darüber doch ein bißchen beunruhigt. »Ich werde daran denken.«

Sie gingen geradewegs auf ein Licht zu, bis sich plötzlich die Höhle zu einer atemberaubenden Landschaft öffnete.

Da reckte sich ein Berg durch düstere Nebel in das Sonnenlicht empor, und dessen seltsame Konturen hoben sich scharf vor dem Hintergrund ab: unregelmäßige Stufen, dennoch ähnlich einer Pyramide, mit Terrassen, die durch Bergstürze hervorgehoben wurden und durch Höhlengänge unterbrochen waren. Berggipfel glänzten wir pures Kristall, und ein oder zwei Stürzpfeiler schienen zu schweben. Auf der obersten Bergspitze thronte in einem abenteuerlichen Winkel ein Palast oder ein Schloß mit seinen zahlreichen Türmen; so weit und hoch da oben schaute es winzig aus. Die Gesamtwirkung des Zauberlands war atemberaubend schön und herausfordernd.

Neben ihm starrte Ivy schweigend auf den Berg, ebenso verzückt wie er. Dann erwachte sie wieder zum Leben. »Ich hatte gehofft, daß es nicht so stark befestigt wäre und auch nicht so bald erscheinen würde«, murmelte sie.

Grey machte einige Schritte nach vorne, um diese faszinierende Bergstruktur zu betrachten. Plötzlich stoppte er. Er wäre beinahe gegen eine Glasbarriere gestoßen! Dann blickte er erneut auf den Berg. »Meine Güte ... es ist ein Bild!« rief er aus. »Nur das Bild eines eingebildeten Berges! Wir können ihn gar nicht erreichen.«

»Ich glaube nicht, daß das der Fall ist«, sagte Ivy. »Erinnere dich doch, es ist der Kürbis, in dem die Träume wahr werden. Wir müssen in das Bild hineingehen.«

»Hineingehen in das ...?« Aber er erinnerte sich, daß in einem der Bücher genau solch eine Szene beschrieben war, so daß sie es natürlich glaubte. »Alles klar, du gestaltest die Szene, und ich werde folgen.«

»Ja.« Mit einem Schritt trat sie durch die Barriere.

Grey staunte. Sie stand auf einem gemalten Pfad, der in das gemalte Tor hinunterführte, das den gemalten Berg umschloß. Kurzum, sie stand innerhalb des Bildes!

Dann überlegte er, daß es sich um eine optische Täuschung handeln mußte. Da war sicher ein Eingang oder irgend etwas Ähnliches. Er bewegte sich erst hinüber, wo sie gestanden hatte, und dann vorsichtig weiter vorwärts. Er streckte eine Hand aus und betastete die Oberfläche des Bildes. Er strich mit den Fingern darüber. Das Ding war definitiv ein Gemälde mit kleinen Erhebungen; er konnte die Kanten der Terrassen und jede Stufe des steinernen Aufstiegs um den Berg herum fühlen. Doch kein Weg, um in das Bild zu gelangen!

Jetzt war Ivy ein Teil des Bildes. Sie entfernte sich den Pfad hinunter – vielleicht nahm sie an, er wäre direkt hinter ihr –, die Perspektive ließ sie immer kleiner erscheinen. War sie es wirklich? Er stieß ihr mit einem Finger in den Rücken – und sie sprang.

Während Grey staunte, wirbelte die gemalte Ivy mit einem verwirrtem Ausdruck auf ihrem kleinen Gesicht herum. Sie war lebendig – und doch gemalt. Er fühlte das Material ihres Rockes, die Festigkeit ihres dünnen Gesäßes, ebenso wie die Flachheit des Gemäldes.

Ivy sagte irgend etwas, aber natürlich konnte er sie nicht hören. Wie konnte eine Figur in einem Gemälde auch sprechen?

Dann begann sie Zeichen zu machen: *Grey,* gab sie durch Gesten zu verstehen, indem sie die Zeichen für weiß und schwarz benutzte, die sie für seinen Namen vereinbart hatten: mische weiß mit schwarz, und du bekommst grau.

Ihr Name bedeutete Efeu oder auch Grüne Pflanze. Er antwortete ihr mit diesem Zeichen. Plötzlich verwendeten sie die Taubstummensprache auf eine ganz neue Art!

Komm her, signalisierte sie.

Ich kann nicht, gab er zurück, weil er dies alles kaum glauben konnte. Wie konnte sie Teil eines Bildes sein und gleichzeitig leben und sich bewegen?

Sie ging zurück, auf ihn zu und wurde rascher größer, als die Perspektive eigentlich zuließ. Schließlich hatte sie ihre normale Größe und stand im Vordergrund des Bildes. *Nimm meine Hand.*

Grey streckte seine Hand aus. Er legte sie gegen das Gemälde, aber an ihrer Seite, denn er hatte gelernt, vorsichtig bei der direkten Berührung ihrer Erscheinung zu sein. Sie nahm ihre Hand hoch, um seine aufzunehmen.

Die Beschaffenheit des Gemäldes veränderte sich unter seinen Fingern. Es wurde warm und nachgiebig wie Fleisch. Seine Hand umschloß schließlich ihre, wobei sich ihre Finger verschränkten.

Plötzlich zog sie heftig, und er fiel nach vorne. Er gewann den Eindruck, ins Wasser zu schreiten, wobei die Wasseroberfläche über seinen Körper strich. Er blinzelte und versuchte, sein Gleichgewicht wiederzuerlangen.

Dann stürzte Ivy ihn, um ihm zu helfen. »Keine Angst, Grey, du bist drin«, sagte sie.

Es hatte ihm immer gefallen, so dicht bei ihr zu stehen, aber jetzt war er zu verwirrt, um dies richtig zu genießen. Er löste sich und schaute zurück. Da war die Höhle: ein Bild von einem riesigen Rahmen eingefaßt.

Er schaute vorwärts. Dort stand ein Berg – größer und deutlicher als zuvor. Hier war die Luft kälter, und es roch auch ein wenig nach Meer; eine Seebrise zerzauste sein Haar und ließ Ivys langes grüne Haar flattern.

Grün?

Er schnellte zurück. Ihr Haar hatte tatsächlich eine grüne Färbung! Er nahm eine Strähne zwischen seine Finger und prüfte sie genau: Blond und grün.

»Das Haar meiner Mutter ist noch viel dunkler grün«, sagte Ivy verständnisvoll. »Wegen ihres grünen Daumens, verstehst du. Sie hat grüne Haare und grüne Schlüpfer und läßt andere Frauen grün vor Neid werden. Ich bin nur ein Schatten von ihr und daher weniger grün.«

»Grüne Schlüpfer?« wiederholte Grey. Ivys Hand schnellte zu ihrem Mund. »Oh, das hätte ich nicht erzählen dürfen! Kein Mann außerhalb der Familie darf die Farbe ihrer Schlüpfer kennen! Versprich mir, es nicht weiterzuerzählen!«

»Ich, äh, werde es nicht weitererzählen«, versprach Grey benommen, hatte er doch in diesem Moment Wichtigeres zu bedenken als die Schlüpfer von Ivys Mutter! Wie konnte er im Inneren des Bildes sein und der Ort, von dem er kam, sich in ein Gemälde verwandeln?

Er streckte seine Hand aus, um das Gemälde hinter sich zu berühren. Er fühlte die rauhe Struktur der gemalten Steine der Höhlenwand.

»Ich schätze, jetzt glaubst du an Magie«, sagte Ivy ein bißchen selbstzufrieden.

Grey nahm sich zusammen. »Magie? Selbstverständlich nicht!« Offensichtlich war dies eine hochentwickelte Illusion mit einer Art Schleier oder Energieschirm, der den Eindruck von Gemaltem hervorrief, von welcher Seite auch immer man es berührte. Sein Verstand deutete diese Struktur als das, was er jeweils auf der anderen Seite sah. Das einzig Merkwürdige war, wie Ivy durch den Vorhang gelangen konnte und wie sie ihn hindurchgebracht hatte. Ihre Haarfarbe könnte ein Speziallichteffekt sein. Er hatte schon dramatischere Effekte in Magieshows gesehen.

»Oh, na gut, laß uns weiter mit der Aufgabe machen.«

»Aufgabe?«

»Du weißt, der Hengst der Finsternis hat Aufgaben entlang sämtlicher Wege im Kürbis eingerichtet, um Fremde fernzuhalten. Ich mußte schon einmal durch einen See aus Rizinusöl schwimmen, um weiterzukommen. Pfui!«

»Pfui!« wiederholte er, und sie warf ihm ein süßes Lächeln zu. Allein das entlohnte ihn für all die Mühe.

Sie wanderten den Pfad hinunter auf den Berg zu. Der Nebel wurde dünner, als sie sich näherten, und er sah, daß der Berg sich steil aus der Ebene erhob, die selbst so flach war wie die Oberfläche eines Tisches. Grauer Stein bestimmte das Bild des Berges, und er war völlig kahl: überhaupt keine Bäume oder Gras. Immer eindrucksvoller ragte er drohend empor und war viel größer, als Grey von der Höhle aus vermutet hatte.

»O je, müssen wir da hochklettern?« fragte er.

»Selbstverständlich. So sind die Aufgaben. Ich bin sicher, daß wir das Schloß auf dem Gipfel erreichen werden. Es sieht zwar so aus wie Schloß Roogna, aber selbstverständlich ist es das nicht, weil Schloß Roogna im Dschungel und nicht auf dem Gipfel eines kahlen Berges liegt, und im übrigen ist das hier ja sowieso der Kürbis. Wahrscheinlich gibt es ein Fenster vom Schloß aus nach Xanth, aber es wird nicht einfach sein, das Schloß zu erreichen.«

Grey betrachtete die steilen Felswände und legte den Kopf in den Nacken, um das winzige Schloß weiter oben zu sehen. Er schluckte. Er hatte zwar keine Höhenangst, aber ungeschützte Höhen machten ihn nervös. Es gab kein Geländer an diesen schmalen Felssimsen! »Äh, wie ist der Name dieser, äh, Aufgabe? Xanthberg?«

Aber Ivy machte sich entschlossen auf den Weg. Er konnte ihr folgen oder sie alles allein riskieren lassen. Der Name des Berges ... sie mußten ihn nur besteigen. Er beeilte sich, sie einzuholen. Vielleicht würde der Aufstieg nicht so schlimm sein, wie er aussah.

Sie erreichten den Fuß der Wand. Sie wuchs gnadenlos steil empor, der Fels zu glatt, um ihn ohne eine Spezialausrüstung zu ersteigen. Selbst der niedrigste Sims lag außerhalb der Reichweite.

»Ja, es ist eine Aufgabe, okay«, sagte Ivy. »Aber vielleicht nur eine passive.«

»Passive?« fragte Grey und fühlte sich mal wieder dumm.

»Eher als eine aktive.«

»Was ist denn der Unterschied?«

»Bei einer passiven Aufgabe«, erklärte sie geduldig, »wirst du nicht von Ungeheuern gejagt.«

Oh. »Dann laß es ruhig passiv sein«, stimmte er zu.

Sie umrundeten den Fuß des Berges. Sein Umfang schien nicht groß zu sein, ja in der Tat, eher viel zu klein, um ein solch großes Schloß auf dem schmalen Gipfel zu tragen, es sei denn, das Schloß wäre so klein, wie die Persepektive es erscheinen ließ. Es wäre wirklich eine Ironie, wenn sie auf den Gipfel kämen und dort ein Puppenschloß entdeckten!

Sie erreichten einen kleinen Busch, der direkt an der Wand wuchs. »Vielleicht verbirgt diese Pflanze einen Eingang«, vermutete Grey. Tatsächlich schien der Fels dahinter weniger massiv zu sein. »Das riecht so seltsam.«

»Sei vorsichtig«, sagte Ivy. »Es könnte ein ...«

Ein spitzer Stock stieß aus der Pflanze hervor, als Grey sich über sie beugte. Er sprang gerade noch rechtzeitig zurück, um nicht erstochen zu werden.

»... Pfeilwurz sein«, schloß Ivy.

Grey warf ihr einen Blick zu, aber sie schien es ernst zu meinen. Er hob einen Kieselstein auf und warf ihn nach der Pflanze. Ein weiterer Pfeil stieß hervor und traf den Stein mit erschreckender Genauigkeit. »Pfeilwurz«, stimmte er ihr zu.

»Es ist gefährlich, sich ihm zu nähern«, erklärte Ivy überflüssigerweise. »Mit seinem Geruch zieht er Vögel und ähnliches an und dann ...«

»Ich kann's mir bildlich vorstellen.« Mit Sprungfedern versehene Pfeile in einer gewöhnlichen Pflanze versteckt: eine Falle, wie geschaffen für einen Dschungelkämpfer. Und ein Wortspiel, geschaffen von einem verrückten Geschichtenschreiber. Er hätte gelacht, wenn er es komisch gefunden hätte.

Sie gingen weiter um den Berg herum. Bald trafen sie auf

eine andere Pflanze, und diese verbarg tatsächlich eine Treppenflucht, die auf den ersten Sims führte. Starker Minzgeruch hing in der Luft. Grey näherte sich vorsichtig der Pflanze und untersuchte sie. Er sah keine Pfeile. Trotzdem traute er ihr nicht. Er fand einen Kieselstein und warf ihn in den Busch.

Eine Staubexplosion war die Folge. Sie umhüllte ihn mit einer Wolke. Grey atmete ein – und begann zu niesen.

Er sprang zurück und schnaufte heftig. »Da-ha-das ist-ha-Pfeff-*tschie*!« stieß er zwischen den Niesern hervor.

»Eine Pfefferminze«, bestätigte Ivy. »Ich hätte es wissen müssen.«

Grey hörte auf zu niesen und kam, nach Luft schnappend und auf dem Boden sitzend, mit tränenden Augen und einer juckenden Nase, die schon den nächsten Nieser ankündigte, wieder zu sich. »Pfeff-Pfefferminze«, keuchte er mit tiefer Abscheu. Eine Minze, die den Eindringling mit gemahlenem Pfeffer bombardierte.

Nach kurzem Zögern gingen sie weiter, weil es sich nicht lohnte, das Niesen zu riskieren, das sie auf sich nehmen müßten, wenn sie sich durch die Wächterpflanze zu den dahinterliegenden Stufen pflügen würden. Sie würden sich dabei glatt vom Sims niesen!

Sie gelangten zu einer dritten Pflanze. Wiederum war der Minzgeruch stark. Grey warf einen Stein nach ihr, und die Minze beantwortete dies mit einem Aroma von minzigem Räucherwerk.

»Ist das alles?« fragte er mißtrauisch. »Räucherwerk?«

»Es muß eine Falschminze sein«, stellte Ivy fest. »Sie täuscht einen angenehmen Geruch vor, von dem einem unter bestimmten Umständen übel werden kann.«

»Keine echte Minze?« fragte er nach, da er ein weiteres Wortspiel vermutete.

»Nein, die macht einen Geruch, der die Leute echt wütend machen kann.«

Grey beließ es dabei. Schließlich hatte er es herausgefordert.

Es gab einen Höhleneingang hinter der Pflanze. Sie beschlossen, ihn auszuprobieren. Sollte dieser nicht schnell auf den Sims emporführen, so würden sie umkehren und einen anderen Aufstieg suchen.

Und tatsächlich! Drinnen befand sich eine Wendeltreppe, die direkt hinauf zum Sims führte. Überhaupt kein Problem! Sie kamen aus einem Torbogen heraus, der sich direkt unter einem weiteren kleinen Absatz mitten zwischen größeren Podesten befand.

Ivy blickte zu dem kleinen Absatz empor. »Opa Trent!« rief sie aus.

Grey schaute ebenfalls hin, konnte aber nichts besonderes erkennen. Es war ein leerer Platz mit einer Art Baldachin darüber. »Ich sehe niemanden«, sagte er kurz angebunden.

Irritiert blickte sie ihn an. »Du siehst König Emeritus Trent nicht?«

»Richtig. Ich sehe ihn nicht.«

Sie wandte sich dem Sims zu. »Er sieht dich nicht, Opa!« Dann hielt sie inne und sagte: »Oh.«

»Warum gehen wir nicht dort hoch, und ich beweise dir, daß da nichts ist«, schlug Grey vor.

»Nicht nötig«, sagte sie traurig. »Opa sagt, daß er nicht wirklich da ist. Es ist einfach eine Illusion des Zauberbergs. Es gibt eine Reihe von ihnen, aber sie verlassen jetzt den Zauberberg, damit wir einander nicht in die Quere kommen.«

Ob sie wieder vernünftig wurde? »Also können wir ihn ignorieren«, sagte er. »Laß uns auf den Gipfel steigen und diese Leute vergessen.«

»Ja«, antwortete sie ein wenig eingeschnappt.

Aber sie mußten schon wieder einen Weg wählen. Wenn sie den Berg anblickten, so befand sich links von ihnen eine Treppenflucht, die irgendwohin außerhalb ihres Blickfeldes führte; zu ihrer Rechten setzte sich der Sims mehr oder weniger eben fort und verschwand nach einer Kurve ebenfalls. Sie beschlossen, mit dem ebenen Pfad zu beginnen, und folgten dabei der Theorie, daß dieser schneller zu erforschen sei. Wenn er nirgendwohin führte, würden sie zurückkehren und die vielversprechenden Stufen ausprobieren.

Der Sims führte zu einer schmalen Brücke über einem großen Höhleneingang. Der Stein der Brücke war gebrochen; sie war so schmal, weil der Rest zerbröckelt und heruntergefallen war. Grey gefiel das ganz und gar nicht. »Und wenn sie unter unserem Gewicht zusammenbricht?«

Ivy zuckte mit den Schultern. »Werden wir eben fallen. Aber wir können uns nicht wirklich weh tun. Der Kürbis verletzt Leute nicht körperlich, er macht ihnen nur angst. Außerdem befragten meine Leute die Vorzeichen, als ich auszog, den Himmelstaler zu benutzen, und sagten, daß ich unverletzt heimkehren würde. Wenn wir also abstürzen, heben wir uns einfach selbst auf und versuchen es noch einmal.«

Grey war nicht im mindesten beruhigt. Er setzte kein Vertrauen in magische Versicherungen oder in die Wohltaten des Kürbisses. Er wußte aber, daß seine Einwände Ivy nicht berühren würden, deren Glaube wiederum die Logik herausforderte. Dennoch machte er den Versuch, zu ihr durchzudringen.

»Ivy, vielleicht wirst du heil nach Hause kommen, aber ich habe keine Garantie, weil deine Magieexperten nicht wußten, daß ich kommen würde. Und vielleicht wird der Kürbis dich nicht verletzen, weil du eine Prinzessin von Xanth bist, aber ich bin nichts Derartiges, und er wird nicht auf mich achten. Deshalb fürchte ich mich vor dieser Brücke.« Sie überlegte kurz. »Ja, das ist wahr. Mundanier können in Xanth in Schwierigkeiten geraten. Ich werde meine Magie gebrauchen, um dich zu beschützen.«

»Deine Magie?« Dies klang in seinen Ohren auch nicht viel besser.

»Nun, nicht genau meine Magie. Ich meine, ich benutze die Magie, die mich beschützt, um auch dich zu schützen. Auf diese Weise bist du so sicher, wie ich es bin.«

Grey war immer noch nicht sehr beruhigt. Er befürchtete, daß Ivy etwas Dummes tun und sie sich beide verletzen würden. Dies mochte ein phantastischer Vergnügungspark sein, aber man konnte sich darin verletzen, wenn man unvorsichtig war. Er hatte ihr erklärt, wie er selbst im Rahmen ihres Glaubens zu Schaden kommen könnte, aber in Wirklichkeit machte er sich Sorgen um sie. Sie glaubte so fest an ihre eigene Sicherheit, daß sie unnötige Risiken auf sich nahm. Aber wie sollte er sie sonst überzeugen?

»Nimm meine Hand«, sagte sie. »Wir überqueren die Brücke zusammen. Wenn du fällst, falle ich auch. Auf die Weise werden wir beide sicher sein.«

Grey seufzte. Er mußte das Risiko einfach auf sich nehmen, und, falls sie fallen sollten, ihren Körper mit seinem schützen.

Er nahm sie bei der Hand, und sie begannen die halbzerstörte Brücke zu überqueren. Sie bestand nur noch aus einem steinernen Bogen, der mit dem dunklen Schlund einer Höhle darunter viel zu zerbrechlich schien. Sie war so schmal, daß sie sich drehen und mit dem Rücken zur Wand seitwärts hinüberschreiten mußten, wobei Ivy voranging.

»Oh!« rief Ivy aus, als sie nach hinten fiel.

Nach hinten? dachte er, als er sie an sich riß. *Ihr Rücken war an der Wand*!

Dann lag sie in seinen Armen, und er sah, daß die Höhle in einem schmalen Fenster hinter ihnen auslief. Von einer sicheren Wand konnte keine Rede sein. Sie wäre beinahe in die Höhle gefallen.

Aber etwas Gutes hatte es dennoch. Ivy mochte die Vorstellung zu fallen überhaupt nicht, selbst wenn ihre Sicherheit garantiert war. »Wir müssen vorsichtiger sein«, sagte sie. Grey erwiderte nichts, glücklich darüber, daß sie diese Haltung eingenommen hatte.

Sie versuchten es noch einmal, wobei sie diesmal auf beide Seiten der Brücke achteten. Ivy wandte sich nach außen und Grey nach innen, so daß jeder von ihnen die Gefahren auf einer Seite sehen und den anderen warnen konnte. Sie gingen seitwärts voran. Der Stein sackte ein wenig ab, und etwas Sand fiel heraus, aber er brach nicht zusammen. Dann waren sie hinüber.

Aber wenn das die geringste Gefahr war, wo doch der Boden wirklich nicht zu weit entfernt war, was war dann mit den höher gelegenen Bereichen, wo jeder Sturz mit Sicherheit schlimm ausgehen würde? Grey gefiel die ganze Geschichte immer weniger, je mehr er in sie verwickelt wurde.

Jenseits der Brücke gab es breite und feste Stufen. Sie hakten sich unter und marschierten so Seite an Seite empor.

Der Sims setzte sich fort, indem er sich an die unregelmäßige Krümmung des Berges schmiegte, war dann wieder mit Stufen versehen oder stieg in einer Rampe bergauf. Sie kamen gut voran. Bald schauten sie nach unten und entdeckten, daß sie bereits eine Umrundung vollendet hatten. Sie befanden sich über der Stelle, an der sie zuerst den Sims betreten hatten. Aber sie waren immer noch am Fuß des Berges und hatten weitere Windungen der Spirale über sich. Der Tag verstrich, und keiner von ihnen wollte auf dem Sims von der Nacht überrascht werden. Daher beeilten sie sich so sehr, wie es eben noch unter Wahrung ihrer Sicherheit möglich war.

Aber in den oberen Regionen war es kalt, und der Wind nahm zu. Schwaden des Bodennebels rissen sich los und stiegen unheilvoll nahe dem Berg empor.

»Mist!« fluchte Ivy. »Ich sehe Fracto!«

»Was?«

»Cumulo Fracto Nimbus, die schlimmste aller Wolken. Sie ist immer auf Unheil aus! Ich weiß nicht, wie sie in den Kürbis kommt, aber sie ist hier. Sie brachte auch Dolph in Schwierigkeiten, als er hier war.«

»Eine böse Wolke?« Aber nun erinnerte er sich: Da hatte etwas über eine freche kleine Wolke in den Geschichten gestanden. Er fand die Bemerkung über eine böse Wolke wunderlich. Zwar war dies mit Sicherheit der falsche Zeitpunkt für einen Sturm, dennoch schien sich einer zusammenzubrauen. Und der Regen, den er mitbrachte, würde diese abschüssigen, schmalen Wege wirklich heimtückisch machen!

»Fracto ist ein übler Wind, nun gut!« sagte sie wütend. »Er wird sicher versuchen, uns vom Berg zu pusten!«

»Vielleicht finden wir ja eine schützende Nische.«

»Ja, das wäre gut.« Sie ging auf dem Weg nach oben voran – und da tauchte eine weitere große Öffnung in der Wand auf. Es war eine tiefe Höhle, die sich weit in den Berg hinein erstreckte und in einer Kurve verschwand. Sie war als Schutz bestens geeignet. Falls der Sturm zu schlimm wurde, konnten sie sich einfach tiefer in die Höhle zurückziehen und trocken bleiben.

Der Sturm kam schrecklich auf. Grey mußte zugeben, daß er zeitweise eine entfernte Ähnlichkeit mit einem Dämonengesicht hatte. Aber es war mit Sicherheit eine Wolke, und Wolken wirbelten und regneten; daran war nichts Magisches.

Der Regen lief in die Höhle, und Grey und Ivy zogen sich weiter zurück. Das Wasser jagte den Boden entlang. Sie fanden eine Erhebung und ließen sich darauf nieder, wodurch sie sicher vor der Nässe waren. Es wurde kalt, da die Wolke eisige Höhenluft in die Höhle blies. Grey öffnete seine Jacke, legte sie Ivy um und schloß sie eng in die Arme, damit sie sich gegenseitig wärmten. Ihr grünliches Haar breitete sich wie ein Schal aus und half dabei, sie warm zu halten. Das war sehr nett.

Es war die Wahrheit: dies war ein übler Wind, der niemandem guttat. In wohliger Umarmung fielen sie in den Schlaf, um abzuwarten, bis sich der Sturm ausgetobt hatte.

Am Morgen hatte der Sturm sich gelegt, und strahlendes Sonnenlicht erleuchtete den Berg. Sie waren hungrig, doch alles, was sie zu essen hatten, war ein Bohnensandwich, das von ihrer Reise übriggeblieben war. Ivy hatte natürlich erwartet, daß sie Pasteten von Bäumen pflücken könnten und hatte sich deshalb keine Sorgen gemacht. Grey war vernünftiger gewesen und hatte auf das Sandwich bestanden, was sich nun bezahlt machte. Sie teilten es, und obwohl es zerquetscht und matschig war, war es doch köstlich.

Es bestand der Bedarf zur Benutzung eines Badezimmers, aber hier gab es keines. Wie konnte es Geschichten geben, überlegte Grey, in denen ein Mann und eine Frau wochenlang durch fremde Königreiche reiten konnten und niemals ein solches Bedürfnis hatten?

»Oh, vielleicht gibt es weiter hinten in der Höhle einen tiefen Spalt«, schlug er vor. »Sehr tief, so daß …«

Ivy nickte. »Wir werden einen finden.«

Sie bewegten sich vorsichtig weiter in die Höhle hinein. Das Tageslicht nahm hinter der Biegung rasch ab, wodurch sie noch langsamer vorankamen. Dann teilte sich der Gang. Grey untersuchte die eine Abzweigung und Ivy die andere, wobei sie durch Rufe in Verbindung blieben.

Sein Fuß fand einen Riß. Er erforschte ihn mit seinem Zeh. Er war ungefähr fünfzehn Zentimeter breit und zu tief, um ihn auszuloten. »Ivy! Ich habe etwas gefunden!« rief er.

»Ich auch!« rief sie zurück.

»Vielleicht ist es derselbe Riß!«

»Du benutzt deinen und ich meinen«, schlug sie vor.

Gute Idee. Dies entsprach getrennten Badezimmern. Es war ein wenig umständlich im Dunkeln, aber er kam zurecht.

Aus der Tiefe ertönte ein Brüllen wie von einem Ungeheuer, welches gerade eine schlechte Erfahrung machte. Grey verließ fluchtartig die Spalte. Dann wandte er sich dem vorderen Teil der Höhle zu, begierig, wieder ans Tageslicht zurückzukehren. Er wußte, daß es nur eine Tonaufnahme war, die ihn in Angst versetzen sollte, aber es kam dieser Absicht schon zu nahe.

Wo die Abzweigungen sich trafen, stieß er fast mit Ivy

zusammen. »Vielleicht ist es wirklich nicht der beste Platz«, sagte sie.

Grey machte keine Einwände. Sie rannten hinaus in das blendende Tageslicht und ließen die Echos des Gebrülls hinter sich verhallen. Nichts deutete auf Gewitter hin. Fracto hatte sich ausgepustet.

Wieder trafen sie die Stufen. Sie bewegten sich empor und umkreisten dabei den sich verjüngenden Berg ein zweites Mal. Aber gerade, als sie die Schleife vollendeten, war der Weg zu Ende.

Erschrocken hielten sie an. Genaugenommen endete der Pfad nicht; er wandte sich nach innen und stieg in einem so steilen Winkel an, als ginge er in eine Klippe über, bis er in einer runden Öffnung verschwand. Es gab keine Möglichkeit, diesen Hang zu erklettern, es war ein senkrechter Einschnitt bis zum nächsttieferen Sims.

»Aber wir waren niemals auf jenem Sims!« protestierte Grey. »Wie können wir oberhalb sein, wenn wir niemals dort unten gingen?«

»Es muß mehr als eine Spirale auf dem Berg geben«, erklärte Ivy.

»Aber es sieht wie nur eine aus! Ich meine ...«

»Die Dinge in Xanth sind selten so, wie sie aussehen, und im Kürbis ist das noch weniger der Fall«, sagte sie. »Der Eintritt zu dieser Spirale könnte von Illusionen verhüllt sein, oder der Berg könnte jeden Tag seine Gestalt ändern. Wir könnten durchaus auf derselben Spirale sein, auf der wir gestartet sind.«

Wieder redete sie von Zauberei. Grey beließ es dabei. »Wir müssen einen Weg dort hinunter zu dem Sims finden. Schau, er führt wieder hoch und um den Berg herum. Er muß der richtige sein.«

»Gut, wir könnten uns an den Händen halten und hinunterspringen.«

»Nein!« rief er, voller Furcht, daß sie es ernst meinen könnte. »Ich meine, laß uns nicht das Schicksal oder irgend etwas anderes herausfordern. Der Abstieg zurück wird einfacher sein, als es der Aufstieg nach hier oben war.«

»Außerdem könnte es eine Täuschung sein, hier springen zu müssen«, sagte sie. »Aufgaben müssen auf die richtige Weise bewältigt werden, oder sie sind nicht gut. Wir werden nie den Gipfel erreichen, wenn wir es falsch machen.« Grey war froh, dem beipflichten zu können. Sie kehrten um und gingen den Weg zurück, den sie gekommen waren.

Tatsächlich war der Abstieg nicht viel leichter als der Aufstieg, nur ihre Knie waren daran nicht gewöhnt. Sie schleppten sich so schnell wie möglich voran, weil sie nicht noch eine Nacht in der Wand verbringen wollten. Außerdem war die Einrichtung auf dem Schloß oben am Gipfel sicherlich besser als die in der Höhle und auch ohne unterirdische Ungeheuer.

Sie kamen zur Höhle zurück, und nun befand sich der Sims, zu dem sie wollten, über ihnen. Aber wenn er der Teil einer doppelten Spirale war, wo befand sich dann deren untere Schleife? Grey sah keine Veränderung zur Berglandschaft von gestern.

Dann spähte er über den Berg hinaus. »Ah-oh!«

Ivy wandte sich ihm zu. »Was?«

»Schau vom Berg weg! Was siehst du?«

»Das gibt's doch nicht, es hat sich verändert!« sagte sie überrascht. Tatsächlich war der heranführende Pfad vor der ursprünglichen Höhle (die jetzt ein Bild war) verschwunden. Sie befanden sich in einer weiten, grünen Ebene, mit dichtem Gras und ausladenden Bäumen. In der Ferne sah man Berge – ganz normale, die vorher nicht dagewesen waren.

»Dieser Berg ist derselbe«, sagte er. »Aber alles andere hat sich geändert!«

»Ich habe dir gesagt, daß es im Kürbis merkwürdig ist«, erinnerte sie ihn.

Grey bemühte sich um eine nichtmagische Erklärung für dieses Phänomen. »Vielleicht hat der Regen der Nacht die schlafende Vegetation der Ebene wachsen lassen.«

»Und die veränderten Berge?« hakte Ivy mit leichtem Spott nach.

»Daran arbeite ich noch.«

Sie nahmen ihre Wanderung wieder auf. Direkt gegenüber der Höhle gingen sie um eine Ecke und erspähten, was ihnen am Vortag durch den Sturm entgangen war: eine Treppenflucht, die zum höheren Sims aufstieg! Die Gestalt des Berges hatte sich nicht verändert, sie hatten einfach nicht aufgepaßt. Das war eine Erleichterung für Grey.

Aber die Mitte der Treppe war zerstört. Offenbar war ein Felsbrocken oder etwas Ähnliches daraufgefallen und hatte einen Teil herausgebrochen.

Sie hatten keine Wahl: sie mußten über den Schutt hinaufklettern. Grey ging sehr vorsichtig voran und machte dabei sichere Haltepunkte für Hände und Füße aus. Die starke Zerklüftung half dabei, weil scharfe Kanten leichter zu greifen waren als glatte Flächen. Er hatte sich beinahe senkrecht nach oben gearbeitet, bekam eine unzerstörte Stufe über sich zu fassen und brachte es fertig, sich hochzuziehen. Dann legte er sich auf die Stufe und streckte sich nach unten, um Ivy hochzuhelfen. Sie war einigermaßen sportlich, eine Eigenschaft, die er an ihr mochte, und sie schaffte den Aufstieg ohne größere Schwierigkeiten.

Dann staubten sie sich ab und stiegen die restlichen Stufen bis zum oberen Sims hinauf.

Nun enthüllte sich das Geheimnis. Dieser Sims begann hier! Nach unten hin war er eine Sackgasse, während er nach oben weiterführte. Es schien die Fortsetzung des Simses zu sein, auf dem sie vorher gewesen waren, aber dieser war wie abgeschnitten und tiefergesetzt worden. Vielleicht war dies vor langer Zeit geschehen, und später hatte jemand die Treppe gebaut, um ihn zu erreichen, und noch später hatte der Felsbrocken die Treppe zerstört. Grey dachte mit Erstaunen an das Alter dieses Berges!

Sie folgten dem neuen Weg nach oben und erreichten den Punkt über der Höhle, in der sie die Nacht verbracht hatten. Hier gab es einen rechten Winkel im Sims und auch im Fels darunter, beinahe wie der Bug eines Schiffes.

Plötzlich hielt Grey an. Er blickte wieder auf die Ebene hinaus. Ganz sicher – sie hatte sich noch einmal verändert. Das Gras und die Bäume waren anders, und die fernen Berge waren nähergekommen.

»Dieses Ding ist ein Schiff!« rief er aus. »Es segelt durch das Tal!«

Ivy überlegte. »Ja, ich denke, das stimmt. Ich habe dir gesagt, daß es seltsam ist im Kürbis.«

Das warf ihn zurück. In diesem Fall argumentierte er ja für die Magie! Es mußte eine andere Erklärung geben. Vielleicht hatten die Nebel des Vortags den größten Teil der Szenerie ringsum verborgen. Und mit dem Aufklaren schien sie sich zu verändern.

»Laß uns auf den Gipfel steigen«, sagte er schroff.

Sie nahmen ihren Marsch wieder auf. Greys Beine waren müde, und er wußte, daß es Ivy genauso ging. Aber die Erkenntnis, daß sie sich wieder auf der richtigen Spur befanden, gab beiden Auftrieb, und sie machten gute Fortschritte.

Dann ging der Pfad erneut in eine Brücke über. Diesmal war es kein Fragment. Sie bildete einen weitgeschwungenen Bogen, der sich am Scheitelpunkt gefährlich verengte. Grey sah die Brücke an und verlor den Mut. »Nun, alles was wir jetzt brauchen, ist ein St…«, begann Ivy mit Widerwillen.

»Sag es nicht! Er könnte kommen! Das letzte, was wir wollen, ist ein – ein – du weißt schon was!« Er weigerte sich, das Wort Sturm in den Mund zu nehmen.

Sie lächelte ein wenig grimmig. »Ich denke, dein Unglauben gerät ins Schwanken, Grey! Du hast recht, es ist nicht schlau, die Namen derjenigen auszusprechen, von denen du nichts hören möchtest. Aber selbst wenn nicht, wie kommen wir hinüber? So sicher fühle ich mich nun auch wieder nicht auf meinen Füßen.«

»Es wird so eng – vielleicht können wir uns dort rittlings draufsetzen und sozusagen hinüberhopsen.«

»Hinüberhopsen?«

»Ich habe es auf dem Schulhof auf aufgetürmten Baumstämmen gemacht«, erklärte er. »Du drückst mit den Händen nach unten, hebst den Körper an und stößt dich nach vorne ab. So kannst du dich ziemlich schnell fortbewegen, wenn du den Dreh mal raushast. Wenn du die Balance verlierst, schließt du einfach die Beine um den Stamm. Du kannst wirklich nicht fallen, solange du einen kühlen Kopf behältst.« Er setzte sich hin und zeigte es unbeholfen auf dem flachen Boden. »Wie schlau!« rief Ivy erfreut. »Also los!«

Grey ging wieder voran. Nicht etwa, weil er tapfer war, sondern weil er nicht dabei zusehen konnte, wie Ivy ein Risiko trug, das er nicht selbst auf sich nehmen würde. Er tat so, als ob es reine Routine wäre, aber in Wahrheit war er fast gelähmt vor Angst. Seine Hände zitterten, und er hatte die Zähne fest zusammengebissen. Er hoffte, daß Ivy es nicht merkte.

Er ging soweit aufrecht, wie er sich traute, weil das immer noch die wirkungsvollste Art der Fortbewegung war. Dann ließ er sich auf Hände und Knie hinunter. Als der Bogen auch dafür zu schmal wurde, ließ er die Beine hinunter und setzte sich rittlings auf den Stein. Er nahm die Hände nach hinten, stemmte sich hoch und stieß den Körper nach vorne ab. Es funktionierte! Er fuhr damit fort, bis er den Gipfel der Brücke erreicht hatte, die danach wieder abfiel und breiter wurde. Er versuchte, nicht nach unten zu schauen, weil ihn das unangenehm schwindlig machte; denn weiter unten gab es nichts außer grausamen Steinen.

Als die Brückensteine zu breit wurden, lehnte er sich nach vorne, bis er auf ihnen lag, hob dann die Beine an, kam auf Hände und Knie und bewegte sich weiter. Der Weg kopfüber nach unten machte keinen Spaß, aber es war eine Erleichterung, endlich dort angekommen zu sein.

Schließlich erreichte er wieder soliden Fels und drehte sich um. Dort stand Ivy, nicht weit hinter ihm. Wegen ihres Glaubens an die Magie war sie nicht so nervös wie er, was das Herunterfallen anbelangte, aber er machte sich Sorgen um sie.

»Das hat Spaß gemacht«, rief sie aus, als sie ihn erreichte. Aber etwas vom Grün ihrer Haare schien doch auf ihrem Gesicht zu sein, und er wußte, daß sie sich beinahe genauso unwohl wie er gefühlt hatte. Diese Kletterei war wirklich eine Aufgabe!

Sie stiegen den Weg weiter empor. Der Berg war an dieser Stelle vergleichsweise schmal, aber immer noch hoch, und der Sims wurde schmaler. Sie mußten hintereinander marschieren. Diesmal übernahm Ivy die Führung, weil er zur Stelle sein wollte, um sie aufzufangen, wenn sie ausrutschte und fiel. Der Weg wurde immer steiler, hatte keine Stufen und kein Leitseil. Er wäre glücklicher gewesen, wenn er den Weg hätte hochkriechen können, aber das wäre zu langsam gewesen. Bald brach die Nacht herein.

Auf einmal erschienen am düsteren Himmel Gestalten in der Luft. »Huch!« machte Ivy, als sie sie erspähte. »Wyver! Vermutlich die Futtersucher, die hilflose Kletterer aufsammeln.«

»Solche wie uns?« wollte Grey wissen, wobei er versuchte, seine Furcht zu unterdrücken. Er wußte, was Wyver waren: feuerspeiende Drachen mit kleinen Flügeln. Natürlich glaubte er nicht an sie – aber mit Sicherheit war da etwas Häßliches in der Luft.

»Ja, aber fürchte dich nicht. Ich werde meine Fähigkeit nutzen, ihr Vorhaben zunichte zu machen.«

»Aber was ist mit deinem Verstärkungstalent! Wirst du sie dadurch nicht noch gewaltiger machen?« Wieder versuchte er, ihr die Vernunft vor Augen zu führen, ohne wirklich seinem Unglauben ihrer Magie gegenüber Ausdruck zu verleihen. An irgendeiner Stelle würden sie das auszutragen haben – aber nicht hier oben auf diesem heimtückischen ungeschützten Pfad!

»Nicht unbedingt. Ich werde es dir zeigen.«

Die fliegenden Gestalten zeichneten sich ganz in der Nähe ab – und sie sahen in der Tat wie Drachen aus. Aber natürlich konnten solche Dinge nachgemacht und sogar zum Fliegen gebracht werden. Dies war offensichtlich eine ausgesprochen geschickt inszenierte Anordnung, um die Bedrohung glaubhaft zu machen. Sicherlich konnten diese Kreaturen gefährlich werden, was immer ihre wirkliche Natur war. Er konnte nicht erkennen, wie Verstärkung ihnen helfen könnte, sie zu vernichten, wenn man einmal annahm, daß es überhaupt geschehen könnte.

Ivy wandte sich den Drachen zu. Sie schien sich zu konzentrieren. Die Drachen näherten sich jetzt noch schneller als zuvor, mit ihren Augen wie glühende Perlen und den Rauchfahnen aus ihren Nüstern.

Der Leitdrache änderte seine Flugrichtung und steuerte mit zunehmender Geschwindigkeit auf sie zu. Er stieß einen Feuerstrahl aus. Grey kroch beseite, weil er nicht geröstet werden wollte – aber Ivy bewegte sich nicht, und er konnte sie nicht zurücklassen. So zwang er sich zu warten und hoffte, daß sie wüßte, was zu tun sei.

Der Feuerstrahl ging vorbei. Dann verfehlte sie der Drache ebenfalls, der vor Erstaunen erstarrte. Er schoß direkt hinter ihnen vorbei, so nahe, daß sie vom heißen Wind seines Vorbeiflugs beinahe umgestoßen wurden. Was war geschehen?

Der zweite Drache schwenkte auf sie zu. Er verfehlte sie mit seinem Feuer ebenso wie mit seinen Zähnen und schien darüber hinaus genauso erstaunt zu sein wie Grey. Dann kam der dritte.

»Was ist passiert?« fragte Grey.

»Ich hab's dir gesagt. Ich habe sie verstärkt.«

»Aber ...«

»Ich habe sie schneller gemacht. So sind sie schneller als normal geflogen und haben die Köpfe schneller herumgeworfen und schneller gefeuert. Daher haben sie vorbeigezielt. Sie können uns nicht treffen, bis sie ihre neuen Kräfte angepaßt haben – und das haben sie nicht, wenn sie uns nicht angreifen.«

Grey versuchte sich das vorzustellen. Er hatte einmal ein

Auto gefahren, das größer und stärker als dasjenige war, an das er gewöhnt war. In einer Kurve wäre er beinahe von der Straße abgekommen und hätte sich fast überschlagen, weil seine Reflexe nicht mehr stimmten. Er hatte hastige Korrekturen vorgenommen, weil er wußte, daß er andernfalls schnell umkommen würde. Bei den Drachen könnte es genauso gewesen sein. Um aus dem Flug heraus mit dem Feuer zu treffen, bedurfte es eines genauen Timings und einer präzisen Koordination der Anflugvektoren, und wenn das Timing nicht stimmte, gab es keine Treffer. Deshalb ergab das, was Ivy sagte, einen Sinn, jedenfalls wenn man annahm, daß sie überhaupt tun konnte, was sie behauptete. Aber das wäre Magie gewesen.

»Laß uns aufbrechen, bevor sie sich wieder erholen«, sagte Ivy.

Guter Vorschlag! Sie stiegen den Pfad hinauf, während sich die Drachen reorientierten. Als die Drachen das zweite Mal wie Tiefflieger angriffen, verschätzten sie sich erneut in der Reichweite und gaben voller Widerwillen auf. »Siehst du? Ich benutze meine Fähigkeiten nicht leichtfertig, aber für Selbstverteidigung ist es in Ordnung«, sagte Ivy.

Grey war einfach froh, daß die Kreaturen darauf programmiert waren, sie zu verfehlen! Die Bedrohung war real genug gewesen, und er konnte es kaum erwarten, von diesem Berg herunterzukommen! Er würde zu einem anderen Zeitpunkt versuchen, mit Ivy ein vernünftiges Gespräch über die Sache mit den Drachen zu führen.

Der Weg führte wieder um den Berg herum, aber dessen Durchmesser war nun so klein, daß die Umrundung nicht lange dauerte. Sie gingen das letzte Stück zum Schloß hoch und überquerten dabei noch einmal die Brücke. Das Schloß hatte nun doch volle Größe und sah nicht mehr wie ein Puppenhaus aus.

Sie verhielten am großen hölzernen Tor und blickten zurück. Von dieser Höhe aus konnten sie weit über die Landschaft sehen. Es war in der Tat eine Flußlandschaft; sie segelten (ohne Segel) flußaufwärts, weit entfernten hochragenden Gipfeln entgegen, die im späten Sonnenlicht rot leuchteten.

Grey schüttelte den Kopf. Natürlich glaubte er nicht an Magie, aber dies war mit Sicherheit eine herrliche Erscheinung! Wahrscheinlich war nur dieser Berg echt, der Rest wurde wohl von einer Projektion auf einem sie umgebenden Schirm gestaltet. Was Vergnügungsparks betraf, war dies das Beste, was er je erlebt hatte! Schade nur, daß es um einiges zu überzeugend war. Ivy wäre ein so tolles Mädchen, wenn sie nur ihren Glauben an Xanth loswerden könnte!

Ivy wendete sich ihm zu. »Du warst großartig, Grey«, sagte sie und gab ihm schnell einen Kuß.

Wie sehr wünschte er sich doch, daß *er* an Xanth glauben könnte.

5

FLUSS

Endlich hatten sie die Tür zum Schloß erreicht. Ivy war sehr erleichtert; sie hatte befürchtet, Grey würde in Panik geraten und abstürzen, als die Wyver angriffen. Sie hatte sogar gezögert, allzu genau zu erklären, wie sie die Drachen vernichten könnte. Sie wollte nicht, daß er sich auf das Konzept der Magie einließ, solange sie auf gefährliche Weise ungeschützt waren. Angenommen, er irrte herum und fiel dabei von dem Sims? Es war besser zu warten, bis die Umstände sicherer waren.

So küßte sie ihn lediglich und versicherte ihm, daß er großartig gewesen war. Tatsächlich war er es auch gewesen, wenn man berücksichtigt, daß er nicht an Magie glaubte.

Sie sprach die Tür an: »Hey, Tür, kennst du mich nicht?«

Die Tür antwortete nicht. Hoppla – sie hatte vergessen, daß ihr Vater, König Dor, nicht hier war. Es war sein Talent, zu den leblosen Dingen zu sprechen und eine Antwort in der menschlichen Sprache zu erhalten. Er hatte so lange in Schloß Roogna geherrscht, daß seine Magie diejenigen Teile des Schlosses beeinflußt hatte, die er häufig benutzte. Deshalb konnte sie die Schloßtür jederzeit ansprechen, und normalerweise öffnete diese sich dann, weil sie erkannt wurde. Aber dies war nicht wirklich Schloß Roogna, es war eine Imitation, eine Erscheinung in der Welt der schlechten Träume. Also war ihr Vater nicht da und seine Magie unwirksam.

»Oh, Türen kennen keine Leute«, sagte Grey amüsiert. »Du mußt den Knauf drehen.«

Ivy hatte nun genug von seiner herablassenden Art hinsichtlich der Magie. So beschloß sie, eine kleine Demonstration zu geben. Sie konzentrierte sich auf die Tür, während sie die Affinität zu ihrem Vater verstärkte. Dies war eine Nachahmung der echten Vordertür von Schloß Roogna, deswegen gab es für ihr Tun eine Voraussetzung. Wenn sie sie noch mehr an die wirkliche Tür angleichen könnte, würde diese fähig sein, in der gleichen Art wie das Original zu antworten.

Dann sprach sie wieder: »Tür, wenn du dich nicht sofort öffnest, trete ich deine Täfelung ein!«

Hastig schwang die Tür auf.

Es war sehr befriedigend, Greys Verblüffung zu sehen. Doch dann gewann er seine Fassung wieder. »Oh, es war nicht abgeschlossen. Sie muß aufgeweht worden sein.«

»Aber von welchem Wind?« fragte Ivy mit süßem Lächeln. Die Luft war ruhig.

Grey zuckte die Achseln. Er war dennoch der Meinung, daß die Tür nicht verschlossen gewesen sein konnte. Es war äußerst ärgerlich.

Sie traten ein. Die Eingangshalle war natürlich leer. Ivy hatte viele Leute und Kreaturen, die sie kannte, um den Zauberberg herum gesehen. Aber um die Lage nicht zu verwirren, hatte sie diese Wesen aufgefordert zu verschwinden. Da sie alle Geister waren, taten sie ihr den Gefallen. Deshalb sah sie nichts, was nicht auch Grey sah, was den Aufstieg erleichtert hatte. Das gleiche galt hier im Schloß, und es schien besser zu sein, es so zu belassen.

»Es ist niemand da«, sagte Grey, als wenn er überrascht wäre.

»Es ist nicht das echte Schloß«, erinnerte sie ihn. »Dies ist die Traumwelt, mit Erscheinungen für all die schlechten Träume. Deswegen gibt es hier keine Leute, außer wenn sie kommen, um einen Traum von Schloß Roogna zu bewirken, und dann sind sie keine wirklichen Leute, sondern nur Schauspieler im Kürbis.«

Er betrachtete sie, als ob er ihr einen Rat erteilen wollte. Aber es gelang ihm, sich zurückzuhalten. »Wohin gehen wir also von hier aus?«

»Wo auch immer uns dieser segelnde Berg hinbringt«, antwortete sie. »Wir sollten Wache halten. Und wenn er in eine Gegend kommt, die ich wiedererkenne, können wir abspringen, und ich werde uns zu dem echten Schloß Roogna nach Hause führen.«

Wieder überflog dieser überhebliche Ausdruck sein Gesicht, aber auch diesmal verschwand er wieder schnell. »Aber wenn dies die ... die Traumsphäre ist, kannst du gar nicht das echte, äh, Xanth von hier aus erreichen.«

»Doch, ich kann – wenn ich einen Abschnitt des Kürbis sehe, an den ich mich erinnere. Ich bin hier früher schon durchgekommen, weißt du? Wenn ich also das Rizinusölmeer sehe ...« Aber sie vervollständigte diesen Gedanken nicht, denn die Vorstellung, in dieses fürchterliche Zeug einzutauchen, machte sie krank.

»Ein Meer von Rizinusöl?« fragte er verblüfft.

»Nun, kann sein, daß es nur ein See war. Du weißt, das Öl, das aus den Laufrollen leckt, diese kleinen Räder, auf denen sich die Möbel herumschieben lassen. Sie verfüttern es an Kinder, damit sie sich schlecht fühlen.«

»Ich erinnere mich«, sagte er und verzog sein Gesicht. »Wir gewinnen etwas Ähnliches aus Bohnen. Das ist der Stoff, aus dem die schlechten Träume sind, alles klar!«

»Wußtest du nicht – in Mundania wachsen die schlechten Dinge in Anlagen auf Bäumen!« erklärte sie.

»In Anlagen sowieso«, stimmte er gequält zu. »Wir haben viele furchterregende Anlagen: Nuklear, Munition, Abwasser ...«

»Wenn ich also diesen See sehe, weiß ich, wo wir sind, und dann kann ich den gleichen Weg nehmen, den ich als Kind benutzte, um direkt zum Schloß Roogna zurückzukehren. Da ist ein Zuckerwerkgarten und ein Käferhaus und anderes gräßliches Zeug.«

»Ein Zuckerwerkgarten ist gräßlich?«

»Wegen der Verlockung. Wenn du nur einmal an einem Lolly leckst, wirst du für immer in der Traumwelt steckenbleiben, glaube ich. Ich bin mir nicht ganz sicher, aber ich mache mir nichts aus Glücksspiel. Deshalb müssen wir uns nur an unsere eigene Verpflegung halten, bis wir hier raus sind.«

»Wir haben unser letztes Bohnensandwich aufgegessen«, erinnerte er sie. »Wenn es noch zerdrückter und älter geworden wäre, hätte es nach Rizinusölbohnen geschmeckt!«

Sie schnitt ein Gesicht. »Gut, laß uns eine Mütze voll Schlaf nehmen, dann können wir hoffentlich am Morgen aufbrechen, bevor wir allzu hungrig werden.«

Er lächelte. »Vielleicht sind wir hungrig, aber es gibt keine große Verlockung, wenn es nichts zu essen gibt.«

Ivys Verärgerung über seine überhebliche Art nahm zu. »Du willst Verlockungen? Ich werde dir Verlockungen zeigen!«

Sie führte ihn zur Küche und riß die Tür auf. Da gab es eine ansehnliche Reihe von Kuchen und Torten, daneben Gläser mit wohlschmeckenden Getränken. Der himmlische Geruch war fast überwältigend.

»Es *gibt* Essen hier!« rief Grey begeistert aus. Er trat ein und bewunderte es. »Aber irgendwie merkwürdig. Was ist das?«

»Das ist ein Klapskuchen«, erklärte sie. »Ich würe sie nicht essen, außer wenn ich auf dem Boden sitze.«

»Warum?«

»Weil du«, erklärte sie geduldig, »wenn du einen Bissen von solch einem Kuchen nimmst, geklapst wirst.«

Er stutzte einen Moment, dann setzte er seine Befragung entschieden fort. »Was ist daran so schlecht?«

»Dies sind frische Kuchen, darum geben sie hübsche, frische Klapse. Deshalb mußt du jeden Teil deines Körpers schützen, den du nicht geklapst haben willst. Es ist am schlimmsten mit heißen, knusprigen Rosinenbrötchen.«

Er grübelte, lächelte und bemerkte dann ihr Stirnrunzeln. Er änderte das Thema. »Was ist das für ein sprudelndes Getränk?«

»Stiefelpo. Dafür solltest du wirklich besser sitzen.«

Grey sah gequält aus, und sie bemerkte, daß er sich gerade auf die Zunge gebissen hatte, als ob er ein Lachen unterdrücken würde. Er benutzte mundanische Magie: Schmerz, um Heiterkeit zu unterdrücken.

»Und was ist hiermit?« fragte er und zeigte auf ein Glas mit brauner Flüssigkeit.

»Mokoladen Schilch.«

»Zweifellos von Mokoladen Schuuh-Kühen.«

»Genau.«

Er seufzte. »Du hast recht. Das ist zu verführerisch. Ich möchte es gierig hinunterschlingen, trotz deiner lächerlichen Wortspielereien.«

»Wenn du denkst, daß es lächerlich ist«, brauste sie auf, »warum probierst du dann nicht davon?«

»Kann sein, daß ich es tun werde«, entgegnete er. Er nahm das Glas mit Schilch und führte es an seinen Mund.

»Nein, tu es nicht!« schrie sie und stürzte sich auf ihn. Sie stieß das Glas beiseite, bevor er davon trinken konnte.

»Oh, okay«, sagte er verstimmt, »wenn es dir wirklich so wichtig ist.«

»Wann geht es in deinen mundanischen Dickschädel, daß dies nicht Mundania ist?« fragte sie. »Magie funktioniert hier wirklich, und du kannst in schreckliche Schwierigkeiten kommen, wenn du nicht vorsichtig bist!«

»Es tut mir leid«, sagte er zerknirscht mit seinem ›Dies-ist-nicht-die-richtige-Zeit-um-sie-aufzuklären‹-Blick. »Gibt es noch irgendwelche anderen Dinge, auf die man achten muß?«

»Nein, wir sind so lange sicher, wie wir die Erscheinungen nicht in Anspruch nehmen.«

»Natürlich.« Er folgte ihr aus der Küche.

Sie führte ihn durch das Schloß. Alles schien in Ordnung zu sein. Es war düster und trostlos mit Anbruch der Nacht, wie es für eine schlechte Traumszene passend war. Sie wollte ihn gerade zu einem der Gästezimmer bringen, wo er schlafen konnte – sie würde natürlich ihr eigenes Zimmer nehmen –, als sie etwas Seltsames erblickte.

»Hier stimmt was nicht«, sagte sie.

»Es sieht wie jede andere Tür aus«, sagte Grey. »Was ist falsch daran?«

»Es gibt keine solche Tür im echten Schloß Roogna.«

»Oh, es ist also kein perfektes Ebenbild. Vielleicht ist es ein geheimer Eingang für die Geister, wenn sie kommen, um einen schlechten Traum einzurichten.«

»Ja, das ist es wahrscheinlich«, stimmte sie zu. »Also sollten wir uns besser davon fernhalten. Keiner weiß, was dahinter ist.«

»Was kann es schaden, einen Blick hineinzuwerfen?«

»Dasselbe, wie hier die Nahrung zu essen. Wir könnten in der Erscheinung gefangen werden.«

Er zuckte mit den Achseln. »Wir sind anscheinend schon gefangen, es sei denn, wir wollen den Berg hinunter und aus der Bilderhöhle zurück in die wirkliche Welt gehen.«

»Mundania ist nicht die wirkliche Welt!« protestierte sie.

»Laß uns wenigstens sagen, es ist meine wirkliche Welt und Xanth ist deine.«

Er lehnte es weiterhin ab, daran zu glauben. Sie hoffte, daß es ihr gelingen würde, ihn zu überzeugen, bevor er in echte Schwierigkeiten geriet.

Sie zeigte ihm das Gästezimmer. »Du schläfst hier«, sagte sie ihm kurz. »Ich werde hinten in der Halle in meinem Zimmer sein. Stell nichts Verrücktes an.«

»Verrücktes?«

»Wie nachts in die Küche hinunterzuschleichen. Wir bleiben besser hungrig, bis wir an unser Ziel gekommen sind.«

»Alles klar, kein Herunterschleichen in die Küche«, stimmte er zu. »Aber ist es in Ordnung, wenn ich ein bißchen träume?«

»Träumen?«

Sie zögerte. »Versuchst du mir ein Kompliment zu machen?«

Er sah verlegen aus. »Oh, ich glaube schon.«

»Du denkst, ich sei verrückt, weil ich an Magie glaube, und trotzdem willst du von mir träumen?«

»Sieh mal, ich bin nicht besonders gut darin, jemanden zu beeindrucken, wenn ich ihn wirklich mag.«

Ivy hatte gemischte Gefühle. »Wie würde es dir gefallen, wenn du erfährst, daß ich wirklich eine Prinzessin aus einer magischen Welt bin?«

»Es kümmert mich nicht, was du in welcher Art von Welt auch sein magst! Ich denke nur, daß du ein großartiges Mädchen bist. Ich wünsche mir … ich weiß nicht, was ich mir wünsche.«

Da war es wieder. Er mochte sie einzig um ihrer selbst willen, weil er an das übrige nicht glaubte.

Gut, wenn sie unversehrt nach Xanth gelangten, würde sie ihm Magie zeigen, die er nicht abstreiten könnte, und dann würde er ihr glauben müssen. Wenn sie sah, wie gut er damit umgehen könnte, würde sie wissen, wie weit sie es sich leisten konnte, ihn zu mögen.

Denn es lag eine riesige Barriere für eine ernsthafte Verbindung zwischen ihnen: Grey war Mundanier. Das hieß, daß er über keine Magie verfügte. Als man sie in Mundania gefangen hatte, war er ihr ein großer Trost gewesen, und sie hatte ihn benötigt, um nach Xanth zurückzugelangen. Aber nun, da sie sich an der Grenze zu Xanth befanden, verlieh dies der Sache eine neue Dimension. Sie konnte ihn mitnehmen und ihm Xanths Wunder zeigen. Aber sie wußte sehr genau, daß irgendein ernsthaftes Verhältnis verboten war. Das alte Gesetz, daß denjenigen verbannte, dem es an magischem Talent mangelte, wurde vormals von Großvater Trent aufgehoben. Also konnte Grey in Xanth bleiben – und mußte es sogar, weil es keinen sicheren Weg zurück zu seinem Wohnort Mundania gab. Aber für eine Prinzessin und Zauberin war es ausgeschlossen, sich zu eng an einen untalentierten Mann zu binden.

Das war ein Grund, weshalb sie gezögert hatte, den magischen Spiegel zu benutzen. Natürlich war sie damit beschäftigt gewesen, den Berg zu besteigen und Grey durchzubringen. Aber sie hätte eine ausreichend lange Pause einlegen können, um den Spiegel hervorzuholen und mit ihren Leuten Verbindung aufzunehmen. Tatsächlich konnte es gut sein, daß man sie auf dem Wandteppich beobachtete. Nein, jetzt erinnerte sie sich, der Wandteppich reichte nicht in die Traumwelt. Ivy wurde klar, daß sie möglichst schnell durchkommen mußte, weil Königin Irene nicht zuviel Unfug auf dem Weg dulden würde.

Aber wenn sie den Spiegel auf dem Berg herausgeholt und Grey ihn in Aktion gesehen und dabei bemerkt hätte, daß die Magie wirklich funktionierte, so wäre vielleicht seine ganze Weltanschauung so erschüttert worden, daß er möglicherweise etwas Verrücktes getan hätte. Deswegen hatte sie gewartet, bis sie allein war.

Nun war sie allein. Sie holte den Spiegel heraus.

»Mutter«, murmelte sie.

Königin Irenes Gesicht erschien in dem Spiegel. »Es wird aber auch Zeit, Ivy!« sagte sie ernst. »Kannst du dir vorstellen, welche Sorgen wir uns gemacht haben, als du aus dem Wandteppich fielst? Warum hast du dich nicht vorher gemeldet?«

Ivy lächelte, als sie Irenes Strenge durchschaute. »Ich war in Mundania, wie du sicherlich bemerkt hast. Ich konnte nicht rufen; der Spiegel war dort tot. Aber ich bin so schnell zurückgekommen, wie ich konnte.«

»Und von wo meldest du dich? Das *kann nicht* dein eigenes Zimmer hinter dir sein!«

»Wir sind in dem Kürbis, Mutter. In einem falschen Schloß Roogna. Wir haben zwei Tage gebraucht, den Zauberberg zu besteigen, und erst jetzt konnte ich ...«

»*Wir*? Mit *wem* bist du da, Ivy?«

Ivy konnte sehen, daß ihre Mutter nicht gerade verständnisvoll aufgelegt war. »Ein Mundanier. Er ...«

»Du hast zwei Tage und eine Nacht auf diesem höllischen Berg mit einem Mundanier verbracht!« Irene war außer sich. »Kannst du dir vorstellen ...!«

»Ich brauchte seine Hilfe, um Zugang zu dem Kürbis zu erlangen«, erklärte Ivy. »Danach wollte er Xanth sehen, also werde ich es ihm zeigen. Es gab kaum eine andere Möglichkeit, wie ich ihm seine Hilfe vergelten konnte.«

Irene musterte sie streng. »Offensichtlich nicht. Weiß er, daß er ein Außenseiter in Xanth sein wird und daß es für ihn wenig Chancen gibt, in seine Welt zurückzukehren?«

»Ich versuchte, es ihm zu erklären, aber er glaubt nicht an Magie.«

»Glaubt nicht an ...!« Ungläubigkeit und Empörung wechselten schnell auf Irenes ausdrucksvollem Gesicht.

»Mundanier sind so«, erinnerte sie Ivy. »Es ist ein bißchen unangenehm hier im Kürbis gewesen, also habe ich es nicht weiter vorangetrieben. Ich hatte es vorgezogen, zunächst wohlbehalten nach Xanth zu gelangen.«

Irene seufzte. »Du hättest ihn niemals soweit mitnehmen dürfen. Es ist, als wenn man einen lebenden Fisch aus dem Wasser zieht und ihn nicht zurückwirft. Sein Schicksal ist jetzt, unglücklich zu sein.«

»Ich weiß«, sagte Ivy traurig.

»Wir sollten uns mit dem Hengst der Finsternis verabreden, damit er dich am Morgen herausholt«, sagte Irene. »Bring dann den Mundanier zum Nordturm hinaus; wir können ihn nicht im Kürbis lassen.«

»Ich werden ihn hinausbringen«, stimmte Ivy zu. Sie fühlte sich schuldig, da sie wußte, wie unangenehm es für Grey war, in einem Land festzustecken, wo praktisch jede Person außer ihm selbst Magie anwenden konnte. Aber es wäre noch unangenehmer gewesen, ihn in dem trostlosen Mundania zurückzulassen! Nach seiner Beschreibung war Englisch für Anfänger ungefähr so schlimm wie ein See Rizinusöl. Sie hatte wirklich keine große Wahl gehabt, so hatte sie das geringere Übel gewählt, hoffte sie.

»Gute Nacht, Liebling«, sagte Irene mit mütterlicher Geduld.

»Gute Nacht, Mutter«, antwortete Ivy mit töchterlichem Schuldgefühl.

Der Spiegel wurde leer, dann zeigte er ihr eigenes Gesicht. Es war irgendwie verändert. Verwirrt durch ihre Reife, die sie an sich noch nicht kannte, brachte sie ein sonniges Lächeln hervor, das sie jünger aussehen ließ.

Dann legte sie den Spiegel beiseite und machte sich für die Nacht zurecht. Trotz der scheinbaren Vertrautheit ihres Zimmers, brauchte sie einige Zeit, um einzuschlafen.

Sie erwachte hungrig, als das Sonnenlicht am Morgen in ihr Zimmer strahlte. Ihr Zimmer lag eigentlich auf der Westseite des Schlosses, aber das machte nichts; dies war der Kürbis, und er folgte seinen eigenen Regeln. Wahrscheinlich hatte das Schiff/der Berg eine Drehung in der Landschaft/dem Fluß gemacht und das Schloß herumgedreht. Sie stand auf, wusch sich und konzentrierte sich auf ihre Kleidung, um sie in einen frischeren und saubereren Zustand zu bringen. Es war mundanische Kleidung, aber hier war sie Teil ihrer Magie. Sie schritt hinaus und ging durch die Halle zu Greys Zimmer hinüber. Seine Tür war geschlossen, also klopfte sie. Es kam keine Antwort.

Sie wollte nicht verspätet zu der Verabredung auf dem Turm kommen, deswegen klopfte sie nochmals, lauter. »Grey! Grey! Bist du auf?« Immer noch kam keine Antwort.

Besorgt öffnete sie die Tür. Das Zimmer war leer. Grey war kein Langschläfer. Er konnte also früher aufgestanden und irgendwo im Schloß herumgegangen sein. Nicht hinunter in die Küche, weil er es versprochen hatte, aber …

»Oh, nein!« stieß sie aus. Sie eilte hinaus, die Halle entlang zu der besonderen Tür. Sie hatte vergessen, ihm das Versprechen abzunehmen, nicht dorthin zu gehen. Und wenn seine Neugier ihn dazu gebracht hatte, sie zu öffnen, konnten sie beide in echte Schwierigkeiten geraten.

Die Tür war verschlossen. Hatte er sie geöffnet und war hindurchgegangen?

Nur um sicherzugehen, überprüfte sie den Rest des Schlosses. Er war nirgendwo. Also mußte er diese besondere Tür benutzt haben.

»Verdammt!« sagte sie und gebrauchte einen schändlichen mundanischen Fluch.

Da half nichts. Sie mußte hinter Grey hergehen, und zwar sofort.

Sie packte ihren Ranzen und legte ihre Hand auf den Knauf. Die Tür öffnete sich sofort.

Wie sie erwartet hatte, gab es dahinter keinen steil abfallenden Berghang. Statt dessen lag da eine wunderschöne grüne Landschaft; eine felsige Böschung mit Büschen und Bäumen. Ein schmaler Pfad führte von der Tür über den nächsten Kamm.

Ivy schritt vorwärts, um hinter das Portal zu sehen, das die Aussicht versperrte. Nun konnte sie einen breiteren Abschnitt überblicken.

Und da war Grey, der auf einem Felsen saß. »Grey!« rief sie.

Er blickte auf. »Ivy! Schließ nicht die …«

Zu spät. Die Tür schlug hinter ihr zu – und plötzlich verschwand sie und mit ihr das Portal, und Ivy blieb auf dem Pfad stehend zurück. Dieser führte die Böschung hinauf, über die Stelle, wo die Tür gewesen war, zu einem Waldstück.

Es war natürlich ein magisches Portal, ähnlich den Bildern, in welche sie hineingetreten waren. Nur diejenigen, die die passende Magie hatten, konnten diese Tür von dieser Seite benutzen. Sie war genau wie Grey in die Falle gegangen.

Grey rannte zu ihr. »Ich wollte nur nachsehen!« erklärte er. »Aber ich konnte von der Tür aus nicht viel sehen, deswegen machte ich nur einen Schritt und ...«

»Ich weiß. Das ist eine Einbahnstraße.«

»Eine was?«

»Einige Türen, wie einige Wege, sind Einbahnstraßen. Du kannst auf ihnen vorwärts gehen, aber nicht zurück. Sie existieren nicht in dieser Richtung.«

»Aber das ist unsinnig!« protestierte er.

»Nein, es ist magisch.«

Er sah den Pfad entlang und versuchte offensichtlich, die verschwundene Tür zu entdecken. »Spionglas, kann sein«, sagte er. »Du kannst von einer Seite hindurchsehen, aber nicht von der anderen. Wenn ich nur meine Hand darauf legen könnte!«

Er weigerte sich noch immer zu glauben! Und seine Torheit hatte sie beide hier auf dem magischen Weg stranden lassen, so daß sie nicht rechtzeitig zum Turm gelangen konnten, um von dort aus direkt zum richtigen Xanth gebracht zu werden. »Du Idiot!« schrie Ivy auf einmal zornig.

Grey ließ den Kopf hängen. »Na gut, ich nehme das zur Kenntnis«, stimmte er zu. »Ich hätte nicht durchgehen sollen. Deswegen habe ich mich einfach hingesetzt und darauf gewartet, daß du mich findest. »Nur ...«

»Nur daß ich auch ein Idiot war«, sagte sie, während ihr Zorn sich schnell abkühlte, wie er sich entwickelt hatte. »Gut, es bleibt nichts, außer dem Pfad zu folgen.«

»Ich dachte vielleicht, du könntest ...«

»Ich kann verstärken, aber keine Türen erzeugen. Aber es ist kein völliges Unglück. Dieser Pfad muß irgendwo hingehen.« Sie erkannte, daß sie den Spiegel gebrauchen konnte, um mit ihrer Mutter Verbindung aufzunehmen, aber sie war ja wieder mit Grey zusammen und zog es vor zu warten. Vielleicht gab es einen anderen Weg, um Xanth zu erreichen.

Sie folgten dem Pfad die Böschung hinauf über den

Kamm. Er führte hinunter über einen engen Einschnitt, dann über einen anderen Kamm und wieder hinunter in ein enges Tal. Dort wand sich ein schmaler Fluß, verhüllt von Büschen und Bäumen. Sie erreichten den Fluß und hielten überrascht an. Das Wasser war leuchtend rot!

Grey hockte sich hin und stippte seinen Finger hinein. »Huch, es ist heiß!« rief er aus. »Und dick wie ...«

Ivy nahm seinen Finger und roch daran. »Blut«, schloß sie.

»Blut«, stimmte er zu. »Ein Fluß von heißem Blut!«

»Ja.«

»Aber wie kann das sein? Ich meine ...«

»Dies ist die Welt der schlechten Träume«, erinnerte sie ihn. »Blut erschreckt die meisten Leute, besonders, wenn es spritzt. Das muß die Quelle von Blut sein, welches in den meisten gewalttätigen Träumen vergossen wurde.«

»Aber das ist ...«

»Unsinnig? Magisch?«

»Schrecklich«, sagte er.

»Hier ist keine Brücke, doch der Pfad setzt sich dahinter fort«, sagte sie. »Wie sollen wir hinüberkommen?«

Grey sah sich um. »Ich mag nicht hindurchwaten. Es muß etwas geben, was wir als Brücke oder Floß verwenden können. Vielleicht gibt es ein Boot; ich denke, die sonstigen Benutzer dieses Pfades müssen einen Weg haben, hinüberzukommen.«

»Sie können springen«, sagte Ivy. »Oder sie haben ein Zauberwort zum Hinüberfliegen; wir können es nicht wissen.«

Grey verzog sein Gesicht, da er trotz allem noch nicht an Magie glaubte. »Gut, da wir diese Strecke nicht springen können und kein Flugzauberwort haben, werden wir es mit mundanischen Anstrengungen machen. Laß mich das Ufer absuchen.«

Sie gingen stromaufwärts. Die Bäume waren hier dicker, und es gab einen riesigen Baum, der teilweise über den Fluß gefallen war, aber kein Boot oder Floß.

Grey beäugte den umgekippten Baumstamm. »Wind muß ihn umgeworfen haben, aber dann blieb er in jenen Bäumen auf der anderen Seite hängen. Es sieht so aus, als ob er den Rest des Weges noch fallen könnte.«

»Ja«, stimmte Ivy zu, die Angst hatte, unter dem Baum hindurchzugehen. Wenn dieser riesige Stamm auf sie herunterkäme, würde er sie geradewegs in den Boden drücken!

»Kann sein, daß wir ihn zum Fallen bringen können«, setzte er fort. »Dann könnten wir auf ihm übersetzen, alles in allem kein Problem.« Er ging zum anderen Ende und drückte dagegen.

Der Baum war fest wie ein Fels. Dann hob Grey einen Fuß und schob. Ivy konnte über den Fluß auf die Krone blicken und sah, wie sie wackelte. »Du bewegst ihn!« rief sie aus.

»Aber er hängt noch fest. Er ist zu gut abgestützt.«

Grey ging um das Ende herum. »Sieh mal, da ist ein Ast in den Boden getrieben. Dieser muß ihn hoch halten, während die Krone in den anderen Bäumen festhängt. Wenn ich den Ast herausschlage, wird er wahrscheinlich herunterfallen.«

»Geradewegs auf deinen Kopf!« sagte Ivy warnend.

Er blickte auf. »Ähm, ja. Vielleicht, wenn ich mit einem Seil daran ziehe, wenn ich ein Seil hätte ...« Er blickte herum, aber sah kein Seil. »Einige Ranken vielleicht.« Aber da gab es keine Ranken. »Andererseits, wenn ich eine Stange hätte und am Ende hebelte ...« Aber da war auch keine Stange.

»Vielleicht gibt es irgend etwas Besseres stromabwärts«, schlug Ivy vor. »Wir könnten abwärts gehen und nachsehen.«

Grey nickte. Sie gingen über den Pfad hinaus stromabwärts, aber das Land wurde nur lichter und bot nichts an, und bald mündete der Fluß in einen Strom, sein Blut vermischte sich in Wirbeln mit dem klaren Wasser.

»Wir könnten darum herum schwimmen«, sagte Grey.

»Nein«, sagte Ivy entschieden. »Siehst du diese farbigen Finnen?«

»Haie! Sie ernähren sich von dem Blut!«

»Pfandhaie«, bestätigte sie. »Sie werden einen Arm oder ein Bein nehmen, wenn du sie läßt.«

»Pfandhaie«, murmelte er, wobei er so aussah, als ob er auf einer Zitrone gekaut hätte.

»Wir könnten dem Pfad in die andere Richtung folgen«, schlug Ivy vor. »Weiter unten, wo das Schloß war.« Aber sie fürchtete, daß sie zum Treffen mit ihrer Mutter zu spät kommen würde, selbst wenn es ihnen gelang, zum Schloß zurückzukehren. Vielleicht war es an der Zeit, trotz Grey den Spiegel wieder zu gebrauchen.

»Laß uns zu dem gefallenen Baum zurückkehren«, sagte er. »Es muß einen Weg geben, ihn herunterzubringen.«

Sie stimmte erfreut zu, weil ihn das beschäftigt halten würde, während sie darüber nachsann, was zu tun sei. Nun wurde sie richtig hungrig; schon allein das würde sie zu ihrem Spiegel treiben, falls sie nicht bald vorankämen. Diese Umgebung war ihr äußerst unvertraut, und sie wußte nicht, welche Richtung die richtige war. Diese Welt der Träume war merkwürdig, und es gefiel ihr überhaupt nicht, darin verloren zu sein.

Sie erreichten den Baum. Grey erkundete die Gegend. »Weißt du, daß es dort einen sehr steilen Abhang gibt«, bemerkte er. »Und nur Gebüsch auf dieser Seite. Auf dem Feld, über das wir gegangen sind, gab es eine Menge großer Steine.«

»Ja«, stimmte Ivy zu, wobei sie sich fragte, auf was er hinauswolle.

»Wenn wir einen hier herunterrollen könnten, um diesen stützenden Ast herauszuschlagen ...«

»Ja!« stieß Ivy hervor.

Sie eilten den Hang hinauf. Bald gelangten sie zurück auf das Feld. Dort gab es verschiedene, große Felsen, von Kniehöhe bis zur Hüfte reichend. »Dieser scheint ungefähr richtig zu sein«, sagte Grey, wobei er sich dem größten näherte.

»Aber der ist zu schwer, um ihn ohne Magie anzuheben!« protestierte sie.

»Und zu groß, um ihn ohne einen Hebel zu bewegen«, bestätigte er. »Aber schau nur, wie er auf dem Hang aufliegt. Ich denke, mit ein bißchen Glück wird es gehen.«

»Glück? Ich dachte, du glaubst nicht an Magie?«

Er lächelte. »Auf diese Weise tu ich es. Laß mich sehen, was ich machen kann.«

Er ging über den Hang und nahm einen scharfkantigen Stein auf, den er erspäht hatte. Dann ging er zu dem festhängenden Baum zurück. »Ja, das ist wirklich gut; sicherlich einen Versuch wert.«

»Was zu versuchen?« fragte Ivy verblüfft.

»Einen Kanal zu bauen«, sagte er. Grey hockte sich hin und begann, neben dem stützenden Ast zu graben.

»Tu es nicht!« protestierte Ivy. »Der Baum wird dir auf den Kopf fallen!«

»Nein, dies ist nur das Ende des Kanals.« Er bewegte sich zur Seite, um ein Loch in die weiche Walderde zu kratzen, welches er dann zu einem Kanal verlängerte.

»Du meinst ... der Felsbrocken? Hier herunter?«

»Ja. Er rollt in die Richtung des geringsten Widerstandes. Nur um ihn zu führen, benötigt man eigentlich keinen tiefen Kanal. Wenn er hier ankommt, müßte er ganz schön schnell rollen.«

»Oh, das ist brillant!« rief Ivy aus.

»Nein, nur gesunder Menschenverstand«, sagte er befriedigt. »Ich bin kein brillanter Kerl, das weißt du.«

Ivy dachte darüber nach, während sie nach einem scharfen Stein suchte, um helfen zu können. Grey schien nicht viel von sich selbst zu halten, und tatsächlich war er im allgemeinen unscheinbar, jedoch erweckte er den Eindruck, nicht allzu zimperlich zu sein. Was immer es war, er scheute keine harten Arbeiten, und er machte seine Sache gut. Sie mochte das. Ihr wäre niemals der Gedanke gekommen, einen Felsbrocken in einem Kanal herunterrollen zu lassen, um auf diese Weise einen Baum über einen Fluß zu Fall zu bringen!

Sie gruben und kratzten, während sie Erde auf jeder Seite des Kanals anhäuften und jede Unebenheit ausglichen, damit der Felsbrocken glatt rollen konnte. Als sie ihren Felsen erreichten, vertieften sie den Kanal, um ihn zu unterhöhlen.

Der Felsbrocken bewegte sich nicht. Aber Grey setzte seine Arbeit fort, vertiefte den Kanal.

Ivy, ermüdet und schmutzig, richtete sich auf und trat zurück. »Vielleicht wäre es besser, wenn wir ihn jetzt schieben würden«, sagte sie und fragte sich, ob sie ihm anbieten sollte, seine Kraft hierfür zu verstärken, aber sie befürchtete, daß er es falsch auffassen könnte.

»Kann sein«, stimmte er zu.

Sie gingen auf die andere Seite des Felsbrockens, stützten ihre Rücken dagegen und schoben mit den Beinen.

Er bewegte sich. Überrascht purzelten und stürzten sie zur Seite.

Der Felsbrocken mahlte den Kanal hinunter, schwerfällig stockend, dann entschlossen, sich weiter zu bewegen. Er rollte langsam und holprig, aber unaufhaltsam.

Sie sprangen auf die Füße und folgten ihm hinunter. Würde er aus dem Kanal ausbrechen? So unregelmäßig, wie er rollte, versuchte er es anscheinend, aber er schaffte es nicht. Er gewann an Geschwindigkeit und stürzte in das kleine Waldstück.

Kurz vor dem Ast drehte er zu einer Seite und drohte, ihn zu verfehlen. Aber seine äußere Kante schnitt den Ast, welcher daraufhin mit einem lauten Knacks zerbrach. Der Baum erzitterte und senkte sich dann langsam, während der Fels in den Fluß platschte. Knirsch! Die Krone bohrte sich in die Erde auf der gegenüberliegenden Seite und verkeilte sich an Ort und Stelle.

»Oh, es hat funktioniert, es hat funktioniert!« rief Ivy und tanzte vor Freude. Dann riß sie Grey an sich, umarmte und küßte ihn.

»Laß uns noch mehr Felsbrocken zum Rollen bringen!« sagte er benommen.

Sie lief, um ihren Ranzen zu holen. »Beeilen wir uns, daß wir hinüber kommen; wir haben schon den halben Tag verbraucht.«

Grey kletterte auf den Stamm und folgte ihr. Aber direkt über der Flußmitte verharrte er und starrte nach unten. »Ich frage mich«, sagte er, »wo all dieses Blut herkommt?«

»Ich sagte es dir schon – es ist nur ein Bestandteil der schlechten Träume«, sagte Ivy. »Es muß nicht von irgendwoher kommen. Es ist ...« Sie unterbrach sich, bevor sie »magisch« sagte.

»Aber es fließt irgendwohin«, betonte er. »Es fließt in den Strom. Und wenn es nicht von irgendwoher kommt, dann sollten wir in der Lage sein, flußaufwärts zu wandern, um ihn so zu umgehen.«

»Vielleicht gibt es eine Blutquelle weiter oben«, sagte Ivy, die die Geduld verlor. »Sieh mal, Grey, dieser Ort folgt nicht normalen Gesetzen, genausowenig, wie Träume es tun. Es lohnt sich nicht, darüber nachzudenken.«

»Ich habe darüber nachgedacht«, fuhr er hartnäckig fort, »daß, wenn das Blut von einem ... einem Tier kommt, einem großen Tier, diese Kreatur wirklich stark verwundet sein muß. Ich denke, wir sollten uns aufmachen, dies zu überprüfen.«

Ivy öffnete den Mund, um zu protestieren, aber die grausame Logik begann, ihr deutlich zu werden. Ein großes Tier? Was für ein schrecklicher Gedanke!

»Sehr gut«, sagte sie erschöpft. »Laß uns ganz genau herausfinden, woher es kommt.«

Grey kletterte an Ivys Seite herunter. Dann zogen sie stromaufwärts. Ivy hoffte, daß Greys Überlegung falsch war. Aber warum war das Blut so heiß? Temperatur ist für schlechte Träume kaum von Bedeutung. Und warum befand es sich hier draußen im Nirgendwo und nicht an einem zentraler gelegenen Ort?

Der Fluß verlief endlos, wobei er sie zwang, Hügel zu übersteigen und Dickichte zu durchdringen. An einer Stelle stießen sie auf einen roten Wasserfall. Sie mußten einen Weg den schüssigen Hang hinauf finden, bevor sie ihren Marsch wieder fortsetzen konnten. Dann erreichten sie etwas, was die Quelle sein konnte: ein Loch in einem Damm. Sie stapelten Steine und Unterholz auf, um eine Rampe zur Dammkrone zu bauen, weil sie annahmen, dahinter einen See voller Blut zu finden. Aber dahinter lag kein See. Der Damm erwies sich nur als niedriger Hügel. Ivy war erleichtert; es gab wohl doch kein Tier.

Der Hügel bewegte sich. Ivy schrie auf und sah sich nach irgend etwas um, nach dem sie greifen konnte, aber alles, was sich anbot, war Grey.

Sie verharrten ängstlich, als das Zentrum des Hügels aufwärts schwoll. Dann hielt es inne, legte sich langsam und schwoll erneut an. Ein seltsamer, wimmernder Laut war zu hören.

»Dieser Hügel atmet!« rief Grey aus.

Nun begriff Ivy. »Dies ist ein ... ein Riese! Mit einem Loch in seiner Seite!«

»Unmöglich!« erwiderte Grey. Sie gingen den Hügel der ganzen Länge nach ab. Bald fanden sie die Bestätigung: Sie erblickten einen monströsen Kopf, das Gesicht zur Seite gedreht, während der Atem aus seinem Mund heraus- und wieder hineinheulte. Dies war wirklich ein lebender, atmender Riese!

»Und er ist am Boden gefesselt«, bemerkte Ivy, wobei sie auf die Stricke deutete, die quer über die ausgestreckten Arme gespannt waren. »Er kann sich nicht selber befreien!«

»Während er zu Tode blutet!« fügte Grey entsetzt hinzu. Mochte er an Magie auch nicht glauben, den Riesen akzeptierte er offensichtlich. »Wir müssen ihm helfen!«

»Ja, das müssen wir«, bestätigte Ivy. »Aber wie? Er ist so groß, und wir haben kein Werkzeug.«

»Vielleicht können wir ihn fragen«, schlug Grey vor.

»Frag ihn!« stieß sie hervor. »Aber er kann nicht bei Bewußtsein sein!«

»Ich denke, er ist es doch«, entgegnete Grey. Er näherte sich dem riesigen Kopf. »Riese, kannst du mich hören?«

Die Augen zwinkerten, und der Mund spitzte sich zu. »Jjjah!« heulte der Wind.

»Wie können wir dir helfen?«

Wieder spitzte sich der Mund des Riesen zu. Diesmal waren die Worte verständlicher. »Magisches Verbandszeug in der Tasche.«

Ivy sah nach. Deutlich konnte sie auf der Brust eine Ausbuchtung erkennen, bei der es sich um eine Tasche handelte. Sie wußte, daß durch magisches Verbandszeug der Blutstrom aus der Wunde des Riesen gestoppt werden konnte; so funktioniert Magie. »Ich habe es gefunden«, rief sie zu Grey.

Der Riese sprach erneut. »Aber zuerst ... nennt euren Lohn.«

Grey schreckte zurück. »Ich will überhaupt keinen Lohn! Du liegst hier und blutest dich zu Tode – ich will dir doch nur helfen!«

Der Riese schwieg. Grey kam herüber, stellte sich zu Ivy, und beide zerrten das riesige Verbandszeug aus der Tasche heraus. »Was für eine Ironie!« ereiferte sich Grey. »Er hat das Verbandszeug dabei und kann es nicht erreichen!«

»Keine Ironie«, sagte Ivy. »Folter.«

Greys Mund öffnete und schloß sich wieder. Er nickte.

Das Verbandszeug war so groß wie die Matratze eines Bettes, aber bei weitem nicht so schwer. Sie zogen es über die sich hebende Brust des Riesen hinunter zu seiner Seite. Dahinter ließen sie es auf den Boden fallen, drehten sich dann um und sprangen darauf, weil dadurch ihre Landung angenehm aufgefangen wurde.

Sie zogen es zu der sprudelnden Wunde. Nun sah Ivy, daß das Blut mit hoher Geschwindigkeit aus einem relativ kleinen Loch herausschoß, welches nicht größer war als ein menschlicher Kopf. Der Verband war sicherlich groß genug, um das Loch zu bedecken – wenn sie ihn bloß anlegen könnten.

»Ich mag gar nicht an die hydraulische Kraft dieses Flusses denken«, sagte Grey. »Vielleicht ist es der falsche Ausdruck, aber sicherlich wird die Kraft den Verband zur Seite drücken, bevor wir ihn auflegen können.«

»Es handelt sich um einen magischen Verband«, erinnerte ihn Ivy. »Ich denke, wir müssen nur versuchen, ihn zu plazieren, und können dann sehen, was geschieht.«

»Ich will mich nicht auf Magie verlassen!« erklärte Grey.

Ivy seufzte. »Ich denke, du wirst es dieses eine Mal müssen. Du weißt, daß wir ohne sie keine Chance haben.«

Grey betrachtete die Wunde, dann den Verband, dann wieder die Wunde. »Ich vermute, daß eine Technologie, die eine Erscheinung wie diese herzustellen vermag, auch einen Weg kennt, mit diesem Problem umzugehen«, sagte er. »Ein Kraftfeld oder ähnliches, oder möglicherweise wird der Hydrant abgestellt, wenn der Verband näher kommt. So laß es uns jetzt versuchen.«

Ivy war nicht vollständig mit dieser sachlichen Erklärung zufrieden, aber es bedeutete wenigstens, daß Grey bereit war, das Verbandszeug anzulegen. Sie brachten den Verband in die Nähe der Wunde.

»Vielleicht schaffen wir es, wenn ich ihn von dieser Seite hinüberschiebe, während du rübergehst und ihn von der anderen Seite auffängst«, sagte Grey unsicher.

»Ja.« Ivy duckte sich und flitzte vorwärts. Da war ein freier Fleck auf dem Boden, direkt neben der Seite des Riesen, unterhalb des Strahls, weil das Blut so schnell herausschoß, daß es über eine ganze Strecke den Boden nicht berührte. Sie ging geradewegs darunter her, fühlte dessen nahe Hitze und richtete sich auf der anderen Seite wieder auf. »Fertig!« überschrie sie das Getöse.

Grey stemmte den Verband hoch, so daß er gegen die Seite des Riesen lehnte. Er klappte sein handliches, kleines Messer, welches er bei sich trug, auf und zerschnitt damit die Verpackung, um die saubere Oberfläche zum Vorschein zu bringen. Nachdem er die Bandage vorbereitet hatte, steckte er sein Messer weg, hielt sich vorsichtig fest und stieß den Verband hochkant vorwärts.

Er berührte das rauschende Blut. Trotz ihres Vertrauens

in die Magie erwartete Ivy beinahe, daß die Auflage erfaßt und gewaltsam hinausgeschleudert wurde, um in den roten Fluten herunterzufließen. Aber die Kante des Verbandes schnitt den Strom, so als ob das Blut nur ein Lichtstrahl wäre; es gab nicht einmal einen Spritzer.

Grey staunte, aber schob weiter. Der Verband schlingerte sich hinüber, während er immer mehr von dem Fluß abschnitt. Bald hatte er den ganzen Weg überbrückt, und Ivy griff danach, um ihn zu halten. Sie zog ihn so weit heran, daß er mitten über der Wunde zu liegen kam. Dann wurde er auf die Haut des Riesen gepreßt, indem sie sich beide gegen ihn lehnten. »Stopf es zu!« rief sie Grey zu – und erkannte, daß sie gar nicht zu schreien brauchte, weil das Getöse des Stroms verstummt war. Sie befand sich direkt an Greys Seite, nahe genug, ihn zu berühren.

Sie drückten den Verband um die ganze Wunde fest herum. Wo immer die Auflage die Haut berührte, haftete er so fest, daß nicht das geringste Leck blieb. Gegen die Mitte des Verbandes trommelte kaum merklich der dahinterliegende Druck des Blutes. Die Aufgabe war vollbracht.

Ivy blickte den Hang hinab. Der Blutfluß war noch da, aber er schwand zunehmend, da seine Quelle versiegt war.

Grey schüttelte den Kopf. »Er muß eine Menge Schmerzen ausgestanden haben«, sagte er, »unfähig, sich zu bewegen, während sein Leben langsam verrann. Ich habe eine Ahnung davon, wie er sich fühlen muß.«

Ivy dachte an sein Leben in Mundania. Er dürfte tatsächlich eine Ahnung haben!

»Nun laß uns sehen, ob wir ihn befreien können«, sagte Grey. »Es würde eine Ewigkeit dauern, all diese Stricke mit meinem Taschenmesser durchzuschneiden, aber vielleicht kennt er einen besseren Weg.« Er ging auf die Rampe zu, die sie vorher angelegt hatten.

»Vielleicht wird er sich losreißen können, wenn seine Kraft sich erneuert«, sagte Ivy, während sie ihm folgte. »Nun, da er sein Blut nicht mehr verliert …«

»Das denke ich nicht. Zauberei kommt gewöhnlich dreimal.«

»Was?« fragte sie erstaunt.

»Dreimal. So wird sie immer in Märchen eingesetzt, also wird es hier genauso sein. Wir müssen das Spiel auf ihre Weise spielen, oder es wird nicht funktionieren.«

»Glaubst du nun an Magie?«

»Nein, nur an die Art und Weise, wie Verkäufer arbeiten.«

Sie schwieg. Grey schien ein hoffnungsloser Fall zu sein.

Wieder gelangten sie an den Kopf. »Riese, wir haben deine Wunde versorgt«, sagte Grey, »wie können wir dich aus deiner Gefangenschaft befreien?«

Der Mund des Riesen schob sich vor. »Magisches Schwert in der Scheide.«

»Wir werden es versuchen«, sagte Grey.

»Nennt euren Lohn.«

»Ich sagte dir bereits: keinen Lohn. Ich mag es einfach nicht, daß du hier so festgehalten wirst.« Grey eilte auf der Brust des Riesen nach unten und suchte nach der Schwertscheide.

Ivy lief hinter ihm her. »Für einen Mann, der nicht an Magie glaubt, machst du dich ganz gut!«

»Magie hat damit nichts zu tun!« rief er. »Dieser Riese ist niederträchtig behandelt worden, und das mag ich nicht. Es kümmert mich nicht, ob das eine Erscheinung ist. Ich kann so etwas einfach nicht zulassen.«

Er glaubte nicht daran, aber er wünschte, daß das, was er tat, richtig sei. Ivy dagegen wußte nicht, ob sie sich über ihn ärgern und stolz auf ihn sein sollte.

Die Scheide lag neben der rechten Seite des Riesen unterhalb der bandagierten Wunde. Sie war ebenso riesig wie das Schwert, das von ihr umhüllt wurde. »Ich kann das nicht benutzen!« rief Grey.

»Ich denke, du kannst es«, entgegnete Ivy. »Du magst vielleicht an Magie nicht glauben, doch offensichtlich funktioniert sie. Lege deine Hand auf das Heft.«

»Das ist verrückt!« protestierte Grey. Aber er glitt hinunter, benutzte seine Füße, um den Sicherungsbügel aufschnappen zu lassen, und arbeitete sich dann hinauf zum Heft. Die Dicke des Heftes war größer als die Länge seines Körpers!

Aber er legte seine Hand darauf, und das Schwert verkleinerte sich, bis es zu seiner Körpergröße paßte. Das Heft lag gut in seiner Hand. Er zog das Schwert heraus und hielt es höchst verwundert hoch. »Das ist ...«

»Ein magisches Schwert«, sagte Ivy ein bißchen selbstgefällig. »Nun kannst du es benutzen, um seine Fesseln zu durchschneiden.«

»Äh ja«, stimmte er mürrisch zu. »Ich würde zu gerne wissen, wie dieser Trick funktioniert!«

Er sprang den Rest des Weges hinunter und schritt an der Seite des Riesen entlang. Wo immer er ein Seil sah, schnitt er es vorsichtig mit dem Schwert an, bis es zerriß. Er ging um den ganzen Körper des Riesen herum und zerschnitt jedes Seil, bis er den linken Fuß erreichte.

»O je!« stieß er hervor.

Ivy war ihm gleichzeitig auf der Oberseite des Riesen gefolgt. Nun rannte sie das Bein hinunter, um nachzusehen.

Dort befand sich eine riesige metallene Fußschelle, die sein Fußgelenk umschloß. Eine schwere Kette führte von dort zu einem massiven Metallblock unterhalb der Füße. Selbst jetzt, wo alle Fesseln durchgeschnitten waren, würde der Riese außerstande sein, sich von diesem Fleck wegzubewegen. Grey machte bei den Beinen weiter und durchschnitt die restlichen Seile. Als er die riesige Schwertscheide erreichte, langte er nach oben und steckte das kleine Schwert hinein. Dann ließ er los. Sofort kehrte das Schwert zu seiner früheren Größe zurück und füllte die Scheide.

Sie kehrten zum Kopf des Riesen zurück. »Ich habe die Fesseln durchschnitten«, verkündete Grey. »Aber du hast metallene Fußfesseln an den Füßen. Wie kann ich sie aufbekommen?«

Noch einmal schob sich der Mund des Riesen vor. »Schlüssel auf dem Podest.«

»Oh, ich hätte nachsehen sollen! Ich werde ihn holen.«

»Nenne deinen Lohn.«

»Vergiß es, Riese! Ich will die Sache nur hinter mich bringen.« Grey eilte zurück zu den Füßen des Riesen. Ivy folgte ihm, erstaunt über Greys Haltung. Er hätte mindestens um das fabelhafte magische Schwert bitten können!

Bei den Ketten lag ein Schlüssel, länger als Greys Körper. Er legte seine Hand darauf, und der Schlüssel paßte hinein.

Grey brachte ihn zu einer der Fußschellen. Dort befand sich ein riesiges Schlüsselloch. Er steckte den zierlichen Schlüssel hinein und drehte ihn um. Die Fußschelle schnappte auf – der Fuß des Riesen war frei!

Grey ging zu der anderen Fußschelle hinüber und öffnete sie auf dieselbe Weise. Anschließend brachte er den Schlüssel an seinen Platz zurück. Als er ihn losließ, erhielt dieser seine ursprüngliche Größe zurück.

»Okay, Riese!« schrie er. »Du bist jetzt frei!«

»Beeweegt euch weeeg!« rief der Riese von seinem weit entfernten Kopf.

Sie beeilten sich, von seinen Beinen fortzukommen. Dann rührte sich der Riese. Die Erde bebte, als er seine Glieder bewegte. Während der Riese sich aufrichtete, sah es so aus, als ob ein Berg aus einer Unebenheit der Landschaft geformt wurde.

»Wooo seeid iiihr?« rief der Riese.

»Hier unten!« schrie Grey winkend zurück.

Der Riese schaute hinunter und entdeckte sie. Der Oberkörper lehnte sich vor. »Ich habe dich dreimal gefragt, damit du mir den Lohn für deine Hilfe nennst«, grollte es.

»Und ich habe dir dreimal nein gesagt«, erwiderte Grey. »Wenn jetzt alles mit dir in Ordnung ist, werden wir uns auf den Weg machen.«

»Aber ich möchte meinen Wohltäter kennenlernen«, gab der Riese zurück. »Ich bitte dich, bleibe noch etwas und laß uns einander Geschichten erzählen.«

»Das will ich nicht«, murmelte Ivy. »Es kann sein, daß er uns auffressen will.«

Grey starrte sie an. Dann schüttelte er sich. »Nein, ich kann nicht glauben, daß dies im Drehbuch steht. Aber um sicherzugehen, werde ich ihn fragen.« Er legte seine Hände an den Mund und schrie: »Wir sind hungrig, und wir fürchten, du bist es auch. Können wir dir trauen?«

Der Riese lachte dröhnend, und das Echo schallte weit über das Land. »Ich esse keine Menschen! Ich habe gehört, daß sie schrecklich schmecken! Ich habe magische Kekse. Ich werde sie mit euch im Tausch für eure Gesundheit in dieser Stunde teilen.«

»Meine Freundin befürchtet, daß wir hier nichts essen dürfen«, rief Grey zurück.

»Das ist keine Traumnahrung«, erwiderte der Riese. »Ich brachte es aus Xanth mit. Man kann es beruhigt essen.«

Grey sah Ivy an. »Was sagst du dazu?«

Ivys Magen meldete sich schmerzhaft vor Hunger. Falls es sich herausstellen sollte, daß der Riese gefährlich war, könnte sie ihn in seiner Plumpheit verstärken. »Meiner Ansicht nach sollten wir ihm vertrauen. Vielleicht kennt er den besten Weg hier heraus.«

»Okay«, rief Grey.

Der Riese streckte seinen rechten Arm. Die große Hand kam auf den Boden vor ihnen zu liegen.

Grey blickte wieder auf Ivy. »Sollen wir ihm trauen?«

Ivy erinnerte sich, daß man herausgefunden hatte, daß sie sicher von ihrer Suche zurückkommen würde. »Vertraue ihm«, sagte sie und kletterte als erste auf die Hand. Sie hoffte, daß dies eine gute Entscheidung war. Sie war zwar eine Zauberin, aber ihre Magie hatte Grenzen.

Grey gesellte sich zu ihr. Dann schloß sich die Hand halbwegs, formte einen groben Käfig und hob sich. Im nächsten Moment befanden sie sich hoch über den Bäumen und bewegten sich geschwind auf das Gesicht des Riesen zu.

Aber der Riese setzte sie nur auf den flachen Gipfel eines nahen Berges, so daß er sich mit ihnen unterhalten konnte, ohne sich wieder hinzulegen oder zu schreien. Er brachte ein zerklüftetes Stück eines Kekses hervor, das aus einem Felsen herausgebrochen zu sein schien, und legte es neben sie ab. Dann holte er ein Stück Käse heraus, das die Größe eines Hauses hatte, und quetschte ein wenig Grog aus einem riesigen Weinschlauch. »Alles aus Xanth«, versicherte er ihnen. »Eßt euch satt!«

Und in der Tat, er stopfte sich ein riesiges Stück Käse und einen Keks in den Mund, und aß mit offensichtlichem Genuß. Ivy konnte sich nicht länger zurückhalten. Sie ging zum Keks, benutzte ihren Fuß, um ein Stück herauszubrechen, und häufte etwas Käse darauf. Beides schmeckte ausgezeichnet. Sie schlangen es gierig hinunter, als ob sie seit ein oder zwei Tagen nichts mehr gegessen hätten, was ja auch den Tatsachen entsprach.

»Nun laßt uns sprechen!« sagte der Riese zufrieden. »Ihr erzählt mir eure Geschichte, und ich erzähle euch meine.«

Ivy war damit einverstanden, daß Grey ihre Geschichte auf seine Art erzählte. Sie lehnte sich gegen eine Böschung aus Keksteig und lauschte.

6

DER RIESE

Nun, da er sich den Bauch vollgeschlagen hatte, fühlte sich Grey gleich viel besser. Die Kekse und der Käse machten ihn durstig. Er nahm einen Riesenbecher in die Hände und trank von dem gepanschten Grog. Herrje! War das ein starkes Zeug!

Kurzgefaßt erzählte er dann dem Riesen ihre Geschichte. Also von Ivy, der Prinzessin von Xanth (Warum sollte man sie provozieren, indem man in ihrer Gegenwart etwas anderes sagte?), die den Auftrag erhalten hatte, einen verlorengegangenen Magier zu finden. Irgendwie aber war sie in dem öden Mundania gelandet, als sie mit der Suche begann. Er war ein gewöhnlicher junger Mann, der in dem Apartment neben dem ihren wohnte, und versucht hatte, ihr zu helfen, den Weg zurück zu finden. Weiter berichtete er, wie sie ein einsames Gebirge erklommen und durch eine Tür in ein neues Land getreten waren, wo sie den Blutfluß entdeckt hatten: »Und so kamen wir dir zu Hilfe, weil es das einzig Richtige war«, faßte er zusammen. »Das wäre alles, was es dazu zu sagen gibt.«

Der Riese schmunzelte. Das sah aus wie ein Spalt in

einem Gesicht aus Felsgestein. »Das denke ich nicht.« Dann erzählte er seine Geschichte.

Er wurde, wie sich herausstellte, Richard genannt. Er war ein junger (noch kein Jahrhundert alter), sorgloser Riese, der durch die unentdeckten, zentralen Regionen von Xanth wanderte, als ...

Während Richard Riese erzählte, tat der Grog seine Wirkung. Grey war entspannt und leicht beschwipst. Es war ihm ein leichtes, sich mit der Geschichte zu identifizieren, und es schien ihm, als erlebte er sie selbst, wie in einem Traum.

Richard hatte eine schlechte Charaktereigenschaft, die zu den anderen noch hinzukam: Er war ein Gutes-Tuer. Wenn er ein verwundetes Tier erspähte, versuchte er ihm zu helfen. Fand er einen Baum, der fast verdurstet war, gab er ihm Wasser. Und wenn er Unrecht sah, wollte er es beheben. Unglücklicherweise wurden seine Bemühungen von der anderen Seite nicht immer verstanden oder gar verkannt.

Denn Richard war ein unsichtbarer Riese. Von dieser Art gab es einige in Xanth, aber sie waren eher scheu. Sie wollten keinen Schaden anrichten, indem sie sich einmischten, und deshalb hielten sie sich lieber zurück. Sie balgten und tobten frei in ihren eigenen Gebieten, aber seit einigen Jahren breiteten sich die Menschen immer weiter aus und entdeckten mehr von Xanth. Das schränkte die Heimat der Riesen ein. Sie mußten sich in der Tat vorsichtig verhalten, als sich das Menschenvolk in der Nähe ansiedelte. Denn die Menschen waren ganz besonders neugierig. Auch unter dem Menschenvolk gab es magische Talente. Das war ein Problem, weil einige ihrer Zaubereien den Riesen Schaden zufügen konnten. Deshalb zogen sich die Riesen gewöhnlich zurück, wenn die Menschen vorrückten.

Eines Tages erblickte Richard eine neue menschliche Siedlung tief im Wald. Er wußte, daß er einen kühlen Kopf behalten sollte, aber dies war einer seiner Lieblingswälder und so blieb er, um zu sehen, was hier vor sich ging. Es stellte sich heraus, daß die Bierbäume in dieser Region besonders ergiebig waren. Der Mann, der sie anzapfte, schaffte das Bier in ein entferntes Dorf. Er bewahrte das Geheimnis von dem Standort der Bäume, so daß nur er allein sie anzapfen konnte. Als Richard dies erkannte, war er zufrieden. Denn das bedeutete, daß keine weiteren Menschen hierher kommen würden und das Gebiet für die Riesen sicher bleiben würde, solange sie auf diese Heimstatt achtgaben.

Eines Abends gab es Ärger in dem Menschenhaus. Ein kleiner Junge schien sich über eine verbotene Keksdose hergemacht zu haben und hatte alle Kekse aufgegessen. Nun konnte kein anderer einen Keks essen, bis der Keks-Busch in dem Familiengarten neue tragen würde. Zur Strafe erhielt der Junge einen Tag lang Stubenarrest.

Aber der Junge, rebellisch wie er war, schlüpfte aus seinem Fenster und schlich sich davon. Richard, der das beobachtete, schüttelte den Kopf. Er wußte, daß es Kindern nicht erlaubt war, so etwas zu tun. So sah er, wie der Junge sich in den Wald davonstahl. Weil es schon Nacht wurde, war der Wald für so kleine Leute nicht ganz ungefährlich, denn die Gespenster der Nacht lagen auf der Lauer nach hilflosen Opfern.

Natürlich bereute der kleine Junge sein Vorhaben. Aber es war zu spät. Er hatte sich verlaufen. Als es finstere Nacht wurde, gab er auf, kauerte sich an einen rauhen Kastanienbaum und schlief ein. Das schwere Atmen des Windes in den Blättern schien ihn in den Schlaf zu wiegen.

Räuber näherten sich von allen Seiten. Richard konnte sie von oben her erkennen. Gleich würde der Junge für sie zur fetten Beute werden. Die einzige Frage blieb, welcher Räuber ihn zuerst erreicht und ob er in lautes Geschrei ausbrechen würde, wenn sie ihn zerkauten und verschluckten.

Richard erlag der Plage seines Gutes-Tuer-Instinktes. Er langte hinunter und hob den schlafenden Jungen vorsichtig auf, bevor irgendein Räuber ihn fressen konnte. Dann brachte er den Jungen zurück nach Hause und setzte ihn auf der Fußmatte ab. Mit der vorsichtigsten Berührung seiner Fingerspitzen hob er das Dach über dem Schlafzimmer des Jungen an. Als er das Haus an dieser Stelle geöffnet hatte, hob er den Jungen auf und setzte ihn in seinem Zimmer auf sein Bett. Dann schob er das Haus wieder zusammen, ganz vorsichtig, so daß es kaum ein Geräusch machte. Der Junge war wieder da, wo er hingehörte, und um nichts klüger. Wenn er am nächsten Morgen aufwachte, würde er sein Weglaufen für einen Traum halten, und mit etwas Glück würde keiner seiner Leute je erfahren, daß er sich davongemacht hatte.

Richard kehrte zu dem Platz zurück, an dem der Junge eingeschlafen war. Er ließ seine Hand an dem Kastanienbaum herunter und schichtete einige tote Blätter so um seine Finger, daß sie für eine schlafende Gestalt gehalten werden konnten. Der Räuber, der sich zuerst darauf stürzte, würde eine Überraschung erleben! Richard hatte nicht vor, das Wesen ernsthaft zu verletzen, er wollte es nur ein bißchen durchschütteln, um ihm die Lust auf Jagd nach schlafenden Jungen zu verderben.

Aber die Räuber waren gerissener als er. Sie rochen den Unterschied zwischen dem Jungen und Richard und hielten sich zurück. Richard bemerkte dies allerdings erst, nachdem seine kleine Falle nicht funktioniert hatte. Jetzt wußte er das noch nicht, und während er in völliger Ruhestellung wartete, überfiel ihn Langeweile, und wenig später schlief er ein. Und so zog ihn seine eigene Falle in ein Schläfchen.

Eine Nachtmähre kam vorbei. Sie brachte einen schlechten Traum für den Jungen, der von zu Hause weggelaufen war. Es war die Mähre Crisium oder kurz Cris. In dieser Nacht war sie wieder einmal viel zu spät dran und daher sehr in Eile. Im Kürbis ging es drunter und drüber, da einige Mähren neu beschlagen wurden, so daß die Last ihrer Träume von anderen getragen werden mußte. Chris nahm sich nicht die Zeit, um sich der Identität des Träumers zu vergewissern, der Junge sollte hier sein, und hier war ja einer. Sie ließ den Traum zurück und galoppierte fort zu ihrem nächsten Opfer. Später würde sie für diesen Fehler kräftig am Schwanz gezwickt werden, aber das ist eine andere Geschichte.

So kam es, daß Richard den Traum träumte, der eigentlich für den Jungen bestimmt war. Der hätte dem Jungen bestimmt zu schaffen gemacht, doch hatte er eine gänzlich andere Wirkung auf den Riesen. Der erste Teil war Routine: Eine kurze Wiederholung der Flucht des Jungen von zu Hause. Dann kam das eigentliche:

Eine riesige Frauengestalt, ungefähr so angezogen wie die Mutter des Jungen, zeichnete sich ab. »Böser Junge! Böser Junge!« schrie sie, ihre Stimme echote wie Donner. »Wenn ich dich erwische ...!!«

Der Junge sollte natürlich vor lauter Furcht zu Kreuze kriechen und um Gnade flehen. Er wußte, daß er Strafe verdiente, und hatte davor schreckliche Angst. Richard aber starrte auf die Riesin – und sah die Frau seiner Träume. Obwohl es technisch gesehen der Traum des Jungen war, so war sie doch eine bemerkenswert schöne Kreatur. Er war sofort von Liebe zu ihr ergriffen.

Die große Hand der Riesin faßte hinab, um den Jungen am Genick zu packen. Richard konnte sich nicht beherrschen, er nahm die Hand und küßte sie mit einem lauten Schmatzer. Einen Moment lang blickte die Riesin überrascht. Dann griff der Traum-Zensor ein: STÖRUNG! STÖRUNG! ABBRUCH! ABBRUCH!

Sofort verschwand der Traum, und Richard wachte auf. Er wußte, was geschehen war: Er hatte in einer Art und Weise reagiert, wie der Menschenjunge es nie getan hätte, und das zog den Traum in eine falsche Richtung und war die Ursache für die Selbstzerstörung des Traumes. Die Nachtmähren waren sehr eigen mit ihren Träumen. Sie wollten nicht, daß einer von ihnen in die falschen Hände geriet. Er hatte ein falsches Signal gegeben und ihn damit ruiniert.

Die liebliche Riesin war verschwunden! Wahrlich, es

wurde ein schlechter Traum für ihn, weil Richard alles gegeben hätte, um mehr von ihr zu sehen. Wo lebte sie? Wie kam sie dazu, an diesem Traum teilzuhaben? Wie konnte er sie wiederfinden?

Von diesem Augenblick an war sein zielloses Leben vorbei. Er hatte eine Aufgabe gefunden. Er mußte die Riesin finden!

Er fragte überall herum, aber keiner der anderen Riesen wußte, wo sie sein könnte. Keiner hatte je von ihr gehört. »Muß von einem anderen Stamm sein«, sagte ihm einer, »immerhin war sie sichtbar.«

»Sie war in einem Traum; dort sind die Regeln anders«, betonte Richard.

»Wirklich. Dann solltest du dich im Reich der Träume erkundigen.«

Dies schien ein hervorragender Hinweis zu sein. Das Reich der Träume befand sich im Kürbis, wie ein jeder weiß. Und jeder kann in das Reich eintreten, indem er einfach durch das Guckloch eines hypnotischen Kürbis blickt. Das Problem bestand nur darin, daß man es nicht verlassen konnte, bevor jemand anderes den Kontakt zwischen Auge und Guckloch unterbrach. Das könnte unangenehm werden.

Richard überlegte. Er könnte einen anderen Riesen bitten, ihm beizustehen und gegebenenfalls den Blick in den Kürbis zu unterbrechen. Wie sollte aber der draußenstehende Riese wissen, wann dafür der richtige Zeitpunkt gekommen war? Richard könnte gerade nahe daran sein, die Riesin zu entdecken. Würde er dann herausgerissen werden, fände er sie nie wieder. Viel wußte er wirklich nicht über den Kürbis und auch nicht, welche Regeln dort galten. Vielleicht gab es einen Weg, um den Kontakt von innen zu unterbrechen, so daß er es selbst in der Hand hätte. Doch eins war ihm klar, er würde lieber sterben, als ohne die Riesin zu leben. Also konnte er genausogut sein Leben auf der Suche nach ihr riskieren.

Er begab sich in einen geheimnisvollen Wald, in dem auf

einer Lichtung ein hypnotischer Kürbis wuchs. Er legte sich auf den Bauch zwischen die Bäume, wühlte sich zurecht und preßte sein Kinn dicht an den Kürbis. Er drehte den Kürbis solange herum, bis er das Guckloch in seinem Blick hatte. Mit immer noch aufgestützem Kinn schloß er die Augen und brachte den Kürbis in eine feste Position.

Er öffnete die Augen. Mit einem Auge spähte er in das Guckloch.

Er war im Inneren des Kürbis. Natürlich nur mit seiner Seele und nicht mit seinem physischen Körper, soviel wußte er. Aber er empfand genau so, als wäre dies alles wirklich und hätte es nicht unterscheiden können, wenn er es nicht besser gewußt hätte.

Er war in einem Dschungel. Die Bäume waren sogar etwas größer als er, was mit Sicherheit das deutlichste Zeichen dafür war, daß er sich nicht im wirklichen Xanth befand. Die Bäume waren sehr kräftig, ihre Stämme so hart wie Felsahorn oder Eisenholz. Er hätte nie gedacht, daß es im Traumreich etwas so Solides geben könnte.

Etwas kitzelte ihn an seinen nackten Zehen. Er sah herunter und bemerkte, daß riesige Ranken sich um sie schlängelten. Sie sahen wie krautige Krakententakel mit großen Saugnäpfen aus. Einer der Saugnäpfe klammerte sich mit einem schlürfenden Geräusch an einen Zeh.

Das tat weh. Es dauerte zwar eine ganze Weile, bis der Schmerz den ganzen Weg vom Zeh bis zum Kopf zurückgelegt hatte, aber er war gewaltig, als er dort ankam. »Autsch!« brüllte er.

Als Antwort darauf klammerte sich ein weiterer Saugnapf schlürfend fest. Sie saugten sein Blut!

Das konnten sie mit Richard nicht machen! Er bückte sich, zerquetschte die erste Ranke zwischen seinen Fingern und pulte sie von seinem Zeh. Aber sie ließ sich nicht ganz abziehen. Der Saugnapf hatte sich so festgesogen, daß man die Haut hätte mitabreißen müssen. Doppelter Schmerz erreichte Richards Gehirn: Es tat weh, an dieser Ranke zu ziehen.

Währenddessen krochen immer mehr heran. Ihre Saugnäpfe verlangten nach festem Fleisch. Seine Füße würden bald Futter für diese Ranken werden. Und er konnte nichts dagegen tun, weil es zu weh tat, sie abzurupfen!

Richard reagierte, wie es Riesen tun: Er hob den freien Fuß und stampfte auf. Die Ranken, die sich unter diesem befanden, wurden zermatscht. Sie wanden sich noch einen Moment hin und her, um dann zu verenden.

Er stampfte noch einmal auf, diesmal genau neben dem umschlungenen Fuß.

»Nimm das, du Sauger!« schrie er.

Noch ein paar Stampfer, und alle Ranken um ihn herum waren plattgetrampelt. Die Saugnäpfe, die ihrer Stengel beraubt waren, verloren ihre Saugkraft und fielen hinab, um als nächstes zerstampft zu werden. Das geschah ihnen ganz recht.

Richard machte sich weiter auf den Weg. Er fragte sich, ob die Riesin – er nannte sie Gina, wegen der Art, wie sie ihn im Traum angeschaut hatte – diesen Weg gekommen und gefangen worden war. Vielleicht wurde sie sogar von den Nachtmähren gezwungen, für sie in den schlechten Träumen zu arbeiten. Wenn es sich so verhielt, war er auf der richtigen Spur.

Er kam zu einer großen halbwegs ebenen Fläche. Vor ihm formte sich eine große Wolke, die sich schnell ausbreitete. Es war eine häßliche Wolke mit schäbigen Locken an ihren Enden und einem aberwitzigen grauen Gesicht.

Er erkannte diese Wolke! Es war Cumulo Fracto Nimbus, die schlimmste Ausgeburt der Natur in Xanth. Fracto bezeichnete sich selber als König der Wolken, aber er war nur heiße Luft – und immer zu Unfug bereit.

Fracto formte einen Mund und blies einen Windstoß hinaus. Heiße Luft? Diese war eisig! Richard machte einen Schritt rückwärts, während er vor Kälte schauderte. Aber Fracto verfolgte und bestürmte ihn mit einer Brise voller

Graupelregen. Schnee wirbelte um ihn herum, sein Gesicht wurde rot vor Kälte. Bei diesem schrecklichen Wind würde er bald erfrieren!

Wieder reagierte Richard, wie es ein Riese tun sollte. Er holte tief Luft, dann gab er selber einen Windstoß von sich. Er blies so, daß die Wolke drunter und drüber trudelte. In Fractos knolligem, nebeligem Gesicht wurde das Oberste zuunterst gekehrt.

Fracto war so wütend, daß leuchtende Blitze aus seiner Unterseite schossen, aber keinen Schaden anrichteten, weil diese ja in den Himmel zeigte. Einige wenige ankommende Sonnenstrahlen verloren zu ihrem großen Ärger die Orientierung, aber das war alles.

Bevor sich Fracto wieder richtig ordnen konnte, blies Richard noch einmal. Die Wolke wurde rollend mit einem Geräusch von wütendem Donner über den Himmel geschickt. Richard blies so lange, bis die Wolke aus seiner Sicht verschwunden war. Soviel zu dieser Plage!

Er wanderte weiter und hoffte, daß Gina nicht von der Wolke vereist worden war. Frauen können nämlich nicht so kräftig pusten wie Männer.

Eine neue Gestalt erschien auf der Lichtung. Sie schien riesig zu sein. Es war eine Sphinx – eine der wenigen Kreaturen, die ähnlich wie die Riesen gebaut waren. Normalerweise sitzen Sphinxen nur im Sand und dösen, aber sie können ziemlich ungemütlich werden, wenn man sie weckt – und diese hier schien geweckt worden zu sein. Es war besser, ihr aus dem Weg zu gehen.

Richard drehte sich ab. Aber das, was da hinter ihm aufkreuzte, war ein Rokh – eine der wenigen anderen Kreaturen, die es mit Riesen aufnehmen konnten. Der große Vogel blickte ärgerlich auf Richard.

Immer mehr Gestalten erschienen aus den unterschiedlichsten Richtungen. Das versprach nichts Gutes! Richard setzte sich polternd in Bewegung und machte große Schritte, daß er die Tiere und Vögel hinter sich ließ. Aber sie blieben nicht weit zurück und stellten ihm unbarmherzig nach.

Er kam an eine Mauer, die durch die Ebene führte. Wenn er an ihr haltmachte, würden die aggressiven Kreaturen ihn ergreifen, und er war nicht sicher, ob das sehr angenehm sein würde. So rannte er geradewegs durch sie hindurch.

Die Mauer zerbrach in splitternde Teile und fiel zur Seite. Hinter ihr war ein lieblicher Teich mit zwanzig liebestollen Meerjungfrauen. Sie kreischten, als Richards Fuß im Wasser landete und dabei ein Drittel des Wassers verspritzte.

Richard machte halt und blieb im Teich stehen. »Was ist passiert?« fragte er verwirrt.

»Du unmöglicher Tölpel, du donnerst hier durch die aufgestellte Trennlinie!« schrie eine Meerjungfrau. »Wir waren gerade dabei, unsere Szene zu proben, und du hast alles kaputtgemacht!«

»Eure Szene?« bemerkte Richard etwas dümmlich.

»Unsere Traum-Szene! Wir sind dafür vorgesehen, einen Weiberfeind zu Tode zu lieben. Er soll in den Teich fallen, und wir werden ... aber wie können wir das tun, wenn du das ganze Wasser verplanscht hast?« Ärgerlich wippte sie mit ihrem Schwanz.

»Eine aufgestellte Trennlinie?« fragte er genauso dümmlich wie vorher.

»Glaubst du unser Raum ist unbegrenzt? Wir müssen ihn sinnvoll benutzen. Du müßtest auf deiner Seite der Trennlinie bleiben in deinem eigenen Gebiet und wir in unserem. Aber du bist einfach eingedrungen! Wie werden wir nur diese Szene rechtzeitig gestalten können?«

Er blickte sie an. Sie war winzig, von menschlichem Aussehen mit den nassen Haaren, die ihr über Gesicht und Schulter hingen, aber ihre Form war unverkennbar.

Dann näherte sich ein schwarzer Hengst dem Ufer des Teiches. *Was bedeutet das*? fragte das Pferd, ohne zu sprechen.

»Dieser, dieser *Riese* torkelt hier herein und ruiniert unsere Probe!« klagte die Meerjungfrau. »Sieh dir unsere Grenze an, Hengst der Finsternis! Wir haben eine Todeslinie ...«

Die Augen des Pferdes flackerten, als würden sie von innen erleuchtet. Plötzlich war die durchbrochene Mauer wieder heil. In der Tat schien es, als gäbe es überhaupt keine Mauer mehr – nur noch den Teich und den bildschönen Garten im Hintergrund. Das Wasser im Teich war wieder aufgefüllt.

»Ei!« jauchzte eine Meerjungfrau. »Hier kommt der Weiberfeind! Bringt den Riesen hier raus.«

Unverzüglich nahmen die Meerjungfrauen ihre Plätze um den Teich herum wieder ein und kämmten ihre wilden nassen Locken. Die oberste Meerjungfrau hob sich auf einen Felsen und atmete tief ein, um eine eindeutige Figur zu machen.

Dann verschwand die Szene, und Richard fand sich in einer eintönigen Ebene wieder. Er war enttäuscht, er hätte zu gerne gesehen, wie die Meerjungfrauen den Weiberfeind zu Tode lieben würden. Irgendwie schien das kein schlechter Weg zu sein. Er wunderte sich gerade darüber, was für eine Art Kreatur so ein Weiberfeind sein könnte.

Es ist ein Mann, der Frauen haßt, sprach der Hengst und erschien vor ihm. *Natürlich ist der Richtige nicht hier. Die Jungfrauen müssen sich an einen Ersatz halten, während der Traum aufgenommen wird. Der wird dann zu dem richtigen Weiberfeind gebracht, für den er realistisch genug sein wird, um ihm schreckliche Angst einzujagen.*

Oh, jetzt verstand Richard. Doch er wunderte sich immer noch über die Einzelheiten des Ganzen. Sicherlich könnten nicht mehr als ein oder zwei Meerjungfrauen zur gleichen Zeit ...

Was hat dich hierhergeführt? erkundigte sich der Hengst.

Richard erzählte von der lieblichen Riesin, die er im Traum des Jungen gesehen hatte. »Ich muß sie treffen«, schloß er. »Ich weiß, daß sie die einzige Frau für mich ist!«

Du Dummkopf! Sie ist pure Einbildung!

»Eine was?«

Eine Illusion. Ein Gebilde zum einmaligen Gebrauch. Ein Teil einer kurzfristigen Szenerie. Sie hat keine längere Existenz.

»Aber ich habe sie doch *gesehen*!«

Du hast eine Traumgestalt gesehen, die mit dem Traum zusammen verschwand. Demnach ist sie nichts weiter als eine schlechte Erinnerung.

»Aber die Meerjungfrauen sind auch Traumfiguren, und doch sind sie Wirklichkeit, oder nicht?« fragte Richard.

Die Meerjungfrauen gehören zur Besetzung. Sie spielen in verschiedenen Szenen. Es gibt einigen Bedarf an Meerjungfrauen, besonders in schlechten Träumen, aber nur wenig für Riesinnen. Diejenige, die du gesehen hast, war das, was wir eine Ad-hoc-Erscheinung nennen: eine Imagination, geschaffen für eine einmalige Verwendung. Vergiß sie, sie ist ein Nichts.

»Sie ist nicht Nichts!« protestierte Richard. »Ich liebe sie!«

Du bist ein Idiot. Geh dahin zurück, wo du herkommst, und belästige uns nicht länger.

Riesen sind in ihrer Art nicht zimperlich, aber sie können es überhaupt nicht leiden, wenn man sie Idioten nennt. Richard begann, sich aufzuregen. »Du meinst, ich kann Gina nicht treffen?«

Der Hengst schnaubte spöttisch. *Du hast sogar einen Namen für sie? Hau bloß ab, du Trottel!*

Das saß. Richard wurde wütend. Er stellte sich aufrecht, blickte um sich und sah nur Leere. Aber er wußte, das meiste war Illusion. Würde er in irgendeine Richtung laufen, so würde er sicher wieder eine Grenze durchbrechen. Das geschah dem arroganten Pferd ganz recht. Richard wußte genau, daß Gina existierte. Schließlich hatte er sie gesehen!

Polternd begann er zu rennen. Dabei erzitterte die ganze Lichtung. Er war ganz sicher – tatsächlich, nach einigen Schritten durchbrach er eine Grenze. Die eintönige Ebene erstreckte sich nur über eine kurze Fläche, bevor sie zu einer Mauer wurde, die bemalt war, um dadurch mehr von dieser öden Ebene vorzutäuschen. Es war eine gute Illusion, aber es war kein Traum. Er konnte die Grenzen anfassen und sie durchbrechen.

Hinter diesem Wall war ein neues Arrangement: ein Haus, das ganz aus Zucker war. Es sah zum Anbeißen aus, obwohl es für ihn nur einige Happen gewesen wären. Aber er war vor solchen Dingen gewarnt: Esse nie im Traumreich, weil es dich für immer hinein locken könnte. Er hatte seinen eigenen Vorrat an Keksen, Käse und Grog. Das würde er zu sich nehmen, sollte er hungrig werden. Deshalb ignorierte er das Haus und stürmte weiter.

Bald durchbrach er eine weitere Grenze. Das gemalte Zuckerwerk an der Rückseite fiel nieder, und er stapfte in ein Nest sich windender Tentakel. Er schlug sich durch das Gewirr hindurch und gelangte an eine Bergseite, wo es von Kobolden nur so wimmelte. Sie begannen bei seinem Eindringen mit einem abscheulichen Geheule, aber er hastete weiter voran. Das, was das Pferd über Einbildungen gesagt hatte, interessierte ihn nicht. Gina mußte hier irgendwo sein, und er würde jedes Hindernis zerschmettern, bis er sie gefunden hatte!

Er brach in eine Ozeanszenerie ein. Der Hengst erschien und stand auf dem Wasser, als ob es fester Boden wäre. *Das reicht jetzt, Riese! Ich werde dich unter Arrest nehmen!*

»Steck dir einen schlechten Traum in den Hintern!« rief Richard erhitzt aus, denn die Anstrengung und sein Ärger brachten ihn zum Kochen.

Er trampelte weiter und durchbrach eine andere Absperrung. Dahinter befanden sich Menschenfresser, die angespitzte Stöcke trugen. (Menschenfresser waren nicht geschickt genug, um Speere zu benutzen.) »Dann stirb, Ungeheuer!« grunzte der Menschenfresser und schleuderte seinen Stock auf ihn.

Er traf Richard an der Seite und stach ihn. Deshalb nahm er den Stock zwischen Daumen und Zeigefinger und zog ihn heraus. Es war nichts weiter als ein Splitter, wirklich, aber es riß eine Wunde in seine Seite, und das Blut quoll heraus. Er wollte gerade den magischen Verband aus seiner Vordertasche holen, als …

Plötzlich lag er flach auf dem Rücken in einer neuen Umgebung und Stricke hielten seinen Körper nieder. Er war nicht in der Lage, sich aufzusetzen.

Der Hengst erschien wieder. *Du hast dich schlecht benommen, Riese*, sagte das Pferd. *In deinem Zorn hast du eine große Verwüstung angerichtet und mußt jetzt die Konsequenzen dafür tragen. Du wirst hier gefesselt bleiben, bis eine unschuldige Kreatur, die nichts von deinem Schicksal weiß, dich befreit. Du mußt dieser Kreatur dreimal eine Belohnung anbieten, und wenn sie diese annimmt, dann wird alles ungültig werden, und sie wird nicht in der Lage sein, dich zu befreien. Laß es dir schlecht ergehen, Dummkopf!*

Damit war das Pferd verschwunden. Richard war seinem Schicksal überlassen.

Er verlor das Gefühl für die Zeit. Das Blut floß aus der Wunde, die der Menschenfresser ihm zugefügt hatte. Bald gab er den Versuch auf, sich selbst zu befreien. Er konnte es nicht. Die Stricke waren magisch befestigt. Also schlief er die meiste Zeit und wurde langsam schwächer.

Nach einigen Tagen des Nachdenkens wurde ihm bewußt, daß er hier eigentlich nicht verbluten konnte, weil es ja nicht sein richtiger Körper war. Was hier geschah, war mehr Schein als Wirklichkeit. Aber er schien noch immer an Kraft zu verlieren, warum? Weitere Tage des Nachdenkens brachten die Antwort: Sein richtiger Körper lag draußen in Xanth ohne Nahrung. Das würde ihn mit der Zeit schwächen. Die Stricke hielten seinen Traumkörper, und sein richtiger Körper wurde von dem Guckloch festgehalten.

Eine Nymphe kam vorbei. »Es tut mir leid, dich in so einer mißlichen Lage vorzufinden, Riese«, sagte sie. »Ich würde dich befreien, wenn ich könnte. Aber ich kann nicht, weil jeder hier weiß, daß du hier eingebrochen bist und verschiedene Einrichtungen zerstört hast.«

»Ich habe Gina gesucht«, erklärte er.

»Gina? Oh, ja, die Riesin, die eine Fiktion ist. Ich denke, wenn du sie einfach vergißt, würde der Hengst der Finsternis dich gehen lassen.«

»Ich kann sie nicht vergessen«, bestand Richard.

»O je, das ist zu dumm. Gut, ich muß weiter. Ich habe eine Traumfeier auf Schloß Roogna zu bestehen. Ich bin eine von den Extras, aber es ist hauptsächlich ein schlechter Traum.« Die Nymphe entfernte sich. Nymphen waren nicht bekannt für die Tiefe oder die Langlebigkeit ihrer Gefühle.

In den nächsten Tagen dachte Richard viel über Gina nach. Das Pferd sagte, daß sie nicht existiert. Aber es mußte sie geben, weil er sie gesehen hatte. Je mehr er darüber nachdachte, desto wahrscheinlicher wurde es für ihn, daß eine Person dann existierte, wenn jemand an sie glaubt. Und er glaubte. Deshalb konnte er sich nicht dazu durchringen, sie zu vergessen. Wahrscheinlich würde sie dann wirklich verschwinden.

Ein Geist schwebte herauf. »Es muß schrecklich sein, sterblich zu sein«, sprach er. »Ich würde dich gerne befreien, aber ich habe keine Substanz. Zudem weiß jeder, daß du die Szenarien zerstört hast. Also, ich werde jetzt in die Schloß-Roogna-Szene gehen. Ich spiele dort einen Geist, der ein böses Kind erschrecken soll!« Er schwebte davon. Geister waren nicht für große Sympathien zu sterblichen Kreaturen bekannt.

Richard dachte über die Dinge nach, die der Geist gesagt hatte und die wie das Echo von dem klangen, was die Nymphe ihm gesagt hatte. Jeder wußte um das, was Richard getan hatte. Er war verflucht, hier zu bleiben, bis jemand kam, der seine Situation nicht kannte. Wie lange würde das dauern, wenn doch jeder Bescheid wußte?

Vielleicht war es doch einfacher, Gina zu vergessen. Dann müßte das Pferd ihn freilassen. Aber Gina würde nicht mehr existieren. Er konnte diese Vorstellung nicht ertragen, also gab er auf.

Ein Kobold kam dahergewandert. »Sag, wer bist du, Spatzenhirn?« fragte der Kobold höflich, wie es so die Art der Kobolde war.

»Nur ein gefesselter Riese«, antwortete Richard.

»Gut, vielleicht sollte ich dich besser befreien, Plattfuß«, meinte der Kobold. »Ich denke, daß dein blödes Blut zum Störfaktor in der Navigation wird. Wie können wir nach Schloß Roogna finden, wenn der saubere Pfad von diesem Zeug überschwemmt wird?«

»Nenne deine Belohnung«, sagte Richard. Er erinnerte sich, daß er dreimal fragen mußte oder es würde nicht funktionieren.

»Eine Belohnung!« rief der Kobold aus. »Will mal sagen, daß das 'ne saubere Sache ist, Haarnase! Wie wäre es mit einer großen Tasche voll Goldobst?«

Nun kam es, daß Richard eine kleine Tasche voll Goldobst zusammen mit seinem Schnitzmesser an seinen Gürtel gebunden hatte. Vielleicht hatte der Kobold das gesehen, denn Kobolde haben besonders scharfe Augen. Für den Kobold mußte das eine große Tasche sein.

»Ja, du kannst sie haben, wenn du mich befreist«, sagte er.

»Großartig!« Der Kobold versuchte, an einem der Stricke zu ziehen, aber er konnte sie nicht bewegen. Er versuchte, es durchzubeißen, aber seine Zähne hinterließen nicht einmal einen Abdruck. Als nächstes verfluchte er es, und obwohl das Laub in der Nähe verwelkte – die Fessel blieb fest. »Tut mir leid, ich kann diese Fessel nicht lösen, James«, stellte der Kobold fest.

»Ich bin Richard«, sagte der Riese.

»Richard! Hey, ich kenne den Namen. Bist du nicht derjenige, der ...?«

»Genau der«, stimmte Richard traurig zu.

»Aber ich werde das Gold trotzdem mitnehmen, weil ich es versucht habe«, sprach der Kobold.

Aber die gierige, kleine Kreatur war auch nicht in der Lage, die Tasche mit dem Goldobst zu entfernen. Zuletzt stolzierte er mißmutig davon. Kobolde sind nicht gerade für ihre Großzügigkeit und Empfindsamkeit bekannt.

Richard dachte nun einige Tage über den Kobold nach. Es schien zu stimmen, daß die Annahme der Belohnung eine Befreiung unmöglich machte. Das war zu furchtbar.

Wer würde dumm genug sein, den Versuch zu unternehmen, ihn zu befreien, ganz ohne den Gedanken an eine Belohnung?

Er fragte sich abermals, ob er Gina vergessen sollte. Aber er war der Meinung, daß er es einfach nicht konnte, auch wenn er sterben würde. Wenn sie nicht existieren konnte, dann würde er auch nicht mehr leben wollen. Das schien gerecht zu sein.

Zuletzt kam ein junges Menschenpaar vorbei. Richard hatte nur noch sehr wenig Hoffnung. Er wollte schon fast gar nicht mehr aufwachen, und seine Stimme war kaum noch vorhanden. Aber zu seiner Überraschung wußte der junge Mann nichts von seiner Situation und nahm keine Belohnung an, obwohl Richard ihn dreimal eindringlich fragte. Was für eine unglaubliches und wertvolles Wesen das war!

»Nun zu guter Letzt bin ich frei!« rief er aus. »Dank Deiner Hilfe, Grey Mundane.«

»Ich heiße Murphy«, berichtigte Grey. »Grey Murphy of Mundania.«

»Murphy! He, ich kenne den Namen! Bist du nicht derjenige, der Leute verflucht?«

»Nein«, erwiderte Ivy. »Das ist nur ein Gerücht.«

»Gut, ich bin froh, daß ihr gekommen seid, weil nun der Fluch des Pferdes gebrochen ist und ich die Suche nach Gina wieder aufnehmen kann.«

»Aber sie ist nur eine Fiktion ...« begann Ivy.

»Ich habe darüber nachgedacht«, unterbrach Grey. »Warum ist der Hengst der Finsternis so darauf bedacht, daß Richard sie vergißt, wenn sie nur eine Fiktion ist? Ich meine, wer kümmert sich schon um jemanden, der an etwas glaubt, das gar nicht existiert?«

Ivy sah ihn an, als ob sie irgendwo eine Beleidung erwartete, sagte aber nichts. Zu spät erkannte er, daß sie seine Frage als Anspielung auf ihren Glauben an die Magie verstehen konnte.

»Das Pferd wollte nicht, daß ich an Gina glaube«, bemerkte Richard. »Ich weiß nicht warum.«

»Ich denke, ich weiß es«, vermutete Grey und erwärmte sich für diesen Gedanken. »Hier im Traumreich gelten andere Regeln. So können hier einige Dinge, die es in der Wirklichkeit nicht gibt, deshalb existieren, weil die Leute daran glauben. So ist es vielleicht dein Glaube an Gina, der sie zur Wirklichkeit werden läßt. Kein anderer glaubt an sie. Aber solange du daran festhältst, *existiert* sie wahrscheinlich wirklich.«

»Ja!« stimmte Richard zu. »So kann ich sie vielleicht immer noch finden!«

»Vielleicht kannst du das«, pflichtete Grey bei. »Aber es ist bestimmt besser, wenn du während deiner Suche keine weiteren Szenerien einreißt, sonst wird der Hengst dich wieder bannen!«

»Aber wie kann ich sie sonst suchen?«

»Vielleicht können wir mit dem Hengst reden und eine Art Handel mit ihm abschließen: Schließlich willst du Gina haben, und er möchte dich hier raushaben.«

»Du willst mit dem Hengst der Finsternis verhandeln?« fragte Ivy verwundert. »Wie kannst du das tun, wenn du nicht an ihn glaubst?«

»Ich glaube, daß es eine Autorität gibt, mit der wir einen Handel eingehen können«, erwiderte Grey. »Ich kümmere mich nicht darum, welchen Titel sie trägt.«

Ivy zuckte mit den Achseln. »Der Hengst der Finsternis ist nicht wie andere Autoritäten. Er ist gefährlich.«

»Was kann er tun ... mich verzaubern?« hakte Grey nach. Schließlich war der Riese ja auch verzaubert worden. Natürlich könnte dies alles Teil einer Szenerie sein, aber Richard schien eine wirkliche Person zu sein. »Wie finden wir ihn?«

»Ich kann den Hengst der Finsternis für dich herbeirufen?« erklärte sich Ivy bereit.

»Wie? Mit einem Zauberspruch?«

»Mit einem magischen Spiegel«, sagte sie. Sie holte einen kleinen Handspiegel hervor.

Grey schloß den Mund. Wenn sie glaubte, daß sie damit etwas bewerkstelligen könne, sollte sie es versuchen!

»Hengst der Finsternis«, sprach Ivy zu dem Spiegel.

Was bekümmert dich, Prinzessin? fragte der Spiegel.

Grey sprang auf. Hatte der Spiegel wirklich gesprochen?

»Mein Freund Grey möchte mit dir verhandeln«, erwiderte sie.

Moment, Prinzessin.

Prinzessin? Hatte er gehört, wie der Spiegel das gesagt hatte? Bedeutete dies, daß in seiner Vorstellung der Spiegel nicht nur sprechen konnte, sondern auch Ivy als eine Prinzessin von Xanth akzeptierte? Dem Riesen hatten sie ihre Geschichte erzählt, aber dem Spiegel hatte Ivy ihre Identität nicht enthüllt.

Dann erschien ein Pferd; ein großer schwarzer Hengst, der wie eine glänzende Statue aus Ebenholz dastand. Seine Augen flimmerten. *Was ist das? Ein Mensch aus Mundania?*

»Ja«, bestätigte Ivy. »Er hat gerade den Riesen Richard befreit, und nun möchte er mit dir einen Handel machen.«

Das nahe Auge fixierte Grey. *Handel*?

Grey tat den entscheidenden Schritt. »Du hast den Riesen für eine lange Zeit gefesselt in der Hoffnung, daß er die Riesin Gina vergessen möge, und du sie somit aus deinen Büchern streichen könntest. Gut, das hat nicht funktioniert. Er liebt sie immer noch, und du kannst dich ihrer nicht entledigen, wenn du ihn nicht los wirst. Ich denke, es wäre an der Zeit, einen anderen Kurs einzuschlagen. Warum überläßt du sie nicht ihm? Er bringt sie hier raus, und dann kannst du beide vergessen?«

Das unheimliche Auge flackerte erneut auf. *Wenn du Partei für den Riesen ergreifst, wirst du sein Schicksal teilen.*

»Dann teile ich sein Schicksal«, entgegnete Grey tapfer, obwohl sich tief in seinem Innern Zweifel ausbreitete. »Was recht ist, ist recht, und es ist bestimmt nicht recht, einen Mann am Boden festgebunden zu halten und ihn einen wahren Fluß von Blut vergießen zu lassen, wegen der Liebe!«

Abermals flackerten die Augen. Eine graue Wolke hüllte Grey ein, und fremde Kräfte zerrten an ihm. So gewarnt, erinnerte er sich, daß nichts von all dem Wirklichkeit war. Die Szenerie könnte eingebildet sein, aber es war keine Magie. Das konnte ihm also nichts anhaben. Der Hengst versuchte, ihn auszutricksen, und Grey würde das nicht zulassen.

Dann klärten sich die Dinge, und die Ebene war wie so wie zuvor.

Ich kann nicht mit dir handeln, sagte der Hengst und schien überrascht.

»Was ich möchte, ist wohl durchdacht«, sagte Grey nüchtern. »Gebe Richard einfach das, warum er hierhergekommen ist, und dann können wir alle gehen.«

Er will eine Fiktion!

»Sieh mal«, entgegnete Grey. »Mich kümmert es nicht, was ihr hier für Einrichtungen habt oder wie es für die Leute aussieht, die zu einer Rundreise herkommen. Wenn du eine Szenerie erschaffen kannst, die so groß ist wie ein ganzes Gebirge mit einem Schloß obendrauf und gefälschten fliegenden Drachen, die Feuer spucken, und Türen, die nach Gebrauch wieder verschwinden, dann wirst du auch fähig sein, eine Riesin hervorzubringen. Alles, was Richard sich wünscht, ist die Dame, die er in deinem Traum gesehen hat. Es war dein Fehler, daß der Traum die falsche Person traf. Wenn du für deine Nachtmähren einen anständigen Zeitplan aufstellst, sind sie nicht zu abgehetzt, um die Person genau zu überprüfen. Anstatt Richard zu bestrafen, solltest du dich vielleicht mit ihm daranmachen, daß deine Arbeit so perfekt wird, damit solche Verwicklungen nicht wieder passieren.« Er sah, wie Ivy ihm zu verstehen gab, daß er still sein sollte. Aber er war gereizt, und er war wütend auf Autoritäten, die glaubten, daß sie das einfache Volk gängeln konnten. Davon hatte er im College mehr als genug! Dieses Pferd war der Wortführer, wer auch immer diesen Zirkus veranstaltete, deshalb wollte er ihm mal ordentlich die Meinung sagen.

Es scheint, als ob ich mit dir zu einer Übereinkunft kommen müßte, obwohl du nicht einmal weißt, was du bist, sagte das Pferd ärgerlich. Er wandte sich an Richard. *Die Fiktion kann nur hier existieren, nicht in Xanth. Willst du mit deinem physischen Körper hierherkommen, um mit ihr zusammenzusein?*

»Ja, sicher!« bestätigte Richard.

Dann soll es so sein. Die Augen flackerten, und der Boden erbebte.

Eine Gestalt zeichnete sich hinter dem Berg ab. Eine riesige Kreatur näherte sich.

Es war die Riesin. »Gina!« dröhnte Richard, als ihr turmhoher Kopf sichtbar wurde. Er kam torkelnd auf seine Füße und ging mit polternden Schritten auf sie zu.

»Richard«, dröhnte es zurück. »Ich hatte Angst, daß du mich vergessen würdest und ich aufgehört hätte, zu existieren, weil niemand außer dir an mich geglaubt hat!«

»Niemals!« schrie Richard leidenschaftlich. Sie trafen mit solcher Wucht aufeinander, daß die gesamte Szenerie erschütterte.

Zufrieden? fragte der Hengst der Finsternis.

»Wirst du hier Arbeit für ihn oder für beide finden?« erkundigte sich Grey. »Und keine Fesselungen mehr?«

Arbeit für die beiden, willigte der Hengst ein.

»Aber Grey kann hier nicht bleiben!« protestierte Ivy.

Der Hengst drehte sich zu ihr um. *Offensichtlich nicht.*

»Aber du hast gesagt, daß er das Schicksal des Riesen teilen müsse, wenn er für ihn Partei ergreift!«

Der Hengst machte eine Pause, als ob er sich etwas ausdenken würde. *Und so soll es sein. Die beiden sollen verbunden werden durch einen Austausch der Szenerien. Richard hier – Grey dort. Akzeptierst du diesen Tausch?*

»Austausch?« fragte Grey.

Seinen Körper für eure.

»Nein, warte ...«, protestierte Grey.

»Er meint, daß er Richards Körper in den Kürbis und unsere aus ihm herausholen will«, erklärte Ivy. »Das ist ein fairer Handel.«

»Oh, in Ordnung.« Das war eine Art des Teilens, die er anerkannte.

Noch einmal flackerten die Augen des Hengstes in seinem ansonsten unbeweglichen Körper auf. Dann wechselte die Szene.

7

TEILEN

Ivy seufzte erleichtert auf. Endlich waren sie wirklich in Xanth. Am liebsten hätte sie die vertrauten Eichen- und Birkenbäume ringsherum umarmt und die Heimaterde geküßt.

Grey stand neben ihr und sah sich um. »Oh, wieder eine andere Welt«, rief er aus.

»Das ist keine andere Welt«, erwiderte sie. »Dies hier ist Xanth!«

»Und woher wollen wir das wissen?«

»Ich habe mein Leben lang in Xanth gelebt und erkenne es, wenn ich es sehe«, entgegnete sie.

Er zuckte die Achseln, als würde das keinen großen Unterschied machen. »Es sieht genauso aus wie dort, wo wir den Riesen gefunden haben. Schau, da ist die Kuhle, wo er gelegen hat.«

»Und dort ist der Kürbis, direkt hinter den Vertiefungen, wo er seine Ellenbogen aufgestützt hatte«, bestätigte sie. »Der Hengst der Finsternis brachte seinen Körper herein und uns heraus. Wenn ich jetzt nur herausfinden kann, wo wir eigentlich sind.«

»Ich dachte, du kennst Xanth. Bist du hier noch nie gewesen?«

»Im großen und ganzen kenne ich mich in Xanth aus«, erwiderte sie, »zum Beispiel, was die Baumarten betrifft. Aber ich halte mich meistens auf den Zauberpfaden auf, und dieser Weg hier muß abseits davon liegen, denn die Riesen benutzen ihn nicht. Wir müssen einfach nur einen solchen Pfad finden und dann zum Schloß Roogna wandern.«

»Wenn dies ein Zauberland ist, warum zauberst du uns dann nicht einfach dorthin?«

»Machst du dich über mich lustig?« fragte sie.

Er hob seine Hände nach Art der Mundanier zum Zeichen der Ergebung. »Ich vermute, ich kenne die Regeln nicht.«

»Nun, deshalb nicht, weil das nicht die Art der Magie ist, die ich beherrsche«, sagte sie freundlicher. »Meine Begabung ist das Verstärken, nicht das Transportieren. Ich könnte bewirken, daß wir schneller gehen, aber das ist auch schon fast alles.«

»Mir macht es nichts aus zu gehen«, sagte er. »Es scheint mir ein hübscher Ort zu sein.«

Sie war erleichtert, daß er nicht nach dem magischen Spiegel gefragt hatte. Natürlich hätte sie ihn benutzen können, um wieder Kontakt mit ihrer Mutter aufzunehmen, und sie wußte, daß sie genau das eigentlich tun müßte. Er steckte griffbereit in ihrem Ranzen, zusammen mit dem Buch der Zeichensprache. Aber die Episode mit dem Riesen hatte ihr manches über Grey gezeigt, und sie wollte erst einige Dinge mit ihm geklärt haben, ehe sie zum Schloß gelangten. Der lange Weg würde einige Tage dauern, und das würde genügen.

»Aber zuerst sollten wir etwas essen«, schlug sie vor.

»Wir hatten doch schon eine Menge von Richards Keksen und Käse.«

»Ich bin schon wieder hungrig, du nicht? Da drüben ist eine Pastetenpflanze«, rief sie aus und spähte hinüber. Sie lief zu ihr hin. Es war eine junge Pflanze mit kleinen Topfpasteten im Knospenstadium, aber Ivy brachte diese gleich zur Reife, so daß sie sie pflücken konnte. Sie waren nur warm, nicht heiß, aber zu mehr war dieses junge Pflänzchen trotz der Verstärkung noch nicht imstande. Sie gab Grey eine Pastete und nahm eine für sich.

»Das ist ein netter Trick«, stellte er fest, während er aß. Ivy antwortete nicht, denn sie wußte, daß das nicht gerade ein Kompliment war. Er dachte bestimmt, sie hätte noch Essen aus mundanischen Vorräten gefunden.

Im Kürbis hatte Grey schon angemessen gehandelt, obwohl er nicht an Magie glaubte. Auch hatte er herausgefunden, wie sie über den Fluß gelangen konnten und dann die Quelle des Blutes gesucht und so den verwundeten Riesen gefunden. Darauf wäre sie nie gekommen, weil Magie für sie etwas Selbstverständliches war. Dann hatte er darauf bestanden, dem Riesen zu helfen, und es war ihm gelungen, ihn zu befreien. Das gefiel ihr; es war ein Zeichen dafür, daß Grey sich um die Leute sorgte, auch wenn sie seltsam waren. Und schließlich hatte er dem Hengst der Finsternis Trotz geboten, was eine Sache des reinen Mutes war. Auch wenn Grey nicht an Magie glaubte, wußte er, daß die Macht des Hengstes aus dem magischen Reich stammte. Ja, er hatte seinen Mann gestanden und schließlich seine Aufgabe erfüllt.

»Was hat das Pferd eigentlich gemeint, als es sagte, ich würde das Los des Riesen teilen?« fragte Grey, als er seine Pastete aufgegessen hatte.

»Er meinte, daß er alles, was er Richard getan hatte, auch dir antun würde«, antwortete sie. »Meinem kleinen Bruder Dolph ist es auch so ergangen, als er Grazi Gebein half. Aber er war nicht von der Stelle gewichen, und der Hengst hatte ihn schließlich gehen lassen und sie ebenfalls. Und so hat er dich auch gehen lassen, als du nicht zurückgewichen bist.«

»Aber er hat doch den Riesen hineingebracht! Also habe ich sein Schicksal nicht geteilt. Im Traum schien es einen

Sinn zu machen, die Plätze zu tauschen, aber jetzt bin ich mir dessen nicht mehr so sicher.«

»Vielleicht hat er es anders interpretiert.«

Grey sah verblüfft aus. »Wie anders?«

»Nun, Richard bekam eine Freundin.«

Überrascht sah er sie an. »Bist du denn meine, äh …?«

Ivy errötete. »Ja, das bin ich.«

»Ich … aber ich dachte doch, du wärest böse auf mich, weil ich nicht, äh, du weißt schon, weil ich nicht glaube.«

»Nicht böse, sondern enttäuscht. Aber jetzt sind wir in Xanth. Ich kann dir zeigen, wie Magie wirkt, und alles wird gut werden.«

»Ivy, die Magie ist mir egal! Aber ich finde, du bist, äh, großartig. Du bist genau die Art von Mädchen, die ich mir immer gewünscht habe, nur habe ich das nicht gewußt, bevor ich dich getroffen habe.«

»Mir geht es genauso mit dir, obwohl du ein Mundanier bist.«

»Du meinst, du hättest mich lieber, wenn ich an Zauberei glaube?«

»Nicht unbedingt. Du glaubst mir ja auch nicht, daß ich eine Prinzessin bin.«

»Nun, ich glaube, du mußt keine Zauberin sein, um eine Prinzessin zu sein.«

»Ich bin beides, und das will ich dir beweisen. Aber gerade, weil du nicht daran glaubst, mag ich dich.«

Grey schüttelte den Kopf. »Das verstehe ich nicht.«

Ivy beschloß, daß endlich der Zeitpunkt für ein offenes Wort gekommen war. »Laß uns annehmen, daß ich bin, was ich zu sein behaupte, auch wenn du es nicht glaubst: eine Prinzessin, die zaubern kann. Wie würde ein Mann reagieren, der daran glaubt?«

»Nun, er würde finden, daß du keine schlechte Partie bist, nehme ich an. Ich meine, er könnte dich vielleicht heiraten und König werden, und selbst ohne das, könnte es ein ganz nettes Leben werden. Und du bist hübsch, was auch nicht gerade ein Fehler ist.«

»Du willst also sagen, er könnte um meine Hand anhalten aus anderen Gründen, als um meiner selbst willen?«

»Ich wollte damit nicht sagen, daß du nicht in Ordnung bist! Aber ich glaube tatsächlich, daß das möglich wäre.«

»Wie kann ich also sicher sein, daß ein Mann mich nur um meiner selbst willen liebt?«

»Nun, das kannst du eigentlich nicht, außer wenn du geheimhältst, wer du wirklich bist. Männer sagen Frauen nämlich nicht immer die Wahrheit.«

»Angenommen, er würde nicht glauben, was ich bin?«

Er sah sie abschätzend an. »Dann, vielleicht, äh ...«

»Wenn du mir also sagst, daß du mich liebst, kann ich dir dann glauben – auch wenn ich wirklich eine Prinzessin bin?«

Er nickte. »Ich glaube, jetzt weiß ich, was du meinst.«

»Und wenn du dahinterkommst, daß ich tatsächlich eine Prinzessin bin?«

»Ich habe dir doch gesagt, daß mir das egal ist! Du kannst alles sein, was du willst, das macht für mich keinen Unterschied. Ich möchte einfach nur mit dir zusammen sein und wünsche mir das gleiche von dir.«

»Ich weiß nicht recht, ob ich dir glauben kann.«

»Aber ich lüge doch nicht!« protestierte er.

»Das habe ich auch nicht behauptet. Aber ich habe Angst, daß sich deine Gefühle ändern könnten, wenn du erst mehr über mich weißt.«

»Ich ...«

»Darum glaube ich, daß es Zeit wird, daß ich dir zeige, daß Xanth existiert und auch Zauberei und alles andere, bevor wir uns noch näherkommen. Wenn man sich mit einer Prinzessin zusammentut, ist das nämlich mit Schwierigkeiten verbunden.«

»Das kann ich mir denken! Denn wenn du eine Prinzesin bist, was willst du denn dann mit mir?« fragte er mit einem gezwungenn Lachen. »Ich bin nichts, zu Hause nicht und in einem Zauberland noch viel weniger!«

»Ich habe dich kennengelernt, und ich mag dich, weil du

so bist, wie du bist«, sagte sie ruhig. »Ich finde nicht, daß du ein Nichts oder gar noch weniger bist. Nur hat noch keiner deinen Wert erkannt.«

»Wenn du eine wirkliche Prinzessin wärst, würdest du das anders sehen.«

Ivy fühlte Ärger in sich aufsteigen, aber sie bezwang sich. Er wußte es eben einfach nicht besser! »Ich würde es genauso sehen wie jetzt. Aber wenn du mich ... würdest heiraten wollen, könntest du in eine verzwickte Lage geraten.«

»Heira...« Er hustete und begann aufs neue. »Angenommen, irgendeine Prinzessin würde, äh, nun, was würde daran verzwickt sein?«

»In Xanth gibt es keine regierenden Königinnen, nur Könige.«

»Ach so.« Aber offensichtlich begriff er sie nicht.

»Das bedeutet ganz einfach, daß, wenn eine Frau den Thron übernimmt, sie als König betrachtet wird. Meine Mutter war eine Zeitlang König. Und nur ein Zauberer oder eine Zauberin können König werden, verstehst du?«

»Dann bin ich davon ausgenommen«, sagte er lächelnd. »Ich habe nicht die geringsten Zauberkräfte.«

»Genau. Wenn ich also König wäre, dann würdest du die Königin.«

Er starrte sie mit offenem Mund an und schluckte. »Wie kann das angehen, meinst du das ernst?«

»Wenn du also nicht Königin von Xanth werden willst, kannst du mich nicht heiraten«, fuhr sie fort. »Denn vielleicht werde ich einmal König, doch hoffentlich nicht allzubald.«

Er schüttelte den Kopf. »Ich ... ich bin mir im klaren darüber, daß das alles nur Theorie ist, Ivy. Du willst mir damit gar nicht sagen, daß du mich heiraten willst. Du willst mich nur in die Vorschriften deines Landes einführen. Ich verliere also nicht den Kopf, sondern sage dir ganz einfach, daß wenn ich ... du weißt schon, äh, verheiratet wäre, es mir wirklich egal sein müßte, wie man mich nennt. Aber weißt du, wenn du wirklich eine Prinzessin wärest, dann würde ich gar nicht um dich anhalten. Ich will damit sagen, dann wäre diese Verbindung für mich ausgeschlossen!«

»Aber würdest du ablehnen, wenn ich dich bitten würde?«

Er pfiff durch die Zähne. »Das brächte ich nicht fertig!«

»Möglicherweise änderst du deine Meinung noch«, erwiderte sie, »wenn die Zeit gekommen ist.«

Er sah sie schweigend an, unfähig, etwas zu entgegnen.

Nun, sie hatte gesagt, was sie zu sagen hatte. Sie hatte ihn auf faire Weise gewarnt. Aber möglicherweise war das nicht die geringste der Hürden, die sie zu nehmen hatten!

Es schien keinen Weg zu geben. Der Riese Richard war zwar hierhergekommen, aber der war einfach über die Bäume hinweggestiegen. Die beiden konnten also seinen Spuren nicht folgen. Er hatte nämlich vermeiden wollen, daß ihn jemand fand und seinen Körper störte, und das war ihm tatsächlich gelungen – nicht einmal die vertrauten Tiere schien es hier zu geben.

Natürlich konnte Ivy den Zauberspiegel benutzen und zu Hause um Hilfe bitten. Aber sie wollte erst Grey von der Existenz von Xanth und der Magie überzeugen und ihm Zeit lassen, über alles nachzudenken und seine Schlüsse zu ziehen. Wenn er sie hassen würde, konnten sie das miteinander klären. Andernfalls – nun, sie durfte, was ihre Gefühle betraf, sich nichts vormachen. Sie mochte ihn sehr gerne, und wenn sie einen Augenblick nicht achtgegeben hätte, hätte sie sich schon längst in ihn verliebt. Sie fand sich selbst verrückt, aber er war zu nett, und sie wußte, daß er es nicht auf ihren Stand und ihre Macht abgesehen hatte. Das gab ihr ein tiefes Gefühl von Sicherheit, das sie vorher nicht gekannt hatte. In den letzten Tagen hatte sie entdeckt, daß alles, was sie sich von einem Mann wünschte, wenig mit Stand, äußerer Erscheinung, körperlicher Kraft oder Intelligenz zu tun hatte, dafür um so mehr mit Entschlossenheit, Gewissenhaftigkeit und Treue. Sie konnte Grey vertrauen, und das machte alles übrige unwichtig.

So vermied sie es, den Spiegel zu benutzen; das gedachte sie nur im äußersten Notfall zu tun.

Sie wollten den Weg nach Süden einschlagen, nach Schloß Roogna; es kam ihr so vor, als wäre dies das nördliche Zentralgebiet von Xanth, obwohl sie nicht wußte, wie sie darauf kam. Unterwegs wollte sie auf alles achten, was helfen konnte, Grey von der Wahrheit zu überzeugen.

»Ich denke, es ist das beste, wenn ich uns einen Weg durch den Dschungel bahne«, sagte Grey und stapfte auf einen Schwarm Fluchzecken zu.

»Nicht doch!« schrie Ivy, aber es war schon zu spät.

Grey eilte an den Zecken vorbei, von denen sich sofort einige in seinen Hosenbeinen festbissen und ihre Spitzen durch den Stoff in sein Fleisch gruben. »Autsch!« Er faßte hin und wollte eine abreißen.

»Warte!« warnte Ivy, wieder zu spät.

Greys Finger hatten die Zecke schon berührt. »Umpf!« schnaubte er durch die Nase und erstickte einen ausführlicheren Kommentar.

»Bleib, wo du bist«, rief Ivy, »und paß auf, daß dich nicht noch mehr erwischen! Du kannst sie nur durch Verwünschungen wieder loswerden, jede einzeln, und jeder Fluch muß anders und einmalig sein.«

»Ich würde nie im Beisein einer Dame fluchen!« protestierte er.

»Und wenn du sie los bist, dann gehe vorsichtig rückwärts, wir werden eine andere Route finden.«

»Ich weiß eine bessere Methode«, sagte er und brachte sein Taschenmesser zum Vorschein. »Jede Zecke, die sich an mich klammert, wird in Stücke geschnitten!«

»Das wird dir nicht gelingen«, sagte Ivy – aber wieder zu spät.

Denn Grey schwang schon sein kleines Messer gegen die Zecken, und alle sechs fielen hastig von ihm ab. Ivy stand mit offenem Mund dabei.

»Denen hab ich's gegeben«, sagte er zufrieden.

»Du hast sie alle mit ein und derselben Verwünschung weggeflucht!« staunte Ivy. »Das ist eigentlich gar nicht möglich!«

»Natürlich ist es das nicht«, stimmte er zu. »Wie könnte man auch nur mit Worten auf Sandsporen eine Wirkung ausüben? Man muß sie abschneiden!«

»Sandsporen?«

»So nennt man sie dort, wo ich herkomme. Und da fluchen die Leute auch, wenn sie versuchen, sie loszuwerden, das kannst du mir glauben; aber mit Zauberei hat das alles nichts zu tun. Komm mit, ich werde jede vernichten, die dich angreift. Wir können hier entlang weitergehen, dieser Weg scheint mir immer noch der beste zu sein.«

Ivy folgte ihm, in Gedanken versunken. Er würde in bezug auf die Fluchzecken noch seine Erfahrung machen müssen, wenn er versuchte, gegen einen neuen Schwarm dieselbe Verwünschung auszusprechen.

Natürlich hängten sich gleich drei Zecken an ihren Rock. »Kannst du diese ohne Fluch beseitigen?« fragte sie.

»Sicher!« Er trat heran und richtete sein Messer gegen ihren Rock. »Laßt sie los, oder ich schneide euch in Stücke!« brüllte er mit vorgetäuschter Wut und berührte ihren Rock mit der Messerspitze. Die drei Zecken fielen ab!

»Vielleicht war das ja eine andere Art«, murmelte Ivy zweifelnd.

»Vielleicht wissen sie auch nur, mit wem sie es zu tun haben«, erwiderte er. Dann drehte er sich um und schaute nach vorne. »Also los, ihr Zecken, hört gut zu: jede von euch, die einen von uns anrührt, wird bestraft, also bleibt, wo ihr seid, wenn euch euer Leben lieb ist!« Er lächelte. »Wenn Flüche wirklich helfen, wird sie das abhalten.«

Ivy zuckte die Achseln. Grey stapfte kühn voraus, und sie folgte ihm – und keine einzige Zecke griff sie an.

Wie war das möglich? Es war, als ob ein Zauber die Zekken hinderte, und doch war Grey ein Mundanier ohne Zauberkräfte und sogar ohne jeden Glauben daran. Noch unwahrscheinlicher, als daß seine Flüche irgendeine Wirkung hatten, war der Gedanke, daß die Drohung mit dem kleinen Messer die Zecken abschrecken konnte. War es möglich, daß sie nicht wußten, daß er ein Mundanier war, und daß sie glaubten, daß hinter seinen Drohungen ein Zauber steckte?

Sie gingen an dem Fluchzeckenschwarm vorüber und kamen zu einem stattlichen Baum voll bunter Blüten. Grey eilte auf ihn zu und wollte sich eine abbrechen.

»Vorsicht«, warnte ihn Ivy, »das ist ein Zweilippenbaum!«

»Meinst du einen Zweizahnbaum? Nein, das sind doch keine Bäume. Ich habe Zweizahnpflanzen gesehen, das sind Kräuter.«

»Aber du bist hier nicht da, wo du herkommst. Hier haben wir einen Zweilippenbaum.« Grey hörte nicht zu, und sie gab es auf. Er würde es schon selber merken!

Grey trat nahe an den Baum heran und streckte seine Hand zu einer der unteren Blüten empor. Sie wich ihm aus. Er trat noch näher heran, streckte sich – da neigte sich eine andere Blüte herab und küßte ihn mit einem bemerkenswerten Schmatzer auf die Wange.

Überrascht hielt er inne. »Ich könnte schwören, daß …«

»Ganz richtig«, bestätigte Ivy selbstzufrieden, »dies hier sind küssende Blüten.«

»Unmöglich«, sagte er, »es gibt keine Blüten, die küssen!«

»Außer den Zweilippern«, erklärte sie. »Die küssen gerne Leute!«

»Das glaube ich einfach nicht!« Er trat noch näher an den Baum heran. »Wir wollen doch mal sehen, ob irgend etwas mich küßt, während ich hinsehe.«

Er wartete, aber zu Ivys Überraschung geschah nichts. Normalerweise küßten Zweilippenbäume alles, was in ihre Reichweite kam, wobei sie laut schmatzende Geräusche machten, daß es nur so durch den Wald schallte. Harmlos, aber verwirrend.

»Vielleicht mag er deinen Geschmack nicht«, stichelte sie.

»Vielleicht ist es auch eine Zauberei, die einem forschenden Blick nicht standhält«, erwiderte er und trat von dem ruhigen Baum fort.

»Versuche das nicht bei einem Wirrbaum«, murmelte sie verstimmt.

»Ich weiß, was das ist, aber ich muß erst sehen, wie er etwas verwirrt, bevor ich es glaube.«

Sie gingen weiter. Die Vegetation wurde spärlicher und der Boden sandig. Überall war Zauberei zu spüren, und das beunruhigte Ivy. Irgend etwas an dieser Gegend war nicht ganz geheuer, und es schien mit dem Sand zusammenzuhängen. An fremden Orten mochte sie keine Geheimnisse, denn sie konnten gefährlich sein.

»Warte«, sagte sie.

Grey blieb stehen. »Bist du müde?«

»Das ist es nicht. Ich weiß nicht, ob ich diese Gegend mag.«

»Mir gefällt sie ganz gut, und es geht sich angenehm im Sand, wir könnten ein gutes Stück vorankommen, bevor es Nacht wird.«

»Nicht, wenn wir in eine Falle laufen.«

Er zuckte die Achseln. »Das hatte ich auch nicht vor. Dort, wo ich zu Hause bin, gibt es Treibsand. Da kann man hineingeraten und sich darin verfangen und möglicherweise sogar darin ersticken.«

»Unserer treibt einen voran«, scherzte Ivy, »und Trägsand macht einen träger, was fatal sein kann. Aber das hier scheint etwas anderes zu sein. Mal sehen, was ich tun kann.«

»Vielleicht baust du eine Sandburg«, sagte er und lächelte.

Sie hatte nur das Talent zur Verstärkung, nicht aber, Entdeckungen zu machen, doch sie beschloß, auf ihre Art und Weise herauszufinden, was es mit dem Sand auf sich hatte. Während sie über den Sand schritt, verstärkte sie ihn, damit seine Qualitäten deutlich erkennbar würden. Einen Augenblick lang lag der Sand einfach da, dann kräuselte er sich, und Wellen breiteten sich auf ihm aus, als wäre es Wasser.

Ivy konzentrierte sich und verstärkte das immer weiter. Sie wollte herausfinden, ob er gefährlich war.

Das Gekräusel wurde zu Buckeln. War das eine schreckliche Sanddüne, die nach etwas Ausschau hielt, was sie in Fossilien verwandeln konnte? Ihre Eltern waren einmal einer solchen begegnet. Dünen liebten es, lebende Geschöpfe zu begraben, für immer oder bis das Fleisch von ihnen abfiel und hübsche Knochen hinterließ. Ivy war noch nicht bereit, sich von ihrem Fleisch zu trennen.

Dann formte sich in der Mitte ein riesiger Buckel. Er wuchs und wuchs und nahm schließlich eine vage menschliche Form an. Noch halbmal so groß wie Ivy stand er da, mit Haaren aus trockenen Gräsern und Augen aus Glimmerkieseln. Seine Nase bestand aus einer gedrehten Wurzel, und zerbrochene Seemuscheln bildeten die Ohren.

»Wer bist du?« fragte Ivy die Figur.

Der Sandmann änderte seine Gestalt, wobei sich der Sand aufwölbte, wie vom Winde verweht – nur daß es keinen Wind gab. Er nahm die Gestalt eines vierfüßigen Tieres an, mit Wurzelhörnern und einem Rebenschwanz.

»Du hast mir immer noch nicht geantwortet«, sagte Ivy. Das Ding wirkte nicht gefährlich, aber ganz sicher war sie sich nicht.

Wieder wechselte der Sand seine Form und wurde zu einem kleinen Baum mit einem dicken Stamm und Stummelästen, die im Scheinwind hin und her wehten.

»Hör zu!« begann Ivy.

»Ich frage mich, wie diese Wirkung entsteht«, sagte Grey und schritt hinüber, um das Sandgefüge zu berühren. »Ich kann nicht glauben ...«

Augenblicklich fiel der Sand in sich zusammen und wurde zu einem formlosen Wall, und die Kiesel und Muscheln und Wurzeln lagen wahllos verstreut umher.

»Oh, jetzt hast du ihn zerstört«, rief Ivy verärgert aus. »Ich wollte gerade herausfinden, ob er gefährlich ist.«

Grey berührte den Sandhaufen mit seinem Fuß. »Er ist nicht gefährlich, es ist einfach nur Sand. Aber er sah tatsächlich einen Augenblick lang wie ein Sandmann aus. Ich wußte, daß es nur eine Illusion war. Ich wollte nur, ich hätte das herausfinden können, ohne ihn zu zerstören.«

»Ich war gerade dabei, das zu tun«, rief Ivy verärgert. Aber es schien tatsächlich so, als wäre der Sandmann keine Gefahr. Die unheimliche Stimmung war verschwunden.

Der Tag ging langsam zu Ende. »Wir sollten uns einen Lagerplatz suchen«, schlug Grey vor. »Nachts könnte es hier wilde Tiere geben.«

Diese Möglichkeit bestand tatsächlich. Bisher waren ihnen allerdings noch gar keine bösen Wesen begegnet, und das war bemerkenswert. Vielleicht hielten die Fluchzecken und der Sandmann sie fern. Aber diese schienen hier keine Macht mehr zu haben, so daß sie daran zweifelte. Sie hoffte, daß es nicht einen wirklich schrecklichen Räuber gab, der dieses Gebiet als sein Jagdrevier benutzte und dabei die meisten anderen Gefahren beseitigte. Lieber waren ihr eine ganze Reihe kleiner Bedrohungen als eine große, denn Ivy war sich nicht sicher, wie wirkungsvoll ihre Zauberkunst einem wirklich schrecklichen Wesen gegenüber sein würde. Gewöhnlich hatte sie Stanley Dampfdrache bei sich, wenn sie auf Erkundungen auszog, und der hatte für ihre persönliche Sicherheit gesorgt.

Sie sah sich um. Es schien hier nirgends einen geeigneten Lagerplatz zu geben. Wohl oder übel mußten sie weiterwandern, obwohl Ivy schrecklich müde war.

»Wie wäre es denn mit dem Baum dort drüben«, schlug Grey vor und wies auf einen ausladenden Baum, dessen Tentakel beinah bis zur Erde reichten.

»Das ist ein Wirrbaum«, kreischte Ivy entsetzt.

»Ja, das glaube ich auch. Aber wir können dieses Spiel nicht ewig spielen. Ich bin sicher, daß er sich als harmlos erweist, sobald man den Bluff beim Namen nennt.« Er näherte sich ihm kühn auf einem der kleinen Pfade, die zum Baum führten.

»Nein«, schrie Ivy und stürzte ihm nach. »Niemand außer einem Oger oder einem Drachen läßt sich mit einem Wirrer ein, und sogar die sind vorsichtig. Komm ihm nicht zu nahe!«

»Ich nehme an, daß die meisten Wesen hier genauso denken wie du«, sagte Grey und schritt weiter, ohne innezuhalten. »Das bedeutet, daß wir eine angenehme Nacht in seinem Schutz zubringen können. Das scheint mir ideal.«

Ivy holte ihn ein und ergriff seinen Arm. »Du hast keine Ahnung! Dieser Baum wird dich greifen und gierig verschlingen, sobald du in seine Reichweite kommst! Ich weiß nicht, ob ich dich beschützen kann vor ...«

Aber sie verlor das Gleichgewicht und strauchelte, und beide fielen mitten in das Gewirr von Tentakeln. Ivy war voller Panik.

Aber die hängenden Tentakel bewegten sich nicht. Keine einzige griff nach ihnen. Der Baum schien zu schlafen.

»Oh«, stieß Ivy erleichtert aus. »Er wird erst vor kurzem ein Festmahl gehalten haben und gar nicht hungrig sein! Was für ein Glück!«

Grey schüttelte den Kopf. »Für alles hast du eine Erklärung! Also gut, er ist nicht hungrig. Dann laß uns hier übernachten. Niemand sonst wird wissen, daß es hier sicher ist.«

»Das ist wahr«, antwortete sie schwach. Der Gedanke, so nahe bei einem Wirrbaum zu sein, machte sie immer noch nervös, aber es stand fest, daß sie sich vor einem satten Baum nicht zu fürchten brauchten.

Sie entdeckten einige Milchkräuter und einen Brotfruchtbaum; glücklicherweise gab es die in ganz Xanth, und so hatten sie Brot und Milch zum Abendessen. Auch gab es ganz in der Nähe einen Kissenbusch mit besonders flauschigen Kissen, woraus sie sich zwei Betten unter dem Baum zurechtmachten. Offensichtlich war keine von diesen Pflanzen in jüngster Zeit abgeerntet worden, vermutlich aus Mangel an Reisenden.

Ivy lag noch eine Weile wach und dachte nach. Worin

bestand die große Gefahr, die die Reisenden fernhielt, und warum hatte sogar die Kraft der üblichen Bedrohungen so nachgelassen? Sie hatte zweifelhafte Erklärungen dafür ersonnen und war dennoch ganz erstaunt, daß sie nicht ausreichten, Grey von ihrer Echtheit zu überzeugen. Sie hatte erklärt, daß dieser Wirrbaum satt sein müßte, aber sie sah keine neuen Knochenhaufen, und auch die Tentakel sahen nicht so straff und kräftig wie die eines wohlgenährten Baumes aus. Dieser hier mußte hungrig sein, aber war es nicht, und das machte Ivys Schlaf unruhig. Und dabei dachte sie wieder an den Sandmann: möglicherweise war er ja verwandt mit jenem Sandmann, der nachts zu den Kindern kommt und ihnen beim Einschlafen hilft. Und vielleicht ließ er sonst die Reisenden neben diesem Wirrbaum in Schlaf fallen, so daß der Baum seine Tentakel ausstrecken und sie widerstandslos an sich ziehen konnte. Doch der Sandmann war durch Greys Unglauben zu kraftlosem Sand zusammengefallen.

Das war möglicherweise die Crux des Ganzen: Grey glaubte, daß Magie sich hauptsächlich in ihren Gedanken abspielte, daß sie ihre Wirkung sah, weil sie daran glaubte. In Mundania war sie nicht imstande gewesen, das Gegenteil zu beweisen. Aber jetzt waren sie in Xanth, und immer noch hatte sie nichts an seinem Unglauben ändern können. Es hatte den Anschein, als hätte er keinerlei Veranlagung, Zauberei zu akzeptieren, und als wäre das der Grund, warum Zauberei auf ihn keine Wirkung ausübte. Das war eine völlig verwirrende Entdeckung. Angenommen, Zauberei zeigte nur Wirkung bei jemandem, der daran glaubte?

Nun, das war ein interessanter Gedanke! Konnte das der Grund dafür sein, daß Mundanier keine Zauberkräfte besaßen? Weil sie nicht an sie glaubten? Aber wenn sie nach Xanth zögen, würden ihre Kinder von klein auf mit Magie in Berührung kommen und nie lernen, nicht zu glauben. Sie würden zaubern können! Wenn die Mundanier aufgeschlossener wären, könnte sich möglicherweise in dem Augenblick, wo sie nach Xanth kämen, herausstellen, daß sie Zauberkräfte hatten. Schließlich hatte sich erwiesen, daß sogar Zentauren Talente besaßen, jedenfalls jene, die nicht mehr glaubten, daß Talente etwas Unzüchtiges waren.

Nein, das ließ sich nicht aufrechterhalten: Manche Mundanier waren aufgeschlossen und hatten trotzdem kein magisches Talent. Und einige ihrer eigenen Kinder waren unaufgeschlossen und besaßen trotzdem Talente. Glaube mochte ein Faktor sein, aber sicher nicht der wichtigste. Man mußte ganz einfach in Xanth geboren sein, um zaubern zu können!

Was sollte sie also wegen Grey unternehmen? Es war närrisch, das wußte sie wohl, aber sie liebte ihn. Sie liebte ihn sogar sehr. Aber sobald sie Schloß Roogna erreichten, würde es mit der romantischen Beziehung vorbei sein. Sie war eine Prinzessin, und wenn sie auch keinen Prinzen heiraten mußte, so würden ihre Leute sicher nie erlauben, daß sie einen Mundanier heiratete! Sie hatte versucht, Grey das zu erklären, aber sie hatte sich in ihrem eigenen Trotz verfangen und mit ihm nur die Unannehmlichkeiten einer Heirat zwischen ihnen erörtert, aber nicht die Unerreichbarkeit einer solchen.

Was würde geschehen, wenn sie darauf bestand, einen Mundanier zu heiraten? Sie würde ihre Eltern schrecklich enttäuschen, und das tat weh. Möglicherweise würden sie etwas unternehmen müssen, zum Beispiel sie nach Mudania verbannen, und das wäre noch schmerzlicher. Aber wäre ein Leben mit Grey das nicht wert?

Den Rest ihres Lebens im öden, zauberlosen Mundania zuzubringen war eine schreckliche Aussicht! Dennoch konnte sie sich das beinahe vorstellen – mit ihm zusammen! Grey war durch und durch gewöhnlich, aber er hatte etwas, was sie anzog, und sie wußte, daß sein Interesse an ihr echt war. Genügte das nicht?

Sie schüttelte im Dunkeln den Kopf. Sie wußte, ganz objektiv, daß das nicht genügte. Liebe konnte Freude machen, aber wenn sie keine feste Grundlage hatte, würde sie nicht von Dauer sein. Und für sie würde ein Leben in Mundania dasselbe sein wie für eine Seejungfrau das Leben auf festem Land: im Bereich des Möglichen, aber voller Schwierigkeiten.

Nein, sie konnte Grey nur heiraten, wenn er bei ihr in Xanth blieb, und das bedeutete, daß sie auf die Zustimmung ihrer Eltern angewiesen war. Und dies hieß, daß sie ihn nicht heiraten konnte. Trotzdem sehnte sie sich danach, daß sie es könnte.

Sie mußte einfach nur ihr Herz in den Griff bekommen, das wußte sie. Aber sie wußte auch, wie weh das tat.

Vielleicht würde sich Greys Einstellung in Xanth und zu ihr gründlich ändern, wenn er endlich einsah, daß es Zauberkräfte wirklich gab, so daß er allein nach Mundania würde zurückkehren wollen. Das wäre eine Lösung für ihr Problem, da ihr die Entscheidung dann abgenommen wäre. Aber auch das würde noch weh tun.

Ivy lag still in ihren Kissen, mit geschlossenen Augen, während ihr die Tränen über die Wangen rollten.

Sie erwachte im bleichen Licht eines bedeckten Morgens. Als sich ihre Augen daran gewöhnt hatten, entdeckte sie Grey, der neben ihr saß.

»Alles in Ordnung?« fragte er.

»Natürlich«, antwortete sie, setzte sich auf und schüttelte ein verirrtes Blatt aus ihrem Haar. »Warum fragst du?«

Er zuckte die Achseln. »Ich dachte, äh, du wärst unglücklich oder vielleicht krank oder so. Ich habe mir Sorgen gemacht.«

Sie lächelte. »Ich muß ja schrecklich aussehen! Aber das kommt, weil ich es nicht gewohnt bin auszuschlafen. Laß uns einen Bach suchen, damit ich mich waschen kann, dann geht es mir besser.«

»Ja klar! Ich hätte mich schon umgesehen, aber ich wollte dich nicht allein lassen.«

»Und ich will nicht, daß du allein gehst«, erwiderte sie,

»nicht solange du nicht daran glaubst, daß die Gefahren wirklich existieren.«

Sie gingen zusammen fort und fanden ganz in der Nähe eine Quelle. »Laß mich erst ausprobieren«, sagte Ivy. »Diese Dinger können gefährlich sein.«

»Wieso? Sind sie vergiftet?«

»Das nicht. Es sind Liebesquellen.«

»Ach, ja – und die machen, daß die Wesen, die davon trinken, sich ineinander verlieben. Wie entsetzlich, wenn wir aus so einer trinken würden!«

Ivy sah ihn scharf an. Grey versuchte, ernst zu bleiben, aber es gelang ihm nicht, und er mußte lachen. Sie lachte auch, weniger aus Belustigung als aus Erleichterung. »Ganz so nett ist es leider nicht«, warnte sie ihn. »Liebe mag ein Euphemismus sein. Sobald man getrunken hat, fängt man sofort an zu zeugen, unfähig, sich zu beherrschen, auch wenn man zwei verschiedenen Gattungen angehört. Man nimmt an, daß so die wichtigsten Kreuzungen entstanden sind – Zentauren, das Wasservolk, Harpyien und so weiter. Du würdest also nicht zufällig aus solch einer Quelle trinken wollen?«

»Natürlich würde ich das nicht wollen«, stimmte er zu, aber sein Gesicht zeigte Zweifel.

Ivy kauerte sich neben der Quelle hin, konzentrierte sich und begann, sie zu verstärken. Wenn es eine Liebesquelle war, würde sie das dazu bringen, auf den Pflanzenwuchs ringsum einzuwirken, und diese würden anfangen, einander auf jede nur mögliche Weise zu lieben.

Aber nichts geschah. »Sie ist in Ordnung«, stellte sie fest. »Es ist nur Wasser.«

»Davon bin ich überzeugt«, stimmte er herablassend zu. Aufs neue mußte sie ihren Ärger unterdrücken. Er wußte es ja nicht besser. Das war die andere Seite der Medaille: seine Unwissenheit war die Ursache dafür, daß sie seinen Gefühlen nicht trauen konnte, aber gleichzeitig war sie eine Quelle ständiger Irritation. Ivy war solche gegensätzlichen Gefühle nicht gewohnt.

Zweimal schöpften sie das Wasser mit den Händen und tranken, dann wuschen sie sich Gesicht und Hände. Ansonsten fühlte sie sich etwas schmuddelig, aber sie war entschlossen, sich nicht auszuziehen und zu waschen. Schließlich würde sie ja wieder in die gleichen schmutzigen Klamotten steigen müssen. Sie hatte in jener Nacht im falschen Schloß Roogna zum letztenmal frische Kleider angezogen und hatte sie dann auf ihrer Wanderug entlang des Blutstroms und beim Schieben des Findlings schmutzig gemacht. Vermutlich würde sie die mundanische Ausstattung wegwerfen müssen, sobald sie auf Schloß Roogna angekommen waren, und sie hoffte nur, daß Agenda, der die Kleider gehörten, es ihr nicht übelnehmen würde.

Komisch war die Art und Weise, wie Grey all die vielen seltsamen Mädchen kennengelernt hatte, die den Raum bewohnt hatten, bevor sie vom Himmelstaler dorthin gesandt worden war. Und die Art, wie Com-Puter dort existierte, mit seinem bißchen Zauberkunst, war merkwürdig. Grey hatte ihr erzählt, daß ein seltsames ›Programm‹ von jemandem namens Vaporware Limited die Maschine verändert hatte. Sie fragte sich, ob Vaporware in Xanth lebte, und manches erklären würde. Aber trotzdem – in Mundania glaubte absolut niemand an Zauberei. Also, ein Rätsel blieb das in jedem Fall.

»Wie konnte Com-Puter eigentlich in Mundania zaubern?« fragte sie.

»Mein Computer hat nicht gezaubert«, sagte Grey. »Er hatte einfach ein gutes Übersetzungsprogramm, so daß wir uns unterhalten konnten. Nehme ich jedenfalls an.« Diese Erklärung schien ihn selbst auch nicht restlos zu befriedigen. »Was er getan hat, war sicherlich höchst seltsam. Am Schluß gestand er sogar, daß er mich auf dich vorbereitet hatte.«

»Dich vorbereitet?«

»Es hatte etwas mit all diesen seltsamen Frauenzimmern zu tun. Als ich dann um eine ohne Makel bat, brachte er dich. Wie er es tat, weiß ich nicht, aber auf alle Fälle bin ich heilfroh darüber.«

»Niemand hat mich gebracht!« protestierte sie. »Der Himmelstaler hat mich gesandt.«

»Wie auch immer. Ich glaube, das Programm wußte, daß du kommen würdest, und hat den Ruhm für sich in Anspruch genommen. Aber es ist mir egal. Mein Leben war wie Abwaschwasser, bis du kamst, und danach war es wie ein Sonnenaufgang.«

Ivy hatte in Mundania Erfahrung mit Abwaschwasser gemacht, denn dasselbe Geschirr wurde immer und immer wieder benutzt, was bedeutete, daß es abgewaschen werden mußte. »Und ich war eine Abwaschwasserstoffblondine«, sagte sie und erinnerte sich daran, wie sie das Zaubergrün aus ihren Haaren gewaschen hatte.

»Du warst wunderschön«, sagte er.

Sie versuchte, sich eine kluge Antwort zu überlegen, aber es fiel ihr nichts ein. Er sagte die Wahrheit. Er hatte sie ohne ihr Verstärkungstalent gesehen – eine echte graue Maus –, und trotzdem hatte er sie geliebt. Ein größeres Kompliment hätte er ihr nicht machen können.

»Wir sollten besser etwas essen«, sagte sie, um das Thema zu wechseln.

»Ich sah dort hinten etwas, das wie Lollies aussah, die aus dem Sand wuchsen«, sagte er.

Ivy schaute genau hin. »Zuckersand«, sagte sie. »Natürlich wächst darin Zuckerzeug. Hier sind ein paar Zuckerteignüsse, und hier ist Zuckerrohr.« Sie pflückte von beidem etwas. »Und dort drüben steht ein Zuckerpflaumenbaum. Von all den Süßigkeiten wird uns noch schlecht werden, aber wenigstens haben wir etwas zu essen.«

Sie aßen. »Du hast recht«, sagte er, während er auf einem bonbonfarbenen Zuckerrohr kaute. »Langsam habe ich genug von all dem Süßen! Ich hätte mir nie träumen lassen, daß ich so etwas mal erleben würde!«

»Wie kommt es, daß du diese Zauberpflanzen ißt, aber immer noch nicht an Zauberei glaubst?« forderte sie ihn heraus.

»Zuckerteignüsse und Zuckerpflaumen sind keine Zauberdinge«, protestierte er. »Obwohl ich zugebe, daß in Mundania Zuckersand und Zuckerrohr zweierlei sind.«

Sie zogen weiter nach Süden. Sie kamen an einen ausgetretenen Pfad. »Großartig!« rief er aus. »Nun brauchen wir uns nicht mehr durch die Büsche zu schlagen!«

»Das ist keiner der Zauberpfade«, sagte sie. »Unbekannten Pfaden können wir nicht trauen, bis wir wissen, welcher Natur sie sind. Man kann nie sagen, wohin sie führen.«

Er spähte hinüber zu dem wirren Dschungel auf der anderen Seite des Weges. »Können wir es nicht riskieren, nur dieses eine Mal? Ich habe schon müde Füße.«

Ivy überlegte. Auch ihre Beine waren müde. »Vielleicht dann, wenn wir vorsichtig sind, aber wenn wir irgend etwas hören, sollten wir ihn sofort verlassen.«

Sie gingen den Pfad entlang. Er war wirklich sehr hübsch und von Hindernissen freigehalten. Er wand sich durch die Landschaft, an einer Anzahl feiner Obst- und Nußbäume entlang.

Dann bogen sie um eine Ecke und entdeckten drei Kobolde, die weiter vorne den Weg versperrten.

»Oha«, sagte Ivy, »Kobolde bringen nichts Gutes. Laß uns die andere Richtung nehmen!«

Sie machten kehrt und rannten um die Ecke zurück und entdeckten drei weitere, häßliche Kobolde. Sie steckten in der Falle.

»Sie sehen nicht besonders groß aus«, sagte Grey. »Vielleicht könnte ich sie niederschlagen.«

»Kobolde treten immer zu Dutzenden auf«, sagte Ivy düster. Sicherlich wimmelten bereits haufenweise Kobolde zwischen den Bäumen. Es waren untersetzte kleine Männlein, beinahe schwarz, mit großen Köpfen, Händen und Füßen und ungeheuerlichen Fratzen.

»Vielleicht sind sie freundlich«, warf Grey hoffnungsvoll ein.

»Kobolde sind niemals freundlich. Ich werde Hilfe anfordern müssen.«

Ivy holte ihren Zauberspiegel hervor. »Schloß Roog...«

Ein Kobold sprang nach vorne und riß ihr den Spiegel aus der Hand. »Nichts dergleichen, du Schlampe!«

Grey sprang auf den Kobold zu, aber es war bereits zu spät, der Spiegel war mitten im Gedränge verschwunden. »Kämpfe nicht mit ihnen«, schrie Ivy. »Wir müssen uns unseren Weg hier herausreden!«

Grey sah solch ein Gedränge und nahm davon Abstand, sich seinen Weg durch solch eine Schar freizukämpfen, denn es war offensichtlich, daß das hoffnungslos war.

Der Koboldanführer erschien, der sich vor allem durch noch größere Häßlichkeit auszeichnete. »So, du willst dich also hier herausreden, du Dirne?«

»Ich bin keine Dirne«, protestierte Ivy. »Ich bin Prinzessin Ivy!«

»Und ich bin der König der Drachen!« entgegnete der Kobold höhnisch. »Ha, ha, ha!« stimmten alle Kobolde in das rohe Gelächter ein. »Also schön, ich bin der Kobold Grotesk, wir sind die Koboldschar von der Goldenen Horde, und wer du bist, ist uns völlig schnuppe!«

»Nun, dann gebt mir meinen Spiegel zurück, und ich werde es euch beweisen!« sagte sie. »Mein Vater wird mich erkennen.«

»Und einen feindlichen Zauber gegen uns richten, falls du es wirklich bist«, sagte der Kobold. »So etwas können wir nicht gebrauchen. Am besten weiß er überhaupt nicht, was mit dir geschieht.« Er wandte seinen Kopf zur Seite. »Sag den Goldenen Mädels, sie sollen den Kochtopf aufs Feuer setzen, wir haben zwei Leckerbissen zum Abendbrot heute nacht.«

Sofort schoß ein Koboldbote davon und rannte auf seinen Stummelbeinen den Weg hinab. Er war nun wirklich nicht golden, sondern offensichtlich war das nur ein Name, den sie sich selbst gegeben hatten.

Es war hoffnungslos! Ivy wußte, daß sie nicht wirklich gekocht werden würde, auf Grund jener Prophezeiung, daß sie heil nach Hause kommen würde, aber wie immer hatte sie Angst um Grey, dem keine solche Zusage gemacht worden war. Wie konnte sie ihn aus dieser Goldenen Horde freibekommen?

»Und wer bist du, der König der Zentauren?« wandte sich der Kobold Grotesk an Grey.

»Gib ihm keine Antwort!« warnte Ivy. Aber wieder einmal war sie zu spät.

»Ich bin Grey aus Mundania«, gab Grey Auskunft.

»Ein Mundanier!« schrie der Kobold. »Wir haben noch nie einen Mundanier gekocht. Glaubst du an Zauberei?«

»Nein.«

»Schön! Vielleicht können wir uns ein bißchen mit dem hier vergnügen!« Der Anführer drehte wieder seinen Kopf. »Was wollen wir mit dem Mundanier machen?«

Es entstand ein grauenvolles Gebrüll von gewalttätigen und obszönen Vorschlägen. Unzufrieden drehte sich Grotesk wieder Grey zu. »Du bist mit der Haha-Prinzessin hier. Was hältst du von ihr?«

»Antworte ihm nicht!« rief Ivy.

»Halt's Maul, du Schlampe«, knurrte der Oberkobold und holte zu einer Ohrfeige aus.

Grey griff zu und packte Grotesk am Arm. »Laß sie in Ruhe!«

Sofort drängten sich mehrere Kobolde nach vorne und rissen ihn zurück, aber der Anführer war nicht verärgert. »Ich glaube, da haben wir die Antwort«, grinste er. »Er liebt sie – und sicher liebt sie ihn auch. Das ist der Schlüssel. Bevor wir sie kochen, wollen wir mit ihnen spielen. Bringt sie zur Haßquelle!«

Ein zustimmendes Gegröle brach aus. Ivy und Grey wurden den Pfad entlang getrieben. Von neuem überkam Ivy das Entsetzen, denn sie wußte, welches Unheil die Haßquelle bedeutete!

Sie kamen am Koboldddorf vorbei. Ein verdreckter, kleiner Zentaur stand dort gefangen und an einen Pfahl gebunden. Diese Kobolde machten vor nichts halt! Niemand band einen Zentauren fest, aus Furcht vor den schrecklichen Rache der zentaurischen Bogenschützen von der

Zentaureninsel. Trotzdem war hier ein junges Zentaurmännchen, offensichtlich magisch gebunden, denn kein Strick könnte sonst einen Zentauren halten.

Sie erreichten nicht weit davon entfernt den Quellteich. Er war, wie viele Quellteiche, trübe, seicht und schlammig und hatte eine kleine Insel in der Mitte. Die Kobolde zogen ein Boot heran und setzten Ivy hinein. Einer stellte sich nach vorne und einer nach hinten, mit Rudern in den Händen, und beide waren äußerst darauf bedacht, daß sie nicht spritzten.

»Ihr fürchtet euch ja sogar, es zu berühren«, versetzte Ivy. »Solches Wasser wirkt nur, wenn man es trinkt.«

»Das ist wohl alles, was du weißt, du Hure«, schrie Grotesk vom Ufer her. »Laß es irgendwo an deinen Körper kommen, und du wirst die nächste Kreatur vor Haß in Stücke reißen und wirst versuchen, sie auf jede nur denkbare Art zu töten. Los, tauch deine Finger ein, du haßt uns ja jetzt schon, da macht das nichts mehr aus.«

Ivy schauderte, ohne ihre Finger eingetaucht zu haben. Es war grauenvoll, wie wirksam dieses Zeug war! Kein Wunder, daß die Kobolde ihr Lager ganz in der Nähe aufgeschlagen hatten. Sie liebten den Haß.

Die Kobolde luden sie auf der kleinen Insel ab und ruderten zurück. Dann zogen sie das Boot ein und brachten Grey ans Ufer. »Also gut, Mudanier«, sagte Grotesk. »Du glaubst ja nicht an Zauberei? Dann meinst du sicher, daß diese Quelle dir nichts tun kann. Geh und rette sie!«

»Rühr das Wasser nicht an!« rief Ivy. »Es bewirkt, daß du mich haßt!«

»Warum kann ich es denn nicht berühren und dich hassen statt ihrer?« fragte Grey den Oberkobold.

»Nur zu!« gab der Kobold ihm recht, und die Horde brüllte vor Lachen. »Eine Berührung, ein Haß – und es ist uns ziemlich egal, wie sehr du uns haßt, wenn wir dich abkochen. Vielleicht wirst du ja sogar zu unserer Unterhaltung ein paar nette mundanische Flüche ausstoßen. Aber du kannst dein Mädchen nicht erreichen, ohne die Quelle zu durchqueren, und sobald du sie siehst oder berührst, wirst du auch sie hassen. Es wird also ohnehin soweit kommen.«

»Wozu soll ich denn zu ihr hingehen, wenn ihr uns sowieso kocht?« erkundigte sich Grey. »Ich könnte doch auch einfach nicht mitmachen und hierbleiben.«

Ein Gegrummel stieg aus dem Gedränge hervor. Sie mochten diese Drohung nicht, weil sie ihnen den Spaß verdarb.

»Also gut, Mundanier. Wenn du zu ihr hinüber watest, lasse ich dich gehen. Dann essen wir eben nur sie.«

»Verhandle nicht mit ihm!« schrie Ivy. »Kobolden kann man nicht vertrauen!«

»Nein, ich will sie retten«, sagte Grey in der ihm eigenen nüchternen Art. »Entweder du läßt uns beide gehen, oder ich mache nicht mit.«

Grotesk dachte einen Moment nach. Dann leuchteten seine Augen listig auf. »Angenommen, ich lasse dich über ihr Los entscheiden, wenn du drüben bist? Du bist frei und du nimmst sie mit dir, wenn du das willst.«

»Ja, das erscheint mir fair«, stimmte Grey zu.

»Tu es nicht!« schrie Ivy. »Er wird im selben Augenblick sein Wort brechen, wo du drüben bist! Und du wirst mich hassen!«

»Das glaube ich nicht«, rief Grey zurück und stapfte in den Tümpel hinein.

»Nein!« rief Ivy verzweifelt. »Nein, nein, nein!« Es war närrisch, aber obwohl Grey ohnehin sterben mußte, wollte sie dennoch nicht, daß er sie haßte.

Grey watete in das Wasser hinein. Ein Jubelgeschrei stieg von der Goldenen Horde auf. Seine Augen fest auf Ivy gerichtet, schritt Grey vorwärts, während das Wasser, das er durchwatete, ihm langsam bis zur Taille stieg.

Wie versteinert stand Ivy da. Ein Mann, der sie haßte, kam auf sie zu, und sie konnte nirgendwohin, ohne selbst das Wasser zu berühren. Sie entdeckte, daß es etwas gab, was noch schlimmer war, als daß er sie haßte: Daß sie ihn auch hassen würde! Sie mußte versuchen, ihre eigenen Gefühle zu retten, damit sie sich mit Freude statt mit Abscheu an ihn erinnern würde.

Er watete aus dem Wasser. Die Hosen klebten an seinen Beinen. Er blieb vor ihr stehen, seine Augen noch immer auf die ihren gerichtet. Ivy fühlte, wie Tränen über ihre Wangen liefen. Sie hatte eingesehen, daß sie ihr Bündnis lösen mußten, aber nicht auf diese Weise, ach, nicht mit Haß!

»Eins sollst du wissen, Grey«, sagte sie stockend. »Was immer du jetzt für mich fühlen magst, ich finde dich immer noch wundervoll. Haßt du mich nun sehr?«

»Dich hassen?« fragte er verblüfft. »Ivy, ich liebe dich!«

Sie starrte ihn an. »Du, du willst mich nicht nur grausam quälen?«

Statt aller Antwort riß er sie in seine Arme und küßte sie heftig. Plötzlich gab es für sie keinen Zweifel mehr: dies war die Leidenschaft der Liebe.

Dann erkannte sie, daß gerade darin die Grausamkeit der Kobolde bestand. Dies war keine Haßquelle, es war einfach ein schlammiger Tümpel! Die Goldene Horde hatte versucht, sie beide vollkommen zum Narren zu halten!

Und das bedeutete, daß sie hier gar nicht gestrandet war! Sie konnte den Tümpel durchwaten, genau wie Grey das getan hatte. Sie konnte fliehen und Grey mit sich nehmen und ihn beschützen.

»Oh, Grey«, sagte sie, »ich bin so glücklich! Halte meine Hand fest, wir wollen sehen, das wir hier herauskommen!«

»Und ob!« stimmte er zu.

Aber das war nicht genug. Ihre Gefühle überfluteten sie und wollten sich noch deutlicher Ausdruck verschaffen.

»Grey, willst du mich heiraten?« fragte sie ihn. Überrascht hielt er inne. Dann fing er sich wieder. »Ja, gewiß Ivy. Aber ...«

Mit einem weiteren Kuß erstickte sie seinen Protest ...

8

SCHLUCHT

Dann erlöste er sie. Obwohl das Wasser nicht giftig war, waren diese Kobolde doch ziemlich fiese Typen, und die beiden hatten immer noch das Problem, ihre Freiheit zurückzugewinnen. Grey war sich überhaupt nicht sicher, ob der Anführer der Kobolde sich an sein Versprechen halten würde, sie freizulassen. Er hoffte jedoch, den kleinen Mann so zu beschämen, daß er es tat.

Aber angesichts dessen, was gerade geschehen war, war es schwer, sich auf solche Dinge zu konzentrieren. Ivy hatte ihn gebeten, sie zu heiraten – und er hatte eingewilligt! Was für ein unpassender Moment für eine solche Verlobung!

»Wir haben es noch nicht geschafft«, sagte Ivy. »Ich muß meinen Spiegel wieder zurückbekommen. Erst dann kann ich um Hilfe rufen. Wenn du einen Weg weißt, ihn für mich zurückzuholen …«

»Vielleicht kann ich das«, erwiderte er, und seine Gedanken überschlugen sich. Es war, als hätte das, was gerade zwischen ihnen geschehen war, sein Gehirn durchgepustet, so daß er mit ungewöhnlicher Klarheit und Kraft denken konnte. »Das Haßwasser existiert nicht wirklich, aber es kommt mir so vor, als glaubten die meisten Kobolde daran. Der Anführer wird die Wahrheit wissen, aber er wird seine aufsässigen Untertanen einschüchtern, indem er ihnen droht, das Wasser über sie zu schütten. Das bedeutet, daß wir sie bluffen können.«

»Aber in ganz kurzer Zeit werden sie sehen, daß du mich nicht haßt!« sagte Ivy ängstlich. »Dann werden sie es alle wissen.«

»Das glaube ich nicht. Wenn ich behaupte, mächtige magische Kräfte zu haben, die mich immun machen ...«

»Aber Grotesk wird wissen, daß es nicht stimmt!«

»Aber er wird nicht wagen, es zu sagen, weil das seinen Einfluß auf die anderen schwächen würde. Er wird mich unterstützten müssen, obwohl es ihm zuwider ist. So kann ich ihn dazu zwingen, seinen Handel einzuhalten, weil er uns lieber gehen lassen wird, als seine Position zu verlieren und vielleicht selbst von den wütenden Narren in den Kessel geworfen zu werden.«

Ivys Gesicht verfinsterte sich und hellte sich dann auf, als sie verstand. »Grey, das ist brillant!« rief sie aus.

»Etwas an dir holt das Beste aus mir heraus«, sagte er gequält. Aber es schien tatsächlich wahr zu sein. Er war niemals zuvor verliebt gewesen, wie er nun merkte. Diese Episode hatte es ans Licht gebracht. Er schien wie auf Wolken zu schweben. Auf einmal hatte er ein Selbstvertrauen wie nie zuvor. »Wenn wir schon dabei sind, sollten wir auch den armen Zentauren befreien, denn es wäre schlimm, wenn sie ihren Zorn an ihm auslassen würden.«

»Du kümmerst dich so viel um andere, die in Schwierigkeiten sind, genau wie Richard Riese«, meinte Ivy. »Ich glaube, deshalb liebe ich dich.«

Auf diese Weise hatte er nie darüber nachgedacht. Er hatte nur das getan, was getan werden mußte, ohne zu überlegen, ob es sie beeindrucken würde. Sie hatte sogar ärgerlich ausgesehen, als er darauf bestanden hatte, die Quelle des Blutflusses zu suchen. Vielleicht war es das, was in seinem bisherigen Leben schiefgelaufen war: Er hatte versucht, die Leute zu beeindrucken, und war dabei über seine Unzulänglichkeit gestolpert, anstatt sich nur auf das zu konzentrieren, was richtig war. Aber jetzt bei Ivy kümmerte er sich um nichts von alledem, er wollte sie einfach nur glücklich machen.

Dann dachte er an etwas anderes. »Aber ich kannn es rechtfertigen, ihnen eine Lüge aufzutischen? Ich meine ...«

»Du spielst ihr Spiel«, warf Ivy schnell ein. »Sie haben dir gesagt, dies wäre eine Haßquelle. Also willigst du ein. Sagst ihnen aber, daß deine magischen Kräfte dem Wasser trotzen können. Du bist nur dann ein Lügner, wenn sie auch Lügner sind.«

Er konnte diese Logik nicht ganz nachvollziehen. Dieses ganze Reich war immer noch eine Erscheinung, eine phänomenale Erscheinung, und es war das einfachste, sich an ihre Regeln zu halten. Deswegen berief er sich auch auf Kobolde, Zwerge, Doppelwesen oder auf den Zentauren, anstatt zu versuchen herauszufinden, wie diese Dinge belebt wurden. »Das reicht fürs erste, bis ich es genauer herausgefunden habe. Nimm meine Hand, meine angebliche Magie muß aussehen, als ginge sie auf dich über, während du Kontakt zu mir hältst, um dem bösen Wasser trotzen zu können.«

Sie ergriff seine Hand, und so wateten sie ins Wasser. »Seht, Kobolde!« rief er. »Meine Magie trotzt eurem Haßwasser! Ich kann hineinwaten, ohne irgend jemanden zu hassen – nicht einmal euch!«

Die Kobolde beobachteten ihn mit Bestürzung. Sie sahen hinüber zu ihrem Anführer, aber Grey nahm Grotesks Entgegnung vorweg. »Du weißt, daß es stimmt, nicht wahr, Anführer!« rief er und spielte damit die Lüge aus. »Du weißt, daß dieses Wasser durch seine Berührung andere beeinflußt.« Er streckte seine freie Hand aus und tat so, als würde er etwas Wasser schöpfen. »Wenn ich sie bespritze ...«

»Tu das nicht!« rief der Koboldanführer in offensichtlicher Erregung.

Grey legte sein grausamstes Lächeln auf, in der Hoffnung, es würde wirken. Seine Vermutung war richtig: Grotesk mußte ihn bei dieser List unterstützen!

»Ja, du weißt, was passieren wird! Also reize mich nicht, Sauertopf!«

Der Anführer reizte ihn nicht. Der Kobold mußte die Illusion von der Macht des Wassers aufrechterhalten. »Du sagtest, du wärst aus Mundania!«

»Nun ja, vielleicht hatte ich etwas übertrieben«, erwiderte Grey. Von Erdenmenschen erwartet man natürlich nicht, daß sie magische Kräfte haben. Aber Grotesk konnte das nicht verbreiten, ohne sein eigenes Geheimnis aufzudecken.

Sie wateten ans Ufer, aber traten nicht aus dem Wasser heraus. »Bevor wir jetzt gehen, möchte ich, daß du der Dame ihr Eigentum wiedergibst«, verlangte Grey. »Bring ihr den Spiegel.«

»Har, har, har!« lachte ein Kobold im Hintergrund. »Keine Chance!«

Grey beugte sich hinunter, so daß seine Hand in Reichweite des Wassers war. »Wenn der Kobold, der gerade gesprochen hat, einmal hervortreten würde, hätte ich etwas für ihn«, sagte er ruhig. In Wahrheit war er ziemlich nervös; wie weit konnte er diesen Bluff treiben, bis die Kobolde ihn durchschauen würden?

Alle schwiegen. Grey sah sich um, als wäre er verwundert. »Was, ist nicht einer in der Goldenen Horde durstig?« forschte er. »Nun ja, vieleicht wenn ich eine Kostprobe anbiete ...« Er zog seine Hand durch das Wasser.

»Bringt den Spiegel«, schrie Grotesk.

Es gab einen Aufruhr, und gleich darauf brachte ein Kobold den Spiegel.

»Nicht spritzen!« bettelte er.

»Ich werde nicht spritzen, wenn ich bekomme, was ich will«, erwiderte Grey. »Ivy, nimm den Spiegel, aber laß meine Hand nicht los. Ich kann dich nicht schützen, wenn du nicht in Kontakt mit mir bleibst.«

»Ja«, sagte Ivy. Sie machte ihre Sache großartig und gab sich sehr ängstlich wegen des Wassers. Sie klammerte sich an Greys Hand, griff nach vorn und nahm den Spiegel, den der Kobold am Ufer stehend ihr entgegenstreckte, während der Anführer wütend zusah.

»Jetzt brauchen wir ein Transportmittel, um von hier wegzukommen«, meinte Grey. »Bringt den Zentauren her.«

Aber Grotesk hatte sich einen geschickten Gegenschlag ausgedacht. »Weg von dem Wasser!« rief er. »Geht außer Spritzweite!«

Aaah. Das würde dem Anführer erlauben, sein Geheimnis zu bewahren und sie zu schnappen, wenn sie den Teich verließen. »Ivy, hast du einen Becher?«

Ivy griff über ihre Schulter, legte den Spiegel in ihren Rucksack und holte einen Becher heraus.

»Schöpf ihn voll und spritze Wasser auf jeden, der aussieht, als könnte er Ärger machen«, sagte Grey.

Sie füllte ihn. Dann wateten sie aus dem Wasser, immer noch händehaltend. Die Kobolde zogen sich zurück. Grey sah, daß einige von ihnen Steine oder Keulen hatten, aber keiner bewegte sich, weil der Anführer ihnen es nicht befohlen hatte. Grotesk konnte es sich nicht leisten, etwas zu tun, bis der Becher Wasser leer war – und er konnte es sich nicht erlauben, daß sie es auf irgendeinen der Kobolde schütteten, denn dann würde die Unwirksamkeit offenkundig werden.

Sie gingen zum Zentauren hinüber. »Kannst du uns beide tragen, wenn wir dich befreien?« erkundigte sich Grey.

»Ich denke ja«, antwortete der Zentaur. »Ich war das Lasttier dieser Ungeheuer. Ich bin unglücklich, aber stark. Dieses ist jedoch ein magisches Halfter; nur der Anführer kann es lösen.«

»Der Anführer, wie?« Grey blickte zu Grotesk und entdeckte, daß dies ein neuer Bluff war. »Gut, ich habe auch ein besonderes Talent in bezug auf Knoten, also …«

»Nein, Grey«, murmelte Ivy. »Niemand in Xanth hat zwei magische Fähigkeiten.«

Grey war sicher, daß das Halfter nicht magisch war. Es war gerade so konstruiert, daß des Zentaur eigene Hände den Schlüsselhaken nicht erreichen konnten, um es zu öffnen. Aber er mußte sich an die Regeln halten. »Also gut, vielleicht kann mein magisches Messer es aufschneiden«, sagte er laut. Er holte sein Messer hervor und schnitt an dem groben Material des Halfters herum. Glücklicherweise hielt er sein Messer immer scharf, und die Stränge teilten sich. Weiteres fieberhaftes Sägen trennte die Fesseln unter dem Arm des Zentauren auf. »Jetzt bin ich durch. Du kannst nun deine Arme frei bewegen«, meinte er.

Der Zentaur tat genau dies. In kurzer Zeit war das Halfter abgestreift. »Das ist vielleicht ein Messer!« rief er aus. »Ich hatte einmal einen scharfkantigen Stein, und es war mir gelungen, unbeobachtet ein wenig daran zu scheuern, aber die Magie war zu mächtig, und ich erreichte nichts.«

»Wir sollten jetzt von hier fortreiten«, schlug Grey vor. »Das Wasser wird dir nichts anhaben, solange du in Kontakt mit mir bist, also mach dir nichts draus, wenn es aus dem Becher spritzt.« Das war buchstäblich wahr: Das Wasser würde dem Zentauren nichts anhaben, nicht solange er Kontakt hielt – oder zu irgendeiner anderen Zeit. »Ivy wird es auf jeden der Kobolde spritzen, der zu nahe kommt. Bist du bereit?«

Der Zentaur schielte nervös nach dem Becher. »Ja«, entgegnete er unsicher.

Das Aufsitzen erforderte einiges Geschick, ohne dabei Ivys Hand loszulassen, denn um den Schein zu wahren, mußte er sie festhalten. Aber der Zentaur griff nach hinten, half ihr hinauf, und danach schwang Grey sich hinter sie.

»Geh los«, forderte Grey ihn auf. »Aber langsam, damit sie keine Dummheiten machen, bis wir von diesem Lager weg sind.«

»Alles klar«, antwortete der Zentaur. Er schritt vorsichtig voran.

»Ich bin sicher, daß du sehr schnell laufen kannst, wenn es nötig ist«, bemerkte Ivy.

Angeführt durch einen Unterführer näherten sich auf dem Pfad weiterte Kobolde. »Ich glaube, das ist alles nur ein Schwindel!« brüllte der Unterführer. »Das Wasser hat seinen Haß verloren!«

Ivy schüttete das Wasser über den Unterführer. Der Kobold versuchte, zurückzuweichen, aber das Wasser erreichte ihn und spritzte auch noch über mehrere andere, die neben ihm standen.

Das erste, was die nassen Kobolde sahen, waren die häßlichen Grimassen ihrer Kumpane. Für einen Augenblick starrten sie sich an. Dann brach ein Tumult aus, und sie stürzten sich aufeinander. Der Unterführer schwang seine Keule auf seinen Gegner, und zwei andere begannen, sich gegenseitig zu verprügeln.

»Laß uns hier verschwinden!« sagte Grey.

»Du kannst es!« rief Ivy dem Zentauren zu. »Du bist superstark und schnell!«

Der Zentaur brauchte keine Ermunterung. Er sprang über den nächsten Kobold und schoß den Pfad hinab. Der Kampf der Kobolde breitete sich aus, und keiner verfolgte den Zentaur. Aber die Kobolde, die weiter entfernt standen, stießen einen Warnruf aus. »Fangt sie. Sie entkommen!«

Aber es war schon zu spät. Trotz der doppelten Last konnte der Zentaur schneller laufen als die kurzbeinigen Kobolde. Besonders auf dem ausgetretenen Trampelpfad. Ein Stein flog, verfehlte sie aber. Sie hatten ihre Freiheit wieder.

In ausreichender Entfernung zum Koboldlager verließen sie den Pfad. »Wir sollten besser einen Fluß finden und das Haßwasser von unseren Beinen waschen«, schlug der Zentaur vor. »Sonst wird es uns angreifen, in dem Moment, wo wir aufhören, uns zu berühren.«

»Kein Grund zur Besorgnis«, beruhigte Grey. »Es ist kein magisches Wasser; das war ein Bluff von Grotesk.«

»Aber es *ist magisch*«, beharrte der Zentaur. »Es ließ die Kobolde gegeneinander kämpfen, als sie damit in Berührung kamen!«

»Nein, das war einfach simple Psychologie. Sie glaubten, es würde sie auf diese Weise beeinflussen, und so tat es das auch.«

»Also, ich glaube daran«, sagte der Zentaur. »Ich habe es mehr als einmal wirken sehen, wenn der Anführer jemanden bestrafen wollte. Ich möchte es ganz von mir abwaschen, bevor ihr absitzt.«

Grey zuckte die Achseln. Es war sinnvoll für eine magische Kreatur, an Magie zu glauben. »Weißt du, wo ein geeigneter Fluß ist?«

»Ja, es gibt einen Strom nicht weit von hier. Er fließt in die Schlucht.«

»Die Schlucht!« rief Ivy aus. »Wir gehen dorthin!«

»Aber das ist gefährlich!« protestiere der Zentaur. »Dort läuft der Spaltendrachen herum!«

»Wir sollten uns lieber untereinander vorstellen«, schlug Ivy vor. »Ich bin Prinzessin Ivy von Schloß Roogna.«

»Wirklich?« fragte der Zentaur verblüfft. »Ich habe schon von dir gehört. Du verstärkst die Fähigkeit der Leute.«

»Ja. Ich half dir, schneller und stärker zu laufen.«

»Das hast du wirklich getan! Ich habe es niemals vorher so gut gemacht, auch nicht ohne doppelte Last. Ich dachte, ich hätte bloß Angst! Ich werde Donkey genannt.«

»Wie? Donkey der Esel?« fragte Grey.

»Weil ich klein und grau bin und lange Ohren habe«, erläuterte er. »Die anderen haben mich immer verspottet, also habe ich es vorgezogen, meine eigenen Wege zu gehen. Aber dann haben die Kobolde mich gefangen, und ich hatte keine Freunde, die mein Fehlen bemerkt hätten. Habt recht vielen Dank für meine Rettung!«

»Ich bin Grey«, stellte Grey sich vor. »Nicht die Farbe, bloß der Name. Ich bin von Mundania.«

»Aber wie kannst du dann zaubern?«

»Ich kann es nicht. Es war alles ein Bluff. Daher habe ich gewußt, daß das Wasser dich nicht verletzen würde.«

Donkey dachte nach. »Trotzdem ziehe ich es vor, es alles abzuwaschen. Nur um wirklich sicherzugehen. Zentauren mögen es nicht, sich auf vermeidbare Gefahren einzulassen.«

Also gingen sie zu dem Strom. Donkey watete vorsichtig in die Mitte des Flußes und ließ sich dort langsam nieder. »Wascht alles ab, bevor wir uns trennen«, sagte der Zentaur. »Wir wollen uns doch nicht gegenseitig hassen.«

Ivy kicherte. »Ich habe noch nie vorher ein Bad in Kleidern genommen!«

»Ich auch nicht«, stimmte Grey zu.

Sie bespritzten sich mit Wasser und blieben in Verbindung mit Donkey, wobei die Strömung das böse Mittel davontrug.

Stromabwärts entstand im Wasser ein Strudel. »Seht mal, die Fische kämpfen«, bemerkte Donkey. »Es ist immer noch wirksam.«

»Zufall«, meinte Grey. Aber er zweifelte. In der letzten Zeit hatte es eine Reihe merkwürdiger Ereignisse gegeben, und nicht alle konnte man auf die leichte Schulter nehmen.

Zum einen war die Art, wie die Kobolde gekämpft hatten – als der Unterführer seinen Unglauben an die Macht des Wassers zum Ausdruck gebracht hatte. Aber warum hatte es ihn dann beeinflußt? Was sein Unglaube ein Bluff gewesen? Oder hatte er sich entschieden, die vermutete Macht des Wassers zu unterstützen, so wie Grotesk es getan hatte! Oder wollte er, daß die Gefangenen entkamen? Nichts davon schien Sinn zu ergeben.

Und was den Zentauren anbetraf: Jetzt, wo sie sich entspannten, studierte Grey dieses Wesen. Er fand keine künstliche Verbindung zwischen dem Menschen- und dem Pferdkörper. Donkey schien genau das zu sein, was er auch behauptete: eine lebendige Zentaur. Der Fluß hatte bei ihm keinen Kurzschluß verursacht. Sein Körper war warm. Ein Teil von ihm war zweifellos menschlich und ein Teil zweifellos tierisch. Wie könnte es das ohne Magie geben?

»Wir sollten uns besser ausziehen, damit wir unsere Kleider dann gut auswringen können, um sie zum Trocknen aufzuhängen«, schlug Ivy vor. »Es ist sowieso überfällig, sie zu waschen.«

»Aber ...«

»Zentauren tragen sowieso niemals Kleidung«, fuhr sie fort. »Sie haben keine Probleme mit unbekleideten Leuten.« Sie knöpfte ihre Bluse auf und zog sie aus.

Grey argumentierte nicht weiter. Sie hatte recht. Sie mußten ihre Kleider waschen und zum Trocknen aufhängen. Sie waren beinahe schon verheiratet. Es geschah so plötzlich, daß er es immer noch nicht glauben konnte.

Bald darauf badeten sie, jeder für sich. Ivy und Donkey waren schließlich zufrieden, daß das Haßwasser von dem klaren Flußwasser abgewaschen worden war. Der Tag ging jetzt zur Neige, aber sie hängten ihre Kleider auf, um die schwindenden Sonnenstrahlen auszunutzen. Dann setzten er und Ivy sich auf ein sauberes Grasbüschel und ließen sich auch von der Sonne trocknen. Donkey brauchte nicht zu sitzen; er stand auf einer anderen Lichtung, nachdem er seinen Körper wild geschüttelt hatte.

Grey versuchte, nicht auf Ivys nackten Körper zu schauen, aber er wollte es auch nicht offensichtlich vermeiden, sie anzusehen, damit sie nicht dachte, sie wäre häßlich. Sie war es nicht, in Wahrheit war sie sein Ideal eines jungen Mädchens.

»Tut es dir leid?« forschte sie.

»HÄ?«

»Mit mir verlobt zu sein?«

»Aber nein«, rief er aus. »Ich ... es ist mehr als ich je zu hoffen gewagt hätte! Ich ... als du ... als ich unter dem Gewirrbaum vor dir aufgewacht war und dich schlafen sah, mußte ich dich ständig ansehen, denn so wunderbar dieses verrückte Land auch sein mag, du bist das Verrückteste und Wunderbarste, was mir jemals begegnet ist. Und ich wünschte, es würde niemals enden. Ich meine ... ich weiß nicht, was ich meine, aber ...«

»Du weißt, es wird Schwierigkeiten geben«, erinnerte sie

ihn. »Ich war entschlossen, dich gehen zu lassen, ganz egal, wie sehr ich dich mochte, weil ich wußte, wir würden nicht heiraten können. Aber als du durch dieses Wasser auf mich zukamst und mich nicht haßtest, da war es mir plötzlich gleichgültig, was meine Leute über mich dachten. Mein jüngerer Bruder hat zwei Verlobte, ich habe das Recht auf einen, glaube ich. Aber du mußt einwilligen.«

»Ich bin einverstanden! Ich habe bloß niemals daran geglaubt, daß du ... ich meine, daß du ernsthaft ... ich meine ...«

»Du weißt nicht, was du meinst«, antwortete sie für ihn. »Fängst du an, ein klein wenig an Magie zu glauben?«

Er sah den Zentauren an und konnte ihn immer noch nicht wegerklären. »Wenn dich zu lieben bedeutet, an Magie zu glauben, dann glaube ich daran«, sagte er.

Sie lächelte. »Ich glaube, mir hat noch niemals jemand ein schöneres Kompliment gemacht.«

»Ich bin erstaunt, daß du vorgibst, nicht an Magie zu glauben«, warf Donkey ein. »Wir Zentauren versuchen, eine gewisse Zurückhaltung zu bewahren, aber es gibt absolut keinen Zweifel an ihrer Gültigkeit. Hast du nicht selbst Ivys Verstärkungstalent gespürt?«

Grey dachte nach. »Ich denke schon, aber ...«

»Immer hast du ein ›Aber‹, bemerkte Ivy. »Sei still, oder ich küsse dich.«

»Aber ...«

Sie beugte sich vor und küßte ihn.

Grey war still.

Am Morgen besprachen sie ihr weiteres Vorgehen und beschlossen, zusammen den Fluß zur Schluchtspalte hinabzureisen. Donkey kannte den Weg und den Standort der besten Bäume in der Schlucht, während Ivy den Spaltendrachen kannte, so daß sie die Schlucht sicher betreten konnten. Niemand von ihnen war erpicht darauf, in der Nähe des Koboldgebietes der Goldenen Horde zu bleiben, denn die Kobolde waren mit Sicherheit auf der Suche nach ihnen und würden sie nicht gerade freundlich behandeln. Sie stimmten überein, daß es das beste wäre, in angemessener Eile auf die andere Seite der Schlucht zu gelangen.

Grey hatte von der Schlucht und vom Spaltendrachen gelesen, aber er hatte sich seinen Glauben an solche Dinge aufgehoben für den Moment, in dem er sie tatsächlich sah. Ein Graben durch den Staat Florida, der eine Meile oder tiefer sein sollte? Soweit er wußte, gab es in keinem Teil dieses Staates irgendwo eine Erhebung solchen Ausmaßes über den Meeresspiegel, also wäre solch eine Schlucht unmöglich, selbst wenn sie möglich wäre! Mit einem großen, schnaubenden, feuerspeienden, grimmigen Drachen, der auf dem Grund herumläuft? Viel wahrscheinlicher wäre doch eine Eisenbahnstrecke mit einer altmodischen Dampflok, die ihren Weg entlangpuffte.

Einige Schokoladenmilchkrautschoten wuchsen entlang des Flusses und einige Pilze, die sich als kleine, mit Brei gefüllte Gewächse erwiesen. Einige waren voller Maisbrei, und einige waren voller Roggen- oder Weizenbrei. Sie waren fast geschmacklos, aber die Schokoladenmilch deutete etwas Geschmack an. Zumindest waren sie sättigend.

»Wie schmecken sie dir?« wollte Ivy wissen. Er konnte in ihren Augen lesen, daß ihr etwas mißfiel, also antwortete er vorsichtig. »Breiige Kost war noch nie mein Lieblingsessen.«

»Genau das sagte auch mein kleiner Bruder immer ... bis er Nada traf.«

»Nada?«

»Nada Naga, seine Verlobte ... ich habe es dir erzählt. Aber sie hat ihn innerhalb kürzester Zeit kuriert, und jetzt liebt er Brei.«

»Ich könnte diese Kur selbst anwenden«, murmelte er und sah immer noch nicht, worauf sie hinauswollte. »Wie hat sie ...?«

»Ich dachte, du würdest niemals fragen?« Sie trat auf ihn zu, schlang ihre Arme um ihn und küßte ihn so leidenschaftlich, daß ihm ganz schwindlig wurde.

»Aber ...« sagte er, als sie ihm die Chance gab, Luft zu holen.

»Breiiges Zeug«, erklärte sie.

Oh. Grey kam sich absolut dumm vor; aber es war beinah die schönste Erfahrung, die er je gemacht hatte.

»Habe ich dich in Verlegenheit gebracht?« fragte sie.

»Ach, nein, natürlich nicht!« protestierte er sofort. Sie blickte Donkey an. »Ich bin nicht sicher. Was meinst du?«

»Er errötete und vielleicht stotterte er«, meinte der Zentaur. »Ich denke, es ist wahrscheinlich, daß du ihn in Verlegenheit gebracht hast, obwohl er es abzustreiten versucht.«

»Das habe ich auch gedacht.« Ivy blickte Grey wieder an. »Das Volk der Moosfrechlinge weiß, wie es damit umgehen muß.«

»Die Moosfrechlinge?« Grey versuchte sich zu erinnern, was das Volk der Moosfrechlinge in den Büchern getan hatte, die er gelesen hatte.

»Sie entschuldigen sich«, erläuterte sie. »Weißt du, wie sie sich entschuldigen?«

»Äh, nein, ich ...«

Sie zog ihn wieder an sich und küßte ihn mit noch mehr Nachdruck als zuvor. Dieses Mal schien sein Kopf nicht nur zu schweben, sondern auch noch zu der Größe eines Heliumwetterballons anzuschwellen, der über die Landschaft hinwegschwebt, während er gegen verwirrend verspielte Luftströmungen anzukämpfen hat.

Irgendwo von weit her kam ihre Stimme: »Nimmst du meine Entschuldigung an?«

Er versuchte, wieder runter auf die Erde zu kommen. »Uff ...«

Dann ertönte Donkeys Stimme: »Offensichtlich war die Entschuldigung nicht erfolgreich. Er scheint auf der Stelle festgefroren zu sein.«

Dann wieder Ivys Stimme: »Richtig. Ich werde einfach eine bessere Entschuldigung abgeben müssen.«

Dann küßte sie ihn ein drittes Mal. Sein Kopf erhitzte sich und weitete sich so schnell, daß er explodierte, und leuchtende Fragmente des Ballons segelten hinab in den Wald unter ihm, um die Bäume mit scheinbaren Blumen zu dekorieren. Bienen stiegen auf, um diese Blumen zu besuchen und kamen mit Eimern voller Nektar zurück. Oh, die Süße dieses Kusses!

»Nimmst du meine Entschuldigung an?« fragte Ivy noch einmal.

Grey bemühte sich tapfer, wieder einen klaren Kopf zu bekommen. »O ja, sicher!« keuchte er, sich schließlich fassend. Er war sich nicht sicher, ob er den nächsten Kuß überleben würde!

»Alarm!« sagte Donkey. »Ich höre Kobolde!«

Plötzlich war Grey wieder hellwach. »Laßt uns von hier verschwinden!«

»Wir sollten es besser genauso machen wie vorhin«, schlug Ivy abrupt vor.

»Ich werde dich stärken, Donkey, und wir werden auf dir reiten. Auf diese Weise werden wir sie wieder abhängen.«

»Sicherlich«, stimmte der Zentaur zu.

Ivy band sich ihren Rucksack um, dann kletterten sie auf Donkeys Rücken, woraufhin der Zentaur mit einem gewaltigen Sprung losstürmte, gerade als der erste Kobold in Sichtweite kam.

»Halali!« brüllte der Kobold und bließ in ein Horn, das er bei sich trug, wodurch er die anderen alarmierte. Der Ton war entsetzlich laut und vulgär.

»Ich hasse diese stinkenden Hörner«, schimpfte Ivy, während sie durch das dünne Laubwerk an der Seite des Stromes rasten. Der Zentaur schritt kräftig aus, psychologisch aufgebaut durch die angebliche Bekräftigung von Ivy. Der Fluß war jedoch sehr gewunden und durch Büsche und Steine blockiert, so daß Donkey nie mit maximalem Tempo auschreiten konnte.

Die Kobolde rannten an beiden Seiten des Flußbettes entlang und waren offensichtlich klein genug, um sich unter den meisten Hindernissen hindurchzuducken. Daher fielen sie auch nicht schnell genug zurück. »Wir müssen einen guten Vorsprung haben, bevor wir die Schlucht erreichen«, stellte Ivy fest.

»Warum denn das, wenn du den Spaltendrachen kennst?« wunderte sich Grey.

»Nun ja, zum einen könnte Stanley gerade nicht dasein, wenn wir ankommen. Und zum anderen ...«

»Uups, wir sind da!« sagte Donkey, der schlitternd zum Stehen kam, als sich die Landschaft vor ihnen öffnete.

»Verdammt!« fluchte Ivy. »Die Kobolde sind zu dicht hinter uns!«

»Ich werde am Abgrund entlanglaufen«, schlug der Zentaur vor und wandte sich plötzlich um. »Ich glaube, es gibt einen passablen Abstieg etwas weiter östlich.«

Jetzt konnte Grey den ersten deutlichen Blick auf den Spalt werfen. Er fühlte sich plötzlich schwindelig. Es war ein steiler Abhang von Hunderten, nein Tausenden von Metern bis zum Boden, der im Nebel verschwand. Die morgendlichen Sonnenstrahlen schnitten scharf an den Steilwänden entlang und sahen dabei aus wie die schillernde Rampen, die in die Tiefe führten. Der Fluß stürzte in den Abgrund und traf in einer solchen Ferne auf, daß man kein Geräusch von seinem Aufprall hören konnte. Es war keine Frage, daß sie Zeit brauchten, um einen sicheren Weg zu finden!

»Irgendwo glaube ich nicht, daß wir noch in Florida sind, Toto«, murmelte er ehrfurchtsvoll.

»Wie bitte?« fragte Ivy durch den Fahrtwind ihrer Bewegung neben dem schrecklichen Abgrund entlang. Ihr grünliches Haar flatterte in sein Gesicht.

»Der Wall meines Unglaubens hat gerade einen Hieb bekommen«, erklärte er.

»Das wurde aber auch Zeit!«

Die Kobolde stürmten gerade wieder heran und versuchten, ihnen den Weg abzuschneiden, aber Donkey machte einen phänomenalen Sprung und segelte über ihre Köpfe hinweg, landete und rannte weiter. Wieder wurden sie zurückgelassen. Aber sie gaben nicht auf; sie sammelten sich entlang des Randes der großen Spalte, schwangen ihre Keulen und warfen ihre Steine, die so dicht vorbeiflogen, daß es bereits unangenehm wurde.

»Da ist es!« rief Donkey und deutete auf einen nahen Seitenspalt, der von der Hauptspalte ausging.

Grey schaute hinein. Dort gab es einen schmalen Weg, der sich von dem Riß aus hinabwand, und es befand sich eine Menge loses Gestein am Abhang der Hauptspalte. Der Pfad schien sich hinabzuwinden, aber sie würden langsam und im Gänsemarsch gehen müssen. Die Kobolde würden sie längst erreicht haben, bevor sie auch nur einen Teil des anstrengenden Abstiegs geschafft hätten.

»Dort ist ein großer Vielgeschmackpastetenbaum«, sagte Ivy. »Ich werde ihn verstärken und sie mit Pasteten aufhalten, während ihr beide hinabsteigt.«

»*Ich* werde sie aufhalten«, widersprach Grey.

»Aber du glaubst doch nicht an die Magie!« protestierte sie. »Das sind Krebsapfelpasteten, Pfefferkrautpasteten ... sie können sehr wirksam sein, wenn ich ...«

»Ich glaube an dich«, sagte Grey fest. »Und ich fange an, über Magie nachzudenken. Jetzt mußt du aber gehen. Wenn es mir nicht gelingen sollte, die Frau, die ich liebe, zu verteidigen ... wozu bin ich dann gut?«

Sie sah aus, als wenn sie widersprechen wollte, aber dann sprach der Zentaur: »Er hat recht. Du steigst zuerst hinunter.«

Ivy traf ihre Entscheidung. »Nein, Donkey, du gehst zuerst. Ich werde dir folgen, sobald ich diesen Baum verstärkt habe.«

Ohne ein weiteres Wort zu verlieren, begann der Zentaur mit dem Abstieg. Sand und Kieselsteine spritzten unter seinen Hufen hervor und rutschen die Steilwand hinab, aber der Pfad hielt.

Ivy rannte zu dem Baum und schlang ihre Arme um seinen Stamm. Grey rieb sich die Augen. Er hätte schwören können, daß die Pasteten wuchsen und innerhalb von Sekunden größer und plastischer wurden. Dann trat Ivy beiseite. »Komm nach, so schnell du kannst«, sagte sie. »Ich werde mich an Stanley halten, und wenn du irgendwelche Zweifel hast, dann wirf einfach immer weiter Pasteten auf sie.« Sie küßte ihn hingebungsvoll. »Ich verstärke deine Kraft, deine Treffsicherheit und deine Ausdauer. Glaube an mich!« Dann war sie in dem Riß verschwunden.

An sie glauben? So, wie sie es darstellte, konnte er gar nicht anders!

Aber schon tauchten die Kobolde wieder auf. Grey sah sich den Baum an. Seine Augen schienen jetz sehr viel feiner wahrzunehmen, denn er konnte jede Einzelheit der Pasteten erkennen. Er ergriff eine Pfefferkrautpastete, deren Pfefferkörner riesengroß wirkten.

Der erste Kobold trat hervor und schwang seine Keule. »Ich werde dich fertigmachen, du Kriecher!« schrie der Kobold.

Grey schleuderte ihm in aller Ruhe die Pastete ins Gesicht. Die Pfefferkörner zerfielen zu Pulver. Der Kobold brach mit einem Niesanfall zusammen. Er nieste so stark, daß sein kleiner Körper rückwärts taumelte, auf den Kobold zu, der hinter ihm stand, und schon hüllte eine Wolke aus Pfeffer beide ein. Bald niesten mehrere Kobolde – wobei sich einige regelrecht vom Rand hinunter in den Abgrund niesten.

Na, also! Das funktionierte. Die Kobolde hatten wohl all ihre Steine verbraucht, und es gab in der Nähe keine neuen mehr, die sie aufheben konnten. Das bedeutete, daß sie auf ihre Keulen angewiesen waren. Sie mußten also sehr dicht herankommen, um etwas ausrichten zu können. Das bedeutete aber auch, daß Grey einen Kobold mit einer Pastete bewerfen konnte, bevor der Kobold mit seiner Keule nahe genug heran gekommen war. Es gab ungefähr dreißig Kobolde, aber der Zugang war so schmal, daß immer nur einer zu ihm heraufkommen konnte.

Er fühlte sich wie Horatius an der Brücke: der kühne römische Torhüter, der die angreifende etruskische Armee aufgehalten hatte, während die Römer die Brücke zerstörten, die der einzige Zugang zur Stadt war. Ein Mann konnte tatsächlich eine ganze Armee aufhalten – wenn die Armee gezwungen war, ihm immer nur einen einzigen Mann zur Zeit entgegenzustellen und er selbst in der Lage war, diesen Mann niederzustrecken. Aber er mußte verdammt gut sein.

Ivys Verstärkung schien tatsächlich gewirkt zu haben, denn Grey fühlte sich phantastisch. Seine Zielgenauigkeit mit der ersten Pastete war perfekt gewesen, und er fühlte in sich die Kraft, um sie viel weiter werfen zu können, wenn es nötig sein würde. Er fühlte sich wie ein Supermann. Vielleicht war es die Macht der Liebe. Kobolde, nehmt euch in acht!

Als sie die Pfefferwolke schließlich verflüchtigt hatte, hörten die Kobolde langsam mit dem Niesen auf. Diese eine Pastete schien drei von ihnen ausgeschaltet zu haben. Vielleicht war sie nicht magisch, in jedem Fall aber sehr wirkungsvoll!

Erneut kam ein Kobold mit erhobener Keule heran. Grey pflückte rasch eine Krebsapfelpastete, wartete den richtigen Moment ab und warf sie mit unwahrscheinlicher Genauigkeit auf das kleine Vieh. Er traf den häßlichen kleinen Mann direkt ins Gesicht, der Apfel fiel herunter – bis auf die Krebsschere, die sich an der knorrigen Nase des Kobolds festgeklammert hatte.

»Aoooouuh!« schrie der Kobold, sprang umher und stieß dabei gegen seinen Hintermann.

»Dich haben sie wohl gekniffen!« beschwerte sich dieser.

»Ich werde dich gleich mal kneifen«, drohte der erste. Er riß die Schere von seiner Nase herunter und stieß sie dem anderen ins Auge. Die Krebsschere schnappte nach dem Augapfel.

»Ach, wirklich?« rief der zweite aus und schlug nach dem ersten mit seiner Keule.

Es gab ein Handgemenge, bei dem drei weitere Kobolde in den Abgrund stürzten.

Der nächste Kobold griff Grey an. Grey pflückte eine

Popkornpastete und warf sie wieder mit erstaunlicher Treffsicherheit. Er war über sich selbst verwundert, denn er war niemals solch ein großartiger Werfer gewesen! Wenn es nicht Ivys Verstärkung war, was war dann die Ursache dafür?

Die Pastete traf den Kobold auf die Brust, und das Popkorn explodierte wie eine Serie winziger Knallfrösche. Einige von den explodierenden Körnern flogen ihm ins Gesicht und in die Gesichter seiner Hintermänner. Schon wieder brach an einer Stelle ein Streit aus, als ein Kobold seinen Nachbarn für das Popcorn verantwortlich machte und die Keule schwang. Zwei weitere Kobolde stürzten in die Tiefe.

Grey entdeckte, daß ihm diese Art von Kampf gefiel. Es war hauptsächlich die Dummheit der Kobolde, die sie in die Spalte stürzen ließ. Wenn sie einfach aufhören würden, hervorzukommen, dann würde niemand mehr verletzt werden. Er hatte noch viele Pasteten übrig.

Ein weiterer Kobold trat hervor. Dieses Mal pflückte Grey eine Nußpastete. Wieder waren seine Zielgenauigkeit und Kraft außerordentlich; er zielte auf den dicken Kopf des Kobolds. Der Inhalt ergoß sich als gelber Saft über den Koboldkopf. »Oooo, uuggh!« schrie die kleine Kreatur. »Du hast mich angepinkelt!«

Das war also die Magie der Hickorynuß! Er hatte angenommen, daß es eine Nußpastete war. Nun ja, er hatte sich getäuscht. Und er war froh, daß er nicht versucht hatte, sie zu essen.

Weitere Kobolde traten nacheinander heraus. Er pflückte andere Pasteten und warf sie aus weiter Entfernung in ihre Gesichter. Eigentlich hätte er inzwischen müde ein müssen, aber er war es nicht; seine Kraft blieb erhalten, ganz genau wie bei den Zentauren. Er warf eine Schuhfliegerpastete, ihr Schuh traf einen Kobold und kickte ihn in den Abgrund. Er warf eine Papayapastete, und sie sang: »Ich bin Papaya, der Seemann!« und pfiff, als sie auf den Kobold auftraf. Schließlich hatte er nur noch zwei Pasteten, alle anderen waren verbraucht. Drei Kobolde waren noch übrig. Er wußte, er konnte es sich nicht leisten, auch nur einen von ihnen oben zu lassen, während er den Pfad hinabstieg, denn dieser eine könnte den Sand ins Rutschen bringen und vielleicht eine kleine Lawine auslösen, die dann den Pfad zerstörte. Wie konnte er sicher sein, drei von ihnen auszuschalten mit nur zwei Pasteten?

Nun ja, er mußte wohl mit dem letzten von ihnen einen Zweikampf ausfechten. Er schaute auf die Pasteten: eine war mit Setzei, die andere mit Ananas. Keine von ihnen sah vielversprechend aus, aber sie mußten genügen. Er schnappte sich das Setzei. »Die letzte Tat des Setzeis!« rief er, als er sie auf den herannahenden Kobold warf.

Das Setzei traf platschend auf das häßliche Gesicht. Das schmierige Zeug wickelte sich um den Ballonkopf und klebte fest. Der Kobold grapschte danach und versuchte, seine Augen frei zu bekommen, aber bevor es ihm gelang, trat er über den Rand und war verschwunden. Nur sein leiser werdender Schrei war noch zu hören. Nun ja, es *war* eben ein dickes Ei gewesen.

Die beiden letzten Kobolde waren der Unterführer, der versucht hatte, sie vorher aufzuhalten, und ein Gefolgsmann. »Wir greifen ihn zusammen an, und einer von uns kriegt ihn!« sagte er.

»Aber da ist kein Platz!«

»Doch, da ist Platz, wenn wir uns langsam und vorsichtig heranpirschen und in den Fußstapfen bleiben.« Und tatsächlich ging es auf diese Weise, denn der schmale Vorsprung war durch das Trampeln der großen Füße von den vorausgegangenen Kobolden verbreitert worden. Die beiden kamen vorsichtig heran. Grey fürchtete sich. Der Feind war schließlich doch noch klug geworden! Er hatte nur noch die eine Pastete, und während er auf den einen Kobold werfen konnte, würde der andere an ihn herankommen und ihn möglicherweise in der Manier eines Footballspielers vom Felsvorsprung fegen. Den Kobolden schienen ihre Verluste gleichgültig zu sein, solange sie ihn nur zu fassen bekamen.

Also gut, er würde eben das benutzen müssen, was er hatte. Er hob die Ananaspastete auf und wog sie in der Hand. Er würde sie auf den Unterführer werfen, denn er war sicherlich der schlauere und angriffslustigere von den beiden. Dann würde er es mit dem anderen aufnehmen in der Art und Weise, wie er es eben konnte.

»Paß auf ... eine Ananas!« rief der Unterführer. Beide Kobolde blieben stehen. Dann begannen sie, sich zurückzuziehen. Grey war überrascht. War das ein Trick? Wollten sie Angst vortäuschen, damit er sich entspannte, und dann wiederkommen, um ihn unvorbereitet überwältigen zu können? Er beschloß, sich nicht aus seiner Position bringen zu lassen. Die beiden Kobolde zogen sich den ganzen Weg entlang bis außer Sichtweite zurück. Was hatten sie vor? Er wagte nicht zu versuchen, ihnen zu folgen – aber wenn er mit dem Abstieg beginnen würde, konnten sie jeden Moment zurückkommen und Unheil über ihn bringen.

Vielleicht konnte er sie überlisten. Er ging hinunter zu dem Pfad und preßte sich dann an die Wand, so daß er sich in eine kleine Höhle ducken konnte. Sie würden denken, er hätte mit dem Abstieg begonnen, obwohl er noch da war; und wenn sie kämen, könnte er einen von ihnen mit der Pastete bewerfen.

Er wartete. Wie vermutet, hörte er sie bald zurückkommen. Er wartete, bis sie nahe genug waren, dann stand er auf, die Pastete im Anschlag.

Die beiden Kobolde waren dort – aber auch eine andere Kreatur. Sie sah aus wie ein männliches Schaf mit irrsinnig breiten und gedrehten Hörnern.

Der Unterführer spie nach ihm aus. »Das war also ein Trick, Mundanier! Du kannst keinen schlauen Kobold anschmieren. Und deine Pastete kann diesen Rammbock nicht aufhalten!«

Das Schaf ging mit gesenktem Kopf zum Angriff über. Ein Rammbock! Der würde ihn sicherlich über die Kante schleudern!

Grey, bewaffnet mit der Pastete, entschloß sich, sie zu

werfen. Vielleicht würde die Ramme ihn verfehlen, wenn er sich im letzten Moment duckte.

Er warf die Pastete über den Kopf des Bockes auf die zwei wartenden Kobolde. Sie traf den Unterführer – und detonierte. Saft und Ananasstücke flogen in die Gegend und beide Kobolde wurden in den Abgrund gepustet.

Das war also der Clou der Ananas! Sie war aus Granaten gemacht! Das hätte er sich denken können. Kein Wunder, daß die Kobolde solche Angst davor hatten.

Aber diese Ablenkung ließ ihn zu lange zögern. Der Rammbock war beinahe über ihn, unaufhaltsam, und er hatte keine Zeit, um auszuweichen.

»Nein!« rief er. »So kann ich doch nicht enden!«

Der Bock stemmte seine Hufe in den Boden und kam schlitternd zum Halten, gerade als er Grey erreicht hatte. Er war so nah, daß seine Nase Greys Nase berührte.

»Was denn, du bist ja nur ein ganz gewöhnliches Schaf«, sagte Grey und streichelte das Tier. »Du möchtest mich gar nicht verletzen, jetzt, wo die Kobolde nicht mehr da sind. Warum verziehst du dich nicht, um ein wenig zu grasen?«

Der Bock nickte, als würde er verstehen, und begann, das Laub von den umstehenden Büschen zu fressen. Keine Spur von einem Rammbock!

Jetzt endlich war es sicher genug für den Abstieg. Grey pirschte sich voran.

Dabei stellte sich der Abstieg als ein schwieriges Stück Arbeit heraus, aber es war zu bewältigen. Er sah die Abdrücke der Hufe des Zentauren und hier und da auch die von Ivys Füßen. Der Anblick der Steilwand war furchteinflößend, aber der Pfad war sicher, und er spürte auch keine Höhenangst, die er sonst vielleicht gehabt hätte.

Er wunderte sich darüber. Er fühlte sich besser und war erfolgreicher gewesen, als er es jemals erwartet hätte. Er war durch und durch cool gewesen und hatte die Kobolde auf eine beinahe perfekte Weise überwältigt. Ivy hatte gesagt, sie würde ihn stärken, und er schien gestärkt – aber konnte seine Liebe zu ihr dafür verantwortlich sein?

Und diese Pasteten – sie hatten sich in einer Weise verhalten, wie es richtige Pasteten niemals tun würden. Die Wissenschaft wäre auf den Kopf gestellt, würde sie versuchen, diese Effekte zu erklären, aber mit Magie war das kein Problem. Und was den Zentaur anbetraf – wie konnte irgend etwas anderes als Magie eine Erklärung für ihn sein? Es gab solche Dinge wie Genmanipulation, aber die funktionierte so nicht. Das Erbgut eines Menschen konnte nicht auf das eines Pferdes übertragen werden. Nicht in diesem Jahrhundert!

Und selbstverständlich gab es eine Schluchtspalte, die er jetzt herunterklettertte. Er konnte ihre Realität nicht verleugnen. Aber wie konnte er dies mit der wirklichen Welt vereinbaren? Wenn dieses bloß eine schlichte Vergnügungsparkanlage war, wie konnte es dann so etwas wie diese nackte Steilwand geben?

Fing er schließlich doch noch an, an Magie zu glauben? Vielleicht tat er es, weil Ivy daran glaubte – und er sie liebte. Wenn sie ihn genug liebte, um ihn zu heiraten, dann sollte er sie genug lieben, um ihren Glauben zu teilen. Vielleicht ergab das keinen objektiven Sinn, aber vom Gefühl her machte es eine Menge Sinn.

Schließlich hatte er den Boden der Schlucht erreicht, gerade als der Nachmittag anbrach. Wo waren Ivy und Donkey hingegangen? Er kannte die Antwort: Ivy hatte Donkey bestiegen, ihn verstärkt, und er war unermüdlich galoppiert, um den Spaltendrachen zu finden. Es könnte eine Weile dauern, bis sie die Kreatur finden würden.

Grey sah sich um. Der Boden der Spalte war ein langes, enges Tal mit grünem Gras und durchzogen von einem Fluß, von dem Strom, dem sie oben gefolgt waren. Er ging darauf zu und warf sich auf den Boden, um zu trinken. Neben dem Fluß wuchsen einige Frauenschuhpflanzen mit einem Sortiment zierlicher, femininer Damenschuhe. Etwas weiter weg gab es einen Kartoffelchipsbusch. Gut – er war auch hungrig. Er setzte sich und begann, Chips zu pflücken und zu essen.

Magie? Wenn dies magisch war, ja, dann glaubte er an Magie. Schließlich wurde er müde. Welche Kraftreserve er auch immer angezapft hatte, nun war sie aufgebraucht, und er benötigte eine Pause. Er lehnte sich gegen einen Stein und entspannte sich.

Er blickte den kurzen Weg des Flusses durch das Tal entlang. Der Fluß machte keine Biegung, um das Tal entlangzufließen, sondern setzte sich auf der nahen Klippe in einem umgekehrten Wasserfall fort, der schließlich über dem Gipfel verschwand. Das war eine gute Sache; denn es wäre nicht sinnvoll, die Spalte zu überfluten, falls es keinen ausreichenden Abfluß für das Wasser gab.

Grey schloß die Augen. Dabei hoffte er, daß Ivy und Donkey bald wieder zurückkehren würden. Sicherlich war es sinnlos, nach ihnen Ausschau zu halten, er mußte genau an dieser Stelle warten, damit sie ihn finden konnten.

Die Klippe hinauf? Plötzlich wurde er hellwach und sah noch einmal über das Tal. Dann sprang er auf die Füße und folgte dem Fluß.

Es gab keinen Zweifel: Das Wasser machte eine rechtwinklige Wendung und schwebte in einem Geysir aufwärts. Es fiel nicht wieder auf die Erde zurück, wie es ein wirklicher Geysir tun würde; vielmehr schien es in der Nähe des Gipfels langsamer zu werden und einen Bogen zu machen, um oben hinter dem Rand zu verschwinden.

Grey schüttelte den Kopf. Jetzt war es klar: Er sollte wohl endlich an Magie glauben! Sonst müßte er glauben, daß er verrückt wäre.

Er kehrte zurück zu dem Stein neben dem Kartoffelchipsbusch und setzte sich wieder. Kurz darauf schlief er tief und fest.

Er wachte von dem Geräusch mehrerer Donnerschläge auf, die den Boden beben ließen. *Wumm, wumm, WUMM!* Alarmiert sprang er auf, denn ihm gefiel dieses Geräusch überhaupt nicht!

Irgend etwas kam unzweifelbar durch den Dunst heran. Er sah Rauch, der in Wolken aufstieg. Das mußte der Spaltendrachen sein – aber wo war Ivy?

Dann galoppierte Donkey heran. »Hier ist er!« rief der Zentaur, als er Grey erblickte.

Sofort wandte der Drachen sich um. Er hatte einen furchtbar großen Kopf, von dem regelmäßig kleine Rauchwölkchen aufstiegen, und einen langen, gewaltigen Torso – und dort, reitend auf der Spitze des gezackten Kammes, saß Ivy!

Der Drache verlangsamte sein Tempo, als er näher kam. Ivy stieg ab und rannte hinüber zu Grey. »Du hast es geschafft!« rief sie, als sie ihn in eine atemberaubende Umarmung schloß. »Ich hatte solche Angst!«

»Ach, das war doch nichts«, sagte Grey. »Ich meine, nachdem du diese Pasteten für mich verstärkt hattest, genau wie mich selber auch, da war es kein Problem, diese Kobolde zu überwältigen ...«

Sie sah ihn an, und ihr Gesicht strahlte. »Du meinst ... du glaubst ...?«

»Ich denke schon. Ich meine, nach all dem, was ich gesehen habe.«

Sie küßte ihn leidenschaftlich. »Oh, wie wunderbar!« rief sie zwischen den Küssen aus. »Jetzt ist alles perfekt!«

Dann stellte sie ihm den Drachen vor: »Dies ist Stanley Dampfer, der Spaltendrache«, sagte sie und umarmte den mächtigen Kopf des Drachen. Das Dampfen hörte einen Moment lang auf; der Drache hielt offensichtlich den Atem an, um sie nicht zu verbrennen. »Und Stanley, das hier ist Grey Murphy, mein Verlobter.«

Der Drachen grüßte mit je einem Rauchwölkchen aus einem Nasenloch; es schien so, als wäre jeder Freund von Ivy auch sein Freund. Das war auch gut so, denn er hatte ein riesiges Maul voller Zähne und gewaltige Klauen an jedem seiner sechs Füße. Das war bestimmt keine Kreatur, der man sich unsympathisch machen sollte!

Bald darauf bereiteten sie sich für die Nacht vor, weil die

Dunkelheit das Tageslicht immer weiter zurückdrängte. Der obere Ausschnitt der Spalte blieb hell, aber unten breiteten sich immer länger werdende Schatten aus. Der Drache legte sich um sie herum, und die drei Daunenkissen, die Ivy fand, wurden in die Mitte gelegt. Es war sehr gemütlich.

»Ja, der Fluß fließt hier bergauf«, erklärte Ivy am Morgen. »Das ist der einzige Weg, wie er die Schlucht verlassen kann. Es gibt einen anderen, breiteren Fluß, weiter östlich, der in die entgegengesetzte Richtung fließt. Wir könnten auf einem von ihnen hinauffahren, aber das ist nicht sehr sicher. Also werden wir den anstrengenden Fußweg hinauf nehmen müssen, über die unsichtbare Brücke.«

»Unsichtbare Brücke?«

Sie lächelte. »Ich werde sie dir zeigen, wenn wir dort hinkommen! Wir werden die Spalte auf ihr überqueren, weil der Aufstieg auf der nördlichen Seite viel besser ist. Dann werden wir auf unserem magischen Pfad sein – und auf unserem Weg nach Schloß Roogna.« Aber dann stutzte sie plötzlich und sah verstört aus.

»Stimmt irgend etwas nicht?« fragte Grey.

»Nichts, das nicht schon von Anfang an nicht gestimmt hätte«, sagte sie rätselhaft. »Kümmere dich nicht darum.« Dann lächelte sie und küßte ihn, und sein Versuch, sich Sorgen zu machen, verschwand, bevor er ihn zum Ausdruck bringen konnte.

Es dauerte nicht lange, bis sie zum Ausgang der Spalte gelangten, denn Grey ritt auf Donkey und Ivy auf dem Drachen. »Sieh mal ... hier ist es!« sagte Ivy und deutete hinauf. »Die Brücke.«

Grey schaute hin. Dort war nichts zu sehen. Aber natürlich war sie unsichtbar, also ergab es einen Sinn – das hoffte er jedenfalls.

Sie saßen ab. Ivy umarmte den Drachen zum Abschied. Es war offensichtlich, daß es eine aufrichtige und tiefe

Freundschaft zwischen diesem jungen Mädchen und dem Drachen gab. Grey war fast auf ihn eifersüchtig. Er war erst vor so kurzer Zeit auf der Bildfläche erschienen, während diese beiden, wie Ivy ihm erzählt hatte, schon seit ihrem dritten Lebensjahr Freunde waren: vierzehn Jahre!

Dann stiegen sie den Seitenpfad hinauf. Es war ein besserer Pfad als der vorherige, und sie konnten von Zeit zu Zeit nebeneinander gehen. Trotzdem war es noch ein langer, anstrengender Aufstieg.

»Müde?« fragte Ivy, und Grey mußte zugeben, daß er es war.

»Jetzt nicht mehr«, sagte sie und drückte seinen Arm. Und wirklich, er spürte neue Kräfte. Ihre Verstärkung funktionierte wirklich! Es war einfach, das festzustellen, jetzt, wo er daran glaubte.

Sie erreichten den Gipfel, und Ivy führte sie auf den Weg über die Brücke. Plötzlich schritt sie in die Luft über der Spalte. Grey schrie erschrocken auf, dann sah er aber, daß sie stand, anstatt zu fallen. Es gab wirklich eine Brücke.

Grey und Donkey folgten ihr. Die Brücke hatte ein Geländer und war ziemlich sicher. Wenn er seine Augen schloß, dann war Grey ziemlich zufrieden mit ihrer Stabilität. Nur wenn er die Augen öffnete und hinunterschaute, hinunter, den weiten Weg hinunter, dann wurde ihm schwindlig. Also konzentrierte er sich auf Ivy, was keine unangenehme Aufgabe war, und ging weiter, ohne noch einmal hinabzusehen.

Auf der anderen Seite wandte sich Ivy noch einmal um, um Stanley dort unten in der Tiefe zuzuwinken. Der Drachen antwortete mit einer großen Dampfwolke. Dann wurde es Zeit, um dem magischen Pfad nach Schloß Roogna zu folgen.

9

ULTIMATUM

Sie gingen den vertrauten verzauberten Pfad entlang. Nach einer weiteren Tagesreise würden sie Schloß Roogna erreichen, besonders dann, wenn sie Donkeys Fähigkeiten wieder magisch steigern würde, so daß er sie auf flinken Füßen tragen konnte. Aber Ivy hatte beschlossen, noch eine weitere Nacht auf der Straße zu verbringen, da sie sich vor dem fürchtete, was bei ihrer Ankunft geschehen könnte.

Außerdem hatte sie bemerkt, daß Grey und Donkey allmählich müde wurden, was nur normal war. Denn sie hatte die beiden schon einmal magisch verstärkt, und während Donkey sie trug, hatte Grey die Kobolde vertrieben. Jetzt mußten sie sich endlich einmal ausruhen, dazu hatten sie bisher noch zu wenig Gelegenheit gehabt.

»Es gibt einen schönen großen Schutz-Baum hier in der Nähe«, sagte sie fröhlich. »Laßt uns dort die Nacht verbringen.«

Die beiden waren sofort einverstanden. Vielleicht hatten sie ihre eigenen Bedenken wegen der Begegnung auf Schloß Roogna.

Der Schutz-Baum lag etwas abseits des verwunschenen

Pfads. Er war selbst mit einem Zauber belegt, um vor Reisenden sicher zu sein, und er diente als Zwischenstation. Er wurde auch als Zufluchtsort von jenen verwendet, die bei Königin Irene in Ungnade gefallen waren. Dort blieben sie so lange, bis sich ihr Herz wieder erweichte, was gewöhnlich nicht so schnell geschah. Ivy hatte hier schon mehr als eine Nacht verbracht, wenn sie sich zu weit vorgewagt hatte, und Dolph war schon oft hierhin verbannt worden, wenn er versucht hatte, nachts in Nadas Raum zu spähen. Er hatte sich in so etwas Kleines wie eine Spinne verwandelt und versucht, durch eine Ritze zu kriechen, in der Hoffnung, sie in Dessous zu erwischen. Tatsächlich hatte er sie schon sehr oft vollkommen ohne Kleidung gesehen, noch bevor sie das erste Mal nach Schloß Roogna gekommen war. Aber nun war sie Gast des Hauses, und er war minderjährig, und somit war der Anblick ihrer Dessous streng verboten. Ivy fand die ganze Sache ausgesprochen komisch, aber ihre Mutter hatte einen anderen Sinn für Humor.

Der Baum war gigantisch, mit einer riesigen, weit ausladenden Krone, die vor Regen schützte, und großen knorrigen Ästen, die sich ungemein gut als Kissenstütze verwenden ließen. Die Temperatur in seiner näheren Umgebung blieb ausgeglichen: nachts etwas kühler und tagsüber etwas wärmer, aber sie schwankte nicht so sehr wie in dem Wald ringsum. In der Nähe gab es zahlreiche Bäume mit Früchten und Nüssen und andere eßbare Pflanzen wie Zuckerrüben oder Honigwurzel. Es war ein wunderbarer Platz, um zu kampieren, solange man nicht zur Strafe hierher verbannt worden war.

Sie suchten Nahrung für das Abendessen, schnitten sich dann einige Kissen vom Kissenbusch und kletterten in die Nischen verschiedener Äste. Unglücklicherweise war kein Ast groß genug, um zwei Leute zu tragen, aber sie hatten es in ihren Einzelunterkünfte auch sehr gemütlich. In stillschweigendem Einverständnis sprachen sie nicht über den folgenden Tag, er würde schon schnell genug Wirklichkeit werden.

Und so kam es, daß sie, als der Tag dann wirklich gekommen war, in etwas angespannter, aber guter Verfassung Schloß Roogna erreichten. Grey und Donkey waren sauber und ausgeruht, und Ivy hatte sich die Haare mit einer Bürste vom Flaschen-Bürsten-Busch so gut es eben ging durchgebürstet. Nun würde geschehen, was geschehen mußte.

Sie wurden mit Sicherheit erwartet. Ivy wußte, daß ihr kleiner Bruder ihren Weg schon so lange auf dem Wandteppich verfolgte, wie sie Xanth auf die richtige Weise erreicht hatte. Es mochte ihn vielleicht einige Zeit gekostet haben, sie ausfindig zu machen, da sie schon so lange von Xanth fort gewesen war, und er hatte wahrscheinlich auch nicht sofort gewußt, wo genau er nach ihr suchen sollte. Aber sicherlich hatte er sie innerhalb eines Tages gefunden. Wäre es ihnen also nicht selbst gelungen, die Kobolde zu überlisten, hätte er ihnen geholfen.

Warum wohl hatten ihre Eltern nicht schon früher einen Trupp ausgesandt, um sie zu holen? Ivy wußte warum: Sie hatten sie mit Grey zusammen gesehen und wollten sie eine Weile beobachten. Es war ihr bewußt, daß sie beobachtet wurden, als sie Grey neckte und ihn leidenschaftlich küßte. Sie wollte ihnen keinen Zweifel daran lassen, welcher Art ihre Beziehung zu Grey war.

Dies war das erste Mal, daß sie ihre Eltern wirklich herausforderte, indem sie sich mit einem Mundanier einließ. Es war Grund genug, Schockwellen eines Skandals auszulösen, die Schloß Roogna in den Grundfesten erzittern ließen und Xanth in Länge und Breite durchbebten. Von allen Dummheiten, in die sie jemals verwickelt gewesen war, war dies die treuloseste. Die Prinzessin und ein Mundanier! Was ihr bevorstand, würde kein Spaß werden!

Auf der Brücke, die über den Wassergraben führte, stand Dolph, um sie zu empfangen. Er war gezwungenermaßen sorgfältig gekleidet und hatte das Haar frisch gekämmt: etwas, was selten bei ihm vorkam. »Ich bin froh, daß du sicher angekommen bist, Ivy«, sagte er förmlich.

»Danke, Dolph«, sagte sie genauso förmlich. Sie deutete

auf ihre Reisegefährten. »Dies ist der Zentaur Donkey, der mir half, die Schwierigkeiten mit den Kobolden zu bewältigen, und das ist Grey, mein Verlobter.«

»Ich bin sehr erfreut, euch beide zu begrüßen«, sagte Dolph und gab einem nach dem anderen die Hand. Dann trat er nahe an Ivy heran. »Mannomann! Diesmal bist du wirklich zu weit gegangen, du Dummerchen!« sagte er vertraulich. »Mami kocht vor Wut, und wenn du dachtest, mir sei damals ordentlich eingeheizt worden, als ich mit Nada und Electra nach Hause kam, dann warte nur, was dich erwartet!«

»Harter Tobak für dich, du Wichtigtuer«, sagte sie in dem gleichen gedämpften Tonfall. »Du solltest mir lieber den Rücken freihalten, falls du weißt, was gut für dich ist!«

Er gab vor nachzudenken. »Tjaaa ...«

»Ich werde Mami etwas über die Zeit erzählen, als du ...«

»Ich weiß, was gut für mich ist!« stimmte er ihr hastig zu.

Dann lachten sie beide. Ivy wußte, daß ihr kleiner Bruder es geradezu sensationell fand, daß sie nun wegen eines Mannes in Schwierigkeiten steckte, nachdem er drei Jahre lang Probleme wegen Mädchen gehabt hatte. Es gab eigentlich für sie überhaupt keinen Zweifel, daß er sie unterstützen würde.

Dann kamen Nada und Electra, wie es sich gehörte, als jungfräuliches Geleit heraus. Beide waren für diese Gelegenheit sorgfältig gekleidet und zeigten ihre besten Manieren. Das war für Nada zwar normal, aber nicht für Electra.

»Darf ich vorstellen, Nada, Prinzessin der Naga«, sagte Ivy und beobachtete, daß sowohl Grey als auch Donkey sich straff aufrichteten, während sie lächelte, denn sie war in der letzten Zeit wunderschön geworden. »Und dies ist Electra.« Electra war einfach nur süß, ein Umstand, der sie selbst fortwährend ärgerte. »Die Verlobten meines Bruders.«

»Welche von den beiden?« fragte Donkey, der augenscheinlich die delikate Nuance der Geschichte verpaßt hatte.

»Beide«, erklärte Ivy. »Er hat sich noch nicht für eine der beiden entscheiden können.« Das war zwar eine große Vereinfachung, würde aber für den Moment ausreichen.

Sie gingen weiter hinauf zum Schloß. »Sie sind im Thronsaal«, sagte Dolph unnötigerweise. »Du solltest lieber noch einmal deine Sätze proben, bevor sie dich in den Kerker schmeißen!«

Ivy würdigte dieser Bemerkung nicht eines Wortes. Sie probte nämlich wie verrückt die Sätze, die sie sich zurechtgelegt hatte. Im Gänsemarsch gingen sie zum Thronsaal. König Dor und Königin Irene, die schon dort waren, erwarteten sie feierlich. Sie brachten es fertig, auf ihren Gesichtern keine einzige Regung zu zeigen.

Ivy schluckte. »Laß mich das Sprechen übernehmen«, flüsterte sie Grey zu.

»Toller Auftritt!« erwiderte das Paneel, auf dem sie stand, schlagfertig.

Grey sah verdutzt auf.

»Das magische Talent meines Vaters«, erklärte Ivy schnell. »Er spricht mit dem Unbelebten und bringt es dazu zu antworten. Und es antwortet ständig! Wie jeder magische Ort, den er häufig aufsucht, also auch dieser Flur hier.«

»Jeder Idiot weiß das«, schnaufte das Paneel.

»Halt die Klappe, du totes Holz, oder ich werde jetzt ganz heftig aufstampfen!« wisperte Ivy hitzig.

»Jaaa? Versuch's doch mal, du Pudding-Hirn!«

Ivy hob drohend den Fuß.

»Mit diesem *Damenschühchen*?« fragte das Paneel herausfordernd. »Mach nur so weiter, und ich werde ausplaudern, welch schöne Farbe dein Schlüpfer hat!«

»Wage es ja nicht!« stieß Ivy wild hervor.

»Soll ich es treten?« bot sich Grey an. »Ich trage dicke, schwer besohlte, mundanische Schuhe.«

Das Paneel war sehr plötzlich still.

»Ich glaube, du kannst irgendwie gut mit diesen Dingen umgehen«, sagte Ivy lächelnd. Dann straffte sie die Schultern, schob das kleine Kinn vor und marschierte in den Thronsaal. Grey und Donkey folgten ihr nacheinander.

Schweigend nahmen sie vor dem Thron ihre Plätze ein. Ivys Eltern betrachteten sie abschätzend eine Weile, was eine halbe Ewigkeit zu dauern schien. Ihr Vater war kein großer Mann – er war tatsächlich ungefähr so groß wie Grey –, aber in seiner Krönungs- und Herrscherrobe sah er entsetzlich königlich aus. Auch ihre Mutter sah stattlich aus mit den grünen Haaren und dem grünen Gewand. Ivy war schon immer heimlich etwas eifersüchtig auf Irenes großzügige Rundungen gewesen, sie selbst war vergleichsweise bescheiden ausgestattet. Dafür standen die Augen ihrer Mutter etwas zu dicht beieinander: ein unverkennbares Zeichen starker Eigenwilligkeit.

Schließlich sprach König Dor. »Willkommen daheim, Tochter. Bitte stell mir deine Gefährten vor.«

Ivy wandte sich um und wies mit der Hand auf den Zentaur. »Dies ist der Zentaur Donkey, den wir aus dem Koboldreich der Goldenen Horde befreiten und der uns im Austausch davor schützte, wieder in Gefangenschaft zu geraten, indem er uns unversehrt aus diesem Reich trug. Ich hoffe, er wird auf Schloß Roogna willkommen sein.«

König Dor fixierte Donkey. »Hast du einen guten Leumund, Donkey?«

»Aber sicher, Eure Majestät.«

»Dann bist du hier willkommen. Du kannst dich frei im Obstgarten aufhalten, und einer der Schloßbediensteten wird dich durch das Anwesen führen. Ich werde verfügen ...«

Königin Irene stieß ihn heimlich in die Seite. Er blickte in die Richtung, die sie ihm wies. »Vielleicht wird sich Electra dieser Aufgabe annehmen.« Electra hüpfte nämlich aufgeregt auf den Zehen auf und ab und winkte eilfertig mit erhobener Hand. Sie würde ihn natürlich gerne führen, mit der Aussicht auf einige Ausritte als Gegenleistung. Das Mädchen war fünfzehn, sah aber noch so jung aus wie Dolph und hatte sich ihre Kindlichkeit bewahrt. Sie war manchmal wirklich sehr witzig, und Donkey würde sie bestimmt gern haben.

Ivy räusperte sich. »Und dies ist Grey von Mundania, mein Auserwählter.«

Ein eindeutig peinliches Schweigen machte sich daraufhin breit. Dann sprach Dors Thron: »Ohhh, welch ein Skandal! Keine Prinzessin hat jemals ...«

Irene gab ihm einen Fußtritt in die Seite, und er war still. Aber ein leises unterschwelliges Gewieher von allen anderen Gegenständen in dem Saal wurde hörbar. Das Unbelebte genoß die Situation.

»Wir sollten diesen Umstand ein andermal diskutieren«, sagte Irene. »Grey, es mag sein, daß dir meine Tochter vielleicht die Situation nicht ausreichend klargemacht hat. Verstehst du die Probleme, die wir mit Mundaniern haben?«

»Aber sicher versteht er das!« warf Ivy schnell dazwischen. »Ich erzählte ihm ...«

Irene warf ihr einen Blick zu, mit dem gleichen Effekt, den der Fußtritt vorher bei dem Thron gehabt hatte. Ivy hatte zu schweigen.

»Ihre Majestät, Ivy sagte mir, sie sei eine Prinzessin von Xanth, einem Land voller Magie«, sagte Grey vorsichtig.

»Und du glaubtest ihr?« warf Irene ein.

Grey öffnete seine Hände, wie es für einen Mundanier, der er nun mal war, üblich ist. »Ich glaubte, daß sie es glaubte.«

»Und du glaubtest es nicht?«

»Es gibt keine Magie in Mundania, Eure Majestät.«

»Du weichst aus, junger Mann«, fiel ihm Irene ins Wort.

Grey zuckte schuldbewußt zusammen. »Ich, äh, glaubte ihr nicht.«

Dor trommelte mit den Fingern auf den Armlehnen seines Throns. »Glaubst du ihr jetzt?«

»Ja, Eure Majestät.«

»So, und nun möchtest du sie heiraten?« forderte Irene ihn auf.

»O ja.«

Ivy knirschte mit den Zähnen. Wie schrecklich ihn dies alles aussehen ließ.

»Warum?«

Grey war überrascht. »Weil ich sie liebe«, sagte er. »Selbst wenn sie eine Prinzessin ist.«

Irene schien kurz davor zu platzen. Ivy bebte. »*Selbst wenn?*« hakte Irene ein.

»Ja, sie sagte mir, wie kompliziert es sein würde, und ich würde lieber, äh, ich hätte sie lieber ganz für mich allein. Aber sie ist nun einmal, was sie ist, und ich schätze, ich werde damit leben müssen.«

Königin und König starrten ihn beide an. Ivy schloß die Augen. Dies schien noch viel schlimmer zu werden, als sie es jemals befürchtet hatte.

»Du hältst es also für eine unangenehme Pflicht, Prinzessin – oder auch Königin zu sein«, sagte Irene mit trügerischer Sanftmut. Die dekorativen, exotischen Pflanzen rund um den Thron krümmten sich vor Schmerz, da sie sensibel den aufkommenden Sturm spürten.

»Ja, Eure Majestät. Es tut mir leid, wenn ich Euch beleidigt habe, aber ich sehe das so. Denn ich meine, es ist eine so große Verantwortung in einem solch sonderbaren Land.«

Irene warf einen Blick auf Ivy. »Fragte er dich, ob du ihn heiraten möchtest, bevor oder nachdem er wußte, daß du eine Prinzessin bist?«

Ivy lachte verlegen. »Weder noch, Mutter. Ich fragte nämlich ihn, und zwar bevor er mir glaubte.«

Irene wechselte einen Blick mit ihrem Gemahl. Sie schüttelte ungläubig den Kopf. Dann wiederum blickte sie zu Grey. »Über diese Sache gibt es noch sehr viel mehr zu sagen, und bisher sind wir noch zu keiner endgültigen Entscheidung gelangt. Aber ich glaube, wir können ruhig sagen, daß wir dich gern haben, Grey von Mundania.«

Ivys Kinnlade klappte nach unten. »Oh, danke«, sagte Grey.

König Dor stand auf. »Diese Audienz sei nun beendet.«

Grey bekam ein Bett in Dolphs Zimmer, obwohl es freie Kammern gab. Ivy protestierte nicht, denn sie hatte befürchtet, daß man Grey nicht erlauben würde, in Schloß Roogna zu verweilen. Das war wahrscheinlich die Art und Weise, mit der ihre Eltern über die Sittlichkeit des einen oder des anderen Jungen wachen wollten oder gar über beide. Auf jeden Fall würde sie Grey für eine Weile nicht mehr sehen, aber sie wußte, daß er in guten Händen war.

Sie ging in ihr Zimmer und war begierig, endlich einmal richtig sauber zu werden und sich umzuziehen. Sie wußte, daß ihre mundanische Kleidung eine armselige Ausstattung für eine Prinzessin darstellte, selbst in sauberem Zustand, und das war nicht der Fall.

Sie war gerade in ihr Zimmer gekommen, als es klopfte. »Es ist dein Vater«, meldete die Tür.

»Laß ihn herein«, erwiderte sie lächelnd. Es war schön, wieder daheim zu sein, wo Teile des Gebäudes sprechen konnten.

Die Tür wurde geöffnet, und König Dor trat ein. Ivy rannte auf ihn zu und warf sich in seine Arme. Während des formellen Zusammentreffens im Thronsaal hatte sie sich wohlerzogen und prinzessinnenhaft zurückgehalten, und jetzt war sie wieder normal. »Oh, Papi, ich habe dich so vermißt!«

»Ich glaube nicht so sehr, wie wir dich vermißt haben«, erwiderte er und drückte sie fest an sich. »Als wir deine Spur nicht mehr verfolgen konnten, war uns klar, daß du entweder im Kürbis oder in Mundania sein mußtest. Als du dich nicht meldetest, wußten wir, daß es nicht der Kürbis sein konnte. Das bedeutete Ärger, aber es gab keine Möglichkeit, dich ausfindig zu machen oder dich auch nur zu erreichen. Deine Mutter bekam die Gleichkneifer.«

Ivy mußte darüber lächeln. Gleichkneifer waren bösartige kleine Dinger, die hereinschneiten und jeden belästigten, der ernsthaft außer Fassung geraten war. Sie waren harmlos, aber schmutzig, und Königin Irene war durch ihre Anwesenheit sicherlich in eine reichlich unangenehme Lage gekommen.

»Richtig, ich war in Mundania«, stimmte sie zu. »Ich schätze, Murphys Fluch beeinflußte den Ablauf so, daß sich der Himmelstaler irrte und mich an den falschen Ort sandte. So kam ich dort an, wo ein Mundanier namens Murphy ein Mädchen suchte, statt dorthin, wo der Gute Magier Humfrey war.«

»Murphy? Du sagtest doch, sein Name ist Grey.«

»Grey Murphy. Mundanier verwenden zwei Namen. Er half mir, nach Xanth zurückzukehren, und ich brachte ihn mit. Ich weiß, ich hätte es nicht tun sollen, aber ich mag ihn.«

»Er ist ein netter Junge, aber du weißt ja, daß du ihn nicht heiraten kannst.«

»Wo steht es geschrieben, daß eine Xanthianerin keine Mundanier heiraten kann?« brauste sie auf.

»Oh, eine Xanth-Mundania-Verbindung ist durchaus möglich, aber die Gesetze für Prinzessinnen sind sehr viel strenger. Es gäbe einen Aufruhr im Königreich, wenn du Herrscherin werden müßtest und mit einem Mundanier verheiratet wärst.«

Ivy seufzte. »Ich weiß, aber vielleicht kann Dolph statt dessen König werden. Oder vielleicht taucht noch ein anderer Magier auf.«

»Falls das eintritt, brauchte man dich immer noch als Nachfolgerin. Wir haben zu wenig Magier und Zauberinnen. Wir müssen uns jeden einzelnen erhalten. Also wirst du deine Eignung immer beibehalten. Das ist ein Teil deiner Verantwortung als Prinzessin und Zauberin, du weißt das.«

Ivy seufzte wieder. Sie wußte das sehr wohl. Sie hatte sich in jenem Moment durch ihre Gefühle verleiten lassen und sich eingeredet, daß die düstere Wahrheit ihrer Position gar nicht existieren würde, aber dem war nicht so.

»Ich kann das Grey einfach nicht sagen, nachdem ich ihn selbst gebeten habe, mich zu heiraten!«

»Du wirst es vielleicht nicht einmal müssen, sobald er erst den Zusammenhang begreift.«

»Weil er selbst Schluß machen wird«, sagte sie.

»Ja. Er scheint ein Mann zu sein, der sowohl redlich ist, als auch ein Gewissen hat.«

»Das ist er!« rief sie überzeugt. »Deshalb liebe ich ihn ja so!«

»Ich verstehe, was du für ihn empfindest. Aber du weißt auch, daß es nicht ausreicht.«

Ivy nickte schluchzend. Sie wußte es wirklich.

König Dor ging wieder. Ivy hatte kaum noch genug Zeit, sich zu waschen und umzukleiden, als auch schon ihre Mutter auftauchte. Einmal mehr wurde sie umarmt. Dann setzten sie sich auf das Bett, um ein ernstes Gespräch unter Frauen zu führen.

»Wie konnte das geschehen?« fragte Irene.

»Mutter, du weißt wie! Zuerst sah ich nur, daß er nett war. Dann fiel mir auf, daß er mich um meiner selbst willen mochte. Du weißt, wie selten man das in Xanth findet!«

»Ich weiß, mein Kind. Ich reservierte mir deinen Vater als Heiratskandidaten, als ich noch ein Kind war, und das aufgrund seiner Stellung. Wäre er nicht der zukünftige Anwärter auf den Königsthron gewesen, hätten weder ich noch deine Großmama Iris noch einen weiteren Gedanken an ihn verschwendet. Dann war es natürlich eine große Herausforderung, ihn mir auch einzufangen, aber das war nicht viel mehr als eine ausgezeichnete sportliche Übung.«

»Ich schätze, es hat gut funktioniert«, sagte Ivy. »Aber ich wollte immer nur aus Liebe heiraten.«

»Oh, es war Liebe. Ich habe deinen Vater immer geliebt und er mich, auch wenn wir es uns manchmal auf eine etwas sonderbare Art und Weise zeigen. Aber es war immer seine Stellung, die das ermöglichte.«

»Aber für mich gab es nie einen Magier oder irgend jemanden sonst – ja, ich wünschte mir eine wirkliche Liebesgeschichte, und die habe ich nun gefunden.«

»Ich verstehe dich ja, mein Kind, aber du weißt ja, es kann nicht sein.«

»Es muß einen Weg geben!« widersprach Ivy, obwohl sie

schon selber nicht mehr wirklich daran glaubte. »Es wird der Zeitpunkt kommen!«

Ihre Mutter lächelte nur traurig und verließ sie.

Ivy versuchte sich etwas auszuruhen, was ihr nicht gelang, und so ging sie zu Nadas Gemach. Nada begrüßte sie mit einer wilden, herzlichen Umarmung. Dann unterhielten sie sich.

»Es ist eine Ironie des Schicksals«, bemerkte Nada. »Ich liebe deinen Bruder nicht, aber will ihn heiraten. Du liebst Grey, kannst ihn aber nicht heiraten. Wenn wir doch einfach nur unsere Gefühle austauschen könnten!«

»Das würde nicht gehen«, machte ihr Ivy klar. »Grey und Electra würden dann übrigbleiben.«

»Und Grey ist kein Prinz«, stimmte ihr Nada zu. »Electra muß nun einmal einen Prinzen heiraten, wenn sie nicht sterben will.«

»Wie konnten wir nur in eine solche Misere geraten?« fragte Ivy rhetorisch.

»Vielleicht ist das das Schicksal von Prinzessinnen.«

Ivy mußte lachen. Nada war wirklich das Beste, was ihr in den vergangenen Jahren begegnet war, denn sie war eine wirkliche Prinzessin und dazu in ihrem Alter, so daß sie Ivys Probleme wunderbar verstand.

»Wie ist es geschehen?« fragte Nada später neugierig.

»Ich saß da unten in Mundania fest, und es war so öde dort, und Grey war so reizend. Ich ermutigte ihn irgendwie ein bißchen, weil ich seine Hilfe brauchte, aber je näher ich ihn kennenlernte, um so mehr mochte ich ihn. Als er mir schließlich half, nach Xanth zurückzukehren, und er überhaupt nicht an Magie glaubte oder daran dachte, daß ich eine Prinzessin war, und mich immer noch gern hatte, konnte ich nicht anders, als ihn weiterhin zu lieben. Ich weiß, daß es dumm war, aber ich wollte ihn nicht aufgeben. Eins führte zum andern ...« Sie zuckte die Schultern. »Ich schätze, ich wurde irgendwie davon befallen. Eigentlich nicht sehr romantisch nach alledem.«

»Ich denke schon«, sagte Nada mit einem Seufzer.

»Meine Verlobung war kein bißchen romantisch.« Es war nämlich eine politische Entscheidung.

»Aber ich liebe ihn doch«, sagte Ivy. »Und nun will unsere Familie nicht, daß ich ihn heirate. Oh, Nada, was soll ich nur tun?«

»Durchbrennen?« fragte Nada.

Ivy starrte sie an. »Glaubst du denn, das wäre möglich?«

»Möglich schon. Die Frage ist nur, ist es das, was du dir ersehnst.«

»Es würde bedeuten, daß ich mich von meiner Familie für immer trenne. Ich würde niemals Herrscherin werden.«

»Und wenn du nicht ...«

»So würde ich Grey verlieren«, ergänzte Ivy nachdenklich. »O Nada, ich möchte niemanden verlieren, weder meine Familie noch Grey!«

Nada blickte sie verständnisvoll an.

An diesem Abend traf sie Grey während des formellen Mahls. Dolph begleitete ihn natürlich, so daß sie ihn nicht küssen konnte. Sie mußten sich an die Palastregeln halten. Sie nahm Greys Arm, Dolph hakte Nada unter, während Electra zufrieden an Donkeys Seite ging.

»Dein Bruder ist äußerst talentiert«, sagte Grey, während er sie in den Speisesaal führte. »Er hat mir seine Verwandlungskünste gezeigt, und wir haben uns unterhalten.«

Ivy verzog ihr Gesicht. »Ich hoffe, es war nicht zu langweilig für dich.«

»Nein, es war sehr interessant. Er sagte, daß wir nur eine Sache machen müssen ...«

»Sag es bloß nicht!« warnte ihn Ivy. Das sah ihrem Bruder wieder einmal ähnlich, so einfach übers Durchbrennen zu plaudern!

Grey zuckte mit den Schultern. »Ja, ich sagte ihm auch, daß es eine dumme Idee ist, aber er meinte, morgen müssen wir uns alle in deinem Zimmer versammeln, um das mit Hilfe des Wandteppichs zu klären.«

»Zu klären?« Das hörte sich seltsam an. Plante ihr Bruder für sie tatsächlich schon einen Fluchtweg?

»Er sagt, daß Donkey und Electra auch ziemlich wild darauf wären. Sie wären absolut sicher, daß es funktioniert.«

»Aber sie sind keine Prinzessinnen«, bemerkte Ivy trokken.

Er blickte sie verwirrt an. »Was hat das denn damit zu tun?«

Sie befanden sich in Gesellschaft, deshalb konnte sie nicht antworten. Glücklicherweise betraten sie gerade den Speisesaal, so daß sie es auch nicht mußte. »Ich erkläre es dir später«, sagte sie.

An diesem Abend wurde sie jedoch von Nada besucht. »O Ivy, Electra hat es mir erzählt! Sie könnten recht haben!«

»Über das Durchbrennen? Du weißt doch, das ist viel zu kompliziert!«

»Nein, darüber, wie man Greys magisches Talent ausfindig machen könnte!«

»Ausfindig machen ... meinst du, das war es, worüber Grey gesprochen hat?«

»Ja! Dolph hatte den Einfall, und er erzählte es Electra, und sie erzählte es wiederum Donkey. Nur eine Ahnung würde sicherlich weder Dolph noch Electra dermaßen in Aufregung versetzen, aber Donkey ist ein Zentaur! Wenn er glaubt, daß es möglich sei, sollten wir das ernst nehmen. Sollte Grey eine magische Fähigkeit besitzen, könnte deine Familie nichts mehr gegen eine Heirat einwenden, denn damit wäre er genauso gut wie jeder andere auch.«

Ivy unterdrückte ihre Hoffnung, da sie wußte, daß es sie nur noch mehr schmerzen würde, wenn sich wieder alles in Nichts auflöste. »Grey ist ein Mundanier! Die kennen keine Magie.«

»Donkey sagt, daß alle Naturgesetze von Zeit zu Zeit in Frage gestellt werden müssen. Vor einigen Jahrhunderten dachte man, daß Zentauren kein magisches Talent besitzen, aber als sie es untersuchten, fanden sie heraus, daß sie

Magie besaßen, wenn sie es nur selbst akzeptierten. Die Zentauren der Zentaureninsel weigern sich immer noch beständig, das anzunehmen, aber sie irren sich. Also vielleicht ist das bei den Mundaniern auch der Fall.«

»Ich glaube nicht«, sagte Ivy. »Viele Mundanier sind schon nach Xanth gekommen, als noch Großvater Trent auf dem Thron saß. Er testete sie gründlich, ohne auch nur ein einziges magisches Talent bei irgendeinem von ihnen zu entdecken. Ihre Kinder haben magische Talente, aber nicht die ursprüngliche Generation. Später ließ er mich sogar ihre Fähigkeiten verstärken, um zu sehen, ob sich dadurch ihre magischen Qualitäten offenbaren würden, was sie jedoch nicht taten. Mundanier haben einfach keine Magie.«

»Ja, aber es wird nichts schaden, das einmal zu überprüfen«, sagte Nada.

Ivy wollte nicht streiten, aber sie wußte, es war ein aussichtsloser Test.

Am folgenden Morgen nach dem Frühstück drängten sie sich alle zusammen in Ivys Zimmer, um den Wandteppich zu befragen: Grey, Dolph, Donkey, Nada und Electra. »Guck mal, da sind ein paar Un-, Un- ...« fing Dolph an.

»Ungereimtheiten«, half ihm Donkey.

»In der Aufzeichnung«, fuhr Dolph aufgeregt fort. »Wir können dir nicht bis in den Kürbis folgen, weil der Wandteppich keine Träume speichert. Aber wir können deine ganze Reise durch Xanth verfolgen, wenn dir das recht ist.«

»Warum nicht?« sagte Ivy. »Aber ich verstehe wirklich nicht, was das beweisen soll.« Sie verdächtigen ihren kleinen Bruder, daß er irgendwelche romantische Augenblicke, die sie möglicherweise mit Grey gehabt hatte, wiederbeleben wollte.

»Also laßt uns noch einmal zum Anfang zurückgehen«, sagte Dolph. »Zu dem Punkt, als ihr mit dem Riesen den Platz gewechselt habt.«

Der Wandteppich zeigte gehorsam das Bild von Richard

Riese, wie dieser auf dem Boden lag, das Kinn auf seine Faust gestützt, und in den winzigen Kürbis starrte. Dann war er plötzlich verschwunden, und Ivy und Grey standen dort, wo sein Kopf aufgestützt gewesen war.

Sie beobachteten, wie die beiden ihren Weg aus der Lichtung herausfanden. Sie sahen, wie Grey in die Fluchzecken stolperte – und dann, wie er sie loswurde.

»Wenn das keine Magie war!« sagte Dolph herausfordernd. »Er hat sie alle auf einmal neutralisiert! Niemand hat das jemals vorher geschafft!«

»Das war gar nicht so schwierig«, sagte Grey. »Ich habe sie einfach nur mit meinem Taschenmesser bedroht. Wenn hierbei irgendwelche Magie beteiligt war, dann steckt sie in diesem Messer.«

Das Bild auf dem Wandteppich gefror und wurde wieder zu einfachem gefärbten Garn. »Ein magisches Messer?« fragte Dolph. »Wir sollten uns das einmal ansehen.«

»Wieso kann ein mundanisches Messer magisch sein?« fragte Donkey.

Grey holte es hervor. »Ich tat nur so, als wäre es magisch, es war nur ein Bluff. Ich glaubte doch nicht an Magie. Schaut, es ist einfach nur ein normales Taschenmesser.« Er ließ die kleine Klinge aufschnappen.

»Wir können es einmal testen«, sagte Dolph. »Ivy, verstärke es doch mal.«

Ivy nahm das Messer und konzentrierte sich darauf. Nichts geschah. »Ich glaube, es ist tot«, sagte sie. »Es reagiert überhaupt nicht.«

»Laß es mich versuchen«, sagte Donkey. »Ich habe sehr harte Hufe, und deshalb brauche ich eine magische Klinge, um sie zu beschneiden. Sie sind schon viel zu stark gewachsen, seit ich auf mich allein gestellt bin. Falls ich sie damit schälen kann, muß das Messer auch magisch sein.«

Der Zentaur nahm das Messer vorsichtig und beugte sich zu seinem rechten Vorderhuf herunter, den er auf einen von Ivys Stühlen aufgesetzt hatte. Er schnitzte ein wenig an einer Ecke des Hufs herum, der wirklich ziemlich verwahrlost aussah.

Das Messer glitt über den Huf, ohne jedoch hineinzuschneiden. Donkey versuchte es noch einmal mit stärkerem Druck. Dieses Mal grub sich die Klinge ein wenig ein, schnitt aber nicht. Er klappte die Klinge wieder zusammen. »Absolut keine Magie, die ich ausloten könnte«, sagte Donkey.

»Vielleicht lag es doch nicht an der Klinge, sondern an Grey«, sagte Dolph voller Eifer. »Schau einmal, ob nicht Grey deinen Huf damit beschneiden kann.«

»Ich soll einen Laien meinen Huf beschneiden lassen?« fragte Donkey beleidigt.

»Doch nur, um zu sehen, ob er Magie hat, Don«, sagte Electra einschmeichelnd.

Der Zentaur ließ es gewähren. Es war offensichtlich, daß die beiden sich in den letzten Tagen recht nahe gekommen waren. Ivy bemerkte, daß Electra, nachdem sie drei Jahre lang nur die zweite Rolle neben Nada gespielt hatte, nun froh war, einen neuen Freund gefunden zu haben. Das änderte natürlich nichts an ihrer Verlobung mit Dolph. Denn sie liebte ihn und würde sterben, wenn er sie nicht heiraten würde. Aber in jeder anderen Hinsicht war sie ein ganz normales Mädchen mit ganz normalen Bedürfnissen. Ivy verstand sich mit ihr nicht so gut wie mit Nada, aber tatsächlich war Electra der Sonnenschein von Schloß Roogna und brachte allen viel Freude.

Grey nahm das Messer. »Möchtest du, daß ich einen ganzen Span von deinem Huf schäle?« fragte er unsicher. »Mein Messer ist sehr scharf und könnte das ohne weiteres schaffen.«

»Meine Hufe sind magisch gehärtet«, sagte Donkey. »Das ist nicht mein Talent, mein magisches Talent besteht darin, die Farbe meiner Hufe zu wechseln.« Er zeigte es ihnen, und das Braun wurde erst grün und dann rot.

»Ooooh!« sagten Ivy und Nada wie aus einem Mund und waren entzückt.

»Aber wie dann ...?« fragte Dolph.

»Alle Zentauren haben magisch gehärtete Hufe«, erklärte Donkey. »Das gehört zu einem richtigen Zentaur, genauso wie der Bogen als eine ausgesprochen zielsichere Waffe und überragende intellektuelle Fähigkeiten. Das alles zählt nicht als Talent.«

»Also, ich denke, ein scharfes Messer sollte einen Huf schneiden können«, sagte Grey. »Magie oder nicht. Das ist einfach die Art und Weise, wie Messer Hufen begegnen.« Er führte das Messer an den Huf und schnitzte vorsichtig daran.

Ein gekringelter Hufspan wurde sichtbar.

»Da!« schrie Dolph aufgeregt. »Er hat es geschafft! Er hat Magie!«

»Nein, habe ich nicht«, sagte Grey bestimmt. »Ich weiß einfach, was was ist. Ich weiß, dieses Messer kann einen Huf beschneiden.«

»Aber dieses Messer wollte bei mir nicht schneiden!« protestierte Donkey.

»Weil du überzeugt warst, daß es nicht schneiden würde«, sagte Grey. »Das ist psychologisch. Du könntest damit schneiden, wenn du es nur wirklich wolltest.«

Donkey wurde grimmig. Grey hatte ihn beleidigt, aber Electra sprang dazwischen. Sie ergriff den Arm des Zentauren und lenkte seine Aufmerksamkeit auf sich, indem sie sich nahe an sein Ohr heranzog. »Er ist ein Mundanier!« erinnerte sie ihn. »Die kennen keine Manieren.«

Grey sah auf. »Jetzt warte einmal ...«

Nada lenkte ein, indem sie Grey auf gleiche Weise entgegenkam. »Sie meint, daß verschiedene Leute sich über unterschiedliche Sachen ärgern. Einige von uns mögen nicht Reptilien genannt werden, andere wiederum können es nicht haben, wenn ihre Redlichkeit in Frage gestellt wird.«

»Reptilien?« fragte Grey befremdet. In der Tat war es Nada kaum anzusehen. Sie trug die gleiche Kleidung, die auch Ivy gestanden hätte und die ihre Formen zur Geltung brachte.

Ivy bemerkte einen Anflug von Eifersucht. Dann nahmen ihre Gedanken eine andere Richtung, und sie unterdrückte das Gefühl. Sicherlich war es das Beste, was passieren konnte, wenn Grey von jemandem wie Nada abgelenkt werden würde. Zumindest war das besser für ihn, als über das gegenwärtige Problem zu grübeln.

Donkey stieg wieder in die Unterhaltung ein. »Ich bin sicher, daß ich dich falsch verstanden habe. Ich möchte mich vielmals dafür entschuldigen, daß ich deine Meinung so unverschämt falsch interpretiert habe.«

Grey sah Ivy alarmiert an. Ivy erinnerte sich an den Scherz, den sie sich einmal mit ihm gemacht hatte, indem sie sich bei ihm in einer unverschämten Form entschuldigte. Sie platzte fast vor Lachen.

Die anderen guckten verwirrt. Nada griff dies auf. »Unverschämtheiten ...« sagte sie. Und dann voller Übermüt: »Habe ich dich vielleicht in Verlegenheit gebracht, Grey?«

»O nein, du nicht!« kreischte Ivy.

Schließlich lachten sie alle. Offenbar wollte Grey nicht von dem Zentaur umarmt und geküßt werden, und Ivy wollte auch nicht, daß Nada dies tat.

»Was ich meinte«, sagte Grey mit Bestimmtheit, als sie sich wieder beruhigt hatten, »war kein Zweifeln an deiner Redlichkeit, Donkey, sondern nur, daß wir alle von dem, was wir glauben, bestimmt werden. Ich konnte die längste Zeit meines Lebens nicht an Magie glauben, weil es sie in Mundania nicht gibt. Ihr wiederum könnt nicht auf die Schärfe meines Messers vertrauen, weil ihr wahrscheinlich keinerlei Erfahrung mit mundanischem Stahl gemacht habt. Nun aber, da ihr gesehen habt, daß es funktioniert, könnt ihr das gleiche selber tun.«

»Gut, laß es mich noch einmal versuchen«, sagte Donkey ein wenig kurz angebunden. Er nahm das Messer und schnitzte an dem gleichen Ende entlang, genau es es Grey zuvor gemacht hatte, indem er die Klinge noch etwas fester an den Huf hielt. Ein ähnlicher Hufspankringel schälte sich heraus.

»Siehst du?« sagte Grey. »Keine Magie, einfach Schärfe und Vertrauen. Du kannst jetzt genauso an mein Messer glauben, wie ich an Magie glauben kann: durch Versuch und Irrtum.«

»Ich verstehe, was du meinst«, sagte Donkey und entspannte sich allmählich. »Könnte ich mir vielleicht dieses Messer ausleihen? Dies ist eine gute Gelegenheit, um meine Hufe wieder in Form zu bringen.«

»Sicher«, sagte Grey. »Aber wir müssen vielleicht einen Schleifstein finden, falls es stumpf werden sollte.«

»Es gibt einen, unten im Verlies!« sagte Electra eifrig.

Dolph runzelte die Stirn. »Siehst du nun, was du getan hast, Grey? Du hast gerade meinen Beweis, daß du doch Magie besitzt, vollkommen entkräftet!«

Grey zuckte die Schultern. »Doch nur, weil ich keine Magie besitze. Wir wissen das doch alle.«

»Nein, wissen wir nicht«, widersprach Dolph. »Laßt uns mit der Rückschau fortfahren.«

Der Wandteppich lebte wieder auf, was Ivy mit einer gewissen Verärgerung bemerkte, denn ihr kleiner Bruder wurde allmählich viel zu geschickt, das Ding zu kontrollieren. Er mußte sich wohl während ihrer Abwesenheit eingehend damit beschäftigt haben.

»Also, dein Messer ist scharf«, sagte Dolph. »Aber schaut doch mal, wie diese Fluchzecken herunterfallen! Sie würden sich normalerweise überhaupt nicht um die Schärfe kümmern, sie stechen einen auch ohne jeglichen Grund. Also ...«

»Gut, ich schüchterte sie ein«, sagte Grey. »Sie wußten, daß ich das Messer hatte und daß ich bereit war, es auch zu benutzen, und deshalb gaben sie auf. Das war keine Magie, das war eine Einschüchterungsmaßnahme.«

»Was?« fragte Dolph.

»Er erschreckte sie«, warf Donkey erklärend ein, während er an seinen Hufen schnitzte.

»Oh.« Dolph wandte sich verdrossen wieder dem Wandteppich zu.

Sie verfolgten die Episode des Zweilippenbaums. Eine Blüte küßte Grey, aber die andere tat es nicht. »Na, wie ist das?« fragte Dolph. »Er hat sie lahmgelegt!«

Grey lächelte reuevoll. »Sicher. Nachdem die erste meinen Geschmack wahrgenommen hatte, wollten die anderen nichts mehr mit mir zu tun haben. Das ist keine Magie, sondern nur starke Transpiration.«

»Sondern was?«

»Er stank«, übersetzte Donkey wieder.

Ivy und Nada schafften es einigermaßen, ihre Gesichter unter Kontrolle zu halten, aber durch Electras Finger hindurch war ein leichtes Kichern zu hören, obwohl sie ihre Hände über dem Mund zusammengeschlagen hatte.

Dolph fand das komischerweise überhaupt nicht lustig. Er wandte sich wieder grimmig dem Wandteppich zu.

Die Figuren auf der Szenerie näherten sich nun dem sandigen Bezirk. Der Sandmann materialisierte und nahm die Form eines kleinen Ogers an, dann die einer heiligen Kuh, schließlich die Gestalt eines Undingbaumes und zerfiel dann sofort wieder zu Staub, sobald er von Grey berührt wurde.

»Siehst du? Siehst du?« schrie Dolph. »Er hat ihn zerstört! Das ist Magie!«

»Es war eine Illusion«, erwiderte Grey. »Sie hörte auf, eine zu sein, sobald ich sie berührte, wie es Illusionen gewöhnlich zu tun pflegen. Es war nicht mein Verdienst.«

»Nein, es war nicht dein Verdienst«, stimmte ihm Dolph etwas ungehalten zu.

Die Wandteppichbilder waren nun bei dem Gewirrbaum angekommen. »Er war übersättigt«, sagte Ivy, bevor Dolph irgend etwas dazu sagen konnte, weswegen sich der Baum so still verhalten hatte.

»Gut, ich kann das überprüfen«, sagte Dolph resolut. Die Bilder zeigten den Baum in Nahaufnahme und liefen nun rückwärts. Die Tage kamen und gingen, erhellten sich und dämmerten wieder. »Seht ihr ... keine Gefangenen«, bemerkte Dolph. »Dieser Baum hatte seit Tagen nichts mehr gegessen! Also ...«

»Er war möglicherweise schläfrig … oder krank«, vermutete Ivy. »Oder vielleicht funktionierte die Magie nicht besonders gut in Greys Umgebung, weil er gerade frisch aus Mundania gekommen war. Leider kein Beweis für Magie.«

Donkey nickte. »Das ist wohl möglich. Einwohner von Xanth korrespondieren natürlich gut mit Magie, da sie ihr Leben lang damit Erfahrung gesammelt haben, aber Mundanier haben darauf vielleicht einen einschränkenden Effekt. Darauf könnte Grey sich aber nun, da er Magie akzeptiert, nicht mehr verlassen.«

Dolph ließ das Szenarium wieder vorwärts surren, bis die beiden bei den Kobolden gefangen waren. »Da ist ja Donkey!« rief Electra aufgeregt.

Sie beobachteten, wie Ivy auf der Insel gefangengehalten wurde und wie dann Grey durch den Tümpel watete, um zu ihr zu gelangen.

»Ist das nicht romantisch!« Nada atmete tief aus, als die beiden sich auf der Insel umarmten.

»Da haben wir uns gerade verlobt«, sagte Ivy und durchlebte es noch einmal erschauernd, während sie die Szene betrachteten. »Es war übrigens keine Haßquelle, aber ich war so erleichtert …«

»Keine Haßquelle?« fragte Dolph. »Ich will das prüfen.«

»Oh, verschwende damit keine Zeit mehr«, sagte Ivy. Aber die Szenen wurden schon zurückgedreht. Er holte wirklich das Letzte aus diesem alten Wandteppich. Tage und Nächte flackerten vorbei – und plötzlich hielt er wieder inmitten einer anderen Variante des Szenariums.

»Was ist das?« fragte Ivy.

»Frühere Gefangene«, erklärte Dolph. »Ich ließ ihn eine Suche zu dieser Fragestellung durchführen. Das muß zu einer Zeit gewesen sein, bevor Donkey gefangengenommen wurde.«

»So ist es«, stimmte ihm der Zentaur zu.

Die Szene zeigte die Kobolde der Goldenen Horde, wie sie zwei Gefangene zu der Quelle schleppten. Es waren

Elfen, eine Frau und ein Mann. Sie wurden dem Anführer vorgeführt. Der Wandteppich erzeugte keine Geräusche, so daß man die Worte, die gesprochen wurden, nicht hören konnte. Es sah so aus, als ob es sich um ein Elfenpärchen handelte, das zusammen gereist war. Sie waren jung, und der Mann sah sehr gut aus, das Mädchen war hübsch, und sie blieben dicht beieinander. Wahrscheinlich ein Liebespärchen oder frisch Vermählte, die von einem Elfenreich zum anderen zogen, um ihre Angehörigen zu besuchen. Sie mußten sich auf einem der Koboldpfade verlaufen haben und waren in eine Falle geraten.

Die Kobolde machten genau das gleiche, was sie auch mit Ivy und Grey versucht hatten: Sie schifften das Mädchen auf die Insel hinüber, wo sie allein blieb, und ließen ihn dann am Ufer frei. Der Mann war offensichtlich in einer schrecklichen Lage, genau wie das Mädchen: Sollte er versuchen, zu ihr hinüberzugelangen, oder sollte er sie verlassen? Die Kobolde freuten sich hämisch darüber, und ihr riesiger Kochtopf dampfte schon.

Der Elf beschloß, das Schicksal herauszufordern. Er watete in den Teich, durchquerte ihn – und warf das Mädchen in das Wasser. Sie tauchte wieder auf und griff nun ihrerseits den Jungen an, während die Kobolde vor Freude applaudierten.

Sie beobachteten voller Abscheu, wie die beiden Elfen miteinander kämpften. Es gab keinen Zweifel daran: Nun haßten sie einander. Schon bald hielt der Mann das Mädchen unter Wasser, bis sie ertrunken war, und kam dann aus dem Wasser geschossen, um die Kobolde anzugreifen. Ihre Speere zischten ihm entgegen und brachten ihn zu Fall. Schließlich warfen sie seinen Körper in den Kochtopf. Sie verwendeten ein langes Tau mit einem Haken, um den treibenden Körper des Mädchens aus dem Tümpel zu ziehen, kippten dann sauberes Wasser darüber, um das Haßwasser abzuwaschen und warfen sie in einen anderen kochenden Kessel.

Das Bild verblich wieder zu dem neutralen Teppichmuster. Die sechs jungen Leute starrten einander an und hatten dabei Augen und Mund vor Entsetzen weit aufgerissen. Es schien keinen Zweifel daran zu geben: die Quelle erzeugte Haß.

Grey bewegte seinen Mund. »Ich, äh, mit uns hat sie das nicht gemacht. Also vielleicht funktioniert sie nur bei Elfen, weil die daran glauben.«

»In diesem Fall müßte es auch bei Ivy gewirkt haben«, versuchte Donkey einzuwenden.

»Nein, es funktionierte nicht bei ihr, weil ich nicht daran glaubte und sie deshalb auch nicht daran glaubte.«

Aber die anderen waren sich da nicht sicher. »Ich denke, es ist wahr, und du hattest die Magie, es zu neutralisieren«, sagte Dolph.

Sie diskutierten darüber, zweifelten aber daran und gingen schließlich wieder auseinander. Hatte Grey nun Magie benutzt, um die Haßquelle zu neutralisieren, oder hatte irgend etwas anderes diese außer Kraft gesetzt? Sie konnten sich nicht entscheiden.

Nach einer angemessenen Zeit waren die Eltern bereit, ihr Urteil zu verkünden. Grey und Ivy standen vor ihnen im Thronsaal, und König Dor sagte das, was er augenscheinlich zu sagen einstudiert hatte:

»Wir können einer Verbindung einer Prinzessin von Xanth, die eine Zauberin ist, mit einem einfachen Mann ohne Magie nicht unsere Zustimmung geben. Wir trachten nicht danach, unserer Tochter zu diktieren, welchen Mann sie sich zum Gatten erwählen soll, und wir haben auch keine persönlichen Einwände dem Manne gegenüber, den sie erwählt hat und der uns als netter junger Mann aufgefallen ist. Aber im Interesse von Xanth müssen wir darauf insistieren, daß sie nur einen Prinzen oder einen Mann mit bedeutenden magischen Fähigkeiten zum Gatten nehmen kann. Daher erlassen wir folgendes Ultimatum: Weise uns nach, daß dieser Mann, Grey von Mundania, entweder als ein Prinz erkannt wird oder ein magisches Talent besitzt. Bevor nicht eine dieser beiden Bedingungen erfüllt ist, wird diese Heirat nicht unseren Segen bekommen.«

Ivy sah zuerst ihren Vater an und danach Grey. Sie konnte sich weder ihren Eltern widersetzen, noch ihre Liebe aufgeben. Da stand sie nun, und ihre Kehle war so zugeschnürt, daß sie nicht sprechen konnte, während ihr die Tränen aus den Augen quollen und die Wangen herunterrannen.

Grey sprach: »Inzwischen habe ich Euer magisches Reich ein wenig kennengelernt«, begann er. Ivy wußte mit fürchterlicher Gewißheit, daß er wieder etwas schrecklich Anständiges tun würde. »Ich denke, ich könnte es lieben lernen, wie ich Eure Tochter liebe. Ich finde, Euer Ultimatum ist fair genug. Ivy ist nicht nur eine Frau, sie ist eine Prinzessin, und sie muß das tun, was das Beste für Xanth ist. Ich bin weder Prinz noch ein Zauberer, und ich werde es auch niemals sein. Deshalb werde ich ...«

»Wartet!« schrie Dolph von ganz hinten.

Königin Irenes Augen blickten sehr abweisend auf ihn herab. »Das ist nicht deine Entscheidung«, entgegnete sie scharf. »Du hast selber genug eigene Entscheidungen zu treffen.«

»Aber es ist meine Angelegenheit!« rebellierte Dolph. »Ivy ist meine Schwester, und ich liebe sie, und ich weiß außerdem, daß ihr euch in Grey täuscht! Ich glaube, er hat Magie, und es ist mir gleich, woher er kommt. Ich werde diese Magie aufspüren!«

Irene schielte zu Dor, der mit den Schultern zuckte. »Erlaube mir, Sohn, dich darauf hinzuweisen«, sagte sie mit erzieherischer Betonung, die Übles für seine zukünftige Freiheit vermuten ließ, »daß es für dieses Ultimatum keine zeitliche Begrenzung gibt. Grey hat soviel Zeit, wie er braucht, um seine Magie zu finden, nur wird er unsere Zustimmung, Ivy zu ehelichen, nicht eher bekommen, bevor er sie nicht nachweisen kann. So wie auch du nicht eher heiraten kannst, bevor du nicht deine eigene Situation geklärt hast.«

»Ja! Also sollte Grey nicht seine Verlobung lösen, bevor wir das nicht geradegerückt haben! Ich bin davon überzeugt, er hat magisches Talent, und ich weiß auch schon, wie ich es herausfinden werde!«

»Wenn du dich auf die Episode mit der Haßquelle beziehst«, sagte Irene gleichmütig, »dieser Beweis ist nicht schlüssig. Es gibt keine Möglichkeit, die Stärke dieser Quelle zu jener Zeit, als die beiden dort waren, zu beurteilen. Ihre Kraft schwankt möglicherweise und ist von der Jahreszeit oder anderen Faktoren abhängig.«

»Nein! Ich meine, daß er wegen dem Himmelstaler Magie besitzen muß!«

Plötzlich waren wieder alle interessiert, selbst Ivy. Welch wilde Behauptung hatte ihr kleiner Bruder diesmal aufgestellt?

»Der Himmelstaler scheint durch Murphys Fluch fehlgeleitet worden zu sein«, sagte Irene. »Wir haben die Ausrichtung der Namen notiert, und es ist wirklich etwas, was passieren kann, wenn Magie fehlgeleitet wird. Der Taler wird erneut aufgeladen werden müssen, bevor wir die Suche nach dem Guten Magier wieder aufnehmen können.«

»Ich glaube nicht, daß er sich geirrt hat«, sagte Dolph. »Ich bin sicher, daß der Taler richtig funktioniert hat. Er sandte Ivy an die Stelle, an der sie am meisten gebraucht wurde: nämlich nach Mundania, wo Grey dringend ihrer Hilfe bedurfte. Wir dachten die ganze Zeit, der Gute Magier würde ihre Hilfe am meisten benötigen, nachdem er mir diese Botschaft gesandt hatte. Aber vielleicht war das gar nicht der Fall. Oder vielleicht ist es sogar Greys Bestimmung, unsere Suche nach dem Guten Magier zu unterstützen. Dann also müßte er Magie besitzen, damit wir dies tun können!«

Ivy starrte ihn völlig erstaunt an. Dolph könnte mit seiner verrückten Behauptung genau auf der richtigen Spur sein! Sie bemerkte, daß alle anderen genauso überrascht waren wie sie.

»In diesem Falle sollten wir ihn nach Parnaß führen und die Muse der Überlieferung befragen, was über sein magisches Talent geschrieben steht«, schloß Dolph triumphierend.

Wieder wechselte Irene einen kurzen Blick mit Dor. Und wieder zuckte er die Schultern.

»Grey mag nach Parnaß zur Befragung gehen«, sagte Irene einen Augenblick später. »Natürlich wünschen wir ihm nichts Schlechtes und sind bereit, alles Erdenkliche zu tun, seinem Wunsch in jeder Weise entgegenzukommen. So werden wir für eine geeignete Reisemöglichkeit Sorge tragen. Aber du, Prinz Dolph, bleibst hier, bis jetzt hast du noch keine Lösung für dein eigenes Dilemma gefunden.«

»Aaaach.«

Irenes Haar nahm eine etwas dunklere Grünschattierung an. »Oh, jetzt hast du es dir verdorben, du unverschämter Junge!« sagte einer der beiden Throne. »Du wirst nie ...« Irenes Fußtritt schaltete ihn aus.

Zum ersten Mal sah Ivy Grey mit wirklicher, aufrichtiger Hoffnung an. Sie würde natürlich mit ihm gehen. Vielleicht hatte die Muse tatsächlich ein magisches Talent für ihn auf ihrer Liste? Wenn der Himmelstaler sich tatsächlich nicht geirrt hatte und dies alls nur ein Teil des Planes war, den der Gute Magier erdacht hatte, dann mochte Grey nach alledem vielleicht wirklich ...

Ihr wurde gar nicht bewußt, daß die Audienz schon längst vorbei war. Sie war viel zu sehr damit beschäftigt, Grey in wilder Hoffnung immer wieder zu umarmen.

10

PARNASS

Grey war hin- und hergerissen. Er liebte Ivy und wollte in diesem magischen Land bleiben, aber gleichzeitig wußte er, daß er kein Talent hatte. Es wäre wohl eher angemessen, Ivy aufzugeben und zum langweiligen Mundania zurückzukehren und zum Horror des Englisch für Anfänger. Er wußte, er besaß nicht die geringste Magie. Aber jetzt mit Ivy, die ihn und Dolph so in Aufregung hielt, fand er es nur allzu einfach weiterzumachen, zu beweisen, daß er tatsächlich Magie hatte. Zumindest konnte er auf diese Weise etwas mehr Zeit mit ihr verbringen.

Was war dieses Parnaß? Es hatte eine Art Hinweis darauf in der Schule gegeben, aber er war, wie gewöhnlich, nur flüchtig darüber hinweggegangen, ohne jedes Verständnis. Etwas Griechisches, ein Berg in Griechenland, wo Leute hingingen, um das Orakel zu sehen. Das war alles, woran er sich noch erinnerte.

Ivy fing an, die Reise zu organisieren. Dolph konnte leider nicht mitgehen, aber seine beiden Verlobten würden es: die hübsche kindliche Electra und die liebliche Nada. Das versprach ja eine interessante Reise zu werden: Grey mit drei Mädchen.

Am nächsten Tag brachen sie auf. Es war schon von Vorteil, daß er nun an Magie glaubte, denn andernfalls wäre er in Schwierigkeiten gewesen. Ivy hatte irgendwie zwei geflügelte Zentauren herbeigerufen und ein Pferd mit dem Kopf und den Flügeln eines gigantischen Vogels. Diese sollten auf der Reise ihre Rösser sein.

»Aber wir sind doch vier«, sagte Grey. »Ich glaube nicht, daß es besonders schlau ist, zu zweit zu reiten ... nicht, wenn wir fliegen.«

»Wir werden nicht zu zweit reiten«, sagte Ivy. »Nada wird doch bei mir sein.«

»Aber Nada wiegt genauso viel wie du!« protestierte er. Nada wog sogar mehr, und dies an genau den richtigen Stellen.

Ivy lächelte nur. »Darf ich vorstellen«, sagte sie und wies auf die Neuankömmlinge.

Der erste war ein hübscher männlicher Zentaur, der aussah wie ein Muskelmann von der Taille aufwärts und wie ein Pferd darunter und hinten und der große Flügel hatte. Das war Cheiron. Der zweite war Cheirons Gefährtin Chex, deren lange braune Haare in ihre Mähne übergingen. Ihre großen nackten Brüste versuchte Grey nicht anzustarren. Der dritte war Xap, ein goldgelbes Flügelroß, Chex' Vater, der nur in Quäklauten redete, welche die anderen zu verstehen schienen.

Grey sollte Cheiron reiten. Ivy ritt Xap und Electra Chex. Nada näherte sich mit Ivy Xap – und wurde im nächsten Moment zu einer kleinen Schlange. Ivy steckte die Schlange in die Tasche und stieg auf. Das war also das Geheimnis! Er hatte vergessen, daß Nada eine Naga war, eine Kreuzung von Mensch und Schlange, fähig, jede der beiden Gestalten anzunehmen. Sie hatte so ausnehmend menschlich geschienen! Nun hatte sie sich klein gemacht, so daß ihr Gewicht nicht zur Last wurde, in der Gewißheit, daß ihre Freundin Ivy sie nicht fallen lassen würde.

Grey sah Cheiron an. »Ah, ich bin auf einem Zentauren geritten, aber nicht auf einem geflügelten. Deine Flügel, äh ...«

»Setz dich hinter sie«, sagte Cheiron. »Und halte dich gut fest. Meine Magie ermöglicht es mir, nicht mittels kräftiger Flügelschläge zu fliegen, sondern mit der Leichtigkeit des Körpers. Zusätzlich wirst auch du leichter gemacht. Du kannst nur herunterfallen, wenn du nicht vorbereitet bist.«

»Ach ja.« Er ging zur Seite, aber Cheiron war im Stand größer als Donkey, und es gab keine Steigbügel. Wie konnte er hinaufkommen?

Chex kam hoch. »Ich werde dir helfen.« Sie streckte sich hinunter, schob ihre Hände unter Greys Arme und hob ihn hoch. Er ruderte überrascht mit den Armen und fühlte seinen Rücken etwas Weiches streifen. Dann saß er auf Cheirons Rücken.

Er lehnte sich nach vorne und ergriff mit beiden Händen die Mähne, als die großen Flügel sich ausbreiteten. Plötzlich fühlte er sich schwindlig im Kopf und leicht im Körper; es schien tatsächlich, als könne er hinunterstürzen!

Cheiron schoß hoch, schlug mit den Flügeln, und sie wurden in die Luft gehoben. Grey fühlte sich wie fließend. Da war bestimmt Magie im Spiel, aber es war gute Magie.

Er sah zur Seite. Da war Xap, der kraftvoll mit Ivy flog. Sein Vogelschnabel schien geradewegs die Luft zu durchschneiden. Hinter ihm erhob sich auch Chex mit der vergnügten Electra. Mit jedem Flügelschlag des Zentauren hoben sich ihre Brüste. Nun wußte Grey, was er gestreift hatte, als er hochgehoben wurde.

Electra sah, wie er sich umblickte, und winkte. Er nahm das Risiko auf sich, eine Handvoll Mähne loszulassen um zurückzuwinken. Wie konnte er ängstlich sein, wenn das Kind es nicht war?

»Es ist schwer zu glauben, daß sie zwei Jahre älter ist als Chex«, bemerkte Cheiron und wandte seinen Kopf kurz, damit seine Worte nicht im Wind verlorengingen.

»Was?« fragte Grey verwirrt.

»Ivy und Nada sind siebzehn. Electra ist fünfzehn. Chex ist dreizehn. Aber unser Fohlen Che ist jetzt ein Jahr alt, behütet von seiner Großmutter Chem. Man kann sich irren, wenn man nur nach der äußeren Erscheinung urteilt.«

Grey sah abermals zu dem Paar hin. Electra blieb ein Kind und Chex eine sehr ausgereifte Gestalt – sowohl Pferd als auch Frau. »Keine Beleidigung, aber ich finde das schwer zu glauben«, sagte Grey. Aber jetzt erinnerte er sich an etwas, das Ivy dazu gesagt hatte; es war aus seiner Erinnerung verschwunden, weil es Teil der Magie war, die er damals nicht akzeptiert hatte.

»Ich dachte, du würdest es glauben; deshalb habe ich es doch erwähnt. Chem gehörte zu der Gruppe, die sich aufmachte, um Ivy zu finden, als sie mit drei Jahren verlorengegangen war. Es war auf jener Reise, als Chem Xap traf. Es gab keinen männlichen Zentauren, den sie für sich passend fand, und Xap ist, wie du sehen kannst, eine wohlgestalte Kreatur. Also paarte sie sich mit ihm, und im folgenden Jahr wurde Chex geboren.«

»Ich ... äh ... bin erstaunt, daß du das so offen erzählst«, sagte Grey etwas verlegen.

»Wir Zentauren sind weiter fortgeschritten und achten deshalb nicht so auf Anstandsregeln wie das menschliche Volk«, erklärte Cheiron. »Wir behandeln natürliche Funktionen als das, was sie sind: natürlich. Wir bewahren unsere schwache Seite für das, was zählt: intellektuelle Anwendung.«

»Ah, natürlich. Aber Chex ... ich dachte, Zentauren werden in gleichem Maße älter wie menschliche Wesen.« Jetzt bemerkte er, was sein Problem war: Es war dasselbe wie mit der drallen Nada. Sie sah aus und handelte zu menschlich, um als Schlange glaubhaft zu sein, bis sie sich tatsächlich verwandelte. Und Chex sah aus und handelte zu reif, um als eine Heranwachsende durchzugehen. Es kam zwar dahin, daß er Magie intellektuell akzeptierte, aber es gab Aspekte, die seiner tieferen Überzeugung noch widerstrebten.

»Normalerweise tun sie das auch. Aber Tiere werden schneller älter. Da Xap ein Tier ist, war Chex gesegnet mit der natürlichen Folge der Kreuzung: Flügel und schnellere Reife. Sie wuchs mit einer Geschwindigkeit heran, die im Verhältnis zwischen ihren beiden Eltern lag, und sie erreichte ihre sexuelle Reife im Alter von sechs Jahren, statt im Alter von drei beziehungsweise zwölf. Ihre Mutter, die sich dessen bewußt war, unterrichtete sie intensiv, so daß ihr Intellekt Schritt hielt. So kam es, daß sie im Alter von zehn Jahren eine geeignete Partnerin für mich war, obwohl ich, chronologisch gesehen, zweimal so alt bin wie sie. Dafür bin ich wirklich dankbar, weil geflügelte Zentauren selten sind.«

»Ah, wie selten sind sie denn?«

»Wir zwei und unser Fohlen sind die einzigen in Xanth.«

Grey mußte lachen. »Das ist wirklich selten!« Er sah noch einmal zu Chex. »Sie sieht ... äh ... vorne so, so menschlich aus, es ist kaum zu glauben, daß sie so jung ist.«

»Du wirst sie in keiner anderen als chronologischen Hinsicht für jung halten können«, versicherte ihm Cheiron. »Es mag dir geläufiger sein, von ihr in den Kategorien meines Alters zu denken und die Chronologie zu ignorieren.«

»Äh ... ja, das scheint mir das beste zu sein.« So brauchte er wirklich nicht die Umstellung zu vollziehen, die ihm solche Schwierigkeiten bereitete.

Sie flogen gen Südosten auf das zu, was auf der Floridakarte der Okeechobee-See gewesen wäre. In dieser Höhe hätte er wirklich nicht gewußt, daß dies Xanth und nicht Florida war; die Bäume und Felder und Seen sahen fast gleich aus.

Dann erspähte er eine Wolke voraus. Sie schien keine Ähnlichkeit zu besitzen mit irgendeiner mundanischen Wolke. Sie hatte ein aufgeblasenes, böses Gesicht. »Ich habe diese Wolke schon einmal gesehen!« rief Grey aus.

»Das ist Fracto, die schlimmste unter den Wolken«, sagte Cheiron. »Wo immer es in der Luft Unheil anzurichten gibt, ist er anzutreffen. Anscheinend stimmt er sich gerade magisch ein. Wir werden einige Ausweichmanöver vornehmen müssen, bevor er in Fahrt kommt.«

»Aber er war ... war doch im Kürbis!« wunderte sich Grey. »Ich dachte, es gäbe keine Kontakt zwischen dort und hier. Ich meine, dort ist das Reich böser Träume, nicht wahr?«

»Richtig. Das wäre der Traum-Fracto gewesen; dies ist der wirkliche. Ihre Wesen sind identisch.«

Das Trio ging in den Landeanflug über. Die Wolke versuchte, sich darunter auszubreiten, um sie abzufangen, war aber nicht schnell genug. Fracto konnte sie in der Luft nicht abfangen und würde sich niederlassen müssen, um auf sie herabzuregnen.

Aber die drei fliegenden Gestalten landeten nicht wirklich. Sie strichen nur über die Baumwipfel hinweg, als ob sie nach einem geeigneten Gebiet suchen würden – und flogen weiter. Bevor die Wolke das merkte, waren sie drunter weg und erhoben sich noch einmal in den Himmel. Fracto versuchte umzudrehen und ihnen zu folgen, aber es wehte ein ziemlich starker Wind, der ihn davon abhielt. Er nahm ein tiefes, fleckiges Grau an und verdrückte sich, um nach anderen Untaten Ausschau zu halten.

»Es geschieht dir recht, versumpfter Hintern!« rief Electra ihm frech hinterher.

»Sie hat mit Grundy Golem verkehrt«, sagte Cheiron. »Das ist eines seiner alten Schimpfwörter.«

Das mochte so sein. Aber Grey empfand höchste Zufriedenheit darüber. Er mochte Fracto nicht.

Gegen Abend näherten sie sich einem Landschaftszug, der eindeutig nicht Teil der Halbinsel Mundania war: nämlich einem Berg. Auf seinem zackigen Gipfel wuchs ein monströser Baum, und darauf saß der monströse Alptraum eines Vogels.

»Berg Parnassos«, sagte Cheiron unnötigerweise. »Wir dürfen nicht den ganzen Weg dahin fliegen, weil die Simurgh keinen Aufruhr in ihrem Luftraum schätzt. Wir werden euch am Fuß des Berges absetzen und auf eure Rückkehr warten.«

Sie schwebten auf einen Lagerplatz in der Nähe von

Parnassos. Ivy zog die kleine Schlange hervor und setzte sie auf den Boden, und plötzlich war Nada wieder da, so lieblich wie zuvor. Sie war nackt, aber Ivy hielt ihre Kleider bereit, und einen Moment später war alles wieder beim alten. Es gab Decken- und Kissenbüsche in der Nähe und einen Bierfaßbaum, der mit Stiefelpo gefüllt war. »Ah, wie ich das liebe!« rief Electra aus.

Grey erinnerte sich an Ivys Warnung in dem Scheinschloß Roogna auf der Spitze des Traumberges. Sollte der Kram wirklich funktionieren? Er konnte sich nicht zurückhalten, etwas davon auszuprobieren, um es selbst herauszufinden. Während sich die anderen also beim Wasser am nahen Strom niederließen, zogen er und Electra schäumende Tassen von Stiefelpo aus einem Satz Zapfhähnen an dem herausragenden Baumstamm.

»Hoch den Po!« sagte Electra und nahm einen tüchtigen Schluck. Dann sprang sie in die Luft. »Was für ein Stiefel!«

Grey glaubte es einfach nicht. Er nippte an seinem eigenen Trunk, während Electra gespannt wartete.

Nichts passierte.

»Vielleicht hast du nicht genug getrunken«, sagte sie enttäuscht.

Grey kippte die Tasse und nahm einen großen Schluck. Keine Wirkung. Es schien genau wie Wurzelbier zu sein.

»Laß mich mal probieren«, sagte Electra mißtrauisch.

Grey gab ihr seinen Becher. Sie nippte, dann trank sie und sprang nicht. »Das ist ein Blindgänger!« sagte sie. »Deines muß mißglückt sein! Meines gab mir einen Stiefel!«

Grey probierte ihres, aber ohne Wirkung, und danach funktionierte es bei ihr auch nicht mehr. »Der ganze Baum ist hinüber!« sagte sie. »Ich muß den einzigen Schluck bekommen haben, der frisch genug war.« Aber sie blieb verwirrt.

Sie kehrten zum Lager zurück, wo die anderen eine schöne Ansammlung von Früchten, Nüssen und Knollen zusammengetragen hatten. Sie hatten sogar eine Reihe von

Bratensoßen und eine Auswahl heißer Kartoffeln gefunden, und so gab es Kartoffeln und Fleischsoße.

Je mehr er von Xanth erfuhr, desto lieber mochte er es. Seine Art war wirklich besser als die von Mundania, wenn man sich erst einmal an sie gewöhnt hatte, sogar wenn manches übertrieben war, wie der Stiefelpo.

Sie schliefen jeder für sich. Die drei vierfüßigen Wesen lagerten außen um den Platz herum, sie schliefen stehend. Grey hatte die Vermutung, daß Xap, das Flügelroß, jedweder Gefahr gewahr würde und mit ihr schnell fertig werden konnte. Dieser Schnabel sah verschlagen aus!

Am Morgen, nach dem Frühstück mit Eiern von einer Eierpflanze, gebraten auf einem Heißsitz, und Gemüse und Orangensaft von nahe gelegenen Gemüsepflanzen und Orangenbäumen, machten sie sich auf den Weg zu den Höhen des Berges Parnaß. Sie mußten an seinem Fuß einen Fluß überqueren. Aber anstatt das Risiko einzugehen, ihn zu durchwaten, machten sie lieber eine enge Stelle ausfindig und sprangen hinüber.

»Jetzt wären wir gut dran, wenn wir Python und die Mänaden umgehen könnten«, sagte Ivy.

Grey konnte erraten, warum man Python besser aus dem Wege ging, aber das mit den Mänaden war ihm nicht klar. »Was ...?«

»Wilde Frauen«, erklärte sie.

Das hörte sich zwar interessant an, aber so hätte er es nicht gesagt. Er wußte es besser. »Nimmst du etwa an, eine von ihnen überwältigt uns?«

»Das kommt darauf an. Electra kann die erste schocken, aber dann muß sie sich einen Tag lang erholen. Nada kann zu einer großen Schlange werden und eine beißen, aber sie wäre kein Gegner für Python. Ich selbst kann bis zu einem gewissen Grad zweckentsprechend den Verstärkungszauber anwenden. Ich könnte auch über den magischen Spiegel eine Verbindung nach Hause herstellen, wenn dazu

Zeit ist. Aber natürlich wird mein neugieriger kleiner Bruder uns auf dem Wandteppich beobachten und jemanden alarmieren, wenn es Schwierigkeiten gibt. Xap ist schon einmal hiergewesen und könnte kommen, um ein paar von uns wegzuholen. Aber liebt es wirklich nicht, sich auf den Boden beschränken zu müssen. Es wird wahrscheinlich das beste sein, wenn wir durchkommen, ohne auf irgendeine dieser Kreaturen zu stoßen. Da Clio wissen wird, daß wir kommen und weshalb, sollte das möglich sein. Sie wird nicht wollen, daß uns ein Leid geschieht.«

»Clio?«

»Die Muse der Überlieferung. Hast du nicht zugehört, als wir diese Reise geplant haben?«

»Äh ... ich hatte ihren Namen nicht behalten.«

Ivy lächelte. »Ich habe Spaß gemacht, Grey. Ich erwarte nicht, daß du schon alles über Xanth weißt. Heute noch nicht.«

»Aber warte nur bis morgen!« warf Electra lachend ein.

Der Pfad nach oben auf den Berg war klar zu erkennen. Electra führte sie voll jugendlicher Energie an. Ivy war die nächste und dann Grey mit Nada in seinem Gefolge. Sie hatten alle Wanderstöcke, die sie am Lagerplatz gefunden hatten. Diese waren eine große Hile, weil sie kraftvoll von selbst marschierten, das lebende Volk mit sich ziehend.

Sie kamen zu einer Weggabelung. Electra hielt an. »Ich kann nicht sagen, welcher Weg der richtige ist«, sagte sie.

»Laß es mich prüfen«, sagte Nada. Sie wurde zu einer langen schwarzen Schlange und schlängelte hinter ihnen hoch. Sie hielt an der Gabelung, steckte ihren Kopf zur einen Seite und dann zur anderen, wobei ihre Zunge rein- und rausschnellte. Dann wurde sie wieder menschlich. »Der rechte Weg ist es. Der linke riecht nach Mänaden, ziemlich frisch. Laßt uns schnell weitergehen.«

Grey wäre lieber langsam gegangen, um einen Blick auf die wilden Frauen werfen zu können. Ob sie wohl Kleider trugen? Aber die anderen waren offensichtlich beunruhigt, und so ging er mit ihnen weiter.

Der Pfad wurde steil. Sogar Electra atmete schwer. Nada gab Grey ihren Wanderstock und nahm ihre natürliche Gestalt an: eine Schlange mit menschlichem Kopf, der unverändert war, nur mit kürzerem Haar. Offensichtlich wollte sie nicht, daß ihr Haar auf dem Boden schleifte. Gerade hatte er versucht – allerdings ohne viel Erfolg –, weder auf Chex' nackten Busen zu starren noch auf Nadas kaum bekleidete Konturen in ihrer menschlichen Gestalt. Jetzt versuchte er abermals, nicht nach dem ungleichen Nebeneinander von Menschlichem und Reptilienteilen zu schielen. Es war schon eine gute Sache, daß er inzwischen an Magie glaubte!

Er bot Ivy den außergewöhnlichen Wanderstock an, aber sie lehnte ab. »Ich habe meine Ausdauer selbst vergrößert«, erklärte sie. In der Tat, sie sah relativ gelassen und ausgeruht aus. Electra war mit ihrem einzelnen Stock zufrieden, sie kletterte athletisch über Steine und Wurzeln und betrachtete den Aufstieg als eine Herausforderung. So nahm Grey einen Stock in jede Hand, von denen er ohne sein Dazutun weitergezogen wurde. Es war, als wenn er ein zweites Paar Beine hätte.

Der Abhang des Berges wurde beinahe senkrecht, aber der Pfad schnitt klugerweise durch das Felsenriff hindurch und führte sie unbeschadet zum Heim der Musen. Es war ein schmuckes Gebäude am steilen Abhang, von Steinsäulen und -bögen umschlossen und bewacht von in Stein gemeißelten Kreaturen. Grey hatte genug über Xanth gelernt, um zu bemerken, daß diese Statuen plötzlich lebendig werden und angreifen konnten, wenn Eindringlinge sich nicht benahmen.

Eine Frau saß in einem Hof vor dem Gebäude. Sie hatte ein Bücherregal neben ihrem Schreibtisch und schrieb mit der Spitze einer breiten Feder mitten auf eine Papierrolle, die auf- und niederrollte.

Ivy trat vor. »Clio, nehme ich an? Dürfen wir mit dir sprechen?«

Die Frau sah auf. Sie war in Weiß gekleidet, und ihr lockiges Haar ging an den Spitzen in dieselbe Farbe über, aber sie war umgeben von einer Aura von Zeitlosigkeit. Es gab keine Erzählungen darüber, wie lange sie schon lebte und wieviel länger sie noch leben würde, aber eine ungefähre Einschätzung mochte in jedem Fall Jahrhunderte ergeben. »Das bin ich, und du wirst Ivy sein. Ich wurde eures bevorstehenden Besuches gewahr; ich hatte nur nicht bemerkt, daß heute der Tag sein würde.«

»Dies ist Grey, mein Verlobter aus Mundania«, sagte Ivy und wies auf Grey. »Und das Nada, Prinzessin der Naga, und Electra, aus einer Zeit vor etwa neunhundert Jahren. Beide sind verlobt mit meinem kleinen Bruder.«

Clio lächelte. »Ah ja, ich erinnere mich. Das ist in ... welcher Band ist es noch? Es gibt so viele, da verliere ich manchmal die Übersicht.«

Ivy rückte näher. »Sind dies die Bände? Darf ich vielleicht die Titel sehen?« Sie blickte auf das Bücherbord. ›*Insel-Tränen, Fragen – Suche, Farben* –‹ Sie kicherte schelmisch.

»Nein, meine Liebe, das sind die Bände der Zukunft«, sagte Clio. »Ich habe sie geschrieben, aber sie sind ... in euren Begriffen gesprochen ... noch nicht geschehen. Sieh weiter nach links.«

Ivy sah links nach. »›*Welten-Reise* ...‹ He, hat das irgend etwas zu tun mit ...?«

»Natürlich, Liebes«, antwortete Clio. »Und ein schöner Band ist es dazu, wenn ich es doch selbst sage. Aber das ist nicht, wo ...«

»Ach ja«, Ivy sah wieder hin. ›*Himmels-Taler, Helden-Maus, Turm-Fräulein* ...‹

»Das ist es!« rief Clio aus. »Jetzt erinnere ich mich! *Himmels-Taler*, als Prinz Dolph auf die Suche nach dem Guten Magier Humfrey ging und verlobt wurde mit zwei außergewöhnlichen jungen Frauen.« Sie lächelte den beiden Mädchen zu. »Es ist so schön, euch endlich zu treffen! Ich habe so viel über euch geschrieben!«

Grey war mittlerweile völlig erstaunt. Mehrere Bände der Zukunft von Xanths Geschichte waren schon geschrieben worden? Und was war der Titel gewesen, der Ivy so in Aufregung versetzt hatte? Er rückte näher heran, so daß er die Titel auf den Buchrücken lesen konnte.

»Du meinst, du weißt schon, wie es mit uns ausgeht?« fragte Electra Clio. »Welche von uns heiratet Dolph?«

»Natürlich weiß ich das!« sagte Clio. »Es ist mein Geschäft, das zu wissen. Das ist sicher eine interessante Episode, und ich beneide euch beide um das Erlebnis ihrer Lösung.«

Grey ließ seinen Blick über die Titel gleiten. Es war schwierig, weil er immer noch ein bißchen zu weit weg stand und aus einem ungünstigen Winkel schaute. Aber er war gerade noch fähig, sich die Worte herauszupicken. *Wasser-Speier, Harpyr-Thymian* ... aber das waren nicht diejenigen, die Ivy gesehen hatte!

»Denkst du, du könntest ... ich meine ...«, sagte Electra.

»Natürlich nicht, Liebes«, sagte Clio in ihrer freundlichen Art. »Wenn ich dir die Lösung erzählte, würde dir das die Sache verderben, und das würde dir doch nicht gefallen, nicht wahr?«

Grey bemerkte, daß er zu weit rechts stand: er las Titel, die schon weiter in der Zukunft lagen. Aber er drehte seinen Kopf wieder nach links und sollte bald auf diejenigen treffen, die Ivy angesprochen hatte. *Dämonen-Träume, Die Farbe ihres* ... Ah, da war es schon! »Schlüpfer!« rief er laut aus und lachte.

Plötzlich war es still und all die anderen sahen ihn an. Er fühlte, wie er errötete. »Äh, ich wollte nur ...«

»Du solltest wirklich nicht auf zukünftige Titel schielen«, sagte Clio energisch. »Kannst du dir vorstellen, worauf die Verbreitung dieser Neuigkeiten hinausläuft? Das könnte ein Chaos geben!«

»Äh ... ich bitte um Entschuldigung«, sagte Grey verlegen. »Ich werde nichts erzählen, wenn das helfen sollte.«

Sie starrte ihn einen ungemütlichen Moment lang an. »Es liegt eine beträchtliche Ironie in deiner Aussage, merkst du das?«

Grey breitete seine Hände aus. »Ich ... äh ... ich ... äh ... nein, nicht genau.«

Clio seufzte. »Vielleicht mein Fehler; ich hätte mit den Bänden nicht so unvorsichtig sein sollen.« Sie legte ihre Hand oben auf das Bücherbord, und die Luft vor den Bänden wurde langsam milchig, bis sie gänzlich undurchsichtig war. Das offene Bord wurde zum geschlossenen Bord, ein hölzernes Paneel verbarg die Bücher. »Nun, Ivy, warum seid ihr gekommen? Ich scheine den Faden wieder verloren zu haben.«

Ivy schien einen Moment lang selbst den Faden verloren zu haben, aber sie fand ihn sofort wieder. »Ich möchte Grey heiraten, aber ich kann nicht, solange wir nicht ein magisches Talent für ihn gefunden haben. Wir glauben, daß es noch eine Chance gibt, daß er irgendwie eines haben könnte, und sicherlich weißt du ...«

»Meine Liebe, meine Liebe!« sagte Clio. »Ich kann dir im voraus auch nicht mehr über Greys Talent erzählen als Nada und Electra über den Ausgang ihres Dreiecksverhältnisses mit Dolph! Es wäre unmoralisch, ganz abgesehen von den Komplikationen mit dem Paradoxon.«

»O Clio!« sagte Ivy betrübt. »Es ist so wichtig für mich! Ich liebe ihn, und wenn ...«

Clio hob beide Hände zu einer einhaltenden Gebärde. »Ich verstehe, Ivy, glaube mir! Aber dies ist eine Angelegenheit von professioneller Ethik. Ich kann hier keine Ausnahmen machen, gleich wie sehr ich das wollte. Dies ist eine Situation, mit der du auf deine Weise fertig werden mußt.«

Ivy weinte. Grey war tief betroffen, sie angesichts dieses Ausgangs so schnell zusammenbrechen zu sehen, obwohl er die Position der Muse verstand. Er ging zu Ivy und umarmte sie. »Sie hat recht, Ivy! Wir haben schon zu viel gesehen. Wir haben nicht das Recht, sie in diese Lage zu bringen.«

»Du bist ein guter junger Mann«, sagte Clio. »Vielleicht kann ich soviel sagen: Es wird nicht mehr lange dauern.«

»Danke dir«, sagte Grey, unsicher, was sie meinte. Er führte Ivy den Weg zurück, den sie gekommen waren. Nada und Electra folgten und hielten nur an, um der Muse persönlich für ihre Aufmerksamkeit zu danken. Bald waren sie auf dem Weg den Berg hinunter.

Der Abstieg war kaum weniger beschwerlich als der Aufstieg. Ivys ununterbrochener Tränenfluß verebbte zu einzelnen Schniefern, schließlich blieb nur eine Traurigkeit. Sie hatte offensichtlich mehr Hoffnung in die Begegnung mit der Muse gesetzt, als sie sich zugestanden hatte. Greys Stimmung war kaum besser. Einer Antwort so nahe gekommen zu sein und nun die Hoffnung zerschmettert zu bekommen …

»Sind wir weit genug weg?« fragte Electra.

Ivy starrte sie stumpfsinnig an. »Wofür?« fragte Grey.

»Um zu sprechen.«

»Vielleicht sollten wir den Rest des Weges hinuntergehen, bevor wir uns ganz entspannen«, sagte Grey, unsicher darüber, was sie beabsichtigte.

Sie sah enttäuscht aus. »Das sollten wir wohl. Aber ich bin kurz vorm Platzen!«

Grey sah sich um. »Ach. Nun, es gibt Büsche rundherum. Wir könnten warten, während du …«

Sie lachte. »Nicht physisch, Depp! Geistig! Mit meinen Neuigkeiten!«

»Erzähle uns deine Neuigkeiten, wenn wir vom Parnaß weg sind«, sagte Nada. Sie hatte ihre Mädchenkopf-Schlangen-Gestalt angenommen und wollte gerade den Abhang hinuntergleiten.

Sie setzten sich wieder in Bewegung, und ohne eine Unterbrechung erreichten sie die Weggabelung. Aber sie hatten sie kaum hinter sich gelassen, als von unten ein Schrei zu hören war.

In Ivy kam Leben. »Die Mänaden!« rief sie aus. »Sie sind unter uns!«

»Und Phyton«, sagte Nada und verwandelte sich kurz vollständig in die Schlangengestalt und dann wieder zurück. »Ich rieche sie jetzt beide. Sie müssen diesen Weg gekreuzt und unseren Geruch wahrgenommen haben.«

»Wir müssen rennen!« sagte Ivy aufgebracht.

»Wir sind zu müde dafür«, gab Nada zu bedenken. »Und sogar wenn wir frisch wären, könnten wir nicht schneller laufen als diese Ungeheuer.«

»Vielleicht teilen wir uns auf«, schlug Grey vor. »Das dürfte sie verwirren, und sie könnten den falschen Weg wählen ...«

»*Welchen* falschen Weg?« fragte Ivy. »Wenn doch auf jedem Weg welche von uns ...«

»Ich werde sie ablenken!« sagte Grey. »Ihr drei geht zurück den Weg hoch, wo euer Geruch schon ist, und ich werde den anderen herunterlaufen, um ihre Aufmerksamkeit auf mich zu lenken.«

»Aber du weißt ja nicht einmal das Wichtigste über diesen Berg!« protestierte Ivy.

»Das ist meine Verantwortung«, antwortete er. »Ich ...«

Der Lärm unter ihnen wurde plötzlich lauter. Die Mänaden nahmen eine Kurve und würden bald auf sie stoßen.

»Lauft!« schrie Grey und wies auf den Weg, den sie gerade heruntergekommen waren. Er selbst rannte den anderen hinunter.

Ivy und Electra wandten sich um und brachen auf. Nada war auf seiner anderen Seite; sie nahm ihre Frauengestalt an und wollte die Seite wechseln, als er gerade zu laufen begann. So stießen sie zusammen.

Zu einer anderen Zeit hätte er diesen Vorfall wohl interessant gefunden, weil Nada irgendwie Formen hatte wie weiche Kissen. Aber in dieser Eile hatte er nur Angst, sie verletzt zu haben. »Nada! Bist du ...«

Er brach ab, weil sie verschwunden war. Er bemerkte, daß sie ihre Gestalt geändert hatte, um einen Fall zu Boden zu vermeiden. Er rannte weiter. Sie würde sich den anderen schon anschließen, in der einen oder anderen Gestalt, und dann würden sie sich verstecken. Alles, was er zu tun hätte, war, die Ungeheuer abzulenken.

Er lief langsamer und blickte zurück. Da war eine Wilde Frau! Sie war tatsächlich nackt, mit flammenden Locken und einer Figur, die an ein Stundenglas erinnerte. Sie starrte den Pfad hinauf, den die anderen genommen hatten.

»Hier herüber, Nymphe!« rief Grey und winkte ihr mit den Armen zu.

Sie wandte ihren Kopf, der auf ihren Schultern rotierte, als ob er auf Kugellagern aufgesetzt wäre. Nun sah er ihre Augen. Sie waren irrsinnig wild. Er hatte diese Wilden Frauen bisher nicht ernst genommen, aber diese Augen ließen ihn erschauern. Dies war kein süßes junges Ding, sondern eine tollwütige Tigerin!

Die Mänade stürzte sich in seine Richtung und stieß dabei einen grellen, hungrigen Schrei aus. Ihre Beine waren schön, ihre Brüste waren schön, ihr Gesicht war schön, aber dieser Schrei ging durch Mark und Bein. Sie öffnete ihren Mund, und er sah spitze Zähne. Ihre Zunge schnellte auf die gleiche Weise heraus, wie Nada es getan hatte, als sie ihre Schlangengestalt besaß. In ihren Augäpfeln schienen Kerzenflammen zu glühen. »HAM!« schrie sie und griff nach ihm mit Händen, deren Nägel wie in Blut getauchte Krallen aussahen.

Grey wirbelte herum und nahm seinen Lauf wieder auf. Aber die Wilde Frau war schnell; sie hielt Schritt. Er konnte nicht genug Abstand gewinnen, um vom Weg herunterzukommen und sich zu verstecken; er mußte weiterlaufen. Er hörte die Schreie der anderen Mänaden weiter hinten. Sie hörten sich blutdürstig an.

Der Weg schlängelte sich, als ob er versuchte, ihn zum Stolpern zu bringen. Aber er rannte mit der Trittsicherheit der Verzweiflung und hielt die Geschwindigkeit. Er begann die Mänaden hinter sich zu lassen. Jetzt aber ging sein Atem stoßweise, und er wurde schnell müde; er war schon nicht frisch gewesen, als er aufbrach. Jetzt hätte er eine Dosis von Ivys Stärkungszauber gebrauchen können!

Er hatte die tolle Idee gehabt, der Köder zu sein. Es war eine tapfere Sache, das zu tun. Aber jetzt war er in Schwierigkeiten. Wie sollte er hier herauskommen?

Etwas berührte ihn an seiner Brusttasche. Er faßte hoch, dachte, es wäre der Stumpf eines Astes – und fühlte eine kleine Schlange. Ihr Kopf guckte aus der Tasche heraus.

Einen Moment lang war er schockiert. Dann zählte sein fiebernder Verstand zwei und zwei zusammen. »Nada!« keuchte er.

Sie war es tatsächlich. Anstatt auf den Boden zu fallen, wo man auf sie hätte treten können, hatte sie sich offenbar an sein Hemd geklammert und war in seine Tasche geschlüpft. Weil ihn die Mänaden so in Anspruch nahmen, hatte er es nicht bemerkt.

»Entschuldige, daß ich dich mit hineingezogen habe!« stieß er hervor. »Ich weiß nicht wohin, aber ich wage auf keinen Fall anzuhalten!«

Die Schlange antwortete nicht, was vielleicht auch gut so war.

Trotz seiner Ermüdung ließ er die führende Mänade weiter hinter sich. Ermüdete sie auch? Oder blieb sie bloß zurück, um die anderen aufschließen zu lassen? Er hätte sich umdrehen und sich eine von ihnen vornehmen können, obwohl ihm der Gedanke nicht behagte, eine liebliche nackte Frau zu schlagen. Aber er wußte, daß er sonst keine Chance gegen die ganze Horde gehabt hätte.

Aber wenn sein Vorsprung ausreichte, könnte er vielleicht vom Weg springen und sich verstecken. Sie würden vorbeiziehen, und dann könnte er auf den Pfad zurückkehren und den anderen Weg nehmen. Wenn sie ihn allerdings umzingeln sollten, sobald er den Weg verließ, säße er mit Sicherheit im tiefsten Schlamassel!

Er lief um eine Kurve. Plötzlich hielt er auf eine schöne Quelle zu. Noch eine Haßquelle? Die anderen hatten damals vor dem Wandteppich darauf geschlossen, daß die eine echt gewesen war, aber irgendwie ihre Fähigkeit verloren hatte, während er und Ivy sich ihr näherten. Bestimmt hatte die Quelle bei ihnen nicht gewirkt! Aber es gab keine Garantie dafür, daß diese hier ähnlich kraftlos war. Tatsächlich könnte sie sogar eine Liebesquelle sein. Sie glomm in einem bleichen rötlichen Ton, als ob sie zu einer gewissen Magie fähig wäre. Was, wenn er hindurchsprang und dann eine Mänade sah?

Diese Gedanken jagten durch Greys pulsierendes Hirn, als er auf die Quelle zurannte. Während die Mänaden noch eine gute Strecke zu bewältigen hatten, war er beinahe angelangt. Er wand sich, um der Quelle auszuweichen, stolperte aber; nur durch wildes Windmühlenschlagen vermied er, Hals über Kopf in das Wasser zu stürzen.

Nada fiel dabei aus seiner Tasche und platschte in den Brunnen. Erschreckt beobachtete er, wie sich die kleine Schlange vorwärts arbeitete. Sollte er hineingreifen und sie herausziehen? Dann würde auch er beeinflußt!

Sie nahm ihre menschliche Gestalt an. Sie schüttelte das Wasser von ihren Augen und sah in direkt an. »He, du Hübscher!« rief sie aus.

Also, das war keine Haßquelle! »Nada, komm da raus! Die Wilden Frauen kommen!«

Sie hatte einen Schluckauf. »Nein, du kommst rein! Es ist so schön!«

War es eine Liebesquelle? Er wagte sie nicht zu berühren! »Komm raus!« wiederholte er. »Wenn sie dich erwischen, werden sie dich zerreißen!«

Aber sie zögerte. Sie saß in dem flachen Wasser, ihre Brüste tauchten auf und tropften. Sogar angesichts der Gefahr war er von ihrem Sex-Appeal wie erschlagen. Sie mochte eine halbe Schlange sein, aber sie war eine ganze Frau! »Komm rein! Dir wird es gefallen!« lud sie ihn ein. Sie hatte wieder einen Schluckauf. »Dieser Wein ist wunderbar!«

»Du bist vergiftet!« rief er aus und blieb standhaft.

»Nein, ich bin betrunken!« berichtigte sie ihn. »Dies muß die Weinquelle der Mänaden sein. Sehr bald werde ich so rasend wild sein wie sie! Was für ein Spaß!«

Nun kamen die Mänaden in Sicht. Sie erspähten Nada in der Weinquelle und schrien fluchend.

Es gab keinen Ausweg. Er mußte sie da herausziehen, bevor die Wilden Frauen ihre Klauen auf sie ansetzen konnten. Er würde nur der vergiftenden Wirkung des Wassers widerstehen müssen.

Grey watete hinein. Das Wasser war badewasserwarm, und er fühlte, wie irgend etwas Weiches sich gegen seine Beine legte und seine Hosen durchtränkte. Er griff hinunter, um Nada zu erwischen.

»Ooohh, das tut gut!« rief sie aus und streckte sich hoch, um ihn zu umarmen.

»Nichts da!« platzte er heraus. »Komm endlich raus! Wir müssen laufen!« Aber sie war schlüpfrig vom Weinwasser, und seine Hände konnten nur über ihr wunderbares Fleisch gleiten, wobei sie Regionen berührten, die sie nicht hätten berühren sollen.

»Ooohh, welch ein Spaß!« sagte sie, schlang ihre Arme um seinen Nacken und zog sein Gesicht an sich für einen wäßrigen und nassen Kuß. Er drehte sein Gesicht zur Seite. Aber das war das geringste seiner Probleme.

Er konnte sie nicht herausziehen! Sie war zu glitschig und zu anhänglich. Währenddessen rückten die Wilden Frauen heran; es war schon zu spät, um ihnen zu entkommen. Er würde mit ihnen kämpfen müssen.

»Verwandle dich in deine Schlangengestalt!« schrie er Nada an. »Geh zurück in meine Tasche! Ich muß beide Hände freihaben, um sie aus dem Weg zu schaffen; ich kann dich nicht länger halten.«

»Schlangengestalt?« fragte sie und versuchte immer noch, ihn zu küssen.

Die Mänaden kamen zu der Quelle und umkreisten sie. Ihre Augen glühten, ihre Zähne blitzten, und ihre Klauen zuckten erwartungsvoll. Grey wußte, mit ihnen beiden war es aus. Im nächsten Moment würden die Wilden Frauen von allen Seiten hereinspringen und sie zerreißen.

Dann hatte er in seiner Verzweiflung doch noch eine Idee. »Werde zu einer großen Schlange! Zur größten und grimmigsten, die du je gewesen bist!«

»Groß?«

»Groß, gigantisch, grimmig!« schrie er. »Um die Wilden Frauen zu bekämpfen!«

Schließlich begriff sie. »Gräßliche Frauen!«

»Schreckliche Frauen! Tu's!«

Nada verwandelte sich. Plötzlich lagen seine Arme um eine Python, die zweimal so viel wiegen mußte wie er. Es war Nada, aber in schrecklichster Gestalt.

Sie zischte die Wilden Frauen an. Diese glotzten einen Augenblick lang, überrascht von ihrer eigenen Wahnsinnsmagie. Dann kehrte ihre Blutlust in alter Form zurück, und sie stiegen in die Quelle.

Und erstarrten. Ein Blick der Bestürzung machte sich auf ihren Gesichtern breit. »Wo ist der Wein?« fragte eine, ihre Worten waren deutlich zu vernehmen.

Mehrere von ihnen schöpften Hände voll Wasser und probierten es. Ihre Bestürzung wurde noch größer. »Wein ist weg!« rief eine in blankstem Entsetzen.

»Komm hier raus, Nada!« sagte Grey.

Nada schlängelte sich zur Ecke des Brunnens und dann hinaus. Die Mänaden waren so abgelenkt, daß sie es kaum zu bemerken schienen. Sie waren damit beschäftigt, ihre Quelle zu erproben, um zu überprüfen, ob deren Magie fort war.

Grey watete hinaus, ergriffen von der Ähnlichkeit dieser Szene mit jener der Kobolde und ihrer Haßquelle. Wieder war etwas Seltsames geschehen, aber er konnte nicht anhalten, um dem auf den Grund zu gehen. Er eilte Nada hinterher.

Sie hielt auf den tiefsten Wald zu. Sie bewegte sich recht schnell, trotz ihrer Vergiftung. Natürlich war es für sie unmöglich, in dieser Gestalt zu stolpern oder zu fallen. Er aber wühlte durch das Laub auf, kämpfte sich durch die Zweige und Blätter. Jeden Moment konnten die Mänaden sich von ihrem Schock erholen und die Verfolgung wieder aufnehmen!

Nada kringelte sich neben einem riesigen Kastanienbaum zusammen. Sie hielt an und nahm ihre menschliche

Gestalt wieder an. »Nun küsch mich«, lud sie ihn ein und streckte ihm erneut ihre Arme entgegen.

Grey umarmte sie freundlich mit ausgestreckten Armen. »Du kannst nicht betrunken sein«, sagte er. »Das Wasser hat seine Wirkung verloren.«

Ihre Augen weiteten sich. »Plötzlich bin ich nüchtern!« sagte sie. »Wie hast du das gemacht?«

»Das habe ich nicht gemacht!« protestierte er. »Du mußt nur gedacht haben, es wäre Wein, so ...«

»Grey, sieh mich an«, sagte sie scharf.

Er sah in ihr Gesicht. Ihre Augen waren vollkommen klar, ihr Mund fest. »Jetzt bin ich nicht betrunken, aber glaube mir, ich war es noch vor einem Moment. Alles, woran ich dachte, war, daß ich mit einem hübschen Mann zusammen war. Ich hatte bequemerweise vergessen, daß du und ich mit anderen verlobt sind. Nüchtern würde ich das nie tun. Das Wasser vergiftete mich augenblicklich, und das war keine Illusion. Das hielt bis gerade eben an. Das hast du getan, Grey!«

»Aber ich konnte das nicht getan haben! Das würde Magie erfordern, und ich habe keine Magie. Das weißt du.«

Sie richtete ihren Kopf auf. »Halt mal ... was wollte uns Electra dort auf dem Pfad so dringend erzählen? Sie mag wie ein Kind aussehen, aber sie hat einen klaren Verstand.«

»Sie war voll von Neuigkeiten, aber ...«

»Ich glaube, ich weiß. Dieser Vorfall gerade eben hat meine Erinnerung aufgerüttelt. Grey, als Ivy die Muse nach deinem Talent fragte, sagte diese, daß es, ethisch gesehen, besser wäre, uns das nicht im voraus zu erzählen. War's nicht so?«

»Ja, so was Ähnliches. Aber was für ein Zusammenhang ...«

»Denk darüber nach. Wie könnte sie uns von einer nicht existierenden Sache erzählen?«

Grey erschauderte. »Aber das muß ja bedeuten ...«

»Daß du ein Talent hast«, führte sie den Satz zu Ende. »Sie hat einen Fehler gemacht, Grey, und Electra war die einzige, die das begriff. Das war's, worauf sie so brannte, es uns zu erzählen! *Du hast Magie!*«

Grey war erschüttert. »Oh, Nada, ich könnte dich küssen!«

»Nein, das tust du nicht!« sagte sie fest. »Nicht, wenn ich nüchtern bin.«

»Äh ... ich meinte das als ein Symbol für ...«

Sie lächelte. »Ich weiß. Vergiß einfach nie, daß ich Ivys Freundin bin ... und zwar eine gute.«

»Das habe ich nie getan.«

»Ja, das hast du nie getan«, stimmte sie reuevoll zu. »Ich tat es, als ich betrunken war. Aber das hat uns den Schlüssel in die Hand gegeben. Was könnte dein Talent sein?«

»Betrunkene Frauen wieder nüchtern zu machen!« meinte er lachend, noch nicht ganz überzeugt.

»Mehr als das, glaube ich. Du hast die Quelle ihrer Natur beraubt!«

»Aber wenn das wirklich eine magische Quelle ist, hätte ich sie doch nicht ganz zunichte machen können ...«

»So wie du die Haßquelle der Kobolde zunichte gemacht hast«, schloß sie.

Grey dachte darüber nach. »Magische Quellen zunichte machen? Das kann nicht sein, weil das Wasser dich betrunken gemacht hat.«

»Ja, bevor du hineingestiegen bists. Es hat *dich* nicht betrunken gemacht. Einmal hast du deinen Willen auf ihn angewandt ... und gerade eben auf mich, du hast dem sofort auf magische Weise etwas entgegengesetzt.«

Er nickte. »Wenn ich meinen Willen darauf ausrichte. Aber ist es möglich, daß etwas anderes diese Quellen verändert hat? Vielleicht hat Ivy jene Haßquelle entkräftet; ich meine, wenn sie magisch aufbauen kann, vielleicht ...«

»Ivy war nicht hier bei der Weinquelle«, erinnerte sie ihn. »Und mache mich dafür nicht verantwortlich! Ich habe kein Talent; meine Magie liegt in meiner Natur, zwischen meinen beiden anteiligen Arten zu wechseln. Vielleicht werden ja die Naga eines Tages Talente entwickeln, wie die Zentauren es taten. Nein, dies hast du getan, Grey. Dein Talent macht magische Quellen harmlos!«

»Aber ich bin ein Mundanier! Wie könnte ich ein Talent besitzen?«

Sie schüttelte den Kopf. »Ich weiß nicht, Grey. Aber wenn ich daran denke, was die Muse sagte und was hier geschah, bin ich ziemlich sicher, daß du es tust. Und das bedeutet ...«

»Ich kann Ivy heiraten!« rief er jubelnd aus.

»Ja. Wenn Königin Irene gedacht hatte, daß dies ein guter Weg wäre, dich abzulehnen, ohne direkt nein zu sagen, hat sie einen Fehler gemacht, weil sie jetzt nicht mehr nein sagen kann!«

»Alles, was wir tun müssen, ist, den Wilden Frauen zu entkommen und mit Ivy und Electra zusammenzutreffen, dann ist alles okay«, sagte er ein bißchen traurig. Er wußte nämlich, daß sie noch nicht in Sicherheit waren.

Und tatsächlich kam eine Mänade auf sie zu. Die Wilden Frauen wußten, wo sie sich aufhielten, waren aber vom Verlust ihres Weines zu verwirrt, um organisiert vorzugehen.

»Ich könnte meine Gestalt ändern und durch das Dikkicht schlüpfen«, sagte Nada. »Aber ich möchte dich hier nicht alleine lassen.«

»Diejenige, die sich uns nähert, sieht nicht mehr wild aus. Vielleicht sind sie zahm, wenn sie nicht betrunken sind.«

»Zahme Mänaden könnten dich auch deine Heirat kosten«, sagte sie und schielte auf die formvollendeten Proportionen der Frau.

»Vielleicht kann ich einen Baum erklimmen, und du gehst Hilfe holen.«

»Wilde Frauen können auch klettern.«

»Laß uns doch einfach sehen, was sie will.«

Die Mänade kam nah heran. »Magier!« rief sie. Ihre Aussprache war klar, jetzt, da sie nüchtern war.

Grey war zu überrascht, um zu sprechen, aber Nada übernahm. »Was willst du vom Magier?«

»Ich bin kein ...« begann Grey, aber sie stieß ihm ihren Ellbogen in den Magen.

»Wir kannten dein Wesen nicht, als wir dich verfolgten«, sagte die Mänade. »Wir entschuldigen uns und bitten dich, unsere Weinquelle wiederherzustellen. Wir werden alles tun, was du wünschst.«

»Der Magier hat alles, was er wünscht«, sagte Nada, den Ellbogen bereit, ihn wieder zu stoßen, wenn er protestieren sollte. Grey hielt den Mund.

Die Wilde Frau sah abschätzend auf Nadas nackte Gestalt. »Natürlich können wir das sehen, Schlangenfrau, aber wenn es außerdem irgend etwas geben sollte, was er wünscht: Nahrungsmittel, eine Ehrenwache, Diener ...«

Nada überlegte. »Der Magier war nur zu Besuch in Parnaß. Er hat keinen Bedarf an euren Diensten. Ich werde versuchen, ihn zu überreden, eure Weinquelle wiederherzustellen, aber ich kann keinen Erfolg garantieren. Ich kann euch so viel versprechen, daß er euch nicht noch etwas Schlimmeres antun wird, wenn ihr ihn nicht wieder erzürnt. Wenn er so geneigt sein sollte, mag er nach eurer Quelle sehen.«

Die Frau fiel auf die Knie. »O danke, danke! Wir sind nur Schatten ohne den Wein! Wir wären unfähig, Python zu bekämpfen.«

Nada nickte. »Python. Ist sie in der Nähe?«

»Sie folgte uns den Weg hinauf, bevor wir euren Geruch aufgenommen haben. Sie muß die andere Abzweigung genommen haben, weil dort der Geruch von lebenden Mädchen war.«

Grey und Nada sprangen beide hoch. Die gräßliche Python war hinter Ivy und Electra her?

»Wir müssen los«, drängte Nada. Sie wandte Grey ihr Gesicht zu. »Magier, willst du dir nicht wenigstens ihre Weinquelle ansehen ...«

Grey war beunruhigt über diese Täuschung, aber er erkannte, daß sie versuchte, ihm kampflos aus der Patsche zu helfen. »Gut, Schlangenmädchen«, erwiderte er mürrisch.

Sie zogen sich aus dem Unterholzgestrüpp zurück und folgten der un-wilden Frau zurück zur Quelle. »Verstanden? Wenn der Magier euren Wein wieder herstellt und ihr dann betrunken und wild werdet und ihm Schwierigkeiten macht, bin ich nicht verantwortlich für seinen Zorn«, warnte Nada sie.

»Wir werden uns weit von ihm fernhalten!« versprachen die Frauen im Chor.

Grey näherte sich der Quelle. Wenn er sie wirklich neutralisiert hatte, dann war er auch in der Lage, sie wiederherzustellen. Wenn er nicht der Urheber für das Geschehen war, dann hoffte er, daß das, was auch immer wirklich verantwortlich dafür war, mitspielen würde.

Wie sollte er ans Werk gehen? Nun, es war sein Wille gewesen, der dies mit dem Teich und der Haßquelle angerichtet hatte. So konnte vielleicht sein Wille alles wieder in Ordnung bringen. Also konzentrierte er sich auf das Wasser, das jetzt ziemlich klar war. Er setzte seinen Willen ein, um es zurückzuverwandeln und damit die blaßrosa Farbe wiederherzustellen, weil sie offensichtlich das Zeichen für die Wirkung der Quelle war. *Sei wieder Wein!*

War dort ein Flackern zu sehen? Er hockte sich in und berührte das Wasser mit einem Finger, und mit seinem Willen versuchte er, die Farbe zu verstärken.

Sofort wurde das Wasser tiefrot.

Alarmiert richtete er sich auf und trat zurück. Was hatte er getan? Das war zuviel Farbe!

Eine Mänade schöpfte eine Handvoll Wasser und schlürfte es. Ihre Augen wurden rund. »Blut!« stieß sie hervor.

Uuuh! Grey sah Nada bestürzt an.

»Blut?« fragte eine andere Wilde Frau. Dann schöpften noch einige mit der bloßen Hand aus der Quelle und kosteten. »Blut!« stimmten sie überein. »Wein mit Blutgeschmack!«

Grey wich zurück. Wenn sie jetzt schnell losliefen …

»Oh, danke, Magier!« rief die wortführende Nymphe der

Mänaden aus. »Das ist so viel besser als vorher! Nun können wir unsere beiden Arten von Durst auf einmal stillen!«

»Ganz richtig«, erwiderte er gütig. Dann ergriff Nada seinen Arm, und sie gingen den Weg zurück.

Die Mänaden versammelten sich frohlockend um die Quelle und soffen das Wasser, als ob es kein Morgen mehr geben würde. Sie schenkten den beiden Besuchern keine weitere Aufmerksamkeit.

Grey schwebte beinahe, und dies nicht, weil sie geflüchtet waren, sondern weil er magische Kräfte für sich beanspruchen konnte. Er hatte versucht, den Teich rosa zu färben, und als ihm das zu langsam gegangen war, hatte er ein sattes Rot probiert – und durch seine Berührung hatte es geklappt! Keiner sonst konnte gewußt haben, was er sich gedacht hatte, und so mußte es seine eigene Leistung gewesen sein. Seine eigene Magie. Er hatte wirklich magische Kräfte!

Aber das Rätsel blieb: Wie konnte er eine magische Gabe haben, wenn er Mundanier war? Alle stimmten überein, daß kein Mundanier magische Kräfte hat. Konnte es angehen, daß alle unrecht hatten?

»Wir sollten besser zu Ivy und Electra zurückkehren«, meinte Nada. »Ich mag das Geräusch Pythons nicht, wenn sie einen verfolgt!«

Python! Grey war müde, aber das verflog sofort. »Ich werde laufen! Mach dich klein und komm in meine Tasche! Wir müssen so schnell wie möglich dorthin gelangen!«

»Du hast recht, Magier!« stimmte sie mit einem matten Lächeln zu. Sie hielt seine Hand, legte sich über seinen Arm (Oh, dieser Körper!) und wurde zu einer Schlange, die sich über seine Hand und den Unterarm ausbreitete. Er hob sie in seine Brusttasche. Dann fing er an zu laufen.

Noch hatte er keine Vorstellung davon, was zu tun war, wenn er Python traf. Er wußte nur, daß er vor Ivy dort ankommen mußte.

Dann plötzlich blieb er stehen. Wie konnte er sicher sein, Ivy und Electra so schnell zu finden? Er hatte nur eine vage

Vorstellung von der Gestalt des Berges und seinen Seitenwegen. Sie konnten stundenlang umherirren, während Python die Mädchen fing und verschlang!

Nada streckte ihren Schlangekopf fragend aus seiner Tasche. »Wir brauchen einen Führer«, überlegte er. »Jemand, der jede Falte dieses Berges kennt, so daß wir direkt zum wahrscheinlichsten Ort gehen können und Python umgehen, wenn es nötig ist.«

Der Schlangenkopf nickte, aber ohne völlige Überzeugung. Er wußte sowieso: Wo sollten sie in so kurzer Zeit einen Führer herbekommen?

Die Antwort war offensichtlich: eine der Mänaden.

Grey drehte sich herum und marschierte zurück zu der Blutweinquelle. »Ähem.«

Die zusammengedrängten Mänaden schreckten hoch. »Oh, Magier, ändere nicht deine Meinung!« rief die Nymphensprecherin. »Wir haben doch nichts mehr getan, um dich zu verärgern!«

»Ich möchte einen Führer«, erklärte Grey. »Jemanden, der diesen Berg vollständig kennt.«

»Wir kennen ihn alle, Magier! Wenn dies dein Begehr ist, müssen wir alle einwilligen. Wähle eine von uns, um dir zu dienen.« Und die Mänaden reihten sich auf, bissen die Zähne zusammen und jede hoffte offensichtlich, daß er sie nicht wählen würde.

Das war nicht gut! Er brauchte eine, die dazu bereit war, die ehrlich ihr Bestes tun würde. »Äh, ähm, eine Freiwillige. Jemanden, der es tun will, der mir helfen will, meine Freunde zu finden.«

Sie brachen in ein grausames Gelächter aus. »Magier, keine von uns will irgend jemandem helfen! Wir sind wilde, blutdürstige Frauen! Wir sind nur für die kurze Zeit zahm, die wir brauchen, um einen unvorsichtigen Mann dicht genug an uns heranzulocken.« Das gab noch mehr Gelächter. Sie fanden einen solchen Irrtum vergnüglich.

Dies führte zu überhaupt nichts. Wenn er seinem Wunsch mehr Nachdruck verlieh, konnten sie vielleicht ihre Angst vor ihm vergessen, und das würde ziemlich unbequem werden. Aber er brauchte immer noch den Führer.

»Gut, vielleicht kann eine von euch einfach so tun, als sei sie zahm genug für diese Aufgabe, als Gegenleistung für eine ... äh ... Belohnung.« Er wußte nicht, was für eine Belohnung er ernsthaft anbieten konnte. Aber er war sicher, daß keine von ihnen es tun würde, wenn er sie nicht bedrohte oder großzügig belohnte.

»Jemandem *stundenlang* helfen?« fragte die Nymphensprecherin. »Unmöglich!«

Aber eine der Mänaden trat vor. »Ich ... ich würde es tun.«

Die wortführende Nymphe warf ihr einen vernichtenden Blick zu. »Das ist richtig, Mae! Du bist immer die letzte, um dir ein Stück Fleisch rauszureißen. Es ist fast, als ob du es nicht wirklich liebst, Menschen zu reißen!«

»Das ist eine Lüge!« schrie Mae wütend. Aber ihre Haltung ließ durchblicken, daß das nicht stimmte. Es schien so, als gäbe es sogar bei den Wilden Frauen Außenseiter.

»Sehr gut«, sagte Grey anfeuernd. »Komm mit, Mae. Kannst du die Fährte einer normalen Frau riechen?«

»Ja, sehr gut«, stimmte Mae zu.

»Dann erschnüffle mir die Fährte der zwei jungen Frauen, die bei uns waren. Wir wollen vor Python zu ihnen gelangen.«

»Sie haben die andere Abzweigung genommen«, stellte Mae fest. Sie begann zu rennen, ihr nackter Po blitzte.

Grey beobachtete sie einen Moment lang, dann ringelte sich die Schlange in seiner Tasche und erinnerte ihn daran, daß er nicht hier war, um blitzende Hintern zu betrachten. Verlegen stolperte er in seinen eigenen Lauf hinein und folgte Mae.

11

PYTHON

Ivy haßte es, Grey weggehen zu sehen, aber die Mänaden kamen, und es blieb keine Zeit zum diskutieren. Sie sah, wie er mit Nada zusammenstieß, die sich in ihre Schlangengestalt verwandelte und verschwand. Anscheinend hatte sie sich an ihn gehängt. Nun ja, wenigstens würde er eine brauchbare Hilfe haben!

Electra rannte bereits mit hüpfendem Spazierstock den Pfad entlang. Ivy verstärkte ihren eigenen Stab, so daß dieser sie praktisch auf demselben Weg vorwärtstrieb. Wenn bloß ihre Gruppe nicht gespalten worden wäre, hätten sich vielleicht alle verstecken können!

Es funktionierte: die Wilden Frauen stürmten, angelockt durch Greys verrückte Schreie, die andere Abzweigung hinauf. Aber was würde er jetzt machen? Er hatte doch nicht die leiseste Ahnung, wie man in Xanth überleben konnte.

Sie erinnerte sich an den magischen Spiegel. Jedoch war sie davon ausgegangen, daß sie sich immer inmitten jedweder Schwierigkeiten befinden würde. Wenn sie ihn benutzte, müßte sie erklären, daß derjenige, der in Schwierigkeiten steckte, sich woanders befand, und bis dann Hilfe käme, könnte es bereits zu spät sein. Oh, was war das nur für eine schreckliche Lage!

»Nada wird ihm helfen!« beruhigte Electra sie, die Ivys Bedenken erriet. »Sie kann zu einer ziemlich großen Schlange werden und sie dadurch hinhalten. Und Grey ... irgend etwas ist mit ihm los.«

»Das habe ich bemerkt«, bestätigte Ivy und lächelte kurz. Electra hatte recht: Trotz seiner Unwissenheit, was Magie betraf, hatte Grey schon einige phänomenale schwierige Situationen bewältigt, beispielsweise die mit den Kobolden.

»Und er hat irgendeine Fähigkeit!«

Ivy hielt inne. »Was?«

»Die Muse verkündete, daß sie uns nichts über seine Fähigkeit erzählen könnte, aber es würde nicht lange dauern, bis wir es wüßten. Das bedeutet aber, daß er eine hat!«

Ivy war verblüfft. »Warum? Genau das hat sie gesagt! Aber was könnte es sein?«

»Vielleicht etwas, was er genau jetzt gebrauchen kann, denn sie hat niemals davon geredet, daß er in echte Schwierigkeiten geraten wird. Vielleicht kann er eine Wilde Frau dazu bringen, sich in ihn zu verlieben ...«

»Das ist sehr beruhigend«, sagte Ivy säuerlich.

Electra war verlegen. »Ich meine, es könnte sein, das heißt, er würde sie nicht lieben ... wer würde schon eine Mänade lieben? ... Aber wenn sie ... na gut, vielleicht etwas anderes ... zum Beispiel sich in einen Drachen zu verwandeln.«

»Vielleicht.« Ivy wurde ganz wirr im Kopf, wenn sie daran dachte, welche Bedeutung eine magische Fähigkeit bei Grey haben würde. Das hieße, sie könnten heiraten!

Sie hörten auf zu klettern, denn es war klar, daß die Mänaden diesen Weg nicht nehmen würden. Greys Plan war aufgegangen, aber nun war es schwierig zu entscheiden, was als nächstes zu tun wäre. Wenn sie zu früh zurückgingen, könnte es sein, daß sie den Mänaden in die

Arme liefen, wenn sie aber zu lange warteten und Grey Hilfe benötigte ... oh, das wäre furchtbar.

Dann löste sich ihr Problem auf eine schlimme Art und Weise. Sie hörten ein leises Rascheln auf dem Pfad. Irgend etwas kam herauf, und es hörte sich nicht nach Grey an.

Einen kurzen Moment später tauchte der riesige Kopf einer monströsen Schlange hinter der Biegung auf. Es war die Python!

»Lauf!« schrie Ivy.

Aber die großen, bedrohlich blickenden Augen der Kreatur fingen sie ein, bevor sie etwas unternehmen konnten. Sie standen wie versteinert da, unfähig, sich zu bewegen oder zu sprechen.

Der Kopf war so groß, daß das Maul ohne Schwierigkeiten einen von ihnen verschlingen konnte. Der gewundene Körper war ganz offensichtlich in der Lage, sie zu verdauen. Sie waren die Beute diese Schlange!

»Aaaah, junge Frauen«, sprach die Python zischelnd. »Meine Lieblingsspeise! Aber vorher müßt ihr mich anbeten. Verbeugt euch vor mir, kriecht auf dem Boden, demütigt euch vor meiner furchterregenden Erscheinung!«

Das war schrecklich! Aber irgendwie wurde die bedrohliche Wirkung der Python durch ihre zischelnde Ansprache abgeschwächt. Ivy war erschrocken, dennoch wünschte sich ein Teil von ihr, von diesem Ungeheuer verschlungen zu werden. Es war nicht ausschließlich die magische, hypnotische Ausstrahlung des starren Reptilblickes, die sie festhielt. Es war das Schwächerwerden ihres Willens. Was für ein Schrecken, zu wissen, was passiert und sich doch nicht dagegen wehren zu wollen!

»Nieder!« zischelte die Python. »Verbeugt euch, ihr appetitlichen Leckerbissen! Ich fordere meine Huldigung, bevor ich fresse!«

Pflichtbewußt knieten sie nieder, immer noch durch den unheilvollen, starren Blick gebannt. Aber Electra stand ein klein wenig vor Ivy, und für einen Augenblick verhinderte ihr Körper den Blickkontakt mit der Python.

Plötzlich war Ivy von dem schrecklichen Zwang erlöst. Jetzt widerte es sie an. Wie konnte sie je ein Verlangen auch nur nach dem geringsten Teil dieses abscheulichen Reptils verspürt haben.

Aber Electa stand noch immer unter dem Zauber. Ivy kletterte nach vorne. Sie schützte ihre Augen gegen den Blick, warf ihren Körper vor dem Gesicht des Mädchens nieder und unterbrach so auch dessen Blickkontakt. Die Python war wie ein hypnotischer Kürbis, sie hielt diejenigen, die ihrem Blick begegneten, total gefangen. Aber in dem Moment, in dem der Kontakt unterbrochen wurde, verlor sie jegliche Macht.

Dennoch war es zu spät. Der gigantische Kiefer klappte auf, und im nächsten Moment würde eine von ihnen oder sogar beide verschlungen werden. Die Python brauchte sie nicht die ganze Zeit in ihrem Bann zu halten, sondern nur so lange, bis sie in ihre Reichweite gekommen war. Und das war sie nun.

»Schock sie!« flüsterte Ivy und legte ihre Hand auf Electras Arm. »Ich werde dich verstärken!«

Der Kopf stürzte mit den dolchartigen Zähnen voran nach unten. Beide Mädchen rollten zur Seite, und der Kiefer schnappte direkt neben ihnen zu. »Jetzt!« rief Ivy, die sich an Electras Arm klammerte.

Electra warf ihren freien Arm herum und schlug der Python seitlich auf das massige Maul. Der Schlag selbst war lachhaft; sie hätte genausogut gegen einen Baumstamm schlagen können. Doch er war geladen mit all der elektrischen Kraft ihrer magischen Fähigkeiten – und wurde noch durch Ivys Fähigkeiten verstärkt.

Es gab einen so gewaltigen Schlag, daß der Rückstoß selbst Ivy einen Moment lang betäubte. Die Python versteifte sich und brach zusammen. Ihr Kopf sank schlaff neben ihnen auf den Pfad herunter. Die hinteren Windungen ihres Körpers zuckten unkontrolliert. Electras Schock hatte sie umgehauen.

Ivy setzte sich auf. Ihr wurde schwindelig. Sie stellte fest, daß sie solche hautnahen Begegnungen nicht besonders liebte. »Komm schon, 'lectra ... wir müssen verschwinden, bevor sie sich erholt.«

In der Tat, am Kopf zeigten sich Anzeichen ersten Wiedererwachens. Das Ungeheuer war so groß und widerstandsfähig, daß dieser gewaltige Schock gerade ausreichte, es für einen kurzen Moment außer Gefecht zu setzen. Ivy dachte flüchtig daran, die Python mit einem Stein zu erschlagen, aber dann wurde ihr klar, daß ihre Körperkraft, selbst wenn sie diese verstärkte, kaum ausreichen würde, um auf dem gigantischen Schädel auch nur einen Kratzer zu hinterlassen. Es war sicherer davonzulaufen.

Sie standen noch etwas wacklig auf den Beinen auf. Der Weg unter ihnen war durch den hin- und herschlagenden Körper des Reptils blockiert. Es blieb ihnen nichts anderes übrig, als nach oben zurückzugehen. Aber schon bald könnte es ihnen folgen, und dieses Mal würden sie nicht in der Lage sein, es zu schocken, da Electra zu erschöpft war. Sie war keine Zauberin; sie konnte ihre Fähigkeit nicht zweimal am selben Tag einsetzen. Ivy selbst hatte diese Einschränkung nicht, aber was machte es schon für einen Sinn, die Python zu verstärken? Das würde sie nur noch bösartiger machen!

»Wir können ihr nicht entkommen!« keuchte Electra. »Wir schaffen es nie bis nach oben!«

Ivy mußte zustimmen. »Wir müssen einen sicheren Weg abseits dieses Pfades finden, wo sie uns nicht folgen kann oder zumindest zu langsam ist, um uns zu fangen.« Sie verschwieg ihre geheimen Zweifel, was die Möglichkeiten, einen solchen Weg zu finden, betrafen.

Hand in Hand stolperten sie weiter, so daß Ivy Electras Ausdauer verstärken konnte. Da – neben einem Nesselbusch zweigte ein gewundener kleiner Pfad vom Hauptweg ab. Sie hatten ihn vorher nicht bemerkt.

»Aber die Nessel!« protestierte Electra. »Sie wird uns verletzen!«

»Laß mich da mal ran«, sagte Ivy. Sie stand vor dem

Busch und stellte sich vor, wie schön er war und wie dekorativ seine Dornen waren, mehr Schein als Sein, und daß solche Büsche niemals nette Mädchen ernsthaft stechen, sondern nur gemeine Schlangen. Der Busch wurde hübscher. Seine scharfen Ecken rundeten sich. Sie berührte vorsichtig ein Blatt. Es stach sie nicht.

Sie streifte durch das Gebüsch, und Electra, die sich auf Ivys Fähigkeiten verließ, folgte ihr. Die Nessel stach auch sie nicht.

Dann wandte sich Ivy im stillen wieder an den Busch. Jetzt konzentrierte sie sich ausschließlich auf seine Abscheu gegen alles, was mit Reptilien zu tun hatte, insbesondere mit monströsen Pythons. Er würde jede dieser Kreaturen fürchterlich stechen!

Sie wanderten, ohne zu zögern, weiter den Pfad entlang.

Der Weg wurde offensichtlich wenig benutzt, aber Ivy spürte, daß ein Zauber auf ihm lag. Diesen verstärkte sie, so daß der Pfad deutlicher wurde. Er war von einer schützenden Magie umgeben. Jemand mußte ihn einst regelmäßig benutzt haben, um die Musen zu besuchen.

»Wer lebt sonst noch auf Parnaß?« fragte Ivy. Sie wußte, daß das zu den Dingen gehörte, an die sie sich gewöhnlicherweise erinnerte, aber in ihrem gegenwärtigen Zustand konnte sie sich all die Details nicht ins Gedächtnis rufen.

Electra überlegte. »O je, ich weiß wirklich nicht. Da gibt es ganz oben den Simurgh auf dem Samenbaum und dann noch Python und die Wilden Frauen.«

»Und den Baum der Unsterblichkeit auf dem anderen Gipfel«, fügte Ivy hinzu. »Aber dieser Pfad führt abwärts, also muß er irgendwoanders hinführen. Ich möchte bloß sichergehen, daß uns etwas Besseres erwartet als das, wovor wir uns verstecken.«

»*Was es auch immer sein mag,* es kann nur besser sein als das fürchterliche Ungeheuer«, rief Electra aus. »Es muß verdammt unangenehm sein, verschlungen zu werden, aber dieser schreckliche Blick – irgendwie wußte ich, daß die Python etwas Schlimmeres plante, als uns nur zu fressen.«

Ivy erschauderte bei der Erinnerung. »Ich mag es gar nicht sagen, aber sollte das Ding mit den Mänaden kämpfen, wäre ich auf der Seite der Wilden Frauen. Aber dieser Pfad – irgend etwas ist damit, was ich nicht verstehe. Ich frage mich, ob wir ihm noch weiter folgen sollten.«

»Nun, wenn die Python uns nicht auf den Fersen ist ...«

Von oben war ein Krachen zu hören, so als ob ein Busch samt Nesseln und allen Wurzeln aus der Erde gerissen würde.

Wortlos setzten sie ihre Flucht den Pfad hinunter fort.

Plötzlich weitete er sich in ein Tal aus, das sich in die Seite des Berges eingegraben hatte. Riesige Steinruinen standen dort, die Überbleibsel eines ungemein großen, alten Tempels. Runde Säulen ragten in den Himmel, das Dach, das sie einst getragen hatten, war verschwunden. Das Sonnenlicht brach sich in den Steinen und tauchte die steinerne Szenerie in grelles Licht.

»Was ist das?« fragte Electra und betrat eine Fläche, die einst ein wunderschöner Steinfußboden gewesen sein mußte.

Bevor Ivy antworten konnte, tauchte ein in einen Talar gekleideter, bärtiger alter Mann hinter einer eingefallenen Wand auf. »Pythia«, rief er. »Gerade rechtzeitig!«

»Wie bitte?«

»Ihr seid die neuen Priesterinnen. Euer Kommen wurde vorhergesagt, aber wir hatten Angst, daß es zu spät sein würde. Kommt hier entlang!«

»Aber wir sind keine Priesterinnen!« protestierte Ivy. »Wir sind bloß unschuldige Jungfern, die ...«

»Natürlich. Wir werden euch säubern müssen und dann könnt ihr sofort dienen.«

»Wir sind müde und hungrig«, sagte Electra. »Wir haben nicht die Absicht ...«

»Wir haben ein exzellentes Mahl für euch.«

Ivy wechselte einen kurzen Blick mit Electra. Sie waren beide hungrig. Also beschlossen sie, ihren Protest so lange zurückzuhalten, bis sie gegessen hatten.

Ein Teil des alten Tempels war noch überdacht. Dort befanden sich einige Kammern, und es gab wirklich gutes Essen. Die Mädchen fielen heißhungrig über die Strohbeerenkekse und die Eisschokoladendrinks her. Eine ziemlich alte Frau brachte ein Bassin mit Wasser und Schwämmen. Sie wusch die Mädchen, noch während die aßen. Dann beschenkte sie sie mit hübschen, weißen Roben, die sie statt ihrer verschmutzten und zerrissenen Kleidung anlegten.

Ohne darauf geachtet zu haben, fanden sie sich geschmückt wie, nun, wie Priesterinnen: prachtvolle Diademe auf ihren Häuptern zu sylphenartigen Talaren. Ivy war überrascht, wie schön Electra aussah. »Du wirst erwachsen, 'lectra!« bemerkte Ivy anerkennend.

Electra schnitt eine Grimasse. »Ich habe es nicht eilig, denn schon bald nach mir wird auch Dolph in das Alter kommen, und dann muß er wählen, und dann ...«

Ivy wußte, warum sie den Satz nicht beendete. Sie wußten beide, daß Dolph für seine Hochzeit Nada auserwählen würde, und dann würde Electra sterben. Sie war nur so lange sicher, solange sie mit Prinz Dolph verlobt war. Sobald die Verlobung gelöst wurde, würden ihre ungefähr neunhundert Jahre sie einholen und sie zu einem Nichts zusammenschrumpfen lassen. Es sei denn, sie fänden einen Ausweg aus dem Dilemma.

»Hark, der Klient ist angekommen«, verkündete der alte Mann. »Am besten sollten wir die ältere zuerst verwenden. Hat eine von euch eine Idee, wie das gemacht wird?«

»Nein!« sagten Ivy und Electra wie aus einem Munde, wobei die Nervosität hinsichtlich dessen, was auf sie zukommen würde, wieder aufflackerte.

»Ausgezeichnet! Hatte eine von euch schon jemals eine Beziehung zu einem Mann?«

»Wir sind beide verlobt«, sagte Ivy etwas steif.

»Was ...« Der Mann schreckte zurück. »Aber ihr seht so jung aus, und wir brauchen Jungfrauen. Warum habt ihr uns das nicht gleich gesagt?«

»Du hast nicht gefragt, Opa!« sagte Electra in ihrer burschikosen Art. »Wie auch immer, wer hat gesagt, daß wir keine ...«

Ivy versuchte sie zu warnen. Aber es war bereits zu spät. So wie es die Regel war, wenn man es mit Electra zu tun hatte.

»Ah, also habt ihr *noch nicht* bei einem Mann gelegen!« rief er begeistert.

»Was macht das für einen Unterschied«, wollte Ivy wissen. Sie hatte von Jungfrauen-Opferungen gehört und mochte all das Gerede darüber nicht.

»Nur wirklich unschuldige junge Mädchen können als Pythia dienen«, erklärte er. »Auf diese Weise können wir sichergehen, daß ihre Worte unverdorben sind.«

»Unverdorben?« Ivy gefiel das noch immer nicht. Jetzt hatte auch Electra begriffen und blieb still.

»Die Pythia muß auf dem Schemel sitzen und für den Kunden in Zungen reden. So verlangt es die Tradition unseres Orakels.«

Oralkel! Jetzt erinnerte Ivy sich an etwas. »Sie machen Vorhersagen!« sagte sie.

»Gewiß. Die allerbesten Voraussagen. Das ist der Grund, warum die Kunden hierherkommen.«

Also würden sie nicht geopfert oder vergewaltigt werden. Dennoch gab es da zuviel Ungewißheit. »Was ist aus den Pythias geworden, die ihr vorher hattet?«

»Nach so vielen Jahren werden sie erwachsen und heiraten«, sagte der Mann. »Dann verlieren sie ihre Unschuld und sind unbrauchbar für diese Arbeit. Wir haben schon seit einiger Zeit Ausschau nach Ersatz gehalten. Ihr zwei würdet euch sehr gut eignen, und es lebt sich leicht zwischen den Prophezeiungen. Ihr habt keine andere Arbeit zu tun, werdet gut verpflegt und bekleidet und selbstverständlch niemals belästigt. Eure ganze Aufgabe besteht darin, auf die Fragen der Klienten zu antworten.«

»Aus diesem Grunde sitzt ihr über der magischen Spalte. Die Antworten werden euch immer zur Verfügung gestellt werden. Ihr werdet keine Schwierigkeiten haben.«

»Und angenommen, wir würden lieber nach Hause gehen?«

Er schaute verdutzt. »Kein Mädchen möchte nach Hause gehen, nachdem sie sich für diese Eliteposition qualifiziert hat!«

Ivy wechselte einen zweiten kurzen Blick mit Electra. Eins stand fest, sie wußten nicht, wo die Python war. Wenn sie die Situation erst besser überblickten, könnten sie sich überlegen, wie sie davonkämen.

So ging denn Ivy hinaus zu dem dreibeinigen Schemel, während Electra im Hintergrund verblieb. Der Klient war da. Ein Zentaur von der Zentaurinsel, ansehnlich und stolz. Sie konnte seine Herkunft an dem Köcher seiner Pfeile erkennen: die Inselzentauren hatten die allerbeste Ausrüstung, und ihre Pfeile waren befiedert mit einem speziellen Muster. Zentauren, die nicht von der Insel kamen, konnte diese Pfeile nicht benutzen. Ihre Gewicht-, Balance- und Flugeigenschaften unterschieden sich in subtiler Weise, so daß nur echte Insulaner sie präzise abschießen konnten.

Der Dreifuß thronte über einem tiefen, dunklen Riß im Gestein. Das machte Ivy nervös. Sie konnte seine Tiefe nicht ausloten und hörte ein schwaches Zischen weiter unten. Außerdem stieg aus dem Riß ein warmer Aufwind mit einem merkwürdigen Geruch hervor. Ivys Nackenhaare sträubten sich.

Aber dies war der Ort, und dies war der Job – so lange, bis sie aus dem Zentrum der Aufmerksamkeit entwischen konnten. Sie hatte diesen Orakelleuten nicht erzählt, daß sie eine Prinzessin war, da sie fürchtete, daß dieses Wissen sie noch begieriger machen würde, sie beide dazubehalten.

Sie nahm auf dem Schemel Platz. Nun ergriff der Aufwind ihre schleierartige weiße Robe, hob sie an und entblößte ihre Beine. Ivy versuchte, ihr Kleid festzuhalten, aber es war vergebens. Der Luftstrom war zu stark. Zum Glück bildete ihr Rock keinen vollständigen Kreis; er bauschte sich auf, bis er eine Glockenform erreicht hatte und blieb dann so.

Sie erinnerte sich an die sprechende Bodenfliese in Schloß Roogna, die gedroht hatte, die Farbe ihres Schlüpfers preiszugeben, bis Grey sie mit seinem harthackigen Mundania-Schuh zum Schweigen gebracht hatte. War da etwas am Grund dieser Spalte, was nach oben starrte? Am Anfang hatte sie diese Arbeit nicht gemocht, jetzt haßte sie sie. Ihre Schlüpfer gingen niemanden etwas an!

Der Zentaur kam näher. »Nun stell deine Frage«, sagte der alte Mann.

»O Pythia, ich bin der Zentaur Zenturion. Wie ist es um meine Magie bestellt?«

Hoppla! Ivy wußte, daß das eine ausgesprochen unangenehme Frage war. Die Zentauren von der Zentaurinsel glaubten selbst nicht an magische Fähigkeiten. Sie betrachteten magische Fähigkeiten als etwas, das nur zu niederen Klassen, wie zum Beispiel den menschlichen Wesen, paßte. Dagegen waren die Festlandzentauren liberaler und akzeptierten ihre Fähigkeiten. Aber das war bisher bei den Insulanern nicht der Fall. Was konnte sie also antworten? Es bestand die Möglichkeit, daß dieser Zentaur magische Kräfte hatte, es aber vorziehen würde zu sterben, anstatt diese anzuerkennen. Und wenn sich dies herumspräche, würde er von der Insel verbannt. So hatte er durch die Wahrheit nichts zu gewinnen. Sollte sie lügen und sagen, daß er keine hätte? Das würde ihn befriedigen und ihm eine Zukunft unter Seinesgleichen sichern. Aber obwohl dieses Orakelgeschäft nicht ihren Wünschen entsprach, wie konnte sie sich dazu überwinden zu lügen? Also waren weder die Wahrheit noch die Lüge akzeptabel.

Sie saß da wie angegossen und brachte kein Wort über ihre Lippen. Kein Wunder, daß der Priester ganz und gar unschuldige Mädchen bevorzugte! Keiner, der sich der Zwickmühle dieses Geschäfts bewußt war, würde solch eine Arbeit annehmen! Selbst wenn sie nun den zweckmäßigeren Weg einschlüge und log, könnte sich nicht später seine Fähigkeit immer noch manifestieren und ihr Orakel sich dadurch dann als falsch erweisen? Das würde das ganze Geschäft unglaubwürdig machen, und sie wußte, daß auch das kein befriedigendes Ergebnis war.

Dann wurde der Luftstrom, der von unten heraufwehte, heißer und verstärkte seine Bewegung. Er blies so stark unter ihren aufgebauschten Rock, daß sie beinahe befürchtete, in die Luft gehoben zu werden. Ihre Beine brannten. Der Rauch wurde beißend. Sie hustete und versuchte die Luft anzuhalten, aber es gelang ihr nicht. Ivy atmete ein, und das widerwärtige Zeug gelangte in ihre Lungen.

Ihre Brust brannte, und ihr Kopf wurde ganz leicht. Sie fühlte sich schwindelig. Jetzt schien sie zu schweben, obwohl sie sich überhaupt nicht bewegt hatte. Der Stein unter ihr wurde gläsern, so daß sie durch ihn hindurchsehen konnte, hinunter zu den dunklen Schatten von Kobolden und Dämonen, die weit unten ihren schändlichen Geschäften nachgingen. Die Luft um sie herum veränderte sich fortlaufend, wurde dick und undurchsichtig.

»Laßt mich hier raus!« schrie sie. Aber es kam nur Kauderwelsch aus ihrem Mund, als würde sie mundanisch sprechen.

Dann wurde sie von Händen von ihrem Stuhl gezogen. Sie drosch darauf ein und versuchte, sich freizukämpfen, aber die Hände zogen sie fort von der Spalte mit ihren vernichtenden Dämpfen.

»Was hat sie gesagt?« wollte Zenturion wissen.

»Sie hat in Zungen geredet«, erklärte der alte Mann. »Wir müssen es für dich deuten. Warte einen Moment, während wir uns beraten.«

»Beeilt euch damit«, maulte der Zentaur mit der natürlichen Arroganz seiner Art. »Die Angelegenheit ist wichtig.«

Der alte Mann ging auf die Seite, um ungestört mit den beiden alten Frauen zu sprechen, die mit den Tempelanlagen vertraut gewesen waren. Sie redeten eine Zeitlang und gestikulierten angeregt.

Mittlerweile erwachte Ivy aus ihrem Delirium. Der Nebel lichtete sich, und der Boden wurde wieder massiv. »Bist du in Ordnung?« fragte Electra ängstlich. »Du hast fürchterlich ausgesehen auf diesem Schemel!«

»Die Dämpfe hätten mich fast erstickt!« erklärte Ivy. »Ich versuchte, um Hilfe zu rufen, aber es kam nur Kauderwelsch heraus.«

»Du meinst, *das* war es, was du gerufen hast? Es war keine Prophezeiung?«

»Ganz bestimmt nicht! Ich hatte keine Ahnung, was ich sagen sollte.«

»Aber sie sind ...«

»Ich weiß. Ich denke, es ist alles ein großer ...«

Sie brach ab, weil sie etwas Schreckliches erspähte. Die Python glitt über den Steinfußboden!

Electra sah es auch. »Sie hat uns eingeholt!« rief sie aus. »Sie hat uns gefunden! Sieh nicht in ihre Augen!«

Beide zogen sich von dem Reptilungeheuer zurück und rannten auf die Priester zu. »Die Python! Die Python!« rief Ivy ihnen zu.

Der Priester blickte auf. »Natürlich. Sie ist dein Wächter, Pythia. Sie schützt die Tempelanlagen vor Belästigungen.«

»Aber sie wird uns fressen!«

»Unsinn. Sie frißt nur Eindringlinge, keine Priesterinnen.« Der Mann wandte sich wieder seiner angeregten Beratung zu.

Noch immer kam die Python hinter ihnen her. »Sie weiß nicht, daß wir Priesterinnen geworden sind!« rief Electra. »Sie weiß, daß wir von dem Gebirgspfad gekommen sind!«

»Vielleicht kann der Zentaur ...« sagte Ivy.

Sie rannten zu dem wartenden Zentauren. »Die Schlange ist hinter uns her!« erzählte Ivy ihm.

»Aber ich habe meine Antwort noch nicht«, sagte Zenturion ärgerlich.

»Und du wirst sie nicht bekommen, wenn die Python mich frißt!« erwiderte Ivy.

»O nein, das wird sie nicht tun!« sagte er. Plötzlich befand sich der Bogen nicht mehr über seiner Schulter, sondern in seinen Händen, einen Pfeil im Anschlag. »Verschwinde, Ungeheuer, oder es sieht schlecht für dich aus!«

Aber die Python hob nur ihr Maul und kam weiter auf sie zu.

Der Bogen sirrte. Ein Pfeil ragte aus der Nase des Reptils. »Das war ein Warnschuß«, sagte Zenturion. »Ich habe neunundneunzig weitere Pfeile. Der nächste geht ins Auge. Verschwinde, du Ungeheuer.«

Ivy hatte immer gewußt, daß Zentauren tapfere und geschickte Krieger waren, und doch war sie beeindruckt. Dieser hier hatte überhaupt keine Ehrfurcht vor der Python, und es war offensichtlich, daß er einen Pfeil exakt dorthin schießen konnte, wohin er wollte.

Aber nun bemerkten die Priester, was vor sich ging. »Schieß nicht auf die Python!« schrie der alte Mann. »Sie ist unsere Wächterin!«

»Und eine blinde dazu, wenn sie sich noch weiter heranschlängelt!« erwiderte Zenturion.

Mittlerweile hielt die Python inne, ganz offensichtlich durch den Widerhaken gepeinigt. Sie bemüht sich, den Zentauren mit einem Auge zu fixieren und entdeckte die steinerne Spitze des nächsten Pfeils, der direkt auf ihre Pupille zielte. Wenn die Python sich zuvor noch nicht im klaren über die Geschicklichkeit der Zentauren gewesen war, so war sie gerade eben daran erinnert worden. Sie zögerte erneut.

Zwei weitere Menschen brachen an der Stelle aus dem Dschungel, von der der Pfad ausging. Ein unscheinbarer junger Mann und eine liebliche, nackte junge Frau. »Grey! Nada!« rief Ivy erregt.

Die Python schlängelte sich herum, um dieser neuen Herausforderung zu begegnen. Das war gewiß eine bessere Aussicht als der dreiste Zentaur!

»Sieh nicht in ihre Augen!« rief Electra zu Grey hinüber.

Mittlerweile konnte Ivy das Mädchen hinter Grey deutlicher erkennen. Das war nicht Nada – das war eine Mänade! Was war bloß passiert?

Grey ignorierte getreu seiner manchmal etwas unbändigen Natur die Warnung. Er starrte der Python direkt in die Augen. Ivy fröstelte entsetzt. So erging es auch den anderen, jedem auf seine eigene Weise. So erging es Grey – und der Mänade. Die beiden waren gefangen in dem tödlichen Blick.

Dann bewegte sich die Python. Der Kopf sank langsam auf den Boden, ihr Schwanz schlug ziellos hin und her.

Ivy bemerkte, daß ihr Mund offen stand. Sie blickte sich um und sah die Kinnladen der Priester ähnlich schlaff herunterhängen.

Grey ging weiter. »Bist du in Ordnung, Ivy? Wir hatten Angst, daß vielleicht die Python ...«

»Du, du hast sie mit deinem Blick bezwungen!« rief Ivy aus.

»Natürlich hat er das, Dummerchen!« sagte die Mänade. »Er ist ein Zauberer!«

»Also, nicht ganz«, sagte Grey verlegen.

Electra eilte herbei. »Wo ist Nada?«

Etwas bewegte sich in Greys Brusttasche. Ein Schlangenkopf kam zum Vorschein. Grey hob seine Hand, wobei die Schlange um seinen Arm herum glitt. Dann zeigte sich Nada in ihrer menschlichen Gestalt. Ihre Füße landeten sicher auf dem Steinfußboden, während sie sich mit ihrem Arm festhielt. Sie war nackt. Natürlich, denn es war ihr nicht möglich, ihre Kleidung umzuformen, wenn sie ihre Gestalt veränderte. »Wußtest du schon, Ivy, daß Grey die Weinquelle der Mänaden versiegen und sie dann, stärker als je zuvor, wieder sprudeln ließ?« sagte Nada.

»Er hat Talent! Er hat Talent!« rief Electra aus und hüpfte auf und nieder. »Ich wußte es! Ich wußte es!«

»Was tut diese Mänade hier?« wollte Ivy wissen, wobei sie eine einfache Begründung erwartete, weil sie nicht darauf vorbereitet war, etwas Komplizierteres zu ertragen.

»Ach so, das ist, äh, Mae«, sagte Grey. »Sie ... ich ... wir ...«

»Oh?« Ivy sah sich die Kreatur genauer an. Mae Mänade war genauso nackt, wild und sinnlich wie zuvor, immer noch verführerisch genug für solche, die ihre Art mochten.

»Der Zauberer brauchte einen Führer«, erklärte Mae, »und so zeigte ich ihm den Weg, wo die Python entlanggekrochen war, und nahm deine Fährte auf, so daß er dich finden konnte.«

»Dies ist ein guter Pfad für Schlangen«, fügte Nada hinzu. »Nur gab es da leider einen entwurzelten Nesselbusch, der es hinsichtlich Schlangen in sich hatte. Darum mußte ich in seine Tasche zurückkehren. Auf diese Weise konnte die Nessel mich nicht berühren.«

»Aber wie konnte er dich zähmen?« fragte Electra. »Jeder weiß doch, daß man Mänaden nicht ...«

»Nun ja, eigentlich kann ich kein Blut sehen«, gestand Mae verlegen. »Als er dann unsere Quelle in Blut verwandelte ...«

»Eigentlich sollte ich Mae jetzt für ihre Hilfe belohnen«, sagte Grey. »Aber ich bin mir nicht sicher, ähm, auf welche Weise.«

Ivy begriff, daß sie gut daran tat, sich schnell nach einer passenden Belohnung umzusehen, weil sie dem nicht traute, was Mae sich möglicherweise ausdachte.

»Was ist mit unserer Wächterin geschehen?« wollte ein Priester wissen.

»Nichts Schlimmes«, sagte Grey. »Ich habe sie nur außer Gefecht gesetzt, so daß sie niemandem mehr Schaden zufügen kann. Ich werde sie auf der Stelle für dich wiederbeleben.« Er schritt zur Python und berührte ihren riesigen Schädel.

Das unkontrollierte Zucken hörte auf. Der Kopf erhob sich. Die Augen blinzelten. »Gehe deiner Arbeit nach«, sagte Grey. »Wir sind Besucher und keine Eindringlinge. Sieh her, ich werde für dich den Pfeil entfernen.« Er legte seine Hand an den Schaft des Pfeils.

»Du kannst diesen Pfeil nicht herausziehen«, erläuterte Zenturion. »Er hat eine magische Spitze. Nur ein Zentaur kann ...«

Er brach ab, als sich der Pfeil löste. Die Spitze war rot vom Blut, aber unversehrt.

Die Python zitterte, als würde sie sich von einem furchtbaren Schock erholen. Dann glitt sie auf den Steinen davon.

»Ich schätze, das hat weh getan«, sagte Grey. »Hier hast du deinen Pfeil zurück, Zentaur.«

»Ich danke dir, Magier«, antwortete der Zentaur, wobei er einen ähnlichen Eindruck wie die Python machte. Er nahm den Pfeil entgegen.

Der alte Mann näherte sich. »In welcher Angelegenheit bist du hier, Zauberer? Wir wußten vorher nichts von dir.«

»Nun, ich, ähm, kam, um Prinzessin Ivy und Electra zu retten. Es war nett, daß ihr euch um sie gekümmert habt.«

»*Nett?*« riefen Ivy und Electra erstaunt aus.

»*Prinzessin?*« rief der Priester zur selben Zeit.

»Aber ja«, sagte Grey unschuldig. »Das ist Prinzessin Ivy von Schloß Roogna, und dies ist Prinzessin Nada von den Naga. Wußtest du das nicht?«

Der alte Mann sah etwas verwirrt aus. »Wir haben uns nicht danach erkundigt«, erklärte er schroff.

»Nun ja, sie werden dich jetzt verlassen«, entgegnete Grey. »Nochmals vielen Dank.«

»Warte ... was ist mit meinem Orakel?« fragte Zenturion.

»Wir haben die Botschaft gedeutet«, entgegnete der alte Mann schnell. »Sie lautet: ›Kein Zentaur hat weniger Zauber als du.‹«

»Oh.« Der Zentaur nickte sichtlich befriedigt. »Ja. Stimmt. Ich danke dir. Nun muß ich mich auf den Weg machen.« Er tat, was er gesagt hatte, wie es eben die Art seiner Rasse war.

»Aber wir brauchen doch unsere Pythia!« jammerte ein anderer Priester. »Was sollen wir machen, Zauberer, wenn du die beiden mit dir fortnimmst.«

Ivy mischte sich jetzt ein. »Mae, was hältst du davon, wenn der Magier dir einen neuen Wirkungskreis verschafft, wo du in einem steinernem Raum lebst, ein weißes Gewand trägst, kein rohes Fleisch mehr zu essen brauchst und regelmäßige Sitzungen haben kannst, mit Dämpfen, die dich echt wild machen?«

Maes Augen schienen vor Begeisterung Feuer zu fangen. »Was für eine wunderbare Idee!«

Ivy wandte sich an den alten Mann. »Hier ist deine nächste Priesterin, Priester. Ihr wißt, sie ist eine Jungfrau; diese Wilden Frauen lieben Männer nicht, sie essen sie. Setze sie auf den Schemel, und sie wird unverständliches Zeug brabbeln, was du nach Herzenslust deuten kannst.«

»Sie ist eine Mänade!« protestierte er.

»Aber sie ist eine gezähmte. Der Zauberer zähmte sie.« Sie wandte sich wieder an Mae. »Das hat er doch getan, oder nicht? Du würdest doch nicht mehr versuchen, Leute auseinanderzureißen?«

Mae war eine Wilde Frau, aber nicht dumm. »Er zähmte mich! Er zähmte mich!« rief sie aus. »Nie wieder das männerfressende Ungeheuer!«

»Aber die Mänaden sind unverbesserlich!« widersprach der alte Mann. »Darum haben wir doch die Python. Um sie fernzuhalten.«

Jetzt mischte Nada sich in ihrer resoluten Art ein. »Diese ist anders. Sie kämpft nicht länger mehr mit Schlangen und reißt auch keine Männer auseinander. Sieh her.« Sie verwandelte sich in eine Schlange, wobei sie deren größte Gestalt annahm. Mae, die ihre Absicht verstanden hatte, beugte sich nieder, um den Kopf der Schlange zu streicheln. Dabei sah sie eher etwas nervös aus. Dann nahm Nada wieder ihre menschliche Gestalt an. »Nun küsse den Zauberer, ohne ihn zu beißen«, sagte sie.

Das ließ die Natur der Wilden Frau wieder durchkommen. »Muß ich das tun?«

»Muß sie das tun?« fragte auch Ivy, die aus einem anderen Grunde beunruhigt war.

»Na ja, vielleicht könnte sie auch den Priester küssen ...«

Der alte Mann wich entsetzt zurück.

»Nun komm mal zur Sache«, stimmte Ivy nachgebend zu. »Küsse sie, Grey, aber genieße es nicht zu sehr.«

Grey war nicht so unglücklich über diesen Vorschlag, wie sie sich es gewünscht hätte. Er wandte sich Mae entgegen, und sie begab sich in seine Umarmung. Sie umschlangen und küßten sich eine ganze Weile lang.

»Seht ihr«, sagte Nada zu den Priestern. »Sie ist vollkommen zahm – geradezu gefühlvoll. Man könnte sie auch als liebenswert bezeichnen.«

»So weit sollten wir nicht gehen«, murrte Ivy.

Die Priester waren durch diese Vorführung ermutigt. »Vielleicht wäre sie brauchbar«, mutmaßte der alte Mann.

»Aber laßt uns diesen Kuß unterbrechen, bevor sie noch ihre Unschuld verliert«, fügte eine alte Frau hinzu. Ivy war damit vollkommen einverstanden. Zu ihrer großen Erleichterung beendeten die beiden dann endlich ihren Kuß.

Mae sah ganz benommen aus, und die glimmenden Lichter in ihren Augen flackerten. »Vielleicht habe ich bisher die Männer falsch beurteilt«, sagte sie. »Sie ...«

»Sie sind nicht alle so wie dieser!« warf Ivy ein. »Vergiß nicht, daß dieser hier ein Magier ist. Gewöhnliche Männer wären deine Zeit nicht wert. Du mußt sie ja nicht auffressen, ignoriere sie einfach.«

»Ja, natürlich«, stimmte Mae zu. Aber sie sah nicht vollkommen überzeugt aus.

»Komm mit«, schlug eine der alten Frauen vor. »Wir müssen dich baden und ankleiden.«

»Mich baden?« fragte Mae alarmiert.

»Sie werden dich nur kurz einseifen«, erläuterte Ivy schnell. »Es tut überhaupt nicht weh. Sie wollen nur, daß du für die Kunden hübsch aussiehst.«

»Hübsch aussehen ...«, wiederholte Mae und warf einen Seitenblick auf Grey. »Ja, das wäre vielleicht das beste.«

»Laß uns hier verschwinden!« sagte Ivy unvermittelt.

Nada hielt sie zurück. »Da wäre noch etwas.« Sie wandte sich dem alten Mann zu. »Gibt es einen Pfad, der um den Fuß des Berges herumführt und den wir nehmen könnten, um zu unserem Ausgangspunkt zurückzukehren?«

»Selbstverständlich, alle Kunden benutzen ihn. Dort entlang.« Er zeigte ihnen die Richtung.

»Vielen Dank«, sagte Nada und strahlte ihn an. Darin war sie besser als Ivy.

Electra wies ihnen den Weg, indem sie auf den beschriebenen Pfad zusprang. Ivy hielt Greys Hand sehr fest und führte ihn von den Ruinen fort. Nada folgte ihnen mit der Andeutung eines Lächelns auf ihrem Gesicht. Sie verwandelte sich in ihre Schlangengestalt, weil diese auf windigen Pfaden am geeignetesten war.

Seit dem Kuß hatte Grey noch nicht ein einziges Wort gesprochen. In dem Moment, als sie außer Sicht- und Hörweite der Ruinen waren, wandte sich Ivy an ihn. »Also, warum so schweigsam, Grey? Hat sie dich wirklich so sehr beeindruckt?« Sie war verärgert, obwohl sie wußte, daß sie keinen Grund dazu hatte.

Grey öffnete seinen Mund. Ein rotes Rinnsal lief ihm über die Lippen. Er beugte sich zur Seite und spuckte Blut aus. »Ich, äh, konnte überhaupt nichts sagen, denn wenn sie das Blut bemerkt hätten, hätten sie nicht geglaubt, daß sie gezähmt worden ist.«

Ivy starrte ihn an. »Sie hat dich *wirklich* gebissen!«

Er kramte ein Taschentuch hervor und betupfte damit seine Lippen. »Ja. Ich glaube aber, es war unabsichtlich, genau so, als wenn man niesen muß. Sie kann einfach einem Mann nicht so nahe kommen, ohne anzugreifen, zumindest ein bißchen. Und ich konnte den Kuß nicht unterbrechen, bis sie mich losließ. Also habe ich mich irgendwie konzentriert und ihre magische Natur neutralisiert, bis sie aufhören mußte.«

»Also das war es, was sie so respektvoll werden ließ!« rief Ivy aus. »Sie hat deine Macht gespürt!«

»Das denke ich auch. Auf jeden Fall glaube ich, daß es ihr leid getan hat. Aber sie ist schon ihr ganzes Leben lang eine Wilde Frau gewesen, und es muß sehr schwierig sein, sich plötzlich so zu verändern, selbst wenn sie wirklich kein Blut mag.« Also hatte die Mänade ihren Gefallen an der Wildheit nicht vollständig verloren! Irgendwie fühlte Ivy sich jetzt besser. »Mein armer Liebling«, murmelte sie plötzlich voller Zärtlichkeit. »Laß mich deine Heilung verstärken.« Weil die Wunde in seinem Mund war, berührte sie seine Lippen – mit ihren eigenen.

Sie verstärkte den Kuß, und Grey erholte sich schnell.

Bald darauf nahmen sie ihren Weg den Pfad entlang wieder auf, hielten sich dabei an den Händen und kamen viel besser voran als vorher.

Chex war froh, sie zu sehen. »Wir haben einige Erschütterungen bemerkt, wollten aber nicht stören«, erläuterte sie. »Hat die Muse deine Frage beantwortet?«

»Nicht genau genug«, entgegnete Ivy. »Aber wir haben herausgefunden, daß Grey tatsächlich Talent hat. Es scheint so, als ob er nach Belieben magische Kräfte neutralisieren könnte. Das erklärt auch eine Menge kleinerer mysteriöser Zwischenfälle.«

»Das sehe ich genauso«, stimmte Chex zu. »Aber bist du wirklich sicher? Ich habe bei ihm vorher keinerlei Anzeichen von magischen Kräften bemerkt.«

»Finden wir es heraus!« rief Electra mit gewohnter Überschwenglichkeit. »Laß ihn doch versuchen, dich am Fliegen zu hindern!«

»Aber das will ich überhaupt nicht!« protestierte Grey.

»Es soll doch nicht für immer sein«, erinnerte Ivy ihn.

»Nur lange genug, um deine Fähigkeiten vorzuführen.«

Sie unterließ es hinzuzufügen, daß sie sich selbst darüber Klarheit verschaffen wollte. Er hatte die Python überwältigt, aber das mochte auch daran gelegen haben, weil das große Reptil keine Mundanier hypnotisieren konnte oder vielleicht Probleme mit Männern hatte. Er glaubte, daß er die Mänade neutralisiert hatte, aber das mochte vielleicht daran gelegen haben, daß ein anhaltender enger Kontakt mit ihm einige natürliche, romantische, bisher unterdrückt gebliebene Bedürfnisse in ihr aufgewühlt hatte. Könnte sie denn nicht trotz alledem, wo sie doch in allen körperlichen Aspekten so unübersehbar weiblich war, wenigstens ein klein bißchen weibliche Leidenschaft besitzen? Nachdem sie Grey geküßt hatte, war doch auch dieses seltsame Glühen in ihren Augen gewesen! Aber Ivy wollte nicht mit den anderen über diese Dinge sprechen. Es würde zu peinlich sein, wenn sie mißverstanden wurde.

»Das scheint ein guter Test zu sein«, stimmte Chex zu. »Los, Grey, steig auf meinen Rücken. Wenn du mich davon abhalten kannst, abzuheben, werde ich wissen, ob du magische Kräfte besitzt, die du den meinen entgegensetzen kannst.«

In seiner üblichen ungeschickten Art stieg Grey auf. Ivy wunderte sich darüber, daß sie seine Tolpatschigkeit liebenswert fand, aber sie tat es. Grey entsprach nicht dem Idealbild eines strahlenden Helden, er war einfach ein netter Kerl.

Chex breitete ihre Flügel aus, machte sich für den Absprung bereit und schlug zweimal mit dem Schwanz. Beim ersten Mal berührte die Spitze Grey, beim zweiten Mal berührte sie ihren eigenen Körper. Darin bestand ihre Magie: Der Schlag mit ihrem Schwanz machte, was immer er auch berührte, federleicht, so daß ihre Flügel viel weniger Gewicht zu tragen hatten. Das war der Grund, weshalb sie in der Lage war, zu fliegen, ohne dazu Flügel zu benötigen, die zehnmal so groß waren wie jene, die sie jetzt besaß.

Chex sprang – und stolperte. Sie landete schwer auf allen vier Hufen und machte ein überraschtes Gesicht. »Ich kann nicht leicht werden!« rief sie.

»Ich habe deinen Schwanz neutralisiert«, erläuterte Grey. »Möchtest du, daß ich es aufhebe?«

»Nein. Laß es mich noch einmal versuchen.« Sie schlug noch mehrere Male mit ihrem Schwanz, war dabei aber genauso erfolglos wie vorher. »Tatsächlich, es zeigt keine Wirkung«, gab sie zu. »Also gut, heb es wieder auf.«

Nichts schien sich zu verändern. Chex schlug wieder mit dem Schwanz – und erhob sich plötzlich in die Luft, obwohl ihre Flügel nur ganz wenig ausgebreitet waren.

»Ach du lieber Himmel!« rief sie, während sie verzweifelt mit den Flügeln schlug, um ihr Gleichgewicht wiederzuerlangen.

Grey hing an ihrer Mähne, als sie durch die Luft torkelten.

»Aufgestaut!« kommentierte Grey. »Alle vorherigen Schwanzschläge werden jetzt wirklich und machen dich zu leicht.«

»Kannst du mich denn nicht nur ein bißchen neutralisieren?« fragte Chex, die offensichtlich hart zu kämpfen hatte, um nicht in die Höhe davonzusegeln und vollkommen die Kontrolle zu verlieren.

»Ich werde es versuchen.« Kurz darauf stabilisierte sie sich und schwebte langsam zur Erde herunter.

»Er hat magische Kräfte«, verkündete Chex, als Grey absaß. Ihre Mähne war in Unordnung, und sie sah aufgelöst aus.

»Aufgestaut«, sagte Nada. »Das muß auch der Grund gewesen sein, weshalb die Weinquelle der Mänaden, nachdem du sie versiegen ließest, stärker als zuvor sprudelte. Wahrhaftig, was für eine Magie!«

»Das ist ja genau wie *meine* Magie«, meinte Ivy. »Ich kann bloß einfaches Verstärken machen, während du durch Aufstauen verstärken kannst!« Sie war von der Demonstration sehr beeindruckt. »Doch ich frage mich, wie weitreichend diese Fähigkeit ist.«

»Versuch doch mal, ob es bei mir funktioniert«, schlug Nada vor. »Halte mich davon ab, die Form zu wechseln.« Sie ging auf Grey zu und streckte ihren Arm aus. Er ergriff ihn. Sie standen da und taten nichts.

»Also los, versuch dich zu verwandeln«, forderte Electra sie auf.

»Ich *versuche* es ja!« erwiderte Nada.

»Oh.« Electra lächelte. »Also dann, Grey, jetzt laß sie mal machen.«

Plötzlich verwandelte sich Nada in eine Schlange mit je einem Menschenkopf an beiden Enden.

»Uiiie! Was ist passiert?« riefen sie im Chor.

»Aufgestaut!« sagte Ivy bewundernd. »Schnell Grey, neutralisiere sie ein wenig!«

Die Köpfe verschwanden. Für einen Augenblick hatte die Schlange überhaupt keinen Kopf. Dann erschien wieder

Nadas gewöhnliche Gestalt: der Körper einer Schlange – mit nur einem menschlichen Kopf. »Das war schierer Schrecken!« sagte sie. »Ich hatte noch nie zuvor solche Probleme mit meiner natürlichen Gestalt!«

Cheiron nickte. »Ungebändigte Magie ist gefährlich. Wir sollten daher diese Experimente einstellen, bis wir ein sicheres Testprogramm ausgearbeitet haben.«

»Ist gut«, stimmte Grey sofort zu. »Ich will niemandem Schaden zufügen. Schließlich bin ich nicht daran gewöhnt, überhaupt irgendein Talent zu haben.«

Aber Ivy war noch nicht restlos zufrieden. »Sie haben dich Magier genannt.«

»Ich habe niemals behauptet, einer zu sein!« protestierte er. »Die Mänaden nahmen an ...«

»Ich bin eine Zauberin«, fuhr Ivy unbeirrt fort. »Das ist dasselbe wie ein Magier, nur eben weiblich – eine Terminologie, die meine Mutter als den Überrest von Xanths sexistischem Erbe bezeichnete. Nichts unter dem Niveau der Magie eines echten Magiers könnte meine Kräfte neutralisieren. Also versuch es bei mir, Grey ...«

»Ich rate davon ab«, sagte Cheiron. Chex nickte bestätigend, während Xap herumzeterte.

»Nein, ich will es wirklich wissen«, sagte Ivy. Sie hatte es bisher immer geschafft, ihren Willen durchzusetzen, und sie beabsichtigte, es auch diesmal zu tun. »Ich will wissen, ob Grey sich auf dem Niveau eines echten Zauberers bewegt. Versuche, mich zu neutralisieren, Grey.«

»Ich, äh, glaube wirklich nicht ...« setzte er an. Dann, als er ihr verärgertes Gesicht sah, gab er nach. »Aber ich bin nicht wirklich sicher, äh, was dabei herauskommen wird.«

»Ich werde versuchen, irgend etwas zu verstärken, und du versuchst, mich davon abzuhalten.« Sie blickte sich um und entdeckte ein Glühwürmchen. »Ich werde dieses Glühwürmchen verstärken.«

Sie hob das Würmchen auf. Es ringelte sich auf ihrer Hand und glühte blaß. Grey legte seine Hand auf ihren anderen Arm. »Also gut, ich neutralisiere dich«, sagte er. Ivy spürte überhaupt nichts. Sie konzentrierte sich auf das Würmchen, sie wollte es heller glühen lassen.

Es flackerte, aber sein Leuchten nahm nicht zu. Sie konzentrierte sich stärker, aber das Würmchen blieb blaß. Sie brachte all ihre Kräfte auf. Da verstärkte sich das Glühen ein wenig. Grey hatte zweifellos ihre Kraft unterdrückt!

»Und jetzt hebe es auf«, forderte sie.

Das Glühwürmchen strahlte wie ein Blitzkäfer auf, so leuchtend, daß die gesamte Gegend taghell wurde. Dann explodierte es und verbrannte ihr die Hand.

Sie standen wie angewurzelt da. Das Glühwürmchen war verschwunden, nur Asche blieb zurück.

»Wir haben es getötet!« sagte Grey entsetzt.

Ivy blickte auf ihre verletzte Hand. »Oh, ich wünschte, ich hätte das nicht getan!«

»Ganz genau«, meinte Cheiron in einem Ich-hab's-ja-gewußt-Tonfall. »Jetzt wissen wir, daß Grey wirklich das Kaliber eines Magiers hat. Keine weiteren Experimente.«

»Keine weiteren Experimente«, erklärte sich Grey einverstanden, während er auf die Asche starrte.

»Keine weiteren Experimente«, stimmte auch Ivy zu. Dann fing sie an zu weinen. Das arme Glühwürmchen!

Sie machten sich ein Nachtlager zurecht. Sie hatten Greys magische Kräfte entdeckt, und das war wunderbar. Er hatte echte Magierqualitäten, was erstaunlich war. Jetzt konnten sie endlich heiraten, was überhaupt das Beste von allem war. Aber sie hatten bei ihren Überprüfungen Schaden angerichtet, und das war sehr schlecht. Ivy wünschte sich, die Sache nicht so weit getrieben zu haben, doch jetzt war es zu spät. Es war nicht nötig gewesen, das unschuldige Glühwürmchen zu zerstören.

Am nächsten Morgen, nach dem Frühstück, sprachen sie darüber und stießen auf eine merkwürdige Frage. Es war Electra, die sie stellte, aber vielleicht hatten die anderen sie auch als Hintergedanken gehabt.

»Wie kann ein Mann von Mundania überhaupt magische Talente haben, geschweige denn, ein Magier sein?« Das war das wirklich Rätselhafte. Irgend etwas war ganz grundlegend verkehrt, wenn nicht all ihr Wissen über Mundanier und Magie vollkommen falsch sein sollte. Sie hatten keine ruhige Minute mehr, solange diese Frage nicht beantwortet war.

Nada nahm ihre Schlangengestalt an, die anderen bestiegen ihre Pferde und flogen zurück nach Schloß Roogna. Aber Ivy wußte, daß es trotz ihres scheinbaren Sieges noch nicht an der Zeit war, Grey zu heiraten. Magier tauchen nicht aus dem Nichts auf, und ganz bestimmt nicht von Mundania. Sie wußte, daß ihre Eltern darauf bestehen würden, die Wahrheit zu erfahren, und sie wußte auch, daß sie damit recht hatten. Ihre Suche mit Grey war noch lange nicht beendet, sondern hatte lediglich seine Qualität gewechselt. Es war so, als hätten sie etwas bestiegen, von dem sie glaubten, daß es die Spitze des Berg Parnaß war, bloß um herauszufinden, daß es sich um einen Felsbrocken handelte, während der wirkliche Gipfel in so unerreichbarer Ferne blieb wie zuvor.

12

PUTERS PLAN

»Bitte, Grey, ich habe nicht gewagt, meine Unwissenheit dort auf dem Schloß zuzugeben«, flüsterte Rapunzel in sein Ohr. »Ich verstehe, warum du und Ivy auf dieser Reise Gesellschaft braucht: weil sich verlobte Pärchen alleine nicht zu weit entfernen sollten. Nada und Electra wollten nicht schon wieder mit Com-Puter zu tun bekommen. Aber warum willst du diese böse Maschine sehen?«

Grey hatte sich bis jetzt noch nicht daran gewöhnt, eine winzige und wunderschöne Frau auf seiner Schulter sitzen zu haben, die sein Ohrläppchen mit einer puppenhaften Hand hielt. Ivys Eltern hatten entschieden, daß er und Ivy bis zu ihrer Eheschließung von einer Anstandsdame begleitet werden sollten. Auf diese Art brachten sie zum Ausdruck, daß ihre Zweifel über diese Heirat verflogen waren. Ivy hatte diese Bedingung akzeptiert und bewiesen, daß Grey ein magisches Talent hat – und zwar nicht zu knapp. In der Tat war er nun erwählt, eines Tages König zu sein! Aber die Eltern teilten Ivys Meinung über die Herkunft dieser Begabung. In Xanth gab es Mystisches und unerklärliche Dinge im Überfluß, aber ein Geheimnis, das sich um den Verlobten einer Prinzessin rankte, war eine ernste Angelegenheit. So klein, wie Rapunzel und ihr entsprechend kleiner Ehemann, Grundy Golem, auch waren – sie waren diesmal die Begleiter. In diesem Land der Magie spielte die Körpergröße keine Rolle. Grundy ritt auf Ivys Schulter, während diese auf dem Pfad voranschritt, und erfreute sie offensichtlich mit seinen Bemerkungen, denn Ivy kicherte jedesmal.

»Tja … äh … mir scheint, daß dieser Com-Puter wie die Maschine ist, die ich in Mundania hatte«, sagte Grey. »In der Tat, was ich hatte, war ein Computer, und das einzige, wozu ich ihn benutzte, war Textverarbeitung … das ist der mundanische Begriff dafür, Texte zu schreiben. Ich würde auf diesem Keyboard schreiben … das ist … äh … weißt du, was eine Schreibmaschine ist? Ähm … gut dann … das ist wie ein magischer Stift, der die Wörter für dich schreibt … alles, was du zu tun hast, ist die richtige Taste zu berühren, und er sichert und schreibt die Wörter … äh … druckt sie am Schluß alle in einem Rutsch aus.«

»Mundania muß ein sehr fremdartiger Ort sein«, bemerkte Rapunzel und wippte mit den Füßen. Sie hatte klitzekleine Füße und sehr hübsche Beine; er konnte sie gerade noch aus den Augenwinkeln sehen. Er wußte, daß ihre Ahnen Elfen waren. Sie konnte die Größe der Elfen annehmen – oder irgendeine andere Größe von ganz klein bis riesig –, ohne ihre Gestalt dabei auch nur im geringsten zu ändern.

»Sehr merkwürdig«, stimmte er zu. »Wie auch immer, ich hatte ein neues Programm für diesen Computer … ein Programm ist in etwa eine Zusammenstellung von Instruktionen, die ihm sagt, was er zu tun hat, und …«

»Oh, auf die Art, wie Königin Irene Ivy sagt, was zu tun ist?«

»Äh … nicht genau, aber vielleicht so ähnlich. Dieses neue Programm veränderte im Computer eine ganze Menge. Er begann, auf dem Bildschirm mit mir zu sprechen, und … äh … ich vermute, er gewährte mir Wünsche.«

»Das klingt nicht nach Com-Puter!« rief sie aus und warf ihre Haare zurück. Das war gar nicht so einfach, denn ihr Haar war so lang wie immer. Tatsächlich hatte sie eine Haarsträhne als Anker an seinem Jackenknopf befestigt für den Fall, daß sie abstürzte. Der Rest des Haares umwallte sie wie ein silberner Umhang. Das Haar war von verschwenderischer Fülle; oben dunkel, aber zu den Spitzen hin wurde es fast weiß. Ihre Augen veränderten die Farbe auf ähnliche Weise, je nachdem wie das Licht einfiel. »Er erfüllt keine Wünsche, er verändert die Wirklichkeit, wie es ihm beliebt.«

»Dieses ... äh ... Programm könnte dasselbe getan haben. Es ... also, ich wünschte mir eine nette Freundin. Und wirklich, also, ich war ganz schön einsam dort ... die ganze Zeit für mich in meinem Zimmer ... und war auf nichts ansprechbar und ...!«

Rapunzel stupste mit der Quaste ihres Zopfes an sein Ohr. »Ich verstehe vollkommen. Jahrelang war ich in dem Turm eingesperrt. Wenn ich nicht Verbindung mit Ivy gehabt hätte, wüßte ich nicht, was ich getan hätte.«

»Ja, ich glaube, du verstehst! So, das Programm, also, es behauptete, Ivy gebracht zu haben ...«

»Aber sie war doch vom Himmelstaler gesandt worden!«

»Ja. Dorthin, wo sie am meisten gebraucht wurde ... und ich brauchte sie ganz bestimmt! Deshalb nehme ich an, daß der Computer sich diese Tatsache zum Verdienst anrechnete, obwohl dies nicht stimmte. Und er half tatsächlich ... er machte es uns beiden möglich, miteinander zu sprechen. Es war ... tja ... wie Magie. Ivy erkannte ihn als Com-Puter wieder. Als nun herauskam, daß ich Magie hatte, erinnerte sie sich daran und nahm an, daß Com-Puter etwas wissen könnte. Deshalb wollen wir herausfinden, was er weiß.«

»Aber ... aber wie konnte Com-Puter in Mundania sein?« fragte sie ganz perplex. Er konnte ihr Gesicht nicht sehen, aber ihr Liebreiz umschmeichelte sein Ohr wie ein flauschiger Ohrwärmer an einem kalten Tag. Grundy mußte ein glücklicher Golem sein!

»Das ist ein weiteres Geheimnis«, gab Grey zu. »Ich hielt es für ein wissenschaftliches Programm, das für die Veränderung in meinem Computer verantwortlich war, aber jetzt weiß ich, daß es magisch ist. Auf diese Weise haben wir zwei Probleme: Wie kann ein Mundanier Magie haben, und wie kann es überhaupt in Mundania Magie geben? Diese Fragen mögen zusammenhängen, und sicherlich weiß Com-Puter die Antwort auf eine von beiden.«

»Danke schön«, sagte sie. »Jetzt verstehe ich. Selbstverständlich mußt du die böse Maschine befragen. Aber ich hoffe, daß sie nicht Oberhand über dich gewinnt.«

»Also, ich habe wirklich ... äh ... Magie, nun ... und wenn ich andere Magie neutralisieren kann, kann ich vielleicht auch Com-Puter wirkungslos machen. Deshalb sollten wir uns nicht allzu sehr fürchten.«

»Aber wenn die Maschine über dich Bescheid weiß und geholfen hat, dich mit Ivy in Verbindung zu bringen, mag sie auch wissen, wie sie dich zu behandeln hat.«

»Ähm, ja. Ich werde Ivy lieber warnen, bevor wir in die Höhle der Maschine gehen.« Grey war aber nicht über Gebühr besorgt, weil er wußte, daß Computer nicht körperlich agieren können. Wir könnte er ihn daran hindern, einfach hinauszugehen, wenn seine Magie nicht auf ihn wirkt, solange er es nicht zuließ?

Er ging schneller und holte Ivy ein. »He, Rapunzel hatte eine Idee«, sagte er.

»'punzel hat eine Menge Ideen in ihrem kleinen Kopf«, stimmte Grundy zu. »Aber ihr Haar hält glücklicherweise die meisten zurück.«

»Ganz im Gegensatz zu Grundys großer Klappe«, gab Rapunzel zurück, »die alles herausläßt, ob es nun fertig ist oder nicht.«

Grundy nahm seine Daumen an die Ohren und wackelte mit den Fingern zu ihr rüber. Sie konterte, indem sie ihm die Zunge rausstreckte. Und wieder fühlte Grey diese Geste, obwohl er sie nicht sehen konnte.

»He, ich dachte, ihr zwei mögt euch!« rief Grey.

»Nein, das tun wir nicht«, gestand Grundy errötend.

»Das stimmt«, bestätigte Rapunzel mit zusammengebissenen Zähnen.

»Aber ...«

»Wir *lieben* uns!« riefen sie gleichzeitig und brachen in Gelächter aus.

Ivy lachte auch. »Ich fürchte, du bist hereingefallen, Grey«, sagte sie.

»Das glaube ich auch«, bekannte er kläglich.

»Das machen sie mit jedem, der sie noch nicht kennt«, fuhr Ivy fort. »Bevor sie zueinander fanden, hatte Grundy ein lautes Mundwerk und ein kleines Hirn, was bei 'punzel umgekehrt war. Jetzt denkt er mehr, und sie spricht mehr, so daß sie sich jetzt ein bißchen decken.«

»Oh, was du nicht sagst!« rief Grundy aus, während Rapunzel errötete. »Und ausgerechnet du sagtst, *ich* hätte eine große Klappe!«

Ivy schien verwirrt. »Was ich mit ›decken‹ sagen wollte, war ...«

Rapunzel konnte ihr Kichern nicht länger zurückhalten.

»Reingelegt!« sagte Grundy.

Grey unterdrückte ein Grinsen. Es waren also nicht nur Fremde, die auf den Arm genommen wurden! »Zurück zu Rapunzels Idee. Wenn Com-Puter über mich Bescheid weiß, sollten wir dann einfach in sein Reich eindringen?«

Ivy dachte nach. »Ich denke, Puter möchte, daß wir zu ihm kommen. Ich habe das Gefühl, daß wir ein Geschäft machen müssen, um unsere Informationen zu erhalten. Deshalb müssen wir hingehen. Es ist ja nicht so, als würden meine Leute diesmal nicht wissen, wo ich bin.«

Grey war sich klar darüber, daß der König von Xanth der Maschine wahrscheinlich eine Menge Ärger machen könnte, wenn er nur verärgert genug war. Sicherlich weiß das auch die Maschine. Vielleicht reicht das als Rückendeckung aus.

»Und wenn das schiefgeht«, setzte sie die Überlegung fort, »können wir einen Plan vereinbaren, um die böse Maschine zu überwältigen.«

»Aber sie wird mithören, was auch immer wir planen!«

Ivy hob ihre rechte Hand und machte mit Zeige-, Mittelfinger und Daumen das Zeichen für *nein*.

Jetzt verstand er! Grey nickte und machte kein Aufhebens davon, weil ihm klar war, daß irgend jemand auf magische Weise sie beobachten oder zuhören könnte. Sie hatten tatsächlich eine geheime Verständigung – dank der Erlebnisse in Mundania! In der Hoffnung, sich später verständigen zu können, vergegenwärtigte er sich die Zeichen in seinem Geist.

Sie nahmen ihren Spaziergang wieder auf. »War das eine magische Geste?« fragte Rapunzel leise in sein Ohr.

»Nicht genau«, murmelte er. »Aber wenn du siehst, daß wir unsere Hände bewegen, wenn wir bei Com-Puter sind, dann achte nicht darauf, damit die Maschine nicht aufmerksam wird.«

»Sehr gut«, stimmte sie überrascht zu.

Der Pfad war gewunden, aber sie erreichten die Höhle der gefürchteten Maschine auf dem richtigen Weg. Die Höhle schien von einem unsichtbaren Riesen bewacht zu werden, aber sie waren nicht ängstlich. Sie wußten, daß der Riese nur zu dem Zweck da war, Reisende in die Höhle zu treiben, in der Com-Puter Macht hatte.

»Hallo, Groß-Fuß, wie geht's?« rief Grundy mit einer erstaunlich lauten Stimme. Grey begriff, daß Ivy Grundys Stimme verstärkt hatte, so daß sie bis zu dem weit entfernten Kopf des Riesen dort oben in den Wolken schallte.

»Aoooooga!« Die Stimme des Riesen hallte herunter. Offensichtlich war die Sprache des Riesen für das normale Volk hier in Xanth so unverständlich wie sein Körper unsichtbar.

»He, das ist großartig«, erwiderte der Golem. Grey erinnerte sich, daß Grundy die Sprachen aller Lebewesen sprechen konnte.

»Frag ihn, ob er Richard kennt«, schlug Ivy vor.

»He, Hohlkopf! Kennst du Richard?«

Eine Serie Grunzlaute dröhnte wie aus einem Nebelhorn herunter. »Ja, er war ein Einzelgänger, der immer verschrobene Dinge machte«, übersetzte Grundy.

»Das ist er!« stimmte Grey zu. »Aber jetzt ist er glücklich.«

»Ich werde ihm erzählen, wie Richard zum Kürbis ging.« Grundy produzierte eine Menge wilder Schreie und ungeheuerlicher Kehllaute.

»Hör mal, wir müssen mit unserem Vorhaben weiterkommen«, sagte Ivy ungeduldig. »Du kannst hier draußen stehenbleiben und ein Schwätzchen halten, wenn du magst, aber Grey und ich müssen mit Com-Puter sprechen.«

»Ich bin bereit«, sagte Grundy. »Riesen sind sowieso nicht lange für Konversation zu haben. Immerhin riecht dieser nicht so schlecht, wie sie es normalerweise tun.«

»Das letzte Mal habe ich ihn dazugebracht, ein Bad zu nehmen«, erklärte Ivy.

Sie betraten die Höhle. In der Nähe der Öffnung war es dunkel, aber drinnen wurde es heller. Sie erreichten einen Raum mit glänzenden Wänden, und – man glaubt es kaum – auf dem Fußboden stand so etwas wie ein selbstgemachter Computer. Dies also war Com-Puter.

»Für mich sieht das nach gar nichts aus«, bemerkte Grey. »Ich bin zwar kein Computer-Fachmann, aber selbst ich kann sehen, daß die Ausstattung völlig unzureichend ist.«

»Paß bloß auf«, sagte Grundy. »Das Ding kann dich hören, und es kann Dinge tun, die du nie glauben würdest!«

Grey kannte den Golem gut genug, um zu wissen, daß er vor fast nichts Respekt hatte. Wenn er nun angesichts dieser klobigen Maschine in Sorge war, mußte Com-Puter wirklich sehr mächtig sein.

Die Glasscheibe oben auf dem Gebilde leuchtete. WER BIST DU? stand da geschrieben.

»Ich bin Prinzessin Ivy«, antwortete Ivy schnell. »Ich habe meinen Verlobten, Grey von Mundania, mitgebracht, um mit dir zu sprechen.«

AH, ENDLICH! druckte der Bildschirm.

»Alles, was wir wissen wollen, ist: Was weißt du von Grey?« sagte Ivy. »Er hat eine magische Begabung und ...«

RICHTIG. WAS IST SEINE BEGABUNG?

Grey hatte plötzlich einen Verdacht. Blitzschnell machte er ein Nein-Zeichen zu Ivy. Wenn die Maschine seine Begabung nicht kannte, war es besser, diese in Reserve zu behalten.

Ivy bemerkte das Zeichen. »Also, Puter, wir dachten, du wüßtest Bescheid. Deshalb wollten wir dich um Rat fragen. Du warst doch mit ihm in Mundania in Kontakt, oder?«

JA UND NEIN.

»Du warst *nicht* in Kontakt?« fragte Grey überrascht. »Aber wir sahen ...« Er hielt inne, unterbrochen von Ivys *Nein*-Zeichen. Sie hatte recht; es gab keinen Grund dafür, der Maschine mehr zu erzählen als nötig.

DU HAST WAS GESEHEN?

»Wir haben etwas gesehen, das uns an dich erinnerte«, sagte Grey vorsichtig. »Kannst du das erklären?«

ICH HABE NICHTS ZU ERKLÄREN.

»Dann werden wir aufbrechen«, sagte Ivy und wandte sich dem Höhlenausgang zu.

PRINZESSIN ENTDECKT VERSCHLOSSENE TÜR, KANN NICHT RAUSGEHEN, druckte der Bildschirm.

Eine verschlossene Tür erschien, die den Ausgang versperrte.

»Ich sehe überhaupt nichts«, sagte Grey. »Komm, Ivy, laß uns gehen.« Er nahm ihren Arm und ging zu der Tür. Wie er angenommen hatte, war sie eine Illusion; sie marschierten einfach hindurch.

Eine Glocke erklang. Sie drehten sich um. ES WAR NUR EIN BLUFF, schrieb der Bildschirm. ICH WERDE ALLE DEINE FRAGEN BEANTWORTEN.

Sie kamen zurück, aber Ivy machte ein Zeichen, das er nicht interpretieren konnte. Er nahm an, es würde so etwas wie ›Vorsicht‹ bedeuten. Es war offensichtlich, daß dies eine hinterhältige und bösartige Maschine war.

»Warum hat Grey eine Begabung, obwohl er Mundanier ist?« fragte Ivy.

WEIL ER NICHT MUNDANISCH IST.

»Aber ich *bin* Mundanier!« rief Grey aus. »Das ist das erste Mal, daß ich Xanth betreten habe. Ich habe vorher nicht mal an Xanth geglaubt!«

WAHR, antwortete der Bildschirm. ABER NICHT DIE GANZE WAHRHEIT.

»Dann gib uns die ganze Wahrheit!« sagte Ivy.

DU WIRST SIE NICHT UNBEDINGT MÖGEN.

Grey wechselte einen weiteren kurzen Blick mit Ivy. Worauf wollte die Maschine hinaus?

»Warum nicht?« fragte Ivy nach einer Pause.

LASS UNS EIN GESCHÄFT MACHEN. SAG MIR ALLES, WAS DU ÜBER GREY WEISST, UND ICH WERDE DIR ALLES SAGEN, WAS ICH WEISS.

»Wie kannst du Dinge nicht wissen, die wir kennen, wenn du Dinge kennst, die uns unbekannt sind?« fragte Grey.

ICH VERSICHERE DIR, DASS ES SICH SO VERHÄLT. ICH BIN AUF EURE GESCHICHTE ANGEWIESEN, UM DIE BEDEUTUNG MEINER GESCHICHTE EINSCHÄTZEN ZU KÖNNEN. NACHDEM WIR UNSERE INFORMATIONEN AUSGETAUSCHT HABEN, WERDEN WIR EINEN WEITEREN HANDEL MACHEN MÜSSEN. DAS IST ETWAS, WAS DU WAHRSCHEINLICH NICHT MÖGEN WIRST.

Wieder überlegte sie. Es schien Grey, daß er die Maschine aufhalten könnte, indem er seine Begabung einsetzte und Com-Puter selbst wirkungslos machte, wenn dieser etwas gegen sie unternehmen würde, wie zum Beispiel die Beschwörung eines Ungeheuers. Dies wäre genauso effektiv, ob die Maschine nun sein Talent kannte oder nicht.

Wieder fing er Ivys Blick auf. Sie nickte. Sie würden auf den Handel eingehen.

»Wir sind einverstanden«, sagte Grey. »Wir werden dir sagen, was wir wissen, und du wirst uns sagen, was du weißt ohne jede Einschränkung. Aber wir machen kein Zugeständnis, was das Geschäft betrifft.«

EINVERSTANDEN. BEGINNE MIT DEINEM STANDORT UND DER ART UND WEISE, WIE DU MEINE BOTSCHAFT BEKOMMEN HAST.

Grey begann. Er beschrieb seine Herkunft in Mundania, wie er das neue Programm installiert hatte und wie er mit einer Reihe merkwürdiger Mädchen zusammentraf, bevor er Ivy kennenlernte. Er schloß, indem er sein magisches Talent erwähnte.

ERSTAUNLICH! ICH WUSSTE, DASS DU MAGIE BESITZT, ABER NICHT, DASS SIE BEREITS MAGIERFORMAT HAT. VIELLEICHT HAT EINE MUNDANISCHE WECHSELWIRKUNG SIE GESTEIGERT. DAS IST TOTAL POSITIV.

»Du bist dran, Puter«, begann Ivy grimmig.

ES WIRD AUSSAGEKRÄFTIGER SEIN, WENN ICH DEN URSPRUNG DRAMATISIERE.

»Mach es ganz, wie du willst«, sagte Grey. »Gib uns nur die vollständige Information.«

Der Bildschirm wechselte die Farbe. Er zeigte eine Abbildung von einem dunklen See in einer Höhle – alles Grau in Grau. Schrift flimmerte über das Bild: DIE ZEIT DER FEHLENDEN MAGIE.

»Was?« fragte Grey.

PRINZESSIN IVY WIRD DIE FOLGENDEN BILDER ERKLÄREN, erschien auf dem Bildschirm.

»Es war vor meiner Zeit«, sagte Ivy. »Sogar vor der Zeit meines Vaters. Es geschah etwas, und in ganz Xanth ging die Magie verloren.« Während sie sprach, wechselte das Bild und zeigte ein Gewirr kraftloser Bäume und ramponierter Drachen, die alle unter dem Verlust der Magie litten, welche sie aufrechterhalten hatte. »Ich glaube, das dauerte nur ein paar Stunden, doch es war schrecklich. Xanth lag im Sterben. Dann kehrte die Magie zurück und ist seitdem nicht wieder verschwunden ... aber die Dinge waren nicht mehr ganz dieselben. Die Gorgone hatte eine

Menge Menschen versteinern lassen. Aber sie kamen alle ins Leben zurück, als die Magie ging, und blieben am Leben, als die Magie zurückkehrte. Doch die magischen Kreaturen und Pflanzen waren wieder ganz die alten. Wahrscheinlich war es nur temporäre Magie, die unwirksam gemacht wurde. Aber der Zauberspruch des Vergessens bewirkte ein schreckliches Beben in der Spaltenschlucht, so daß diese weiter aufzubrechen begann. Doch dieser neue Spalt ist inzwischen wieder verschwunden. Mein Vater wurde kurz danach geboren; die Menschenfresser markierten seinen Geburtstag in ihrem Kalender an der falschen Stelle.«

Währenddessen wechselte die Szenerie auf dem Bildschirm, die an einen Schwarzweißfilm aus der Zeit vor dem Farbfernsehen erinnerte. Vom Beitrag über die durch den Verlust der Magie entstandenen Verwüstungen kehrten die Bilder zurück zum unterirdischen Teich. Aus diesem Teich kämpften sich zwei Gestalten empor. Die eine war ein gesunder Mann mittleren Alters; die andere war eine ziemlich schöne junge Frau. Andere tauchten aus dem Teich auf, inklusive einiger Ungeheuer, aber die Szene orientierte sich an diesen beiden. Sie schienen nicht besonders gut miteinander zurechtzukommen; sie gestikulierten, als wollten sie sich gegenseitig vertreiben. Aber der Mann fand einen Steg, der zu einem Flußtunnel hinaufführte, und die Frau folgte ihm.

Dann bemerkte Grey die Untertitel. Er ging mit Ivy näher an den Schirm heran, so daß sie die Wörter besser lesen konnten. Denn sie waren in einer viel kleineren Schrift gedruckt als vorher, so daß sie das Bild nicht verdekken konnten.

SCHAU, sagte die verschmutzte Frau, DU MAGST MICH NICHT, UND ICH MAG DICH NICHT, ABER WIR KÖNNEN HIER SCHNELLER HERAUSKOMMEN, WENN WIR ZUSAMMENARBEITEN. WENN EINES TAGES DIE MAGIE ZURÜCKKEHRT, WERDEN WIR BEIDE ERLEDIGT SEIN; DU WEISST DAS.

Der Mann auf dem Bild dachte nach. SEHR GUT – WIR WERDEN KOOPERIEREN, BIS WIR AUS XANTH ENTKOMMEN SIND. DANN GEHEN WIR UNSERE EIGENEN WEGE.

DAS IST SCHÖN! stimmte sie zu.

Sie eilte den Fluß hinauf. Ein Ungeheuer erschien, es sah aus wie eine gewundene kleine Sphinx. ICH WERDE ES IN SEINE ALTE FORM ZURÜCKBRINGEN, sagte die Frau. Sie machte ein Zeichen.

Aber nichts passierte. OH! ICH VERGASS! ES GIBT KEINE MAGIE! DAS IST DER GRUND, WARUM WIR VOM HIRNKORALLENTEICH ENTKOMMEN KONNTEN.

ABER WIR WISSEN NICHT, WANN DIE MAGIE ZURÜCKKOMMEN WIRD, erinnerte sie der Mann. WIR MÜSSEN UNS WEITER BEWEGEN, ODER DIE KORALLE WIRD UNS WIEDER EINFANGEN!

Während sie sprachen, gewöhnte sich Grey so sehr an den geschriebenen Dialog, daß es zunehmend so war, als wenn er sie tatsächlich sprechen hörte. Die Szenerie wurde für ihn Wirklichkeit, wie es oft der Fall war, wenn er Filme anschaute.

»Aber ich werde müde!« protestierte die Frau. »Ich bin nicht an ein Terrain wie dieses gewöhnt!«

»Was willst du von mir, Frau … daß ich dich trage?« verlangte er wütend zu wissen. »Ich bin selber müde!«

»Nur daß wir ein wenig langsamer gehen. Schau, wir können unmöglich den ganzen Weg bis zur Grenze von Xanth ohne Pause zu Fuß zurücklegen; es wäre besser, ein Tempo anzuschlagen, das wir halten können, so daß wir weitergehen können, ohne zusammenzubrechen.«

Der Mann überlegte. »Du hast recht.« Er verlangsamte den Schritt.

ZEIT VERGING, sagte der Bildschirm, das Bild blendete aus. Dann zeigte es die beiden, wie sie im Tageslicht auftauchten. Sie waren beide offensichtlich sehr erschöpft. Sie nahmen ein paar dicke Kissen von einem toten Kissenbusch und legten sich nieder, um zu rasten.

Es war früher Morgen und empfindlich kalt. Da gab es keine Decken, und die Kissen fielen auseinander. Schließlich umarmten sie sich ohne jede Leidenschaft, nur um ihre Körperwärme zu erhalten, und schliefen.

ZEIT VERGING.

Die nächste Szene zeigte die beiden wieder auf den Beinen, verdreckt, aber etwas erholt. Sie fanden verstreute Nahrungsreste, pflückten sich von den Büschen verdorbenen Kuchen und aßen im Weitergehen.

Dann stiegen sie in die Spaltenschlucht.

»Wir haben das hier vergessen!« rief die Frau starr vor Schreck. In diesem Moment des hellen Tageslichts sah sie beinahe vertraut aus, aber Grey konnte die Verbindung nicht ganz herstellen. Ganz sicher hat er niemanden in Xanth damals gekannt, er war ja noch nicht geboren!

»Natürlich«, stimmte der Mann mürrisch zu. »Dieser Idiot ließ den mächtigsten Zauberspruch des Vergessens, der hier je ersonnen wurde, verpuffen. Es wird Jahrhunderte dauern, bis das überwunden ist ... wenn überhaupt.«

Die Frau nickte grimmig. »Derselbe Idiot, der Millie dem Zombiemeister vorgestellt hatte. Ich hätte ihn nach einer angemessenen Zeit geheiratet, wenn er von ihr nicht gepeinigt worden wäre. Wir konnte ein Magier fallen für so ein Nichts wie sie?«

»Der Zombiemeister und Millie der Geist!« rief Ivy aus. »Sie haben in dieser Zeit gelebt, bevor sie in unsere kamen!«

Der Mann lächelte. »Sie hatte Talent. Sie brauchte nichts anderes.«

»O ja ... das Talent des Sex-Appeals! Aber sie wäre eine graue Maus wie ich, wenn sie hier ohne ihre Magie wäre!«

Der Mann beäugte sie. »Zweifellos richtig. Jetzt verstehe mich aber nicht falsch ... für mich bist du das personifizierte schlechte Benehmen, das wie ein Mädchen auf zwei

Beinen läuft, aber körperlich bist du ganz sicher keine graue Maus.«

»Gut, das gilt auch für dich! Wer bist du, daß du so redest? Alles, was du anfaßt, verkommt! Dabei bist du nicht einmal häßlich, körperlich gesehen.«

»Ach?« fragte er verärgert. »Tja, es verkommt sowieso alles; das ist mein Talent. Du bist nicht nur keine graue Maus, du hast in der Tat eine gute Figur, für deine Begriffe.«

»Ist das so?« wollte sie ärgerlich wissen. »Du bist der schlimmste Schurke der Welt! Aber immerhin siehst du gut aus!«

Durch den finsteren Ausdruck des Mannes war deutlich, daß er hart zurückzuschlagen beabsichtigte. »Ich würde sogar soweit gehen zu sagen, daß du schön bist«, sagte er in kalkuliertem Angriff. »Nur die Lumpen, in denen du steckst, vermindern deine Schönheit.«

Sie war fast sprachlos vor Wut. Sie riß sich die restlichen Kleider vom Leib und stand nackt da. »Gut, jetzt bin ich aus diesen Lumpen heraus: Wage es, das noch einmal zu sagen!«

»Ich wiederhole«, sagte er frech und musterte sie gründlich, um absolut sicher zu sein. »Ich hätte angenommen, daß du dein Talent, deinen Körper zu formen, vorteilhafter nutzen würdest, aber jetzt weiß ich, daß du von Natur aus so bist. Du kannst nicht die Ausrede der Verstärkung auf der Hexenebene beanspruchen.«

»Ich bin keine Hexe«, schrie sie in sein Gesicht. »Denkst du, jeder ist auf der gleichen magischen Stufe wie du?«

»Das ist Ansichtssache. Ich habe ein Recht auf meine. Deine Magie hat Hexenniveau.«

Die Frau öffnete ihren Mund, aber kein Laut kam heraus. Sie sprang auf ihn zu, klammerte sich an seiner Brust fest, aber mit dem einzigen Erfolg, daß sie viel von seiner verschlissenen Kleidung herunterriß. Dann griff er ihre Handgelenke und hielt sie so fest, daß sie sich nicht mehr wehren konnte. »Und mehr noch«, sagte er mit seinem Gesicht dicht an ihrem, »du denkst, du hättest keinen Sex-Appeal, aber letzte Nacht, als wir uns wegen der Wärme umschlungen hielten, war alles, was ich tun konnte, mich zurückzuhalten, um es nicht zu meinem Vorteil auszunutzen.«

»Gut … warum hast du nicht?« schrie sie. »Es ist dein Geschäft, alles verkommen zu lassen! Dann verfaul doch selber, dann kannst du wenigstens nicht gemein werden, wenn eine Frau in deiner Gewalt ist!«

»Ich verderbe die Dinge auf *magische* Weise«, gab er zurück. »Das hatte nichts mit Magie zu tun! Du hast natürlichen Sex-Appeal, leugne es ruhig, wenn du willst!«

»Also, du hast es selber, was soll's! Weißt du, was ich denke? Ich glaube … du kannst es ja leugnen … du hast im Grunde eine anständige Ader in dir! Sonst hättest du letzte Nacht … es ist ja nicht so, daß ich mich widersetzt hätte!«

Sie standen da, Brust an Brust, einer wütender als der andere. »Du Hündin!« sagte er. »Ich bin halbwegs entschieden, um …«

»Das bin ich auch! Das bin ich auch, du Hund!« erwiderte sie.

»Du würdest mich wahrscheinlich nicht einmal schlagen, wenn ich dich küssen würde, du schamlose Kreatur.«

»Untersteh dich, mich zu küssen, du Scheinheiliger!«

Ihre Lippen fanden sich. Er versuchte zu lächeln, um ihr zu zeigen, wie wenig es ihm bedeutete; sie versuchte, ihre Lippen weich zu machen, um zu zeigen, wie gleichgültig sie war. In ihrer Wut verdarben sie es beide auf das schlimmste. Der Kuß währte lange Zeit, und die beschämende Wahrheit war, daß er ein intensives und deutliches Beispiel seiner Sorte war.

»Versteh doch, ich habe überhaupt keinen Respekt vor dir«, sagte er zu ihr nach diesem langen Moment. Sein Haar war zerwühlt und sein Gesicht gerötet, so als wenn er gerade einem wahrhaft widerlichen Erlebnis ausgesetzt gewesen wäre.

»Ich mache das nur, weil der Anblick und das Fühlen

deines Körpers meine bessere Urteilsfähigkeit außer Kraft setzt.«

»Deine Umarmung zerstört jedes Urteil, das ich habe«, schoß sie zurück. Ihre Augen sprühten, und ihre Wangen hatten etwas, was man in einem Farbfilm rosa Highlights nennen würde, als ob sie gerade etwas erlebt hätte, das zu schrecklich war, um es überhaupt wahrzunehmen. »Ich verabscheue, wozu du mich so eifrig bringen willst!«

»Ich werde mich morgen gründlich vor mir selber ekeln«, sagte er.

»Ich werde mich morgen total entehrt fühlen«, erwiderte sie grimmig.

»Nur um ganz sicher zu sein, daß wir verstehen, wie schlecht das ist«, sagte er, »sollten wir es besser ein anderes Mal versuchen.«

»Gerade soweit, daß wir uns nie wieder so vergessen, diesen Fehler zu wiederholen«, stimmte sie zu.

Sie küßten sich wieder, und man glaubt es nicht – es war sogar noch schlimmer als vorher. Beide waren am Ende atemlos. Ihre Brustkörbe hoben und senkten sich, als wären sie gerannt.

»Ich bin entsetzt, daß ich das mit dir mache«, sagte er und hielt sie dichter an sich, als es für eine Stütze nötig gewesen wäre. »Mit jeder anderen könnte es sich lohnen.«

»Also, das ist nicht der Grund, warum ich mich hinlege«, sagte sie, löste sich von ihm und legte sich nieder.

Er legte sich neben sie. »Und wenn ich mir vor Augen halte, daß wir längst unsere Flucht aus Xanth hinter uns gebracht haben könnten, anstatt auf diese Weise unsere Zeit zu vertun …«

»Oder so unsere Ruhepause zu verbrauchen«, fügte sie hinzu und legte ihre Arme um ihn. »Wahrscheinlich gab es niemals etwas so Verrücktes wie das hier!«

»Besonders, wenn man bedenkt, daß wir uns gegenseitig verachten.« Er zog sie ganz dicht an sich heran.

»Und nichts mehr wollen, als uns niemals wiederzusehen«, stimmte sie zu und streichelte seinen Rücken.

»Diese ganze Angelegenheit ist verheerend!«

»Eine komplette Katastrophe!«

Sie küßten sich jetzt wieder und schauderten beide vor Ekel, den sie bei diesem Ausbruch empfanden.

»Mensch, jetzt wird's heiß!« sagte Grundy genußvoll.

»Achte auf dein Mundwerk!« schnappte Rapunzel und sprang herunter, um drohend auf ihn zuzugehen.

»Hör zu, du Haarknäuel ...« begann er, als er sie traf.

Sie lachten und umarmten sich.

Etwas nagte in Grey, als er den Bildschirm beobachtete. Jetzt begriff er, was es war: Grundys und Rapunzels Witz! So zu tun, als würden sie sich gegenseitig hassen – das war wie in dieser Episode mit dem Mann und der Frau!

Dann passierte etwas Merkwürdiges. Es kostete Grey einen weiteren Moment, um es herauszufinden. Der Bildschirm wurde farbig!

»Ich dachte, Puter könnte mit Farbe nicht umgehen!« sagte Ivy.

»Ich wußte nicht, daß Puter mit Bildern arbeiten könnte!« sagte Grundy. »Es war vorher immer nur Schrift.«

»Du vergißt den besten Teil«, murmelte Rapunzel.

Mit einem erstaunten Ausdruck wandte sich Grey zurück zum Bildschirm. »Was tun sie?« fragte er erstaunt.

»Wir sind nicht befugt, dir das zu sagen«, sagte Rapunzel. »Zumal, seit wir zum Komplott der Erwachsenen gehören.«

Dann gab es einen Szenenwechsel zu einem schlafenden, langschnäbeligen Vogel, der plötzlich erwachte, als wäre er von einem unerwarteten Ruf aufgerüttelt worden.

»Sie rufen den Storch!« rief Ivy überleitend. »Und er hat gerade die Botschaft bekommen! Ich wußte noch nie, wie es gemacht wurde!«

»Du verlierst deine Unschuld«, sagte Rapunzel traurig.

Das Bild kehrte zu dem Mann und der Frau zurück. Sie hatten gerade selber etwas begriffen. »Die Magie ist zurückgekehrt!« rief sie aus. Und darin, bemerkte Grey, lag die Bedeutung der Farbe auf dem Bildschirm: sie kennzeichnete die magische Umgebung von Xanth nach den grauen Schatten während der Zeit der fehlenden Magie.

»Wir haben zu lange getändelt«, antwortete der Mann. Merkwürdigerweise sah er wegen ihrer Tändelei nicht so unglücklich aus, wie man hätte erwarten können.

»Viel zu lange«, stimmte die Frau zu und schien über ihre Verrücktheit nicht ärgerlicher zu sein als er.

»Aber wir können immer noch entkommen!« sagte er. »Die Hirnkoralle wird für einige Zeit nicht einsatzfähig sein und kann nicht direkt agieren; sie wird eine Nachricht senden müssen, um uns wieder zu fangen, und das wird ihr in den wenigen Stunden nicht gelingen!«

Die Frau sah staunend hinaus in die Spaltenschlucht, an deren Rand sie gerade den Storch gerufen hatten. »Aber es würde uns Tage kosten, sie zu durchqueren, sogar wenn wir an dem Drachen am Fuße des Abgrundes vorbei gelangen könnten. Wir können es nicht wagen, eine magische Brücke zu benutzen oder etwa eine bekannte Passage!«

»Richtig.« Er dachte kurz nach. »Vielleicht sollten wir die Verfolger täuschen, indem wir etwas ganz Unerwartetes tun: indem wir nach Süden reisen, anstatt nach Norden in Richtung des Ausgangs von Xanth.«

»Aber dann werden wir Xanth niemals verlassen können! Sie werden Magie benutzen, um uns aufzustöbern, und dann sind wir erledigt!«

»Vielleicht nicht. Ich kann mein Talent, die Verfolger zu täuschen, einsetzen, und du kannst deines benutzen, um ein paar Tücher in Kleidung für uns zu verwandeln. Wir könnten gerade noch in der Lage sein, uns hinauszustehlen, bevor sie sich richtig organisieren.«

»Aber das bedeutet ja, daß wir zusammenbleiben müssen!« sagte sie und sah viel aufgeregter aus, als sie sich fühlte.

»Das ist eine Last, die wir jetzt tragen müssen«, sagte er erstaunlicherweise ganz unverzagt.

»Finde ich auch. Auf diese Weise werden wir das alles nicht wieder tun«, sagte sie und legte ihre Arme um ihn.

»Oder irgend etwas anderes«, stimmte er ihr zu und küßte sie.

»Was für ein Glück, daß wir uns so gut verstehen«, sagte sie mit der Andeutung eines Lächelns.

»Ja, wir haben unsere Beziehung zueinander genügend geklärt«, stimmte er nicht ohne einen Anflug von Ironie zu.

»Als du mich damit beleidigt hast, daß du mein Talent Hexenniveau nanntest, hast du das wirklich so gemeint?«

»Aber natürlich meinte ich das so!« sagte er entrüstet. »Hast du gedacht, ich würde dir Komplimente machen?«

Sie war still, aber in ihren Augen standen Tränen. Es war offensichtlich, daß von all den Beleidigungen, die er ausgestoßen hatte, das diejenige war, die sie am wirksamsten getroffen hatte. Vielleicht war es diejenige gewesen, die sie dazu gebracht hatte, das höchste Opfer zu bringen und ihn in das schreckliche Geschäft, den Storch zu rufen, reinzuziehen. Sicherlich ist ihre Rache so effektiv gewesen, wie es ihrer Selbstachtung wert gewesen sein muß.

Sie wanderten weg von der Schlucht nach Süden und verfestigten ihre gegenseitige Abneigung auf subtilste Art. So zum Beispiel, wenn er ihr spottend über einen heruntergestürzten Baumstamm half oder wenn sie ihm nicht weniger spöttisch den schönsten Gelbbeer-Kuchen gab, den sie entdeckte. Manchmal steigerten sie redegewandt ihren Sarkasmus, indem sie sich gegenseitig mit ›Kleines‹ oder ›Liebling‹ anredeten, und ebenso oft, wie sie sich küßten, vergewisserten sie sich, daß der Umschwung der Gefühle ungeschmälert war.

Dann begegneten sie einem unsichtbaren Riesen. Das Ungeheuer stampfte herum, offensichtlich noch benommen durch das gegenwärtige Fehlen der Magie. Keiner konnte sagen, wo sein unförmiger Fuß beim nächsten Schritt herunterkommen würde. Sie flüchteten in eine nahe gelegene Höhle, um sich in Sicherheit zu bringen.

WILLKOMMEN, IHR EINDRINGLINGE, schrieb ein Bildschirm.

Die beiden hielten dort in der Höhle inne und trotz ihrer

Abneigung füreinander umklammerten sie sich, um beim anderen Schutz zu suchen.

»Was bist du?« fragte der Mann.

ICH BIN COM-PUTER, ICH REGIERE DIESE REGION, DU BIST JETZT IN MEINER GEWALT.

»Ich habe Neuigkeiten für dich«, fuhr der Mann fort. »Ich bin ein ...«

Er unterbrach sich, weil die Frau ihn mit dem Ellbogen in die Seite stieß. Sie versuchten, ihre Identität zu verbergen!

»Ich beabsichtige, diese Höhle mit meiner Frau, ähm, Frau zu verlassen«, sagte der Mann und verschluckte die darin enthaltene Intimität, um zu ihrem Schutz ihre tatsächlichen Gefühle füreinander zu verbergen.

»Ich glaube nicht an deine Macht.« Die beiden wandten sich zum Gehen. Sie waren offenbar zu dem Schluß gekommen, daß der schwankende Riese ein geringeres Risiko darstellte als die fremde Maschine.

DAS TOR SCHLÄGT ZU, DER AUSGANG IST VERSPERRT, stand auf dem Bildschirm.

Eine Tür erschien über dem Ausgang. Sie sprang auf.

WAS IST SCHIEFGEGANGEN? fragte der Schirm entsetzt.

»Alles, was nur schiefgehen kann, wird schiefgehen«, murmelte der Mann verhalten lächelnd.

ICH HABE DAS GEHÖRT! schrieb der Bildschirm. JETZT ERKENNE ICH DICH! DU BIST DER MAGIER MURPHY, DER GERADE AUS DEM TEICH DER HIRNKORALLE GEFLOHEN IST! EIN BÖSER MANN!

»Der Magier Murphy!« rief Ivy aus. »Ich wußte doch, daß ich dieses Talent kenne!«

Murphy sah die Schrift, als er zurückblickte. »Verflucht! Wir müssen dieses Ding hier zerstören, es sei denn, es läßt uns gehen.«

WARTE! ICH BIN EINE BÖSE MASCHINE! WIR MÜSSEN UNSERE TALENTE VEREINIGEN FÜR DAS GRÖSSTE ÜBEL DER WELT!

»Ja, jetzt wird es interessant«, sagte die Frau. »Nur, was

ist eine Maschine? Ich denke, ich werde der Maschine eine harmlose Gestalt geben, um uns zu schützen.«

UND DU MUSST VADNE SEIN, DIE BÖSE, ABER WUNDERSCHÖNE HEXE, DIE EBENFALLS AUS DER HAFT DES TEICHS GEFLOHEN IST.

»Das ist der Name meiner Mutter!« rief Grey aus. »Vadne Murphy! Aber sie ist vierzig Jahre alt! Sie ist keine schöne Hexe!«

Dann starrte er auf Ivy – ihm dämmerte die Bedeutung dieser Enthüllung.

»Nicht in Mundania«, sagte Ivy. »Nicht 19 Jahre später. Während der trostlosen Zeit der fehlenden Magie in Mundania verbrauchte man sich in einer traurigen Existenz ...«

Auf dem Bildschirm schürzte Vadne ihre Lippen. »Schöne Hexe? Diese Maschine beleidigt mich genauso, wie du es getan hast!«

ICH WERDE EUCH HELFEN, DER WIEDERVERHAFTUNG ZU ENTGEHEN, WENN IHR MIR HELFT, UNEINGESCHRÄNKTE MACHT ÜBER XANTH ZU ERLANGEN, bot der Bildschirm an.

»Aber wir müssen aus Xanth fliehen!« protestierte der Magier Murphy. »Wir sind Flüchtlinge! Hier gibt es keinerlei Freiheit für uns! Wir können dir nicht helfen.«

Com-Puter überlegte. In einer Ecke des Bildschirms blinkte schwach das Wort NACHDENKEN. Dann: ICH HABE DIE GEDULD DER SEELENLOSEN. ICH BIN DARAUF VORBEREITET, MEINEN EHRGEIZ AUFZUSCHIEBEN ZUGUNSTEN EINER GRÖSSEREN CHANCE, DAS WERK ZU VOLLENDEN. ICH WERDE EUCH JETZT AUS XANTH HERAUSBRINGEN, WENN IHR MIR EUREN SOHN GEBT.

»Was?« riefen Murphy, Vadne und Grey zugleich.

IHR HABT DEN STORCH BEAUFTRAGT, EUCH EINEN SOHN ZU BRINGEN, schrieb der Bildschirm. IHR KÖNNT NICHT NACH XANTH ZURÜCKKEHREN, ABER EUER SOHN. GEBT IHN MIR IM AUSTAUSCH FÜR

EURE FLUCHT. ICH WERDE SEINE DIENSTE STATT EURER AKZEPTIEREN.

Murphy und Vadne tauschten einen längeren Blick. »Wir müssen zusammenhalten, sogar in Mundania«, sagte sie. »Halten wir das durch?«

»Willst du damit sagen, daß ich nicht genauso lange durchhalten kann wie du?« begehrte er auf. Dann wandte er sich zu Puter: »Wir sind böse Leute. Wie kannst du uns trauen, daß wir diese Bedingung erfüllen?«

IHR MÖGT BÖSE SEIN, ABER EUER SOHN WIRD GUT SEIN. WENN ER VON EUREM VERSPRECHEN HÖRT, WIRD ER ES RESPEKTIEREN.

Die beiden dachten nach. Dann gingen sie widerstrebend auf den Handel ein. Das Bild verblaßte und verschwand.

Es war nur ein kurzer Moment, aber für Grey schien es wie ein Menschenalter, als er sich darauf besann, was er bisher geglaubt hatte. Seine Eltern – entflohene Kriminelle von Xanth! Das erklärte so viel, aber war auch so schwer zu akzeptieren. Wie konnte er damit fertig werden?

»So bist du also von einem xanthischen Storch gebracht worden«, sagte Rapunzel. »Dein magisches Talent wurde dir durch deine Herkunft gegeben, obwohl deine Eltern Xanth verlassen hatten und du in Mundania geboren wurdest.«

»In Mundania haben sie eine ... äh ... andere Art, es zu tun«, sagte Grey. »Aber ja, ich wurde empfangen ... ähm, die Zeichen gesetzt für ... in Xanth und das erklärt meine Magie. Und weil ich einen Magier und eine Hexe als Eltern hatte, besitze ich auch deren Niveau der Begabung, genauso wie es mit Ivy der Fall ist. Aber wenn sie in der Zeit der fehlenden Magie geflüchtet sind, war das, bevor König Dor ... äh ... geboren wurde. Wie kommt es dann, daß ich nicht in seinem Alter bin?«

»Kein Problem«, sagte Grundy. »Da ist ein Vorhang der Zeit an der Grenze. Von Xanth aus können wir in jede Zeit von Mundania wechseln und ebenfalls jeden Ort in Mundania erreichen. Aber die Mundanier haben mehr Schwierigkeiten, dies zu kontrollieren. Com-Puter muß es für sie so arrangiert haben, daß sie in einem späteren Jahrgang Mundania betreten haben.«

DAS HABE ICH ARRANGIERT, stimmte Com-Puter zu. DAS IST DIE VOLLENDUNG MEINES PLANS. ICH WARTETE, UM DICH DANN NACH XANTH ZU BRINGEN, WENN EINE PASSENDE PRINZESSIN FÜR DICH ZUM HEIRATEN VORHANDEN WAR. ICH GEBE ZU, DASS ETWAS GLÜCK DABEI WAR, ALS ICH DEINE ELTERN IN DIE GEGENWART SCHICKTE, WEIL DER ERSTGEBORENE DIESER GENERATION NICHT WEIBLICH HÄTTE SEIN MÜSSEN. WENN DAS DER FALL WAR, WUSSTE ICH, WAR DIE ZEIT ZUM HANDELN GEKOMMEN!

»Dann *warst* du das in Mundania!« rief Ivy aus.

ES WAR MEINE BOTSCHAFT. ICH KONNTE NICHT DORTHIN GEHEN, DESWEGEN HABE ICH DAS WESENTLICHE GESENDET. ES GAB SOGAR DORT DIESEN KERN DER MAGIE UM GREY, SO DASS ES MÖGLICH WAR, IN SEINER ANWESENHEIT SEINE MASCHINE ZU BELEBEN. ICH WEISS NICHT, WAS DORT PASSIERTE, NUR DIE MÖGLICHKEITEN WAREN MIR BEKANNT. ES GING NUR DARUM, HERAUSZUFINDEN UND FESTZUSTELLEN, OB ER ÜBER ACHTZEHN JAHRE ALT WAR, SO DASS ER ZUR PRINZESSIN PASSTE. DANN SCHICKTE ICH DIE PRINZESSIN ZU IHM.

»Der Himmelstaler hat mich geschickt!« braust Ivy auf.

DER HIMMELSTALER SCHICKTE DICH DORTHIN, WO DU AM MEISTEN GEBRAUCHT WURDEST, WAS ICH ALS DEN STANDORT VON MAGIER MURPHYS SOHN VORBESTIMMT HATTE. ES WAR BEABSICHTIGT, DASS DU IHN HEIRATEST.

»Unsere Romanze … ein Werk dieser bösen Maschine?« fragte Ivy entsetzt.

LEBEWESEN SIND BESTIMMTEN GESETZEN UNTERWORFEN. ICH HABE EINES DIESER GESETZE EINGE-

RICHTET. JETZT IST MURPHYS SOHN HIER, UM MIR ZU DIENEN.

»Ich mache einen solchen Handel nicht mit!« protestierte Grey.

DEINE ELTERN TATEN DAS. SIE HABEN NIE BEABSICHTIGT, DEN HANDEL EINZUHALTEN. DESHALB HIELTEN SIE ALLES WISSEN ÜBER XANTH VON DIR FERN, SO DASS DU NIEMALS DEN WUNSCH HATTEST, HIERHER ZU KOMMEN. DOCH ICH SANDTE DIR MEINE BOTSCHAFT, UND SPÄTER SCHICKTE ICH PRINZESSIN IVY, UM DICH HERZUBRINGEN. JETZT BIST DU ZU DEM VERPFLICHTET, WAS DEINE ELTERN NICHT EINHALTEN WOLLTEN.

»Sie verdienen Respekt!« fiel Grey ein. »Sie haben versucht, Xanth zu retten, obwohl sie ins Exil gehen mußten!«

»Wie können wir wissen, daß du die Wahrheit sagst, du kleine Leuchte?« fragte Grundy. »Vielleicht haben sie niemals dieses Geschäft gemacht, und du hast es nur auf deinem Bildschirm erfunden!«

ICH GEHE DAVON AUS, DASS GREY MURPHY NACH MUNDANIA ZURÜCKKEHRT, UM DIES ZU ÜBERPRÜFEN. DANN WIRD ER ENTWEDER DORTBLEIBEN ODER NACH XANTH ZURÜCKGEHEN, UM DEN HANDEL ZU ERFÜLLEN.

Grey hatte das dumme Gefühl, daß das die Wahrheit war. Aber da war immmer noch viel zu klären. »Vielleicht war es mir vorbestimmt, nach Xanth zu kommen«, sagte er. »Wieso war es so wichtig, daß ich Ivy heirate? Ich habe mich um sie gekümmert, während du dich weder um einen von uns noch um unsere Liebesromanze gekümmert hast.«

JA. IHR SEID NUR WERKZEUGE FÜR MEINEN EHRGEIZ. DU HAST IVY ZU HEIRATEN UND IHR HABT KÖNIGIN VON XANTH ODER EBEN KÖNIG ZU WERDEN – SEITDEM DEINE MAGIE MAGIERKLASSE HAT. IN JEDEM FALL WIRST DU GROSSEN EINFLUSS AUF DEN THRON HABEN ODER IHN GANZ UND GAR KONTROLLIEREN. DA DU MIR DIENEN WIRST, WERDE ICH

DER WAHRE HERRSCHER VON XANTH SEIN. DAS IST DER HÖHEPUNKT MEINES PLANS.

Grey starrte auf Ivy, die mit demselben Entsetzen wie er zurückblickte. Die Situation war klar: Sie könnten zusammen nach Mundania gehen, oder sie könnten ihre Verlobung lösen und beide in Xanth bleiben, oder sie könnten heiraten und den Willen der bösen Maschine erfüllen. Keine dieser Möglichkeiten war akzeptabel.

»Oh, ich wünschte, der Gute Magier wäre noch hier!« rief Ivy aus. »Er wüßte, was hier zu tun wäre!«

HO, HO, HO! DEN GUTEN MAGIER LOSZUWERDEN, WAR TEIL DES PLANS! DU KANNST SEINEN RAT NICHT EINHOLEN, WEIL DU IHN NICHT FINDEN KANNST, UND ICH WERDE DIR NIEMALS VERRATEN, WO ER IST!

»Du warst das?« schrie Ivy außer sich. »Das ganze Unglück. All diese unbeantworteten Fragen, nur um deinen miesen Plan voranzutreiben?«

»Ich finde, du solltest endlich an diesen Schrotthaufen Hand anlegen und ihn außer Funktion setzen, Grey«, sagte Grundy. »Du mußt ihm nicht dienen, wenn er nicht mehr funktioniert.«

DAS WÄRE UNMORALISCH, DESWEGEN WIRD GREY MURPHY ES AUCH NICHT TUN.

Grey knirschte mit den Zähnen. Das war die Wahrheit.

»Ach, Grey«, rief Ivy mit Tränen in den Augen aus. »Was machen wir bloß?«

IHR WERDET EUCH EINE WEILE MARTERN, DANN WERDET IHR DIE RICHTIGKEIT MEINER AUSSAGE BESTÄTIGEN, UND SCHLIESSLICH WERDET IHR EUCH FÜGEN. VON JETZT AN HABT IHR EINEN MONAT ZEIT, UM EURE GESCHÄFTE ABZUSCHLIESSEN UND ZU MIR ZURÜCKZUKEHREN. DANN WERDE ICH XANTH REGIEREN. HO, HO, HO!

Grey fürchtete sehr, daß die Maschine recht hatte.

13

MURPHY

»Das ist also die Situation«, schloß Ivy. »Grey ist ein Magier, folglich kann ich ihn heiraten, aber er ist daran gebunden, Com-Puter zu dienen, und deshalb wage ich es nicht, ihn in die Nähe des Throns zu lassen. Selbst, wenn ich ihn nicht heirate, könnte er später aus eigenem Recht König von Xanth werden, und Puter ist dann an der Macht. Die einzige Möglichkeit, das zu verhindern, ist, daß Grey nach Mundania zurückkehrt und dort bleibt. Dann kann Puter nichts ausrichten.«

König Dor nickte. »Ist Grey dazu bereit?«

»Ja. Er will mir und Xanth nicht schaden, und er steht zu seiner Überzeugung.«

Königin Irene beugte sich vor. »Und was ist mit dir, Ivy?«

Iva hatte darüber auf dem Heimweg zum Schloß Roogna nachgedacht und alle Alternativen erwogen. Sie konnte entweder mit Grey zusammen in Mundania leben oder in Xanth bleiben und ihn nicht heiraten. Keine der beiden Vorstellungen war erträglich.

Ivy brach in Tränen aus.

Aber später stellten ihre Eltern weitere Überlegungen an.

»Wir wissen nicht, ob das, was Puter behauptet, die Wahrheit ist«, sagte Dor. »Wir sollten das überprüfen.«

»Aber wie?« fragte Ivy mit nicht mehr als einem halben Schimmer Hoffnung. »Wenn es nicht die Wahrheit ist, wird Puter es niemals zugeben.«

»Aber der Magier Murphy vielleicht.«

»Aber der ist in Mundania.«

»Du könntest ihn noch einmal besuchen und ihn fragen.«

Ivys Augen weiteten sich. Die Vorstellung, im düsteren Mundania zu leben, war unerträglich, aber einen weiteren Besuch würde sie wahrscheinlich überstehen.

Trotzdem war Ivy noch nicht zufrieden. »Warum sollte er die Wahrheit sagen? Er stellt sich gegen die herrschende Ordnung. Deswegen ist er ins Exil gegangen.«

»Nein, in Wirklichkeit«, erwiderte Dor, »ist er gegangen, weil er gegen König Roogna verloren hat. Er hoffte, zu einer Zeit zurückzukommen, in der die Chancen für ihn besser stehen – zum Beispiel, wenn es keine Magier gibt, um König zu werden. Dann kann er den Thron übernehmen. Aber als er aus dem Hirnkorallen-Lagerbecken floh, gab es mehrere Magier, und deshalb war in Xanth kein Platz für ihn. Er zog es vor, aus Xanth zu flüchten. Wenn er nicht mehr König von Xanth werden will, hat er hier keine Probleme.«

»Aber warum sollte er sein Vorhaben aufgeben?«

Ihr Vater blickte ihr in die Augen. »Wenn du für dein ganzes Leben aus Xanth verbannt wärst und man dir dann die Möglichkeit anböte, zurückzukehren, sobald du abschwörst, jemals König zu werden, würdest du es tun?«

Ivy überlegte: »Vielleicht. Aber es ist Grey, der an das Abkommen gebunden ist, nicht der Magier Murphy, und es wäre nicht gut, wenn ein Magier Puter dient, auch wenn er niemals König würde.«

»Deine Mutter und ich haben diese Sache besprochen und sind zu dem Schluß gekommen, daß du drei Möglichkeiten hast, die du vielleicht nicht bedacht hast. Du kannst prüfen, ob das, was Puter behauptet, wahr ist; und wenn es das nicht ist, bist du aus dem Schneider. Oder du kannst den Magier Murphy mit zurück nach Xanth bringen unter der Bedingung, daß er der herrschenden Ordnung dient. Oder ...«

»Ihn hierher bringen?« fragte Ivy ungläubig. »Den Mann, der vor langer Zeit versucht hat, König Roogna zu stürzen?«

»Oder du kannst die Suche nach dem guten Magier Humfrey wieder aufnehmen und ihn fragen, was du Puter gegenüber tun sollst«, schloß Dor.

»Wie kannst du davon reden, diesen bösen Magier zurückzuholen? Das würde nur Unheil bringen und Greys und meine Probleme doch nicht lösen.«

Ihr Vater erklärte es ihr, und Ivy starrte ihn ungläubig an. »Meinst du wirklich, daß das funktioniert?«

»Wenn nicht, dann kann man mit Sicherheit sagen, daß auch nichts anderes funktioniert.«

Dem mußte sie zustimmen. Es war eine schwache und abwegige Hoffnung, aber es war die einzige.

Sie würde nach Mundania reisen, mit dem Magier Murphy sprechen und ihn vielleicht einladen, nach Xanth zurückzukehren.

Bei Morgengrauen brachen sie auf: Ivy, Grey und die als Anstandsdame ausersehene Electra. Der Titel begeisterte sie, und sie versprach, alles auszuspionieren, was die Verlobten versuchen sollten, miteinander zu tun.

Sie ritten auf drei stattlichen Rössern: Electra auf Donkey, der sich inzwischen vorzüglich von seiner Gefangenschaft bei den Kobolden erholt hatte. Grey ritt auf Pook, dem Geisterpferd. Ivy saß auf Peek, Pooks Geisterstute. Das Geisterfohlen, Puck, trottete fröhlich neben ihnen her. Alle drei Tiere hatten Ketten um ihre Leiber gewickelt, weil es so ihre Natur war. Jordan, der Barbar, hatte sich ihrer vor mehr als 400 Jahren angenommen, und obwohl sie wild blieben, hatte Ivy ihre Zahmheit gesteigert, und sie waren froh, diesen Dienst erweisen zu können.

Sie kamen rasch voran. Die meiste Strecke trabten sie, aber Xanth war nicht an einem Tag zu bewältigen, und sie mußten an der Nordküste rasten. Die Geisterpferde liefen in die Nacht hinein, um zu grasen. Sie fraßen Geistergras, das für normale Sterbliche unsichtbar war, aber Ivy konnte das leise Klingeln hören, als die kleinen Ketten rasselten.

Sie liefen am Strand entlang und betrachteten die wogende See. Dies war ein auserwählter Rastplatz und so lag der Sicherheitszauber darauf. Keine Ungeheuer oder bösen Pflanzen konnten hier eindringen. Aber Grey begann, einen Pfad entlangzulaufen, der die magische Linie überquerte.

»Grey! Wohin gehst du?« rief Ivy alarmiert.

»Ich, äh, muß, weißt du«, bemerkte er verlegen.

»Aber du läufst auf einem Gewirrbaumpfad! Wenn du die Linie überquerst und in die Fänge der Bäume läufst ...«

Er lächelte: »Hast du meine Gabe vergessen?«

»Uuups! Ich habe sie wirklich vergessen!« erwiderte sie, ihrerseits verlegen. »Du hast von Greifern nichts zu fürchten!«

»Äh, richtig«, stimmte er zu. Er ging weiter den Pfad entlang. Sie beobachtete ihn neugierig. Und natürlich, der Greifer war so lange ruhig, bis Grey in seine Reichweite kam. Dann griff er zu. Seine hängenden, grünen Tentakel schlossen sich peitschend um Greys Körper – und fielen plötzlich kraftlos von ihm ab. Er schlug sich durch. Wenn er dort fertig war, würde er die Magie des Baums wiederherstellen – und wenn es ein schlauer Baum war, würde er ihn nicht wieder belästigen.

Ivy hatte noch gar nicht so recht über diesen Aspekt nachgedacht, aber jetzt erkannte sie, daß sie mit Grey so sicher war wie nur möglich, weil nichts Magisches ihnen schaden konnte. Das schloß fast alles in Xanth ein. Grey konnte Magie teilweise unwirksam machen oder ganz; oder sie sogar durch den Aufstau-Effekt verstärken. So konnte er Magie benutzen oder auch nicht, je nachdem, wie er es wollte. Er *war* wirklich ein Magier, dessen Macht zu ihrer eigenen paßte.

Sie paßten auch in anderer Hinsicht gut zusammen. Grey hatte sie geliebt, obwohl er nicht glaubte, daß sie Magie hatte oder eine Prinzessin war. Sie hatte Grey geliebt, obwohl sie ihn für einen Mundanier hielt. Jetzt verstand ein jeder der beiden, was der andere war, und es war wunderbar. Dennoch war alles ein Komplott von Com-Puter, und das machte es schrecklich. Wie nah und doch so fern!

Die Wellen hoben sich vor ihr und bildeten eigentümliche Formen. Sie bemerkte, daß sie unbewußt die Magie der See verstärkt hatte, während sie dort stand und über Grey nachsann. Jetzt glühte das Wasser, und die Gischt formte Gesichter.

Neugierig verstärkte sie die Magie noch mehr. Bald nahm eine große Welle Gestalt an und verharrte in der gleichen Position. Ihre schaumigen Augen starrten sie an, und ihr kleiner Wirbelmund öffnete sich. »*Nimmmmm dich in acht*!« plätscherte sie.

Ivys eigener Mund blieb offen stehen. Sie hatte mit ihr gesprochen!

Warum sollte eine Welle versuchen, so etwas zu tun? Gefiel es ihr, verstärkt zu werden?

Electra und Donkey näherten sich leise. »Sie warnt uns vor etwas«, murmelte Electra. »Wir finden besser heraus, wovor!«

Ivy stimmte zu. Sie konzentrierte sich und gab der Welle ihre beste Verstärkung. »Wovor in acht nehmen?« rief sie, unsicher, ob die Welle sie hören und verstehen konnte. Sie versuchte, ihr Hören und Verstehen zu verstärken, aber sie wußte, es gab Grenzen.

»Pfaaad weg!« antwortete die Welle. Dann fiel sie zu bloßem Wasser wieder zusammen.

»Der Pfad ist weg?« fragte Electra. »Vielleicht hat ein Sturm die Erde fortgewaschen?«

»Das werden wir schon sehen«, sagte Donkey. »Das brauchte wirklich nicht so eine dramatische Warnung.«

»Vielleicht ist die Welle nicht sehr schlau«, überlegte Electra.

»Und dennoch meinte sie es gut«, bemerkte Ivy. Sie hatte nie zuvor mit einer Welle gesprochen, so etwas gehörte zu den Gaben ihres Vaters. Konnte sie nun gleichfalls unbelebte Dinge verstärken? Oder war sie immer dazu fähig gewesen, ohne es zu bemerken?

Sie legte die Hände an den Mund: »Danke, Welle«, rief sie. »Wir werden uns vor dem Pfad in acht nehmen.«

Eine Zunge von sprudelndem Wasser schwappte um ihre Füße, als wolle sie Ivy lecken.

Grey kehrte zurück. Sie sammelten Brotfrüchte und Butterbälle und fanden sogar einen Eiskrembusch mit verschiedenen Geschmacksrichtungen.

Sie ließen sich zur Nacht nieder. Ivy wollte neben Grey schlafen, aber die Anstandsdame Electra beobachtete sie genau, begierig, sie bei allem zu erwischen, das auch nur einen schwachen Anflug von ›Storch‹ hatte. Ivy war sich nicht sicher, ob das Mädchen stärker von Pflichtgefühl oder von Neugier getrieben war. Sie erinnerte sich, wie neugierig sie selbst darauf gewesen war, wie man den Storch herbeiruft. Ungefähr letztes Jahr war es ihr schließlich gelungen, verschiedene Informationsfetzen zusammenzufügen, und mit Hilfe massiver Hinweise von Nada hatte sie das Rätsel so ziemlich gelöst. Sie glaubte, daß sie in der Lage sei, den Storch zu rufen, wenn die Zeit gekommen war. Aber sie hatte nicht die Absicht, das zu tun, bevor sie heiratete. Jetzt war sie ein Teil der Erwachsenenverschwörung und verpflichtet, die Information vor Kindern zu bewahren – und Electra war noch größtenteils ein Kind, trotz ihrer Liebe zu Dolph und ihrer Verlobung mit ihm.

Also häufte Ivy ihre Kissen und Decken auf und legte sich allein schlafen, und Grey tat das gleiche, obwohl sie ihn so viel lieber im Schlaf umarmt hätte.

Am Morgen kehrten die Geisterpferde zurück, und sie nahmen ihre Reise wieder auf. Sie waren den Pfad noch nicht weit gekommen, als Peek die Nase hob und witterte. Pook und Puck taten das gleiche, offenbar durch etwas beunruhigt.

»Die Warnung«, erinnerte sich Donkey. »Meinst du, daß dies die Stelle ist, wo der Pfad fort ist?«

»Für mich sieht er fest aus«, fand Grey. Sie hatten ihm von der Warnung der Welle erzählt.

Vorsichtig zogen sie weiter. Der Weg war intakt, völlig normal. Aber die drei Geisterpferde blieben scheu, und das war ungewöhnlich für sie. Sie kamen um eine Wegbiegung – und erblickten einen riesigen Landdrachen, der mit gespreizten Beinen auf dem Pfad stand. Er war einer von der qualmigen Sorte. Tiefer, grauer Rauch quoll in Schwaden aus seinen Nüstern.

Grey, der auf Pook die Gruppe anführte, blieb abrupt stehen. »Ich dachte, du hast gesagt, daß dieser Pfad verzaubert ist!« rief er aus.

Ivy, die nächste in der Reihe, blieb genauso plötzlich stehen. »Er ist es! Eigentlich dürfte hier kein Raubwesen eindringen können!«

Der Drache formte ein zahniges Grinsen. Offensichtlich war er anderer Meinung.

»Ich werde ihn einfach ungültig machen«, beschloß Grey.

»Paß auf den Rauch auf!« warnte Ivy. »Er kann dich blenden und ersticken, bevor du nahe herankommst!«

»Pook kann mich hinbringen, bevor der Drache seinen Rauch zu stark entwickelt«, beruhigte sie Grey. »Er wird nicht erwarten, daß wir ihn angreifen.« Er tätschelte das Geisterpferd. »Du glaubst an meine Macht?«

Pook nickte, wenn auch ein wenig unsicher. Es war ihm davon berichtet worden, aber er hatte noch keine Demonstration gesehen.

Hinter ihnen erhob sich ein Grollen, und Ivy blickte zurück. Ein weiterer Drache war aufgetaucht, wie der erste, aber ein wenig kleiner. Sicher die Gefährtin des Qualmers! »Das ist eine Falle!« schrie sie. »Sie haben uns eingekesselt!«

Electra auf Donkey war die dritte in der Reihe. »Wir nehmen diesen!« rief sie.

»Nein!« kreischte Ivy. »Du kannst doch nicht ...«

Aber jetzt donnerten beide Drachen ohrenbetäubend. Rauch türmte sich auf und hüllte sie für einen Moment ein.

»Jetzt!« rief Grey. »Während sie Luft holen!«

»Aber ...« begann Ivy aufgeregt.

Pook stürmte vorwärts, und Donkey stürmte nach hinten. Ivy wurde unter Protest in der Mitte zurückgelassen.

Grey verschwand in der Rauchwolke. Sie wußte, daß er den Drachen vernichten konnte, wenn er nahe genug herankam, um ihn zu berühren, und bei der Geschwindigkeit, die das Geisterpferd vorlegte, würden sie sich nicht nur berühren, sondern aufeinanderprallen. Electra war diejenige, die Hilfe brauchte.

Peek, die Ivys Entscheidung folgte, wirbelte herum und galoppierte zurück. Der Rauch wurde dünner. Sie sah den verschwommenen Umriß von Electra, die den Drachen auf die rußige Schnauze schlug. Der Drache zwinkerte schokkiert. Aber Ivy wußte, daß Electras Angriff einen Drachen dieser Größe nicht umhauen konnte; er würde ihn nur einen Moment zurückdrängen. Und danach würden die Schwierigkeiten erst anfangen.

Als Ivy sie erreichte, schlug Donkey den Kopf des Drachen mit seinen Hinterhufen. Der Drache, immer noch unter der Wirkung des elektrischen Schocks, bewegte sich nicht. Die Hufschläge prasselten um seinen Kopf, aber er zog sich nicht zurück.

»Ich werde dich verstärken«, erklärte Ivy Peek. »Du drehst dich herum und gibst ihm deinen härtesten Tritt ans Kinn. Verfehl ihn nicht!«

Sie konzentrierte sich darauf, die Kraft von Peeks Tritt zu verstärken. Sie stellte sich vor, daß die Hufe die gleiche Härte hatten wie die Metallketten und die Beine enorme Kraft. Das würde ein Tritt werden!

Peek drehte sich, warf den Kopf herunter und trat mit beiden Hinterhufen gewaltig zu. Die Verbindung gelang. Ivy spürte den Stoß; ihre Zähne schlugen zusammen. War es genug?

Peeks Hufe kamen herunter. Sie drehte sich wieder.

Der Drache lag platt auf dem Rücken, der Schwanz zuckte. Peeks Doppelhuftritt hatte das Monstrum umgehauen und außer Gefecht gesetzt. Der Tritt war wirklich ausreichend gewesen!

Grey und Pook trabten heran. »Der andere Drache ist bewußtlos«, berichtete Grey. »Und dieser auch, so wie er aussieht.«

»Aber wie sind sie auf den verzauberten Pfad gelangt?« wunderte sich Electra.

»Ich glaube, ich verstehe es jetzt«, sagte Donkey. »Die Warnung der Welle: der *Zauberspruch* auf dem Pfad wirkt nicht! Deshalb ist er in diesem Abschnitt nicht sicher.«

Alle drei Geisterpferde nickten. Sie hatten es gewußt, waren aber unfähig gewesen, ihr Wissen auszusprechen.

»Aber der Zauberspruch ist vom guten Magier Humfrey gelegt worden«, überlegte Ivy. »Er läßt doch nicht zu, daß er unwirksam gemacht wird!«

»Nicht, wenn er noch in der Gegend wäre«, meinte Electra. »Aber er ist seit sieben Jahren fort.«

Ivy kam sich dumm vor. Natürlich, der gute Magier war fort; Dolphs Suche nach ihm hatte ihn mit Nada und Electra zusammengebracht, und Ivys Suche nach ihm hatte sie mit Grey bekannt gemacht. Und jetzt konnten andere Leute ungestraft mit seinen Zaubersprüchen herumpfuschen. »Wir müssen ihn zurückholen!« murmelte sie.

»Es muß hier einen Gegenzauber geben«, überlegte Electra, »um den Spruch, der auf dem Pfad liegt, auszulöschen. Auf diese Weise können die Ungeheuer eindringen.«

»Dann kann ich ihn vielleicht unwirksam machen«, mischte sich Grey ein. »Nur, daß ich nicht weiß, wie ich dazu Verbindung aufnehmen soll.«

»Ich verstärke deine Fähigkeit, Verbindung aufzunehmen«, schlug Ivy vor. »Dann kannst du ihn vielleicht aufheben.«

Er zuckte die Schultern. »Es ist einen Versuch wert.«

Sie stiegen von den Pferden und nahmen sich bei den Händen. »Ihr haltet euch bei den Händen!« rief Electra aus. »Das werde ich melden!«

»Wenn du das tust, werde ich verraten, daß du in das Zimmer meines kleinen Bruders geschlichen bist und seine Hand gehalten hast, während er schlief«, sagte Ivy drohend.

Electra sah so verlegen aus, daß Ivy, Grey und Donkey in Lachen ausbrachen. Eine der charmanten Eigenschaften von Electra war, daß sie sich so viel kindliche Unschuld bewahrt hatte.

Ivy konzentrierte sich auf Greys Kraft, Verbindung aufzunehmen. Sie spürte, etwas passierte. Sie war sich jedoch nicht sicher, was dies sein könnte. Dann gab es einen Moment, in dem ihr schwindelte.

»Ich hab's!« rief Grey aus. »Die Quelle des Problems ist da drüben.« Er lief zum Wegrand. »Dies ... Holzstück?« fragte er und hob es auf.

»Das ist Umkehrholz!« stieß Ivy hervor. »Es muß den Zauber auf dem Pfad umgekehrt haben, genau hier in der Nähe, so daß die Drachen hereinkommen konnten.«

»Dann werde ich es einfach unwirksam machen.«

»Tu das nicht!« sagte Ivy schnell. »Angenommen, es hat deine Gabe umgekehrt?«

»Aber wir können den Pfad doch nicht ungeschützt lassen!«

»Wirf das Holz einfach weg«, schlug Donkey vor. »Es wird keinen Schaden anrichten, wenn es nicht auf dem Weg liegt.«

Grey holte aus und wirbelte das Holz weit weg auf die Seite. Die drei Geisterpferde reagierten sofort und entspannten sich. Die zwei bewußtlosen Drachen bewegten sich. Beide zogen sich hoch und stolperten vom Weg herunter.

»Problem gelöst«, bemerkte Donkey mit Befriedigung.

»Aber es hätte nie ein Problem gegeben, wenn der Gute Magier noch in der Gegend wäre«, erwiderte Ivy. »Sobald wir unser persönliches Problem gelöst haben, müssen wir die Suche nach ihm wieder aufnehmen. Wir können nicht viel länger ohne ihn weitermachen.«

»Wenn wir ihn finden, kann er vielleicht auch alle unsere persönlichen Probleme lösen«, überlegte Electra.

Ivy nickte. Electra hatte ein Problem, das genauso schwerwiegend war wie ihr eigenes! Wenn Dolph ins Heiratsalter kam und wählen mußte, welche seiner Verlobten er wirklich heiraten würde, war es sehr wahrscheinlich, daß er Nada wählen würde. Dann mußte Electra sterben, weil es ihr nicht gelungen war, den Prinzen zu heiraten, der sie aus ihrem Zauberschlaf gerettet hatte.

Und wenn Grey den Fluch, der auf ihr lag, aufheben würde? Ivy dachte darüber nach. Konnte das eine Lösung für Electra darstellen? Sie zögerte damit, dies zu erwähnen, bis sie sich sicher war. Magie funktionierte nicht immer so, wie man es erwartete, und Fehler konnten verheerend sein.

Sie erreichten die Landenge. Ihre Rösser konnten nur bis hierhin gehen, denn magische Wesen kamen sofort um, wenn sie die Magie von Xanth verließen. Donkey würde dafür sorgen, daß sie zu diesem Punkt zurückkehrten, und die Geisterpferde würden auf seinen Pfiff kommen. Die letzte Station des Zauberpfades war schön, mit nützlichen Pflanzen aller Art und einem wunderbaren Blick auf die wechselnden Farben der See. Donkey würde seinen Aufenthalt hier genießen.

Die Farben der See bezogen sich auf die Zeiten und Plätze von Mundania, wohin die Leute von Xanth gehen konnten. Gelehrte wie Ichobod, der Archivar aus Mundania, und Arnolde Zentaur hatten sich die Mühe gemacht, sie zu erforschen und umfassende Berichte herauszugeben, die sie vollkommen erklärten. Unglücklicherweise war niemand außer ihnen in der Lage, die Berichte zu verstehen. Alles, was Ivy über die Farben wußte, war, daß das Meer zum Schwarzen Meer von Mundania führte, wenn es schwarz wurde. Vor langer Zeit waren ihre Eltern dorthin gefahren, um Großvater Trent und Großmutter Iris zu retten.

Diesmal verbrachten sie nicht viel Zeit, sich an den Farben zu erfreuen. Grey hob einfach die Magie der Grenze auf, und sie wanderten durch das sogenannte Moderne Mundania, wo Grey gelebt hatte. Sie wußten, daß es stimmte, weil sie mit ihrem Eintritt durch den Kürbis beim Namenlosen Schlüssel auch die magische Barriere vermieden hatten.

So fanden sich denn die drei wieder, wie sie durch das trostlose Unterholz im düsteren Mundania stolperten und dann auf die befestigten Regionen hinauf, die man Highways nannte, obwohl sie in Wirklichkeit eher niedrig als hoch waren. Jetzt konnten Ivy und Electra miteinander sprechen, aber nicht mit Grey, weil Grey mit der unsinnigen Sprache der Mundanier aufgewachsen war.

Grey demonstrierte die Magie des Daumensignals, mit dem man eines der vorbeifahrenden Fahrzeuge jäh und quietschend zum Halten bringen konnte. Es funktionierte nicht sehr gut, bis Ivy es ein wenig verstärkte, indem sie ihren Rock anhob, um mehr Bein zu zeigen. Dann kam ein riesiger Truck kreischend zum Halten und sorgte für ihren ersten Lift.

Sie überließen Grey das Reden, weil sie es nicht konnten. Ivy tauschte Handsignale mit Grey aus, wenn sie mußte, und wies Electra stumm auf die wenigen interessanten Dinge hin, wie zum Beispiel die komischen, kastenartigen Gebäude und die farbigen Lichter, die immer leuchtend rot aufglühten, wenn das Fahrzeug sich näherte.

So ging es weiter, in einer endlosen Reise entlang der wirren Straßen dieses langweiligen, trüben Reiches. Sie fanden einen öffentlichen Schlafplatz, genannt Busstation, für die

Nacht; die Sitze waren überhaupt nicht dafür geeignet, bequem zu schlafen, aber dies war nur ein weiterer Beweis für die Verrücktheit der Mundanier. Ivy mußte Electra zeigen, wie man die Vorrichtungen in dem Raum für natürliche Bedürfnisse benutzte, und das Mädchen war entsprechend entsetzt. »Wie können sie nur völlig reines Trinkwasser für so etwas benutzen?« fragte sie flüsternd. »Angenommen, jemand vergißt es und trinkt daraus?« Ivy wußte keine Antwort. Vieles, was die Mundanier taten, konnte man einfach nicht erklären.

Als sie vor einem der fremden, nichtmagischen Spiegel standen, war Ivy überrascht zu sehen, wie groß Electra geworden war. Jetzt hatte sie Ivys Größe und sah genauso erwachsen aus. Ivy erkannte, daß sie viel zu sehr in ihre eigenen Angelegenheiten vertieft gewesen war, um ihr viel Aufmerksamkeit zu schenken; Electra mußte die ganze Zeit über herangereift sein. Es war der mundanische Spiegel nötig gewesen, der sie nebeneinander stehend zeigte, damit Ivy das Ausmaß dessen richtig einschätzen konnte.

Grey holte Portionen von verpacktem Essen aus den beleuchteten, aufgestellten Maschinen; er hatte ein paar ihrer mundanischen Münzen zu diesem Zweck aufbewahrt. Offensichtlich schmeckte den Maschinen das Metall besser als wirkliche Nahrung, und sie gaben ihr Essen dafür her. Ivy hatte dies schon auf ihrer letzten Reise hierher gesehen, aber Electra war erstaunt. »Wann essen die Maschinen die Nahrung, für die sie das Metall eintauschen?« fragte sie. »Warum essen sie nicht einfach gleich das Metall, wenn sie die Nahrung nicht mögen?« Und wieder konnte Ivy nicht antworten.

Sie schliefen, eine auf jeder Seite gegen Grey gelehnt. Um beide hatte er einen Arm gelegt. Ivy fragte sich, ob dies wohl der Lage ihres Bruders mit seinen zwei Verlobten ähnlich war. Der unschuldige Dolph wäre zufrieden, sie beide zu heiraten, die eine aus Mitleid, die andere aus Liebe. Aber die Eltern hatten gesagt: *Nein. Auf keinen Fall. Sicher nicht. Absolut außer Frage.* Und: *Niemals.* So schien es wahrscheinlich, daß sie sich gegen eine solche Lösung stellen würden. Zu dumm, denn Nada und Electra waren beide so nett.

Schließlich kamen sie in Greys Wohnung. Der Tag war schon recht weit vorangeschritten, denn sie hatten sich verspätet, weil Electra sich nicht wohl fühlte. Sie hatte heißhungrig gegessen, schien nie genug zu kriegen und war irgendwie reizbar und abwesend. Sie war auch ziemlich schmutzig, so daß sie kaum wie sie selbst aussah.

Ivy hatte dieser Ort nie gefallen, aber jetzt war er ihr wohltuend vertraut. Ihr eigenes Zimmer war unverändert, mit noch einer Menge alltäglicher Nahrung auf den Regalen. Sie ermunterte Electra zu essen, sich zu säubern und eines der Kleider aus dem Schrank anzuziehen, so daß sie sich wieder zeigen konnte. Dann ging sie mit Grey durch die Halle.

Com-Puter sendete; als Grey die Maschine anwarf, konnten sie wieder normal miteinander sprechen. Es war eine große Erleichterung.

DU HAST ALSO AUCH NOCH JEMAND ANDEREN AUS XANTH MITGEBRACHT, bemerkte der Schirm.

»Ja, es ist Electra, unsere Anstandsdame«, erklärte Grey, als sie in der Tür erschien, gewaschen und umgekleidet.

JA, ES IST RICHTIG, EINE ÄLTERE PERSON IN DIESER STELLUNG ZU HABEN.

»Oh, sie ist nicht älter!« protestierte Ivy. Aber dann sah sie Electra noch einmal an und war erstaunt. Das Mädchen sah zwar älter aus, wie eine Frau von vielleicht dreißig. Sie hatte angenommen, daß es der Schmutz war und die mitgenommene Kleidung, die ihr Aussehen veränderten, aber jetzt war deutlich, daß diese Dinge nur das wahre Ausmaß der Veränderung verborgen hatten. Wie konnte das sein?

Grey war ebenfalls überrascht. »Electra, du bist größer und älter und, äh, voller«, staunte er. »Deine neue Kleidung läßt dich so schrecklich alt aussehen! Was ist passiert?«

SIE IST JUNG? erkundigte sich der Schirm. WIE IST IHRE GESCHICHTE?

»Eigentlich stammt sie aus der Zeit vor 900 Jahren«, sagte Ivy. »Ein Zauberspruch traf sie auf böse Weise, und sie hat bis in die Gegenwart geschlafen. Aber sie blieb im gleichen Alter, bis sie aufwachte. Bis jetzt.«

ES WAR DUMM, SIE HIERHER NACH MUNDANIA ZU BRINGEN, erklärte der Schirm. SIE IST JETZT IM BEGRIFF, IHR MUNDANISCHES ALTER VON 900 JAHREN ZU ERREICHEN.

Die drei tauschten Blicke blanken Entsetzens aus. »Oh, Electra, wir haben nicht nachgedacht!« schrie Ivy. »Wir wußten doch, daß magische Wesen nicht hierher kommen können ...«

»Es ist natürlich mein Fehler«, sagte Electra, überraschend reif. »Natürlich hätte ich das bedenken müssen. Ich werde versuchen, damit auf erwachsene Weise umzugehen.«

Sie war auch emotional älter! Sie alterte in jeder Hinsicht.

»Wie lange dauert es, bis sie, äh ...?« fragte Grey.

BEIM MOMENTANEN GRAD DES VORANSCHREITENS HAT SIE NOCH UNGEFÄHR DREI TAGE, BEVOR DAS ALTER SIE DAHINRAFFT, erschien auf dem Schirm.

»Wir müssen sie nach Xanth zurückbringen!« stief Ivy hervor.

»Geduld«, wendete Electra vernünftig ein. »Wir haben zwei Tage gebraucht, um an dieses Ziel zu gelangen, so sollten zwei Tage für die Rückkehr ausreichen. Wir können unser Anliegen an dem dazwischen liegenden Tag erledigen. Ich sehe keinen Grund, unsere Mission nur wegen meiner Unpäßlichkeit zu gefährden.«

»Deine Unpäßlichkeit!« rief Ivy aus. »Wenn wir nach Xanth zurückkommen, bist du eine alte Frau! Wie kannst du dann Dolph heiraten?«

Electra lächelte mit erwachsener Gelassenheit. »Das

würde doch mein Problem lösen, oder nicht? Natürlich würde ich nicht von dem Kind verlangen, eine alte Vettel zu heiraten.«

MACHT EUCH KEINE SORGEN, schrieb der Schirm. ERNEUT IN DER ATMOSPHÄRE VON MAGIE, WIRD SIE SICH WIEDER IN DEM GLEICHEN MASS ÄNDERN, WIE SIE GEALTERT IST, BIS SIE IHREN STAND DES GLEICHGEWICHTS FÜR DIESE UMGEBUNG WIEDER ANNIMMT.

»Oh, 'lectra!« rief Ivy sehr erleichtert. Sie öffnete die Arme, um ihre Freundin zu umfangen, und sah dann, wie fremd die ältere Frau aussah und wich zurück. Dies war vielleicht die gleiche Person wie ihre Freundin, aber es war schwer, das emotional zu akzeptieren.

»Deine Reaktion ist völlig verständlich«, äußerte Electra tolerant. Wenn sie verletzt war, dann verbarg sie es mit der Überlegenheit, für die Erwachsene berüchtigt sind. Ivy fühlte sich innerlich sehr klein und schäbig.

»Wir sollten jetzt besser, äh, zu meinen Eltern fahren«, sagte Grey. »Sie wohnen in Squeedunk, ungefähr 60 Meilen von hier. Ich habe das City-College besucht, weil es das nächste ist, das Bürgern dieses Bundesstaates eine Unterrichtspause gewährt, aber es ist zu weit weg, um zu pendeln. Es gibt einen täglichen Bus, aber sein Fahrplan ist so kalkuliert, daß er nutzlos ist.«

»Aber wir müssen das an einem Tag erledigen!« mahnte Ivy.

»Wir könnten ein Taxi nehmen, wenn ich das Geld hätte, aber ...«

ES GIBT EINEN NOTRESERVE-FOND, DER DAS ABDECKEN KANN.

Ivy betrachtete mißtrauisch den Bildschirm. »Warum bist du so hilfreich, Puter? Du weißt doch, daß wir dich nicht mögen!«

ICH BIN NICHT PUTER: ICH BIN NUR EIN PROGRAMM, DAS GESENDET WIRD, UM PUTERS GEBOT ZU FOLGEN. ES IST MEINE AUFGABE, DIE VERBIN-

DUNG ZWISCHEN GREY MURPHY UND PRINZESSIN IVY ZU ERLEICHTERN, UND EURE KONSULTATION BEI MAGIER MURPHY WIRD EURE SITUATION FESTIGEN. DAS GELD IST IN DEM DISKETTENKASTEN NEBEN MEINEM MONITOR.

Grey blickte neben den Bildschirm. Er fand dort den Kasten. Hinter der Diskette befand sich ein Geldbündel, das er vorher nicht bemerkt hatte. Er nickte. »Das wird reichen.«

Aber Ivy war nicht ganz zufrieden. »Also, Programm, du bist nicht das gleiche wie Puter? Was hast *du* davon?«

DATEN UNGENÜGEND.

»Mach das nicht mit mir!« schimpfte sie. »Du weißt genau, was ich meine! Böse Leute tun niemals Dinge nur, weil sie es tun sollen; es gibt immer etwas, was sie dabei gewinnen können.«

DATEN UNGENÜGEND.

Electra griff ein. »Was sie meint, Programm, ist, daß es ihre Verbindung mit Grey Murphy erleichtern würde, wenn sie ein bißchen mehr Information hätte. Sie neigt dazu, dem zu mißtrauen, was sie nicht versteht, und das könnte ihr Verhältnis zu den Eltern ihres Verlobten und damit auch das zu ihm mit Vorurteilen belasten. Da deine Mitwirkung wesentlich ist, ist dein getrennter Input nötig, so daß die Mission nicht beeinträchtigt wird.«

ERKLÄRUNG AKZEPTIERT.

Ivy hielt den Mund. Electras neue Reife war ganz praktisch!

»Normalerweise erhält jeder Teilnehmer einer Übereinkunft eine Vergütung, die seiner Teilnahme angemessen ist«, fuhr Electra unbegreiflicherweise fort. »Was ist deine Belohnung, falls die Mission erfolgreich ist?«

RÜCKKEHR NACH XANTH.

»Und was ist deine Strafe, falls die Mission nicht gelingt?«

GEFANENSCHAFT IN MUNDANIA.

Electra wirkte freundlich listig, in der Weise, wie nur ein

Erwachsener es sein konnte. »Zufällig stehen wir kurz davor, nach Xanth zurückzukehren. Wir könnten dich mit uns nehmen, so daß du nicht mehr weiter mit deinem eigenen Schicksal an das Ergebnis der Mission gebunden bist, wenn du bereit bist, mit uns zu kooperieren.«

Der Schirm flackerte. VERSUCHST DU, MICH ZU BESTECHEN?

Wieder dieses listige, erwachsene Lächeln. »Teilhaber mit Gewissen profitieren weder, noch akzeptieren sie unverdiente Belohnung. Sie kommen lediglich zu vernünftigen Vereinbarungen.«

WAS VERLANGST DU?

»Informationen darüber, wie Ivy Grey heiraten kann, so daß sie weder seine Dienstverpflichtung Com-Puter gegenüber unterstützen, noch mit ihm in Mundania im Exil leben muß.«

ICH WEISS NICHT, WIE DAS ABKOMMEN MIT COMPUTER AUFGEHOBEN WERDEN KANN, ABER ES GIBT EINE STRATEGIE. WÜRDEN INFORMATIONEN ÜBER DIESE STRATEGIE DEINE ERFORDERNISSE ERFÜLLEN?

Electra sah Ivy an. »Programm ist zum Handeln bereit. Ich meine, das ist das Beste, was es anbieten kann. Was denkst du?«

Ivy hatte kaum den vorangehenden Dialog verfolgt. Sie hatte den Eindruck, daß weder Electra noch Programm irgend etwas Verständliches gesagt hatten, und trotzdem schienen sie einander zu verstehen. »Es wird uns helfen, wenn wir ihm helfen?«

»Es wird uns verraten, was man tun kann, um Puters Komplott zu umgehen, wenn das überhaupt möglich ist.«

»Dann mach den Handel!« rief Ivy erfreut aus.

Electra wendete sich wieder dem Schirm zu. »Diese Informationen genügen unseren Erfordernissen. Wie können wir am schnellsten deinen Transport nach Xanth erleichtern?«

NIMM MEINE DISKETTE.

Grey ging zu einer schmalen Box. »Die ursprüngliche

Vaporware Limited Disk ist hier. Wir können sie ohne Probleme mitnehmen.«

»Aber wie kommt Programm in Xanth zum Leben?« fragte Ivy. »Braucht es keinen Bildschirm oder so etwas?«

ES GIBT MAGISCHE SCHIRME IN XANTH. IHR KÖNNT MICH BEI EINEM SOLCHEN DEPONIEREN. EINER IST ZUM BEISPIEL AN DER LANDENGE.

»Das werden wir tun«, stimmte Ivy erfreut zu. »Und nun deine Strategie?«

BRINGT MAGIER MURPHY NACH XANTH ZURÜCK, NACHDEM IHR SEIN EINVERSTÄNDNIS ERREICHT HABT, SEINE GABE ZU EUREM ZWECK EINZUSETZEN.

»Aber seine Gabe ist es, die Dinge zu verderben!« protestierte Ivy.

Nun griff Grey ein. »Aber er kontrolliert es doch, oder? Er sorgt dafür, daß die Gegenseite versagt! Und wenn er gegen Com-Puters Komplott ist ...«

»Versagt *dieses*!« schloß Ivy. »Und dann ist alles in Ordnung!«

Grey stopfte die Diskettenschachtel in einen kleinen Koffer, und Ivy fügte mundanische Kleidung hinzu. Electra aß noch mehr von den Speisen auf den Regalen. Dann brachen sie nach Squeedunk auf.

Das Haus der Murphys war typisch für mundanische Wohnungen: ordentlich, sauber und trostlos. Ivy wunderte sich, wie die Familie das so lange Jahre hatte aushalten können. Natürlich hatten sie keine Wahl; niemand in Mundania hatte sie. Wenn die Mundaner aus Mundania fliehen könnten, würden sie alle nach Xanth ziehen!

Nachdem Grey die Taxifahrt bezahlt hatte, konnten sie aussteigen. Der mürrische Fahrer wirkte fast zufrieden, als er wieder losfuhr. »Ich habe ihm fünfundzwanzig Prozent Trinkgeld gegeben«, erklärte Grey und berührte ihr Hand. Ivy lächelte, als könne sie verstehen, was er damit meinte. In der Tat war sie überrascht, daß sie einige seiner Worte verstehen konnte, wo sie doch jetzt nicht mehr am Schirm von Programm waren. Dann erkannte sie, daß sie Programm ja auf der Diskette bei sich hatten. Die Macht der Maschine war geringer, aber wenn Ivy Grey berührte, konte sie ihn verstehen.

Sie liefen den Weg entlang, und Grey klopfte an die Tür. Eine pummelige Frau öffnete. »Npuifs!« rief Grey aus und umarmte sie.

»Hsfz-xibu bsf zpv epjoh ifsf?« fragte sie überrascht. »Eje zpv gbjm Gsftinbo Fohmjti?«

»Opu fybdumz«, antwortete er. »Mppl, Nb, uijt jt dpnqmjdbufe. J'mm fyqmbjm fwfszuijoh.«

Sie wurden hineingebeten und als ›Jwz‹ und ›Fmfdusb‹ vorgestellt. Dann saßen sie auf der abgenutzten, bequemen Couch, und Ivy setzte sich absichtlich neben Grey und legte ihre Hand auf den Koffer, damit sie verstehen konnte, was gesagt wurde.

Greys Vater war alt. Von Puters Bildern her erinnerte Ivy sich, daß Magier Murphy in den mittleren Jahren gewesen war, als er und Vadne aus Xanth flüchteten, und jetzt waren 19 Jahre vergangen, so daß sein Alter nicht überraschte. Greys Mutter war mittleren Alters und hatte eine beträchtliche Menge an Gewicht zugenommen. Es wäre wirklich schwierig gewesen, dieses Paar von anderen Mundaniern zu unterscheiden, aber zunehmend war sie in der Lage, die Überreste der Menschen zu sehen, die sie einmal gewesen waren. Es war wirklich zu schlimm, was zwei Jahrzehnte mundanischen Lebens Menschen antun konnten!

»Zuerst«, meinte Grey, »muß ich euch erzählen, was ich über Xanth weiß.« Seine Eltern erstarrten und blieben ausdruckslos. »Ich weiß von dem Abkommen, das ihr mit Com-Puter geschlossen habt und warum ihr mir nie davon erzählt habt. Ihr habt es getan, weil ihr nicht wolltet, daß ich dorthin gehe und der Maschine dienen muß.«

Die Eltern warfen sich einen mundanischen Blick zu. »Zft«, sagte der Magier. Ivy brauchte keine Übersetzung; er hatte gerade das bestätigt, was sie bestätigt haben wollten.

»Aber Com-Puter hat es nicht dem Zufall überlassen«, sagte Grey. »Er hat ein Programm geschickt, das mir Ivy aus Xanth hierher geschickt hat. Sie ist die Tochter von König Dor und Königin Irene und ist selbst eine Zauberin.« Er schwieg einen Moment. »Und ... sie ist meine Braut.«

Die Eltern starrten Ivy ungläubig an. Ivy nickte, sie fühlte sich plötzlich beengt.

Nach einer langen Weile kramte Vadne nach einem Taschentuch und tupfte ihre Augen. Dann erhob sie sich und streckte Ivy die geöffneten Arme entgegen.

Ivy stand auf, ging auf sie zu und umarmte sie. Es gab etwas an Verlobungen, das Frauen in einer Weise verstanden, wie Männer es nicht taten. Die Sprache spielte keine Rolle.

Und dann war die Sprache doch wichtig. »Zpv ... bist du wirklich aus Xanth?« fragte Vadne langsam.

Ivy war überrascht. Sie sprach verständlich! »Ja, das bin ich. Aber wie kommt es, daß du ...?«

Vadne lächelte. »Ich komme auch aus Xanth«, erinnerte sie, und sprach jedes der ungewohnten Worte immer noch einzeln aus. »Ungefähr 20 Jahre lang habe ich nicht gewagt, es zu sprechen ... wir mußten mundanisch lernen ...«

»Oh, natürlich! Das muß schrecklich gewesen sein!«

»Schrecklich«, stimmte Vadne zu. »Außer Grey, er war unsere Freude, sogar hier.«

Grey blickte sie verwirrt an. »Oh ... er hört, daß wir xanthisch sprechen!« sagte Ivy. »Er kann es ohne Magie nicht verstehen!«

»Wir haben es ihm nie beigebracht«, bestätigte Vadne. »Wir haben Xanth vermieden, so daß er es nicht lernen konnte. Aber jetzt ...«

»Sag ihm, daß ich den Rest erzählen werde«, meinte Ivy.

»Es gibt noch mehr?« fragte Vadne überrascht.

»Viel mehr.«

Vadne wendete sich Grey zu. »Qsjodftt Jwz xjmm ufmm vt uif sftu, efbs«, sagte sie freundlich. Er wirkte verstimmt, aber hatte keine Einwände. Wahrscheinlich war er bestürzt, festzustellen, daß Ivy mit seinen Eltern in einer Sprache sprechen konnte, die er nicht verstand, aber er erkannte den Sinn.

»Sieh mal, Grey half mir, nach Xanth zurückzukehren«, erklärte Ivy fröhlich. »Er glaubte nicht daran, aber mochte mich, und deswegen half er mir. Danach habe ich ihn mitgenommen, und als er anfing, an Magie zu glauben, haben wir uns verlobt. Schließlich entdeckten wir, daß er selbst magische Kräfte hatte und in Wirklichkeit ein Magier war ...«

»Xibu?« erkundigte sich Murphy erstaunt.

»Ein Magier«, wiederholte Ivy. »Ihr habt den Storch für ihn in Xanth gerufen, also ist er Xanthier, und wir glauben, daß eure Reise nach Mundania, bevor der Storch ihn brachte, seine Gabe beeinträchtigte, so daß er jetzt Magie aufheben kann, sogar meine; und auf diese Weise ist er ein Magier Negierender Magie. Wie auch immer, meine Eltern sagten, daß ich ihn nicht heiraten kann, wenn er keine Gabe hat; und so können wir heiraten. Aber wir haben uns gefragt, wie ein Mundanier magische Talente haben konnte, und als wir es herausfanden, haben wir von Com-Puter und dem Abkommen erfahren, das ihr geschlossen habt, um Xanth zu verlassen. Aber wir meinen, daß es vielleicht einen Weg da heraus gibt.«

»Warte ... warte«, warf Vadne ein und schien ein wenig benommen. »Wir dachten, daß er vielleicht magische Talente hat, aber das ... das kommt alles so plötzlich!«

»Also, was wir vorhaben, ist, euch nach Xanth zurückzubringen«, fuhr Ivy munter fort. »Weil Magier Murphys Gabe ... nun, wenn er versprechen würde, der herrschenden Ordnung zu dienen und Puter zu vernichten, anstatt meinen Vater ... ich will damit sagen, ich weiß, daß er König sein wollte, aber das war vor langer Zeit.«

Murphy und Vadne starrten sie an. »Aber wir sind Verbannte!« sagte Murphy. »Man würde uns zurück in den Hirnkorallenteich stecken!«

»Ihr seid nicht wirklich verbannt worden«, meinte Ivy. »Ihr habt einfach nur gedacht, daß das einfache Volk euch hassen würde, und ich glaube, daß es das auch tut, weil euer Fluch meinem kleinen Bruder wirklich übel mitgespielt hat. Aber wenn ihr versprecht, es nicht wieder zu tun ...«

»Du verstehst nicht«, sagte Vadne. »In einem Anfall von Eifersucht habe ich ein Mädchen in ein Buch verwandelt und mich geweigert, sie zurückzuzaubern. Das ist der Grund, wieso ich verbannt wurde.«

»Oh ... Millie, der Geist«, erinnerte sich Ivy. »Aber sie ist wieder am Leben und auch der Zombiemeister. Und sie haben Zwillinge. Ich denke, daß sie euch vergeben werden, wenn ihr sie darum bittet. Also, wenn Magier Murphy seine Fähigkeiten einsetzt, um Com-Puter das Handwerk zu legen, kann Grey vielleicht irgendwie aus diesem Abkommen heraus. Dann können wir heiraten und in Xanth bleiben. Ich bin sicher, mein Vater würde dem zustimmen, weil er nicht möchte, daß ich Xanth verlassen muß oder so. Wenn ihr also einverstanden seid, mitzukommen und euren Anspruch auf den Thron aufgebt ...«

»Den habe ich aufgegeben, als ich aus Xanth geflohen bin«, erwiderte Murphy leidenschaftlich. »Ich würde alles dafür geben zurückzukehren!«

»Das würde ich auch tun!« stimmte Vadne genauso leidenschaftlich zu. »Wir haben immer von Xanth geträumt, aber nie davon gesprochen.«

»Aber wir müssen sofort los«, drängte Ivy. »Denn Electra altert, und wir müssen sie zurückbringen. Eigentlich ist sie in Xanth 15 Jahre alt.«

Beide drehten sich um und starrten Electra an. »Es ist wahr«, bestätigte Electra. »Euer Fluch, Magier Murphy, hat mich ungefähr 900 Jahre schlafen lassen ... ich war mir nie sicher über die exakte Zahl ... und im gleichen Alter aufwachen lassen, mit dem ich eingeschlafen bin. Aber jetzt bin ich aus dem magischen Reich heraus, und die neunhundert Jahre machen sich bemerkbar.«

»Mein Fluch?« fragte Murphy. »Ich habe keine Kinder verflucht!«

»Ich war bei der Zauberin Tapis, die euch auf der Insel der Sicht entgegengetreten ist.«

»Ach, jetzt erinnere ich mich! Zwei oder drei Mädchen waren bei ihr, ein sehr hübsches ...«

»Das war entweder Millie, die Hofdame, oder die Prinzessin; beide waren schön. Ich war das unscheinbare Mädchen.«

Murphys Augenbrauen zogen sich zusammen. »Und da kommst du, um mich zu bitten, nach Xanth zurückzukehren? Man sollte meinen, daß du mich haßt.«

»Nicht ganz. Euer Fluch hat dazu geführt, daß ich mich mit einem schönen, jungen Prinzen verlobt habe. Natürlich werde ich sterben, wenn er mich nicht heiratet, aber es war sehr schön, ihn und Ivy kennenzulernen. Deshalb glaube ich, daß ihr für mich in eurer unredlichen Art genauso viel Gutes getan habt wie Böses. Ich hege wirklich keinen Groll gegen euch, obwohl ich nicht noch einmal eurem Fluch zum Opfer fallen möchte.«

Murphy dachte nach. »Würdest du meine Entschuldigung für das Böse, das ich dir angetan habe, annehmen?«

»Natürlich. Aber ich bin im Moment in einem gereiften Stadium; ich denke vielleicht anders in meinem normalen, kindlichen Zustand.«

»Dann warte ich und biete meine Entschuldigung an, wenn du wieder in dieses kindliche Stadium zurückgekehrt bist und werde über Möglichkeiten nachsinnen, wie ich deine mißliche Lage verbessern kann. Vielleicht kann meine Gabe auch zum Guten für andere gewendet werden.«

»Dann kommt ihr mit?« fragte Ivy aufgeregt.

»Wir kommen beide und werden deinen Vater um Erlaubnis bitten, bleiben zu können«, erklärte Murphy. »Ich bin sicher, daß ich auch für meine Frau spreche, wenn ich sage, daß wir alles tun werden, was in unserer Macht steht, um Wiedergutmachung für das Unheil, das wir angerichtet haben, zu leisten. Wenn man uns erlaubt, zurückzukehren und in Xanth zu bleiben.«

»Dann ist es entschieden!« sagte Ivy. »Aber wir müssen uns beeilen, weil wir nur zwei Tage haben, um Electra zurückzubringen.«

»Wir können es in einem schaffen«, meinte Murphy. »Ich habe ein Auto.«

»Aber das Haus, die Vorbereitungen … wir können doch nicht einfach so abreisen!« protestierte Vadne.

»Telefoniere mit deiner Freundin von nebenan und sag ihr, daß das Haus ihr gehört, bis wir zurückkehren. Wenn man uns in Xanth akzeptiert, wird dies jedoch nie geschehen.«

Vadne nickte. Sie eilte zu dem eigentümlichen mundanischen Gerät, das sie Telefon nannten.

Nach einer Stunde waren sie auf dem Weg, alle fünf in Murphys Wagen gepackt, mit belegten Broten und Milch, die Vadne für die Reise mitgenommen hatte. Der Wagen brummte mit schwindelerregender Geschwindigkeit die Straße entlang, genauso wie das Taxi es getan hatte, und vermied irgendwie, mit all den anderen Wagen zusammenzustoßen, die aus der Gegenrichtung an ihnen vorbeisausten.

Sie fuhren den Rest des Tages und hielten auch nachts nicht an. Jetzt blitzten die hellen Lichter der anderen Wagen in der Dunkelheit und machten Ivy noch nervöser. Aber als sie Electra betrachtete und feststellte, daß sie sichtbar älter wurde, wußte sie, daß Geschwindigkeit das beste war.

Ivy bemerkte nicht, daß sie eingeschlafen war, bis sie von einem heftigen Ruck aufgeweckt wurde. »Die Straße ist zu Ende«, erklärte Magier Murphy. »Wir müssen zu Fuß weitergehen.«

Sie zwängten sich aus dem Auto. Magier Murphy hatte eine Lampe, die in Mundania die komische Eigenschaft hatte, einen konischen Lichtstrahl auszusenden. Sie marschierten weiter in die Region der Landenge von Xanth hinein. Ivy führte sie, weil sie diejenige war, die zu der Zeit von Xanth geboren war, als sie es verlassen hatten. Das bedeutete, daß sie sie dorthin zurückgeleiten konnte. Jemand aus einer anderen Xanther Zeit würde sie zu seiner oder ihrer Zeit zurückführen, die völlig anders sein konnte.

Dann hörte Ivy eine Stimme, die aus der Entfernung rief: »Wer ist dort?«

Das war Donkey! »Ivy ist hier!« rief sie zurück.

Sie orientierten sich an dem Zentauren und trafen bald zusammen. Sie waren zurück in Xanth. Ivy fühlte sich ausgesprochen erleichtert. Sie hatte nicht bemerkt, wie unruhig sie gewesen war, bis sie das trostlose Mundania endlich hinter sich gelassen hatte.

»Aber warum hast du drei Mundanier mitgebracht?« fragte Donkey. »Und wo ist Electra?«

Die Frau mittleren Alters, die Electra im Moment war, trat zu ihm heran. »Ich habe ein paar Jahre zugelegt, aber ich werde sie wieder verlieren, wenn du Geduld hast.«

»Du *bist* es!« stieß er entsetzt hervor. »Was ist passiert?«

»Ich habe vergessen, daß ich unter mundanischen Bedingungen neunhundert Jahre alt bin«, sagte sie mit einem gequälten Lächeln. »Es war eine interessante Erfahrung, die hoffentlich bald vorbei ist.«

Dann stellte Ivy den Magier Murphy und Vadne vor. »Wir haben ein Problem, weil wir nicht genug Reittiere für alle haben«, stellte sie fest. »Unter Umständen müssen wir uns in zwei Gruppen teilen, eine schnelle und eine langsame.«

»Meine Frau und ich wären froh darüber, uns etwas Zeit zu lassen«, meinte Murphy. »Es ist so lange her, es wird etwas dauern, bis wir uns wieder eingewöhnt haben.«

»Und mir wäre es lieber zu warten, bis ich wieder in meinem normalen Zustand bin«, bemerkte Electra.

»Ich würde mich freuen zu bleiben, bis es soweit ist«, bot Donkey an.

»Dann reiten Grey und ich wohl auf den Geisterpferden voraus, und ihr anderen bewegt euch etwas langsamer auf dem Zauberpfad voran«, schloß Ivy. »Wenn ihr dann ankommt, sollte alles wieder normal sein, und Schloß Roogna wird darauf vorbereitet sein, euch zu empfangen.«

Mit dieser Entscheidung waren alle zufrieden.

Aber zuerst mußten sie Programm zu einem Bildschirm bringen, wie sie es versprochen hatten. »Oh, sicher; es gibt in der Nähe ein Gerät, auf das diese Beschreibung paßt«, berichtete Donkey. »Ich habe diese Gegend gründlich erforscht, während ich auf eure Rückkehr gewartet habe.« Er führte sie an den Ort.

Er erwies sich als eine polierte Steinplatte mit einem tiefen Spalt an der Seite. Grey steckte die Diskette hinein, und der Stein glühte. Schrift tauchte auf. HANDEL ERFÜLLT, lautete sie.

»Aber was gibt es für dich zu tun hier draußen im Nirgendwo?« wunderte sich Ivy.

ZUERST MUSS ICH EINEN UNSICHTBAREN RIESEN FANGEN, schrieb der Bildschirm. DANN MUSS ICH KONTROLLIERTE VARIANTEN DER REALITÄT ÜBEN. IRGENDWANN BIN ICH DANN VIELLEICHT FÄHIG, EIN IMPERIUM ZU SCHAFFEN UND MEINEN MEISTER UM DIE HERRSCHAFT ÜBER XANTH HERAUSZUFORDERN.

Ivy tauschte wissende Blicke mit Grey. »Äh, wie lange wird das dauern?« erkundigte er sich.

VIELLEICHT DIE KLEINIGKEIT VON DREIHUNDERT JAHREN. DAS KOMMT AUF DIE UMSTÄNDE AN.

»Mit Sicherheit kannst du es schneller hinbekommen!« sagte Grey ermutigend.

NEIN. ICH HABE DIE OPTIMALEN BEDINGUNGEN BERECHNET. ES FÄLLT WAHRSCHEINLICHER IN DEN BEREICH VON ZEHN HOCH DREI ODER ZEHN HOCH VIER JAHREN. GLÜCKLICHERWEISE BIN ICH GEDULDIG.

»Das ist wirklich Glück«, stimmte Ivy zu. »Ich hoffe, meine eigene Suche ist noch erfolgreicher.«

DEINE SUCHE MÜSSTE INNERHALB EINES MONATS ENTSCHIEDEN SEIN.

»Danke, Programm«, sagte sie erfreut. Aber dann erinnerte sie sich, daß dies das Zeitlimit war, das Com-Puter Grey gesetzt hatte, um seine anderen Angelegenheiten zu erledigen, bevor er in seine Dienste trat. Programm mußte dies erkannt haben.

Als sie dann auf Geisterpferden den Pfad entlangritten, fragte sie Grey: »Was bedeutet zehn hoch drei?«

»Tausend«, antwortete er. »Das ist eins der wenigen Dinge, an die ich mich vom Mathematikunterricht im College erinnere, der fast so schlimm ist wie Englisch für Anfänger.«

»Du Armer! Aber du wirst diese Qualen nie wieder erleiden müssen, wenn wir unser Ansinnen innerhalb eines Monats abschließen.«

»Aber Programm hat nicht erwähnt, in welcher Weise es entschieden wird.«

»Uuuuups!« Ivys Freude verwandelte sich auf geheimnisvolle Weise in Unsicherheit. Sie wußte immer noch nicht, wie sie um Greys Verpflichtung Com-Puter gegenüber herumkommen konnten. Ihre Reise nach Mundania hatte das Schlimmste bestätigt, ihnen aber auch eine Möglichkeit geboten, dies unwirksam zu machen. Das war alles: eine Chance. Wenn es Magier Murphy gelang, Com-Puters Komplott zu zerstören.

»Ich hoffe, daß die Flüche deines Vaters genauso stark sind, wie sie es vor neunhundert Jahren waren«, bemerkte Ivy.

»Ich weiß, daß er alles, was er kann, für mich tun wird«, erwiderte Grey. »Meine Eltern … sie sind nicht immer gut miteinander ausgekommen, aber sie waren immer gut zu mir. Ich habe ihre Art nie richtig verstanden, glaube ich, bis ich den Rückblick auf Com-Puter sah. Ich wußte nur, daß sie trotz ihrer Streitigkeiten einen geheimnisvollen und mächtigen Grund hatten, zusammenzubleiben. Jetzt weiß ich, daß es ihre gemeinsame Vision von Xanth war, über die sie nie sprechen konnten. Für mich und für Xanth … würden sie alles tun. Das weiß ich genau und …«

»Und du bist froh, daß sie hier sein werden«, endete sie für ihn. »So ist deine Familie zusammen.«

»Ich bin froh«, stimmte er gefühlvoll zu. »Vielleicht sind meine Eltern früher böse gewesen, aber jetzt sind sie es nicht mehr.«

»Sieh zu, daß du das *meinen* Eltern erklärst!« warf sie lachend ein. Aber innerlich quälten sie tiefe Zweifel. Es war ein dünner Strohhalm, an dem sie sich festhielten. Was würde aus ihnen werden, wenn er versagte?

14

VORHERSEHUNG

Grey sah, daß Ivy nachdenklich war, und verstand auch den Grund. Nichts war entschieden worden, und es gab keine Garantie. Die Flüche des Magiers Murphy waren früher offenbar äußerst wirksam gewesen, doch befanden sie sich jetzt in der Gegenwart und nicht in der Vergangenheit, außerdem war der Magier fast zwanzig Jahre lang aus der Übung. In diesen dazwischenliegenden Jahren war er einfach nur Major Murphy gewesen, ein mundanischer Büroangestellter, der gerade genug mundanisches Geld verdiente, um über die Runden zu kommen. Er hatte großes Glück gehabt, daß er einen Arbeitgeber gefunden hatte, welcher mit einem Angestellten zufrieden war, der ein sprachliches Handicap hattep, und glücklicherweise wurden seine Bemühungen mit der Zeit auch anerkannt.

Nun verstand Grey auch, was er vorher nicht begriffen hatte, nämlich, daß die furchtbare Eintönigkeit seines eigenen Lebens nur eine Reflexion der sehr viel größeren Eintönigkeit des Lebens seiner Eltern war. Sie hatten Xanth gekannt, und sie waren sich über das Ausmaß ihres Verlustes bewußt. Sie hatten ihn vor dieser Erkenntnis beschützt, aber nun wurde ihm die volle Bedeutung dessen klar.

Was würde er tun, wenn er Xanth verlassen müßte – und Ivy? Von Zeit zu Zeit hatte Grey erwogen, Selbstmord zu begehen, zwar nicht mit großer Hingabe, aber als eine Aussicht darauf, sich von dieser unerbittlichen Langeweile seiner gespaltenen Existenz zu lösen. Er hatte es niemals wirklich versucht, nicht, weil er keinen Einfall dazu gehabt hätte, sondern weil er sich keinen einfachen Weg vorstellen konnte, es ohne Schmerzen hinter sich zu bringen. So hatte er sich durchgewurschtelt, während er allmählich seinen Halt verloren hatte.

Dann war Ivy gekommen. sein Leben *hatte* sich geändert.

Wenn er sie verlieren würde und alleine nach Mundania zurückkehren müßte – nein, er brauchte nicht zu fragen, was aus ihm werden würde, er wußte es.

Alles, was schiefgehen konnte, würde auch tatäschlich schiefgehen: das war das Talent seines Vaters. Konnte das wirklich auch auf positive Weise funktionieren und Grey dabei helfen, diese Teufelsmaschine durcheinanderzubringen? Grey glaubte nicht daran. Aber was sonst könnte er versuchen?

Also lächelte er und ermutigte Ivy; sie lächelte ihm ebenfalls ermutigend zu, aber keiner konnte den anderen täuschen. Ihr Glück hing an einem seidenen Faden.

»So, das war die Geschichte«, schloß Ivy. »Der Magier Murphy und Vadne werden in ein paar Tagen hier sein, um für ihre Verbrechen von damals um deine Vergebung zu bitten. Sie werden dich als König unterstützen, wenn du sie in Xanth bleiben läßt und Grey helfen wirst, Com-Puters Verschwörung zu umgehen. Solange wir nicht solch einen Weg gefunden haben, kann ich Grey nicht heiraten, und sollten wir ihn nicht innerhalb eines Monats finden …« Sie zuckte die Achseln.

»So hast du dich also entschieden, eher Xanth zu verlassen, als Puter zu dienen?« fragte König Dor Grey.

»Ja, ich will nicht, daß die Teufelsmaschine mich dazu benutzt, um Macht über Xanth zu erlangen. Xanth braucht keinen weiteren Bösen Magier!«

»Wir mochten dich immer, Grey«, sagte Königin Irene. »Und jetzt mögen wir dich noch mehr. Aber was du sagst, ist wahr. Wir werden deine Eltern natürlich willkommen heißen und ihnen erlauben, in Xanth zu bleiben. Aber die Ironie daran ist, daß es dir vielleicht nicht möglich sein wird, mit ihnen zusammen hierzubleiben.«

»Aber bis der Monat vorüber ist, besteht Hoffnung«, sagte Dor. »Wenn man um die abwegige Macht des Magiers Murphy weiß, würde ich sagen, es ist eine bedeutsame Hoffnung.«

Grey lächelte und dankte ihnen, aber der Trübsinn wich nicht aus seiner Seele.

Während sie auf die Ankunft der anderen Gruppe warteten, geschah nichts. Grey und Ivy pflückten im Obstgarten exotische Früchte, fütterten die Ungeheuer im Burggraben mit Leckerbissen, machten Bekanntschaft mit den Schutz-Zombies, sahen nach dem Baby-Bettungeheuer unter Greys Bett (Grey war neu in der Welt der Magie, deshalb hatte er trotz seiner achtzehn Jahre ein kindliches Verhältnis zu einigen Dingen) und spielten harmlose Spiele mit Dolph und Nada. Das Schloß war sehr gut zum Versteckspielen geeignet, weil es viele geheime Winkel gab, die die Geister einem gerne verrieten, sofern man sie danach fragte. In Übereinstimmung mit Ivy hatten sie das Schloß nicht so sehr mit Geistern gefüllt, wie es einst gewesen war, denn drei von ihnen waren zu den Lebenden zurückgeholt worden. Aber solange noch ein einziger Geist übrig war, konnte es mit Fug und Recht als Spukschloß bezeichnet werden. Kurzgesagt, es war beinahe so langweilig wie in Mundania.

Grey widersprach ihr. »Xanth kann niemals so abstumpfen! Also, auch wenn es keine Magie hätte, wäre es ... ja, sieh auf dieses Bild!« Zufälligerweise standen sie neben einem Porträt in der Halle, eines aus jener Vielzahl von Porträts, die so elegant eingerahmt waren.

Ivy blickte darauf. »O ja, das ist meine Mutter, als sie in meinem Alter war. Ich wünschte, ich würde in meinem Alter auch so aussehen.«

»Du siehst aus, wie du selbst«, sagte er. »Das ist mehr als genug.«

»Es wird wohl so sein«, sagte sie, aber sie fühlte sich geschmeichelt.

Dann kam die Gruppe an. Magier Murphy sah gut aus und Vadne noch besser; sowohl die Aufgabe als auch Xanth hatte ihnen gutgetan. Electra hatte ihre ursprüngliche Verfassung zurückerlangt und hüpfte wieder wie ein Kind. Sie umarmte jeden und stahl sich einen ungehörigen Kuß von Dolph. Die Formalitäten waren kurz und bündig: Magier Murphy entschuldigte sich förmlich für all den Schaden, den er in der Vergangenheit angerichtet hatte, und versprach, König Dor und sein ganzes Reich für die Zukunft zu unterstützen. Vadne bat um die Erlaubnis, Millie, den Geist auf Schloß Zombie, zu besuchen, um sich bei ihr für den Vorfall mit dem Buch entschuldigen zu können. Dor nahm deren beider Entschuldigung an.

»Nun«, sagte Murphy, während er sich an Grey wandte. »Hiermit lege ich nun meinen Fluch auf das Tabu, welches dich umgibt, mein Sohn, und ich wünsche dir, daß es zum Teufel geht. Was immer schiefgehen kann, wird auch schiefgehen.«

»Danke, Vater«, sagte Grey und versuchte ein Gefühl von Zuversicht auszustrahlen. Was für eine trostlose Hoffnung!

»Du und die Zauberin werden unsere Gäste beim Abendessen sein, Magier«, sagte König Dor förmlich. »Zora wird euch zu eurem Zimmer führen.«

Greys Eltern sprachen kein Wort, aber Grey kannte sie: Sie waren überwältigt von der Großzügigkeit, mit der sie empfangen wurden, und waren sprachlos. Vadne, das war ihm jetzt klar geworden, hatte die Tatsache übelgenommen, daß sie trotz ihres hervorragenden Talentes als Zauberin niemals bekannt gewesen war. Wegen dieser einen Bemerkung würde sie nun ihr Leben lang König Dor treu ergeben sein. Sie folgten Zora Zombie nach draußen.

Grey zögerte, er wollte dem König und der Königin für ihre Freundlichkeit seinen Eltern gegenüber danken. Aber Ivy griff nach seinem Arm. »Sie wissen es, Grey. Auch meine Mutter war nicht als Zauberin anerkannt, bis die Ältesten einen neuen Beschluß faßten. Die Richtlinien wurden geändert. Xanth braucht alle gute Magie, die es nur bekommen kann.«

»Oh, sicher«, bestätigte er, als sie ihn mit sich zog.

»Siehst du, wir verstehen auch etwas von guter und schlechter Magie«, fuhr Ivy fort, während sie ihn nach oben führte. »Großvater Trent war ein Böser Magier, weil er versuchte, Macht zu erlangen, bevor seine Zeit gekommen war, und er wurde nach Mundania verbannt. Aber dann kehrte er zurück, als sie einen König brauchten, und er wurde König. Dann war er nicht länger mehr böse. Es ist alles eine Sache der Einstellung und der Situation. Jetzt, wo deine Leute meine unterstützen, sind sie auch nicht mehr böse, ganz gleich, was vor langer Zeit geschehen ist.«

»Aber wie hätten es mein oder dein Volk aufgefaßt, wenn wir beide nicht verlobt gewesen wären?«

»Aber du weißt doch, wir *sind* verlobt«, sagte sie heiter. »Deshalb gibt es keinen Grund für Streitigkeiten zwischen unseren Völkern, denn wenn unsere Kinder gute Magie haben ...«

»Aber es ist doch nur eine Vermutung, daß wir heiraten können«, protestierte er. »Und wir können nicht heiraten, wenn ich Com-Puter dienen muß.«

»Ich denke, du weißt es nicht zu schätzen, wie wirkungsvoll die Magie deines Vaters ist. Ich sprach mit meinem Vater, der König Roognas Zeit besuchte, als der zwölf Jahre alt war. Damals traf er deinen Vater, und er sagte, daß dieser Fluch erstaunlich war. Die Kobolde und Harpyien kämpften miteinander. Sieh mal, ich werde es dir dort auf dem Wandteppich zeigen.«

Sie hatten ihr Zimmer erreicht. Sie öffnete die Tür und zog Grey hinein. Dann hielt sie inne. »So sah es hier nicht aus, als ich ging!« rief sie und starrte auf den Wandteppich. »Wer ist hier gewesen?«

Die Tür schloß sich hinter ihnen. Während das geschah, machte das Scharnier ein Geräusch. »Prinz Dolph«, quietschte es.

»Das habe ich mir gedacht. Und was ist er jetzt?«

»Diese Fliege da an der Decke«, sagte das Scharnier.

Ivy griff nach einer Fliegenklatsche aus der Schublade. »Verwandel dich, Dolph, oder ich zerquetsche dich!« schrie sie und schlug nach der Fliege. Die Fliege verwandelte sich in eine Fledermaus, die zum Fenster flog. Aber Ivy war zuerst da. »Verwandel dich, bevor ich dich in Stücke zerhaue!«

Die Fledermaus wurde zu einer blaßgrünen Ziege, die zur Tür rannte.

»Grey, halte diesen Grünschnabel auf!« rief Ivy. »Löse seine Magie auf!«

Grey strecktre seine Hand aus. In dem Moment, wo sie das Horn des Bockes berührte, verwandelte sich das Tier in Prinz Dolph.

»Ah, du hättest mich niemals bekommen, wenn die Türangel mich nicht verraten hätte«, beschwerte sich Dolph.

Ivy ließ sich nicht ablenken. »Du hast nichts in meinem Zimmer zu suchen, wenn ich zu Hause bin! Was hast du hier getan?«

»Ich habe mir nur den Wandteppich angesehen«, sagte der Junge schuldbewußt.

»Und was hast du beobachtet, das dich dazu veranlaßt hat, gerade jetzt hier herumzuschnüffeln?«

Dolph trat von einem Bein aufs andere. »Och, so dies und jenes.«

Ivy wurde immer wütender. »Du hast Nada beobachtet, als sie sich umgezogen hat!«

»Sie *ist* doch meine Verlobte«, murmelte Dolph.

»Er hat versucht, einen Blick auf ihr Unterhöschen zu erhaschen!« schloß Ivy triumphierend. »Weißt du, was Mutter dafür mit dir macht?«

»Sag es nicht, bitte erzähle es ihr nicht!« bettelte Dolph. »Ich tue alles, was du willst!«

»Ich werde darüber nachdenken«, sagte Ivy. »Jetzt verschwinde hier, du kleiner Schnüffler, bevor ich dich ganz und gar zu einem Menschen verstärke.«

Dolph war so froh, daß er verschwinden durfte.

»Wie gelingt es dir nur, ihn so einzuschüchtern, wo er sich doch, wann immer er will, in einen Drachen verwandeln kann«, fragte Grey.

»Das ist das natürliche Recht der großen Schwester. Nun laß mich den Wandteppich wieder richten ...«

»He, ist das nicht das Koblinat der Goldenen Horde?« fragte Grey, der auf das Bild sah, das dort eingewebt worden war. »Ich dachte, Dolph hätte Nada beobachtet.« Er hatte Verständnis für das Interesse des Jungen. Nada war ein gutaussehendes Mädchen, und zweifellos war ihre Unterwäsche reizvoll. Grey hatte sie niemals selber gesehen; sie hatte ihre Kleidung während des Zwischenfalls auf Parnassos verloren.

»Das stimmt. Ganz offensichtlich hat Dolph gerade das Gewebe zusammengerafft, damit ich dies nicht bemerken würde. Das war alles, was er in dem Moment schaffen konnte, bevor er seine Form veränderte.«

»Er hat das Gewebe zusammengerafft?«

»Du weißt schon, er stellte das Bild aufs Geratewohl zurück, so daß ich nicht hätte sagen können, wo es gewesen war. Wenn er mehr Zeit gehabt hätte, würde er es in den Zustand zurückverstetzt haben, in welchem ich es zurückgelassen hatte. Gewöhnlich weiß er über diese Art von Dingen ganz genau Bescheid. Er hat mich nicht so schnell zurückerwartet. Wahrscheinlich hat er sich ausgerechnet, daß ich mir noch Zeit nehmen würde, um dich in Ruhe in der Halle zu küssen.«

Sie sah ihn von der Seite an.

»Das ist richtig. Aber dann hast du über die Flüche deines Vaters diskutiert, und ich entschloß mich, dir den Wandteppich zu zeigen. So kamen wir überein und überraschten ihn. Daher ist dieses Motiv rein zufällig. Ich werde eben mal …«

»Was ist denn da gerade passiert? Wenn dies wieder dieselben Kobolde sind, die …«

Sie schaute noch genauer auf die unbewegte Szene. »Ich bin sicher, daß sie es sind. Sieh mal, dort ist der hinterhältige alte Anführer. Aber das muß schon Jahre her sein, denn er ist nicht annähernd so häßlich, wie er war, als wir ihm begegneten.«

»Uff! Das hieße ja, daß es keine Möglichkeiten gäbe, ihren Opfern zu helfen.« Denn er sah, daß ein Grüppchen von drei Bösgeistern gefangen worden war. Die Kobolde waren gerade dabei, alles an sich zu nehmen, was die Bösgeister besessen hatten.

»Kaum eine Chance«, stimmte Ivy zu. »Ich frage mich, wie sie die Bösgeister fangen konnten. Sie sind normalerweise viel zu gerissen für die Kobolde.«

»Sie fingen sogar uns!« erinnerte er.

»Laß uns das mal durchspielen«, sagte sie und fügte hinzu: »Nur so aus Neugierde. Danach können wir dann auf die Flüche aus Magier Murphys alten Glanzzeiten zurückkommen.«

Das Bild bewegte sich, wobei die Figuren rückwärts sausten, vergleichbar mit einem Videoband, das zurückgespult wurde. Dann kam das Bild zum Stehen. Die Kobolde waren nicht in Sicht, aber man sah zwei Bösgeister den Pfad hinunter gehen.

»Oh, ich verstehe«, sagte Ivy grimmig. »Der dritte ist nicht mit dabei. Sie ist ein … ein …«

»Ein Verräter? Eine Judas-Geiß? Aber warum würde sie ihre eigenen Leute in eine Falle locken?«

»Um ihr Leben zu retten.« Sie beobachteten, wie die zwei sich der dritten näherten, die an einen Baum gebunden war und gestikulierte.

Die beiden anderen rannten rasch zu ihr hin, um sie loszubinden – und die Kobolde brachen aus den nahe gelegenen Büschen hervor. Sie durchsuchten die Gefangenen und fanden ein Stück Papier bei einem der beiden. Sie waren offensichtlich sehr aufgeregt darüber und brachten es vorsichtig in Sicherheit. Dann schleppten sie die beiden zu der Haßquelle und den Kochtöpfen. Die dritte sperrten sie in eine Höhle ein.

»Ich hasse diese Kobolde!« rief Grey aus. »Kann denn niemand sie aufhalten?«

»Das ist die Art zu leben und leben zu lassen in Xanth«, sagte Ivy. »Aber ich würde schon gerne sehen, wie sie ihre Abreibung bekommen.«

»Ich frage mich, was auf diesem Papier geschrieben stand?« Ivy spulte den Wandteppich zurück und veranlaßte ihn, das Papier zu vergrößern. Aber die Zeichen darauf waren unverständlich. »Vielleicht kann Grundy sie lesen«, sagte sie. »Er kennt alle Sprachen.«

»Sicher ist das Papier inzwischen sowieso schon verbrannt worden«, sagte Grey. »Außerdem sollten wir uns davon nicht von unserem Problem ablenken lassen.«

»Warum nicht? Kleine Nebensächlichkeiten können interessant sein.« Ivy ging zur Tür. »Hey, Dolph!« rief sie.

Ihr kleiner Bruder erschien sofort. »Was immer du willst!« antwortete er besorgt.

»Geh, suche Grundy und bring ihn dann her.«

»War's das schon?« fragte er skeptisch.

»Nein, das ist nur nebensächlich. Ich denke noch darüber nach.«

»Oh.« Dolph verwandelte sich in eine Fledermaus und flog davon.

»Willst du ihn etwa mit einbeziehen?« fragte Grey.

»Nein. Aber ich lasse ihn für eine Weile schwitzen. Er benimmt sich immer sehr artig, wenn er schmort.«

Bald darauf waren Grundy, Golem und Rapunzel da. Grundy blickte auf das vergrößerte Bild des Schriftstückes. »Ich kann nicht genau sagen, was es bedeutet, es scheint irgendeine Adresse zu sein, aber ... oh, sag mal!«

»Sag was?« fragte Ivy.

»Das ist Humfreys Schrift!«

»Die des guten Magiers?«

»Wer denn sonst? Ich würde sein Gekritzel überall erkennen! Aber natürlich kann ich es nicht lesen. Er verzaubert seine Botschaften, so daß nur diejenigen sie lesen können, für die sie bestimmt sind.«

»Deshalb konnten die Kobolde es nicht lesen!« sagte Ivy. »Sie wußten, was es war, aber es half ihnen nicht weiter. Aber du sagtest, es handelt sich um eine Adresse?«

»Wahrscheinlich verrät sie, wo er zu finden ist, wenn man ihn braucht«, sagte der Golem. »Diese Bösgeister müssen ihm einige Dienste erwiesen haben, deshalb hatten sie für den Notfall eine Nachricht auf Abruf. Zu schade, daß sie nicht dazu gekommen sind, sie zu benutzen.«

Ivys Augen leuchteten. »Eine Nachricht!« rief sie.

»Reg dich nicht zu sehr auf, Prinzessin. *Du* hast keine Antwort bekommen, die für dich bestimmt war, und selbst wenn du eine bekämest, Humfrey ist verschwunden. Du hättest sowieso nichts davon.«

»Aber die Adresse!« beharrte sie. »Die magische Adresse! Sie wird sich ändern, wenn er seinen Wohnsitz wechselt und somit immer auf dem neuesten Stand sein!«

»Natürlich wird sie das«, stimmte der Golem zu. »Aber die Leute, denen er es gab, sind verschwunden, und niemand sonst kann sie lesen. Was willst du also noch?«

»*Ich* könnte sie lesen!« sagte Ivy. »Wenn ich das Original hätte. Ich kann seine Lesbarkeit und seinen Inhalt verstärken und herausfinden, wo der Gute Magier sich befindet!«

Die anderen starrten sie an und begriffen, daß es richtig war. »Und wenn du ihn findest, kannst du ihn fragen, wie wir Puters Komplott vereiteln können«, sagte Rapunzel.

»Oh, Ivy, was für ein Zufall, daß du gerade jetzt von diesem Papier erfährst.«

»Zufall?« fragte Ivy nachdenklich. »Nein, ich denke, es ist Murphys Fluch! Dies ist genau die Art von glücklichem Zufall, der eintritt, wenn der Fluch wirkt.«

Nun begann Grey zu hoffen.

Diesmal waren sie eine bunte Dreier-Gruppe: ein junger Bauersmann, ein junges, hübsches Bauernmädchen und ein schlichter, junger Zentaur mit einem eselartigen Fell. In Wirklichkeit waren sie nicht das, wofür sie sich ausgaben, aber sie spielten ihre Rollen sehr gewissenhaft, denn ihre Mission war wichtig und nicht ohne Risiko. Wäre die Notwendigkeit, Humfrey zu finden und Greys Problem zu lösen, nicht so dringend, hätten König Dor und Königin Irene diese Exkursion niemals zugelassen. Aber die Eltern mußten zugeben, daß dies ihre beste Chance war.

In der Tat hatte sich Königin Irene in einem der wenigen Momente, in denen Ivy anderweitig beschäftigt war, Grey unauffällig genähert und angedeutet, daß es möglicherweise einen anderen Weg gäbe, mit Com-Puter fertig zu werden. Eine Sphinx würde bei einem Spaziergang zufällig in die Höhle der Teufelsmaschine stolpern, sie zerquetschen und drinnen alles in Stücke zertreten. Dann bliebe nichts übrig, dem Grey dienen müßte. Aber Grey wandte ein, daß dies eine unehrenhafte Lösung wäre.

»Ich dachte mir, daß du so empfinden würdest«, sagte Irene billigend. »Dies ist eine ethische Dimension der Macht. Wir sollten uns nicht einmischen und dir erlauben, selber mit deinem Problem fertig zu werden.«

Grey dankte ihr, obwohl seine Aussichten auf Erfolg getrübt waren. Je besser er Ivys Leute kennenlernte, desto mehr mochte er sie.

Sie wanderten von der unsichtbaren Brücke über die Kluftschlucht aus nordwärts. Statt den ausgetretenen Pfad nach Norden zu nehmen, wendeten sie sich zunächst einmal nach Osten, folgten einem kleineren Weg, der nicht magisch geschützt war, aber zu einem Hoheitsgebiet der Zentauren führte. Dort hatten die Zentauren Chester und Cherie gelebt, bevor sie sich zum Schloß Roogna begaben, um den jungen Prinzen Dor und Prinzessin Irene zu unterrichten. Einige wenige Zentauren lebten noch hier, aber es war nur eine kleine, sich auflösende Gemeinschaft, die verzweifelt eines heiratsfähigen Nachwuchses bedurfte. In einer der vergangenen Generationen hatte es einen Mangel an Hengstfüllen gegeben, der teilweise zur Abspaltung und Entwicklung einer anderen Art von Gesellschaft beitrug, den Chem-Zentauren. Die geflügelte Zentaurin Chex war das Ergebnis. Die Zentauren dieser Region waren wesentlich liberaler als diejenigen von der Zentaureninsel weiter im Süden, aber doch nicht so liberal, daß Chex oder ihre Mutter dort willkommen gewesen wären. So begann diese Region sowohl als Opfer ihres Konservatismus als auch wegen ihres unglücklichen Schicksals zu verfallen. Ungeheuer nahmen das Land in Besitz und wurden, ungeachtet der Meisterschaft zentaurischer Bogenschützen, zunehmend dreister.

Das Bauernmädchen Ivy ritt auf dem Zentaur, während der Bauernjunge Grey neben ihr herging. Es war offensichtlich, daß sie sich anschickten, das Hoheitsgebiet der Zentauren zu besuchen, um vielleicht mit ihnen über irgendwelche Belange, wie zum Beispiel Arbeitsbeschäftigung und Bevollmächtigungen, zu sprechen. Nur wenige Bauern konnten sich zentaurische Lehrer leisten, aber gelegentlich gab es Kinder mit exzellenten magischen Fähigkeiten, und dann ließen sich die Zentauren dazu bewegen, Einweisungen in die Grundlagen zu erteilen.

Nicht weit entfernt von diesem Gebiet gab es Kobolde. Aber bisher waren sie noch nicht so dreist gewesen, die Gemeinschaft der Zentauren anzugreifen. Sogar Kobolde waren fähig, die Gefährlichkeit von aufgebrachten Zentauren zu würdigen; Verluste waren vorherbestimmt. Aber die

Kobolde lauerten und warteten auf ihre Gelegenheit. Es gab Geschichten …

»Oh, freundliche Bauersleute!« rief eine süßliche Stimme.

Sie sahen auf. Eine schlanke junge Frau kam auf sie zu, ihr weizenblondes Haar wehte im Wind. Sie war so schlank, daß sie fast transparent erschien, doch war sie wohlgeformt.

»Was ist das, eine Sylphe?« erkundigte sich Ivy.

Ja, dies war eine Sylphe! Grey war noch nie zuvor einer begegnet. Aber natürlich gab es viele Wesen auf Xanth, denen er bisher noch nicht begegnet war – denen er niemals begegnen würde, wenn ihre Suche nach der Antwort des Guten Magiers sich als erfolglos erweisen würde.

»Oh, freundliche Bauersleute und du tapferer Zentaur, sicherlich seid ihr gekommen, um die Prophezeiung zu erfüllen!« sagte die Sylphe.

»Prophezeiung?« fragte Ivy.

»Meine Freundin, die liebliche Zentaurin Damsel, wurde Gefangene eines Ogers, der beabsichtigte, sie fürchterlich zu mästen, um dann ihre Knochen zu zermalmen!« erklärte die Sylphe. »Der Prophezeiung nach kann nur ein tapferer, grauer Zentaur, der in Begleitung eines jungen Menschenpärchens ist, darauf hoffen, sie vor ihrem Schicksal zu bewahren, das so schlimm ist wie der Tod. Sicher seid ihr diejenigen, die gemeint sind, denn auf euch trifft die Beschreibung haargenau zu!«

»Das ist eine interessante Prophezeiung!« bemerkte Ivy. »Aber ein Oger ist eine angsteinflößende Kreatur. Was können arme Bauersleute gegen solch ein Ungeheuer unternehmen?«

»Oh, ihr wunderbaren Leute, das weiß ich nicht!« rief die Sylphe erregt. »Es muß einen Weg geben, denn die Prophezeiung lautet so. Wollt ihr nicht wenigstens mitkommen und es versuchen?«

»Und unsere eigenen Knochen von dem Oger zermalmen lassen?« fragte Ivy. »Ich denke, wir sollten einen anderen Weg nehmen!«

»Jetzt laß uns nichts übereilen«, protestierte der graue Zentaur. Er wandte sich an die Sylphe. »Du sagst, dieses Füllen sei verheißungsvoll.«

»Oh, sie ist entzückend, Herr! Sie war ein bißchen dünn, aber der Oger hat sie alles essen lassen, was sie nur konnte, und nun ist sie recht drall. Und sobald sie fett sein wird, wird er ihre Knochen zermalmen! Ich bitte euch, kommt und seht sie euch an. Vielleicht könnt ihr sie befreien. Sie würde euch so dankbar sein!«

»Aber der Oger!« protestierte Ivy. »Wir wagen es nicht, uns ihm zu nähern!«

»Er sucht tagsüber nach Futter und läßt sie angekettet zurück. Ich bin, wie alle anderen gewöhnlichen Leute auch, zu schwach, um die Ketten aufzubrechen, aber die Prophezeiung sagt, daß ihr einen Weg finden werdet! Bitte, bitte kommt mit mir und schaut euch das an, solange der Oger fort ist!«

»Ich denke, wir sollten zumindestens einmal nachsehen«, sagte der graue Zentaur überzeugend. Man könnte fast auf den Gedanken kommen, daß er ein verborgenes Interesse an dieser Angelegenheit hatte.

Ivy seufzte. »Ja, die Zentauren brauchen dringend junge Füllen, aber wir müssen bereit sein, beim ersten Anzeichen des Ogers zu fliehen!«

»Oh, ich danke euch, ich danke euch, ich danke euch!« rief die Sylphe aus. »Ich bin so erleichtert. Diesen Weg entlang!« Sie sprang den Pfad vorwärts, wobei ihr Haar im Wind lieblich wehte.

Sie folgten. Grey hatte die ganze Zeit eisern seinen Mund gehalten und sich nicht eingemischt. Mit Hilfe des Wandteppichs hatten sie ja die Szene bereits gesehen und dabei entdeckt, daß die Kobolde einen neuen Trick anwandten: Sie benutzten ihre Gefangenen, um Reisende in einen Kobold-Hinterhalt zu locken. Die Sylphe war eine Gefangene, der ihre Freiheit versprochen worden war, wenn sie drei Reisenden auflauerte, so daß diese dann zu Gefangenen gemacht werden konnten. Natürlich würden die Kobolde dieses Versprechen nicht halten, und mit Sicherheit ahnte die Sylphe dieses bereits. Aber es war zumindest eine Hoffnung, denn die Alternative war sicher: Wenn sie nicht mitmachte, würde man sie sofort in den Topf werfen.

Es erschien Grey an der Zeit, etwas gegen diese Kobolde zu unternehmen. Sie waren keine netten Nachbarn.

Die Sylphe führte sie tiefer in den Dschungel. Sie befanden sich nicht mehr auf dem normalen Weg, denn hier waren keine Hufspuren von Zentauren zu sehen. Es war ein Pfad, den die Kobolde für diesen Zweck angelegt hatten. Kobolde waren gut im Anlegen solcher Pfade, vor allem für derart schändliche Zwecke. Sie stellten sicher, daß die Beute keine Chance hatte, dem Hinterhalt zu entkommen.

Grey erlaubte sich selber ein kleines grimmiges Lächeln. Die Kobolde sollten eine Überraschung erleben.

Sie erreichten eine Lichtung. Auf ihr befand sich nichts außer einem Berg von Abfall, den die Kobolde offensichtlich zurückgelassen hatten.

Die Sylphe drehte sich herum. Tränen liefen ihr Gesicht herunter. »Oh, es tut mir so leid, ihr guten Leute!« sagte sie. »Sie zwangen mich, es zu tun!«

»Was zu tun?« fragte Ivy mit gespielter Verwirrung.

»Sie halten mein Kind gefangen, meinen Liebling Sylvanie, und sie wird die erste im Topf sein, wenn ich nicht alles tue, was sie mir befehlen, wobei sie mich auch noch hineinwerfen werden, wenn ich einen Fehler mache«, fuhr die Sylphe fort. »Ich weiß, es ist falsch, und ich hasse mich selbst dafür, daß ich das tue. Aber mein Mann hat sie bekämpft, und sie haben ihn gekocht, und, oh, ich habe keinen Stolz mehr, ich muß nur meine Tochter retten, und deshalb habe ich euch diese schreckliche Sache angetan, und ich bitte euch nicht um Verzeihung, ich bitte euch nur um Verständnis.«

Nun sah Grey die Kobolde. Sie kamen von überall her,

schlossen das Netz mit einer genüßlichen Langsamkeit und genossen die Furcht ihrer Beute. Sie wollten, daß ihre Opfer auf dem Weg zum Topf litten.

»Wie heißt du?« erkundigte sich Ivy.

»Ich heiße Sylvia Sylph«, antwortete sie und schluchzte leise. »Mein Mann hieß Sylvester. Wir waren gerade auf der Durchreise, genau wie ihr, und sie schnappten uns. Wir werden alle gekocht und gegessen. Ich weiß das, aber ich will durchkommen, solange ich kann, und ich hoffe immer noch, Sylvanie zu retten, obwohl ich weiß, daß ich es nicht kann. Jetzt müßt ihr leiden, ihr unschuldigen Leute. Ich entschuldige mich vielmals für das, was ich euch angetan habe, aber ich kann mir selbst nicht helfen.«

Die Kobolde zogen ihren Ring immer enger. Grey erkannte Grotesk, den häßlichen Anführer. Zu schade, daß er damals nicht in der Kluftschlucht gelandet war, als sie sich das letzte Mal getroffen hatten! »Würdest du uns helfen, wenn wir dir und deinem Kind helfen zu entkommen?« fragte Ivy.

»O ja, ja! Aber es ist hoffnungslos. Sie werden niemals einen von uns gehen lassen. Sie sind der gemeinste Stamm in dieser Gegend. Sie kennen keine Gnade! Sie erfreuen sich daran, unschuldige Leute zu foltern.«

»Genug, Mädchen!« rief der Anführer barsch. »Laß uns unseren Sport treiben.« Die Sylphe war sofort still.

Ivy drehte ihr Gesicht, um Grotesk geradewegs in die Augen zu sehen. »O Kobold, was hast du mit uns vor?« fragte sie, als ob sie Angst hätte.

»Nun, Bauernmädchen, ich werde dich zu meinen lüsternen Gefolgsleuten bringen, damit sie ihre amourösen Spiele mit dir treiben können. Dann lasse ich dich einen netten kleinen Drink aus unserem netten Pool trinken, bevor ich dich ein nettes, heißes Bad in unserem Topf nehmen lasse. Oder vielleicht gebe ich dir den netten Drink, bevor sich meine Leute mit dir beschäftigen; das wäre vielleicht noch interessanter. Und für diesen dreckigen Zentaur ...« Die Augen des Anführers weiteten sich. »Hey, ich erkenne dieses Biest. Derjenige, der wie ein Maultier aussieht!«

»Esel«, sagte das Wesen.

»Papperlapapp! Wir hatten dich schon gefangen, aber du konntest entkommen und ... und diese beiden waren diejenigen, die dir dabei geholfen haben zu entkommen!«

»Verflucht!« sagte Ivy. »Sie haben uns erkannt!«

»Bringt sie jetzt um!« schrie der Anführer. »Alle zusammen, die Sylphenschlampe auch. Gebt keinem von ihnen eine Chance!« Die Kobolde erhoben ihre Keulen und Speere und spannten ihre Steinschleudern.

Ivy sprang vom Zentaur herunter. Der Zentaur verschwand. An seiner Stelle war jetzt ein rasend-rassiger Riesen-Drache, der Dampf aus seinem Rachen blies.

Grey sprang nach vorne und griff nach den dünnen Ärmchen der Sylphe. »Schütz dein Gesicht!« sagte er und zog sie in die Mitte des Kreises, den der Drache mit seinem gebogenen Schwanz formte.

»Der Spaltendrache!« rief der Anführer entsetzt.

»Ja«, sagte Grey. »Er kam, um dich tanzen zu sehen.«

»Was?«

Der Drache schürzte seine Lippen und traf die großen Füße des Anführers mit einem schmalen Dampfstoß. Der Anführer tanzte vor Schmerzen.

Ivy streckte ihren Kopf hinter dem Nacken des Drachen hervor. »Das war nur eine Warnung, Kobold«, drohte sie. »Weißt du, was dein Freund mit dir machen würde, wenn du es wagst, mir auch nur ein Haar zu kümmen?« Sie nahm die Bauernmütze ab und ließ ihr goldgrünes Haar hervorquellen.

»Du, du *bist* wirklich Prinzessin Ivy!« rief der Anführer aus. »Die Freundin des Drachen!«

»Ich *bin* es wirklich«, bestätigte sie. »Jetzt geh sofort zurück zu deinem Lager und nimm all deine Kumpane mit, denn mein Freund wird alle verbrennen, die sich nicht fügen.«

»Was habt ihr mit uns vor?«

»Nun, Grotesk«, sagte Ivy mit Genuß, »ich werde dich zu meinem lüsternen Freund bringen, damit er seinen Sport treiben kann, dann lasse ich dich einen netten Drink aus unserem Pool trinken, bevor ich dich ein heißes Dampfbad nehmen lasse.«

»Aber, aber ...«

»Jetzt MARSCH, du Froschgesicht!« rief sie. »Bevor mein Freund seine Geduld verliert.« Ihr Freund war natürlich nicht der echte Stanley Dampfdrache, sondern ihr kleiner Bruder Dolph, der seine Buße dafür tat, daß er auf Nadas Unterwäsche gespäht hatte. Aber es tat nichts zur Sache, denn Dolph konnte in der Gestalt des Drachen genausogut Dampf ausstoßen wie ein echter Drache. Nachdem er gesehen hatte, wozu die Kobolde fähig waren, war Dolph sicherlich genauso außer sich wie Ivy und Grey.

Die Kobolde marschierten los. Die Gruppe nahm ihren Weg zurück zum Lager. Wann immer ein Kobold versuchte zurückzubleiben, stieß ihm der Drache einen heißen Dampfstrahl gegen sein Hinterteil, und er tanzte schnell zurück an seinen Platz. Die Wahrheit war, daß es den Koboldén möglich gewesen wäre, sich zu zerstreuen, und die meisten von ihnen wären auch entkommen. Wenn nur ein normaler Drache dagewesen wäre, hätten sie genau das getan. Aber sie lebten nahe genug an der Kluftschlucht, um mit dem schrecklichen Spaltendrachen vertraut zu sein, und sie lebten in Furcht vor ihm. Ihre Falle hatte sich gegen sie gewendet, und es war ihnen genauso unmöglich zu entkommen, wie sie es für ihre Opfer vorgesehen hatten.

Sie erreichten die Haßquelle. Grey wußte, daß Ivy noch immer ärgerlich darüber war, wie die Kobolde sie vorher gequält hatten, obwohl gerade das zu ihrer Verlobung geführt hatte. Er hielt sich raus und ließ sie handeln, wie sie es für richtig hielt.

»Nun«, sagte sie. »Es gibt etwas, was ich von dir will, Kobold, und ich werde es bekommen. Wirst du es mir freiwillig geben?«

Der Anführer lachte. »Zieh deine Kleider aus, und ich werde es dir geben! Har, har har!«

Ivy gab dem Drachen ein Zeichen. Ein Strahl brühend heißen Dampfes schoß hervor. Er versengte eine Gruppe von sechs Kobolden, die in der Nähe des Teiches standen. Sie schrien auf und sprangen ins Wasser.

Dann begannen sie sich gegenseitig zu bekämpfen, denn das Wasser bewirkte, daß sie die erste andere Kreatur haßten, die sie zu Gesicht bekamen. Das Wasser spritzte, Tropfen trafen andere, die in der Nähe standen, und sie begannen ebenfalls zu kämpfen. In sehr kurzer Zeit war ein Dutzend Kobolde bewußtlos.

»Wirst du mir jetzt antworten?« fragte Ivy den Anführer nochmals.

»Ich sage dir: Leg dich hin und spreize deine ...«

Da kam schon ein neuer Dampfstrahl. Eine zweite Gruppe von Kobolden sprang versengt ins Wasser. Ein neuer Kampf brach aus, der weitere zehn Kobolde kampfunfähig machte.

»Wir können das so lange machen, bis dein Stamm nicht mehr existiert«, sagte Ivy, »wenn du das bevorzugst. Ich vermute, daß es eine Prophezeiung gibt, daß du der letzte sein wirst, der in den Teich springt, bevor wir das bekommen, was wir haben wollen. Sollen wir das auf seine Richtigkeit hin überprüfen?«

Der Anführer sah auf die ausgestreckt daliegenden Kobolde. »Was wollt ihr genau?« fragte er grollend.

»Ich dachte schon, du würdest niemals fragen!« sagte Ivy strahlend. »Wo befindet sich das Stück Papier, das ihr den Bösgeistern gestohlen habt?«

»*Welches* Papier?«

Mehr Dampf zischte auf. Noch mehr Kobolde rannten wie die Gänse ins Wasser. Eine weitere furchtbare Schlägerei hub an.

»Ach so, *das* Papier«, sagte der Anführer, nachdem das Spektakel erstorben war. »Wir haben es schon vor langer Zeit verbrannt.«

Dieses Mal bedampfte der Drache eine große Gruppe von Kobolden. Sie schrien, als ihre Haut verbrannte. Sie konnten sich nur dadurch abkühlen, daß sie ins Wasser sprangen. In dem Moment, als dies geschah, war mehr als die Hälfte des Stammes bewußtlos oder noch schlimmer dran.

»In meiner Hütte«, murmelte der Anführer.

»Schicke einen Kobold, um es zu holen.«

»Hau ab und spring' in den See!« erwiderte er.

Der Dampf wurde zwar weniger, aber Ivy berührte den Drachen, womit sie ihn verstärkte, so daß der Dampf nun siedend heiß wurde. Die Hälfte der übriggebliebenen Kobolde flüchtete nun in den Teich und wartete nicht länger darauf, daß sie von dem Dampf verbrüht wurden.

»Prinzessin«, sagte Sylvia Sylph zögernd, »ich werde es holen, wenn ihr es wünscht.«

»Nein, du holst dein Kind«, sagte Ivy.

Ihr Gesicht hellte sich auf. »O ja!« Sie eilte davon.

Jetzt waren nur noch vier Kobolde übrig, die neben ihrem Anführer standen. »Schicke einen Kobold«, antwortete Ivy grimmig.

Der Anführer zog eine Grimasse. »Geh, Backenzahn.«

Backenzahn wandte sich von der dezimierten Gruppe ab und ging zur Hütte des Anführers. Nach einigen Augenblicken kehrte er mit einer Schachtel zurück.

»Öffne sie, Backenzahn«, sagte Ivy.

»Prinzessin, ich kann nicht!« protestierte der Kobold. »Sie ist mit einem Zauberspruch geschützt!«

»Das habe ich mir gedacht. Öffne sie, Anführer.«

»Einen Teufel werde ich tun.«

Noch mehr Dampf stieg auf. Zwei weitere Kobolde sprangen in den Teich. Anschließend krochen sie wieder heraus und griffen die übrigen an. Die Schachtel fiel auf den Boden. Das Gemenge endete wieder im Wasser. Nun waren alle vier bewußtlos.

»Werdet ihr mich gehen lassen, wenn ich es tue?« fragte der Anführer.

»Ich werde dich mit dem gleichen Erbarmen behandeln, wie du andere behandelt hast.«

Der Anführer sprang auf sie zu – aber der Dampf erwischte ihn mitten in der Luft und blies ihn rücklings in den Teich. Er fluchte darüber. »Ich hasse euch!« rief er aus.

»Bleib im Teich«, sagte Ivy.

Der Kobold wäre offensichtlich gerne herausgekommen, um sie anzugreifen, aber er sah, wie die Schnauze des Drachen ihn bedrohte, und blieb drinnen. Je länger er im Wasser blieb, um so mehr wuchs sein Haß an, aber es gab nichts, was er daran ändern konnte. Er hatte Schaum vor dem Mund. Am Ende watete er durch das Wasser, verließ es auf der anderen Seite und stolperte in den Dschungel. Grey wußte, daß, welche Kreatur auch immer mit dem Kobold zusammentreffen würde, sie in echten Schwierigkeiten wäre. Vielleicht würde es ein feuerspeiender Drache sein.

»Wie kannst du die Schachtel öffnen?« fragte Sylvia.

Grey ging hinüber und nahm die Schachtel. Er bearbeitete den Verschluß, und sie öffnete sich. Er hatte die Magie neutralisiert, die sie verschlossen hatte. Da war das Stück Papier. Er nahm es heraus und händigte es Ivy aus.

Sie inspizierte es. »Ja, ich kann erkennen, das es so verzaubert ist, daß es nur für eine Person lesbar ist, die es wirklich nötig hat, den guten Magier zu sehen«, sagte sie.

»Ich kann auch diesen Zauberspruch neutralisieren«, bot Grey ihr an.

»Nein, du kannst kein Xanthisch lesen«, wehrte sie ab. »Die Magie muß bestehen bleiben. Aber *wir* müssen ihn wirklich sehen, deshalb bin ich sicher, daß es uns antworten wird.« Sie konzentrierte sich auf das Papier. »Ja, es wird jetzt deutlicher. Er lebt irgendwo in, in ...« Sie sah bestürzt auf.

»Wo?« fragte Grey alarmiert.

»Im Kürbis.«

Es war einen Moment lang still. Dann verwandelte sich

der Drache, und an seiner Stelle stand Dolph. »Ich kann dort hingehen!« rief er aus.

Ivy sah ihn säuerlich an. »Aber denke daran, du bist gebunden, bis du dich zwischen Nada und Electra entschieden hast. Ich habe dich heute nur mitmachen lassen, weil ich mir geschworen habe, daß ich die ganze Zeit über mein schwesterliches Auge auf dich werfen werde.«

Sylvia Sylph kehrte zurück, sie hielt ein hübsches Kind an der Hand. »Ich werde ins Wasser gehen, ich habe nur eine Bitte an euch, verschont meine Tochter!«

Ivys Kopf fuhr herum. »Was?«

»Meine Strafe für das, was ich tat«, sagte Sylvia. »Aber Sylvanie ist unschuldig, bitte laßt sie gehen.«

Ivy rang nach ihrer Fassung, die sie zu verlieren drohte. »Laß mich erklären, Sylvia: Nicht du hast uns getäuscht, sondern wir haben dich getäuscht, denn wir wußten von der Falle. Aber wir brauchten dieses Papier, und deshalb benutzten wir dich, um uns dorthinzuführen. Dies ist mein Bruder Prinz Dolph, der zuerst die Gestalt eines Zentauren und dann eines Drachen annahm. Du mußt wissen, daß man ihn nicht mit einer Zentaurendame in Versuchung führen kann.«

»Oh, ich weiß nicht«, sagte Dolph. »Sie hörte sich nett an. Ich hätte auf ihrem Rücken reiten und ihr langes Haar als Zügel benutzen können, oder vielleicht hättte ich auch nur um ihren Oberkörper herumgegriffen, während sie galoppierte.«

»Halt deinen Mund.« Ivy wußte, daß er sie nur necken wollte. Sie konzentrierte sich wieder auf Sylvia. »Deshalb hegen wir keinen Groll gegen dich. Wir sahen, wie traurig du warst, dieses tun zu müssen. Nun steht es dir frei zu gehen, denn du bist nicht mehr länger eine Gefangene.«

Die Sylphe stand nur da. »Aber für das, was ich getan habe, muß ich bestraft werden.«

Grey meldete sich zu Wort. »Hast du einen Platz, wo du hingehen kannst, jetzt, wo dein Mann tot ist?«

Die Sylphe schüttelte traurig ihren Kopf. Ivy wurde weich, was Grey schon geahnt hatte.

»Dann wirst du mit Sylvanie mit uns zurück nach Schloß Roogna kommen.«

»Aber mein Kind ist unschuldig. Ich bitte euch ...«

»Um über deine Bestrafung zu entscheiden«, sagte Grey, »muß deine Tochter bei dir bleiben, sie wird aber nicht bestraft werden.«

»Vielleicht kannst du ihr dein Bett überlassen«, schlug Grey vor.

Ivy drehte sich zu ihm herum. »Mein Bett?«

»Sylvanie ist ein Kind. Sie braucht ein junges Bett-Ungeheuer. Ich dachte vielleicht Grabschi ...«

»Wer sonst hat noch so lange zu leben!« stimmte Ivy zu. »Ja, natürlich ... Sylvanie bekommt mein Bett!«

Die Augen des Kindes weiteten sich. »Mein eigenes Bett-Ungeheuer?« piepste sie.

Die Sylphe war völlig aufgelöst vor Freude. »Oh, vielen, vielen Dank!«

Ivy sah über das Schlachtfeld, das dem Koblinat der Goldenen Horde entsprach. »Ich denke, so wie die aussehen, wird es einige Zeit dauern, bevor sie wieder Ärger machen können«, sagte sie mit Befriedigung.

Dann verwandelte sich Dolph in einen Rokh. Sie kletterten auf seine gigantischen Füße und klammerten sich an seinen Krallen fest: Grey und Ivy auf einem Fuß, Sylvia und Sylvanie auf dem anderen. Die Flügel spreizten sich und flatterten. Dann erhoben sie sich in die Lüfte.

In Sekundenschnelle befanden sie sich über der Kluftschlucht. Dolph wackelte mit den Flügeln, um den echten Spaltendrachen zu grüßen, und flog weiter. Kurz darauf glitten sie hinab zu Schloß Roogna.

Grey und Ivy sprachen persönlich mit König Dor, und er stimmte zu, daß er Sylvia Sylph bestrafen würde, indem er sie als Zimmermädchen auf Schloß Roogna für eine unbestimmte Zeit verpflichtete. Während dieser Zeit würde ihr Kind von einem Zentauren unterrichtet werden. Die beiden würden sich ein Zimmer auf dem Schloß teilen, und das Kind würde Ivys altes Bett bekommen. Zombie Zora würde die Sylphe in ihre Aufgaben einweisen.

»Wie zum Beispiel den Fußboden bohnern!« sagte Ivy lachend. »Das wird eine furchtbare Bestrafung sein!«

Grey lächelte. Offenbar mochten die Mädchen den Geruch des Bohnerwachses nicht, aber ihn erinnerte es an zu Hause. Vielleicht war es die mundanische Qualität des Bohnerwachses, die sie störte.

Dann dachten sie über ihren Aufbruch zum Guten Magier Humfrey nach. Er war im Kürbis; das erklärte, warum niemand in der Lage gewesen war, ihn zu finden, denn der Wandteppich konnte ihn dort nicht aufspüren, und der magische Spiegel war eingeschränkt gewesen. Sie waren nicht in der Lage, die genaue Adresse zu verstehen, denn die Regionen des Kürbis hatten nur wenig Bedeutung für jene Wesen des Wachlebens, die nicht durch den Kürbis hypnotisiert waren. Die vollständige Anschrift lautete folgendermaßen:

DAMENHOF
BLÖDE-GANS-GASSE
KLEINE LOCKBEERE
BISCHOFS STORCHENFURT
SCHMERZEN
WINKELLAND

Grey schüttelte den Kopf. »Ich bin nicht sicher, ob ich jemals diese xanthischen Adressen verstehen werde!«

»Dies ist keine xanthische Adresse«, korrigierte Ivy. »Es ist eine Kürbis-Adresse. Es macht für mich ebensowenig Sinn.«

»Ich kann es finden! Ich kann es finden!« sagte Dolph eifrig. »Der Hengst der Finsternis gestattete mir freien Zugang zum Kürbis. Erinnert euch: Wenn ich danach frage, würde mir jede seiner Kreaturen helfen, und niemand wird mich oder jemanden, für den ich einstehe, verletzten.«

»Du willst einfach nur abhauen!« beschuldigte Ivy ihn.

»Oho! Aber ihr braucht mich! Ihr braucht mich im Kürbis.«

Ivy verzog ihr Gesicht. Es stimmte: Dolph hatte einen besonderen Vorteil, wenn er im Kürbis war. Wenn sie den Guten Magier in der festgesetzten Zeit noch ausfindig machen wollten, waren sie dazu gezwungen, die Hilfe von Ivys kleinem Bruder in Anspruch zu nehmen.

So war es entschieden: Grey, Ivy und Dolph würden eine weitere Reise zusammen machen, diesmal in das abgelegene Königreich der Träume. Sie würden den normalen Weg vorziehen, anstatt körperliche Risiken einzugehen: indem sie in die Kürbisse blicken, die direkt hier in Schloß Roogna wachsen. Auf diese Weise konnten freundliche Leute ein Auge auf sie werfen und sie zurückholen, falls es notwendig sein sollte.

Grey fühlte sich so gut wie schon lange nicht mehr. Der Fluch seines Vaters wirkte; er hatte bereits zu der zufälligen Entdeckung der Adresse und ihrer Inbesitznahme geführt. Alles, was mit Com-Puters Verschwörung schiefgehen konnte, ging nun wirklich schief. Wenn der Fluch hielt, würden sie den Guten Magier finden und ihre Antwort bekommen.

Aber vieles aus der xanthischen Magie wirkte im Königreich der Träume nicht auf die gleiche Weise. Konnte Magier Murphys Fluch bis dorthin wirken? Wenn nicht, könnte sich ihre Mission am Ende doch als vergebens erweisen.

15

KÜRBIS

Vor jeden der Kürbisse im Garten, die auf Stöcken steckten, legten sie Stapel von Kissen. Dolph legte sich auf das mittlere Lager mit Ivy zu seiner Linken und Grey zu seiner Rechten. Sie reichten sich die Hände.

Nada drehte Dolphs Kürbis so, daß ihn die Augenlöcher ansahen. Er mußte als erster den Schauplatz betreten, der für jeden verschieden war und an dem Punkt einfror, den die Person zuletzt erreicht hatte, bis sie zurückkehrte und ihn veränderte. Dolph hatte eine Standardszene, auf die er zu der Zeit gestoßen war, als er Electra gerettet hatte. Sie würden ihn dort treffen, wenn sie beim Eintritt mit ihm in körperlichem Kontakt blieben.

Dolph blickte in die Gucklöcher. Er erstarrte angesichts dessen, was er dort sah. Bis ein Außenstehender den Kontakt unterbrach, indem dieser den Kürbis wegdrehte oder eine Hand zwischen die Gucklöcher und seine Augen schob, würde er sich nicht bewegen können.

Grey ging als nächster. Ivy wußte, daß er die Magie des Kürbis unwirksam machen konnte, wenn er wollte. Vermutlich konnte er sie zu jeder Zeit unterbrechen, während er im Traumreich weilte. Tatsächlich hätte er es während ihrer früheren Abenteuer tun können, hätten sie nur davon gewußt. Möglicherweise hatte der Hengst der Finsternis etwas davon geahnt, da er einer Konfrontation mit Grey ausgewichen war. Ivy hatte sich seinerzeit darüber gewundert, die Angelegenheit aber unter dem Druck der folgenden Ereignisse vergessen. Jetzt verstand sie es besser. Doch Grey nutzte seine Fähigkeiten jetzt nicht aus. Er wollte den Guten Magier ebenso sehr finden wie sie. Er wurde starr.

Ivy ging als letzte. Ihre Mutter drehte den Kürbis für sie, und auch sie erstarrte, als ihr Blick die Augenhöhlen trafen. Aber sie sah diese nicht, ihr Bewußtsein war jetzt im Reich des Kürbis.

Es war ein riesiges Gebäude, ein Palast oder eine Burg mit gekachelten Wänden und massigen, tragenden Säulen. Fremdartige Leute eilten in alle Richtungen. Jeder ging seinen eigenen Geschäften nach, weder nach links oder nach rechts schauend, ohne Rast.

Ivy hielt die Hand ihres Bruders, wie sie es getan hatte, bevor sie den Kürbis betreten hatte. Sie entspannte sich. Sobald die Szene stand, waren sie sicher. Grey war an ihrer anderen Seite.

»Was ist denn das für ein erstaunlicher Ort?« fragte sie.

»Ein Flughafen«, antwortete Grey.

»Ein mundanischer Alptraum«, sagte Dolph.

Grey lächelte. »Das ist so ziemlich das gleiche! Flughäfen sind immer hektisch, und die Flugzeuge haben immer Verspätung, selbst wenn sie als pünktlich angezeigt werden; und die Gepäckabfertigung ist ein gigantisches Lotteriespiel. Weil so viele Reisende dieses Risiko umgingen, indem sie ihr Gepäck bei sich behielten und ins Flugzeug mitnahmen, mußte die Regierung das Gesetz ändern, um sie zu veranlassen, ihre Koffer abzugeben. Jetzt sind die Verluste wieder wie früher oder sogar höher. Es ist ein böser Traum!«

»Hier wird der Gute Magier nicht leben!« meinte Ivy.

»Ich werde jemanden fragen«, sagte Dolph zuversichtlich. Er trat forsch vor. »He, Sie!« rief er einem vorbeigehenden Mann zu.

Der Mann betrachtete ihn verärgert und eilte weiter.

»Ich dachte, du könntest hier im Kürbis ohne Schwierigkeiten Hilfe bekommen«, sagte Ivy.

»Das kann ich auch, aber ich war so lange nicht mehr hier, vielleicht erkennen sie mich nicht.« Er versuchte es wieder. Diesmal rief er eine Frau an. »Hallo, Sie!«

»Rühr mich nicht an, du Sexist!« schnappte sie und wich ihm aus.

»Ich bin kein Sexist!« protestierte er. »Ich weiß nicht einmal, was das ist!«

»Dann bist du ein Jungkrimineller«, rief sie über ihre Schulter, als sie davoneilte.

»Da haben Sie absolut recht«, murmelte Ivy.

»Das bringt uns nicht weiter«, fügte Grey hinzu. »Mundanier helfen Fremden niemals, du mußt einen Bevollmächtigten erwischen. Ich glaube, ich sehe dort einen Polizisten. Den werde ich fragen.«

Dolph sah hin und schreckte zurück. »Das ist der gefürchtete Blaue Dämon! Er hat uns kreuz und quer gejagt!«

Aber Grey war schon losgegangen, um den Mann abzufangen.

»Wachtmeister, können Sie uns helfen?«

Der Dämon sah mit bohrendem Blick auf ihn herab. Er war nicht nur in Blau gekleidet, er war groß und fett und schaute wild. »Willst Unruhe stiften?« herrschte er ihn an. »Gibt Beschwerden über dich! Buchte dich ein!«

»Wir suchen eine Adresse, Wachtmeister«, sagte Grey. »Könnten Sie …«

Aber die Glubschaugen des Mannes hatten sich auf Dolph fixiert. »Heh, ich kenn' dich! Biste nicht der elternlose …«

»Er ist Prinz Dolph«, sagte Ivy empört. »Man erwartet von dir, daß du ihm hilfst!«

»Prinz Dolph!« rief der Mann aus. »Warum habt ihr das nicht gleich gesagt! Was braucht ihr?«

»Sie meinen, Sie werden uns nicht jagen?« fragte Dolph mit wachsendem Mut.

»Der Hengst sagt, gib ihnen alles, wasse wolln. Was soll's sein?«

»Wir müssen eine Adresse finden«, sagte Ivy. »Damenhof ...«

»Damen? Was denkt ihr, was fürn Ort das hier is?« herrschte der blaue Mann sie an. »Son Straßenkram gibt's hier nicht!«

»Damenhof«, wiederholte Ivy vorsichtig. »Es muß eine Adresse sein. Der nächste Teil ist Blöde-Gans-Gasse.«

»Nie von gehört«, sagte der Mann mit Bestimmtheit. »Gibt kein Blödeln hier! Buchte jeden ein, der das versucht!«

»Kleine Lockbeere?« fragte Ivy, die nächste Zeile lesend.

»Laß mal sehen!« sagte der Polizist. Er nahm den Zettel. »Kein Wunder! Du liest das ja rückwärts! Nach Winkelland willst du!«

»Aber ich lese es so, wie es hier steht«, begehrte Ivy auf.

»Hör zu, Zuckerschnute, dies ist Mundania, wie's leibt und lebt! Also lies gefälligst von unten nach oben!«

Ivy schielte ungläubig zu Grey, aber der stimmte dem Polizisten zu. »So werden mundanische Adressen gelesen«, sagte er. »Ich nehme an, in Xanth war es anders, sonst hätte ich etwas gesagt.«

»Hier ist nicht Xanth«, erinnerte sie ihn, »es ist ein schlechter Traum.«

Er lächelte. »Und ein schlechter Traum in Xanth handelt von Mundania! Das ist logisch!« Dann wandte er sich an den Polizisten. »Wenn Sie uns nur sagen, wo Winkelland ist, Wachtmeister. Wir wären froh, dort hinzufinden und aus Ihrem Revier zu kommen.«

»Gut, ist ein langer Weg, aber für Prinz Dolph haben wir 'ne Abkürzung. Durch die Tür da.« Er zeigte mit seinem dicken Finger in die Richtung.

»Danke schön, Wachtmeister«, sagte Grey. »Sie waren äußerst hilfreich.«

Sie gingen auf die besagte Tür zu. »Er ist fast freundlich«, meinte Dolph erstaunt. »Früher hat er uns wegen Grazi überall umhergejagt. Er behauptete, sie sei unanständig.«

»Aber ich dachte, Grazi sei ein wandelndes Skelett!« wunderte sich Grey. »Ihre blanken Knochen können furchterregend sein, aber kaum unanständig!«

»Oh, wenn sie sich mit Illusionen kleidete«, erklärte Ivy, »dann sah sie aus wie eine nackte Nymphe!«

»Mundanier denken, daß nackte Nymphen unanständig sind«, stimmte Grey zu, »zumindest, wenn sie in die Öffentlichkeit gehen.«

»Es ist tatsächlich ein eigenartiger Ort«, fand auch Ivy.

Sie erreichten die Tür. Ivy legte ihre Hand auf den Knauf und drehte ihn. Die Tür schwang auf.

Die Szene dahinter überraschte sie alle. Sie fanden Winkel in jeder Ausführung vor. Einige sahen wie flache Tortenstücke aus, während andere kantig wie die Ecken von Burgen waren, und wieder andere waren breit und stumpf.

»Ich kann nicht verstehen, warum der Gute Magier ausgerechnet hier leben möchte«, bemerkte Dolph.

»Vielleicht wird es weiter drinnen besser«, sagte Grey, »das erinnert mich zu sehr an Geometrie.«

»An wen?« fragte Ivy.

»Das ist ein Zweig der Mathematik«, erklärte er, »eine dieser Foltern, wie Englisch für Anfänger. Hoffentlich muß ich das nicht noch mal durchmachen.«

»Ich verstehe, warum«, sagte Ivy. Dieser Ort sah wirklich nicht einladend aus!

Sie betraten Winkelland. Einige Winkel blieben an ihrem Platz, während andere umherwanderten. Ivy stieß fast mit einem sehr spitzen, kleinen Winkel zusammen. »Hoppla, Entschuldigung!« bat der Winkel. »Normalerweise kann ich alles sehr scharf erkennen, aber ich fürchte, ich habe nicht aufgepaßt, wohin ich gehe.«

»Auf jeden Fall bist du scharfsinnig«, stimmte Ivy zu. »Kannst du uns den Weg zum Schmerz zeigen?«

»Du sagst, meine scharfen Ecken tun dir weh? Oh, das tut mir leid!«

»Nein, nein!« entgegnete Ivy lächelnd. »Ich sagte, daß du sehr nett aussiehst. Du bist der schärfste Winkel, den ich hier gesehen habe.«

Der Winkel wurde rot vor Wonne. »Weißt du, man sagt das von mir, doch ich möchte niemanden verletzen.«

Ivy merkte, daß der Horizont dieses Winkels begrenzt war.

»Danke schön, wir werden weitersuchen.«

Sie gingen weiter. Der nächste Winkel, dem sie begegneten, war verhältnismäßig stumpf, seine Ecken würden niemanden verletzen. »Hallo«, grüßte Ivy, »kannst du uns sagen, wo wir Schmerz finden?«

»Jooh«, sagte der Winkel. Dolph stieß sie von der einen Seite an und Grey von der anderen. »Er ist dumpf«, sagte der eine.

»Es ist ein stumpfer Winkel«, sagte der andere.

Der Winkel hörte sie. »Jooh, klar, ich bin stumpf! Ich soll so sein. Schau, meine Spitze ist viel breiter, als die scharfe Kleine, mit der ihr gerade geplaudert habt.« Er sagte das mit offensichtlichem Stolz.

»Ja, das habe ich bemerkt«, meinte Ivy und der stumpfe Winkel lächelte befriedigt.

Sie gingen weiter. Der nächste Winkel war exakt rechtwinklig. »Weißt du, wo Schmerz ist?« fragte Ivy.

»Ich würde nicht daran denken, so etwas zuzulassen!« erwiderte er. »Schließlich bin ich ein rechter Winkel.«

»Alles, was wir wollen, ist die Richtung!« sagte Ivy.

»Ich bin sicher, daß ich ziemlich genau in der Ausrichtung bin.«

Ivy sah ein, daß dieser Winkel hoffnungslos selbstgerecht war. Sie gingen weiter.

Sie erreichten eine Wand. »Sind uns die Winkel ausgegangen?« fragte Grey sich umschauend.

»Was denkt ihr, was ich bin – eine Kurve?« wollte die Wand wissen.

»Auf jeden Fall kein Winkel«, sagte Ivy. »Für mich siehst du absolut gerade aus.«

»Exakt, ich bin ein ausgestreckter Winkel. Einhundertachtzig Grad. Kein Grad mehr, kein Grad weniger.«

»Er hat recht«, murmelte Grey.

»Überhaupt nicht, Flegel!« erwiderte der Winkel. »Der letzte, mit dem du geredet hast, war ein rechter Winkel. Ich bin ein gestreckter Winkel, wie ich dir gerade gesagt habe. Ich weiche keinen Jota von meiner Richtung ab.«

»Weißt du, wo Schmerz ist?«

»Denkst du, ich bin der Richtige für deinen ungehobelten Humor? Das wird nicht funktionieren. Ich werde nicht abweichen!«

»Er ist *zu* gerade«, maulte Grey.

»Es ist unmöglich, zu gerade oder zu eng zu sein!« dozierte der Winkel.

Sie gingen weiter. Sie kamen an eine Biegung, die so weit war, daß sie zurückführte. »Wie ist dein Winkel?« fragte Ivy.

»Also, das ist eine Sache der entsprechenden Überlegung«, antwortete er. »Ob es vornehmer ist, unverschämte Fragen zu dulden oder …«

»Alles, was wir wollen«, sagte Ivy steif, »ist den Weg zu Schmerz zu finden. Weißt du ihn?«

»Wie ich sagte, bevor du mich so ungehörig unterbrochen hast, es ist eine Frage der Überlegung, und ich bin selbstverständlich dazu in der Lage, da ich ein rückführender Winkel bin. Laß uns also zusammenfassen: was wird gewonnen oder verloren durch euer Festhalten an solch einem schmerzlichen Ort? Auf der anderen Seite …«

»Jetzt tut's wirklich weh«, sagte Dolph. »Diese Winkel denken, sie sind schneidig, aber mir kommen sie ziemlich stumpf vor.«

»Philister!« schoß der Winkel zurück.

»Weißt du«, sagte Grey, »wenn Wortspiele hier die große

Sache sind, sollten wir vielleicht aufs Ganze gehen, Schmerz muß da sein, wo die spitzesten Winkel sind.«

»Diejenigen, die dir am meisten weh tun können«, stimmte Dolph zu.

Sie machten sich auf zu den spitzesten Winkeln. »Seid nicht leichtfertig!« rief der rückführende Winkel. »Da gibt es noch einige Punkte, die sehr sorgfältig erörtert werden müssen!«

Im Zentrum der allerschärfsten Winkel war eine schmale, blutbefleckte Pforte. An ihren Streben hatte sie scharfe, spitzwinklige Glasscherben und auf der Krone nadelgleiche Stacheln. Sie hatten den Eingang zum Schmerz gefunden!

Ivy sah auf die Dorne. Sie konnte keinen Gefallen daran finden, sich dort durchzuzwängen! »Du weiß, Grey, alles ist hier magisch, weil es das Traumreich ist. Also müßtest du in der Lage sein, es zu durchbrechen. Aber wenn du es tust ...«

»Wird es den Traum selbst zerstören?« beendete Grey den Satz. »Würde die Ausübung anderer magischer Fähigkeiten dabei hinderlich sein?«

Dolph verwandelte sich in einen Kobold. »Nicht, daß ich wüßte, Klugscheißer!« sagte er entsprechend der Figur, die er darstellte.

Ivy faßte den nächsten scharfen Winkel an und verstärkte ihn, so daß er funkelte. »Es scheint nicht so zu sein«, stimmte sie zu.

»Dann sollte es mir gelingen, meine Fähigkeiten ohne Wutausbrüche anzuwenden«, entschied Grey. »Vorausgesetzt, ich gehe maßvoll vor.« Er streckte die Hand vorsichtig nach der Pforte aus. »Warum, das ist überhaupt kein Glas!« rief er aus, »es ist eine Illusion!«

»Es ist *jetzt* eine Illusion«, sagte Dolph. »Du kannst drauf wetten, einen Moment vorher war es keine.«

»Es ist eine Frage der Interpretation«, betonte Ivy. »Weil die gesamte Traumwelt aus Illusion gefertigt ist, sind Illusionen hier wirklich. Grey hat gerade einen Teil der Glas-Illusions-Wirklichkeit überwunden.«

»Ich bin froh«, sagte Dolph, »wenn du dich hier schneidest, dann blutest du zwar, aber wahrscheinlich nicht dein wirklicher Körper, der in Xanth geblieben ist. Aber es tut genauso weh.«

Ivy erinnerte sich an Richard Riese und seinen Strom aus Blut. Sie wußte, daß es stimmte.

Sie zwängten sich durch die jetzt ungefährliche Pforte. Die Glasscherben bogen sich harmlos wie Blätter beiseite.

Sie waren in einer grauenhaften Gegend. Dies war mit Sicherheit das Arrangement für die Alpträume jener, die Schmerzen fürchteten. Überall waren leidende Leute. Manche hatten abscheuliche Krankheiten, einige schreckliche Verletzungen und andere schienen unerträgliche geistige Erschütterungen aushalten zu müssen. Mit Sicherheit war das alles schmerzlich.

Ein gemein aussehender Mann, mit einer schwarzen Maske, kam heran. Er trug eine Peitsche. »Ich kann mich nicht erinnern, weitere drei Schauspieler bestellt zu haben«, sagte er barsch. »Seid ihr sicher, daß ihr hier richtig seid?«

»Wir sind nur auf der Durchreise«, entgegnete Ivy schnell.

»Also, in Kürze kommt ein wirklich böser Traum, mit einer großen Besetzung«, sagte der Kerkermeister. »Vielleicht sollten wir euch doch einsetzen. Könnt ihr gut schreien?«

»Ich bin Prinz Dolph«, sagte Dolph. »Ich ...«

»Oh, warum hast du das nicht gleich gesagt! Du reist natürlich nur umher! Was möchtest du gerne sehen?«

»Den schnellsten Weg zur Bischofs Storchenfurt«, antwortete Ivy.

Der Kerkermeister kratzte seinen haarigen Schädel. »Unsere äußerste Grenze bildet ein breiter Fluß mit mehreren guten Furten, aber an diese bestimmte kann ich mich nicht erinnern. Ich kann euch auf jeden Fall zum Fluß bringen.«

»Das ist gut«, sagte Ivy.

Sie folgten dem Kerkermeister durch das Verlies. Ivy versuchte, ihre Augen von dem Schrecken abzuwenden, damit er ihr keine bösen Träume bescherte, die sie später hierher zurückbringen würden. Aber es war unmöglich, über all dies hinwegzusehen. Ein Stöhnen erregte ihre Aufmerksamkeit. Sie entdeckte jemanden mit einer blutenden Stichwunde. Das Messer steckte noch so darin, daß beim Herausziehen der doppelte Schmerz verursacht werden würde. Ein Seufzer verleitete sie dazu, zur anderen Seite zu blicken. Dort war ein ansonsten schönes Mädchen, deren Haare weggebrannt waren. Ihre bloße Kopfhaut war mit unzähligen Blasen bedeckt. Ivy wußte, daß sie alle Schauspieler waren, die die Szene lediglich darstellten, damit die furchtbaren Erscheinungen von den Alpträumen nur abgerufen zu werden brauchten. Aber es war so realistisch, daß es ihr dennoch den Magen umdrehte.

»Ich will nie wieder träumen!« wisperte Dolph.

»Ich glaube, ich sah etwas Ähnliches einmal in einem Horrorfilm«, meinte Grey.

»Wurdest du in Mundania gefoltert?« fragte Ivy entsetzt.

»Nein, ich habe es aus Vergnügen angesehen.«

»Zum Vergnügen!« wiederholte sie schockiert.

»Aber es hat mir nicht gefallen«, versicherte er ihr hastig.

»Das will ich doch hoffen!« Wie könnte sie einen Mann heiraten, der solche Abscheulichkeiten *liebte*? Doch wahrscheinlich gab es Mundanier, die an so etwas Interesse hatten. Hauptsache, sie kommen niemals nach Xanth!

Sie kamen an den Fluß. Das Wasser war brackig und die Strömung stark. Jeder, der versuchen würde, ihn zu überqueren, konnte fortgeschwemmt und ertränkt werden. Tatsächlich erspähte Ivy einen Alptraum, in dem ein verzweifeltes Mädchen ertrank. Ivy hoffte, daß sie diese Träume niemals selbst erleiden würde, keinen dieser Art!

»Die Furten werden von verschiedenen Wesen überwacht«, erklärte der Kerkermeister. »Ich glaube, die Störche sind stromaufwärts – diesen Weg.« Er zeigte nach links. »Ihr könnt daran entlanggehen, bis ihr diejenige findet, nach der ihr sucht. Achtet darauf, ob Blut in den Fluß rinnt, es kann glitschig sein.«

»Danke schön«, sagte Ivy matt. »Sie waren sehr freundlich.«

»Das ist sonst nicht meine Art«, gestand der Mann. »Aber für Prinz Dolph tue ich alles.«

Sie folgten dem Fluß stromaufwärts und bemühten sich, das Geschehen am Ufer zu ignorieren. Aber das Treiben im Fluß war nicht viel beruhigender. Bizarre Ungeheuer waren schemenhaft zu sehen. Sie schnappten mit ihren fleckigen Zähnen, und rauhe Winde drohten winzige Boote mit hilflosen Frauen und Kindern zum Kentern zu bringen. Ein Teil des Wassers stand in Flammen, und das Feuer kreiste mehrere Schwimmer ein. Je verzweifelter sie das Wasser durchpflügten, um zu entkommen, desto schneller kamen die Flammen heran. Ein anderer Bereich war ruhig und tief. Auf einem Schild stand: BADEN. Kinder tauchten fröhlich in die Mulde, aber sie kamen nicht wieder hoch. Als Ivy sich das Schild genauer ansah, bemerkte sie, daß ein verirrtes Blatt sich über ein Wort oben auf dem Schild gelegt hatte. Sie konnte erkennen, daß es das Wort ›NICHT‹ war. Was passierte mit diesen verschwundenen Kindern? An einem anderen Ort war das Schild klar zu lesen: ANGELN VERBOTEN.

Selbstverständlich ließen mehrere Leute ihre Leinen ins Wasser hängen. Was sie nicht sehen konnten, weil sie durch das reflektierende Sonnenlicht geblendet wurden (frag nicht danach, woher das Sonnenlicht kam in diesem Traumreich!), war ein monströser Krakenseetang in der Tiefe. Seine Tentakel umschlossen unmerklich jede der Leinen. Dann, plötzlich ein Ruck, und die Angler taumelten nach vorn ins Wasser und verschwanden in dem Gewirr der Tentakel.

Sie kamen in die Gegend der Furten. Die erste war auswiesen als FRANKFURT und wurde von einer mannsgroßen Wurst mit kleinen Armen und Beinen bewacht. Sie gingen daran vorbei.

Weiter oben war eine mit ABFURT bezeichnet, an der alle, die sie zu benutzen wünschten, reichlich mundanische Münzen haben mußten, um nicht fortgeschickt zu werden. Dann gab es BIEFURT, ausschließlich für Bienen, und CEFURT, wo jeder auf Zehen gehen mußte. Sie wanderten an dem gesamten Alphabet von Furten vorbei. Am Ende ließen sie ZEBFURT hinter sich. Sie wurde von eigenartig gestreiften Pferden benutzt.

Schließlich kamen sie zu den verschiedenen Furten, die ausschließlich für Vögel reserviert waren. Sie paßten auf, als sie zur Ibisfurt und zur Reiherfurt kamen. Und endlich machten sie die Storchenfurt aus. Hier gingen die Störche mit ihren schreienden Bündeln hinüber. Ivy wurde klar, daß dies Teil der Route war, die die Störche nahmen, um Mundania zu erreichen. Sie muß sich bis hinunter zum großen Kürbis auf dem Ohnenameneiland winden. Von dort trugen die Störche ihre Babies zu wartenden Müttern in Mundania. Grey hatte erzählt, daß die Mundanier ihre Babies auf andere Art bekämen. Aber natürlich wußte er nichts, er war ein Mann.

»Aber wir sind keine Störche«, protestierte Grey. »Sie werden uns die Überquerung hier nicht erlauben!«

»Wir können hinüber«, sagte Dolph. Er wurde zu einem riesigen Storch.

Ivy lächelte. Sie ging zu einem Haufen mit überzähligen Laken und nahm ein großes, kräftiges. Sie knotete die Ecken zusammen, so daß es eine große Schlinge bildete. »Steig hinein, Grey«, sagte sie.

»Aber …« protestierte er.

»Wenn du an der Storchenfurt bist, tue, was die Störche tun, du großes Baby«, neckte sie ihn und kletterte selbst hinein.

Doppelt verstimmt gesellte er sich zu ihr. Es war wie in einer Hängematte. Sie wurden gegeneinander gedrückt, was sie aber nicht sehr störte. Dolph überquerte die Furt, doch kein Storch sprach ihn an. Möglicherweise glaubten sie, daß er Zwillinge an einen Riesen lieferte.

»Jetzt müssen wir Kleine Lockbeere finden«, verkündete Ivy, auf die Adresse blickend, als sie am gegenüberliegenden Ufer ihre normale Gestalt und Haltung wieder eingenommen hatten.

»Ich wage nicht daran zu denken, wie töricht das sein wird«, murrte Grey. Sie waren am Rand eines Feldes mit sortierten Beeren. Die Störche folgten dem Weg, der unterirdisch weiterging. Die Pflanzen schienen ihre Früchte nach unten zu bringen. »Welche Sorte ist das?« fragte Dolph.

»Das ist eine Begräbnispflanze«, entgegnete Ivy. »Du mußt auf die Steine achten, wenn du sie ißt.«

Grey sah sie an, als wenn er sich unsicher sei, ob ihre Verlobung eine gute Idee gewesen war. Aber er sagte nichts.

Sie gingen an vielen verschiedenen Beeren vorbei. Manche schienen eßbar, wie die Johannis- und die Heidelbeeren. Und einige waren ungewöhnlich, wie die Londonbeere. Dann hörten sie einen Ruf. »Das ist es!« sagte Ivy zuversichtlich. »Die Pflanze zieht uns an!« Ganz sicher war das die Lockbeeren-Pflanze. Aber sie war viel zu groß. Es war die große Lockbeere. Sie sahen sich um, bis sie ihre Nachkommen fanden, die kleinen Lockbeeren, deren Stimmen vergleichsweise schwach waren. Daneben verlief eine Straße mit der Bezeichnung HAUPTPFAD.

»Jetzt zur Blöde-Gans-Gasse«, sagte Ivy. Sie fürte sie den Weg hinunter und konnte sich dabei ein Bild von der Gegend machen. Es gab viele Ableger: Heiße Gasse, Kalte Gasse, Nasse Gasse, Mader Gasse, Nikolaus Gasse, Schnabel Gasse und andere in ermüdender Fülle. Einige von ihnen schienen voll interessanter Aktivitäten zu sein, aber Ivy wollte keine Zeit auf Nebenwegen verschwenden. Dann kamen sie zu den Tiergassen und zu den Vögelpfaden. Nach Donald-Duck-Pfad kam Öde-Gans-Pfad und dann Blöde-Gans-Gasse.

»Wir sind nahe dran!« rief Ivy erleichtert. Sie betrat die Gasse – und machte einen Riesensatz. »Iiiiiih!« schrie sie unbändig.

»Was ist passiert?« fragte Grey beunruhigt. Er lief ihr nach – und machte seinen eigenen großen Satz. »Uuuuuh!«

Dolph begriff! »Eine blöde Gans – wie Stiefelpo!« erklärte er und versuchte das Lachen zu unterdrücken, das ihn zu überwältigen drohte. »Wenn du darauftrittst, wirst du ...«

»Jetzt bist du dran, kleiner Bruder!« sagte Ivy drohend.

»Sicher.« Dolph wurde zu einer sehr blöd aussehenden Gans und trat vor. Natürlich passierte ihm nichts, da diese Gasse für eben diese Gattung vorgesehen war. Er hatte sie übertölpelt.

»Nun werden wir den Damenhof finden«, sagte Ivy, wobei sie vorgab, nicht enttäuscht zu sein. Grey verstand allmählich, warum sie und ihr Bruder nicht immer so gut miteinander auskamen.

Hier gab es Häuser. Bald erreichten sie die mit dem Zusatz Hof: Adlerhof, Knasthof, Hühnerhof, Mondhof, Strohdhof, Hinterhof und schließlich Damenhof.

Sie hatten es geschafft! Direkt vor ihnen stand ein hübsches Häuschen mit weißen Wänden und strohgedecktem Dach.

»Ist das das Schloß des Guten Magiers?« fragte Grey.

»Nichts dergleichen!« entgegnete Dolph. »Aber du mußt wissen, daß es immer drei Herausforderungen gibt, um hineinzukommen, und die mußt du bewältigen, oder Humfrey wird nicht mit dir reden. Er ist vermutlich jetzt genauso starrsinnig wie im letzten Jahrhundert.«

»Vielleicht ist das eine Illusion«, sagte Ivy. »Die Herausforderung ist, hineinzukommen, während wir nicht ausmachen können, worauf wir uns einlassen.«

»Dann laß mich sehen, was ich tun kann«, sagte Grey. Er tat einen Schritt nach vorne und streckte die Hände konzentriert aus.

Das Häuschen flackerte und verschwand. An seiner

Stelle erschien die perfekte Nachbildung vom Schloß des Guten Magiers, wie es in Xanth stand. Es war aus Stein, mit einigermaßen hohen Türmchen und einem Burggraben. Außerdem sah es verlassen aus.

»So stimmt es eher«, sagte Ivy. »Ich sehe kein Burggraben-Ungeheuer, aber so sieht jetzt das Schloß auf jeden Fall aus. Wir können über die ... huch.« Denn jetzt sah sie, daß keine Zugbrücke über den Graben führte. Die Brücke war nicht hochgezogen, es gab einfach keine.

Sie gingen zum Rand des Grabens. »Er könnte vergiftet sein«, sagte Dolph. »Wir wollen nichts riskieren. Grey könnte echtes Gift nicht neutralisieren.«

Grey stimmte zu. »Außerdem wäre es vielleicht nicht angemessen für mich, meine Kraft mehr als einmal zu benutzen. Wir wollen den Magier nicht verärgern.«

»Ich kann uns hinüberbringen«, sagte Dolph. Er wurde wieder der Rokh. Sie stiegen auf seine Füße, er entfaltete seine Flügel, flog hinüber, und sie landeten auf der anderen Seite des Grabens.

Ivy sagte nichts, aber sie fühlte sich nicht wohl in ihrer Haut. Das ging zu leicht! Des Guten Magiers Aufgaben waren nie leicht gewesen, und nun hatten sie zwei von ihnen anscheinend ohne Mühe bewältigt. Das machte sie mißtrauisch.

Sie befanden sich auf der Einfassung zwischen der glatten Wand des Schlosses und dem Wassergraben. Sie liefen darauf entlang und suchten den Eingang. Normalerweise war das Haupttor da, wo die Zugbrücke den Graben überquerte, aber sie hatten keine Brücke, an der sie sich orientieren konnten.

Dann liefen sie einmal um das ganze Schloß herum. Es gab keinen Eingang!

»Jetzt bin ich dran«, sagte Ivy. »Ich kann uns hier reinbringen.«

Sie konzentrierte sich auf die undurchdringliche Mauer und erhöhte ihren Zustand der Durchdringbarkeit. So wurde diese weniger substanziell, so daß Wasser und Luft möglicherweise durchsickern konnten. Die Mauer war nur noch ein Schatten ihres früheren Selbst; sie sah fest aus, wurde aber mehr und mehr zu einer Erscheinung.

Ivy nahm die Hände ihrer Begleiter. »Wir können durchgehen«, sagte sie und führte sie in die Mauer und durch sie hindurch ins Schloß. Dann kehrte sie die Verstärkung um, so daß die Mauern zu ihrem normalen Zustand zurückfanden.

Jetzt waren sie im Innenhof. Ivy hörte Schritte. Ein Mann kam um die Ecke und hielt in der erleuchteten Halle an. »Hugo!« rief Ivy aus und ging auf ihn zu.

»Ivy!« entgegnete er. »Du bist entzückend!«

Ivy war nicht in der Lage, das Kompliment zurückzugeben, da Hugo am besten als unansehnlich beschrieben werden konnte. »Du hast dich nicht verändert!« sagte sie statt dessen. Dann stellte sie schnell alle einander vor: »Dies ist mein Freund Hugo, der Sohn von Humfrey und der Gorgone. Dies ist mein Verlobter Grey Murphy. Dolph kennst du ja.«

Hugo nickte. »Hier entlang«, sagte er. »Mama hat Kekse, wie du sie magst.«

»Ein Rätselrad!« rief Ivy aus, als sie ihm zur Küche folgten. Tatsächlich zog der Geruch von frischgebackenen Keksen die Halle hinunter.

Die Gorgone war dort, genauso wie Ivy sich an sie erinnerte: groß, stattlich, mit schlangengleichen Haaren, die ihr unsichtbares Gesicht umrahmten. Der Gute Magier hatte es unsichtbar gemacht, damit sein Anblick diejenigen nicht zu Stein werden ließ, die es ansahen. Ivy war sicher, daß das Gesicht im Dunkeln genauso fest und warm wie jedes andere war. Die Kekse waren knusprig und heiß, mit dem bißchen Härte, die die Nähe zum Gesicht der Gorgone verursachte.

»Meine Güte, wie bist du gewachsen, Ivy!« rief die Gorgone aus. »Du warst, laß mich nachdenken, nur zehn oder elf Jahre alt, als ich dich das letztemal gesehen habe!«

»Ich bin jetzt siebzehn«, sagte Ivy stolz. Sie stellte Grey vor, und natürlich war die Gorgone wegen ihrer Verlobung erstaunt.

Sie aßen Kekse, während sie Neuigkeiten austauschten. Die Gorgone war neugierig auf Nachrichten aus Xanth und vermißte das alte Schloß sehr.

»Aber warum seid ihr hier?« fragte Ivy.

»Der Magier sucht etwas«, erklärte die Gorgone.

»Die Fragensuche!« rief Grey aus.

»Ja, warum, wie konntest du das wissen?«

Ivy erzählte von ihrem heimlichen Blick in die Aufzeichnungen, an denen die Muse der Überlieferung arbeitete. »Könnte er sich nicht einfach dort erkundigen?«

»Nein, dies war von vorrangiger Natur. Der Magier war noch nie duldsam gegenüber Unterbrechungen gewesen, und diesmal war es so wichtig, daß er sich entschloß, alle Unterbrechungen vollständig auszuschließen. Wir wurden die letzten sieben Jahre nicht gestört.« Aber sie hatte mehr Bedauern als Stolz in der Stimme.

»Aber wir haben eine Frage«, sagte Ivy, »wir müssen die Antwort haben, bevor wir heiraten können. Deshalb haben wir euch hier aufgespürt. Wir werden nach Hause zurückkehren, sobald wir Magier Humfrey getroffen haben.«

Die Gorgone schüttelte den Kopf. »Ich fürchte, er wird euch nicht empfangen. Er ist so vertieft in seine Suche, daß er sich durch nichts unterbrechen läßt.«

»Aber wir müssen diese Antwort haben!« begehrte Ivy auf.

»Ich wäre hocherfreut, ihn dazu bewegen zu können, sie euch zu geben. Er aber will nicht. Er wird auf eine andere Ebene des Traumreiches gleiten und euch ausweichen, ohne auch nur ein Auge von seinen Schriften zu nehmen.«

»Aber er hat seine Aufzeichnungen zurückgelassen!« sagte Ivy.

»Den materiellen Teil davon. Er hat hier alles perfekt dupliziert, ebenso wie seine ganze andere Magie. Er hat alles, was er für seine Suche braucht, einschließlich der Abgeschiedenheit.«

»Ich denke, ich könnte ihn finden«, sagte Grey. »Ich könnte die Ebenen magischer Illusionen neutralisieren, bis ...«

»Nein, das würde ihn nicht dazu bringen, eine Antwort zu geben«, sagte Ivy verzweifelt.

Und das war das Ende. Sie waren den ganzen Weg umsonst gegangen. Kein Wunder, daß die Aufgaben, die sie beim Betreten des Schlosses erfüllen mußten, so einfach zu bewältigen waren: Der Gute Magier war zu Hause für Befragungen nicht zu erreichen.

Grey unterbrach die Magie für sie, während sie sich an den Händen hielten. Und im nächsten Augenblick sah Ivy von ihrem Kürbis auf, sie waren zurück im Schloß Roogna.

Für einen Moment war sie versucht zu sagen, daß sie ihre Antwort bekommen hatten. Aber das wäre nicht sehr aufrichtig gewesen, und außerdem, wenn sie sich die Antwort selbst hätten geben können, wäre es nicht nötig gewesen, den Magier zu finden.

Sie hatten ihr Problem nicht gelöst. Eigentlich war es nur ihr eigenes Problem, denn Grey hatte nie irgendwelche Zweifel gehabt. Er hatte vor, aus Xanth verschwunden zu sein, bevor Com-Puters Ultimatum ablief. Es war vielmehr Ivy, die ihre Entscheidung treffen mußte, entweder mit ihm ins trostlose Mundania zu gehen – oder eben ohne ihn allein in Xanth zurückzubleiben.

»O Grey!« rief sie aufgewühlt. »Ich kann keines von beidem tun! Ich liebe dich, aber ich liebe auch Xanth. Ich kann ohne beides nicht leben!«

»Ich verstehe«, sagte er, »ich liebe dich, und ich liebe Xanth, und ich weiß, ihr müßt zusammenbleiben. Deshalb werde ich dich verlassen.«

Ivy hängte sich an ihn, während ihre Tränen flossen. »Nein, ohne dich würde Xanth für mich so trostlos wie Mundania. Ich werde mit dir gehen, auch wenn es mich zerstört.«

»Aber ich fürchte, es *wird* dich zerstören!« protestierte er. »Deshalb weiß ich, daß du nicht gehen darfst.«

Als sie sich so an ihn schmiegte, erinnerte sie sich an etwas, was sie vergessen hatten. »Der Fluch deines Ahnen! Er hat funktioniert! Er gab uns den Hinweis darauf, wo der Gute Magier sich aufhält!«

»Ja, aber es war ein Fehlschlag. Humfrey will nicht ...«

»Nein!« schrie sie. »Vielleicht war es erfolgreich! Wir haben nur zu früh aufgegeben!«

»Ich verstehe nicht«, sagte er und sah sie fragend an. »Wir haben alles getan, was wir konnten.«

»Nein, ich denke, wir haben nur *gedacht*, daß wir alles getan hätten, was wir konnten!« sagte sie. »Wir dachten, wir hätten versagt, das haben wir aber noch nicht. Wir waren auf der falschen Fährte, aber vielleicht können wir auf die richtige Spur zurückkehren!«

»Wovon redest du?«

»Ich meine, *daß der Traum bis jetzt noch nicht vorbei ist!*« sagte sie.

»Nicht vorbei?« fragte er nicht verstehend. »Aber wir kommen aus dem Kürbis und ...«

»Denke zurück«, sagte sie aufgeregt, »erinnerst du dich daran, wie leicht es war, den Guten Magier zu finden? Es waren genau drei Herausforderungen, und wir wechselten uns ab, um sie zu überwinden, und dann waren wir drinnen. Und da waren Hugo und die Gorgone, genauso, wie ich sie in Erinnerung hatte.«

»Ja, so sagtest du. Ich hatte sie vorher niemals getroffen, so ...«

»Ich bin sieben Jahre älter, sie aber nicht!« fuhr sie fort. »Sie sind unverändert, dürften es aber nicht sein. Die Gorgone sollte ein graues Haar oder so etwas haben, und Hugo sollte Mitte Zwanzig sein, war es aber nicht, weil er nicht wirklich war. Er war nur in meiner Erinnerung, mehr nicht. Grey, ich habe es! Wir haben sie überhaupt nicht gefunden!«

Grey nickte. »Unverändert – entsprechend deinen geistigen Bildern«, sagte er. »Sie hätten älter sein müssen. Also war es ein Traum, nicht die Wirklichkeit.«

»Und der Traum ist immer noch nicht vorbei!« antwortete sie. »Er hat uns nur zu der Annahme verleitet, er sei vorüber. Das stimmt aber nicht! Daher können wir den Guten Magier weiter suchen!«

Er nickte und überlegte. »Ich dachte, die Prüfungen

wären nicht so schlimm wie ihr Ruf. Es war also nicht die Realität, die wir sahen, sondern eine weitere Illusion.«

»Dann haben wir also nur geträumt, daß deine Kraft funktionierte«, stimmte sie zu. »Und wir haben nur geträumt, daß du zu uns nach Xanth zurückgekehrt bist. Das ist die wirkliche Prüfung: die Illusion zu durchdringen, daß wir irgend etwas bewerkstelligen!«

Er umarmte sie. »Ich habe die Illusion, dich zu küssen«, sagte er und küßte sie.

»Das ist eine großartige Illusion«, stimmte sie zu und erwiderte seinen Kuß. »Nun zurück an die Arbeit. Wir müssen immer noch den Guten Magier finden.«

Grey überlegte. »So wie ich es verstehe, sind wir hier im Reich der Träume, und alles, was wir tun, ist Teil des Traums, dennoch behalten wir auch hier unsere natürlichen Fähigkeiten. Wenn ich meine ständig anwende und alles bezweifle, wie Descartes ...«

»Wer?«

Er lachte. »Ein Mundanier. Er zweifelte, bis er nicht mehr zweifeln konnte, und entschied, daß er damit bei der Wahrheit angelangt sei. Ich erinnere mich nur deshalb an ihn, weil ich einmal eine Prüfungsarbeit mit diesem Thema in den Sand gesetzt habe. Inzwischen denke ich jedoch, daß seine Idee nicht schlecht ist. Also müßte ich den Guten Magier finden können ... wenn er hier ist ..., indem ich alles andere wegzweifle. Aber da alles hier aus Träumen besteht, muß ich vorsichtig vorgehen. Es könnte kompliziert werden ... vielleicht funktioniert es auch überhaupt nicht.«

»Versuch es!« drängte sie ihn. »Es ist unsere einzige Chance!«

Grey nickte. »Oh, vielleicht solltest du mich sicherheitshalber verstärken. Ich muß sehr stark und sehr genau sein, damit ich den Traum Schicht für Schicht abtragen kann.«

»Ja.« Ivy nahm seine Hand und begann mit der Verstärkung.

16

ANTWORT

Grey fühle die Kraft von Ivys Magie, die ihn verstärkte. Er wußte, daß seine Fähigkeit, Magie zu neutralisieren, so gesteigert wurde. Wenn seine Fähigkeit ihrer entgegengerichtet war, konnte sie andere nicht mehr verstärken, doch wenn sie ihn unterstützte, hatte er sehr viel größere Macht als zuvor. Wenn irgend jemand in dieses Netzwerk täuschender Träume eindringen konnte, dann er – in diesem Moment.

Was für ein nettes Ablenkungsmanöver war es doch gewesen, sie davon träumen zu lassen, daß ihre Kräfte wirken, während sie dies in Wirklichkeit nicht taten. Oder vielleicht wirkten sie, aber nicht auf die erwartete Art. Er hatte die Illusion vom Damenhof neutralisiert, nur um von der Illusion des Schlosses vom Guten Magier getäuscht zu werden. Dolph hatte seine Gestalt verändert und sie über einen Graben getragen, der nicht wirklich vorhanden war. Ivy hatte ihren Weg mittels ihrer Fähigkeit durch eine falsche Wand gebannt. Sie waren alle darauf reingefallen, weil sie zu vertrauensselig waren und zu viel akzeptiert hatten.

Aber Ivy war dahintergekommen und hatte sie dabei vor

der Qual einer Rückkehr nach Mundania gerettet. Sie hatte die wirkliche Prüfung mehr durch ihre Gewitztheit als durch ihre Fähigkeit bestanden. Nun war er an der Reihe – und er erwartete, daß auch seine Gewitztheit auf die Probe gestellt würde.

Hatten sie wirklich diese drei Prüfungsaufgaben selber herbeigeträumt? Er bezweifelte das. Die Aufgaben paßten allzusehr ins Konzept. Eher war schon wahrscheinlich, daß jemand anders sie ersonnen hatte. Das bedeutete, daß der Gute Magier hier *war* – und nur Ivys Verzweiflung die Täuschung zerstört hatte. Das einzige, was schiefgehen konnte, war schiefgegangen.

Als er darüber nachdachte, wobei er durch Ivys Verstärkung vielleicht besser in der Lage war, zu Schlußfolgerungen zu kommen, erkannte er, daß man das, was sie erlebt hatten, tatsächlich als drei Aufgaben verstehen konnte – aber nicht von der einfachen Art, die sie unterstellt hatten. Die erste könnte für Dolph gewesen sein: das Auffinden der Adresse. Der Fluch von Greys Vater könnte Dolph in die Lage versetzt haben, mit dieser Aufgabe fertig zu werden. Die zweite könnte für Ivy gewesen sein – und wieder war die vorsichtig eingerichtete Illusion beinahe wie durch Zufall zerstört worden, als ob der Fluch ihr dabei geholfen hätte, ihr Wesen zu verstehen. Die dritte könnte seine eigene sein: den wirklichen Zustand der Dinge festzustellen, die überhaupt nicht so waren, wie sie es erwartet hatten. Könnte Murphys Fluch ihm die Unvoreingenommenheit verleihen, um zu erkennen, was er sehen mußte?

»Das ist das Beste, was ich tun kann«, sagte Ivy. »Wenn ich dich noch weiter verstärke, könntest du explodieren.« Sie hatte es im Scherz gesagt, aber dann erinnerte sie sich vielleicht an das Glühwürmchen und lachte nicht.

Grey konzentrierte sich auf die vor ihnen liegende Landschaft von Xanth. Er wußte jetzt, daß diese scheinbare Realität eine Illusion war, der Stoff, aus dem der Traum gemacht war. Sie mußten in diese Realität zurückkehren, die die Erscheinung des Traumes war.

Die Landschaft verschwamm und verblaßte. Sie waren mit Dolph an ihrer Seite vor das Schloß des Guten Magiers zurückgekehrt.

»He, was ist passiert?« fragte Dolph. »Ich dachte, ihr beide wäret auf dem Weg aus Xanth heraus!«

»Es war ein Teil des Traumes«, erklärte Ivy. »Wir wachten sozusagen daraus auf.«

»Aber ...«

»Wir sind immer noch dabei«, sagte sie, »paß auf.«

Grey konzentrierte sich auf das Schloß. Er wollte nicht zuviel neutralisieren! Langsam verschwamm es und verschwand schließlich, und es ließ das Landhaus vom Damenhof zurück, so wie sie es zuerst gesehen hatten.

»Nun sind wir wieder da, wo wir angefangen haben«, sagte Ivy. »Aber wenn es nicht das Schloß ist und nicht das Landhaus, was ist es dann?«

Grey konzentrierte seine Zweifel. Das Landhaus wurde durchscheinend und schwand. An seiner Stelle – stand das Schloß.

Er tauschte einen kurzen Seitenblick mit Ivy aus und konzentrierte sich dann wieder.

Das Schloß verschwamm und das Landhaus kehrte zurück.

»Nun, es muß das eine oder das andere sein«, sagte Dolph.

Grey überlegte, dann stellte er Betrachtungen an, dann sann er nach und schließlich setzte er sich nieder und dachte. »Vielleicht ist es keines von beiden«, sagte er.

»Aber ...«

»Ich denke, wir müssen alle unseren Geist leeren, bis wir überhaupt nichts mehr erwarten. Was immer dann übrigbleibt, wird die Wahrheit sein.«

»Ich kann meinen Geist nicht leeren!« protestierte Dolph. »Ich denke immer an etwas!«

»Was hast du auf dem Wandvorhang beobachtet?« fragte Ivy mit einem warnenden Unterton.

Das Landhaus verschwamm. Ein Bild von etwas Seidenem begann sich herauszuformen, etwa so wie ein riesiges Paar Schlüpfer.

»Mein Geist ist vollständig leer!« rief Dolph schuldbewußt.

Das Bild verschwamm wieder zu einem formlosen Haufen Stoff, der dann völlig verschwand. Das Landhaus erschien wieder.

»Leer«, sagte Grey.

»Leer«, stimmte Ivy zu.

»Leerer als leer«, sagte Dolph.

Grey konzentrierte wieder seinen Zweifel. Er bezweifelte, daß das Landhaus oder das Schloß dort war, aber er hatte keine Idee, was wirklich dort sein mochte. Er hielt seinen Zweifel so klar er nur konnte und erwartete nichts.

Das Landhaus war verschwunden. Das Schloß versuchte sich aufzubauen. Dolph verhinderte es mit mehr Zweifel, indem er sich weigerte, von der gegenwärtigen Illusion ausgetrickst zu werden.

Eine amorphe Wolke entwickelte sich und schwebte unsicher umher, ohne in der Lage zu sein, irgendeine bestimmte Form anzunehmen. Grey fuhr fort zu zweifeln und verhinderte, daß sie schmolz. Er hielt seine Erwartungen leer. Nur der Wirklichkeit würde gestattet sein, sich zu manifestieren. Schrittweise wurde die Wolke dünner und enthüllte – nichts.

»Oh«, sagte Ivy.

Grey schaute sie an. »Aber dort müßte *etwas* sein!«

»Wir haben den Traum verlassen«, erklärte sie. »Du hast ihn direkt herunter auf nichts neutralisiert.«

»Wirklichkeit!« rief er voller Ascheu aus und erkannte, daß es *das* war, was er erwartet hatte.

Dolph machte einen Schritt nach vorne. »Was ist das?«

Sie schauten. Dort stand eine Kiste auf dem Boden.

Sie gingen auf die Kiste zu. Die Landschaft schien vollständig kahl zu sein. Es gab weder Bäume noch Büsche, keinen Sonnenschein und keine Wolken. Es schien, abgesehen von der Kiste, eine Einöde zu sein.

Es stellte sich heraus, daß es tatsächlich drei Kisten in einer Reihe waren, jede dunkel, rechteckig und groß genug, einen Mann aufzunehmen.

»O nein!« flüsterte Ivy erschreckt. »Särge!«

Die Familie des Guten Magiers hatte aus drei Personen bestanden: Humfrey, der Gorgone und ihrem Sohn Hugo.

»Die Worte des Traumes!« sagte Dolph und teilte ihren Schrecken. »Es war die Methode, sie zu finden ... aber es war nicht davon die Rede, daß die lebten.«

Konnte es sein, daß der Gute Magier seinen Tod vorhergesehen und versucht hatte, sich vor Xanth zu verstecken, damit niemand von seinem Schicksal wissen würde? Aber welchen Sinn hatte dies?

»Damit die anderen denken, daß er eines Tages zurückkehrt«, sagte Ivy. »Damit Xanth nicht um ihn trauern würde – oder seine Feinde Auftrieb bekämen.«

»Feinde wie Com-Puter«, sagte Grey, der das genauso sah. »Aber nun haben wir seine List aufgedeckt, so daß Xanth selbst durch die Drohung mit Humfreys Wiederkehr nicht beschützt werden kann.«

»Com-Puter muß es gewußt haben!« sagte Ivy. »Deshalb hat er jetzt gehandelt!«

Aber Grey war damit nicht ganz zufrieden. »Warum hat uns Com-Puter dann nicht einfach gesagt, daß Humfrey tot ist, und damit alle Möglichkeiten, eine Antwort zu erhalten, ausgeschlossen?«

Ivy zuckte mit den Schultern. »Vielleicht war Puter nicht ganz sicher.«

»Und vielleicht ist es nicht wahr!« sagte Grey. »Vielleicht ist die Suche noch nicht beendet!«

»Aber wenn sie in den Särgen sind ...«

»Electra war in einem Sarg, nicht wahr?« Grey ging zu der nächstgelegenen Kiste. Jetzt entdeckte er eine Inschrift auf einer eingelassenen Plakette. Aber die Wörter waren unverständlich. »Was bedeutet das?«

Ivy näherte sich. Sie lächelte beinahe. »Nicht stören«, las

sie. »Es ist in xanthischer Schrift. Das hier muß Mundania sein, deshalb kannst du es nicht lesen.«

»Oder etwas in der Art«, stimmte Grey zu. »Electra war in einem ähnlichen Zustand, nehme ich an.«

Sie untersuchten die anderen Särge. Keiner hatte eine Plakette. »Vielleicht macht es ihnen nichts aus, gestört zu werden«, schlug Dolph vor.

»Wahrscheinlich ist es so«, sagte Ivy. »Es war immer der Gute Magier, der sich über Leute ärgerte, die seine Zeit in Anspruch nahmen.«

»Dann werde ich diesen öffnen.«

Ivy war schockiert. »Aber das kannst du nicht machen! Es ist nicht in Ordnung, die Toten zu stören!«

»Wenn er tot ist«, sagte Grey grimmig. »Ich bezweifle es.«

Er legte seine Hand auf den Sargdeckel, der keinen Verschluß hatte, und hob den Deckel an.

Ein verhutzelter kleiner Mann lag darin, der so aussah, als schliefe er gerade. »He, Magier Humfrey!« sagte Grey mutig.

Die Lider zuckten, und dann öffneten sich die Augen. Die Lippen teilten sich. »Geht weg«, sagten sie.

»Ich bin Grey Murphy, und ich brauche eine Antwort«, sagte Grey.

»Geht weg. Ich gebe keine Antworten mehr.«

»Das ist meine Frage: Wie kann ich den Dienst aufheben, den ich Com-Puter schulde?«

»Geht weg«, sagte der Mund und verzog sich zu einer Grimasse. »Ich werde dir deine Antwort geben, wenn ich hier fertig bin.«

»Wie lange wird das dauern?«

Der Mund formte das Fünftel eines Lächelns. »Ist das noch eine Frage?«

»Nein!«

»Wenn du eine Antwort willst, diene mir, bis ich zurückkehre. Dann magst du sie bekommen, wenn du sie noch wünscht. Nun gehe fort ... und knall den Deckel nicht zu.« Die Augen schlossen sich.

»Es *gibt* eine Antwort!« flüsterte Ivy.

»Aber was haben wir davon, wenn er nach einem Jahr oder länger zurückkehrt und ich Xanth in einer Woche verlassen muß?« fragte Grey.

Das nähere Auge des Guten Magiers öffnete sich blinzelnd. »Keine Chance, Mundanier! Du mußt ohne Unterbrechung dienen, bis ich zurückkehre, oder ich werde keine Verantwortung für die Folgen übernehmen.«

»Aber ich muß Com-Puter dienen! Das ist mein Problem!«

»*Nachdem* du deinen Dienst bei mir beendet hast«, sagte der Gute Magier bestimmt. »Anderenfalls verwirkst du deine Antwort.« Das Auge schloß sich wieder.

»Aber wie kann ich dir dienen, wenn du schläfst?« fragte Grey, der sich keinen Reim darauf machen konnte.

»Geh zu meinem Schloß. Du wirst eine Möglichkeit finden.« Die Gesichtszüge entspannten sich, der Gute Magier war wieder in seinem Traum.

Grey senkte niedergeschlagen den Deckel. Offenbar gab es eine Antwort auf sein Problem, aber wenn der Gute Magier nicht vor Ablauf einer Woche zu seinem Schloß zurückkehren würde, was unwahrscheinlich zu sein schien, mußte Grey ohne die Antwort nach Mundania zurückkehren.

»Der Gute Magier hat immer einen guten Grund für seine verrückten Antworten«, sagte Ivy im Versuch, dem Ganzen etwas Positives abzugewinnen. »Als die Gorgone kam, um zu fragen, ob er sie heiraten würde, machte er sie ein Jahr lang zur Dienerin im Schloß, ehe er ihr seine Antwort gab.«

»Aber das ist die absolute Höhe der Arroganz!« sagte Grey.

»So schien es. Aber dies ließ ihr die Zeit, um mit ihm zu arbeiten, so daß sie ihre Absichten auf der Grundlage guter Information ändern konnte. Als sie sich nicht umentschied, heiratete er sie. Zu der Zeit war sie mit jedem Teil des Schlosses und seiner Praxis vertraut und hatte daher keine Probleme. Es war wirklich eine sehr gute Art, die jeder andere verstanden hätte, wenn er so schlau wie Humfrey gewesen wäre.«

»Nun, ich bin nicht schlau genug, um zu sehen, wie es uns in irgendeiner Weise helfen soll, wenn ich Xanth verlassen muß, bevor ich seine Antwort bekomme!«

»Ebensowenig bin ich es«, sagte sie. »Aber es muß so sein.«

Er ließ das Thema fallen, weil er nicht mit ihr streiten wollte. Aber seine Niedergeschlagenheit war mit voller Macht wiedergekommen. Daran zu denken, daß es eine Lösung für sein Problem gab, die er aber wegen der Gefühllosigkeit dessen, der sie kannte, nicht in Anspruch nehmen konnte – das war sogar schlimmer, als wenn es keine Lösung geben würde.

Sie kehrten nach Xanth zurück. Sie konnten aber nicht einfach dort hingehen, weil sie den Weg durch diese formlose Region nicht kannten. Daher lockerte Grey seine Zweifel, und das Landhaus erschien wieder. Dann kehrten sie von der vormals gesuchten Adresse auf dem Weg zurück, bis sie wieder am Flughafen ankamen. Nun nahm Grey seinen Zweifel wieder auf und fiel aus dem Traum heraus.

Er hob seinen Kopf vom Kürbis. »Unterbrecht die Verbindung«, sagte er. Hilfreiche Hände drehten die Kürbisse, und Ivy und Dolph erwachten. Diesmal war es wirklich.

Sofort wurden sie mit Fragen nach der ganzen Geschichte bestürmt, aber nur Dolph war daran interessiert, seine zu erzählen. »Ihr hättet den Schneid und die scharfen Winkel sehen sollen!« rief er.

Am nächsten Tag gingen sie zum Schloß des Guten Magiers. Dolph wurde ein Rokh, brachte sie dorthin und setzte sie ab, wobei er versprach, sie rechtzeitig vor Ablauf von Com-Puters Gnadenfrist abzuholen, um sie an die

Grenze von Xanth zu bringen. Er versprach sogar, jeden Tag als Kurier für alles, was sie benötigten, vorbeizukommen. Das war mit Sicherheit besser, als zerknirscht auf Schloß Roogna zu verharren.

Die beiden lebenden Skelette Mark Knochen und Grazi Gebein kamen auch mit, angeblich, um bei der Reinigung des Schlosses zu helfen, eigentlich aber als Anstandsdamen. König und Königin wollten keine große Sache daraus machen, aber sie wollten ihre Tochter nicht zu unziemlichem Verhalten ermutigen.

Grey konnte ihnen das kaum übelnehmen. Ivy konnte jederzeit ihre Meinung ändern und in Xanth bleiben und sich dabei von ihrem Verlöbnis entbinden (dieses Wort hatte einen anderen Klang, und er mochte es lieber als ›Vorehevertrag‹) und auf den freien Markt zurückkehren. Warum sollten sie es riskieren, ihre Reputation als Prinzessin in dieser kurzen Zeit durch einen Makel zu trüben?

Das Verlöbnis zu brechen – er haßte diesen Gedanken, aber es kam ihm so vor, als sei dies der vernünftigste Ausweg. Sie war ein Wesen von Xanth und konnte, wie sie es ausdrückte, anderswo so wenig auf Dauer glücklich werden wie eine Meerjungfrau auf dem festen Land weitab von der See. Es gab magische Winkel, mit deren Hilfe sie ihn vergessen konnte, so daß am Ende zumindest einer von ihnen glücklich sein könnte. Wenn er nach Mundania zurückkehrte, würde er sie nicht mitkommen lassen. Was dann aus ihm werden würde, ohne Verlobte oder Eltern, darüber wollte er nicht nachdenken. Aber er wußte, daß es sein mußte. Er weigerte sich, zum Handlanger der Entwürdigung von Xanth zu werden, was auch immer ihn das persönlich kosten möge.

Das Schloß war finster und kahl. Den Skeletten machte es nichts aus, denn sie waren selber ziemlich kahl. Sie begannen damit, es zu reinigen und zwei einzelne Kammern für die beiden Lebenden einzurichten. Bald waren schöne weiche Betten hergerichtet, obwohl die Skelette wirklich nicht begreifen konnten, was an dem guten alten kalten Stein falsch sein sollte. In gleicher Weise machten sie die Küche sauber, weil sie wußten, daß die Lebenden einen Hang zum regelmäßigen Essen hatten.

»Aber wenn wir schließlich mit dem Saubermachen fertig sind, was gibt es sonst zu tun?« Das fragte Grey, als sie durcheinandergeworfene alte Phiolen sortierten und sie ordentlich auf die Borde stellten. »Und was hat es für einen Sinn, ein Schloß für jemanden herzurichten, der nicht dorthin zurückkehrt?« Denn sie wußten, daß der Gute Magier nicht die Absicht hatte, so bald dorthin zurückzukommen – wenn überhaupt jemals. Der Dienst war eine Scharade.

Ivy schüttelte den Kopf. Sie wußte es auch nicht. Aber zumindest waren sie für diese kurze Zeit zusammen.

Sie waren eifrig beim Sortieren dicker, staubiger Wälzer, als es draußen zu einer Störung kam. Mark kam mit klappernden Knochen hereingerannt. Grey und Ivy schauten beunruhigt auf, da sie wußten, daß es nicht so leicht war, ein Skelett zum Klappern zu bringen.

»Eine riesige feuerspeiende Schnecke greift das Schloß an«, berichtete Mark.

Sie schauten über eine Brustwehr. Tatsächlich dampfte sich das Ungeheuer seinen Weg durch den Burggraben, indem es das Wasser mit seinem Feuer zum Kochen brachte. Es war natürlich ein langsamer Angriff, weil Schnecken keine schnellen Reisenden waren, aber mächtig.

»Wir sollten lieber fliehen!« sagte Ivy. »So etwas können wir nicht aufhalten.«

»Aber der Schutz des Schlosses ist mit Sicherheit Teil meines Dienstes«, sagte Grey. »Ich meine, selbst wenn ich in einigen Tagen aufbrechen muß, so kann ich doch das Beste daraus machen, solange ich hier bin.«

»Aber du kannst diesem Ding nicht einmal nahekommen, ohne verbrannt zu werden!« protestierte Ivy.

»Sie scheint vom Erfolg nicht überzeugt zu sein«, warf Mark ein.

»Aber Mark kann ihr nahekommen«, sagte Grey. »Vielleicht hat sich die Schnecke einfach verlaufen. Mark, wärst du bereit, dich ihr zu nähern und zu fragen, was sie wünscht? Kannst du ihre Sprache sprechen?«

»Nur wenn sie aus dem Kürbis ist«, sagte Mark.

»Wenn nur Grundy Golem hier wäre«, sagte Ivy. »Er spricht jede lebendige Sprache. Wenn wir nur einen anderen Weg fänden ...« Dann hellte sich ihre Miene auf. »Vielleicht machen wir das!«

»Machen was?«

»Erinnerst du dich an die Zeichensprache? Laß mich sehen, ob das funktioniert!« Sie hatte das Buch über den Fall zum Schloß mitgebracht, daß sie nach Mundania zurückkehren müßten, wo sie von dieser Art der Verständigung abhängig wäre. Grey hatte es noch nicht übers Herz gebracht, ihr von seiner Entscheidung zu erzählen, daß sie in Xanth bleiben müßte.

Jetzt kroch die Schnecke aus dem Burggraben heraus und fing an, sich an der äußeren Mauer hochzuschieben. Sie bewegte sich im Schneckentempo, machte aber deutliche Fortschritte.

Ivy lehnte sich über die Brustwehr. »He, Schneck!« rief sie und winkte mit den Händen. »Kannst du das verstehen?« Sie machte das Zeichen für ›hallo‹: eine Geste, die dem Zuwerfen von beidhändigen Kußhänden ähnelte. Grey war froh, daß er es verstand, weil er es anderenfalls vielleicht mißverstanden hätte.

Die Schnecke hielt inne und schaute zu ihr herauf. Konnte sie überhaupt sehen? Grey überlegte; sie hatte keine Augen, sondern nur Fühler.

Dann bewegten sich die Fühler. Der eine wurde ausgestreckt, während der andere sich zurückzog. Im nächsten Augenblick verlief die Bewegung umgekehrt.

»Sie antwortet!« rief Ivy aus. »Sie kennt die Zeichensprache!«

»Frag sie, was sie möchte«, sagte Grey ermunternd.

»Was«, fragte Ivy und machte das Zeichen, indem sie mit ihrem rechten Zeigefinger über die linke Handfläche herunterfuhr. »Willst?« Sie hielt beide Hände so, als ob sie etwas ergreifen wollte und zog sie dann zu sich heran.

Die Fühler der Schnecke richteten sich parallel auf und fuhren dann in einer langsamen Bewegung mit wunderbarer Gleichmäßigkeit zusammen nach vorne.

»Antwort«, übersetzte Ivy. Sie hatte sich in kurzer Zeit eine außerordentliche Gewandtheit in dieser Art der Verständigung angeeignet. Grey erkannte, daß sie ihre eigene Lernfähigkeit dafür verstärkt haben mußte. Es sei denn, sie wäre zu dieser Zeit in Mundania gewesen, wo ihre Fähigkeit nicht einsetzbar war. Er würde sie das eines Tages fragen müssen.

Sie wandte sich Grey zu: »Sie will eine Antwort haben, aber ich weiß nicht ...«

»Eine Antwort!« rief Grey aus. »Sie denkt, daß der Gute Magier zurück ist!«

Ivy machte eine Grimasse. »Ich werde es zu erklären versuchen.« Sie machte das Zeichen für Unterhaltung.

Die Schnecke blieb an der Mauer kleben und antwortete mit ihren Fühlern. Nach einem leidlichen Dialog wandte sich Ivy Grey zu. »Ich komme nicht durch. Ich kenne nicht alle Begriffe, und sie ist nicht besonders schlau. Soweit ich so verstehe, möchte sie an einem Schneckenfest teilnehmen.«

»Vielleicht bedeutet das hier etwas anderes als in Mundania«, sagte Grey.

»Ich bin nicht sicher, was es bedeutet«, sagte sie. »Aber wir erzählen der Schnecke lieber etwas, damit sie weggeht. Anderenfalls wird sie uns das ganze Schloß verschleimen, und ihr Atem wird alle Vorhänge in Brand setzen.«

Grey überlegte. »In Ordnung. Sag ihr, sie soll einen Pakken Hinweiszettel in Schneckensprache aufsetzen und sie an Bäumen, Felsen und anderen Dingen, wo große Schnekken hingehen, anbringen. Auf den Zetteln steht SCHNEKKENFEST, und sie geben Zeit und Ort an. Dann werden alle interessierten Schnecken dort zur rechten Zeit erscheinen. Aber sag ihr, daß sie sich ein oder zwei Jahre Zeit lassen soll, denn Schnecken reisen nicht sehr schnell.«

»Ich werde es versuchen.« Ivy beschäftigte sich mit ihren Signalen. Nach einer Weile drehte sich die Schnecke zufrieden herum und glitt langsam durch den dampfenden Burggraben zurück und weg vom Schloß.

Ivy und Grey kehrten zum Sortieren der alten Bücher zurück. Doch bald gab es eine neue Unterbrechung. »Ein Kobold klopft an die Tür«, berichtete Mark.

»Du meinst ›donnert‹?« fragte Grey, der sich an die Art der Kobolde erinnerte.

»Nein, es ist ein verlegenes, höfliches Klopfen.«

»Es muß ein Trick sein«, sagte Ivy. »Laß ihn herein, und zieh dann die Zugbrücke hoch, damit seine Kreaturen nicht nachstoßen können, wenn er den Weg freigemacht hat.«

In gebührender Weise empfingen sie den Kobold in einem der gesäuberten Gemächer. »Wer bist du, und was willst du?« wollte Grey mürrisch wissen.

»Es tut mir außerordentlich leid, euch zu stören, Guter Magier, doch als ich sah, daß Ihr zurückgekehrt seid …«

»Warte!« sagte Grey verlegen. »Ich bin nicht der Gute Magier! Ich bin Grey und leiste ihm nur Dienste.« Zudem hatte der Kobold etwas Seltsames an sich.

»Ich bitte dich um Verzeihung, Grey«, sagte der Kobold. »Ich bin Gutfritz Goblin. Wenn ich mich verabreden dürfte, so würde ich zu einer passenderen Zeit wiederkommen.«

»Ich bin bestimmt gewillt, die Antwort von einem Assistenten entgegenzunehmen«, sagte Gutfritz. »Ich verstehe, daß der Gute Magier wichtigere Angelegenheiten hat als das Problem eines einfachen Kobolds.«

Grey begann sich wie ein Scheißkerl zu fühlen. »Äh, was hast du für ein Problem, Gutfritz?«

»Ich bin anscheinend unbeliebt bei meinen Artgenossen. Da ich natürlich gerne eine Führungsposition einnehmen und die Zuneigung einer hübschen Koboldin gewinnen würde, wünsche ich einen Rat bezüglich einer angemessenen Korrekturmaßnahme.«

»Nun, ich möchte dir sicherlich helfen, aber ...« Dann hatte Grey einen Geistesblitz. »Ich denke, was du brauchst, ist ein frecheres Mundwerk. Die meisten Kobolde, denen ich begegnet bin, sind unangenehm und gewalttätig. Wenn ...«

»Oh, ich könnte nicht gewalttätig sein!« protestierte Gutfritz. »Das wäre unsozial.«

»Nun, vielleicht mußt du gar nicht wirklich gewalttätig sein, wenn du dich nur so *anhörst*. Du könntest deinen Weg durch Bluffen machen. Was du brauchst, ist ein wirklich loser Wortschatz.«

»Ich wäre glücklich, ihn zu haben!« stimmte Gutfritz zu. »Kann ich ihn von dir erwerben?«

Grey blickte Ivy hilflos an. »Nein. Ich denke, du mußt ihn erlernen«, sagte sie. »Aber ich glaube, ich weiß, wo du das kannst.«

»Das wäre hervorragend!«

»Einen Augenblick.« Sie ging zu Mark und flüsterte. Das Skelett verschwand, kehrte aber im nächsten Augenblick mit etwas zurück, das Ivy auf einen Stuhl legte. »Setz dich«, sagte sie zu Gutfritz.

»Oh, danke sehr«, erwiderte der Kobold und nahm sich den Stuhl. Da er sehr kurze Beine hatte, mußte er hochspringen, um die Sitzfläche zu erreichen. Doch er war kaum gelandet, als er mit einem Satz wieder heruntersprang. »#$*&O!!« brüllte er und ließ dabei die weißen Vorhänge vor Scham erröten. Er warf etwas so heftig gegen die Wand, daß es darin steckenblieb.

Grey begriff. Sie hatte eine Fluchzecke auf den Stuhl gesetzt. »Du kennst also die Ausdrücke«, sagte Ivy, wobei sie offensichtlich ihr eigenes feines Erröten unterdrücken mußte, denn der Kobold hatte einen ziemlichen Fluch ausgestoßen.»Du mußt nur dazu ermutigt werden, sie zu benutzen.«

»Geh zur größten und wildesten Fluchzeckenstelle, die du finden kannst, und setz dich genau in die Mitte«, sagte Grey. »Ich garantiere dir, daß du nach der Zeit, die du brauchen wirst, um deinen Weg wieder herauszufinden, über den nötigen Wortschatz verfügen wirst. Versichere dich nur, daß du über die Ausdrücke verfügst, die dich befreien werden. Sie können nur einmal gegen die Fluchzecken eingesetzt werden, doch gegen Kobolde sind sie unendlich verwendbar.«

»Oh, Dank Euch, werter Herr und liebreizende Maid!« sagte Gutfritz. »Und was ist euer Entgelt für diese wunderbare Antwort?«

»Kein Entgelt«, sagte Grey schnell. »Wir sind nur für einige Tage hier. Viel Glück.«

Der Kobold erhob sich in voller Kürze. »Nein, ich fürchte, ich muß darauf bestehen. Ihr habt mir einen Dienst erwiesen, und ich muß als Ausgleich für euch dasselbe tun. Das ist nur fair.«

Fairneß – bei einem Kobold? Nun wußte Grey Bescheid! »Gut ... äh ... wenn du es möchtest, dann solltest du es auch. Bleibe eine Weile hier, und wenn etwas auftaucht ... äh ...«

»Hervorragend! Ich bin sicher, da wird etwas kommen.«

Da tauchte Grazi auf. »Führe unseren Gast in ein passendes Zimmer«, sagte Ivy.

Herzerfreut ging Gutfritz Goblin mit dem Skelett hinaus. Grey war sicher, daß er sich unter den Kobolden behaupten könne, wenn er den Korrekturlehrgang absolviert hatte. Sie kehrten zu ihren alten Wälzern zurück, nur um erneut unterbrochen zu werden. Diesmal war es ein fliegender Fächer: ein Gerät aus Bambus, das sich mit einer wedelnden Bewegung zu Erzeugung eines Luftstroms voranschraubte. Ivy konnte sich mit ihm durch Zeichensprache verständigen, obwohl einiges davon an einen Fächertanz erinnerte. Der Fächer hatte sich verirrt, er war auf der Suche nach Fachwissen.

Zum Glück konnte Grey hierzu etwas aus seinen mundanischen Erfahrungen beitragen: »Fachwissen gibt es dort, wo viele Fächer gelehrt werden, jedenfalls hat man uns das am College beigebracht.«

Der Fächer flog sofort zum nächsten Regal und fing an, die Fächer zu leeren.

Sie waren gerade dabei, zu den Wälzern zurückzukehren, als ein anderer Bittsteller auftauchte. »Das gleitet uns aus den Händen!« murrte Grey. »Wenn das so weitergeht, werden wir nie etwas schaffen.«

»Vielleicht sollten wir die Zugbrücke wieder hochziehen«, sagte Ivy. »Das sieht zwar unfreundlich aus, aber mit all diesen Leuten, die hier hereinkommen, werden wir weder Ruhe noch Ungestörtheit haben, solange wir den Zugang nicht begrenzen.«

»Ich beginne zu verstehen, warum der Gute Magier als einsiedlerisch und verschlossen galt«, sagte Grey. »Wenn sein Leben so ausgesehen hat, bevor er sich zurückzog ...«

»Du schaust nach der, die hereingekommen ist, und ich kümmere mich darum, daß die anderen draußen bleiben«, sagte Ivy mit einem Lächeln. »Kümmere dich aber nicht zu sehr um sie.« Damit ging sie hinaus.

Als Grey die Besucherin sah, verstand er Ivys Warnung. Sie war ein liebliches junges menschliches Mädchen. »O Magier, bitte, ich flehe euch an, ich bin verzweifelt, ich würde alles tun!« rief sie aus.

»Bitte, ich bin nur ... äh ... eine Aushilfe, und ich bin mir nicht sicher, ob ich dir helfen kann«, sagte er. »Was ...«

»Ich bin verliebt!« sagte sie schüchtern. »Aber er nimmt mich nicht einmal zur Kenntnis! Bitte ...«

Grey erfuhr, daß sie sich für einen jungen Mann in ihrem Dorf interessierte, der sie ihrerseits nur als einen Freund ansah. Sie hatte nicht die Absicht, eine Szene zu veranstalten, er sollte nur ihre Liebe erwidern. Sie war sich sicher, daß dann alles gut wäre. Aus Greys Sicht schien sie recht zu haben. Sie war ein gutes und liebreizendes Mädchen, die zu einem hübschen Lümmel wie diesen passen würde, genausogut wie Ivy zu Grey selber paßte.

»Grazi«, sagte er, und das Skelett erschien. »Ist da nicht ein Fläschchen Liebeszauber in der Sammlung, die du sortiert hast?«

»So einige«, bestätigte Grazi.

»Bringe eins her.« Skelette waren beim Begreifen nicht immer sehr schnell, vielleicht weil ihre Schädel hohl waren.

Sie brachte eins. Grey übergab es dem Mädchen. »Schütte dies in sein Getränk. Vergewissere dich, daß du die erste Person bist, die er sieht, nachdem er getrunken hat. Hast du verstanden? Ein Fehler könnte sehr unangenehm sein.«

»O ja!« rief sie aus. »Oh, vielen Dank, Magier!« Sie warf ihre Arme um seinen Nacken und küßte ihn auf die Nase. »Aber wie ist es mit meinem Dienst dafür?«

»Diesmal keinen Dienst«, sagte er. Dabei dachte er, daß dieser Teil der Praxis des Guten Magiers durchaus einen Sinn machte. Die Leute waren einfach zu gierig darauf, etwas umsonst zu bekommen, und vor dem Schloß bildeten sich bereits Trauben von ihnen. Wenn es an diesem ersten Tag schon so schlecht anfing, um wieviel schlimmer würde es in den folgenden Tagen werden. »Aber es kann sein, daß in Zukunft eine Gegenleistung von dir erwartet wird.« Wenn sie dies herumerzählte, würde es die Nassauer entmutigen.

»Oh? Wann?« Offensichtlich dachte sie, er meine, sie solle zurückkehren und ihren Dienst antreten. Ihm wurde klar, daß es kaum zweckdienlich sein würde, sie zurückzurufen. Es wäre besser, wenn sie ihn ableistete, bevor sie ging. »Äh, innerhalb der nächsten paar Tage. Grazi wird dir eine Kammer für die Übernachtung zeigen.«

»Das ist fein«, stimmte sie zu und ging mit dem Skelett hinaus.

Sie beendeten den Tag, ohne die Wälzer fertig sortiert zu haben. Dann zogen sie sich nach einem hervorragenden Mahl, das Grazi zubereitet hatte, in ihre Zimmer zurück. Grey lag einige Zeit wach und dachte über alles nach. Nun verstand er, warum der Gute Magier Humfrey nicht besonders begierig darauf war, schnell hierher zurückzukehren. Wie waren seine Aussichten? Eine endlose Reihe von Bittstellern, und jeder verlangte Aufmerksamkeit und genaue Untersuchung, während seine eigene Arbeit, welcher Art auch immer, unerledigt blieb. Grey und Ivy waren erst seit einem Tag hier, und schon hatte sich die Kunde verbreitet; der Gute Magier war ein Jahrhundert oder so hier gewesen.

Dennoch mußte Grey sich eingestehen, daß er eigentlich recht gerne Menschen und Kreaturen half. Außerdem lernte er etwas dabei. Er hatte gedacht, daß alle Kobolde so wären wie die aus der Goldenen Horde, jetzt wußte er es besser. Er hatte gedacht, daß Ungeheuer entweder kämpfen oder fliehen können, aber die Riesenschnecke hatte nur um einen Rat gebeten. Jeder Fall mußte für sich betrachtet werden, und keiner war wirklich nichts wert. Es schien ihm eine Schande zu sein, sie auszuschließen, wo sie doch wirklich Hilfe brauchten.

Aber natürlich konnte er ihnen nicht helfen. Selbst wenn er die Kompetenzen dafür gehabt hätte, in ein paar Tagen würde er nicht mehr hier sein. Er war ein Magier, aber sein Talent paßte kaum zu dieser Art von Arbeit. Nun, wenn einige Kreaturen an einem verheerenden Fluch und Bann litten, wie sie es nannten, und der von magischer Natur war, konnte er ihn wahrscheinlich neutralisieren. Auch wenn dort eine Illusion war, konnte er sie auflösen und zur Wahrheit durchdringen. Andere Fälle konnten mit gesundem Menschenverstand oder einem bißchen Imagination behandelt werden. Andere konnten mit den Mitteln des Schlosses gelöst werden, wie bei dem Liebestrank. So gab es tatsächlich eine ganze Menge, was Ivy und er tun konnten. Natürlich tat er das viel lieber, als Xanth zu verlassen!

Aber er mußte Xanth verlassen, weil die Gnadenfrist von Com-Puter bald abgelaufen sein würde.

Wie sehr wünschte er doch, daß es anders wäre!

Am Morgen näherte sich wieder eine Person dem Schloß. Sie war von weiblicher Gestalt, nackt und hatte wilde Haare. Eine Nymphe? Dann erkannte Grey sie. »Mae, die Mänade!« rief er.

»Was könnte sie wollen«, fragte Ivy. »Wir ließen sie gut eingerichtet als Orakel von Parnassos zurück!«

»Irgend etwas muß schiefgegangen sein«, meinte Grey. »Ich habe so das Gefühl, daß Maes Problem nicht so einfach durch gesunden Menschenverstand gelöst werden kann.«

Ivy schaute ihn schräg an. »Sie war die erste, die dich Magier nannte, und du hast sie geküßt. Nimmst du an ...?«

Grey lachte. »Welche attraktive junge Frau könnte Interesse an einem Nichts wie mir haben?«

Ivy starrte ihn an, und Grey merkte, daß er in Schwierigkeiten steckte.

»Äh ...« sagte er mit dem ihm eigenen Geschick.

»Das werde ich mit dir später klären«, murrte sie vernehmlich. »Jetzt sollten wir lieber eine Möglichkeit finden, wie wir ihre Ankunft verzögern, damit wir herausfinden, was sie will, bevor sie dich trifft.«

Eine brillante Idee formte sich in Greys Kopf. »Der Gute Magier hatte Prüfungsaufgaben, nicht wahr? Das hat die Menschen, die kamen, zwar nicht endgültig aufgehalten, aber ...«

»Hat sie aber verlangsamt!« stimmte sie zu. »Bis dahin konnte er einige Nachforschungen in seinem Buch der Antworten anstellen, und ...« Sie unterbrach sich.

»Und wir ... äh ... haben das Buch nicht«, beendete er den Satz.

»Wir ... äh ... haben es sicherlich nicht«, sagte sie ihn nachahmend mit einem kurzen Lächeln. »Wir haben auch keine passenden Prüfungsaufgaben. Das Aussehen des Schlosses war für jeden, der sich ihm näherte, verschieden. Er muß eine Menge Arbeit zwischen den Besuchen gehabt haben.«

»Aber es ist aus solidem Stein! Das kann man nicht herumbewegen! Das ganze Ding würde einstürzen!«

Ivy gab zurück: »Er muß eine einfachere Methode gehabt haben. Vor langer Zeit ließ er die Zentauren das Schloß wieder aufbauen. Nun erscheint es mir seltsam: warum es wieder aufbauen, wo es doch stand und nur aufpoliert werden mußte? Diese Zentauren haben wirklich hart gearbeitet. Ich sah sie auf dem Wandteppich. Sie schienen an rund zehn verschiedenen Entwürfen zu arbeiten. Sie arbeiteten an allem gleichzeitig, aber irgendwie wurde es nur ein Schloß.«

»Wie das Traumschloß oder das Traumbauernhaus vielleicht«, sagte er. »Je nach Bedarf ständig bereit, von einem zum anderen zu wechseln, um Eindringlinge zu täuschen.«

»Je nach Bedarf«, wiederholte sie. »Grey, ich denke, du hast es erfaßt.«

»Ich habe was?«

»Es muß einen Befehl oder so etwas geben, um das Schloß zu verändern. Etwas, das er beschwören konnte.«

Grey nickte. Das machte Sinn! »Wir sollten es lieber bald beschwören, denn Mae ist beinahe hier.«

»Ich werde es versuchen.« Ivy holte tief Luft. »Schloß ... verändere deine Form!«

Sie warteten, aber nichts geschah. Ivy versuchte andere Befehle, aber keine funktionierten.

»Äh ... ich meine, wo es doch mein Dienst ist, den wir hier verrichten, und es auch mein Problem ist, ob ich Com-Puter dienen muß, so bin ich doch wohl derjenige, der dem Guten Magier einen Dienst schuldet. Das Schloß sollte wohl irgendwie mit uns kooperieren, wenn ...«

»Es sollte wohl irgendwie«, stimmte Ivy zu, indem sie ihn nachahmte. »Gut, gib ihm einen Befehl.«

Grey drehte sich so um, daß er den Hauptteil des Schlosses vor sich hatte. »Im Namen des Guten Magiers Humfrey, ändere deine Form!« intonierte er.

Man hörte ein Rumpeln. Das Schloß ruckte. Wände glitten herum. Einen Moment später erhob sich die Plattform, auf der sie standen, und die Steine der Wand bewegten sich nach oben.

Grey schützte Ivy mit seinen Armen. Sie befanden sich nicht mehr auf der Brustwehr, sondern in einer Kuppel, deren gewölbte Fenster auf den Schloßgraben hinausgingen. Sie konnten die schrägen Dächer des Schlosses sehen, die nicht mehr die gleichen waren. Die ganze Anlage des Schlosses hatte sich geändert.

»Es hat mir gehorcht!« rief Grey erstaunt.

»Du hast wohl deinen eigenen Schlußfolgerungen nicht geglaubt, daß das Schloß dir helfen muß, wenn du in den Diensten des Magiers stehst?« fragte Ivy schalkhaft.

»Ich schätze, mein Glaube war nicht stark«, stimmte er zu. Dann sah er wieder hinunter. »Aber wir müssen uns immer noch etwas wegen Mae einfallen lassen.«

»Die Zugbrücke ist oben, das wird sie wohl etwas aufhalten«, meinte Ivy.

»Die Nymphen können schwimmen. Sie baden so gern in ihrer Weinquelle. Außer wenn ...« Seine Züge erhellten sich. »Das ist es!«

»Das ist was?«

»Sie mag kein Blut! Haben wir eine Phiole mit künstlichem Blut in der Sammlung? Ich meine etwas, das sie ...«

»Hab' kapiert, Magier!« sagte Ivy. »Grazi!«

Das weibliche Skelett erschien. »Etwas Seltsames ist passiert ...«, begann sie.

»Alles unter Kontrolle«, sagte Ivy sanft. »Haben wir eine Phiolo mit Blut in der Kammer?«

»Selbstverständlich. Konzentriertes Blutextrakt.«

»Das sollte funktionieren. Schütte es in den Schloßgraben.«

Das Skelett, das nicht viel Hirn hatte, nahm dies kommentarlos hin. Sie ging, um nach der Phiole zu suchen.

Von der Brustwehr aus sahen sie zu, wie nach kurzer Zeit eine knochige Hand aus einem tieferliegenden Fenster hinauslangte. Etwas fiel in den Schloßgraben.

Abrupt färbte sich das Wasser tiefrot. Es sah aus, als wenn Richards Fluß aus Blut versetzt worden wäre und nun um das Schloß fließen würde. Sogar ein bißchen Dampf stieg von ihm auf, als wenn er heiß wäre. Die Phiolen des Guten Magiers waren immer noch wirksam!

Mae erreichte das Ufer und starrte offensichtlich entsetzt

in den Schloßgraben. Sie hatte die Mänaden verlassen, weil sie frisches Blut nicht mochte. Was sollte sie jetzt tun? Nun, wenn ihr Anliegen nicht so schwerwiegend war, so konnte sie dies dazu bringen, umzukehren und zurück zum Berg Parnassos zu gehen – was ihnen Ärger ersparen würde.

Die Frau legte ihre Hände in einer Geste der Trauer an ihr Gesicht. Plötzlich fühlte sich Grey wie ein mundanischer Schurke. Sie weinte!

Die Farbe des Schloßgrabens verblaßte in der Nähe der Wilden Frau. Das Wasser wurde zunehmend klarer. Was war geschehen?

»Ihre Tränen waschen das Blut heraus«, sagte Ivy. »Ich wußte nicht, daß Mänaden weinen können.«

»Vielleicht können die echten es nicht«, bemerkte Grey. Ich glaube, sie löst gerade die erste Prüfungsaufgabe.«

»Wir wissen immer noch nicht, was ihr Problem ist und wie wir es lösen können!« rief sie aus.

Grey nickte. »Wir sind zwar nur für ein paar Tage hier, aber ich möchte das Beste daraus machen, solange ich hier bin. Vielleicht ist es ein Test, und wenn ich ihn bestehe, kommt der Gute Magier im letzten Moment und gibt mir die Antwort.« Das war eine verzweifelte Hoffnung.

»Genau das könnte sein!« stimmte sie zu.

Da erschien ein Schatten am Himmel. »Da kommt schon wieder einer!« seufzte er, während ihm das Herz in die Hose rutschte. »Ein Rokh. Weder der Schloßwall noch die Mauern werden ihn aufhalten!«

»Nein, es ist mein Bruder, du Dummer!« sagte Ivy. »Wir werden ihn das Buch der Antworten holen lassen, damit du Mae antworten und sie sofort zurückschicken kannst.« Es war offensichtlich, daß Ivy nicht besonders erpicht darauf war, die wohlgeformte Wilde Frau länger als unbedingt nötig in Greys Nähe zu lassen. Er mochte das.

»Du beauftragst Dolph«, entschied er, »und ich überlege mir die nächste Prüfungsaufgabe. Ich denke, wir können jetzt Gutfritz Kobold gut gebrauchen.«

»Sieh zu, daß du es schaffst«, sagte Ivy düster und eilte in Richtung einer Dachterrasse davon.

Grey ging, um den Kobold zu suchen. Insgeheim befürchtete er, daß dessen Kammer vielleicht nicht mehr dort sein könnte, wo sie sich vorher befand. All die labyrinthartigen Gänge des Schlosses hatten sich verändert. Es gab jedoch nicht viele von ihnen, und bald fand er den Kobold.

»Weißt du, Magier, ich muß gestern unaufmerksam gewesen sein«, bemerkte Gutfritz. »Ich hätte schwören können, daß er Durchgang völlig anders verlief.«

»Er war es«, erklärte Grey kurz. »Wir änderten die Anlage des Schlosses. Ich bitte dich, mir einen Dienst zu erweisen, bevor du gehst.«

»Mit Vergnügen, Magier!«

»Es kommt eine Wilde Frau ins Schloß. Du mußt hinuntergehen und versuchen, sie zu erschrecken. Tu ihr nicht weh, ängstige sie nur.«

»Eine Wilde Frau? Aber die sind nicht ohne weiteres zu erschrecken, und ich bin kaum der Typ, um ...«

Der Kobold zögerte, weil er etwas bemerkt hatte. »Ich glaube, ich sah unten ein Spiegelkabinett. In dem könnte ich den Anschein von zwanzig Kobolden erwecken. Wenn ich Fratzen schneide und umherspringe, könnte ich eine gute Vorstellung geben. Aber wenn sie dahinterkommt ...«

»Dann gewinnt sie die Herausforderung, und dein Dienst ist beendet«, fuhr Grey fort. »Dann kannst du mit reinem Gewissen deiner eigenen Wege gehen.«

»Ausgezeichnet! Ich werde sie abfangen, wenn sie durch das Kabinett kommt.« Gutfritz eilte die Halle hinunter.

Aber er brauchte noch eine dritte Herausforderung. Was würde eine Wilde Frau wirklich aus der Fassung bringen?

Grey schnippte mit den Fingern. Er befragte das Mädchen. »Mädchen, möglicherweise kannst du mir einen Dienst erweisen, um deine Schuld mir gegenüber auszugleichen.«

»Was wäre das, Magier?« fragte sie leicht besorgt.

»Bald kommt eine Wilde Frau ins Schloß. Ich möchte, daß du sie abfängst, nachdem sie an dem Kobold vorbei ist. Und verpasse ihr eine Maniküre, eine neue Frisur und weibliche Kleidung ... ein Rüschenkleid, Pumps und äh ...« Er zögerte.

»Schlüpfer?« fragte sie prompt.

»Äh ... ja, so was.«

»O ja, bei solchen Sachen kenne ich mich aus!« lobte sie sich. »Aber eine Wilde Frau ...«

»Du wirst gegenüber einer geschlossenen Tür stehen, welche ihr den Zugang zu mir versperrt. Sie muß diese Behandlung ertragen oder für immer eingesperrt bleiben. Wenn sie ohne diese Behandlung davongeht, ist deine Schuld bezahlt. Wenn sie aber einwilligt, wirst du ... wie lange würdest du brauchen?«

»Um es richtig zu machen? Stunden!«

»Ausgezeichnet! Wenn es vollbracht ist, klopfe an die Tür. Ich werde sie öffnen, und du kannst nach Hause gehen.«

Wenn das die Wilde Frau nicht aufhielt, konnte dies nichts und niemand, dachte er, als er ging, um nach Ivy zu sehen. Aber bis dahin sollte er im Besitz des Buches der Antworten sein und in der Lage, ihre Frage zu lösen. Jetzt wußte er Humfreys System wirklich zu schätzen!

Mae trat dem Kobold im Spiegelkabinett entgegen. Sie kreischte, nicht vor Furcht, aber vor Wut. Es schien so, als könnten Mänaden Kobolde nicht ausstehen. Sie jagte die erste Figur, die sie sah und hieb in den Spiegel. Nach mehreren solchen Schlägen begann sie die Art der Prüfung zu verstehen. Sie bemerkte ihre eigenen Ebenbilder in den Spiegeln und vermied diese. Schließlich fand sie eine Fläche, auf der weder ein Kobold noch die Wilde Frau zu sehen war und schritt hindurch, weil das der Ausgang war. Sie hatte die zweite Prüfung bestanden, und es hatte sie nur eine Stunde gekostet, um das zu bewerkstelligen.

Inzwischen war Dolph nach Schloß Roogna abgereist. Als Rokh konnte er die Entfernung rasch bewältigen. Aber sobald er dort war, mußte er König Dor dazu überreden, ihm das Buch zu geben, das dort bis zur Rückkehr des Guten Magiers zur Sicherheit verwahrt wurde. Ivy würde eine Nachricht geschickt haben, aber selbst dann konnte es Stunden dauern. Würde das Buch rechtzeitig ankommen?

Das Mädchen fing die Mänade ab. Es gab einen weiteren wütenden Schrei. Fast wäre die Wilde Frau umgekehrt, aber die gleiche Charakterschwäche, die sie veranlaßte, Blut zu vermeiden, brachte sie zu dem Entschluß, sich dieser beleidigenden Verwandlung zu unterwerfen. Das Mädchen begann sie zu verschönern und ihr Erscheinungsbild zu zivilisieren.

Zwei Stunden vergingen. Grey wußte, daß die Verschönerung nicht sehr viel länger dauern konnte. Wo blieb Dolph?

Dann erschien der Rokh am Horizont. Der große Vogel trug ein Buch!

Es stellte sich heraus, daß es ein enormer Band war. Grey umschloß ihn mit seinen Armen und legte ihn auf den Tisch, der offensichtlich dafür gemacht war. Er öffnete es – und war verwirrt über das Labyrinth von Eintragungen, so daß er sich keinen Reim daraus machen konnte. Es kostete ihn eine Stunde, nur um seine Stelle zu finden!

Die Tür öffnete sich, und eine atemberaubende mundanische Frau trat ein. Grey blinzelte. Das mußte die Mänade sein – was für eine Verwandlung! Grazi mußte ein geheimes Vorratslager für diese Aufgabe gefunden haben. Sie hatte ein entzückendes rosa Kleid mit Schleifen an, trug rosa Slipper mit Blumen obendrauf, und ihr Haar war zu einer weiteren Schleife mit einer anderen Blume gebunden. Ihre Finger- und Zehennägel waren sorgfältig angemalt und ihre Lippen ebenfalls. Ihre Beine waren so glatt, daß sie sicher in Strumpfhosen gekleidet waren. Sie sah aus, als würde sie zu einem Debütantinnenball gehen.

Sie war wegen ihrer Antwort gekommen, hatte alle Aufgaben bewältigt – und er war nicht in der Lage, das Buch der Antworten zu benutzen! Was sollte er jetzt machen?

Ihr kleiner Mund öffnete sich, um die Frage zu stellen.

»Du bist schön«, sagte er, zum Teil, um ihre Frage hinauszuschieben, und zum Teil, weil es der Wahrheit entsprach.

»Du hast mich erniedrigt!« schrie sie. »Du hast mich dazu gebracht zu weinen und einen Kobold zu jagen und ... was ist?«

»Du bist wunderschön«, wiederholte er. »Wenn du es wünscht, werde ich die Magie beenden, während du vor einem Spiegel stehst, und du wirst sehen, daß deine Schönheit nichts mit Verzauberung oder nymphischen Künsten zu tun hat. Ich bin sicher, daß du dir jederzeit einen Dorflümmel schnappen kannst, wenn dir dieser Zauber nicht mehr gefällt.«

Sie überlegte laut: »Vielleicht tue ich das. Nachdem ich dich kennengelernt habe, denke ich, daß sich Männer nicht nur als Nahrungsmittel eignen. Aber jetzt habe ich eine Frage an dich.«

Er hatte gehofft, sie abgelenkt zu haben. Jetzt war er dran. »Frage.«

»Mir geht das Kauderwelsch aus, daß aus mir heraussprudelt, wenn ich über der Spalte sitze. Der Priester sagt, ich kann keine Priesterin werden, bevor ich nicht reichlich verdorben klingendes Kauderwelsch beherrsche. Wie kann ich daran kommen?«

Seine schlimmsten Befürchtungen wurden wahr; das war eine Frage, die er nicht beantworten konnte! Wie konnte eine Person Kauderwelsch ›finden‹ und heraussprudeln, wenn es nicht mehr natürlich kam? Dann erinnerte er sich daran, wie er Gutfritz' feine Ausdrucksweise verdorben hatte, als dieser sich auf eine Fluchzecke setzen sollte. Angenommen, Mae würde das gleiche tun?

Er sah ihre Figur an und wußte nicht, ob er diese Medizin empfehlen konnte, als wäre sie eine Beschmutzung der Schönheit.

Aber dann kam ihm eine andere Erinnerung: an seinen Vater in vergangenen Jahren, unter einer mundanischen Folter schuftend, die als Einkommenssteuer bekannt ist.

Ein großer Teil der Schwierigkeiten bestand in den zum Wahnsinn treibenden unverständlichen Steuererklärungsanleitungen.

»Grazi«, sagte er.

Das Frauengerippe erschien.

»Hol den Band mit der Aufschrift *Überarbeitete Vereinfachte Steuerhinweise*.«

Bald war Grazi mit dem Buch zurück, eines aus dem Haufen staubiger Wälzer, die Grey und Ivy aussortiert hatten. Er hatte gedacht, daß dieses spezielle nutzlos sei, war aber bis jetzt zu beschäftigt gewesen, um es wegzuwerfen.

Er öffnete den Wälzer. »Also, ich möchte, daß du dir dies ansiehst und dir die größte Mühe gibst, es verständlich zu machen.«

»Ein Buch?« fragte Mae mit gerunzelter Stirn. Sie sah die Seite an. »Es sollte nicht schwierig sein: Von Kneb. bei DM, hiervon ziehe 28 Prozent ab aus Spalte 114 von der Summe aus Spalte 31 und 89, was immer weniger zusammenhängen muß. Z.a.P. freibl. aus s.o. Zeile 8B Formblatt 666 unter Spalte 338 A, es sei denn, die Ausgaben sind größer als in der Unterbroschüre 15Q angegeben, in diesem Fall prompte Rück...« Sie sah auf. »Das ist ja reines Kauderwelsch!«

»Genau«, sagte Grey. »Dies ist *das* Buch Kauderwelsch. Jahrhundertelang hat niemand einen Sinn darin gesehen. Nimm es mit, und die Einfälle werden dir niemals ausgehen.«

»Oh, ich danke dir, Magier!« rief sie aus, den Wälzer an ihren Busen drückend. »Und was für eine Gegenleistung ...«

Gerade wollte Grey sagen, daß sie ihm keinen Dienst erweisen müsse, als ihm einfiel, daß er gerade eine Wilde Frau brauchen könnte, um einige der anderen Besucher zu prüfen. Die Politik des Guten Magiers, eine Zeit in seinem Dienst zu verlangen, war nicht nur dazu da, Bittsteller zu entmutigen, sondern um das System gangbar zu erhalten. Es fügte sich alles zusammen – nachdem er einen Tag in den Fußstapfen des Guten Magiers verbracht hatte. »Bleibe eine Weile«, sagte er schroff. »Das Gerippe wird dir ein Zimmer geben. Ich werde dich benachrichtigen, wenn deine Schuld abgetragen ist.«

Dann war seine Zeit plötzlich vorbei. Sie hatten den größten Teil der Woche damit verbracht, Humfreys Schloß aufzuräumen und die ständigen Bitten um Antworten zu erledigen. Der Gute Magier war nicht zurückgekommen, und jetzt war es offensichtlich, daß er auch später nicht kommen würde. Ihre wilde Hoffnung hatte sich als vergeblich erwiesen. Dolph war bereit, seine Gestalt zu verändern und Grey und Ivy fortzutragen. Mark und Grazi hatten zugestimmt, die Schließung des Schlosses mit der Hilfe jener, die zu 326 Diensten verpflichtet waren, zu überwachen.

Ivys Entschluß, mit ihm zu kommen, blieb bestehen. Sie verabschiedete sich tränenreich von dem Schloß und seinen Kreaturen und würde das gleiche tun, wenn sie in Schloß Roogna auf ihrem Weg zur Landenge Station machten. Gezwungen, zwischen ihm und ihrem Heimatland zu wählen, hatte sie ihm die außerordentliche Freundlichkeit erwiesen, sich für ihn zu entscheiden. Und er würde sich dessen immer erinnern und es zu schätzen wissen, egal wie niederdrückend sein Leben in Mundania verlaufen würde. Mit ihr würde es erträglich sein; ohne sie unerträglich. Aber er mußte tun, was er tun mußte. Er würde mit ihr zurück nach Schloß Roogna fliegen und dann in der Gegenwart ihrer Familie sagen, was er zu sagen hatte. Er wußte, daß König Dor und Königin Irene ihn verstehen und seine Position unterstützen würden. Ivy würde ihn möglicherweise für einige Zeit hassen, aber sie hatte magische Alternativen.

»Es wird Zeit«, sagte er mit einem Kloß im Hals. »Ich wünschte, ich könnte hier für immer bleiben, auch wenn es turbulent ist. Mir gefällt das Gefühl, nützlich zu sein! Aber ich kann nicht.« Aber das war nur die eine Hälfte! Der bevorstehende Flug würde sein letzter mit ihr sein, seiner großen Liebe.

Ivy hielt ihre Tränen zurück. Sie nahm seine Hand und tröstete ihn still. Wie wenig sie wußte!

Dolph verwandelte sich. Er wurde der Rokh, schwankend auf dem Dach sitzend. Eine seiner großen Klauen rutschte auf einem toten Blatt von der Dachschindel ab, er verlor sein Gleichgewicht und mußte seine Flügel spreizen, um es wieder zu erlangen. Die Spitze seiner Schwingen schnitt ein Türmchen ab – und eine der Flugfedern war gebrochen.

Dolph verwandelte sich zurück. Er steckte einen gebrochenen Finger in seinen Mund. »Ich kann nicht ... mmh ... fliegen mit ... mmh ... dieser gebrochenen Feder!« sagte er mit Unterbrechungen.

»Du armer Kerl!« sagte Ivy voller Mitgefühl. »Ich werde ihn verbinden.«

»Aber wie sollen wir die Landenge rechtzeitig erreichen?« fragte Grey. Er wußte, daß keine andere Art der Fortbewegung schnell genug sein würde. Sie hatten sich auf Dolph verlassen und waren so lange, wie sie es riskieren konnten, geblieben. Er fühlte sich deshalb schuldig, wohl wissend, daß er zu leichtfertig gewesen war, weil er die letzten gemeinsamen Augenblicke in Xanth mit Ivy ausgekostet hatte.

»Sieh in das Buch der Antworten!« sagte Ivy über ihre Schulter hinweg, als sie ihren Bruder zum Verbinden hinausführte.

Er zuckte mit den Achseln und beschloß, genau das zu tun. Er ging zum Buch und öffnete es. Möglicherweise gab es einen magischen Weg, die Feder augenblicklich wieder zusammenzufügen. Er hatte eine Ahnung davon bekommen, wie das Buch arbeitete. Es war alphabetisch aufgebaut, aber so detailliert, mit so vielen Eintragungen und Kreuzverweisen, daß man leicht den Faden verlor. Er suchte nach ›Feder‹ und stellte eine enorme Auflistung von

Typen, Klassifizierungen und Qualitätsmerkmalen von Federn fest, daß er zu dem Schluß kam, es würde schneller gehen, statt dessen unter ›Rokh‹ nachzusehen. Er blätterte schnell die Seiten durch und natürlich zu weit. Er war schon bei ›S‹. Er begann zurückzublättern, und sein Blick traf zufällig auf eine Eintragung unmittelbar neben seinem linken Daumen: ›Service‹. Neugierig geworden las er sie. Auch diese hatte viele Unterarten und Klassifizierungen. Eine, die er am Fuß der Seite sah, hieß ›Gute Magier‹.

Grey stockte, seine Hand wollte immer noch die Seite umschlagen. Er las den Absatz ›... das durch alten Brauch und Anwendung Gesetzeskraft hat, der Dienst an dem Guten Magier, etwa als Bezahlung für Antworten, hat Vorrang vor allen anderen Diensten jeglicher Art, unabhängig vom Datum ihres Entstehens. Sie ist unverschiebbare Verpflichtung, die eingegangen wurde oder daraus folgte oder anderswie bezeichnet ist, für den Fall, daß ...‹

Das war fast so undurchsichtig wie das Einkommenssteuerhandbuch! Es mußte den Guten Magier das meiste seines Jahrhunderts oder seines Lebens gekostet haben, diese Unverständlichkeit zu entziffern! Es wäre faszinierend, die wirkliche Bedeutung solcher Eintragungen zu entschlüsseln, zum Beispiel an einem warmen Kamin mit Ivy an langen Abenden ...

Grey mußte sich Tränen aus den Augen wischen. Tatsächlich war diese knappe Woche im Schloß das Magiers, abgesehen von allen Verwirrungen und Frustrationen, wundervoll gewesen. Er war irgendwie durchgestolpert und hatte es fertiggebracht, den guten Leuten und Wesen von Xanth einige Gefälligkeiten zu erweisen. Und jeder Fall war ein weiterer Abschnitt der Ausbildung gewesen, der seine Augen für einen anderen fesselnden Aspekt des magischen Reiches öffnete. Aber in erster Linie hatte er sich als sehr *nützlich* empfunden! Es war ihm vorgekommen, als wenn das, was er tat, für andere von Bedeutung war. Er war sich in diesen wenigen Tagen wichtig vorgekommen, trotz seiner Ungeschicklichkeiten. Er haßte es, das alles aufzugeben, ebensosehr wie er es haßte, Xanth zu verlassen. Es war nicht nur für ihn selbst, es war auch wegen derjenigen, denen er geholfen hatte und vielleicht zu späteren Zeiten hätte helfen können. Wäre es möglich gewesen zu bleiben ...

...hat Vorrang vor allen anderen Diensten ...

Grey verharrte. Konnte es wahr sein? Konnte das sogar auf den Dienst, den er Com-Puter schuldete, zutreffen?

Er las den Abschnitt noch einmal sorgfältig, um sicherzugehen, daß er jeden Teil davon verstand. Es schien wahr zu sein. Und das konnte bedeuten ...

»Oh, hier bist du«, sagte Ivy. »Hast du für uns eine Möglichkeit gefunden, wie wir es pünktlich schaffen können?«

»Ich fand durch reinen Zufall etwas anderes«, entgegnete Grey aufgeregt. »Ich ... wir müssen vielleicht nicht gehen!«

»Müssen nicht gehen? Aber morgen will Com-Puter ...«

»Ist dieses Buch die letzte Instanz?« fragte er. »Ich meine, gibt es irgend etwas, das seine Antworten außer Kraft setzen kann?«

»Nein, natürlich nicht. Der Gute Magier war immer in jeder Beziehung die letzte Instanz. Er war schließlich der Magier der Informationen. Deshalb ist sein Buch der Antworten ... warum fragst du?«

»Hier heißt es, daß der Dienst am Guten Magier Vorrang vor allen anderen Diensten hat, egal ob der andere Dienst abgeleistet worden ist. Nach dem Brauch und Gesetz von Xanth. Das scheint zu bedeuten, daß, solange mein Dienst für Humfrey nicht beendet ist, ich Com-Puter nicht dienen kann. Wenn das wahr ist ...«

»Aber er hat gesagt, daß er vielleicht niemals zurückkommt!« protestierte sie. »Du würdest festsitzen und ihm dein ganzes Leben lang dienen und vielleicht niemals auch nur eine Antwort bekommen!«

»Nein«, sagte er, und es dämmerte ihm wie der Sonnenaufgang eines ganzen Jahrtausends. »Ich habe meine Antwort bereits erhalten. Ich habe sie nur vorher nicht verstanden. Jetzt muß ich dienen, wenn es sein muß für den Rest meines Lebens – genau hier. Dies tuend. Und weißt du …«

»Das ist keine schlechte Sache«, sagte sie. Ihre Verwirrung hellte sich auf in Ehrfurcht.

»Das ist überhaupt keine schlechte Sache«, stimmte er zu.

Dann fielen sie sich in die Arme, drückten und küßten sich und weinten befreit.

Greys Augen erblickten an der Wand einen magischen Spiegel. Er hatte ihn vorher nicht bemerkt, aber jetzt sah er, daß er auf die Böse-Maschinen-Höhle ausgerichtet war. Puter hatte ihn die ganze Zeit beobachtet! Aber auf dem Schirm der Maschine standen die Worte FLÜCHE – WIEDER VEREITELT!

Was für ein erstaunlicher Zufall, daß er auf diese Passage im Buch der Antworten stoßen sollte, nachdem Dolph durch einen reinen Unglücksfall eine Feder gebrochen hatte, so daß …

Zufall? Unglück? Nein, es war eher Magie! Die eine Sache – oder besser: die Serie von Dingen – hätte aufgrund des Langzeitplanes der Maschine, die Xanth erobern wollte, durchaus schiefgehen können. Diese von Com-Puter angewendete List, die Murphys Fluch beinhaltete, ging gerade aufgrund der Natur des Fluchs durch seine Wirkung auf diese List schief. Es war vielleicht auch Zufall, daß dies zu Greys lebenslangem Glück mit Ivy führte. Vielleicht.

Grey wußte es jetzt besser.

»Danke, Vater«, murmelte er.

ENDE

ERGÄNZUNG ZUM LEXIKON VON XANTH

A

ADRESSE – wo der Gute Magier Humfrey gefunden werden kann, wenn man sie erst ausfindig gemacht hat.
AGENDA ANDREWS – das erste Mädchen, das von einem Programm zu Grey geschickt wurde. Sie hat braunes Haar und ist wahnsinnig gut gebaut.
ALGENSUPPE – Gesund und nahrhaft, deshalb eine Folter für Kinder. Mela Meerfrau fütterte Prinz Dolph damit.
ANDERES GESCHLECHT – dieses Definition wurde auf Anordnung der Erwachsenenverschwörung zensiert. Was wohl passieren würde, wenn ein Kind herausfände, welches es ist?
ANOREXIA NERVOSA – Greys zweite Freundin. Sie ist sehr dünn und hält ständig Diät.

B

BARON HAULASS VON SHETLAND – Gast bei Chex' Hochzeit.
BERG SAUSESCHNELL – Treffpunkt der geflügelten Ungeheuer.
BLUTFLUSS – im Kürbis, der Fluß aus der Seite von Richard Riese, der ihm einige Unbequemlichkeit bereitet.
BRIA – verirrtes, unverschämtes Mädchen, das von Esk gefunden wurde und zu ihm zurückkehrt, um ihn zu heiraten. Sie kann bemerkenswert weich sein, wenn sie möchte – ein Charakterzug, den sie mit einigen mundanischen Frauen teilt.
BUCKLIPPE KOBOLD – eines der Mitglieder der Koboldherrschaft von der Goldenen Horde.

C

CHE – Fohlen von Cheiron und Chex' Zentaur: siehe *Isle of View* für weitere Informationen.
CHEIRON – geflügelter Zentaurenhengst, der Chex heiratet. Er ist ein stattlicher Kerl mit goldenen Hufen und silbernen Flügeln und kann wirklich fliegen.
CHEX – geflügeltes Zentaurfüllen, Freundin von Esk; sie hat graue Augen und graue Flügel, eine braune Mähne und braunes Fell und paßt ganz gut zu Esk. Ursprünglich kann sie nicht fliegen, doch schließlich findet sie das Geheimnis heraus und tut sich mit Cheiron zusammen.
COM-PUTER – magische, denkende Maschine, die plant, das Universum zu übernehmen. Sie kann die Realität in ihrer Umgebung ihren Wünschen entsprechend ändern. In Xanth sind ihre ruchlosen Anstrengungen noch einmal vereitelt worden (Flüche!); aber in Mundania, wo der freie Wille weniger geschätzt wird, sind sie erfolgreicher.

D

DONKEY – Zentaur, der einem Esel ähnlich ist, klein und grau, mit großen Ohren; Freund von Ivy, Grey und Electra. Seine Gabe ist es, die Farbe seiner Hufe zu wechseln.
DORIS – Fluchungeheuermädchen mit hübschen Beinen.
DRACO DRACHE – Besitzer des Feuerwassero[illegible]s. Sein Nest liegt auf dem Berg Etamin, Teil einer Bergk[illegible]. Keine schlimme Sorte, wenn man fliegende Drachen mag.
DYSLEXIA – Greys dritte Freundin: eine blauäugige Blondine, die Schwierigkeiten hat zu lesen, weil sie die Dinge rückwärts sieht.

E

EKELLOHN – entenfüßiger Führer der (Lohn-)Elfen, die sich mit anderen kreuzen müssen, um ihren Stamm zu vermehren.

ELECTRA – in Folge von Murphys Fluch trat sie an die Stelle der schlafenden Prinzessin und wurde mit Prinz Dolph verlobt, als er sie aufweckte. Sie ist ein nettes Mädchen, das es einmal irgendwie mit ihrem Vater hatte, jetzt aber Dolph liebt, ungeachtet der Tatsache, daß er drei Jahre jünger ist als sie (da *keine Vaterfixierung*!). Aber er ist nur mit ihr verlobt, um zu verhindern, daß sie stirbt. Sie sieht aus wie ein Kind mit Sommersprossen, und ihre Augen haben einen Anstrich von Erstaunen (Wunderfarbe). Ihre Gabe ist die Elektrizität: Sie kann einem anderen einen ziemlichen Schlag versetzen. Sie lädt den Himmelstaler wieder auf.
ENGLISCH FÜR ANFÄNGER – in Mundania ein Schicksal, schlimmer als der Tod.
ESK OGER – Sohn von Krach Oger und Tandy Nymphe. Ein netter junger Mann – außer, wenn Ärger ihn gefräßig macht. Er hat graue Augen und braunes Haar, passend zur Farbe seiner Freunde. Sein magisches Talent ist das des Widerspruchs: Wenn er nein sagt, läßt die andere Partei ab, ohne immer zu verstehen, warum.
EUPHORIA – Greys vierte Freundin: hypnotisierende, intensive Augen, wildes, schwarzes Haar, eine üppige Figur – aber sie hat es mit Drogen.

F

FEUERWASSEROPAL – die Belohnung, die Mela Meerfrau braucht, um einen Mann zu gewinnen. Sie nimmt Prinz Dolphs Hilfe in Anspruch, um ihn zurückzuerobern, weil Draco Drachen ihren früheren Mann getötet und den Edelstein geraubt hatte; einer aus einem zusammengehörigen Paar.
FIKTION – eine eingebildete Figur. Gina Riesin war ursprünglich eine, aber Richards Liebe machte aus ihr eine richtige Traumfigur.

G

GALATEA – Elfenbeinstatue des lieblichsten aller Schweine, geschnitzt vom Bildhauer Pyg Malion.
GINA – unsichtbare Riesendame, ursprünglich ein Figment aus einem Traum, jetzt Richards Mädchen.
GOLDI KOBOLD – Tochter von Gloria Kobold und Hardy Harpyie: ein geflügeltes Koboldmädchen, das an den Feierlichkeiten von Chex' Hochzeit teilnimmt.
GUTFRITZ KOBOLD – Kobold, übermäßig höflich, geheilt durch eine Sitzung mit Fluchzecken.
GRABBI – Burggrabenungeheuer im Graben von Schloß Roogna.
GRABRAHAM – neues, junges, schüchternes Bettungeheuer unter Ivys Bett, Ersatz für Snorty; kurz: Grabschi.
GRAZI GEBEIN – weibliches, herumlaufendes Skelett, Marks Freundin, mit ausnehmend schönen Knochen.
GREY MURPHY – Sohn des Magiers Murphy und der Zauberin Vadne, verlobt mit Ivy. Er hat haarfarbenes Haar und neutrale Augen, und seine ersten 18 Jahre verliefen sogar am mundanischen Standard gemessen stumpfsinnig, aber er ist ein anständiger Junge. Seine Gabe ist Neutralisierung von Magie.
GROTESK KOBOLD – Kobold-Anführer im Koblinat der Goldenen Horde. Ein niederträchtiger Kerl, sogar für Koboldverhältnisse.

H

HASSQUELLE – bringt jeden, der ihr Wasser berührt, dazu, die nächste Person, die er erblickt, zu hassen. Wird im Koblinat der Goldenen Horde verwendet, um Gefangene zu foltern.
HEFTIG – ursprünglich bestimmt, um auf den mittleren Streifen zwischen Wegen gepflanzt zu werden. Dieser wurde verschmäht, weil man nicht noch mehr Heftige in der Mitte wollte. Das wäre in Mundania nicht passiert.

HEISERKASTANIE – ein Baum, der laute Atemgeräusche von sich gibt, wenn der Wind hindurchweht.
HENRY – ein taubstummer Mann, der Ivy hilft, die Zeichensprache zu üben.
HERZEBLUT MONUMENT – auf der Insel der Aussicht, um die schlafende Prinzessin zu markieren; wurde aber gestohlen.
HERZOG DRACHENSCHWANZ VON TRÜBEGRIPS – Gast bei Chex' Hochzeit.
HEUBEEREN LANGKUCHEN – eine Delikatesse. In Mundania gibt es einen minderwertigen Ersatz dafür, verwendet wird dort kurzes Stroh statt langem Heu.
HIMMELSTALER – Pfennigstück, das den Träger zu dem Ort bringt, der ihn am dringendsten braucht; es kann nur von Electra geladen werden.
HONIGMOND – die abgewendete Seite des Mondes, die so süß wie Honig bleibt und besonders beliebt ist bei den Jungvermählten. Die zugewandte Seite des Mondes ist natürlich seit langer Zeit zu grünem Käse verdorben wegen des grauenhaften Anblicks, der sich ihr unten bietet.
HORACE – ein Zombie-Zentaur: Seine Aussprache ist schludderig. Seine Haut mag ja modrig und sein Gesicht wurmig sein, aber sein Zustand ist noch nicht weit fortgeschritten, und Ivy mag ihn, was viel wert ist.

I

IGNOR AMUS – sehr dummer Geschworener bei Grazis Verhandlung.
INSEL DER AUSSICHT – zärtliche Insel. Schon allein ihren Namen in Begleitung des anderen Geschlechts auszusprechen kann zu intessanten Komplikationen führen.

J

JUCKLIPPE KOBOLD – einer der Kobolde vom Berg Etamin.

JUNGE(1) – Zeuge bei Grazis Verhandlung: mag keine Mädchen.
JUNGE(2) – Kind, das im Wald verlorenging, gerettet von Richard Riese. Keine Verbindung zu Junge(1) bekannt.

K

KALENDER – die Oger führen die Kalender von Xanth, weil es ihnen nichts ausmacht, ihre Finger mit Terminen schmutzig zu machen. Die Monate sind JunHurra, FegBuh-Ahr, SchMerz, Abprall, JoMei, DUnie, Solei, AugenGuß, SeppTender, HockTober, NordWänder, DötzHämmer.
KERKERMEISTER DER SCHMERZEN – verwaltet die schmerzvollen Aspekte schlechter Träume.
KOBLINAT DER GOLDENEN HORDE – die niederträchtigsten Kobolde nördlich der Spalte.
KOMODO EI DECHSE – Gast bei Chex' Hochzeit; Prinz der Inseln von Indon Echsien.
KOTBOLD KOBOLD – Kobold, im Lexikon fälschlich als Craven verzeichnet: Vater von Goldi und Gloria Kobold.
KRI-TICKER – ekelhafte, blutsaugende Käfer von Mundania.
KÜSS-MICH-FLUSS – ein liebevoller Fluß, der von Dämonen zerstört wurde, die ihn begradigten, ihn seiner freundlichen Kurven beraubten und dafür sorgten, daß er zum Töte-mich-Fluß wurde.

L

LATIA – Fluchungeheuer-Vettel, die Esk hilft. Sie ist alt, gebeugt und so häßlich, daß sie in der Lage ist, eine Menschenfresserin zu übervorteilen, indem sie ihr Gesicht benutzt, um Wasser gerinnen zu lassen, anstelle von Milch; aber sie ist eine freundliche Person.
LAUT-MALERIN – Geschworene bei Grazis Verhandlung: Sie sieht so aus, wie sie sich anhört.

M

MAE – eine der Mänaden vom Berg Parnaß. Eine Wilde Frau, die nicht dorthin paßte, weil sie kein Blut mag. Sie wurde eine Priesterin des Orakels. Wenn sie aufgeregt ist, glühen ihre Augen wie Kerzenflammen.

MAGISCHER SPIEGEL – es gibt eine ganze Reihe von ihnen, aber besonders einer wird von Dolph und Ivy verwendet, um zu Hause anzurufen, wenn sie unterwegs sind. Com-Puter stiehlt ihn für einige Zeit.

MAGISTRAT – beamtetes Fluchungeheuer.

MÄHRE CRISIUM – Nachtmähre, die Alpträume überbringt, kurz: Cris.

MARK KNOCHEN – lebendes Skelett, das von Esk im Kürbis gefunden wurde. Ursprünglich wurde es gebraucht, um Schlafende im Traum zu erschrecken. Er verirrte sich und ging verloren. Wie alle magischen Skelette kann er seine Knochen auseinander sortieren und sie wieder zur passenden, brauchbaren Gestalt zusammenstellen.

MELA MEERFRAU – Fängerin von Prinz Dolph; lang gesagt: Melantha. Sie ähnelt einer Meerjungfrau, lebt aber im Salzwasser und ist wollüstiger. Sie trägt keine Höschen.

MEERMAID – eine von zwanzig liebestollen Meerjungfrauen aus dem Traumreich, in einer Szene, wo sie einen Frauenfeind zu Tode liebt.

MERWIN MEERMANN – Melas verstorbener Mann: er hatte eine Meinungsverschiedenheit mit einem Drachen und wurde auf Schußweite geröstet.

METO NOMIE – Geschworener bei Grazis Verhandlung, mit Attributen.

METRIA – Dämonin, die Esk belästigt. Sie hat Schwierigkeiten, bestimmte Begriffe zu erinnern.

MIESMACHER TROLL – ein Zeuge bei Grazis Verhandlung.

MIKE – ein mundanischer oder Barbarenkrieger (der Unterschied ist strittig) mit den üblichen, riesigen Muskeln, dessen Körper Dor einnimmt, als er die Vergangenheit vor 800 Jahren durch den Wandteppich besucht.

MINZE – eine Familie von Pflanzen mit speziellen Eigenschaften, wie in ihren Namen angedeutet wird: Pfeilwurz, Pfefferminze, Falschminze (riecht wie Weihrauch, nur ohne die Heuchelei) oder ähnliche.
MISOGYN – ein Mann, der Frauen haßt. Für ihn ist ein grauenvoll schlechter Traum gedacht, wo er von liebreizenden Meerjungfrauen zu Tode geliebt wird.
MONUMENT – am Strand gegenüber der Insel der Aussicht erbaut, um König Trents Landeplatz zu kennzeichnen.

N

NABOB – König des Schlangenvolks der Naga. Sein Kopf ist menschlich, sein Körper schlangenförmig.
NADA NAGA – Prinzessin der Naga, Prinz Dolphs Verlobte. Sie kann sowohl menschliche wie Schlangenform annehmen zusätzlich zu ihrer eigenen, und sie ist in allen dreien reizend. Dolph liebt sie, sie jedoch kann ihn nicht lieben, da sie fünf Jahre älter ist als er; enge Freundin von Ivy.
NALDO – Prinz der Naga, Nadas großer Bruder. Bezaubernd und stattlich in allen Erscheinungsformen: Mensch, Schlange, Naga.
NAMENLOSER SCHLÜSSEL – wo sich der Mundania/Xanth Berührungspunkt (das heißt: Tor) befindet. Im Gegensatz zum Isthmus geht dieser durch den Kürbis und ändert seine Zeitskala nicht. Alpträume und Störche benutzen ihn für ihre Lieferungen. Der Schlüsselwächter hat die Aufsicht.
NIEMANDSBAUM – völlig unwichtiger Baum, kaum wert, hier überhaupt aufgelistet zu werden.

O

ORAKEL – eine Einrichtung, in der die Priesterin über magischen Dämpfen aus einer Spalte sitzt und vortreff-

iches Kauderwelsch von sich gibt, das dann für Besucher, die Fragen haben, interpretiert wird.
OXY MORON – Geschworener in Grazis Verhandlung. Ein dümmlich kluger Ochse.

P

PERRIN PIRANHA – ritterlicher Wächter in Dracos Schlupfwinkel.
PHLOD FEUERFLIEGER – Prinz Dolphs alternative Identität in Drachenform. Sein Name wird rückwärts buchstabiert.
PLATTFÜSSLER – mundanische Dämonen, die die Straßen patroullieren, in der einschlägigen Literatur wird diese Gattung unter der Bezeichnung Gemeiner Blauer Plattfüßer geführt.
POLITEGEL – garstige, kleine Dinger, die das Volk bis zur Weißglut reizen, besonders, wenn es sowieso schon genug Probleme gibt.
POLIZIST – ein blauer Dämon im Traumreich, der die Leute jagt und dabei Dinge schreit wie: »Schick dich in 'n Knast!«
PRINZESSIN – Ursprünglich sollte sie ein Stück von dem Apfel essen, den sie bei sich trug, und tausend Jahre lang schlafen, bis ein schöner, junger Prinz sie wach küßte, damit sie ihn dann heiraten kann, um fortan für immer glücklich zu leben. Ihr wurde von Murphys Fluch ein Strich durch die Rechnung gemacht, und sie mußte sich mit König Roogna abfinden. Statt dessen biß Electra in den Apfel.
PROGRAMM – ein Nacheiferer, der von Com-Puter losgeschickt wurde, um Ivy und Grey Murphy miteinander bekannt zu machen – Teil eines heimtückischen, abscheulichen und erfolgreichen Komplotts, dafür zu sorgen, daß sie sich mögen. Ähnlich erfolgreiche Komplotte fanden auch anderswo in Mundania statt, wie alle verheirateten Leute wissen.

PYG MALION – ein Eber, der ein begabter Bildhauer ist. Er schnitzt eine Elfenbeinstatue von Galatea, der er in Liebe zugetan ist. Er ist ein Geschworener bei Grazis Verhandlung.

PYTHIA – unschuldige, junge Mädchen, die als Priesterinnen dienen und die Kauderwelsch für das Orakel vom Berg Parnaß sprechen.

R

RICHARD RIESE – ein unsichtbarer Riese, gefangen im Kürbisreich, wo er sichtbar ist. Er war gefesselt und blutete lange Zeit, bis er von Grey gerettet wurde.

S

SALMONELLA – Greys fünfte Freundin. Sie ist eine großartige Köchin, aber ihr Essen hat einen unangenehmen Nachgeschmack.

SANDMANN – belebter Sand, der verschiedene Gestalten annehmen kann. Er versetzt Reisende in den Schlaf.

SCHEUSALE – unförmige, vielbeinige Wesen, die purpurnes Gift spucken; es ist besser, sich fern von ihnen zu halten, es sei denn, man mag zufällig purpurne Spucke.

SCHLAUSCHLINGE – Rebe mit Augäpfeln, die den Träger schlau machen – oder zumindest denkt er, er sei schlau, was nicht unbedingt das gleiche ist.

SCHLECKSCHNECK – eine gigantische, feueratmende Wegschnecke, die nach einem Wanderer (= Schneckenfest) Ausschau hält.

SCHLÜPFER – Objekt ausgiebiger Spekulationen in Xanth: Welche Farbe haben sie genau? Jungen unterhalb des Mündigkeitsalters ist es nicht erlaubt, darüber zu spekulieren; es ist ein Teil der Erwachsenenverschwörung.

SCHLÜSSELWÄCHTER – der Wächter des Tores am

Namenlosen Schlüssel, wo die Nachtmähren Xanth verlassen, um böse Träume zu den Mundaniern zu tragen.
SCHWARZER PETER – Eigentümer der Diebesinsel; ihm ist nicht zu trauen, außer man hat ein hervorragendes Gedächtnis.
SKELETTSCHLÜSSEL – braucht man, um den Himmelstaler zu finden. Zuerst wird er für eine Insel gehalten, stellt sich aber als Rippe heraus, die Grazi besitzt (und die wie Grazis Schlüsselbeinnote im G-Schlüssel klingt). Weibliche Skelette haben eine Rippe mehr als männliche.
SMOKEY VON STOVER – ein Gast bei Chex' Hochzeit. Er war einmal besser bekannt in mundanischen Comics.
SCHNAXELSCHNAUZ VON SYNCHROMISCH – Gast bei Chex' Hochzeit.
SQUEEDUNK – Greys Heimatstadt in Mundania.
SUMMER – unsichtbare, fliegende Geschöpfe, die Dämonen unerträglich belästigen (und jeden anderen, der sie hört). In Mundania sind sie noch schlimmer, besonders dort, wo Dämonen sich mit Feuchtländern befassen.
SYLPHEN – eine Familie von schlanken, elfenähnlichen Kreaturen: Sylvester (verstorben), Sylvia und Sylvanie. Sylvanie übernahm Grabschi, Ivys Bettungeheuer, der sonst zugrunde gegangen wäre, als Ivy erwachsen wurde und aufhörte zu glauben.
SYMEC DOCHE – Geschworener bei Grazis Verhandlung: befaßt sich mit Teilen und dem Ganzen.

T

TAL DER WÜHLER – wo die Wühlmäuse hingehen, nachdem sie Xanth verlassen haben. (Aus für andere unergründlichen Gründen sind sie nicht der Ansicht, daß es in Xanth liegt.)
TAPIS – Zauberin, die den Webteppich machte und mehrere kleinere Wandbehänge, die es Leuten ermöglichen, in ihre Welten einzutreten. Sie wurde vom Magier Murphy

vernichtet, überlebte aber seinen Fluch; vielleicht, weil sie ein guter Mensch war.
TREIBSAND – er beschleunigt einen erheblich.
TRISTAN TROLL – gedacht für einen wirklich schlechten Traum, als Bestrafung dafür, daß er ein wohlschmeckendes Mädchen freigelassen hat.

U

ÜBERARBEITETES, VEREINFACHTES STEUERHANDBUCH – eine Quelle unbegrenzter Inspiration für Kauderwelsch, die von Mae Mänade für Orakel verwendet wird.

V

VIDA VILA – Naturnymphe, die gern Prinz Dolph heiraten würde. Sie kann Formen ändern und ist emsig dabei, ihr Land zu schützen.
VITAMIN F – gefunden auf dem Verlorenen Pfad und dort gelassen; es bleibt verloren, so daß die Leute immer noch behaupten, daß es so etwas gar nicht gibt. Hat einen großen F-ekt, wenn man sich richtig Mühe gibt; nicht zu verwechseln mit Vitamin X, das nur für EX-perten ist.
VOLNEY WÜHLMAUS – eines von den mittelgroßen Mitgliedern aus der großen Familie der Wühlmäuse, also verwandt mit den Zapplern, Wirblern und Schauflern. Er hat einen braunen Pelz und graue Augen, wenn er sich über der Erde befindet, dagegen aber grauen Pelz und braune Augen unter der Erde. Er spricht zwar normal, aber alle anderen Wühler haben Schwierigkeiten mit ihrem S. Wenn er beispielsweise ›Sandsturm‹ sagt, hören sie nur ›Pfandwurm‹.

W

WANDERSTAB – nützlich als Stock oder als Hilfe beim Bergsteigen, weil er von alleine läuft.
WILDA ZAPPLER – Prinzessin eines Familienzweiges der Wühlmäuse, die auch als Zappler bekannt sind, deren Nachkommenschaft der Landschaftsoberfläche schwer zusetzte. Sie ist zierlich und für eine Wühlmaus recht attraktiv.
WITZRADKEKSE – Ivys Lieblingskekse, serviert von Gorgone.
WURM – ein Computerprogramm, namentlich von Vaporware Limited (Dampfware GmbH). Es verspricht eine Menge, falls man lange genug wartet. Es installiert Computers Programm in Grey Murphys Computer.

Z

ZAUBERBERG – eine Nachbildung von Aspekten Xanths im Traumreich in Form eines turmhohen Berges. Zugänglich über die Falschminze.
ZEICHENSPRACHE – verstanden von Tieren in Xanth, wenn Leute den Grips haben, sich ihnen damit zu nähern; sowie von einer auserwählten Gruppe von Mundanern.
ZENTURION – Zentaur, der das Orakel um Rat ersucht. Er besitzt 100 feine Pfeile.